Quinctilius Varus ist einer der mächtigsten Feldherren Roms. Seine Erfolge in Judäa und an den Grenzen des Imperiums sind Legende. Doch nun überträgt ihm Kaiser Augustus seine wohl wichtigste Mission: Varus muss die Aufstände der Stämme im wilden Germanien niederschlagen. Er zieht mit seinen Legionen gen Norden. Was niemand wissen darf: Varus führt bei seiner Expedition einen Schatz mit sich. Was niemand ahnen kann: sein Zenturio Arminius sinnt auf Verrat ...

2000 Jahre später: im Museum von Kalkriese, das die Ereignisse um die Varus-Schlacht darstellt, wird ein Forscher mit einem antiken Speer ermordet. Der Journalist Thomas Vesting stößt auf eine gefährliche Spur: Wer weiß etwas über den mysteriösen Schatz des Varus und wer ist bereit, dafür zu töten?»

Ein spannender historischer Roman.« *rbb*»

Mielke sorgt mit der Handlung auf zwei Zeitebenen geschickt für Spannung.«
Mindener Tageblatt

Thomas R. P. Mielke arbeitete als Kreativdirektor in internationalen Werbeagenturen und ist seit Jahren für seine historischen Romane bekannt, Erfolge wie »Karl der Große«, »Gilgamesch«, »Inanna« oder »Die Kaiserin«. Er lebt in Berlin. Seine historischen Romane »Die Brücke von Avignon« (Bd. 16331), »Die Rose von Avignon« (Bd. 16332), »Der Palast von Avignon« (Bd. 16333) und »Gold für den Kaiser« (Bd. 16751) sind im Fischer Taschenbuch Verlag erschienen.

Unsere Adresse im Internet: www.fischerverlage.de

THOMAS R.P. MIELKE

DIE VARUS-LEGENDE

HISTORISCHER ROMAN

Fischer Taschenbuch Verlag

Unter Mitarbeit von Astrid Ann Jabusch

Veröffentlicht im Fischer Taschenbuch Verlag,
einem Unternehmen der S. Fischer Verlag GmbH,
Frankfurt am Main, Mai 2010

Lizenzausgabe mit Genehmigung des Scherz Verlages,
einem Unternehmen der S. Fischer Verlag GmbH,
Frankfurt am Main
© S. Fischer Verlag GmbH, Frankfurt am Main 2008
Druck und Bindung: GGP Media GmbH, Pößneck
Printed in Germany
ISBN 978-3-596-17600-X

PROLOG

Ja, er bewunderte den Mann, der den Stein ins Rollen gebracht hatte. Einen Offizier des britischen Empire in Germanien, der hier in der Gegend von Kalkriese Tausende von römischen Münzen mit seinem Metalldetektor aufgespürt hatte: Spuren vom katastrophalen und mysteriösen Untergang von mehr als drei Legionen eines noch älteren Imperiums. Zweitausend Jahre war das her, fast auf den Tag genau zweitausend Jahre.

Ebi Hopmann fühlte sich nicht wie ein Eindringling im Museum Kalkriese, eher schon wie ein Rammsporn der Wahrheit. Ein graumelierter, kurzgelockter Pensionär von der Porta Westfalica, vom Leben und dem ständigen Kampf um ganze Schiffsladungen von altem Eisen, geschmiedet wie ein römischer Centurio nach zwanzig Dienstjahren – nicht aufzuhalten, wenn der Weg klar war.

Trotzdem fühlte er sich unbehaglich, als er die einst versilberte Eisenmaske hinter Glas im Schimmer des Notlichts betrachtete. Sie hatte seltsam abweisende, fast schon verächtliche Züge. Ein Offizier hatte sie vor gut zweitausend Jahren getragen, einer der vielen Toten vielleicht, aber wahrscheinlich kein einfacher Centurio, sondern ein Präfekt, Tribun, wenn nicht sogar ein Legat von Kaiser Augustus. Und ein anderer Besatzungsoffizier hatte sie zweitausend Jahre später wiedergefunden.

Als die letzten Besuchergruppen den hohen und inzwischen fast dunklen Ausstellungsraum verließen, hatte Hopmann sich wie vereinbart hinter den Stellwänden verborgen. Hier wollte er den Mann treffen, von dem er nur wusste, dass er etwas sehr Großes zum Höhepunkt der Zweitausendjahrfeiern um die Varus-Schlacht plante.

»Ich will gar nicht wissen, was Sie wissen«, hatte Gary H. Waldeck am Telefon mit seinem schweren Akzent gesagt. »Als PR-Manager und *vice president* bin ich für das Image der *Sons of Hermann* aus Texas zuständig. Ich zahle Ihnen hunderttausend auf ein Nummernkonto, damit Sie für den Rest des Jubiläumsjahres den Mund halten. Bucks oder Euro, wie Sie wollen. Dafür kein Wort mehr über den unseligen römischen Statthalter Varus, keine E-Mails und keine Interviews mit Zeitungen oder Fernsehsendern zum Thema Varus-Schatz.«

Hopmann kannte den Mann nicht, hatte ihn nie gesehen. Er wusste nur, dass er als Erkennungszeichen ein Büschel blonder Haare am Handgelenk tragen wollte. Und dass er ebenfalls das Buch des englischen Majors Tony Clunn über die Münzfunde nördlich von Osnabrück gelesen hatte.

»Ich glaube, ich weiß jetzt, was mit Varus' Schatztruhen geschehen ist«, hieß es auf Seite 245, »und ich denke, ich weiß, wo sich einige von ihnen zu diesem Zeitpunkt befinden und wie sie dort hingekommen sind.«

Die Klimaanlage war längst abgestellt und es war schwül im großen Ausstellungssaal. Dennoch fröstelte Hopmann im unwirklichen Schimmer der Notbeleuchtung.

Er starrte auf die wenige Schritte entfernte Maske mit der strengen Mundöffnung und den herablassend wirkenden Augenschlitzen. Wenn diese Maske typisch für die römischen Kulturbringer gewesen war, hätten die Verehrer von Arminius sogar recht mit ihrem Loblied auf die heldenhafte Strategie und den Todesmut der damaligen Germanen.

Aber es stimmte nicht. *groping (in the dark)*

Das für Germanen wunderbare Märchen vom ahnungslos durch die Wälder Germaniens tappenden Dummkopf Varus und einem genialen, alle Stämme vereinigenden Cheruskerfürsten Arminius stimmte nicht. Die Katastrophe im Teutoburger Wald musste völlig anders verlaufen sein, als sie von der römischen Propaganda gleich nach dem Schock und auch noch Jahrzehnte später immer weiter ausgemalt worden war. Aber noch immer stritten sich die Wissenschaftler und Lokalpatrioten nur um den Ort der rätselhaften Schlacht.

Und nur ein einziges Mal hatte der Chefreporter eines Boulevardblattes ebenfalls den Hinweis aus dem Buch von Major Tony Clunn aufgegriffen. Das war vor genau vier Wochen gewesen.

»Wo ist der Varus-Schatz?«, hatte die in Köln erscheinende CENT reißerisch getitelt. »Was weiß die Kanzlerin als Schirmherrin der Jubiläums-Veranstaltungen?«

Hopmann hatte ein Gespür für Geschäfte und Projekte, die aus dem Ruder liefen. Und er besaß etwas, von dem bisher kaum jemand sonst etwas wissen konnte. Er tastete nach dem großen Kieselstein in seiner Jackentasche. Er war wie vom Bachwasser glattgeschliffen und auf der gewölbten Seite ein wenig gerifelt. Es war dieser Stein, den er in einem verwilderten Hangwald bei Detmold gefunden hatte und der ihm längst den Schlaf raubte. Er hatte herausgefunden, von wem das alte, in Öl gemalte Bild der Villa mit dem quadratischen Turm und den paar Großbuchstaben darunter stammten. Die Spur führte von Rom nach Detmold.

Er hatte lange nachgedacht, viele Nächte recherchiert, ein Foto seines Steins verschickt und sogar in Berlin nachgefragt. Das Kanzleramt hatte ihn an das Bundespresseamt verwiesen. Dort hatte ihn keiner so recht ernst genommen. Ein Spinner, Römerfreund, einer der üblichen Verschwörungstheoretiker.

Trotzdem hatte ihm kurz darauf ein Oberst aus dem Pressestab per E-Mail mitgeteilt, dass man die Kanzlerin über seine Bedenken bezüglich der bevorstehenden Jubiläumsfeiern informiert habe. Jetzt wusste er, dass auch dort irgendetwas »klick« gemacht hatte.

Hopmann war nie in seinem Leben ein hitziger Fanatiker gewesen. Geduldig hatte er versucht, den Journalisten in Köln anzusprechen, von dem der CENT-Artikel stammte. Aber er war nicht an Dr. Thomas Vesting herangekommen. Schließlich hatte ihn eine fröhliche, stets etwas angeheiterte Assistentin namens Lara nicht länger abgewimmelt, sondern kichernd mit dem Chefredakteur verbunden. Aus irgendeinem Grund hatte ihm Jean Lammers nicht nur zugehört, sondern geduldig nachgefragt, was genau Hopmann herausgefunden hatte. Es schien, als hätte er eine Nase für mögliche Skandale. Doch dann, als alles abgeschöpft war, hatte Lammers von einem Moment auf den anderen geblockt.

»Also schön«, hatte er gesagt. »Klingt süffig, was Sie da über den Varus-Schatz, das Hermannsdenkmal und Gerüchte aus Rom, Berlin oder auch Texas herausgefunden haben. Aber zu politisch und zu heiß ... sogar für uns! Wollen Sie wissen, wie oft uns hier beim CENT tolle Verschwörungstheorien für eine Handvoll Euro angeboten werden? Versuchen Sie's doch lieber bei einem Privatsender. Aber ich sage Ihnen gleich – ohne Beweise, *action* und scharfe Bilder können Sie auch da keinen Blumentopf gewinnen.«

All das besaß Ebi Hopmann nicht. Natürlich hatte er dem Zeitungsmann nicht alles erzählt. Aber wenn zutraf, was er immer mehr vermutete, dann gab es außer dem ehrenwerten und korrekten Schatzsucher Tony Clunn inzwischen andere, die schon viel weiter waren und sich gegenseitig tödliche Fallen stellten.

Der Brief, den er etwas später in seinem Briefkasten fand, trug keine Marke und keinen Poststempel. Der Umschlag enthielt mehrere Eintrittskarten für die letzten Jubiläumsveranstaltungen in den Museen von Kalkriese, Haltern und Detmold und eine Ansichtskarte des Hermannsdenkmals. Auf der Rückseite stand eine mit Füller geschriebene Aufforderung. Sie klang fast wie ein Befehl: »Donnerstag, letzte Führung Kalkriese: Bleiben Sie an der silbernen Maske hinter den Stellwänden zurück. Bringen Sie den Stein mit. Es geht um den Lohn für Ihr Schweigen.«

Noch am selben Tag hatte Ebi Hopmann herauszufinden versucht, welche Verbindung zwischen dem Texaner und der Organisation der Jubiläumsfeierlichkeiten bestand. Er rief ein Dutzend Leute an, doch niemand wollte ihm Auskunft geben – weder Museen noch Landesverbände, Landräte, Politiker.

»Ja, es stimmt«, war alles, was er von einer Sekretärin erfuhr. »Die *Sons of Hermann* aus Amerika sind gerngesehene und großzügige Sponsoren.«

Aber sie wussten etwas! Sie alle wussten viel mehr!

Drei Tage danach waren Gestalten in Lederkluft auf Motorräder gesprungen, sobald er sein Haus am Schnakenborn in Porta verließ. Sie hatten jede seiner Fahrten nach Haltern, Kalkriese und Detmold verfolgt. Ein paar Tage später steckte auf dem Parkplatz des Ausflugslokals »Obere Mühle« zwischen Detmold und dem Hermannsdenkmal eine Warnung an der Windschutzscheibe seines Wagens.

»STOP!«, stand in Großbuchstaben auf dem abgerissenen Quittungszettel eines Hotels. »Es gibt keinen Varus-Schatz in Kalkriese oder beim Hermann. Kein Geheimnis. Keine Legende.«

Hopmann hätte den Zettel weggeworfen, wenn er nicht über den Aufdruck gestolpert wäre.

»Varus-Restaurant im Hotel Römerhof« stand auf dem antik aussehenden Papier. Er selbst hatte die leerstehende Immobilie an der Auffahrtsstraße zum Denkmal mit Schäden am Dach vom Sturm Kyrill günstig erworben – zusammen mit einem verwahrlosten Stück des Waldhangs drei Kilometer entfernt in Richtung Detmold. Das Hotel hatte er längst weiterverkauft. Es war vor drei Wochen neu eröffnet worden.

Viel interessanter war für ihn inzwischen der wilde Waldhang oberhalb des Ausflugslokals. Dort hatte früher eine Villa mit einem hohen Turm als Bergfried gestanden. Nur noch die Stützmauer aus Felssteinen am Hang mit großen Brunnennischen existierte. Und genau dort, in einer halb durch Efeu zugewachsenen Mauernische, hatte er den Stein gefunden, der inzwischen sein ganzes Leben durcheinanderbrachte.

Ebi Hopmann lauschte den knackenden und leise säuselnden Geräuschen innerhalb des neuen Museumsbaus, dann verließ er sein Versteck und ging direkt auf die Vitrine mit der silbernen Gesichtsmaske zu. Erst jetzt sah er, dass die Maske nur ein geschickt ausgeschnittenes und gebogenes Foto war.

Irgendwo schnaubte jemand. Hopmann legte den Kopf zur Seite.

»Waldeck? Sind Sie es?«

Im selben Augenblick trat aus dem Dunkel eine männliche Gestalt mit der Maske hervor. Im bläulichen Schein der Notbeleuchtung sah sie wie ein Opferpriester bei einer nächtlichen Zeremonie aus.

Der andere hielt sich das glänzende Metallstück vor das Gesicht.

»Die echte Reitermaske«, klang es durch das hart und zugleich hohl wirkende Mundloch. »Vor mehr als zwei Jahrtausenden von Marcus Lollius weitergegeben an Augustus' Enkel Gaius, verloren von Tiberius und wiedergefunden von Varus.«

Ebi Hopmann trat einen Schritt vor. Ihm schlug das Herz bis zum Hals. Wer war dieser Mann? Er sprach ganz anders als der Texaner am Telefon. Hopmann zwang sich zur Ruhe und sagte dann: »Das kann nicht sein. Varus war überhaupt nicht hier in Kalkriese …«

»Wer weiß das wirklich?«, höhnte der andere. Im Zwielicht des hohen Raumes erkannte Ebi Hopmann den römischen Wurfspeer. Wie vereinbart, suchte er nach einem Büschel blonder Haare am Handgelenk des anderen. Er konnte nichts entdecken. Erst jetzt verkrampfte sich sein Magen. Er riss die Arme hoch, wollte sich schützen. Zu spät.

»Du redest nie mehr!«, zischte der Maskierte. Er schleuderte den Wurfspeer. Die lange eiserne Spitze des *pilum* fuhr Hopmann mitten in die Brust. Es krachte, aber schmerzte kaum. Das weichgeschmiedete Eisen bog sich durch das Gewicht des hölzernen Schaftes an seinem Ende nach unten. Hopmann wurde nach vorn gezogen. Er ließ den Kieselstein aus der Hand fallen, stolperte und verlor das Gleichgewicht. Genau so mussten die Opfer der römischen Legionäre gestürzt sein.

Oder die Römer, wenn ihre germanischen Verbündeten sie verrieten und auf geheimen Befehl die Speere umkehrten.

I.
SYRIA

Die Luft war frisch und für Ende August ungewöhnlich kühl. Ein kurzes, heftiges Sommergewitter hatte den Staub vieler Wochen von den gepflasterten Straßen und den Terrassendächern der großen Stadt Antiochia am Fluss Orontes gewaschen. Auf den langgestreckten Rennbahnen des *circus* stand noch immer schaumiges Wasser, doch überall traten wieder Menschen aus ihren kleinen, würfelförmig verschachtelten Häusern der Unterstadt und den griechisch wirkenden Villen an den Uferbergen. Sie alle blickten zum Fluss, auf dem das Gewitter ein erhabenes Schauspiel unterbrochen hatte.

Dutzende von aufgeregt durcheinanderschreienden Menschen in kleinen Booten begleiteten das hochbordige und bereits betagt wirkende Kriegsschiff flussaufwärts. Es war die berühmte *IUSTITIA*, eine gepanzerte Trireme der Flotte, die schon vor mehr als dreißig Jahren in der Seeschlacht von Actium für Octavian und Agrippa über Kleopatra und Marcus Antonius mitgesiegt hatte. Inzwischen galt die dunkelbraun glänzende *IUSTITIA* mit ihren Schiffswänden aus geklammerten Balken und Platz für zweihundert Seesoldaten als ein Relikt aus der Zeit vor der *Pax Romana* – ebenso wie die längst ausgemusterten und abgewrackten Großkampfschiffe mit sieben oder gar zehn Männern an jedem Ruder. Sie wurden nicht mehr gebraucht. Und gegen Piraten oder Aufständische vor Africa, Sardinien und der dalmatischen Küste waren kleine wendige Triremen besser geeignet als die schwimmenden Festungen und Paläste.

Und doch erinnerten sich einige der Älteren in der Stadt Antiochia noch gut daran, wie Octavian, der inzwischen auch »erhabener Augustus« genannt wurde, nach der großen Seeschlacht vollkommen kampflos Hellas, Asia und Syria besetzt hatte. Damals war er mit einer waf-

11

fenstarrenden *IUSTITIA* den Orontes herauf bis Antiochia gekommen. Inzwischen war der Princeps zu alt und zu kränklich geworden für Schlachten und Stürme auf See. Er musste weder Rom noch seine Villa auf dem Palatin verlassen, wenn er erfahrene Senatoren als persönliche Stellvertreter und Oberkommandierende in seine Provinzen des Imperium Romanum schickte. Einige der Auserwählten hatten bereits mehrfach die wichtigsten Ämter des Reiches übernommen. Einer von ihnen befand sich an Bord der *IUSTITIA*. Ein anderer erwartete ihn in der Uniform eines Oberbefehlshabers am Uferkai der Palastanlage mitten im Fluss. Rund um ihn hatten einige Dutzend Legionäre, Musikanten und weißgekleidete Beamte unter Arkaden Schutz gefunden.

Als die *IUSTITIA* auf Pfeilweite heran war, trat der Senator Publius Quinctilius Varus straff und beherrscht vor die Reihen der Stabsoffiziere und hohen Verwaltungsbeamten. Die Nachmittagssonne blitzte auf seinem goldenen Brustharnisch, und sein roter Wollumhang umwehte ihn wie züngelnde Flammen.

Senator Varus wusste, wie er auf andere wirkte. Er verstand sich als ein Mann, der in sich selber ruhte und die Gesetze achtete. Er hatte alles erreicht, was ein *cursus honorum*, die große, ehrenvolle Ämterlaufbahn im Imperium Romanum, bieten konnte. Zu seiner Herkunft aus altem Adel in den Albaner Bergen gehörte die Legende, dass seine Ahnen Romulus und Remus als Gründer Roms auf den Palatin begleitet hatten. Er selbst war knapp fünfhundert Jahre nach Iunius Brutus, dem legendären ersten Konsul Roms, zusammen mit dem siegreichen Tiberius in das höchste Amt des riesigen Weltreichs gewählt worden. Inzwischen war er nacheinander Statthalter von Augustus und Befehlshaber der römischen Legionen in den Provinzen Africa, Asia und Syria gewesen. Zudem war er durch die Ehemänner seiner Schwestern und seine eigenen Ehefrauen eng mit dem ersten Adel und der Familie des alle überstrahlenden Princeps verbunden.

Senator Varus zog den linken Fuß kaum merklich nach, als er zur Kaimauer ging. Man hätte annehmen können, er wäre in einen Dorn getreten. Doch Varus hatte die leichte Knochenverkrümmung in seinem Fuß seit seiner Geburt – ebenso wie sein Vater und sein Großvater.

Quintilius Varus verachtete anders als viele Senatoren in Rom die gerade modische Gesichtsblässe. Er war im Lauf seines bewegten Lebens mit so vielen Wassern gewaschen worden, dass er seine glattrasierte, natürlich gebräunte Gesichtshaut mit Stolz zeigte. Selbst gegen die beiden schrägen Stirnfalten über seiner markant geratenen Nase hatte er nie adstringierende Kamillensalbe oder sonstige Tinkturen zugelassen. Aber das Auffälligste in seinem wie gemeißelt wirkenden Gesicht waren die hellgrauen Augen unter dem lockigen, kurzgeschnittenen Grauhaar. Wer nicht auf sie vorbereitet war, dem konnte allein der Blick dieses Mannes Anklage und Urteil zugleich sein.

Nur wenig später zeigte der Rammsporn der Trireme nicht mehr flussaufwärts zum Stadthafen von Antiochia, sondern zum langen, flachen Kai am Palast des Statthalters. Vorsichtig senkten sich die Reihen der Ruder in das vom Regen angeschwollene Wasser, gerade kräftig genug, um gegen die Strömung anzukommen. Auch in der Takelage der Trireme zeigte sich Ungewöhnliches. Anders als üblich hingen noch immer einige der Segel nass und zerfetzt an den Masten. So war noch kein Stolz der Meere die zwanzig Meilen vom Seehafen Seleukia bis zur Hauptstadt der römischen Provinz Syria gebracht worden. Dennoch sahen alle am *vexillum*, der purpurroten Kommandostandarte, und am goldenen Adler auf einer Stange am Bug, dass hier ein Flaggschiff einlief.

Hinter Varus löste sich eine blonde, junge Frau aus der Mitte der Wartenden. Sie war in eine blaue Tunika und gelbe Seidenschleier gekleidet. Eigentlich hatte sie wie alle anderen warten sollen. Doch sie war neugierig, lief leichtfüßig um ein paar Pfützen herum und folgte ihrem Gemahl bis kurz vor die riesige Trireme.

»Ich weiß überhaupt nicht, ob ich mich freuen oder traurig sein soll«, beklagte sie sich scherzend, als sie ihn eingeholt hatte. Sie stammte aus der herrschenden Familie des Imperiums, und sie war stolz auf ihren Mann, der zu den einflussreichsten Befehlshabern des Imperium Romanum gehörte – auch wenn er offiziell nicht als Legat von Augustus in der östlichen Provinz unterwegs war, sondern ganz privat auf Hochzeitsreise. »Müssen wir wirklich schon nach Rom zurück, sobald Quirinius angekommen ist?«

Varus und seine schöne Ehefrau gingen zum hastig wieder aufgebauten Baldachin am Kai des Stadtpalastes. Das Gewitter hatte die halbe Dekoration abgerissen.

»Du solltest dir wenigstens eine Stola bringen lassen«, antwortete Varus, ohne auf ihre Frage einzugehen. Er blieb auf der Mitte des Kais stehen. Claudia trat so dicht hinter ihn, dass ihr langes, goldenes Haar in sein Gesicht wehte. Es war ihr eigenes Haar, und nicht wie bei vielen Römerinnen von germanischen Sugambrerweibern erbeutet und eingeflochten. Varus blickte über den Fluss hinweg zu den weißen Häuserwürfeln der Provinzhauptstadt und den wie Tempelchen am Berghang verstreuten Villen der reichen griechischen und judäischen Händler. »Ich habe lange genug in dieser Stadt gelebt«, sagte er mit befehlsgewohnt vollklingender Stimme. »Der Wind von den Bergen kann nach dem Regen sehr kalt werden. Außerdem musst du dich langsam daran gewöhnten, dass du jetzt eine verheiratete Frau bist und dich nicht mehr ohne Schleier im Freien zeigen kannst.«

»Ist das jetzt Fürsorge oder Vorschrift zum Ende unserer Hochzeitsreise?«, fragte sie mit einem fröhlichen Augenaufschlag.

Varus lächelte kaum merklich. Er war ein ernsthafter Mann, der bei allem, was er tat, nie die Beherrschung verlor. Natürlich lachte er auch, wenn ein Lachen in Gesellschaft oder bei Verhandlungen angebracht war, doch das war etwas anderes. Das Lächeln, das er ihr zeigte, galt nur Claudia selbst. Die schöne Großnichte des mächtigen Herrschers Augustus in Rom war in einem Umfeld aufgewachsen, in dem die weiblichen Angehörigen einer Familie mehr Rechte besaßen als die heranwachsenden Männer. Selbst Senatoren mussten das väterliche Einverständnis für bestimmte Entscheidungen und Geschäfte einholen, während die Frauen viel leichter emanzipiert und dadurch aus der väterlichen Gewalt entlassen werden konnten.

Claudia Pulchra wich zurück, als zuerst der eisenbeschlagene Rammsporn und dann der hohe Bug der Trireme mit den vergoldeten Buchstaben *IUSTITIA* an ihnen vorbeiglitt. Sie hatte inzwischen verstanden, was das bedeutete, denn ebenso wie das unverwüstliche Kriegsschiff hätte ihr Ehemann diesen Namen wie eine Auszeichnung tragen können. Was er öffentlich sagte, galt als Recht, und was er entschied, musste Gerechtigkeit sein. Claudia wusste sehr gut, wo ihr Platz war und wie sie Quintilius Varus als Herrn über Leben und Tod, Freiheit oder Sklaverei zu nehmen hatte. Sie war zum ersten Mal in ihrem achtzehnjährigen Leben auf eine so lange und weite Reise gegangen. Für den fast dreimal so alten Senator, ehemaligen Konsul und Statthalter in drei verschiedenen Provinzen war es bereits die dritte Hochzeitsreise. Und die zweite Ehe mit einer Großnichte des göttlichen Augustus.

»Du weißt, dass ich neben den angenehmen Seiten unserer Gemeinsamkeit auch noch andere und sehr wichtige Aufgaben habe«, sagte er sanft zu seiner Frau. »Du weißt auch, dass wir hier im Palast nur Gäste sind. Sobald der neue Statthalter sein Amt übernommen hat, werden wir zusammen mit der Delegation der Judäer und einem ungemein kostbaren, geheim zu haltenden Schatz nach Rom zurückkehren. Nur wenn mir das gelingt, kann ich Augustus und das Reich vor gefährlich auflodernden Bränden des Widerstandes in Palästina und dieser Provinz retten.«

Sie seufzte nur leise bedauernd, wie es sich für eine wohlerzogene Patrizierin gehörte. Aber ihre Augen verrieten, dass ihr Interesse geweckt war und sie mehr über die geheimnisvollen Verabredungen wissen wollte, die ihr Gemahl bisher nur angedeutet hatte.

Varus wandte sich wieder der großen Trireme zu. Bereits vor dem Gewitter war ein reitender Bote in der Hauptstadt der römischen Provinz Syria eingetroffen. Er hatte berichtet, dass die Galeere aus Rom mit dem neuen Statthalter Publius Sulpicius Quirinius sich nur mühsam aus einem Sturm rund um die Insel Cypern gerettet hatte. Er war bereits zwei Tage zu spät und hatte deshalb nicht mehr im syrischen Seehafen Seleukia angelegt.

Voller Spannung wartete Varus darauf, ob sein großer Plan trotz dieser Widrigkeiten gelungen war. Alles hing an der Frage, ob Quirinius unterwegs eine fünfzigköpfige Delegation aus Judäa und Samaria aufgefischt hatte. Was er und seine ungewöhnlichen Verschwörer unter größter Geheimhaltung aus dem Land schaffen wollten, befand sich nicht im Palast des Statthalters.

Was Varus »mein Unterpfand« nannte, lagerte seit dem brutalen

Ende der judäischen Aufstände nach dem Tod von König Herodes dem Großen vor fast zehn Jahren in zwölf Kisten versiegelt und verpackt in einem Hain haushoher Lorbeerbäume. Nicht einmal die Legionäre Roms hatten Zugang zum Daphne-Tempel außerhalb von Antiochia. Und nur eine Handvoll Pharisäer und Schriftgelehrte in Jerusalem und Galiläa wusste davon.

Die ersten Seile flogen von der mächtigen Galeere zum Kai. Ein Dutzend Sklaven stürzte sich auf sie. Vor den Arkaden stellte sich eine Zenturie aus der ersten Kohorte der *Legio III Gallica* mitten in Pfützen auf. Zusammen mit der *X Fretensis* gehörte sie zur Stammbesatzung im Legionslager vor der Provinzhauptstadt. Zusätzlich konnte der eintreffende Statthalter über einige tausend hervorragende Kämpfer der *VI Ferrata* am neuen Hafen von Caesarea in Palästina verfügen. Dort hielt sich auch die für Jerusalem zuständige *XII Fulminata* auf.

Varus blickte nach oben. Noch vor dem neuen Statthalter für die Provinz Syria entdeckte er am Heck der Trireme Gestalten, die jeden Tribun in einer Legion wütend gemacht hätten. Varus dagegen schloss für einen langen Moment die Augen. Er holte tief Luft. Zugleich durchströmte ihn ein Glücksgefühl, wie es noch nie zuvor beim Anblick von Nichtrömern, Freigelassenen oder auch stinkenden Ziegenhirten gekannt hatte.

Die Trireme hatte die Männer der Delegation aus Judäern und Samariern an Bord – jene Ältesten und Abgesandten, die nichts Geringeres in Rom verlangen wollten als die Ablösung, Enteignung und Verbannung ihres seit zehn Jahren grausam und unfähig über sie herrschenden Herodessohns Archelaos. Noch kurz vor seinem Tod hatte König Herodes der Große den Achtzehnjährigen zum Alleinerben seines Reiches bestimmt. Nach seinem Testament sollten Archelaos als König und sein Bruder Herodes Antipas als Tetrarchen Volksfürsten über ein geteiltes Israel werden.

Doch genau diesem Plan hatte Varus nicht zugestimmt. Ebenso wie die Volksstämme in Palästina hatte Roms Statthalter den Fähigkeiten von Archelaos ebenso misstraut wie seinem Charakter. Auf Varus' Rat hin hatte ihm Augustus die Königswürde und den Ring seines verstorbenen Vaters verweigert. Fast zehn Jahre lang war Archelaos nur Volksfürst gewesen, aber er hatte sich noch schlimmer benommen als sein grausamer königlicher Vater.

Varus hatte kaum einen Blick für die anderen Männer an Bord der Trireme – für Ruderer, Seesoldaten und das nautische Personal. Er sah nicht einmal Quirinius schräg über sich, den alten und erneut wieder eingesetzten Statthalter von Syria. Einige andere Männer auf dem großen Schiff hätte er vor zehn Jahren noch als gefährliche Aufrührer ans Kreuz binden oder als Sklaven auf den Märkten des Imperiums verkaufen können. Sie wussten es, und er wusste, dass sie es wussten. Trotz alledem hatten der bissigste aller römischen Schäferhunde und die Lämmer einen geheimen Vertrag geschlossen. Sie wollten gemeinsam den reißenden Wolf beseitigen, der ebenso wie seine beiden Brüder das Erbe des Vaters durch Habgier und Dummheit zerfleischte.

Die meisten Männer der Delegation sahen nicht besonders eindrucksvoll aus. Sie trugen vollkommen unterschiedliche Kleidung – manche aufgeputzt wie zu einer religiösen Zeremonie, andere beschämend ärmlich. Einige erschienen Varus noch viel zu jung für eine derart wichtige Mission. Es schien, als bereuten sie alle bereits, festen Boden verlassen zu haben, um sich in die ferne Hauptstadt des Römischen Reiches zu begeben. Und dann entdeckten Varus und Claudia hinter schäbigen, übereinandergestapelten Gepäckstücken am Heck auch noch lebende Schafe und Ziegen sowie Käfige mit Hühnern. Die vorgesehene Zeremonie zur Ankunft des neuen Statthalters drohte auf einmal zu einem Marktspektakel zu werden.

»Sie hätten lieber ihren unfähigen Herrscher Archelaos statt dieses Viehzeugs mitnehmen sollen«, knurrte Varus.

»Ihren König wollen sie nur schlachten, aber nicht essen«, meinte Claudia Pulchra scharf. Die unverständlichen Ereignisse störten ihre Vorstellungen von einer Hochzeitsreise.

Ihre sehr junge, erst vor drei Monaten in Africa erworbene Sklavin trat hinter Claudia und legte ihr eine orangefarbene Stola um Kopf und Schultern. Sie stammte noch von der Ausstattung zu ihrer Hochzeit, die sie im Schicksalstag der Fortuna am 25. Mai gefeiert hatten.

Claudia dachte daran, dass an jenem Tag fünfhundert Gäste aus senatorischen Kreisen, ritterlichem Adel und angesehener *nobilitas* aus Rom und Latium zum Fest im großen Anwesen ihres Gemahls östlich von Rom gekommen waren. Sogar Augustus hatte sich dort am Vorabend zusammen mit seiner weithin gefürchteten Gattin Livia Drusilla gezeigt. Er hatte ihnen die legendäre *IUSTITIA* für ihre Hochzeitsreise zu den Stätten früheren Wirkens ihres Gemahls zur Verfügung gestellt. Von Ostia aus waren sie ohne Zwischenfälle mit den gefürchteten sardischen Piraten nach Karthago gereist. Dort hatte ihr Varus die kostbar wie poliertes Ebenholz glänzende junge Sklavin gekauft. Anschließend waren sie mit gutem Westwind am Peloponnes und vielen der griechischen Inseln vorbei bis in die Provinz Asia gesegelt. Sie waren eine Woche in der beeindruckenden Hauptstadt Ephesus und beim wiedererrichteten Artemistempel geblieben.

Ziel ihrer Schiffsreise war offiziell der von Herodes errichtete Seehafen Caesarea mit seinen Uferpalästen gewesen. Von dort aus hatten sie auch das hochgelegene Jerusalem, die Burg Antonia mit ihren unterschiedlichen Türmen und den großen Tempel bewundert, den Herodes erbauen ließ und für den ihm das Volk Israel niemals gedankt hatte.

Sechs Wochen lang hatten sie sich in den Kleopatragärten mit den neuen Herodespalästen von Jericho erholt. Sie hatten im Salzwasser des Toten Meeres gebadet und die gewaltige Totenburg von Herodes dem Großen ein paar Meilen südlich von Bethlehem erkundet. Die *IUSTITIA* war während dieser unbeschwerten Zeit nach Rom zurückgekehrt, um Senator Quirinius abzuholen und als Statthalter nach Syria zu bringen.

Claudia selbst, ihre Bediensteten und Varus samt ihren Sklaven und bewaffneten Begleitern waren erst in der vergangenen Woche in Antiochia angekommen. Während der ganzen Zeit hatte ihr Varus nichts von seinen eigentlichen Plänen und Absichten verraten. Obwohl sie ihn mehrmals und sogar in seinen Armen liegend darauf angesprochen hatte, war er zu keiner Erklärung bereit gewesen. Nicht einmal für jene Nachmittage und Abende, an denen er fortritt und sie allein zurückließ oder sich mit vermummten Gästen in abgeschirmte Räume zurückzog, hatte er irgendeine Entschuldigung vorgebracht.

»Später vielleicht einmal«, hatte er mit fast schon kränkender Gelassenheit an ihrem letzten Abend im Hafenpalast von Caesarea gesagt. Sie hatten an der Kante der felsigen Uferterrasse des Palastes gesessen und bei Wein aus Nablos und gegrilltem Fisch mit Sesamsoße einem Sonnenuntergang zugesehen. Obwohl es doch ihre Hochzeitsreise war, hatten sie während der vielen Tage und Abende kaum eine Stunde allein verbringen können.

»Was beschäftigt deine Gedanken und Gefühle seit unserer Abreise mehr als ich?«, hatte sie an jenem Sommerabend am *Mare nostrum* gefragt. Er aber hatte sie nur erstaunt und beinahe väterlich verzeihend angesehen.

»Du bist noch jung und musst dich nicht mit den Problemen des Imperiums belasten. Wir werden morgen mit einem kleineren Schiff an der Küste von Samaria entlang bis zur syrischen Hafenstadt Seleukia reisen. Von dort fahren wir den Orontes hinauf zu meinem alten Palast als Statthalter. In Antiochia warten wir, bis die *IUSTITIA* einen neuen Statthalter für die Provinz Syria bringt – einen alten Bekannten. Und falls der Orontes genug Wasser führt, kann uns die Trireme direkt am Palast abholen.«

In dieser Nacht des Abschieds von Samaria hatte Claudia zum ersten Mal in ihrer Ehe geweint. Als Varus ihren Kummer bemerkte, war er versöhnlicher geworden. »Ich habe dich nicht nur geheiratet, um mich zum zweiten Mal in die Familie des göttlichen Augustus einzufügen. Gewiss, das ist mir wichtig, aber ich liebe dich, Claudia, wenn auch nicht ganz so feurig wie die jungen Offiziere, die erst wenige Schlachten geschlagen haben.«

Claudia lächelte, als sie an jene Nacht zurückdachte. Sie war so versunken in die Erinnerungen an die vergangenen Wochen, dass sie zusammenschrak, als alle Rojer der gewaltigen Trireme gleichzeitig die Ruder an den Seitenkanten der Öffnungen in der Bordwand anschlugen.

Laute Kommandos schwirrten über die Köpfe der Wartenden hinweg. Hanfseile flogen hin und her, erst leichtere, dann die schweren, die das Kriegsschiff sicher an Pollern und Ösen in eingemauerten, mannshohen Steinblöcken festmachten.

Für die Ruderer war erst jetzt die lange Seereise beendet – so hart und schwer, dass nur Freiwillige und keine Sklaven dafür geeignet waren. Buntbemalte hölzerne Brücken wurden herangerollt. Weitere Sklaven legten Teppiche auf der noch immer feuchten Kaimauer aus. Dann streuten junge Mädchen in weißen Tuniken Orangenblüten und Lorbeerblätter auf die Steinplatten. Neben den in drei Linien aufgestellten Legionären schmetterten Fanfaren und Pauken fast so laut wie das gerade vorübergezogene Gewitter.

Der neue Statthalter Quirinius zeigte sich, als ein Hornist an Bord der Trireme ebenfalls Signal gab. Der Legat des Princeps in Rom trug eine weiße Toga mit den breiten Purpurstreifen der Senatoren am Rand.

»Zeig ihm, dass hier die *Pax Romana* herrscht«, drängte Claudia Pulchra. »Eine Provinz ohne große Probleme ...«

Sie hat gut reden, dachte Varus, als er auf Publius Sulpicius Quirinius zuging. Sie ahnt ja nicht, wie brüchig Frieden an den Rändern eines Weltreichs sein kann.

Die beiden hohen Repräsentanten des Imperiums schätzten sich seit vielen Jahren. Sie blieben stehen, sahen sich lächelnd an und grüßten, indem sie nur ein wenig ihre Köpfe neigten. Dann streckten sie die Hände aus und umfassten einander an den Handgelenken.

Jubel erscholl von allen Seiten. Die Pauken der Abordnungen von allen vier Legionen in Syria und Palästina dröhnten wie zum Sturm auf eine Stadt. In diesen Augenblicken erinnerte sich Varus wieder an die Geschichten von brechenden Mauern, die er vor vielen Jahren in Jerusalem gehört hatte, als er selbst Statthalter von Syria und Berater des grausamen Königs Herodes gewesen war. Ihren Überlieferungen zufolge hatten die Israeliten nach langen Irrwegen durch die Wüste Sinai das stark befestigte Jericho am Jordan allein durch den Schall ihrer Kriegstrompeten erobert. Varus hatte in seiner Amtszeit in Ephesus miterlebt, zu welchen Zerstörungen unerwartete Erdstöße in der Lage waren – auch ohne Trompetenlärm. Schon deshalb glaubte er nicht an derartige Legenden.

Die beiden Senatoren nickten einander zu. Inmitten des Lärms blickte der erneut zum Statthalter über Syria eingesetzte Quirinius auf die Ehrenzeichen an der Rüstung des anderen. Wie zufällig tippte er dabei auf eine Brustscheibe, die zu den ersten Orden gehörte, die Varus von Augustus erhalten hatte.

»Für deine Teilnahme am Zug gegen die Parther von hier aus«, rief er ihm zu. »Ihr habt gut zusammengearbeitet, Augustus, Tiberius und du.«

Varus presste kurz die Lippen zusammen. »Der Ruhm, die durch Cassius im Orient verlorengegangenen Legionsadler zurückgeholt zu haben, gebührt allein Augustus und Tiberius«, sagte er dann.

Quirinius hob die Brauen, lachte und winkte ab. Er war einer der wenigen Männer, die wussten, dass es damals Varus gewesen war, der die entscheidenden Verhandlungen mit den sternkundigen Beratern des Partherkönigs geführt hatte.

Offiziere aus den verschiedenen Legionen, Beamte des Palastes, der Stadt Antiochia und der Provinzverwaltung, wichtige Händler und Abgesandte arabischer Stämme, dazu Schauspieler und Musikanten, Freigelassene und Sklaven säumten den Weg der beiden Senatoren. Einige der Älteren kannten ihn bereits von seinem vorangegangenen Amt in der Provinz.

Quirinius grüßte knapp nach allen Seiten. Die beiden Männer hielten sich nicht lange in den Säulengängen der Eingangshalle auf. Sie schritten an den Feuerschalen mit aufwallendem Würzrauch vorbei direkt auf den Gebäudeflügel zu, in dem sich das *triclinium* befand.

»Welche Verschwendung von teurem und den Geist vernebelndem Weihrauch«, sagte Quirinius tadelnd. Varus blieb gelassen. Er neigte dankend den Kopf wie für ein Lob aus dem Mund des anderen.

»Warte nur ab, bis die dienstbaren Geister des Palastes uns mit Nardenöl gesalbt und dem Duft von Minzblättern erfrischt haben!«

Während die ersten Seeleute und Ruderer bereits die Trireme verließen, um sich in die Vergnügungen der großen Stadt Antiochia zu stürzen, glich der Landgang für die seltsame judäische Delegation einem bewachten Sklaventransport.

Einer nach dem anderen musste durch ein Spalier von misstrauischen Römern gehen. Einige saßen mit kurzer Tunika an wackligen Klapptischen, andere standen unwillig in voller Ausrüstung mit Brustschild und Helm zwischen der Trireme und den flachen Hafengebäuden.

Die unterwegs Aufgenommenen sahen noch immer verwirrt aus und wirkten voller Furcht. Es war, als würden sie sich wie beim Gang zum Opferaltar in ihr Schicksal ergeben. Sie hielten die Köpfe gesenkt und blickten nicht auf. Einige der Priester murmelten etwas von Abraham und seinem Sohn Isaak, andere beteten um die Hilfe eines Engels, der sie retten sollte. Keiner hatte mit einem Umweg über den Orontes und Antiochia gerechnet. Und keiner wusste, warum sie jetzt auf einen Lastkahn steigen sollten. Nur einer der Älteren wagte Widerspruch:

»Wir hatten eine Vereinbarung mit dem Senator…«

Die Beamten an den Klapptischen lachten abfällig

»Mit welchem der Senatoren? Ihr glaubt doch nicht, dass einer der beiden mit verlumptem Pack wie euch redet!«

»Schluss jetzt!«, rief der Mann dazwischen, der alles überwachte. Er hieß Paullus Aelius Bassus und war bisher der oberste Quartiermeister im Palast des Statthalters in Antiochia gewesen. »Seid froh, dass der neue Statthalter Quirinius euch überhaupt aufgefischt und mitgenommen hat.«

Eigentlich hatte der vogelköpfige und ein wenig geschrumpft wirkende *praefectus castrorum* damit gerechnet, bereits mit Varus zurück nach Rom zu segeln. Der Sturm bei Cypern hatte seinen schon lange ersehnten Abschied aus allen öffentlichen Ämtern verzögert. Und ebenso wie Quinctilius Varus träumte er von einem beschaulichen Landleben irgendwo in der *campania*, nicht allzu weit entfernt von der Ewigen Stadt Rom. Missgelaunt drehte er sich zu den anderen um. »Ich hätte euch Diebe einfach absaufen lassen sollen. Denn ich war dabei, als Burschen wie ihr unseren Weizentransport für die *legio Ferrata* bei Samaria überfielen und die gesamte berittene Eskorte umbrachten. Eine komplette *ala quingenaria* mit mehr als fünfhundert Mann!«

»Das ist fast zehn Jahre her, Bassus«, wandte einer der Verwaltungsbeamten ein. »Kannst du denn nie vergessen?«

»Niemals! Und ich habe keinen größeren Wunsch, als einen Judäer nach dem anderen die ganze Straße entlang lang ans Kreuz zu hängen … jedes Judäernest mit Aufständischen abzubrennen … ganz so, wie Varus es damals vollkommen richtig gemacht hat!«

»Wir sind hier in Syria und nicht zwischen Jerusalem und Sephoria mit wilden Aufständischen«, mischte sich ein anderer ein. Er hatte seinen Helm mit dem quergestellten roten Helmbusch zur Seite gelegt. Obwohl sein kurzgeschnittenes Haar hellblond, fast schon rötlich war, trug er die mehrfach dekorierte Uniform eines ersten Centurio und anstelle des üblichen Rebstocks als Zeichen seiner Befehlsgewalt ein ähnlich aussehendes, knorriges Wurzelende eines Olivenbaums. Unter orienterfahrenen Offizieren hatten die viele Jahrhunderte alten, salzigen Wurzelreste aus dem Toten Meer einen höheren Wert als die Auszeichnung eines Armrings.

»Ach, Vennemar«, winkte Bassus ab. »Wie viele Jahre sollen wir uns noch darüber streiten, wie Rom mit Barbaren, Rebellen und Aufständischen umgehen muss? Wie lange haben wir beide in den Legionen gedient, ohne Rom jemals zu sehen? Du als gebürtiger Germane und ich als Italer. Waren es zwanzig Jahre? Oder schon fünfundzwanzig? Erst jetzt, als Veteranen, wollten wir mit Varus in die Ewige Stadt zurückkehren. Doch was geschieht? Die Götter und die Sturmdämonen proben den Aufstand gegen uns. Ebenso wie diese kläglichen Gestalten dort gegen ihren von Rom eingesetzten Volksfürsten rebellieren. Was ist das nur für eine Welt geworden, in der schon Krämer und Ziegenhirten vom Rand des Reiches gegen die Ratschlüsse des Senats und des göttlichen Augustus protestieren dürfen?«

»Hör auf, Bassus, es hat keinen Zweck! Du holst dir nur die Galle in den Gaumen! Ich kenne dich, und du hast recht: Wer unsere großartige Art zu leben und unsere Kultur verschmäht, der soll noch tiefer in den Dreck, aus dem er kommt, und unseren Fuß im Nacken spüren. Das weiß selbst ich als Veteran und geborener Barbar.«

Der *praefectus castrorum* stutzte, dann lachte er trocken. »Auf jeden Fall dürfen sie nicht hier im Palastbereich bleiben. Von mir aus können sie ein paar alten Legionärszelten im Amphitheater drüben in der Stadt haben – soll Varus entscheiden, was weiter mit ihnen geschieht.«

»Werft sie doch einfach in den Fluss«, forderte einer der jüngeren Beamten, »der wird sie schon wegspülen.«

Ein paar andere lachten. Nur den Judäern und Samariern war nicht zum Lachen zumute. Fast die Hälfte sahen aus wie Priester, Rabbis oder Schriftgelehrte, andere wie Pharisäer, Saduzäer oder Fernhändler mit fremdartiger Kleidung, wie sie in Arabien und Mesopotamien üblich war. Einige trugen Messer, Dolche und andere Utensilien an geknüpften Gürteln. Der Quartiermeister und der germanische Centurio gingen zum ersten der Klapptische mit Schreibern.

»Woher kommst du?«, fragte Bassus einen älteren Mann mit Dutzenden von Falten um die tiefliegenden Augen.

»Ich bin Aaron, Goldschmied aus Jericho«, antwortete der Judäer.

»Arzt aus Bethel«, sagte der Nächste. Bassus und Vennemar ging an der wartenden Reihe entlang.

»Gewürzhändler und Palastlieferant am Hafen von Caesarea …«

»Rabbi im Herodes-Tempel von Jerusalem.«

»Joseph aus Bethlehem … Tekton.«

»Joseph aus Bethlehem«, wiederholte der Quartiermeister. Auch der Centurio neben ihm hob die Brauen. »Bist du vielleicht der …«

»Ja, der bin ich, wenn du diese alte Geschichte meinst«, unterbrach ihn der andere. Er war etwa Mitte vierzig, hager, und sein sonnenverbranntes Gesicht hatte etwas von der strengen Würde einer ägyptischen Mumie. »Seit dem Tod von König Herodes wird nicht mehr nach mir und meiner Familie gesucht. Das steht auch in euren Akten.«

»Ich werde das nachprüfen lassen.« Der Präfekt deutete auf die beiden Jungen neben dem Tekton. »Und die da? Wie alt sind sie?«

Der kräftige Baumeister richtete sich noch mehr auf. Er legte die Arme um die beiden Jungen, die, ohne ihren Blick zu senken, vor den Römern standen. Anders als die Erwachsenen der Gruppe waren sie barfuß. Sie trugen kurze Umhänge aus Kamelhaar mit breiten Gürteln, wie sie in einigen Gegenden für Büßer üblich waren.

»Der Dreizehnjährige hier ist Jochanan, Sohn des Rabbi Zacharias aus Kerem.«

»Sagt mir nichts. Wo liegt das?«, fragte Bassus.

»Im Bergland von Judäa, kurz vor Jerusalem«, sprang der Centurio ein. »Ich war damals dabei, als wir auf Befehl von König Herodes die drei Sternkundigen aus dem Zweistromland verfolgten. Wir haben sogar die Hochtäler und die Höhlen der Hirten abgesucht.«

»Ohne Erfolg, wie man weiß«, meinte der Quartiermeister leicht süffisant. Er wandte sich wieder an den Tekton. »Und weiter? Was macht der Bursche?«

»Er ist mein Gehilfe. Ich bilde ihn zum Baumeister aus, ebenso wie meinen Sohn hier.«

»Name?«

»Jeshua, zwölf Jahre alt und ebenfalls in Bethlehem geboren.«

Einer der Schreiber zerbrach seinen Schreibstift, mit dem er sich auf einer Wachstafel Notizen machte. Er suchte nach einem neuen.

»Was denn nun?«, schimpfte der Quartiermeister ungeduldig. »Könnt ihr nicht endlich lernen, was Ordnung und eine ordentliche Herkunft heißen? Seid ihr nun Judäer, Freigelassene oder was?«

»Mein Onkel Joseph stammt von König David ab«, sagte Jochanan stolz. »So wie wir alle irgendwie ...«

Der Quartiermeister erstarrte. Zornesröte flammte über sein Gesicht. Er holte aus, dann schlug er dem Jungen mit dem Handrücken ins Gesicht.

Von einem Augenblick zum anderen verstummten die Rufe und der Lärm an der Anlegestelle. Es war, als hätten alle nur darauf gewartet, dass so etwas geschah. Bassus hob nochmals die Hand. Vollkommen unerwartet sprang der andere Junge dazwischen und fing den Schlag mit seiner eigenen Wange ab. Der *praefectus castrorum* wusste für einen Augenblick nicht, ob er zornig oder beeindruckt vom Mut des jungen Mannes sein sollte.

»Ich würde an deiner Stelle aufhören«, raunte der Centurio dem verstimmten Quartiermeister zu. »Das hier ist eine Angelegenheit, bei der man sich leicht zwischen sämtliche Stühle setzen kann.«

Der Quartiermeister blickte zur Seite. »Was willst du damit andeuten?«, knurrte er. Der Centurio zog den anderen zur Seite.

»Ich weiß nur, dass Varus mich gefragt hat, ob ich meine bereits abgelaufene Dienstzeit noch ein paar Wochen verlängern könnte.«

Der Quartiermeister war nicht überrascht. Derartige Vereinbarungen kamen häufig vor. Allerdings wusste er, dass Publius Quinctilius Varus offiziell weder als Legat von Augustus noch als Statthalter, Senator oder Feldherr unterwegs war.

»Mich hat er ebenfalls gefragt«, sagte er nachdenklich. Die beiden ungleichen Männer sahen sich an.

»Und?«, meinte der Quartiermeister. »Hast du eine Idee, wofür er uns braucht?«

»Vielleicht«, antwortete Vennemar geheimnisvoll. »Nein, ziemlich sicher sogar.«

Am nächsten Tag erfuhr Varus beim Frühstück mit Claudia Pulchra, dass der neue Statthalter die Nacht friedlich verbracht hatte. Quirinius bat darum, noch etwas ruhen zu dürfen, ohne unhöflich zu erscheinen. Zugleich ließ er den Wunsch anmelden, beim höchsten Stand der Sonne mit Varus in den Thermen des Palastes über bestimmte, sehr vertrauliche Dinge zu reden.

»Ich habe noch so viel zu tun bis zu unserer Abreise«, klagte Claudia Pulchra kurz darauf. Sie hatte ihren Ehemann bereits beim ersten Sonnenstrahl mit einem kleinen, selbstgedichteten Liebeslied zur Kithara geweckt. Varus lächelte und nickte. Nachdem sie gegangen war, blieb er noch eine Weile allein. Er dachte daran, wie riskant das Unternehmen war, auf das er sich in den vergangenen Monaten eingelassen hatte. Jetzt, da er kurz vor der Vollendung des Planes stand, schweiften seine Gedanken in die Vergangenheit. Er dachte an das Erbe, das ein Leben lang wie eine schwere Last auf seinen Schultern gelegen hatte.

Er war erst zwei Jahre alt gewesen, als einige der besten Männer Roms endgültig genug vom Größenwahn des Diktators Gaius Julius Caesar hatten. Erst sehr viel später hatte Varus verstanden, dass die Verteidiger der Republik, zu denen auch sein Vater gehört hatte, zwar an ein Ende, nicht aber an Mord gedacht hatten. Doch was als Warnsignal im Senat und für das Volk von Rom gedacht gewesen war, hatte sich durch einen kleinen, unvorhersehbaren Zufall zu einer Katastrophe ausgeweitet. Agrippa, der zusammen mit seinem Bruder und

Freund von Octavian einem kleinen Denkzettel für Caesar zugestimmt hatte, war in der Vorhalle des Capitols aufgehalten worden. Nur dadurch hatte er den Eingeweihten unter Cassius und Brutus nicht mehr wie vorgesehen in den Arm fallen können. Das angebliche Attentat sollte nur Warnung für den gerade erst auf Lebenszeit zum Diktator Ernannten sein. Doch der Plan war den überzeugten Anhängern der Republik vollkommen aus dem Ruder gelaufen.

Was dann, nach der Verfolgung und Vernichtung der Caesarenmörder, unter der Dreimännerherrschaft von Caesars Adoptivsohn Octavian, seinem Freund Marcus Antonius und dem Feldherrn Marcus Aemilius Lepidus an brutaler Rache, Listen mit Todeskandidaten und Enteignungen durch die brutalen Proskriptionen geschehen war, hatte auch Varus' Familie fast völlig ausgelöscht.

Durch den neu aufgeflammten Bürgerkrieg des gnadenlosen Triumvirats war Varus arm wie der letzte Haussklave aufgewachsen. Seine gesamte Kindheit bei Fremden und Verwandten war ihm vorgekommen, als wäre er selbst an der Ermordung des furchtbaren Gaius Julius Caesar mitschuldig gewesen. Erst im Alter von fünfzehn Jahren hatte ihm ein etwas jüngerer Mitschüler namens Publius Ovidius Naso verraten, was er von ihrem Lehrer, dem berühmten Vergil, gehört hatte.

»Du kannst nur einen sicheren Platz finden, wenn du die Namen deines Vaters und deines Großvaters nie wieder erwähnst.«

»Aber sie waren glühende Verteidiger der Republik.«

»Das sagen alle anderen auch, die heute um die Macht im Reich kämpfen – auch wenn ihr Weg mit großer Sicherheit die Republik beerdigt und zu Alleinherrschaft und Monarchie führt.«

Varus hatte jahrelang mit sich gerungen. Schließlich hatte er sich nach außen hin gegen seine eigenen Wurzeln und die Schatten der Vergangenheit entschieden. Für ihn galt fortan nur noch eins: die Sicherheit und Zukunft des Imperium Romanum. Und doch war eine Flamme ganz tief in seinem Inneren niemals erloschen: Es war das Licht von Wahrheit und Gerechtigkeit.

Bereits mit zweiundzwanzig Jahren war er Quästor in Westgriechenland geworden, obwohl dafür eigentlich ein Alter von achtundzwanzig Jahren erforderlich war. Trotzdem blieb noch ein Makel an ihm haften. Als Finanzprüfer in Patros, Verhandlungsführer bei den Orientzügen von Augustus gegen die Parther und dann als Konsul war er stets unbestechlich gewesen. Genau deshalb hatte er niemals über die Mittel verfügen können, mit denen andere sich freigebig Freunde, Achtung und Ämter kauften.

Im Gegensatz zu vielen Senatoren beherrschte er die Sprache der Hellenen wie seine eigene. Zu seinen Lieblingswerken gehörte der Bericht über den großen Krieg zwischen den Spartanern und Athenern. Ganz anders als ein Vierteljahrtausend später der Römer Julius Caesar hatte der Athener Thukydides seine strategischen Fehler mit keinem Wort beschönigt. Die Wahrheit, auch beim Eingeständnis des Versagens, hatte ihn für Varus zu einem vorbildlichen Feldherren und Politiker gemacht.

Soweit es dem Imperium und ihm selbst nicht mehr als nötig schadete, schob er deshalb eigene Irrtümer oder falsche Entscheidungen nicht auf das Wetter, unfähige Mitarbeiter, den alternden Augustus, die Götter oder andere widrige Umstände. Das betraf auch die Zeit, in der er dem grausamen König Herodes viel freie Hand gelassen hatte. Zu viel, wie er sich inzwischen eingestand. Auch über das, was nach dem Tod von Herodes geschehen war, konnte er weder Stolz noch Freude empfinden. Aber es war notwendig gewesen wie jede schmerzhafte Amputation, ohne die ein größerer Organismus zugrunde gehen konnte.

Sein ganzes Leben lang war Varus auf das Wohlwollen seines Gönners Augustus und das Vermögen seiner Ehefrauen angewiesen gewesen. Über seiner ersten Ehe lag inzwischen der Mantel des Vergessens. Seine zweite Ehefrau war Marcella Vipsania Agrippina gewesen, die Tochter von Augustus' Mitstreiter Agrippa, der in seiner eigenen dritten Ehe Julia, das einzige Kind des Herrschers, heiratete.

Agrippa war der Ankläger von Cassius als Mörder Caesars gewesen und hatte bei den Bürgerkriegen auf der Seite Octavians gekämpft. Als Admiral in der schon legendären Seeschlacht von Actium hatte er schließlich Marcus Antonius und Kleopatra besiegt und in die Flucht geschlagen.

Bereits durch seine zweite Ehefrau war Varus zum Verwandten von Augustus geworden – und nach dem Tod von Marcella Vipsania war er jetzt erneut durch Claudia Pulchra mit dem Herrscher verbunden.

Varus richtete sich auf und glaubte, ihr helles Lachen zu hören. In diesem Augenblick zerbrach eine Sperre ihn ihm. Alles, was viele Jahre lang ein Tabu für ihn gewesen war, existierte plötzlich nicht mehr. Er war noch immer ein Vertrauter und Gefolgsmann von Augustus. Aber er hatte sich in den vergangenen Monaten bereits dafür entschieden, eigene Wege zu gehen. Nicht für sich selbst, sondern dafür, dass aus den Wurzeln und dem Stamm wieder neue Zweige sprießen konnten.

Varus beschloss für sich, den Namen seines Vaters und seines Großvaters nicht länger totzuschweigen. Und er beschloss, dass es auch nach ihm selbst weitergehen sollte. Mit seiner dritten Frau wollte er nach all den Jahren des Dienstes für das *Imperium Romanum* endlich einen Sohn haben.

Er reckte sich, stand auf und ging mit weiten Schritten zum Kai des Palastes. Es machte ihm nichts aus, dass er seinen linken Fuß dabei nur auf den Zehen belastete. Die fast schon wiederhergestellte Trireme lag wie eine stolze, zu neuem Kampf bereite Seefestung am Uferkai des Palastes.

»So soll es sein!«, sagte der mehrmalige Statthalter des göttlichen Augustus fest entschlossen. »Ich werde die Linie des Hauses fortführen, sobald ich diese geheime Unternehmung zu Ende gebracht habe.«

Ein wohltuender Duft von Sandelholz und Weihrauch zog durch die Thermen im Palast des Statthalters der Provinz Syria. Quirinius ließ sein wollenes Handtuch von der Hüfte fallen und setzte sich auf eine gewärmte Marmorbank. »Und nun berichte, was du in den vergangenen Monaten erfahren hast«, forderte er Varus auf, der bereits auf einer Massagebank lag. »Augustus wartet ungeduldig auf deine Rückkehr.«

»Zehn Jahre«, sagte Varus und nickte den Badesklaven zu, die mit Schabeisen, hölzerner Schöpfschale und Krügen mit parfümiertem Olivenöl hantierten. »Zehn Jahre hatte Herodes Archelaos Zeit, um

Roms Bedingungen für eine Klientelkrone zu erfüllen. Aber er hat schändlichst versagt.«

Sie verließen den Kaltbaderaum und gingen am *tepidarium* vorbei direkt zum Warmbaderaum in den Thermen. Varus trug gepolsterte Sandalen aus Zedernholz, die extra für seine unterschiedlich geformten Füße angefertigt worden waren. Die beiden Männer legten ab und tauchten wohlig in das warme Wasser ein. »Archelaos hätte alles daransetzen müssen, um die elendigen Aufstände in Judäa und Samaria zu beenden. Aber was macht dieser Narr mit dem Vertrauen, das ihm von Augustus und mir selbst nach dem Tode seines Vaters gewährt wurde?«

Varus beantwortete seine Frage selbst. »Er benimmt sich mehr und mehr wie ein betrunkenes Wildschwein! Schlimmer als alle religiösen Eiferer und Straßenräuber aus seinem Volk!«

»Wir haben selbst Schuld«, sagte Quirinius. »Wer Unterworfene beherrschen will, muss seinen Handlangern nicht nur die Knute, sondern auch die Krone und eine Aura zubilligen.«

Varus dachte daran, dass König Herodes neben seinem Testament auch noch eine geheime Lebensbeichte verfasst hatte. Varus hatte sie an einen ungewöhnlichen Mann weitergegeben, der zu den Baumeistern, Priestern und Ältesten des Volkes Israel gehörte, die niemals an einem Aufstand gegen Rom beteiligt waren. In diesem Schriftstück hatte der größenwahnsinnige König seinen Schatzraub aus den Gräbern der Könige David und Salomo als sein gottgegebenes Recht dargestellt.

»Wenn es allein nach mir gegangen wäre, hätten die Judäer sämtlich Söhne ihres bösartigen Königs in die Wüste jagen können«, sagte Varus, während der Sklave seinen Rücken mit Öl massierte. »Herodes Archelaos ist bestimmt ebenso grausam und durchtrieben wie sein Vater, doch seine Schlauheit hat er nicht geerbt. Er hätte wissen müssen, dass die Pharisäer und der Lehrer der judäischen Gesetze nach dem Tod seines Vaters rebellieren und nach Freiheit rufen würden.«

»Er meinte, die Angelegenheit sei erledigt, indem er 3000 seiner Gegner niedermetzeln ließ.«

»Diese Eigenmächtigkeit entzündete den Zorn des ganzen Volkes«, knurrte Varus immer noch verärgert. »Als Archelaos dann mit seinem

Bruder Herodes Antipas nach Rom reiste, um sich von Augustus Krone und Königsring zu holen, drohten Aufstände. Ich musste eingreifen.«

»Ich weiß, ich war ja damals, nachdem du mich hier in Syria abgelöst hast, bei den Galatern und habe zuerst nicht verstanden, was in Jerusalem geschah.«

Varus lachte verächtlich. »Ich habe meinen obersten Finanzverwalter Sabinus mit 5000 unserer besten Legionäre und weiteren 5000 Hilfskräften nach Jerusalem geschickt. Sollte ich den drohenden Zerfall und die Aufstände in Herodes Königreich untätig dulden?«

Quirinius schüttelte den Kopf. »Nicht bei den ungeheuren Schätzen im Palast und im großen Tempel.«

»Genau das betraf auch meine Verantwortung«, sagte Varus. »Die Priester haben niemals ein Geheimnis daraus gemacht. Im Gegenteil – das ganze Volk und die Judäer überall im Reich sind stolz auf ihre Spenden für den Einen Gott. Leider verstieß Sabinus damals gegen meinen ausdrücklichen Befehl, drang in den Palast des toten Königs ein und besetzte ihn. Die ganze Stadt war zu dieser Zeit von Pilgern für die Feiern zum Erntefest überfüllt. Du kannst dir ihr Entsetzen und die Empörung vorstellen. In den 37 Jahren der Regierung von Herodes sind wir niemals in die Heilige Stadt oder Palästina einmarschiert. Und dann, als das ganze Land keinen König hatte, kamen unsere Gepanzerten mit Standarten und Götterbildern – bereit zu rauben und zu morden wie in den Tagen von Pompeius.«

»Es heißt, dass sich die Bewohner von Jerusalem und die Pilger so lange zurückhielten, wie sich Sabinus auf den Königspalast beschränkte.«

»Ja, das ist richtig. Doch dann streckte dieser habgierige Narr seine Hände auch nach den Tempelschätzen aus … und raubte sogar das wertvolle Gewand, das selbst der Hohe Priester nur einmal im Jahr anlegen durfte, wenn er im Allerheiligsten opfern wollte.«

»Du musst nicht weitersprechen!«, stieß Quirinius hervor. Er erhob sich von seiner Liege. »So ist das nie in Rom berichtet worden – auch nicht von dir, mein geschätzter Freund Quinctilius Varus.«

Varus erhob sich ebenfalls. Zusammen gingen sie in den Nebenraum, um sich abtrocknen und ankleiden zu lassen. »Augustus kennt die Wahrheit«, sagte Varus. »Er weiß auch, dass ich das Gewand des Hohen Priesters retten und versiegeln konnte. Das genügt.«

»Ja, du hast recht. Nicht alles eignet sich für die verkalkten Schwätzer im Senat.«

»Ich selbst war nicht dabei«, berichtete Varus, während er immer wieder die Lippen zusammenpresste. »Aber ich habe viele Zeugen der Geschehnisse verhört. Danach erhob sich das Volk zusammen mit den Pilgern mit einem einzigen Aufschrei gegen Sabinus. Die Schlacht wurde von unseren Legionären nur mit großen Mühen gewonnen, doch im Verlauf des Kampfes ging auch ein Teil des Tempels in Flammen auf. Sabinus plünderte in seiner Gier den Tempel. Unsere Soldaten schleppten Unmengen von Gold, Silber und Juwelen fort. Sabinus selbst soll 400 Talente geraubt haben ... Silber, an dem vierhundert Männer zu schleppen hatten!«

»Sabinus' Gier hat einen Vulkan ausbrechen lassen«, sagte Quirinius, und Varus fuhr fort: »Im ganzen Land bis hin zum Libanongebirge griffen die Menschen zu den Waffen. Ich selbst bin dann mit zwei Legionen nachgerückt, um in Jerusalem Recht und Ordnung wiederherzustellen. Natürlich musste ich anschließend im ganzen Land mit aufständischen Banden rechnen. Jedermann sollte wissen, was Widerstand gegen das Imperium bedeutet.«

Quirinius lächelte verständnisvoll. »Und dann hast du hier unsere Art der Strafe eingeführt, mit der Rom bereits Spartacus und seine aufständischen Sklaven belehrt hat.«

»Ja, das ist richtig. Die Judäer sollten sehen, dass Ungehorsam oder Aufstand gegen Rom nicht lohnt, wenn man dafür drei Tage und drei Nächte lang an einem Kreuz sein Leben lassen muss. Aber ich zeigte auch, was Milde heißt, indem ich gut die Hälfte der zweitausend Gekreuzigten nageln und nicht an den Armen hängen ließ. Genagelte erreicht der Tod bereits nach Stunden als Erlösung.«

Von der Frauenseite der Thermen erklang das Lachen von Claudia Pulchra. Sie unterhielt sich fröhlich mit ihren Freundinnen aus der Stadt. Varus verscheuchte seine düsteren Erinnerungen und erhob sich, um sich anzukleiden.

Die beiden Senatoren trafen sich in der hohen Empfangshalle wieder. Ebenso wie Quirinius hatte Varus eine Toga mit kunstvollem Faltenwurf angelegt. Das erschien ihm angemessener als seine Feldherren-Uniform. Am inneren Säulengang dann blieb Varus vor einer Reihe kostbarer Platten und Kannen aus Gold und Silber in einem Wandregal stehen.

»Ahnst du, woher dies alles stammt?«, fragte er.

Quirinius betrachtete das Schmuckgeschirr. Er nickte anerkennend. »Einiges sieht aus, als sei es von den besten Goldschmieden in Rom angefertigt worden. Als ich vor zehn Jahren diesen Palast verließ, war noch nichts davon vorhanden.«

»Dieses Tafelgeschirr schickten die römischen Judäer als Spende an Herodes.«

»Hat Sabinus das vor zehn Jahren übersehen?«

Varus nickte. »Wie vieles andere auch, als er dann flüchten musste. Herodes hat jahrelang Unmengen des erpressten Reichtums für den riesigen Tempelbau in Jerusalem verwendet. Ich glaube aber, dass er noch viel Gold und Silber zusammen mit den Schätzen versteckt hat, die aus den Gräbern der ersten Könige Israels stammen.«

Die beiden Senatoren warteten, bis eine Gruppe von Küchensklaven auf der anderen Seite der Empfangshalle Platten mit fertig dekorierten Köstlichkeiten vorbeigetragen hatte.

Quirinius sah Varus von der Seite her an. »Als mich Augustus erneut zum Statthalter ernannte, deutete er an, dass du mehr über die Schätze von Salomo, David und Herodes wüsstest.«

Varus' Gesichtsausdruck blieb unbewegt.

»Wir wissen beide, dass Augustus sich nichts entgehen lässt«, fuhr Quirinius fort. »Er sprach von unglaublich kostbaren Juwelen und Geschmeiden. Im Tempel und in seinem Grabmal sollen Leuchter und Opfertische aus massivem Gold versteckt sein ...«

»Ich war niemals im großen Tempel von Jerusalem«, wehrte Varus ab. »Nur Priester aus dem Volk Israel dürfen dort das Heiligste betreten.«

Quirinius lachte leise. »So schützt man Schätze besser als mit der schwerbewaffneten Prätorianer-Garde. Und niemand weiß, was wirklich im Tempel oder im Inneren von Herodes' Grabmal verborgen ist. Oder?«

Varus schmunzelte. »Willst du von mir ein Orakel hören?«

»Ich hätte nichts gegen die Wahrheit … ganz im Vertrauen natürlich.«

»Nun«, seufzte Varus. »Fest steht, dass der Sarkophag mit den sterblichen Überresten des Tyrannen nahezu unauffindbar auf halber Höhe in einer geheimen Grabkammer versteckt wurde.«

Quirinius beugte sich zuerst nach links und dann nach rechts, als wolle er feststellen, ob sich nicht irgendwelche Lauscher hinter den Säulen verbargen. »Mit allen Schätzen?«, fragte er halblaut.

Varus schob die Lippen vor und schüttelte schließlich den Kopf.

»Alles, was Herodes hinterließ, gehört dem Volk Israel«, antwortete er leise. »Ich habe meine Hand nur auf jenem Teil des Schatzes, den ich vor zehn Jahren meinem betrügerischen Finanzverwalter Sabinus abgenommen habe.«

»Ich hoffe nur, dass ich mir keine Sorgen um jenen Publius Quinctilius Varus machen muss, den ich bisher als unbestechlich und loyal kennengelernt habe.«

»Augustus will, dass endlich Frieden auch in diesem Teil des Reiches herrscht. Ich habe eine Vereinbarung mit den Ältesten der Judäer und Samarier. Ich sehe diesen Schatz daher als Unterpfand, damit hier Frieden herrscht. Aber es ist auch ein Pfand für das Gelingen eines größeren Plans zum Wohl unseres Imperium Romanum.«

»Varus! Varus!«, seufzte Quirinius besorgt.

Die u-förmig um einen Tisch angeordneten Dreifachliegen des *triclinum* waren bereits zwischen den schlanken Säulen zu sehen, als Varus einige Schritte weiterging. Er blieb vor einer Mauernische am Eingang zum Speisezimmer stehen und deutete auf die silbern-goldene Prachtschale. Sie zeigte ein Relief der römischen Göttin Minerva, die auf einem Felsen sitzend den linken Arm auf einen Schild gestützt hatte und mit der rechten auf ein Steuerruder. Auf ihrem lockigen Haar trug sie einen attischen Helm mit drei Federbüschen. »Das ist eines der wenigen Erbstücke, die mir nach dem erzwungenen Freitod meines Vater und der Auflösung seines Haushalts geblieben sind. Pallas Athene, wie meine Verwandten sie nannten, die mich anschließend aufgenommen haben.«

»Du warst noch ein Kleinkind damals.«

»Ja, und du kennst die Schmach, die trotz der Gunst und Güte unseres göttlichen Augustus immer noch über dem Namen meiner Familie liegt«, sagte er hart. Der neue Statthalter hob beschwichtigend die Hände.

»Du hast doch längst bewiesen, dass dir die Sünden der Vorväter nicht anzulasten sind. Gewiss, dein Großvater hat sich in aussichtsloser Lage in sein Schwert gestürzt, ebenso dein Vater nach der Schlacht von Philippi um seiner Ehre willen.«

»Ich denke anders darüber«, sagte Varus leise. »Nichts und niemand kann mir die Verantwortung für mein eigenes Handeln und die Folgen abnehmen. Nicht einmal ein feiger Freitod.«

Das Abendessen zur Begrüßung des neuen Statthalters begann bereits am späten Nachmittag. Die Sonne stand schon über den Bergen im Westen, und aus den Küchen roch es nach allen Köstlichkeiten des Orients. Langsam betteten sich die geladenen Gäste aus der Stadt, eine Handvoll hoher Beamter der Provinzverwaltung und die Befehlshaber der vier Legionen auf den flachen Liegen in ihre Kissen. Im Hintergrund begannen einige Sklavinnen mit leisem Schellenspiel und kunstvollen Flötenmelodien.

Nach scharf eingelegten Früchten reichten Sklaven in Kardamom und Cumin gebeizte Lammkeule mit teurem Weizenbrot und Schafskäse mit Olivenöl, Knoblauch und Myrrhe. Die beiden Senatoren wählten mit Kennerblick die kleinsten, aber besten Stücke aus und ließen sie auf ihre Teller legen.

Quer zu Varus lagen Sulpicius Quirinius, sein Rechtsberater und ein armenischer Fürstensohn, der ursprünglich als Geisel nach Rom gekommen war und inzwischen das römische Bürgerrecht erhalten hatte. Auf weiteren *clinen* lagerten die Oberbefehlshaber der drei in Antiochia und Caesarea stationierten Legionen.

»Unsere Legionen hier in Syria sind ganz hervorragend«, bemerkte Varus noch während des ersten Ganges. »Aber ich habe festgestellt, dass zu viele gute, bewährte Männer am Ende ihrer Dienstzeit die Legionen verlassen. Die meisten sind dann erst um die vierzig und könnten länger bleiben.«

»Sind die Anreize nicht hoch genug? Oder gibt es hier keine interessanten Ämter für Veteranen?«

Varus lachte trocken. »Ich fürchte, dass wir in dieser Provinz zu wenige Römer und zu viele Galater, Griechen, Mazedonier und sogar Araber und Judäer in den Kohorten haben. Keiner von denen will als Veteran nach Rom. Wenn ich noch einmal irgendwo den Oberbefehl übernehmen sollte, würde ich lieber für Römer als für Barbaren zahlen – auch wenn es doppelt so viel Sold kostet.«

Quirinius nickte zustimmend. »Nun, im Moment musst du dich nicht um Soldaten kümmern. Du bist auf Hochzeitsreise.«

»In manchen Gegenden reichen Hochzeitsreisende aus Rom nicht aus«, behauptete Rufus Ceionius Commodus von der anderen Seite her. Obwohl er als *tribunus lactavius* einen senatorischen Rang besaß, warf Varus dem jungen Legaten der sechsten Legion einen warnenden Blick zu. Er hatte den eingebildeten Schönling bereits in Caesarea kennengelernt und mochte ihn nicht. Von Freunden aus Ephesus wusste Varus, dass Rufus Commodus als Jüngling einige Zeit im nahen Haus von Tiberius auf Rhodos gelebt hatte.

Der adlige Knabe diente nur ein Pflichtjahr in der »Eisernen« ab, um sich danach wieder den Freuden der Muße in Rom zu widmen. Zum Befehlshaber der *ferrata* taugte er weniger als ein Germanenbariton zu einem griechischen Singspiel.

Commodus spuckte angewidert ein paar Gewürzkörner aus, die er aus Rom nicht kannte. Er schürzte die Lippen und ließ sie von einem sofort herbeieilenden Sklaven abtupfen.

»Es ist schon eine Zumutung, was man hier im Orient ertragen muss«, maulte er mit einem Blick zu Quirinius. »Seit die Herodessöhne und ihresgleichen wie Aasgeier wüten, ist hier nichts mehr zu holen. Wir mussten vor ein paar Monaten bereits Weizen aus Ägypten kommen lassen, nachdem die Samarier uns heimlich die Speicher ausgeräumt haben.«

»Dabei könnten die Provinz Syria und Judäa ein Land sein, in dem für Rom Milch und Honig fließen«, meinte Quirinius versöhnlich.

Die Sklaven trugen bereits die ersten Gänge des *caput cenae* auf und schenkten gewürzten Wein in große Goldbecher ein.

»Als ich vor sieben Jahren zum letzten Mal hier war« sagte Quirinius, »sollte der adoptierte Enkel von Augustus mit mir reisen. Aber er starb vorher im Kampf.«

»Ja, die Ungerechtigkeit Fortunas«, stimmte Varus zu. »Was konnte der Princeps tun, nachdem sein adoptierter Enkel tot war? Er hatte nur seine ungeliebte Tochter Julia. Und diesen Mann in unserem Alter, der sich bereits auf die Insel Rhodos zurückgezogen hatte und der in Rom nur noch als Freund des warmen Würzweins galt.«

Jeder der Anwesenden wusste, wem die verächtliche Bezeichnung galt, doch erst Quirinius sprach den Namen des Mannes aus. »Ich bin kein Freund von Caesar Nero Tiberius. Was ist das für ein Mann, der sich beleidigt zurückzog, als Augustus seine Enkel adoptierte und damit seine Nachfolger bestimmte? Gewiss, sie waren Söhne seiner einzigen Tochter Julia – aber auch Söhne des verstorbenen Agrippa. Nach dessen Tod ist Tiberius für ein paar Jahre Julias zweiter Ehemann und damit Schwiegersohn von Augustus gewesen, obwohl sein leiblicher Vater ebenso wie dein Vater, Varus, zu den verfolgten Anhängern der Republik gehörte.«

Commodus richtete sich auf. »Bei seinen jüngsten Zügen nördlich der Alpen ließ er sich von seinem griechischen Sterndeuter beraten.«

»Nun hat Augustus Tiberius adoptiert. Ich denke, der Einfluss von Livia Drusilla hat viel bewirkt. Immerhin hat Augustus sie geheiratet, als sie mit Tiberius schwanger ging. Sie wollte immer, dass ihr Sohn Tiberius die Nachfolge seines in Germanien umgekommenen Bruders Drusus antritt.«

»Und die Nachfolge von Caesar Augustus!«

Varus warf Commodus einen mahnenden Blick zu. Rom war weit, doch auch in der Provinz musste nicht jede Spekulation auf die Spitze getrieben werden.

Er beendete das Hauptmahl, winkte einem der Sklaven und ließ vor der *secunda mensa* alles für ein kleines Rauchopfer bringen. Diesmal zelebrierte er die Anrufung der Götter und das Lob des Kaisers, wie er es in den Tempeln der Judäer gesehen hatte. Er nahm Weihrauch und ein wenig Myrrhe, schichtete schmale Streifen von Brot und Zedernsamen zu einem faustgroßen Stapel in einer Eisenschale übereinander, die mit Karneolen, Lapislazuli und Rubinen ausgelegt war. Dann zündete er alles an.

Die Sklaven dämpften behutsam den Schein der Fackeln. Im Hintergrund begann Claudia Pulchra auf einer Kithara zu spielen. Mit klarer Stimme rief Varus den *genius* als Geist des neuen Hausherrn und die Schutzgeister des Hauses an. Anschließend opferte er einige Tropfen judäischen Salböls. Mit der gleichen, unschätzbar wertvollen Flüssigkeit sollten schon tausend Jahre früher die legendären Könige Salomo und David gesalbt worden sein.

Während die duftenden Flammen von der Opferschale bis zu den hohen Deckengemälden des *tricliniums* aufstiegen, lauschten die Männer dem Gesang von Varus' jungem Weib.

»Pulchra, die Auserlesene«, meinte Quirinius anerkennend, nachdem sie ihren Gesang beendet hatte.

Varus warf seiner jungen Ehefrau einen dankbaren Blick zu. Sie sah tatsächlich wie eine Göttin aus. Er hätte es auch anders treffen können, aber Claudia Pulchra hatte zu seiner Freude nichts von der Hochnäsigkeit der Damen aus der engeren Verwandtschaft des Augustus. Ihr Onkel M. Claudius Marcellus war mit Julia, der einzigen und inzwischen auf eine Insel verbannten Tochter von Augustus, verheiratet gewesen, ihre Tante Marcella Major mit dem großen Agrippa. Ihre Tante Antonia Minor war die Ehefrau des berühmten Feldherrn Drusus gewesen, der vor seinem Tod in den Wäldern Germaniens von Augustus adoptiert worden war – ebenso wie erst Jahre viele später sein jüngerer Bruder Tiberius.

Es war ein vielfach verknüpftes Geflecht, das sie alle hielt.

Später, als die letzten Gäste gegangen waren, trat Varus allein mit Quirinius auf die langgestreckte Terrasse hinaus. Schweigend blickten sie über den Hafen, den Fluss und den Circus hinweg. Es war still gegen Mitte der Nacht unter einem samtigen, schwarzblauen Himmelszelt, an dem die Sterne hell wie die Augen Tausender von Göttern und Göttinnen strahlten. Nur die Zikaden zirpten unermüdlich. Antiochia gehörte zu den wenigen Städten des riesigen Reiches, in denen die Hauptstraßen und die großen Plätze nachts durch Fackeln an den Häusern und auf Stangen beleuchtet wurden. Erdpech und Naphtha gab es in der Provinz Syria so überreichlich, dass einige Händler die klebrige Masse bereits wie schweren Wein bis zu den Zinnminen Britanniens verschifften.

»Ich bin besorgt, Varus«, sagte Quirinius schließlich. »Ja, ich bin sehr besorgt um dich. Dieser unangenehme Commodus als gegenwärtiger Legat der *legio ferrata* hat mich daran erinnert, dass du mit Tiberius und Augustus ein Geheimnis teilst, das für die beiden immer noch ziemlich peinlich werden könnte.«

Varus ging ein paar Schritte vor, dann hob er seinen linken Hacken und ließ den Fuß nur auf den Zehen stehen. »Ich habe bisher nie darüber gesprochen.«

»Aber ich weiß nun einmal, dass du es warst, der damals die erfolgreichen Verhandlungen mit den Sternkundigen der Parther geführt hat. Ohne dein Geschick hätten Augustus und Tiberius keinen der Legionsadler wiedergesehen, die der leichtsinnige Crassus verloren hat.«

»Das alles ist doch längst verweht im Strom der Zeit.«

»Nicht, wenn Senat und Volk nach dem Tod des göttlichen Augustus entscheiden müssen, ob Tiberius als Gottessohn zu seinem Nachfolger und *caesar* ernannt wird. Ein Wort von dir könnte einen Sturm der Entrüstung gegen eine Monarchie und damit gegen Tiberius auslösen.«

Varus nickte erneut. Obwohl der Tag sehr lang gewesen war und er viele Pflichten zu erledigen hatte, spürte er keine Müdigkeit. »Der Ruf nach Rückkehr zu den Idealen der Republik wird sich nicht ewig unterdrücken lassen. Augustus geht inzwischen auf die siebzig zu. Er ist zwar nominell kein Kaiser, doch auch als Princeps ist er längst Alleinherrscher und Gott.«

»Und er hat ohne jeden Zweifel monarchische Absichten«, warf Quirinius ein. »Er braucht dafür einen Nachfolger und Erben. Und er hat nur noch Tiberius.«

»Tiberius wird nur dann Nachfolger von Augustus oder gar Kaiser, wenn der Senat oder genügende Legionen hinter ihm stehen«, stellte Varus fest.

Quirinius nickte. »Wir Senatoren mögen Tiberius nicht«, sagte er. »Und weder er noch seine Mutter Drusilla haben genügend Geld, um die Legionen zu bezahlen, wenn Augustus eines Tages nicht mehr lebt.«

»Wie oft waren Drusus und nach ihm auch sein Bruder Tiberius in Germanien?«, fragte Varus wie ein Quästor, der alle Einnahmen zählt. »Was haben sie erreicht? Welche Kornkammern erobert? Welche Goldminen oder andere Schätze für Rom erkämpft? Sag nichts, denn ich will dir antworten: Einige tausend Halbwilde mit breiten Schultern, starken Hälsen und quadratischen Gesichtern für die Prätorianergarde in Rom und unsere Legionen, dazu stämmige und blonde Weiber als begehrte Sklavinnen und Lieferantinnen für blondes Perückenhaar. Und das soll alles sein aus dieser angeblich so wichtigen neuen Provinz Germanien?«

Es wurde langsam kühl. Quirinius schlug ein Ende seiner Toga über den Kopf. Er leistete sich diese Regelwidrigkeit, auch wenn er wie die anderen Senatoren sonst gut eine Stunde für den perfekten Faltenfall des großen Tuches aufwendete. »Du hast die Ausweitung der Rheingrenze bis zur See im Norden und zur Elbe selbst mit geplant, als du vor zwei Jahrzehnten zusammen mit Tiberius Konsul warst.«

»O ja, das habe ich«, sagte Varus mit einem abfälligen Lachen. »Aber dieses verdammte Land besteht nur aus finsterem Wald mit Sümpfen ohne Straßen, langen Wintern und mehr Regen pro Woche als hier im ganzen Jahr. Und die Germanen selbst? Die gibt es überhaupt nicht. Das ist ein leeres Wort – wie wir auch jene insgesamt Barbaren nennen, die unsere Sprache nicht verstehen. Germanen … das sind Dutzende von Völkern, Stämmen, Sippen und zerstrittenen Familien. Dagegen sind Araber, Beduinen und selbst die Stämme Israels friedliche, kultivierte Hausgenossen. Nein, in Germanien ist nichts zu gewinnen. Viel interessanter und auch reicher wäre Judäa als neue römische Provinz.«

»Du meinst also, dass Tiberius nichts außer seinen angeblichen Siegen in Germaniens Wäldern aufzuweisen hat.«

»Ich sage noch einmal: Er besitzt kein Hundertstel jenes Vermögens, das ich jetzt als Pfand bewahre. Aber ich selbst habe keinerlei Absichten zu irgendwelchen Intrigen oder Ränkespielen.«

»Und wenn Tiberius gegen die einzig mächtigen Germanen unter König Marbod siegen sollte?«

»Haben die Markomannen Schätze?«, fragte Varus spöttisch. »Würden sie reichen für einen triumphalen Einzug von Tiberius in Rom? Nein, Quirinius, dieser Mann hängt völlig von Augustus' Gunst und dem Einfluss seiner Mutter ab.«

»Und falls Augustus stirbt? Er schwebte schon mehr als einmal am Rande des Todes. Würdest du auch dann noch schweigen? Ich meine, wenn Tiberius sein Erbe antreten will?«

Varus schüttelte den Kopf. »Augustus weiß, dass er sich auf mich verlassen kann. Ich habe einen Eid geschworen, doch nicht auf einen Caesar oder vergöttlichten Augustus, sondern auf das Imperium Romanum.«

Am nächsten Morgen zeigte sich Quirinius auch vor den Abgesandten des Magistrats von Antiochia und der syrischen Provinzverwaltung als neuer Statthalter. Zum zweiten Mal übernahm er den Palast am Fluss.

»Willst du nicht doch an meiner Stelle…?«, fragte er scherzhaft im Durcheinander der ständig neu auftauchenden Abordnungen. Varus hob abwehrend die Hände.

»Auf keinen Fall! Schon der Gedanke an die ganzen Paraden und Ansprachen vor angetretenen Legionen hält mich davon ab. Ich brenne darauf, mit Claudia nach Rom zurückzureisen.«

»Dann bleibt nur noch die Frage der judäischen Bittgesandten. Willst du sie wirklich auf einem Kriegsschiff mitnehmen?«

»Es ist ja nicht das erste Mal, dass Judäer im Auftrag ihres Volkes nach Rom reisen«, sagte Varus. »Selbst ihre eigenen Volksfürsten waren mehrmals zum Bericht dort.«

»Ich werde zustimmen, wenn du Augustus die Ablösung von Herodes Archelaos vorschlägst. Immerhin ist das eine Entscheidung, die jetzt meine Provinz betrifft.« Quirinius lachte hungrig. »Und natürlich kann niemand etwas gegen eine kampflose Vergrößerung der Provinz Syria um die Gebiete Idumäa, Judäa und Samaria haben. Am liebsten auch noch mit Galiläa.«

Sie gingen so schnell nebeneinander, wie es ihre Togen und die Hitze des Vormittags zuließen – immer hundert Schritt nach Norden, dann wieder hundert Schritt nach Süden.

An jedem Ende der Terrasse standen mit langen Tüchern gedeckte Holztische, die Palastsklaven mit üppigen Blumengestecken geschmückt hatten. Jetzt boten sie darauf Eis aus Berghöhlen und gekühltes Quellwasser, Feigen, Ziegenkäse und halbe, entkernte Honigmelonen mit süßem Minzwein an. Hier blieben die beiden bewährten Verwalter römischer Provinzen stehen und erfrischten sich kurz.

»Wir sollten mit einem ihrer Anführer namens Joseph sprechen«, wandte sich Varus an Quirinius. »Es wäre sinnvoll, wenn du diese Befragung zu Protokoll nehmen und von zwei schriftkundigen Zeugen aus den Reihen der Judäer bestätigen ließest. Sicher ist sicher … auch für dich … falls jemand in Rom auf falsche Gedanken kommt.«

»Du bist ein kluger Mann, mein lieber Varus. Und ein vorausschauender, denn gegen spätere Gerüchte ist selbst der beste Feldherr ein Gladiator ohne Schutz. Und auf dem Flug nach Rom hat sich schon so manche weiße Taube zu einem scharfen Habicht gemausert.«

Varus lächelte wissend. »Oder zu einem bösartigen Geier.«

Für denselben Abend hatte Claudia Pulchra zu ihrem eigenen Abschiedsfest eingeladen. Es fand nicht in Antiochia statt, sondern drei Meilen vom Fluss und vom Palast entfernt in den östlichen Bergen. Hier befand sich der streng bewachte Apollo-Tempel im Lorbeerhain der Nymphe Daphne. Nachdem Amors Pfeil beim Gott Apollo die Liebe zur Daphne geweckt hatte, hatte sein Pfeil auf die Tochter von Gaia vollkommen versagt. Statt Apollo zu erhören, eiferte Daphne der jungfräulichen Göttin Diana nach.

Marianme, eine von Claudias neuen Freundinnen, küsste nacheinander die Anwesenden. Sie war die dunkelhäutige Lieblingsfrau eines sehr reichen arabischen Kaufmanns, der Parther und Römer, Besatzer und Unterdrückte gleichermaßen mit den benötigten Waren belieferte.

Die Tänze und Gesänge dauerten bis tief in die Nacht. Zum Schluss veranstaltete die Großnichte von Augustus eine Zeremonie, bei der die Frauen sich entkleideten, um unter dem weichen, dunkelblauen Nachthimmel zur Mondgöttin zu beten.

»Wir verehren gar nicht Roms Luna oder Diana«, flüsterte Marianme Claudia zu, »sondern die griechische Mondgöttin mit den Namen Selene und Artemis. Du hast sie ganz bestimmt gesehen, als du mit deinem Gatten in Ephesus warst.«

Claudia lächelte erhitzt und nickte. Varus hatte ihrer Teilnahme an der Zeremonie zugestimmt, wenn auch unter der Bedingung, dass seine von ihm selbst zusammengestellte Wachmannschaft den Lorbeerhain absicherte. Es war für Claudia ein Abschied vom Orient. Sie wusste, das ihr Gemahl weder von den hellenischen noch von den römischen Gottheiten viel hielt, obwohl er schon einmal zum Pontifex für die Jupiterfeiern in Rom ernannt worden war.

»Die Göttin des Mondes und Beschützerin der Frauen wird dich schon bald ansehen«, sagte Marianme.

»Was weißt du?«, fragte Claudia. Sie war erschöpft und erregt zugleich, wie jedes Mal nach den Luna-Ritualen. »Los, sag schon, damit ich Ruhe finde.«

Die andere lachte nur.

»Es war sehr schön bei euch«, sagte Claudia Pulchra mit einem bedauernden Seufzer. »Diese Erinnerungen werden immer in meinem Herzen bleiben.«

»Lass deinen Gemahl von Zeit zu Zeit ein wenig davon spüren«, sagte Marianme. »Auch wenn die Männer sich inzwischen als Herrscher und als Helden in unserer Völker feiern lassen, bleibt doch Kleopatra ebenso unvergessen wie unsere großen Göttinnen der Vergangenheit.«

»Ihr habt mir viel von Isis und Astarte, Inanna und den großen Göttinnen erzählt.«

»Sie werden wiederkommen und ihre wahre Stärke zeigen«, sagte

Marianme. »Und selbst im Norden soll eine Göttin, eine Magierin am Elbefluss vor eurem siegreichen Eroberer Drusus erschienen sein. Voll Furcht vor ihrer weißen Kraft ist er zurückgewichen und danach auf der Flucht vom Pferd gestürzt ...«

»Davon habe ich gehört«, sagte Claudia Pulchra. »Die Offiziere der Legionen sprachen mehrmals über das rätselhafte Unglück, das seinen Bruder Tiberius zum Nachfolger gemacht hat.«

»Achte auf die Vestalinnen, wenn du wieder in Rom bist«, flüsterte Marianme. »Dein Ehemann soll als früherer Oberpriester noch immer gute Beziehungen zu ihnen haben ... ebenso wie zu Julia, der verbannten Tochter von Augustus.«

Claudia lachte leise. »Wundert dich das?«, fragte sie. »Ich bin selbst Römerin aus einer adligen Familie. Wer zu den Juliern, den Claudiern oder anderen großen Geschlechtern gehört, fällt durch kein Netz.«

Marianme küsste sie auf die Stirn. »Solange nicht jemand ganz heimlich die Schlingen erweitert oder ein paar Knoten löst.«

»Ja, das wird stimmen«, sagte Claudia. »Aber mein Gemahl geht in keine Falle. Und er hat ganz bestimmt nicht zufällig wichtige Senatoren als Ehemänner für seine beiden Schwestern ausgewählt.«

»Stelle dich gut mit ihnen, aber biedere dich niemals bei ihnen an. Nur sie selbst wissen, ob sie deinen Gemahl bewundern oder hassen für das, was er mit ihrem Leben gemacht hat.«

»Ich danke dir für deinen Rat.«

»Und noch etwas«, sagte Marianme leise lachend. »Leg dein orangefarbenes Hochzeitstuch als Stola um, wenn du möchtest, dass er zu dir kommt. Und bitte unsere Mondgöttin Selene, dass sie sich für eine Nacht abwendet und die Macht des *Sol invictus* zulässt.«

Varus und Quirinius erwarteten bereits in der Morgenfrische das Eintreffen des judäischen Verhandlungsführers. Er kam in Begleitung einer Wache unter dem Kommando eines Centurio-Veteranen. Die beiden Senatoren empfingen ihn auf der Terrasse unter einem bunten Sonnendach. Varus freute sich, als er den gut vierzig Jahre alten Legionär erkannte.

»Du kannst gleich hierbleiben.«

Der Veteran sah zwischen all den Sklaven und Bediensteten des Palastes wie ein Riese aus. Er stammte aus jenen Gegenden jenseits der Alpen, die für die Römer fast so schrecklich kalt und düster waren wie der Schlund der Unterwelt, den der dreiköpfige Höllenhund Cerberus bewachte. Man sah dem gebürtigen Sugambrer nicht an, dass er mehr als zwanzig Jahre im Dienst bei den Legionen hinter sich hatte.

»Er heißt Vennemar«, erklärte Varus dem zurückgekehrten Statthalter. Mit seinem kurzen, rotbraunen Bart und seinen hellgrau blitzenden Augen wirkte der Germane noch immer, als würde er nicht einmal einen Kampf gegen Gladiatoren scheuen. Er zog sich so weit zurück, wie es die Höflichkeit erforderte.

»Ich halte von Vennemar mehr als von manchen unserer verweichlichten Tribunen«, fuhr Varus fort. »Er wollte sich in Caesarea bereits nach Italien einschiffen, als wir uns zufällig trafen. Ich habe ihn gebeten, erneut die Uniform zu tragen und mich als Leibwächter im Rang eines *primus pilus* zu schützen. Er soll mich und Claudia Pulchra als ›erster Speer‹ mit einer Handvoll ebenfalls bewährter Veteranen begleiten. Ich hoffe, du hast nichts dagegen.«

»Wie käme ich dazu?«, antworte Quirinius schmunzelnd.

»Dieser Vennemar ist ein Symbol für die Stärke des Imperiums und zugleich für unsere Schwäche«, sagte Varus nachdenklich. »Nach einem halben Leben unter unseren Waffen wollte er nach Rom, um sich das Bürgerrecht zu holen. Dummerweise stammt er aus dem germanischen Fürstenhaus vom Stamm der Sugambrer. Und dem nimmt das Imperium noch immer übel, dass dieses Volk vor zwei Jahrzehnten den Rhein als Grenzfluss überschritt.«

Quirinius schnaubte durch die Nase. »Die gesamte fünfte Legion unseres Statthalters in *Gallia comata* wurde bei diesem Überfall vernichtet. Dabei hat der unglückliche Marcus Lollius auch noch die Adlerzeichen der Legion und fast noch seine silberne Turniermaske eingebüßt.«

»Unbestritten«, sagte Varus, »aber seine Niederlage hätte ihm viel mehr Verachtung eingebracht, wenn sie nicht allzu peinlich an die Verluste der Legionsadler bei den Parthern im Orient erinnert hätte.

So aber durfte Lollius sich als Begleiter von Augustus' unglücklichem Enkel Gaius hier im Orient bewähren.«

»Und dabei sterben. Ich habe gehört, dass seine Gesichtsmaske nach dem Tod von Lollius an Tiberius weitergegeben wurde. Vor vier Jahren, als Tiberius noch zurückgezogen auf Rhodos gelebt hat.«

»Das alles hat sich ja nun gründlich geändert«, meinte Varus. »Der übergangene und beleidigte Tiberius zieht wieder mit Roms Legionen an Rhein und Donau durch das *barbaricum*.«

Quirinius lachte mitleidig. Varus hob ebenfalls belustigt die Brauen, schnalzte kurz mit den Lippen und winkte den Germanen zu sich heran. »Wer kommt außer dem Verhandlungsführer der Judäer und Samarier?«

»Joseph von Bethlehem bringt seine beiden Lehrjungen mit …«

Varus' Gesicht verdunkelte sich. »Hatte ich nicht befohlen …«

»… dass zwei schriftkundige Zeugen kommen sollen«, sagte Vennemar schnell. »Ja, Herr, das hast du. Und ich weiß ebenso wie du, dass zwei Judäer mindestens drei Meinungen vertreten. Sie schlagen und bekriegen sich unter der Herrschaft ihres einen Gottes, als hätte jeder von ihnen ein größeres Pantheon als Römer und Griechen gemeinsam.«

»Was ist mit Joseph von Bethlehem?«, wollte Quirinius wissen.

»Ich sagte, dass er Judäer ist und die Anweisung wörtlich genommen hat. Er ist deshalb nicht mit weiteren Männern erschienen, sondern mit zwei angeblich Schriftkundigen. Sie heißen, wie schon amtlich festgestellt wurde, Jochanan und Jeshua.«

»Lehrjungen!«, tadelte Varus. »Die sollen wir als Zeugen akzeptieren, wenn auf dem Spiel steht, ob ganze Völkerstämme ihren Herrscher loswerden oder als Sklaven in den Steinbruch gehen?«

Quirinius zeigte sich ebenfalls erstaunt. Er griff nach einem großen, randvoll gefüllten Weinkelch. Der Wein schwappte auf den Boden. Sofort löste sich einer der Sklaven aus dem Schatten und eilte mit einem Tuch herbei. Der Centurio hob besänftigend die Hände.

»Genau diese beiden Knaben wurden auch von den Pharisäern in der Delegation anerkannt«, sagte Vennemar zur Entschuldigung. »Sie sollen sehr klug sein … und belesen in ihren heiligen Schriften.«

»Wie alt?«, fragte Quirinius. Er hob die Beine, um dem vor seiner Weinpfütze kriechenden Sklaven Platz zu machen.

»Einer ist zwölfeinhalb, der andere dreizehn Jahre alt. Der Jüngere hat nach dem Passahfest im Frühjahr drei Tage lang mit den besten Schriftgelehrten im großen Tempel von Jerusalem ein Streitgespräch geführt.«

»Wie ist das möglich?«, fragte Quirinius.

»Ich bin nicht sicher, aber die Anhörung des Jungen könnte auch ein Verhör, ein Tribunal oder die Prüfung einer Prophezeiung gewesen sein.«

»Nun gut!«, sagte Varus leicht verärgert. »Sie sollen kommen! Aber ich will zusätzlich drei von unseren Schreibsklaven. Sie sollen jedes Wort in Schnellschrift ins Wachs von ihren Schreibtafeln eindrücken und anschließend vergleichen. Ich brauche ein unanfechtbares Protokoll für den Senat in Rom.«

Vennemar erinnerte sich noch sehr gut an die Zeit nach dem Tod des Judäerkönigs Herodes. Er selbst hatte damals von Varus zwei silberne *phalerae* erhalten, nachdem die Gegend um Jerusalem wieder befriedet war.

Trotzdem wäre es damals fast noch zu einer Katastrophe gekommen. Vennemar dachte oft daran. Wenn er die Judäer damals nicht mit seiner Palastwache in einen Hohlweg gelockt hätte, wäre die ›Eiserne‹ im Kidrontal in hundert Teile zerbrochen. Irgendwie war es ihm gelungen, ein Dutzend wilder Bogenschützen aus dem felsigen Trachon östlich von Damaskus für ihre Sache zu gewinnen. Er kannte die Männer mit langen Mantelumhängen und wie Spitzkegel auf den Köpfen sitzenden Helmen aus seiner Zeit in der Palastwache von Herodes. Die ungewöhnlichen Araber waren in der Lage, mit geschlossenen Augen allein nach dem Gehör zu treffen. Und sie hatten getroffen, immer wieder. Nach dem Sieg über die Aufständischen hatten sie Varus' Finanzverwalter Sabinus bis zu den Golanhöhen und ins Libanongebirge verfolgt und ihm die geraubten Schätzte aus dem Tempel und dem Palast wieder abgenommen …

Nachdem Quirinius den Abgesandten der judäisch-samarischen Delegation lange gemustert hatte, bot er ihm einen Platz an.

»Du also bist Joseph von Bethlehem«, sagte Quirinius. »Erfahrener Tekton … Architekt vielleicht, aber zumindest Baumeister bei der Errichtung des prächtigen Herodes-Tempels und beim Wiederaufbau unserer neuen Verwaltungsstadt Sephoria bei eurem Dorf Nazareth.«

»Die kurz zuvor von euch zerstört wurde«, warf der ältere der beiden Jungen ein. Die Statthalter hatten sie bisher kaum mehr beachtet als Hausklaven. Der jüngere der beiden Knaben senkte den Kopf und legte entschuldigend seine Hand über den Mund des anderen. Varus und Vennemar warfen sich einen kurzen Blick zu. Sie wussten beide, was der alte und neue Statthalter jetzt fragen würde.

»Hast du vor zehn Jahren auch zu den Aufständischen gehört?«

»Ich weiß, wo dieser Mann war«, unterbrach Varus. »Er ist noch zu Lebzeiten von Königs Herodes geflohen und hat sich mit Weib und Kind in Ägypten versteckt. Er ist es, dem ich später die Lebensbeichte von Herodes gab.«

Quirinius hob die Hand. »Und ihr seid erst nach dem Tod von Roms großem Freund Herodes zurückgekehrt?«

»Ja, das ist richtig, Herr. Und es waren grausame Zeiten, in denen sein Sohn Archelaos sein Erbe wie ein Besessener verwaltete …«

»Dazu kommen wir noch. Zuerst aber: Woher wusstest du, dass Herodes nach einem neugeborenen König der Judäer suchte, um ihn zu töten?«

»Von denselben Abgesandten der Parther, die zuvor im Herodes-palast nach dem neuen König gefragt hatten …«

»Welchem neuen König?«, fragte Quirinius. »Und woher wussten die Männer aus Mesopotamien davon?«

»Sie waren Eingeweihte, die aus den Zeichen des Himmels lesen können. Sie haben einen Stern gesehen. Und als sie fragten, gab ihnen Herodes den Befehl, nach dem neugeborenen König zu suchen und ihm sofort zu melden, wenn sie ihn gefunden hatten.«

Varus und Joseph sahen sich wortlos an. Im selben Moment trat Jochanan einen Schritt vor.

»Es steht geschrieben in der Weissagung des Propheten Jesaja, dass unser Volk, in dessen Land die Finsternis eingezogen ist, eines Tages ein helles Licht sehen wird … weil uns ein Sohn geboren und die Herrschaft auf seine Schultern gelegt wird …«

»Sie nennen ihn Messias«, sagte Varus. Quirinius stutzte und zog die Brauen hoch.

»Ach der!«, sagte er dann. »Davon habe ich damals auch gehört. Eine der vielen Legenden unter den Völkern des Imperiums.«

Jochanan ließ sich nicht beirren. »Unser Erlöser ist der Fürst des Friedens, der für Recht und Gerechtigkeit sorgen wird. Unsere Schätze werden wir dem König übergeben, der das Volk Israel und viele andere Menschen von seinen Sünden erlöst und ihnen Freiheit schenkt.«

»Ja, ja und Schluss jetzt!«, stieß Quirinius ärgerlich hervor.

»Wenn ich nicht wüsste, dass ihr Judäer seid, könnte man denken, das alles passt auf den mächtigen Augustus und Rom«, mischte sich Varus diplomatisch ein. »Als er noch Octavian hieß, hat er viele Siege errungen. Jetzt aber wollen wir ihn als Friedensgott verehren.«

»Nein, der Messias ist kein Römer, sondern wird von Jahwe, dem Allmächtigen, geschickt«, widersprach Joseph.

»Es hilft eurer Sache nicht, wenn du uns belehren willst«, sagte Varus warnend. Im selben Augenblick trat der ältere der beiden Jungen vor.

»Wir haben das Königtum des verhassten Herodes erduldet«, stieß er hervor, »und die Erpressung unserer Hohen Priester. Aber mit Archelaos können und wollen wir nicht weiter leben. Wir halten es daher für besser, wenn unser Land vollends römisch wird.«

Varus und Vennemar wechselten einen schnellen Blick. Der kräftige Centurio packte Jochanan mit einer Hand im Nacken, hob ihn hoch und stellte ihn wie lästig gewordenes Marschgepäck zur Seite. Jochanan wollte protestieren, aber er konnte nur noch hilflos nach Luft schnappen.

»Gut, gut«, wehrte Varus ab. Er drehte sich zur Seite und nahm sich eine Weintraube aus einer Silberschale.

Quirinius stimmte zu. »Mich interessiert viel mehr, was die Magier der Parther damals über den König, der kommen sollte, gesagt haben.

War von einem Herodes-Sohn die Rede … oder einem der Adoptiv-söhne von Augustus … von Drusus schon nicht mehr, aber Tiberius vielleicht? Oder ging es ganz einfach um einen ihrer eigenen Thron-folger?«

Joseph schützte die Lippen. Man sah ihm an, wie sorgfältig er über-legte. »Nein«, sagte er dann. »Die sternkundigen Parther sprachen nicht über Kriege, Siege oder Niederlagen Roms. Sie berichteten uns, mit wie viel Bewunderung sie die Säulen und Mauern des großen Tempels in Jerusalem gesehen hätten.«

»Was ist damals noch geschehen?«, fragte Varus knapp.

Joseph antwortete ebenso sachlich: »Nachdem die Parther in Jeru-salem angekommen waren, wurden ihnen die Kamele von Sklaven abgenommen. König Herodes erschrak, als er erfuhr, was die Stern-kundigen aus dem Morgenland wollten. Dann wurden die Botschaf-ter in einen Vorraum der Audienzhalle gebracht – zusammen mit ei-nem Dutzend weiterer Besucher aus den verschiedenen Teilen des Imperium Romanum. Einigen von ihnen wurde köstliche Speisen, Früchte und Wein aus goldenen Kelchen gereicht. Die drei Weisen und ihre Bediensteten mussten dagegen auf Steinbänken den ganzen Tag warten. In der Zwischenzeit ließ Herodes den Hohen Priester und Schriftgelehrte rufen. Er wollte wissen, wo der neue König geboren sein sollte. Sie sagten ihm: ›In Bethlehem in Judäa … denn so steht es geschrieben durch den Propheten Micha.‹ Herodes schickte alle fort, rief die Weisen heimlich zu sich und fragte sie ganz genau, wann der Stern erschienen war. Noch in der Nacht schickte er sie nach Bethle-hem weiter, um das Neugeborene zu suchen. ›Wenn ihr es findet, sagt es mir, damit ich es ebenfalls anbeten kann.‹«

»Hast du das gewusst?«, fragte Quirinius erstaunt. »So ein verräteri-scher Lumpenhund! Uns hat er all die Jahre weisgemacht, dass Augus-tus für ihn der Allerhöchste ist.«

Varus presste die Lippen zusammen. Er hörte so angespannt zu, dass er noch immer seine Weintraube hochhielt, ohne eine der Beeren zu kosten. »Wie ging es weiter?«

Joseph zeigte keine Unsicherheit. »Wir waren vollkommen über-rascht, denn wir waren nicht auf hohen Besuch vorbereitet. Bethlehem war wegen der Steuerschätzung im ganzen Land derartig überfüllt, dass wir nicht einmal bei meinen Freunden oder Verwandten unterkommen konnten.

Als die drei Parther uns nach langem Suchen fanden, machten sie dem Neugeborenen Geschenke. Ich brachte alles heimlich auf meinem Esel in den neuen Tempel nach Jerusalem.«

»Und die drei Botschafter?«

»Während meiner Abwesenheit befahl Gott den Weisen aus dem Morgenland im Traum, nicht wieder zu König Herodes zurückzukehren. Ich habe sie nicht mehr gesehen.«

»Dann waren es gar nicht die Weisen, die dich auf den Gedanken an eine Flucht vor Herodes brachten.«

»Das ist richtig«, antwortete Joseph. »Gleich nach der Abreise der Sternkundigen erschien auch mir der Engel des Herrn im Traum und sprach: ›Steh auf, nimm das Kind und seine Mutter mit dir und flieh nach Ägypten. Du musst so lange dort bleiben, wie ich es sage.‹«

Für einen langen Augenblick blieb alles still im großen Raum. Selbst die Schreiber wagten kaum zu atmen.

»Eigentlich sehr bedauerlich, dass wir römischen Statthalter nur unsere Hausgeister und keine derartigen Engel als Ratgeber haben«, meinte Varus schließlich.

Erst jetzt schien den beiden Statthaltern bewusst zu werden, in welcher merkwürdigen Situation sie sich befanden. Sie hatten beide die ausschweifende und menschenverachtende Herrschaft des von Rom eingesetzten Königs Herodes über die Judäer miterlebt. Dabei hatte dieser Herrscher zu keinem der zwölf Stämme Israels, sondern zum arabischen Stamm der Idumäer gehört, deren Gebiet die Felsen und die Wüste zwischen dem Toten Meer und der Küste des Mittelmeeres war. Die Judäer hatten ihn selbst dann nicht anerkannt, als er den Tempel Salomos größer und schöner als je zuvor in der Geschichte Israels neu erbauen ließ.

Der hagere Baumeister saß plötzlich wie ein glanzvoller und mächtiger Hohe Priester vor den Römern. Er stockte und schien in sich hineinzusehen.

»Ich habe die Pyramiden in Ägypten gesehen«, sagte er stolz. »Und von den stufenförmigen Zikkurats zwischen Euphrat und Tigris gehört. Aber das würfelförmige Hauptgebäude des Herodestempels kann sich jederzeit mit beiden messen.« Es war, als würde er den beiden Senatoren seine eigenen Baupläne und Visionen verkaufen wollen. »Es ist für alle Gläubigen nach einem langen Weg auf Kamelen, Eseln oder Maultieren ein paradiesisches Erlebnis, wenn sie den Tempelvorhof mit weißem und rosafarbenem Marmor betreten, mit blauen und goldenen Zierflächen und weinroten, ebenfalls golden eingefassten Farbflächen, die wie erhabene Bilder auf die Wände gelegt sind. Ich selbst war priesterlicher Baumeister an diesem Tempel, so wie fast alle unserer Gesandtschaft«, schloss Joseph mit ruhigem Stolz.

»Genug!«, befahl Quirinius. »Wenn alles prächtig und so vollendet ist – warum verlangt ihr dann, dass euer vor zehn Jahren von Augustus anerkannter Volksfürst abgelöst wird?«

»Er hat von Anfang an gegen sämtliche Gebote verstoßen«, antwortete Joseph. »Er sollte milde mit dem Volk umgehen, aber er lachte nur über diese Anweisung aus Rom.«

In diesem Augenblick hob der jüngere der beiden Knaben den Kopf. Und dann stellte er sehr ernsthaft die entscheidende Frage:

»Wie kann ein Mann König werden, der die heiligen Gesetze seines eigenen Volkes missachtet?«

Sofort nahm Joseph den Hinweis Jeshuas auf. »Wir wollen Archelaos in Rom der Grausamkeit und Tyrannei anklagen, also der Verweigerung römischer Befehle. Dazu des Bruchs der Gesetze unseres Gottes Jahwe …«

Quirinius und Varus sahen sich an. Die Judäer und Samarier wollten ihren eigenen Fürsten loswerden. Mehr noch: Sie wollten ihn auf dem Altar der Versöhnung und der *Pax Romana* opfern. Sie boten Rom die Vergrößerung der Provinz Syria um die Gebiete Judäa, Idumäa und Samaria ohne Blutverlust und ohne einen Feldzug an. Das war viel mehr, als andere Statthalter und Legaten an den Rändern des Imperiums erreicht hatten.

Es schien absurd – vollkommen widersinnig, denn genaugenommen würden Pharisäer, Essener, Zeloten und all die anderen Widerstandsgruppen in Palästina damit genau das Gegenteil von dem erreichen, wofür sie seit dem Einmarsch des römischem Eroberers Pompeius Magnus vor siebzig Jahren gekämpft hatten. Doch Varus verstand sie. Und er verstand, warum ausgerechnet er von den Judäern und den anderen Stämmen des Volkes Israel zum Fürsprecher bei Augustus ausgewählt worden war. Es war die Härte, die er jahrelang gezeigt hatte. Und das Vertrauen in seine Unbestechlichkeit, mit dem sie ihm den großen Schatz anvertrauten, den eigentlich Sabinus geraubt hatte.

FREITAG
11. September 2009

Sehr weit entfernt in der Dunkelheit zogen weiße und rote Irrlichter über die Brücken des Rheins. Dr. Thomas Vesting, am Tag zuvor dreißig geworden und noch immer bekennender Single, hing schlaksig in seinem Schreibtischstuhl und blickte versonnen in die Nacht. Er war der Letzte in den Redaktionsräumen des Verlagshochhauses und hatte seine langen Beine auf dem vollen Papierkorb abgelegt. Jetzt endlich konnte er etwas chillen.

Die Samstagausgabe des Boulevard-Blattes CENT war im Druck. Die täglich gedruckte Zeitung kostete tatsächlich einen Cent, und das auch nur, weil sie keines der kostenlosen Anzeigenblätter sein wollte. Dafür gab es die Online-Ausgabe nur als Zusammenfassung. Wer am Computer mehr lesen wolle, musste ein teures Abo buchen.

Auf der Titelseite stand Vestings dritter, ziemlich allgemein geschriebener Aufmacher über die Zweitausendjahrfeier, wie es angeblich noch nie zuvor eine in Deutschland gegeben hatte. Köln hatte das alles bereits seit einigen Jahren hinter sich, Xanten und Bonn ebenfalls. Trotzdem hatte sein Chefredakteur verlangt, dass ihm irgendetwas für die Auflage einfiel.

Nach Vestings Informationen waren sowohl die aufwendig organisierten Varus-Wochen als auch die Römer- und Germanentage bereits seit zwei Monaten vorbei. Nicht einmal die organisierten Grabungsversuche junger Europäer im August hatten in Kalkriese neue Sensationen ans Tageslicht gebracht.

»Du musst noch eine Kohle bei dieser Schatzstory nachlegen«, hatte Lammers grinsend gefordert, als er erst nach allen anderen die Redaktionsräume verließ. Seit er aus Krisengebieten berichtet hatte, vermied er Menschenansammlungen. »Das war ja ganz nett, was du in deinen ersten Artikeln gedichtet hast. Aber wir brauchen mehr *action*. Konzentriere dich auf den Varus-Schatz! Das bringt mehr als die Anekdoten von Hermann dem Cherusker und verlorenen römischen Legionen.«

»Es hat einen merkwürdigen Todesfall gegeben. Gestern in Kalkriese.«

»Ich hab's in den Agenturmeldungen gelesen. Okay, bau ihn in deinen Artikel ein. Mach ihn von mir aus zum Eingeweihten oder Geheimnisträger.«

»Das ist zu hoch gegriffen. Wahrscheinlich war dieser Ebi Hopmann nur einer von diesen Grufty-Schatzsuchern. Lara sagt, er hätte mehrmals hier angerufen ...«

»Sag deiner Assistentin, sie soll weniger Klosterfrau trinken, und fang an zu schreiben!«, hatte Lammers nur gesagt und war mit dem Fahrstuhl nach oben verschwunden. Vesting besaß selbst keinen Zugangscode zum liebevoll und *very british* eingerichteten Casino in der zwanzigsten Etage.

Er genoss die Augenblicke, in denen alles um ihn herum ruhig und verlassen war. Die Tür zum Glaskasten, aus dem ihr Chefredakteur normalerweise den Eifer seiner Schreibsklaven überwachte, stand offen. Neben den beiden Fahrstuhlschächten in der Mitte der Etage brummten und rumpelten Wasserspender und der Espressoautomat.

Der große LED-Bildschirm unter den Weltzeituhren war abgeschaltet. Bei vollem Redaktionsbetrieb liefen über ihn die *breaking news* verschiedener Nachrichtenagenturen. Ein paar wie vergessen wirkende Flachbildschirme auf überfüllten Schreibtischen glommen im Sleep-Modus.

Thomas Vesting warf noch einen Blick auf das Titel-Layout der neuen CENT-Ausgabe. Er wollte warten, bis die Onlineausgabe freigeschaltet war. Ein Brotjob wie viele andere, hatte er bei seinem ersten Artikel gedacht. Im Spätsommer des Jahres 9 sollte es östlich des Rheins zu einer Katastrophe gekommen sein, die von den einen als Beginn des Untergangs für das Imperium Romanum und den anderen als Geburtsstunde Deutschlands und Europas betrachtet wurde. Doch wen interessierte das eigentlich außer ein paar Historikern und

Lokalpatrioten? Für Vesting waren derartige, nach Kalenderereignissen sortierte Sensationen nicht mehr als Ostern und Muttertag. Kein Ansatz für irgendeinen Skandal.

Thomas Vesting hätte zufrieden mit sich und der Welt sein können. Eigentlich wollte er gar nicht wissen, was faul an der Geschichte war. Er dachte lieber daran, wie gut er sich geschlagen hatte beim Ansturm der Geburtstags-Gratulanten aus allen Abteilungen des Hauses. Sein Schreibtisch war fast wieder leer, dafür quoll sein zuvor extra gesäuberter Papierkorb wie eine riesige Schultüte von Geschenken und teilweise nicht einmal ausgepacktem Nippes über. Es waren auch Gutscheine in versiegelten Umschlägen dabei. Vielversprechend, dachte er.

Die Samstag-Ausgabe vom CENT war online. Vesting blickte weiter in die Nacht, träumte ein bisschen und stellte sich vor, wie die nächtlichen Ufer des Rheins vor zwei Jahrtausenden und ohne Brücken ausgesehen haben mochten. Plötzlich machte es »Ping« an seinem dösenden Bildschirm. Er fuhr zusammen.

Seine Mailbox meldete sich. Er blickte zur Absenderzeile der E-Mail: claudia@varus-legende.de

Vesting schob die Unterlippe vor. Eigentlich hatte er keine Lust, über die Varus-Schlacht zu reden oder nachzudenken. Trotzdem ließ er den Mauszeiger über den Bildschirm gleiten und öffnete die E-Mail:

»Hallo, Thomas, hab' gerade deinen neuen Artikel im CENT gesehen. Was weißt du wirklich über den Varus-Schatz? Über Ebi Hopmann? Und was willst du wissen? Gruß aus Detmold, Claudia B., eigentlich Rom.«

»Gar nichts!«, knurrte er halblaut. »Genau damit will ich nichts zu tun haben, weder mit aufgespießten Schatzsuchern noch mit irgendwelchen Tussis aus Detmold oder Rom.«

Seine Finger tasteten nach der Maus, die ihm sein Prof in Yale nach seiner Promotion über gefälschte Urkunden von Karl dem Großen geschenkt hatte. Sie sah aus wie ein kleiner Reichsapfel des ersten Kaisers des Heiligen Römischen Reiches deutscher Nation.

Vestings Blick folgte der Pfeilspitze auf dem Bildschirm. Sie sah aus wie ein Dolch. Er wollte nicht antworten, wollte die Mail einfach wegklicken. Aber er tat es nicht. Stattdessen drehte er sich zur Seite und blickte über den dunklen Rhein hinweg und fragte sich, wo er selbst eigentlich stand.

Nach einem unsteten Leben an den Universitäten in Köln, King of Prussia, Philadelphia, sowie einem Ph. D. aus Yale in der Tasche war er vor einem Jahr ins alte Europa zurückgekehrt, lässig und mit coolem Selbstbewusstsein durch ein paar zusätzliche Scheine und Diplome. Und dann der Schock, dass niemand in Old Germany auf ihn gewartet hatte.

»Was wollen Sie denn hier, wenn alle anderen gehen?«, war noch die freundlichste von allen Ablehnungen gewesen. »Haben Sie nicht mehr drauf als diese historischen Kamellen? Oder können Sie irgendetwas besonders gut?«

»Recherchieren, zuhören, schreiben…« Mehr war ihm nicht eingefallen. Er hatte nie geglaubt, dass er sich noch einmal als eine Art geistiger Tellerwäscher verkaufen musste. Wider Erwarten war er dann schon im ersten Jahr zu einem sehr erfolgreichen Enthüllungsjournalisten aufgestiegen. Es gab bereits Leute in Hamburg, die ihn abwerben wollten. Aber er blieb bei dem verdammten Skandalblatt, bei dem er seinen ersten abgeschabten Drehsessel als Karriereleiter bekommen hatte. Der Grund war nicht die Zeitung selbst, sondern ihr Chefredakteur, der mindestens ein Dutzend unterschiedlichster Stimmungen und Seelen in seiner Brust trug. Er war der Einzige gewesen, der ihm damals einen anständig bezahlten Job gegeben hatte – und nicht nur ein Praktikum oder ein Sklaven-Volontariat.

Sie kamen miteinander aus, auch wenn sich Vesting mehr als einmal pro Tag zusammenreißen musste. Mit seiner Lässigkeit und den verwirrend klaren blauen Augen in dem hageren Gesicht, das je nach Tageszeit in Schattierungen zwischen Edelblässe und eleganter Sonnenbräune wechseln konnte, bekam er schneller als andere die Antworten, die er haben wollte. Er fiel auf, wenn er einen Raum betrat, hochgewachsen und eher ungelenk in seinen Bewegungen, einer zu großen Nase und ausdrucksvollen Lippen, wie sie zu anderen Zeiten von Bildhauern kantig in Stein und Bronze geformt worden wären. Obwohl er nie zu einer schlagenden Verbindung gehört hatte und weder Schmisse noch Heldisches vorzeigen konnte, wirkte Vesting in der Kölner Multikulti-Szene einfach zu blond und deutsch.

Zum zweiten Mal nach Feierabend meldete sich Vestings Mailbox.

Er schnaubte, als er aus einer eigenartigen Benommenheit erwachte. Es war erneut claudia@varus-legende.de

»Keine Lust zu antworten?«, las er. »Ich habe die Bestätigung, dass du meine erste Mail zum Varus-Schatz gelesen hast. Oder willst du lieber etwas über Pläne von gefährlich überzeugten Germanen wissen? LG C. B.«

Es war schon spät, und er hatte keine Lust auf Online-Geplapper.

Doch dann geschah etwas, womit er nicht gerechnet hatte.

»Ich weiß, wonach Ebi Hopmann suchte«, schrieb sie in einer dritten E-Mail. »Telefonieren?«

Er zögerte lange, dann tippte er: »Was willst du? Und was interessiert eine Römerin an der Schlacht im Teutoburger Wald?«

Ihre Antwort kam schneller, als er selbst tippen konnte: »Schon mal was von den *Sons* gehört? Den *Sons of Hermann*?«

Vesting schob die Unterlippe vor und schüttelte den Kopf. Erst dann fiel ihm auf, dass sie ihn nicht sehen konnte.

»Nein«, schrieb er. »Wer ist das?«

»Gib mir deine Nummer, *dottore*. Nein, keine offizielle, sondern irgendeine geheime von dir. Hast du ein Prepaid-Handy?«

Er starrte auf den Monitor, dann schürzte er die Lippen.

»So ein Miststück«, knurrte er. Er hatte plötzlich das Gefühl, dass sie diese Nummer bereits kannte. Und wieder ärgerte es ihn, wenn andere besser und schneller recherchierten als er selbst.

Thomas Vesting ließ es dreimal klingeln und versuchte dabei, sich die Unbekannte vorzustellen. Stolz und verführerisch. Intelligent und fordernd. Er hatte keine Ahnung. Er lachte leise, als er merkte, dass er die Bilder und Klischees wie aus einem Modell-Katalog abrief. So weit also war es bereits gekommen mit ihm! Dann nahm er ab.

Sie kam sofort zur Sache. »Wieso denkst du eigentlich, dass mich eure Schlacht im Teutoburger Wald nicht interessiert? Genau deshalb bin ich in Deutschland.«

Welch eine Stimme! Stark und dabei unverwechselbar durch einen fernen, melodischen Akzent. Er spürte, wie das Echo ihrer Stimme in seinem Kopf und Körper nachhallte.

»Moment mal, ich denke, du weißt etwas über diesen toten Rentner … oder über irgendwelche Hermannssöhne …«

»Tue ich auch. Ich recherchiere und schreibe Artikel … ebenso wie du. Und mich interessiert ganz besonders, was ihr bei euch in Deutschland mit dem Jubiläum der sogenannten Varus-Schlacht im Teutoburger Wald anstellt.«

»Woher kommst du?«

»Mutter aus Rom, Vater aus Germanien«, antwortete sie. »Mein Vater war sozusagen Gastarbeiter andersrum. Vielleicht, weil er den Vornamen Roman bekam.«

»Klingt nicht gerade treudeutsch«, meinte er und lachte. »Üblicherweise holen sich ja die Römer blonde Germaninnen über die Alpen … Und was machst du hier?«

»Ich studiere Archäologie und schreibe nebenbei für italienische Zeitungen.«

»Wo bist du gerade?«

»Landesmuseum Detmold. Praktikum als wissenschaftliche Hilfskraft. Gerade beendet und wieder frei.«

»Dafür braucht man hierzulande mindestens einen Magister.«

»Hab ich, *dottore*!«

»Oh«, sagte er nur und begann zu schmunzeln.

»Und ich bin fünfundzwanzig, blauäugig, Haare nussbraun bis auf die Schultern, fast eins achtzig groß. Weitere Maße kannst du in echt angucken. Ich wollte wissen, was mit dem Thema Germanen laufen kann. Und dem Varus-Schatz.«

»Du meinst die Varus-Schlacht?«

»Nein, eben nicht! Ich meine *Schatz* und nicht *Schlacht*. Klingt so ähnlich, ist etwas ganz anderes, auch wenn es zusammengehört wie zwei Legionärssandalen. Hochgepuschte Nachrichten, die plötzlich alles andere überschatten. Das muss ich dir doch nicht erzählen. Der antike Schatz im Grab von diesem völlig unbedeutenden Tutenchamun hat vor fast hundert Jahren ausgereicht, um die gesamte ernsthafte Ägypten-Forschung aus den Köpfen zu verdrängen. Der Knabe ist noch immer bekannter als Ramses oder Cheops. Inzwischen reichen ein paar miserabel retuschierte Fotos im Internet für einen weltweiten Hype.«

»Das ist doch etwas anderes als diese Hermann-Legende.«

»Varus-Legende!«

Sie machte eine kleine Pause. Er hörte, wie sie atmete, dann sagte sie: »Wer hat denn die Schirmherrschaft über die Jubiläumsfeiern übernommen? Eure Bundeskanzlerin. Und der Präsident des Europa-Parlaments. Der stammt übrigens aus Osnabrück, der Gegend von Kalkriese. Das Jahr zweitausendneun ist demnach wichtig für Europa und nicht nur für Deutschland! Und für einige Fanatiker könnte ein ganz plötzlich auftauchender Schatz von Varus zu einer zweiten Katastrophe werden ...«

»Du meinst ... deine Hermannssöhne?«

»Nicht meine! Ganz und gar nicht meine! Ich sehe diese *Sons of Hermann* als geheime Loge ... eine Sekte von germanengläubigen Arminiusfreunden. Sieh dir mal ihre Homepage an. Der Mann, um den es geht ... der eigentliche Drahtzieher bei den *Sons* ...trägt übrigens den schönen deutschen Namen Waldeck ...«

Er dachte daran, wie sie sich online gemeldet hatte. Was hatten die mysteriösen Söhne Hermanns und eine Domain mit der Bezeichnung »Varus-Legende« miteinander zu tun? Er glaubte nicht an eine Verschwörung, irgendein Komplott. In seiner Zeit in Yale hatte er viel über Amish people, Rotarier, Lions, Freimaurer, Ron Hubbarts Kirche und andere Sekten in Amerika gelernt. Man konnte über ihre Ziele streiten, aber irgendwie hatten alle immer etwas mit Geld zu tun. Mit einem Riesenhaufen von Geld sogar.

Plötzlich merkte er, wie der Spürhund in ihm erwachte. Er roch eine Gefahr, die er noch nicht definieren konnte.

Sons of Hermann. Söhne und Paten. Hatte die Mafia in der Vergangenheit sich nicht ebenfalls *Freunde der italienischen Oper* genannt?

»Ich habe schon verstanden, was du sagen willst«, meinte er zurückhaltender als bisher, »aber ich sehe nicht, durch wen hier irgendetwas passieren könnte, abgesehen von ein paar Saufköpfen vom rechten Rand.«

»Vielleicht durch jemanden, der die Sache ganz anders sieht als die *Sons* oder andere Verehrer von Hermann dem Cherusker. Jemand, der mehr über den Schatz weiß und damit die Ehre von Varus wiederherstellen könnte...«

Sie schwiegen eine Weile. Sehr weit entfernt schwoll ein leises Sirren auf und ab. Es klang, wie es Thomas manchmal an Telefondrähten in den USA gehört hatte. Vorsichtshalber schaltete er sein Handy aus und steckte es in die Hosentasche. Dann frage er per Mail: »Wann und wo?«

Gleich darauf vibrierte es in der Hosentasche. Sie war verdammt schnell. Er nahm sein Handy heraus und las ihre SMS: »Kalkriese. Sonntagmittag bei den stählernen Römerschilden. Lösch das! Und nimm den Akku raus.«

II.

MARE NOSTRUM

Statthalter Quirinius begleitete Varus durch ein Spalier von Legionären auf die abfahrbereite Trireme. Die großen Markierungen auf den rechteckigen hölzernen Schilden zeigten, dass jede Legion im Orient eine Abordnung von besonders ausgezeichneten Soldaten geschickt hatte. Das Blitz-Zeichen der Zwölften war ebenso vertreten wie der Stier der Dritten und das Kriegsschiff der Zehnten. Nur von der sechsten Legion, der Eisernen, fehlten Abgesandte. Sie hatten einen Sonderauftrag von Varus bekommen.

Für die Flussfahrt der *IUSTITIA* wurden Varus, Claudia Pulchra und ihr kleines Gefolge auf der Hochzeitsreise von ausgesuchten Männern aus den Stäben der Legionen und der Provinzverwaltung begleitet.

Eine besondere Aufgabe hatte der bisherige *praefectus castrorum* Lucius Aelius Bassus erhalten. Als Standortkommandant war er bisher für den Palast in Antiochia und die Versorgung der Legionen zuständig gewesen. Zusammen mit Vennemar unterstand dem langschädligen, kahlen Römer jetzt die dreißigköpfige Schutztruppe aus Galliern, Galatern und Germanen. Auch Bogenschützen aus Trachon mit ihren langen Mantelumhängen und syrisch spitzen Helmen gehörten dazu.

Gesichert durch eine schwerbewaffnete Zenturie, hatten kräftige Sklaven zwölf verschnürte Kisten auf Ochsenkarren aus dem Daphne-Tempel in den Bergen bis zum Palasthafen gebracht. Die mannsgroßen Truhen waren in starke Teertücher eingeschlagen.

Schiffsführer war der erfahrene Sextus Aemilius Regullus aus Ostia. Der *nauarchus* und seine beiden Steuermänner hatten schon den Statthalter Quirinius sicher durch den Sturm bei Cypern gebracht und die Judäer aus dem Meer gefischt.

»Wir müssen schon bei Sonnenaufgang ablegen, wenn wir nicht mit fallendem Wasser auflaufen wollen«, verkündete Regullus, nachdem er sich mit den *principales* der verschiedenen Einsatzbereiche auf der *IUSTITIA* beraten hatte.

Quirinius blickte ihn vorwurfsvoll an. »Du sagtest doch, es gäbe keine Schwierigkeit, das Schiff wieder flussabwärts zu rudern.«

»Da hoffte ich auch noch auf Regen und hohen Wasserstand, nicht aber mit noch einmal fünfzig Passagieren zusätzlich, jeder Menge Gepäck und diesen stinkenden Särgen, die wie bleigefüllte Sarkophage im Laderaum liegen.«

Varus' Lippen wurden schmal. »Kein Wort mehr darüber!«, fuhr er ihn an. »Zu niemandem! Das gilt bei deinem Leben.«

Der Schiffsführer erstarrte, dann neigte er gehorsam seinen Schädel. »Vielleicht ist nichts sehen, nichts hören und nichts sagen manchmal klüger«, meinte auch Quirinius vieldeutig.

Die Trireme mit Varus und seinen Begleitern kam bereits gegen Mittag in Seleukia pieria an. Lucius Bassus sorgte dafür, dass kein Neugieriger dem Schiff zu nahe kam. Selbst die Seeleute sollten erst bei Sonnenuntergang wieder an Bord kommen. Niemand im Hafen bemerkte, dass sämtliche am Transport der Kisten beteiligte Sklaven auf einen kleinen Pferdetransporter gebracht wurden. Der *hippagus* segelte bereits im schwachen Abendwind an den Hafenmolen entlang nach Nordwesten und verlor sich allmählich hinter dem Leuchtturm auf dem Meer. Er sollte nie wieder in einem Hafen anlegen …

Zur selben Zeit waren Varus und seine Ehefrau mit ihren Begleitern zu einem königlichen Nachtmahl in den Palast des Hafenkommandanten geladen. Bassus, der ehemalige Standortkommandant von Antiochia, entschuldigte sich bereits nach den Vorspeisen. Er gab an, noch einige wichtige Zuladungen organisieren zu müssen. Bis zum Einbruch der Nacht wurde es noch sehr laut im Seehafen der Provinzhauptstadt. Dann zogen sich all jene in ihre Gastgemächer zurück, die nicht mit auf die Galeere gingen. Tribun Commodus verlangte, ebenfalls an Land zu schlafen.

»Bei Sonnenaufgang an Bord«, sagte Varus knapp. Der Tribun wollte protestieren, doch dann merkte er, dass alle anderen in der

Runde schlagartig verstummt waren. Nur wenige sahen ihn oder Varus direkt an, doch alle lauschten gespannt.

»Ich denke, dass ich in meiner Position selbst entscheiden kann, wann ich irgendetwas tun will.«

Die Nacht war warm, und von draußen kam nur der Gesang der Zikaden. Varus nahm sich ein letztes Stück Ziegenkäse zu einer frischen Feige.

»Das denke ich auch«, sagte er vollkommen sachlich. Ein Raunen der Erleichterung ging durch die Halle. Der junge Militärtribun hatte seine Ehre behalten. Trotzdem war allen klar, dass er die Überlegenheit nicht vergessen würde, mit der ihn Varus abgefangen hatte. Nach einer weiteren halben Stunde ging Varus mit seiner jungen Frau an Bord. Die ausgewählte Wachmannschaft mit Vennemar schützte bereits das verlassen wirkende Schiff.

Später in der Nacht verließ Varus noch einmal die Galeere und ging zusammen mit Regullus und dem germanischen *primus pilum* Schritt um Schritt an der schwimmenden Festung entlang. Die Galeere war nicht als Frachtschiff gebaut, bot aber den stärksten Schutz, den Varus für seinen Plan bekommen konnte …

Um Mitternacht trafen die Ruderer ein. Es handelte sich ausschließlich um Freiwillige, die wussten, was ihnen bevorstand. Nur wenige der zweimal sechzig Männer würden während der schweren Arbeit sitzen können. Die anderen mussten neben- und übereinander stehen. Obwohl sie als Freiwillige nicht angekettet sein würden, wirkten sie wie Gefangene unter dem Kommando des breitschultrigen Taktgebers, dessen Kesselpauke ganz zum Schluss zum Bug des Schiffes geschleppt wurde. Unter einem leichten Wollumhang trug der Taktgeber gekreuzte Lederriemen über seinem Oberkörper – ganz so wie ein Centurio seine Ordensschilder.

Der Himmel über den Bergen im Osten rötete sich bereits, als Varus und Vennemar wieder an Bord gingen. Jetzt trafen auch ein Dutzend Marinesoldaten und die Matrosen ein, die Pumpen und Anker, Ruder und Segel bedienen sollten. Varus bemerkte, dass einigen noch die Süße eines langen Abschieds in den Gliedern saß. Er sah zu Vennemar und schüttelte missbilligend den Kopf.

Varus duldete bis zum Auslaufen keine Frauen mehr in der Nähe der Galeere. Doch von den flachen Dächern der Häuser klangen die Abschiedsrufe der Seemannsbräute. Im ganzen Hafen von Seleukia herrschte die übliche Mischung aus Abschiedsstimmung und Erwartung vor dem Auslaufen eines großen Schiffs.

Nur bei einigen nicht wieder von Varus angeworbenen Veteranen im Zwischendeck kurz vor den Sklavenquartieren verbreitete sich schlechte Stimmung. »Habt ihr gehört, was gerade im Senat in Rom verhandelt wird?«, fragte der Letzte, der gerade noch an Bord getaumelt war. »Im Hafen heißt es, dass die Abfindungen durch Gesetz gekürzt werden sollen … es heißt, es gibt nicht mehr genügend Land für uns in Italien.«

»Dann sollen sie mehr Kolonien für Veteranen in Judäa oder meinetwegen irgendwo am Rhein oder in der neuen Provinz Groß-Germanien einrichten.«

Die Männer lachten trunken. Nur Vennemar nicht.

In den vergangenen Tagen waren mehrere Handelsschiffe im großen Hafen an der Mündung des Orontes eingetroffen. Keiner der Seeleute hatte von Stürmen oder Schlechtwetterdämonen berichtet. Dennoch blieb Regullus besorgt. Am liebsten wäre er während der gesamten Rückreise in Sichtweite von Festlandsküsten geblieben. Doch die *IUSTITIA* hatte längst Kurs auf Cypern und danach Kreta genommen.

Stunde um Stunde verging mit den treibenden Schlägen der Pauke und der klatschenden Antwort von mehr als hundert Rudern. Sie ruderten den ganzen Tag direkt nach Westen. Als die Abendsonne am Horizont verschwand, zogen im Norden die Berge der Insel Cypern vorbei. Die Besatzung und die Passagiere beschäftigten sich jeder auf seine Weise. Einige kochten, andere sangen leise, spielten mit Würfeln oder schlugen klickend kleine Kupfermünzen auf die Mühle-Kreuze, die sie auf die Holzplanken gezeichnet hatten. Die Nacht kam schnell, und bald blieben nur noch im Ausguck und am Hauptmast des geheimnisvollen Kriegsschiffs einige Augen wach.

Am folgenden Morgen riss bereits bei Sonnenaufgang das Hornsignal mehrere hundert Menschen gleichzeitig aus ihrem Schlaf. Zugleich wurde es laut und hektisch in sämtlichen Sektionen der Trireme. Ganz unten stopften sich die Seeleute Brot, Käse und Obst in ihre Gürteltaschen, ehe sie hastig an Deck kletterten. Die Ruderer konnten sich etwas mehr Zeit lassen. Obwohl das Meer noch spiegelglatt und still war, wussten sie aus Erfahrung, dass sie an diesem Tag die Arbeit dem Ostwind überlassen konnten. Im Heck betrachtete Regullus prüfend die Schicht kleiner, rosafarbener Wolken über dem Horizont.

»Etwas mehr Farbe, und man könnte denken, es brennt dort, wo wir hergekommen sind«, brummte er, als Varus neben ihn trat.

»Wann geht es weiter?«

»Ich will die Ruderer noch schonen«, sagte der Schiffsführer. »Noch vor der Mitte des Tages wird guter Wind uns einholen. Wenn wir sie jetzt rudern lassen, fehlt uns ihre Muskelkraft später.«

Varus nickte nur. Er sah über das Deck hinweg. Die Delegation der Judäer hockte am Bug zusammen. Wenn sie nicht aßen, schliefen oder schweigend aufs Meer hinaussahen, beteten sie gemeinsam. Am Hauptmast hatte sich Vennemar mit seinen starken Männern Platz geschaffen. Obwohl die Sonne immer heißer brannte, stand er selbst ohne Helm an der Bordwand und spuckte Dattelkerne ins Wasser. Varus dachte an das, was Regullus über die roten Morgenwolken im Osten gesagt hatte. Es kam ihm plötzlich vor, als würden auch die rostrot leuchtenden Haare von Vennemar brennen. Varus schnaubte leise. Sah er bereits Orakel und hämische Dämonen? Er verscheuchte die warnenden Gedanken. Doch er beschloss, um so vorsichtiger zu sein, je mehr sie sich Rom näherten …

Schon wenig später zogen die ersten Wogen über die See. Als dann die Dünung mit weißen Schaumlinien gekrönt wurde, ließ Regullus zum Segelsetzen blasen. Schnell und präzise verwandelte sich der gewaltige Ruderer in eine stolze Sturmbraut.

Der Wind griff voll in die Segel und schob die Trireme wie einen Spielball vor sich her. Stundenlang ächzten und stöhnten Bordwände und Tauwerk des mächtigen Kriegsschiffes. Die ganze Zeit lag es zur Seite geneigt unter Segeln. Hin und wieder riss eine der Stoffbahnen

ein, wenn der Wind für einen kurzen Moment nachließ, um gleich
darauf wieder aufzubrausen. Dann knallte das Tuch, Passagiere und
Ruderer duckten sich, die Seeleute riefen sich kurze Kommandos zu.
Erst gegen Abend flaute der kräftige Wind ab. Bei Sonnenuntergang
war alles wieder vorbei.

»Wir haben mehr Meilen geschafft als mit den Ruderern in zwei
vollen Tagen«, meldete der Schiffsführer zufrieden. Auch Varus wusste, dass sie noch eine lange Fahrt vor sich hatten. Er entdeckte Vennemar in Höhe des Hauptmastes. Als würden ihn weder Sturm noch die
Gefahren auf dem Meer irgendetwas angehen, spuckte der gebürtige
Sugambrer immer noch Dattelkerne über die Reling.

Einige von seinen Männern waren mit langen Leinen gesichert ins
Wasser gesprungen, um sich zu erfrischen. Als dann der riesige Sonnenball den Horizont berührte, saßen alle wieder auf der Galeere beisammen.

Am Bug des Kriegsschiffes, zwischen den Ankerseilen und dem römischen Altar der *IUSTITIA*, blieb alles ruhig. Dennoch hatte Vennemar vier zusätzliche Wachen eingesetzt. Sie lagerten mit Sklaven für
die Öllampen zwischen der Delegation aus Judäa und der übrigen
Schiffsbesatzung.

»Weiber und räuberisches Gesindel an Bord, das kann nicht gut-
gehen«, knurrte Bassus. Dem langschädligen ehemaligen Quartiermeister passte nicht, dass er sich sein Kommando mit Vennemar teilen musste. Als Zeichen des Protestes blitzten inzwischen seine
Bartstoppeln wie kleine, goldene Nadeln im letzten Sonnenlicht.

»Und du?«, fragte er Vennemar. »Wie fühlst du dich als Befehlshaber einer Veteranentruppe?«

»Nicht schlecht«, sagte Vennemar schmatzend. »Er könnte mir
kaum besser gehen als in dieser Stunde.« Er nagte genüsslich an seiner
dritten Hühnerkeule. Sie stammte von einem großen Gitterrost zwischen dem Hauptmast und dem Bug. Hier hatten die Judäer aus ihren
in Öl und Kräutern eingelegten Vorräten eine Art Dankopfer für ihren strengen Gott zelebriert. Es war so reichlich ausgefallen, dass sie
die Besatzung der Trireme, die Ruderer, Seeleute und Wachen, eingeladen hatten. Nur Tribun Commodus hatte hochmütig abgelehnt

und angeordnet, dass auch die Sklaven nichts vom angeblichen Raubgut der Rebellen nehmen durften.

Vennemar spuckte einen Dattelkern aus, dann stieß er sich von der Bordwand ab und ging langsam zum Bug. Es wurde Zeit, dass er sich einmal mit den Judäern unterhielt – und zwar bevor Commodus auf weitere Boshaftigkeiten verfiel. Vennemar wusste, dass es überall Angehörige des Volkes Israel gab, die Römer geworden waren oder wie Römer lebten, in Antiochia ebenso wie im ägyptischen Alexandria. Auch in der Ewigen Stadt Rom wohnten und arbeiteten einige tausend Männer und Frauen in allen Schichten und Berufen. Sie alle, ob Philosoph und Rhetor, Handwerker, Händler oder Geldwechsler, einte der Glaube an ihren einzigen Gott Jahwe.

Vennemar hatte nie verstanden, was sie daran fanden. Andererseits kam ihm die Welt der Götter und Hausgeister der Römer zu verwirrend und beliebig vor. Nur an seine eigenen Götter konnte er sich kaum noch erinnern. Sie hatten sich zu lang nicht um ihn gekümmert …

Er dachte daran, wie viele Jahre er mit nackten Füßen in diesen lächerlichen, nagelbeschlagenen Sandalen kreuz und quer durch das Imperium Romanum gelaufen war. Manchmal sogar dreißig Meilen von Sonnenaufgang bis zum Nachmittag mit Kochtopf, Wurfspeer, Schwert und Ledersack für ein paar Nahrungsmittel, Kleinkram und Erinnerungen, anfangs sogar mit dem steinernen Mahlstein für das Getreide der ganzen Gruppe am Hals. Gewiss, die Lederplanen und die Palisadenstangen waren von Eseln, Maultieren und manchmal Pferden geschleppt worden. Aber die Tage waren dennoch oft schlimmer gewesen als ein Sklavenleben in irgendeinem von allen Göttern verfluchten Steinbruch.

Am Ende jedes grausam langen Tages, ob bei Regen oder in gleißender Sonnenhitze, hatte er nicht einfach umfallen und seine Füße kühlen oder ins Meer springen können. Nein, Abend für Abend musste das Lager aufgebaut werden, mit Hunderten von Lederzelten für jeweils acht der dafür eigentlich viel zu erschöpften Männer, zuvor aber für Offiziere und Beamte, die keine Hand rühren mussten. Der Graben, der Wall, der Palisadenzaun um den rechteckigen Lagerplatz, das alles musste stehen, ehe jede Gruppe für sich Gerste mahlen, Suppe daraus kochen und mit viel Glück einen Fetzen trockenen Fleisches hineinwerfen konnte. Auch wenn die Kraft an schweren Tagen kaum noch reichte, um die Augen offenzuhalten, waren anschließend Reparaturen an der Ausrüstung fällig. Am schlimmsten schlug das Schicksal für die zu, die auch noch für eine Nachtwache eingeteilt wurden.

Vennemar dachte an die vielen Abende, die ihm erst wieder als Centurio bei Herodes angenehm und lebenswert geworden waren, mit klaren Sternhimmeln über endlosen Wüsten und vom großen Mond in Zauberlicht getauchten Felsenketten. Solange er noch ohne alle Rechte bei den Hilfseinheiten der Legionen gewesen war, hatte er keinen Sinn für die Romantik des Lagerlebens gehabt. Wenn immer wieder Straßen durch unwegsames Gelände gegraben und mit schweren Steinplatten belegt werden mussten, hatte er sich oft genug zu seinem Stamm östlich des Rheins zurückgewünscht, zu kühlen Lichtungen mit Gras und wunderschönen Farnen vor Büschen, die zu fast allen Jahreszeiten köstliche Früchte trugen. Dann träumte er von frischen Walderdbeeren, wilden Pflaumen, den scharfen roten Früchten der kleinen Heckenrosen, bitterem Sanddorn und köstlichen kleinen Bucheckern. Er dachte an die rotgestreiften Eicheln, die wie Haselnüsse schmeckten und jedes Hungergefühl für viele Stunden fortjagten, kaum dass man ein klein wenig davon abgebissen hatte.

Was hatte er falsch gemacht mit seinem Leben ohne Familie, Frau und Kinder? War es tatsächlich der Fehler seines Lebens gewesen, dass er einige Jahre zu früh *miles* in einer Auxiliareinheit des Imperium Romanum geworden war?

Nach den Feldzügen von Drusus, Tiberius und sogar Augustus bis zur Weser, zur Nordsee und zur Elbe hätte er auch Geisel in Rom werden können – als Pfand dafür, dass sein Stamm die aufgezwungenen Verträge einhielt. Bereits in jener Zeit hatte es eine ganze Reihe hochangesehener Fürstensöhne aus den besetzten Gebieten in Rom gegeben. Inzwischen marschierten einige von ihnen als Anführer in den Legionen mit, manche sogar als Offiziere, die besten als adlige Ritter und Präfekten.

Vennemar war kein Römer geworden, obwohl er nach dem Tod

von Herodes als eine Art Verbindungsmann in die *legio Ferrata* in der Hafenstadt Caesarea eingesetzt war. Dort hatte Varus ihn vor ein paar Wochen wiedergetroffen. Und sich an ihn erinnert. Sie kannten sich aus der Zeit, in der Varus Statthalter von Syria und Berater von Herodes gewesen war.

»Ich weiß, du willst nach all den Jahren nach Hause, nach Germanien, an den Rhein«, hatte Varus ihn unter vier Augen angesprochen.

»Zuerst will ich ein Römer werden – mit allen Rechten und der Abfindung.«

»Das ist verständlich«, hatte der Senator gesagt. »Doch könntest du dir vorstellen, noch ein paar Monate länger zu dienen? Diesmal als mein Vertrauter und unter meinem persönlichen Befehl?«

»Ich fühle mich geehrt«, hatte Vennemar geantwortet, »aber ich möchte nichts riskieren, das mir nach allen den Jahren Missbilligung in Rom oder bei Augustus einträgt.«

»Ich garantiere dir, dass ich nie gegen Augustus handeln werde.«

»Nur dann könnte ich einverstanden sein.«

»Dann wirst du also ab sofort jedes Wort, das ich dir sage, und alles, was du in den nächsten Wochen siehst, als unverbrüchliches Geheimnis in deinem Herzen tragen. Du wirst eher sterben, als in der Folter irgendetwas verraten. Und du wirst keinem jener Männer mit Rache oder Zorn begegnen, die nach Herodes Tod mit allen Mitteln gegen dich und mich und gegen Rom gekämpft haben.«

»Wie soll … wie kann ich das verstehen?«

Varus hatte die Hand auf die Brust gelegt. Vennemar ebenfalls. Und dann hatte der Vertraute von Augustus den germanischen Sugambrer, der nicht einmal das Bürgerrecht als Römer besaß, in seinen großen, unglaublich riskanten Plan eingeweiht. Noch am Tage seines Abschieds von der »Eisernen« hatte er ihn zum »ersten Speer«, dem höchsten Rang unter den Centurionen, befördert.

Vennemar spuckte nochmals aus. Die Galeere lag schwer wie eine Festung in der Dünung. Rund hundert Meilen weit hatten Wind und Ruderer das schwere Schiff bisher vorangebracht.

Ein Lichtschein näherte sich vom Heck der *IUSTITIA*. Sämtliche Männer machten sofort und respektvoll Varus Platz, der sich zu später Stunde zum abgesicherten Bug der Galeere begab. Auf halbem Weg nach vorn traf er mit Vennemar zusammen. Varus blieb vor dem Germanen stehen, sah ihn wohlwollend an und legte ihm die rechte Hand auf die Schulter. Die beiden Männer drehten sich zum Meer, während sie miteinander sprachen.

»Halte mir den Rücken frei. Ich muss mit Joseph sprechen und möchte nicht, dass Bassus oder Commodus mithören.«

»Ich kann weder dem einen noch dem anderen Befehle geben.«

Weiter vorn richteten sich die Angehörigen der judäisch-samarischen Delegation auf. Auch die, die schon schliefen, wurden geweckt. Varus blickte Vennemar in die hellblauen Augen. Erst jetzt fiel dem Germanen auf, dass die des Senators hart und steingrau waren. Auch Varus' Nase kam ihm größer vor, als er sie in Erinnerung hatte. »Fast wie der Schnabel eines Bergadlers«, dachte er.

»Aber du kannst Befehle empfangen«, sagte Varus leise. »Und zwar ausschließlich von mir. Das ist unsere Vereinbarung.«

In den Decks unter ihnen johlten ein paar Seesoldaten über einen besonders guten Wurf beim Spiel. Der Germane presste die Lippen zusammen, dann nickte er.

Drei der Judäer kamen Varus entgegen. Vennemar gab den Wachen ein Zeichen. Zusammen mit ihm schlossen sie dicht auf, blieben aber einige Schritte hinter Varus. Mehr Platz war nicht auf dem Deck zwischen dem Schanzkleid und dem hölzernen Gitter über den Ruderern im Bauch der Kriegsgaleere.

»Platz da!«, schnarrte Tribun Commodus. Für die Dauer eines Atemzugs tat Vennemar, als hätte er nichts gehört. Doch plötzlich riss er die Arme hoch und deutete nach oben. Dann keuchte er: »Die weiße Frau ... seht nur, die weiße Frau am Hauptmast! Sie hat schon Drusus Unglück gebracht!«

Für einen Moment der Verwirrung wussten Commodus und der Quartiermeister nicht, was sie vom Durcheinander an der Bordwand halten sollten. Tatsächlich aber konnten sie nicht einfach weitergehen, nachdem der Name des großen Feldherrn Drusus gefallen war.

Ganz langsam begriffen auch die anderen Veteranen, welches Theater der *primus pilum* spielte. Einer nach dem anderen behauptete nun ebenfalls, bunte Flammen an den Mastspitzen zu sehen, dann auch die Umrisse des mysteriösen Germanenweibes, wie sie am Ufer des Elbeflusses Roms beste Eroberungstruppe verflucht und buchstäblich in die Flucht geschlagen hatte.

»Ich kann euch leider nicht mehr bieten«, sagte Varus ein paar Dutzend Schritte weiter vorn. »Doch wie gesagt – es ist in Rom nicht unwichtig, mit welchem Schiff ihr in Ostia ankommt.«

Es war Joseph von Bethlehem, der sofort antworte. Zusammen mit seinen beiden halbwüchsigen Begleitern trat er vor. »Wir wissen deinen Weitblick sehr zu schätzen und danken Gott dem Allmächtigen für alles, was er bisher möglich gemacht hat.«

»Ich habe nichts gegen euren zornigen Gott«, sagte Varus. »Auch nicht gegen lange prophezeite Söhne. Aber dieses Kriegsschiff der *classis Romana* dient meiner Rückkehr von einer Hochzeitsreise. Es wäre daher weise, wenn ihr auch mir ebenso danken würdet wie eurem großen Gott. Oder gehörte ihm das andere Schiff, mit dem ihr nach Antiochia kommen wolltet und das er dann im Sturm vergaß?«

Joseph der Baumeister lächelte. Er erkannte die Fangfrage sofort. Varus wollte wissen, ob noch weitere Judäer am Aufstand gegen den eigenen Fürsten beteiligt waren. Aber die Antwort wurde ihm abgenommen.

»Alles, was uns gehört, gehört auch Jahwe«, sagte der ältere der beiden Jungen. Noch ehe Varus ihn strafend ansehen konnte, legte Joseph die Arme an die Schultern der beiden barfüßigen Knaben.

»Und wenn er wollte, könnte er uns ein Himmelsschiff schicken«, bestätigte der Jüngere. »Es könnte uns durch die Kraft unserer Gebete in einer Nacht bis nach Ostia und Rom bringen ...«

»Sie haben von den alten Überlieferungen aus dem Zweistromland gehört«, unterbrach Joseph entschuldigend. »Unser Stammvater Abraham lebte in Erech, das auch Uruk genannt wird. Inanna, die Göttin dieser Stadt, pflegte mit fünfzig Männern und einem Himmelsschiff zu erscheinen, als Gilgamesch, der König der Sumerer, sich gegen sie auflehnte.«

»Verschone mich mit diesen seltsamen Legenden«, sagte Varus nachsichtig. »Mir sind die Götter der Griechen und Römer schon zu viel. Ich habe schon zu viele Namen gehört, um mich für den einen oder anderen zu entscheiden. Aber ich würde euch nicht daran hindern, wenn euer Gott diese Galeere Nacht für Nacht auch ohne Wind und Ruderer einige hundert Meilen fortbewegen wollte. Sagen wir hundert Meilen zwischen der zweiten und der dritten Deckwache … könntet ihr darum beten?«

Varus blickte in die verstörten Gesichter der Männer hinter Joseph und den Jungen. »Denkt darüber nach«, meinte er spöttisch. Mit einem Ohr hörte er auf das, was sich mittschiffs am Hauptmast abspielte. »In den Germanenwäldern hat bereits der Fluch einer weißen Magierin ausgereicht, um den großen Drusus vom Pferd bis in den Tod zu stürzen. Es würde eurem Anliegen nicht schaden, wenn ich in Rom erzählen könnte, wie mächtig euer Gott Jahwe ist.«

Er nickte in die Runde, dann drehte er sich wieder um und folgte den beiden Sklaven mit Öllampen zurück zum Hauptmast. Hier hielt Vennemar mit seinen Männern noch immer den Durchgang gesperrt. Offensichtlich wussten weder Commodus noch Bassus, wie sie sich gegenüber der Leibwache von Varus verhalten sollten.

»Ruhe jetzt!«, befahl Varus. »Die anderen Männer brauchen ihren Schlaf. Außerdem ist die Zeit der Nymphen und der wilden Göttinnen hier im *Mare nostrum* längst vorbei.«

Sie machten ihm sofort Platz. Nur Bassus zischte drohend durch die Zähne, als Vennemar dicht hinter Varus mit zum Heck ging. Gleich darauf stand der Germane zusammen mit drei anderen Veteranen wie zu Marmorsäulen an einem Tempeleingang erstarrt vor den hölzernen Kastell am Heck des Kriegsschiffes.

Die Kabine des Kapitäns war zum Frauengemach umgebaut worden. Nur noch die Trommel für den Taktschläger war zurückgeblieben. Selbst das Standbild des Kriegsgottes Mars war durch eine Marmorskulptur der Göttin Juno ersetzt worden.

»Hast du alles, was du zu deiner Bequemlichkeit für die lange Reise brauchst?«, fragte Varus Claudia Pulchra. Sie hätte sich über die Einschränkungen an Bord des Kriegsschiffes beschweren können. Aber sie tat es nicht, sondern strahlte zufrieden und probierte wie ein neugieriges Mädchen die Polster eines geschnitzten Armsessels aus.

»Fast so vornehm wie bei uns zu Hause«, fand sie.

»Hättest du etwas dagegen, wenn ich mich heute Nacht zu dir lege?«, fragte Varus lächelnd. »Oder wollen wir damit noch warten, bis Wind und Wellen uns umschmeicheln?«

»Deine Dido wird sich nicht umbringen, wenn ihr Äneas in den Kampf zieht.«

»Wie soll ich dieses Orakel verstehen?«

»Entscheide selbst, mein Gemahl!«

Varus und Claudia standen früh auf. Sie ließen sich von ihren Sklaven baden und mit duftenden Essenzen erfrischen. Als sie das Paar wie üblich abtrocknen wollten, verscheuchte Varus sie mit einer kurzen Handbewegung. Sie verstanden sofort und zogen sich tief gebeugt zurück. Kaum ein weiterer Laut deutete darauf hin, wie viele Menschen sich an Bord des großen Schiffes befanden. Varus hatte absolute Ruhe für den Schlaf von Claudia Pulchra angeordnet. Trotzdem kam manchem die Morgenstille auf dem Meer unter regungslosen Seilen von den Masten und senkrecht aufgestellten Ruderreihen wie verzaubert und unheimlich vor.

Varus betrachtete seine junge Gemahlin. Sie wirkte auf ihn wie eine Königin. Nachdem die Sklaven fort waren, ergriff er ein großes, nach Kräutern und Blumen duftendes Tuch.

»Du erlaubst?«, fragte er, und sein Blick schien die vielen im Licht der Morgensonne glitzernden Wassertropfen auf ihrem wunderschönen Körper einzeln zählen zu wollen. Sie streckte sich in der Sonne, legte den Kopf zurück, schloss die Augen und lächelte.

»Ich warte, mein Geliebter.«

Er lächelte ebenfalls, streckte die Hände mit dem großen, weichen Tuch aus und begann, sie wie ein wertvolles Kunstwerk abzutupfen. Ganz langsam wurde die Berührung seiner Hände stärker und drängender. Er trocknete ihren Hals, die Schultern und die Brüste. Dann riss er sie so wild in seine Arme, dass sie aufschrie. Sie lachten beide, während sie sich umschlangen und gegeneinanderdrängten. Es war, als würden sie im Licht des jungen Tages einfach dort weitermachen, wo sie in der vergangenen Nacht erschöpft und glücklich aufgehört hatten.

Dann aber siegte die Vernunft – diesmal nicht in Varus, sondern in der jungen, verführerischen Claudia.

»Zusammen mit den Judäern und Samariern beneiden dich gut zweihundert Männer an Bord«, sagte sie streng und löste sich aus seiner Umarmung.

»Ich habe in meinem Leben ebenfalls viele Monate auf jegliche Umarmung verzichten müssen«, sagte Varus und warf das Badetuch so über ihre Schultern, dass es wie eine zu kurze Tunika aussah.

Sie legten ihre bereits vorbereiteten Kleider an und stiegen über eine schmale Holztreppe auf das Dach des quadratischen Heckturms.

Claudia schmiegte sich an Varus. Sie blickten über das weite, stille Meer hinweg. »Die Zinnen dieses Turms sind wie zum Schutz für liebende Paare gebaut«, sagte Claudia glücklich.

Varus lächelte ihr zu. »Ich wünschte, du hättest recht. Eine schwimmende Festung für liebende Paare und nicht für Steinschleuderer, Flammenwerfer und die zielsicheren Bogenschützen von den Balearen. Für Männer, von deren Kraft und Geschicklichkeit abhängt, ob ein feindliches Schiff schnell genug kampfunfähig gemacht wird, wenn Rammsporn, Katapulte und Harpunen nicht mehr eingesetzt werden können ...«

Er ließ sie los, beugte sich vor und stützte sich mit beiden Händen an der eisenbeschlagenen Kante der Zinnen ab. »Derartige Kampftürme und Enterbrücken haben sich zum letzten Mal bei der großen Seeschlacht von Actium bewährt, danach nie wieder.«

»Ich weiß«, sagte Claudia noch immer lächelnd. »Damals hat mein Vater Agrippa mit Großonkel Octavian seinen Freund Marcus Antonius und dieses schreckliche Weib Kleopatra besiegt.«

»Nicht ganz, meine Schöne«, korrigierte Varus. »Die beiden konnten im letzten Augenblick die Einkesselung aus Hunderten von Kampfschiffen durchbrechen.«

»Ja, eine feige Flucht!«

»Es kommt wie bei allen Dingen im Leben immer darauf an, von welcher Seite man etwas beurteilt. Eine feige Flucht kann ebenso gut eine geschickte List sein, und das schreckliche Weib, wie du Kleopatra nennst, war immerhin für Julius Caesar und Marcus Antonius die schönste Frau der Welt.«

»Pah!«, stieß sie hervor.

Erst jetzt hob Varus die Hand. Nur Augenblick später erhielten alle anderen an Bord das Hornsignal, nach dem auch sie ihren Tag beginnen durften. Sofort wurde es laut im Bauch des Schiffes. Kräftige Stimmen lärmten, Töpfe und Löffel schlugen gegeneinander. Überall stiegen kleine Rauchwolken aus Öffnungen zwischen den Planken auf.

Nur wenig später nahmen die Ruderer im Bauch des Schiffes den zunächst lockenden Takt des Paukenschlägers auf. Es klackte leise – wie in den ersten Ausbildungstagen der Legionäre, wenn eine Zenturie noch nicht in der Lage war, alle Wurfspeere gleichzeitig und wie mit einem einzigen Schlag auf Steinplatten zu stoßen.

Varus verfolgte die Übungen mit einem Ohr. Er war geduldig in diesen Dingen und wusste, dass die Männer freiwillig lernten. Sie kamen immer schneller voran.

»Mit Hilfe der Götter und des guten Ostwinds in den Segeln vier Tage nur bis Kreta«, rief der Schiffsführer über Deck. Ein aufmunterndes Grölen kam von den unteren Ruderbänken. Vorn am Bug pfiffen ein paar junge Seeleute. Seile und Masten knarrten, als Regullus direkt nach Westen steuern ließ.

»Ist es nicht wunderschön auf dem Meer«, seufzte Claudia Pulchra glücklich. »Von mir aus könnten wir bis ans Ende unserer Tage so frei und kraftvoll über die Wasser gleiten.«

Claudia Pulchra hatte eine kurze Tunika angelegt, die ihre langen und wohlgeformten Beine ebenso sehen ließ wie ihre schlanken Arme. Nur ein golddurchwirkter Gürtel hielt den luftigen Stoff in der Taille zusammen. Ihre Füße steckten in Sandalen aus Ziegenleder mit ebenfalls goldenen geflochtenen Bändern bis fast zu den Knien hinauf. Zum Schutz des Gesichtes hatte sie ein fast durchsichtiges Seidentuch um den Kopf geschlungen.

»Du siehst wie eine Göttin aus«, sagte Varus, und er meinte es auch so. »Aber in Rom musst du dich doch wohl wieder an strengere Sitten gewöhnen ...«

Sie lachte hell auf. »Strengere Sitten in Rom? Strenger als in Syria mit den gesichtslosen Frauen? Oder bei diesen seit tausend Jahren in ihrer eigenen Vergangenheit stehengebliebenen Judäern?«

»Du weißt ganz genau, was ich meine«, sagte er väterlich und blickte auf ihre Beine. »Nicht einmal Sandalen wirst du in Rom tragen dürfen, damit man deine Füße nicht sehen kann.«

»Ich hasse diese geschlossenen Schuhe.«

»In Tivoli kannst du anziehen, was du willst. Meinetwegen auch noch, wenn wir bei Freunden auf dem Palatin in Rom eingeladen sind. Aber ich möchte nicht, dass man über dich redet wie über die beiden Julias.«

»Du machst dir Gedanken über meinen Ruf?«, fragte sie spöttisch.

»Über deinen ebenso wie über meinen. Du weißt, warum sich Tiberius scheiden lassen musste ...«

»Meinst du die Scheidung von seiner großen Liebe Vipsania Agrippa? Oder von seiner eigenen Stiefschwester, Augustus' missratener Tochter Julia?«

»Du brauchst dich nicht lustig zu machen über diese Dinge«, sagte Varus ernsthaft. »Ich verstehe sehr gut, warum Augustus seinen Adoptivsohn und vorgesehenen Nachfolger Tiberius nicht länger mit seiner eigenen Tochter belasten konnte.«

»Weil sie Sandalen trug wie ihre Mutter ein paar Jahre früher?«, fragte Claudia Pulchra aufsässig. »Warum glaubt ihr großen Helden und Politiker eigentlich, dass ihr auch noch um Frauen würfeln könnt, wenn euch Geldbeutel, Schiffe, Legionen oder gar Städte und Provinzen nicht mehr ausreichen?«

»Niemand hat um Vipsania, die beiden Julias oder gar dich gewürfelt«, sagte Varus. »Gewiss, auch Augustus ist manchmal hemmungslos, wenn er beim Spiel dem einen oder anderen eine hübsche Summe abnehmen kann. Aber in vielen anderen Bereichen zeigt er Mäßigung, Geduld und Güte.«

Sie stutzte, dann lachte sie laut auf.

»Das ist doch nicht dein Ernst! Was glaubst du denn, wie mein Großonkel zum Princeps wurde? Etwa durch Mäßigung, Geduld und Güte?«

»Das Richtige kann oft nur mit Stärke oder Gewalt durchgesetzt werden. Glaubst du denn, irgendein Seemann, Ruderer oder Legionär könnte machen, was er will? Nicht einmal ein Centurio, ein Tribun oder ein Statthalter kann ohne Pflicht und Verantwortung nach unten und oben leben. Und noch mehr gilt das für den Ersten unter Gleichen, den Princeps, Imperator und verehrungswürdigen Augustus.«

Sie stieß die Luft aus, als würde sie einen Wasserbalg zusammenpressen.

»Möge der Kreis der vergreisten Senatoren dir Ovationen für deine pathetischen Ansichten zollen«, lachte sie und hängte sich bei ihm ein. »Weißt du, was ich vielmehr glaube? Du wirst es nicht hören wollen, aber in Zukunft wird es noch mehr Frauen wie die beiden Julias geben. In den wilden Wäldern Germaniens soll es sogar Frauen geben, die gemeinsam mit den Männern schreiend und mit entblößter Brust gegen Rom in dem Kampf ziehen ...«

»Das sind nur die alten Geschichten von den Weibern der Kimbern, Teutonen und Skythen und diesen legendären Amazonen«, sagte er abwinkend. »Ich rede von der größten Weltmacht aller Zeiten und dem Recht der Stärkeren ...«

»Deren Frauen in der Öffentlichkeit keinesfalls Sandalen tragen dürfen!«

»Du bist unmöglich!«

Er machte trotzdem noch einen Versuch, seine junge Ehefrau mit den wahren Werten bekannt zu machen, für die er selbst gelebt und gekämpft hatte. »Es ist die Kraft der Gemeinschaft, die das Individuum überleben lässt und überhaupt erst möglich macht ...«

»Ebenso frei wie bei den Bienen und Ameisen?«

Es hatte keinen Zweck. Sie war nicht dumm, ganz im Gegenteil. Er liebte sie auch dafür, dass sie sich nicht nur für Schmuck und teure Kleider interessierte. Aber was ihr die syrischen Freundinnen der Selene oder Luna beigebracht hatten, gefiel ihm ganz und gar nicht.

»Ich weiß nicht, was du bei den Rhetoren oder in Antiochia gelernt hast«, sagte er, »aber ich muss dich bitten, uns in Rom nicht mit solchen Äußerungen Stolpersteine in den Weg zu legen.«

Claudia ließ sich durch die klare Warnung nicht im Geringsten beeindrucken, sondern lachte, als hätte sie soeben eine Kette von ihm erhalten – kein Sklavenhalsband, sondern ein wertvolles Collier aus Perlen.

»Werden wir vor Italien irgendwo anlegen?«, fragte sie ausgelassen. »Ich würde gern auch einmal den Leuchtturm von Alexandria, dieses berühmte Weltwunder, sehen. Können wir nicht einen kleinen Umweg nach Ägypten machen? Nur ein paar Tage an den Pyramiden …«

Varus schüttelte den Kopf und atmete tief durch. Claudia Pulchra war wie seine vorangegangene Ehefrau ebenfalls eine Großnichte von Augustus. Aber schon nach wenigen Monaten kam sie ihm wesentlich anstrengender vor. Trotzdem liebte er diese verführerische Sirene und bezaubernde Circe.

»Wir waren lange genug unterwegs«, sagte er.

»Dir macht Tiberius Sorgen.« Sie drehte sich ganz zu ihm um. Im Gegenlicht sah ihr Haar wie eine goldene Krone aus. »Seid ihr etwa Rivalen, wie es die Freunde Octavian und Marcus Antonius wurden?«

Varus lachte kurz. »Nein, Claudia, ich habe nie nach dem Platz an der Spitze des Reiches gestrebt. Er ist zu hoch für mich und meine Herkunft. Aber derjenige, der ihn nach dem Tod des alten Augustus einnehmen soll, spielt mit gezinkten Würfeln.«

Claudia wurde ernst. »Und was bedeutet das?«

Varus zögerte. Dann sagte er leiser als sonst: »Dass ich mich vorsehen muss bei allem, was mich in Rom erwartet.«

Der junge Commodus kam mit elastisch schwingenden Schritten vom Unterdeck über eine hölzerne Treppe auf sie zu. Anders als Varus trug er auch an Bord stets seine sorgfältig gefaltete Toga mit dem breiten purpurnen Streifen am Rand.

»Vor ihm?«, fragte Claudia verstohlen. »Ist er einer von denen, die dir gefährlich werden können?«

»Ich weiß es nicht. Es könnte jeder sein, der irgendwann mit Tiberius zusammen war.«

Wider Erwarten blieb die See während der nächsten Tage ruhig. Einerseits freuten sich Besatzung und Passagiere über die friedliche Fahrt in Richtung Meerenge von Messina, andererseits wurden die Ruderer durch mangelnden Wind so stark beansprucht, dass die gesamte Reise länger dauerte als vorgesehen. Es war der hochnäsige Commodus, der als Erster die Nerven verlor.

»Seit Tagen sehen wir nur Himmel und Wasser!«, beschwerte er sich beim ehemaligen *praefectus castrorum* des Palastes von Antiochia. Der ungeduldige Militärtribun konnte kaum erwarten, in Rom mit seinem Aufenthalt im Orient zu prahlen. »Ich bin kein Fisch und kein Vogel und brauche die Straßen des Imperiums unter meinen Stiefeln.«

Doch Bassus lachte ihn einfach aus. »Du bist noch niemals in deinem Leben auch nur einen Doppelschritt über die Straßen marschiert, die unsere Legionäre gebaut haben.«

»Das ist nicht wahr! Ich habe Zenturien geführt, Kohorten und ganze Legionen ...«

»Sagen wir einfach, du bist mitgeritten.«

»Ich denke nicht daran, mich mit einem wie dir zu streiten. Als Tribun mit senatorischem Rang ...«

»... kannst du auch nicht schneller schwimmen als dieses Schiff.«

»Niemand kann von Sonnenaufgang bis Sonnenuntergang pausenlos rudern«, warf der herangekommene Schiffsführer ein.

»Sie verweichlichen doch nur, wenn sie nicht entsprechend gefordert werden«, vertrat Commodus seine Ansicht mit unüberhörbarem Vorwurf in der hohen Stimme. »Ich habe bisher immer nur halben Schlag bei den Ruderern gehört, nicht aber die anderthalbfache oder zweifache Schlagzahl.«

»Die heben wir uns für Seegefechte auf«, erklärte Regullus unbeeindruckt. »Wir haben noble Damen an Bord und eine Delegation, die zu Augustus unterwegs ist. Es geht nicht um Geschwindigkeit, sondern darum, dass wir sicher in Ostia ankommen.«

Der junge Offizier wollte aufbrausen und weiter argumentieren. Varus trat nur einen halben Schritt vor. Sofort verstummten alle Gespräche. Sogar die Veteranen und die Judäer richteten sich respektvoll auf.

»Es ist gut möglich, dass wir auch weiterhin miteinander auskommen müssen«, sagte Varus bedächtig, aber keineswegs freundlich. »Du magst in Rom mehr Freunde und einflussreichere Gönner haben als ich, aber solange mein Schatten auf dich fällt, ist mir dein Purpurstreifen weniger wert als der im Kampf verlorene Tropfen Blut eines Legionärs.«

»Was habe ich denn getan?«, protestierte Commodus. »Muss ich dich daran erinnern, dass du nicht mehr *Legatus Augusti pro praetore* für die Provinz Syria, sondern nur noch Senator bist, ebenso wie ich?«

»Ich nehme nicht an, dass ich eines Tages noch unter deinem Befehl stehen werde, verehrter Senator Rufus Ceionius Commodus. Oder gibt dir irgendeine Verabredung Anlass zu einer derartigen Hoffnung?«

Varus sprach seinen Verdacht in voller Absicht aus. Er lächelte zufrieden, als er sah, wie sich das Gesicht des jungen Römers mit flammendem Rot überzog. Es war, als hätte er dem arroganten jungen Mann unerwartet Adler und Ehre entrissen.

Varus wollte es so. Er war nicht bereit, sich wie ein abgelöster Statthalter zu benehmen, der in den Provinzen wie Augustus selbst geschätzt und gefürchtet wurde, aber in Rom nicht mehr als irgendein Landadliger galt. Zeit seines Lebens hatte er mehr unter der Schmähung seiner Familie gelitten als unter seinem eigenen körperlichen Makel. Er kannte genügend andere, die mehr Grund gehabt hätten, sich für Verrat oder Unfähigkeit zu verantworten. Sie hatten es nicht getan, sondern Schande und Ehrlosigkeit zu Triumphen erklärt.

»Rauch am Horizont gegen Abend hin!«, rief in diesem Augenblick der Seemann im Ausguck. »Ich sehe Rauch und den Berg der Drachen und Cyclopen! Sizilien und Ätna voraus.«

»Dann steuern wir direkt auf die Straße von Messina zu.«

Ein kleines, stolzes Lächeln spielte um die Mundwinkel des Schiffsführers. Varus warf ihm einen anerkennenden Blick zu. Gleich darauf jubelte das ganze Schiff.

Claudia Pulchra hatte den Ruf des Seemanns ebenso gehört wie alle anderen an Bord. Sie trat neben Varus.

»Wie lange noch?«, fragte sie aufgeregt.

»Wir werden unsere Reise in Messina kurz unterbrechen«, antwortete der Schiffsführer, »damit uns Wasser, Wein, frisches Obst und anderer Proviant an Bord gebracht wird.«

Claudia strahlte. »Können wir nicht an Land gehen?«, fragte sie unternehmungslustig. »Ich würde so gern mit meinen Gefährtinnen in der Stadt spazieren gehen.«

»Das geht hier nicht«, warf Bassus ein, nachdem er Varus' Blick gesucht hatte. »Zu viele Neugierige …«

»Dann wenigstens mit der Sänfte bis zum berühmten Leuchtturm an der Meerenge.«

Diesmal schüttelte Varus den Kopf. »Der Hafen mit der Stadt war der Hauptstützpunkt von Sextus Pompeius während seines Krieges gegen Octavian. Das ist zwar auch schon fast ein halbes Jahrhundert her, aber die Bevölkerung in dieser Gegend vergisst so schnell nicht. Erst recht nicht, wenn ein ehemaliger Statthalter unseres Augustus durchfährt, den sie bis aufs Blut gehasst haben. Ich kann daher nur ein paar Männern der Schiffsbesatzung mit Bewaffneten als Schutz erlauben, diese Galeere zu verlassen.«

Claudia verzog ihren hübschen Mund.

»Du bist nicht nett zu mir.«

»Aber um dich besorgt.«

Sie drehte sich trotzig um und verschwand mit ihren Sklavinnen und Damen hinter den Heckaufbauten der Galeere.

»Es sieht tatsächlich nicht sehr gut aus«, sagte Regullus. »Wir sollten daher zusehen, dass wir möglichst schnell durch die Meerenge kommen und dann die fliegenden Steine aus den Feuerschlünden der Liparischen Inseln hinter uns bringen. Danach bleibt es hoffentlich ruhig bis zum tückischen Vesuv.«

»Falls uns nicht doch noch wilde Barbaren oder die Seeräuber aus Sardinien in die Quere kommen«, warf Ceionius ein. Ein paar Seeleute lachten abfällig.

»Seeräuber sind feige«, belehrte der Schiffsführer den Offizier. »Sie würden niemals ein Schiff der *classis Romana* angreifen. Und gegen tollkühne Barbaren, die es dennoch wagen, haben wir genügend Brandpfeile und Katapultsteine an Bord.«

Immer mehr Menschen auf der Galeere beobachteten die Rauchzeichen des großen Vulkans. Sie sahen im rauchenden Berg nicht die Gefahr, sondern die Hoffnung auf Ankunft nach langer Fahrt wie beim Pharo, dem berühmten Leuchtturm am Hafen von Alexandria. Der Horizont bildete einen sanft gewölbten Bogen mit tiefblauem Licht über der langen Dünung. Der glühende Sonnenball am Horizont tauchte immer tiefer. Darüber blühten Farben von Orange über Türkis zu Violett. Dann sahen sie alle, dass schwarze Rauchkringel wie Schriftzeichen eines Menetekels das Licht der Farben verdunkelten.

Im selben Augenblick kam Claudia zurück. Ängstlich griff sie nach Varus' Arm. Wind kam auf, leise und wie ein flüsternder Hauch zuerst, dann immer kräftiger. Gut zweihundert Augenpaare suchten den klaren, wolkenlosen Himmel ab. Doch weder die geschulten Seeleute der römischen Kriegsflotte noch die Ruderer, die Veteranen oder die Judäer und Samarier am Bug konnten ausmachen, woher der drohende Sturm kam.

Die *IUSTITIA* passierte die Meerenge von Messina in Richtung Norden. In Höhe des Leuchtturms erklangen laute Trompetensignale. Aber sie sollten nicht grüßen, sondern warnen. Einige der Seeleute und Ruderer erinnerten sich aus vergangenen Reisen an die herabregnenden Lavabrocken und den feinkörnigen Sand am Ufer des Meeres bis hinauf zu dem alten Tempel bei den Peloritanischen Bergen. Es war der höllische Auswurf des mächtigen, drohenden Ätna.

Einige der vulkanischen Inseln sahen wie Geschwüre aus, die jederzeit aufbrechen konnten. Sie verunzierten die glatten, jungfräulich wirkenden Wasser.

Und dann geschah es. Urplötzlich bildete sich direkt über der Galeere eine schwarze Wolke. Als hätte sie den Unwillen Neptuns und seiner Tritonen erregt, kräuselten sich die Wasser wie die endlose Gänsehaut eines lebenden Wesens.

Für einen Moment war alles so still, als wäre alles Leben auf der Galeere wie durch einen Zauberfluch mitten in der Bewegung erstarrt. Nicht einmal die Ruderer bewegten sich noch. Nur noch die Seile am blanken Mast knarrten leise. Irgendwo jenseits der schwarzen Wolkenballung zuckte und blitzte es bereits, doch noch war kein Donner zu hören.

Für einen Moment trafen sich die Blicke des Schiffsführers mit denen von Varus. Die beiden im Dienst für Rom gereiften Männer mussten sich nichts vormachen. Niemand würde ihnen Feigheit vorwerfen, wenn die Galeere sofort umkehrte und Schutz am Hafen in der Meerenge von Messina suchte. Doch dann blickte Varus nach vorn zu den Judäern und Samariern. Sie knieten auf den Planken am Bug, aber hielten sich nicht fest in der Erwartung von Sturm und Wellenschlag, sondern hoben die Hände weit über ihre Köpfe. Es sah aus, als würden sie die riesige böse Wolkenwand über sich anbeten, sie um Gnade bitten und sich gleichzeitig der göttlichen Gewalt unterwerfen.

Schon mehrmals hatte Varus miterlebt, dass sich Menschen, die nur noch an den einen und oft zornigen Gott Israels glaubten, ganz anders verhielten als Griechen und Römer. Sie konnten sich gegenseitig betrügen, bestehlen oder die Köpfe einschlagen, und sie wurden zu Aufständischen, wenn ihr Gott angegriffen oder beleidigt wurde. Aber sie hielten duldend still, wenn ihr Gott sie zu strafen schien.

Die Männer der Delegation begannen mit tiefen und schönen Stimmen zu singen. Auch Claudia und ihre Freundinnen lauschten dem Gesang, der wie eine Klage an vergangene Zeiten der Gefangenschaft in Ägypten und im Zweistromland klang. Kaum einer der Römer an Bord verstand Hebräisch, aber die Namen von Orten und Flüssen, Herrschern und Königen schallten beredt über das Schiff.

Auch der Schiffsführer hob die Arme. Er wartete auf ein Wort seines wichtigsten Passagiers. Varus fühlte sich plötzlich erregt wie unmittelbar vor dem Befehl für den Angriff in einer großen Schlacht. Seine Augen blitzten, und sein herausforderndes Lachen erschreckte die Frauen hinter ihm.

Varus war stets bereit gewesen, jedem Sturm zu trotzen, solange er damit dem Imperium nützte – selbst wenn er dazu verdammt werden sollte, auf ewig am äußersten Rand des Reiches auszuharren, an der Grenze zwischen Chaos und kalter Nacht, um das Himmelsgewölbe des Imperiums und seiner Größe auf den Schultern zu tragen.

»Weiter! Segel und Ruderer!«

Sie hatten nur darauf gewartet. Hart hämmerten Paukenschläge auf das gespannte Kalbfell. Satt und klatschend tauchten die Ruderblätter in das widerstrebende Meer. Die Männer auf den Ruderbänken und die durcheinanderrennende Mannschaft an Deck schrien sich die Furcht aus dem Leib.

Die Galeere sprang wie ein gewaltiger Panther im Kampf mit unsichtbaren Gladiatoren nach vorn. Rechts und links des Rammsporns türmten sich weißschäumende Bugwellen auf. Für die Männer an den Segeln wurde es fast unmöglich, das schwere Tuch am Mast zu hissen. Und doch schafften sie es, während die *IUSTITIA* zwischen den Liparischen Vulkaninseln hindurchzufliegen schien. Die Schlünde des Hades ließen sie ziehen, schleuderten keine Steine, kein Feuer.

Die Antwort der feigen und rachsüchtigen Götter kam direkt von oben. Ein schwarzer Regenschwall stürzte über das Kriegsschiff, klatschte durch hölzerne Gitter ins Innere, überflutete die Bänke der Ruderer, schleuderte die halbe Pumpmannschaft zur Seite. Sturm folgte dem Fluch. Er kam nicht von Norden, sondern von hinten … wie ein böses Nachfauchen von Scylla und Charybdis.

Das große rechteckige Segel fing den Sturmwind so kraftvoll ein, dass die Galeere in die Knie zu gehen schien. Sie beugte sich aufstöhnend zur Seite. Ohne die elastisch gespannten Seile vom Bug zum Heck unter den Kielbalken wäre das große Schiff in der Mitte zerbrochen. So aber ächzte es nur wie Atlas, als er mit seinen Titanen gegen den Himmel und die Götter stürmen wollte.

Varus hielt sich an einem geschnitzten Stützbalken fest. Mit dem anderen umschlang er seine mutige Ehefrau. Ihre Begleiterinnen hatten sich bereits wieder unter Deck geflüchtet. Die Galeere stieg hoch wie ein scheuendes Ross, dann krachte sie in ein Wellental. Erst jetzt schlug das Unwetter mit blitzenden Schwertschneiden zu, zerfetzte donnernd Rahen und Segel. Varus sah, dass auch die Regullus-Männer nicht aufgaben, sondern voller grimmigem Vergnügen den Kampf mit den Gewalten führten.

Noch im Tyrrhenischen Meer warfen die Seeleute zusammen mit den Männern von Varus' Leibwache den zerbrochenen Hauptmast über Bord. Er war der Länge nach gesplittert und so von Blitzen verbrannt, dass seine Reste nicht mehr zum Reparieren taugten. Von nun an mussten die Ruderer die Galeere allein vorwärts bewegen. Sie schafften es schneller und zuverlässiger als jede Laune der Lüfte.

Den ersten Halt nach langer, schwerer Reise machten sie in Capri. Varus besprach sich mit Regullus. Beide kannten die Felseninsel mit ihren großen Eichenwäldern neben einem paradiesischen Überfluss an Wacholderbüschen, Myrte, Ginster und Wein. Dennoch war Capri keineswegs ein Ort, an dem ein heimkehrender Statthalter ohne Erlaubnis Rast machen konnte. Auch die Beschädigungen an der Galeere waren kein ausreichender Grund – im Gegenteil: Der einzige richtige Anlaufpunkt für das havarierte Schiff wären der Hafen und die Werften von Misenum gewesen.

Trotzdem vereinbarte Varus mit dem Schiffsführer, dass sie sich den Ersatzmast aus den Wäldern der nahen und fast menschenleeren Insel Aenaria holten. Sie hatten gute Gründe dafür, nicht mit einer beschädigten Galeere in einen der beiden größten Flottenhäfen des Imperiums einzulaufen. Für Regullus war ein im Sturm beschädigtes Schiff kein Ruhmesblatt. Und Varus wollte alles vermeiden, was allzu neugierige Augen von Schiffsbaumeistern auf die *IUSTITIA* lenken könnte.

Nach kurzer Besichtigung der Augustus-Villa direkt am Meer befahl Varus, die judäische Delegation in die oberen Räume zu bringen. Er selbst, seine mitgereisten Offiziere und Beamten sowie Claudia mit ihrem Gefolge quartierten sich in den unteren, prunkvoll ausgestatteten Gemächern ein. Damit missachtete Varus sowohl die Warnungen seiner Berater als auch den Protest der Verwalter des Anwesens und der Insel.

»Ich bin hier nicht als Senator auf Hochzeitsreise, sondern in besonderem Auftrag des Princeps auf der Rückreise nach Rom«, belehrte Varus die zögernden Männer. »Außerdem muss die Galeere repariert werden.«

»Dafür wären die Werften dort drüben im Hafen von Misenum hervorragend geeignet«, mischte sich Commodus ein.

Varus blickte ihn abfällig an. »Ich glaube nicht, dass dich die Werften in unserem Kriegshafen sonderlich interessieren. Aber du kannst dir gern ein Boot nehmen und dich durch den campanischen Golf nach Neapolis rudern lassen. Dort findest du überall Villen, Gärten und Paläste, in denen es allabendlich Theater, Gesang und laute Festlichkeiten gibt.«

»O ja, Varus! Darf ich mit?«, rief Claudia begeistert. »Ich könnte einige Vettern und Tanten besuchen, die ich schon lange nicht mehr gesehen habe.«

Varus blickte sie verständnislos an. Zum ersten Mal, seit sie sich kannten, lief ein warnender Schauder über seinen Rücken. Er konnte sich nicht erinnern, jemals eifersüchtig gewesen zu sein. Mit großer Anstrengung beherrschte er seine Stimme und seine Haltung, als er seiner jungen Frau antwortete.

»Ich lasse dir gern ein paar schöne Tage ohne mich«, sagte er lächelnd. »Nur in den Nächten gönne ich dir nichts … nicht einmal den kleinsten Bruchteil dessen, was sich eine *nobilissima* wie Julia jahrelang erlaubt hat.«

Sie kicherte, umschlang ihn und streichelte sein Kinn. »Ich weiß, mein großer, pflichtbewusster Geliebter. Aber du brauchst dir keine Sorgen zu machen. Ich habe nicht die Absicht, wie Julia verbannt zu werden.«

»Wie brauchen hier ohnehin zwei, drei Tage. Zu deinem persönlichen Schutz bestimme ich unseren Militärtribun. Er wird dich begleiten und sicher zurückbringen – natürlich mit Gefolge.«

Der sonst so vorlaute Commodus schnappte nach Luft, hielt sich aber zurück. Es war Bassus, der schließlich seine Bedenken überwand und einen praktischen Vorschlag machte. Als ehemaliger *praefectus castrorum* im Palast von Antiochia kannte er die Feinheiten zwischen dem Eigentum Roms, des Senats und des Princeps. Ganze Provinzen des Imperiums waren quasi Alleineigentum von Augustus. Auf der anderen Seite bezahlte er auch Legionen aus seinem Privatvermögen.

»Wir können die Benutzung von Augustus' Villa rechtfertigen, wenn wir die Delegation der Judäer zu einem Sicherheitsrisiko für andere Gegenden des Reichs erklären«, empfahl der glatzköpfige Römer.

»Das sind sie ohnehin«, mischte sich Commodus ein. Ein kurzer Blick von Varus ließ ihn verstummen. Zusammen mit kleinem Gefolge ließen sich Varus und Claudia die einzelnen Räume und Terrassen des Inselpalastes zeigen.

»Ich war nicht dabei, als dies alles hier vor fünfunddreißig Jahren begonnen hat«, meinte Varus. »Doch ich erinnere mich, was damals erzählt wurde. Demnach wollte der junge Octavian nach der Eroberung Ägyptens und dem Selbstmord von Antonius und Kleopatra mit seiner Flotte an der Insel vorbeifahren. In Siegerstimmung soll er beim Anblick dieser Insel auf die Idee gekommen sein, sich nach all seinen Kämpfen eine Belohnung verdient zu haben. Nach seiner Ankunft in Rom hat er Capri gegen die fünfmal größere Insel dort eingetauscht und zu seinem Eigentum erklärt.«

Varus deutet nach Nordwesten. Die immer noch gefährliche Vulkaninsel war deutlich zu erkennen. Claudia hängte sich bei Varus ein. »Mein Vater erzählte, dass er durch seinen Triumph über den Rivalen die hundertjährige Epoche römischer Bürgerkriege beendete?«

Varus entzog ihr ruckartig seinen Arm. Sie sah, dass er die Lippen zusammenpresste.

»Was hast du? Habe ich etwas Falsches gesagt?«

Er antwortete nicht, sondern blieb am Rand einer Terrasse stehen und starrte über das Meer hinweg

»Du warst noch nicht geboren«, sagte er schließlich. »Aber schon damals klagten die Menschen in den Villen von Rom und in dem Mietskasernen der *subura* über das siegreiche menschliche Ungeheuer namens Octavian, das nur mit eiskaltem Kopf und ohne jedes Herz oder Gefühl leben konnte.«

Varus sah seine schöne Ehefrau nachdenklich an. »Irgendwo jenseits von Aenaria liegt Pandatera«, sagte er schließlich. »Dort lebt die einzige Tochter des großen Augustus in Ächtung, Verbannung und grausamer Einsamkeit.«

»Du kennst sie.«

Es war mehr Feststellung als Frage, und Varus ging nicht weiter darauf ein. »Das winzige Felseneiland ist keine dreitausend Schritte lang und kaum tausend Schritte breit. Aber die angebliche Insel ewiger Verbannung ist nur zwanzig Meilen von Aenaria, fünfundzwanzig Meilen vom Festland und knapp fünfzig Meilen von diesem wunderschönen Platz hier entfernt.«

Claudia Pulchra wirkte plötzlich unsicher.

»Aber inzwischen ist Julia doch auch schon fünfundvierzig, war dreimal verheiratet und hat Augustus insgesamt drei Töchter und zwei Enkelsöhne geschenkt ...«

Varus lachte trocken. »Gaius und Lucius sind jung gestorben. Würde einer dieser beiden Enkel noch leben, müsste Augustus auch ihre Mutter wieder nach Rom und auf den Palatin zurückholen. Doch dort herrscht jetzt Livia Drusilla.«

»Aber warum musste sich dann ihr Sohn Tiberius von seiner geliebten und gerade wieder schwangeren Vipsania scheiden lassen, um die wilde Witwe Julia zu heiraten?«

»Weil Augustus damals noch hoffte, drei unterschiedliche Interessen unter eine Decke zu bekommen. Er wollte Drusillas Ehrgeiz stillen und zugleich mit ihrem Sohn Tiberius seine Nachfolge sichern. Darüber hinaus hoffte er, Julia zu zügeln.«

»Du bist schrecklich, Varus!«

»Ja, du hast recht ... vielleicht! Julia ist nicht mehr so wild und lebenslustig wie in vergangenen Tagen, von denen sie selbst gesagt hat, dass sie nur neue und interessante Passagiere an Bord nimmt, wenn ihr Schiffsbauch bereits Fracht geladen hat. Trotzdem können weder Augustus noch Drusilla oder gar Tiberius verhindern, dass der eine oder andere von ihren alten Freunden sie nicht vergessen hat.«

»Ich habe gehört, dass Augustus ihr das Weintrinken und jeden Luxus verboten hat. Und niemand, weder Freier noch Sklave, darf sie ohne seine ausdrückliche Erlaubnis besuchen.«

Varus legte eine Hand auf ihren Arm. »Du bist noch jung, Claudia. Und du weißt noch nicht, wie brennend Liebe, Hass und Eifersucht eines Menschen Herz und den Verstand zerstören können. Doch manchmal sind Erinnerungen an Tage oder Nächte voller Glück unsterblich.«

In den Städten, Theatern und Thermen auf dem Festland hatte sich schnell herumgesprochen, wer vor dem kleinen Hafen von Capri ankerte. Bereits am Tag nach der Ankunft der Galeere kamen Abgesandte von Putesoli, Neapolis und der Landzunge davor in geschmückten Booten, um Einladungen zu überbringen. Nach den Tagen auf See waren Varus die Männer nicht sehr angenehm. Sie rochen schweflig nach dem kranken Atem ihrer Vulkanfelder. Doch das war nicht der Grund, aus dem er sämtliche Angebote ablehnte.

Er blieb an der Brüstung stehen, die den Augustus-Palast von den Uferfelsen trennte. Offiziell wurde Senator Commodus als sein Stellvertreter und Ehrengast auf die Barken geleitet. Aber nicht der überhebliche Tribun, sondern Claudia Pulchra war die kostbare Gemme, mit der sich jeder zeigen wollte.

Die Boote mit Claudia, Commodus, dem mit Ordensscheiben geschmückten *praefectus castrorum* Bassus und ein paar weiteren Uniformierten legten ab. Varus sah ihnen nach, dann schaute er versonnen über das weite, friedliche Meer nach Norden. Sein Blick suchte die Vulkaninsel Aenaria, dann die vorspringende Halbinsel am nördlichen Rand des Golfes von Neapolis und schließlich den leise rauchenden Gipfel des Vesuvs hinter Herculaneum und Pompeji. Mittlerweile waren fast alle Nachfolgepläne des großen Octavian-Augustus ebenfalls verraucht wie das Feuer eines Vulkans, der seine Lebenskraft verloren hatte. Zum Schluss war ihm nur Livias Sohn Tiberius als denkbarer Nachfolger übrig geblieben.

Varus fürchtete sich nicht vor Augustus oder Tiberius. Aber Livia – sie war eine harte Frau, die niemals aufgehört hatte, sich wie eine Wölfin um ihre Brut zu kümmern. Ein Weib, das schwanger ihren großartigen Ehemann verlassen hatte, um den Sohn im Bett eines noch mächtigeren Mannes zu gebären.

Varus dachte dran, wie sehr er Octavian und sein Weib gehasst hatte, als er selbst noch jünger war. Heuchlerisch hatte der spätere Augustus behauptet, er würde die Ideale der Republik verteidigen, heuchlerisch darauf geachtet, dass er Princeps und nicht *caesar* oder *dictator* genannt wurde, und ebenso heuchlerisch hatte er das Volk getäuscht, indem er ihm Freiheiten vorspiegelte, die es schon lange nicht mehr besaß.

Noch in der Nacht ließ Varus die beschädigte Galeere mit kleiner Mannschaft in den Naturhafen der dichtbewaldeten, fast menschenleeren Vulkaninsel Aenaria rudern. Die Delegation der Judäer und Samarier musste ebenso im Augustus-Palast auf Capri zurückbleiben wie die nicht benötigten Beamten und Veteranen, Sklaven und Ruderer.

Seit Augustus das Eigentum Roms gegen Capri eingetauscht hatte, kümmerte sich niemand mehr um den gefährlichen und hoch aus dem Meer ragenden Vulkankegel. Vom Festland her kam eine kleine Fracht-Liburne mit tragbaren Schmiedeöfen, Ersatzteilen und verschwiegenen Handwerkern von den Werften in Misenum. Varus war mehr als zufrieden mit Bassus' Organisationsfähigkeiten. Den ganzen Tag über und noch die folgende Nacht hindurch quälten sich die Männer mit den Reparaturen. Es war, als würden sie auf der einsamen Waldinsel einen neuen Rekord im Schiffbau aufstellen wollen.

»Probefahrt!«, befahl der Schiffsführer bei Sonnenuntergang des zweiten Tages. Sie ließen alles stehen und liegen, stürmten an Bord und hoben sofort die Anker. Kein Lüftchen bewegte sich, als die Kriegsgaleere unter dem nachtblauen Himmel die flachere Südseite der Vulkaninsel umrundete. Sie kamen bis zu den haushohen Felsen im Westen, die senkrecht ins Meer stürzten. Über ihnen funkelten die Sterne wie ein himmlischer Schatz aus Edelsteinen.

Außer Varus kannte nur der Schiffsführer das nächtliche Ziel. Es dauerte keine Stunde, bis die Galeere heimlich Anker warf. Sanft schmiegte sich das mächtige Kriegsschiff gegen die kleine Kaimauer. Die *IUSTITIA* hatte direkt am Refugium der verbannten Tochter von Augustus angelegt.

»Alle Ruderer ins Vorschiff!«, befahl Regullus. »Alle Seeleute ebenfalls. Stärkt euch! Ihr dürft ein paar Stunden lang so viel fressen und saufen, wie ihr wollt.«

Sofort polterten drei Dutzend ausgewählter Männer über die Stege und Leitern nach unten. Sie stürzten sich auf Weinamphoren, Körbe mit Brot und Braten, Käse, Obst und gegrilltem Fisch.

»Keine Fackeln, nur Öllampen!«, rief der Schiffsführer noch, dann schlugen Luken zu und Balken versperrten jeden Blick aus dem

Schiffsbauch. Nicht einmal Stimmen waren von draußen zu hören. Für eine Weile blieb alles ruhig. Dann traten Varus und der *primus pilum* Vennemar aus dem Eingang zum Bug der Trireme. Nur das Knarren der Seile und Hebebäume unterbrach gelegentlich das schmatzende Geräusch der Wellen.

Varus legte seine Hand auf den Arm des Centurios. Dann gab er ihm einen schweren Schlüssel.

»Stehen deine Bogenschützen aus Trachon bereit?«, fragte Varus.

»Sie stehen mit geschlossenen Augen am Bug und passen auf.«

»Können sie trotz Wellenschlag und Meeresrauschen irgendetwas hören?«

»Ich weiß nur, dass sie treffen, falls irgendjemand stört.«

»Dann schließ die Schatzkammer auf!«

Vennemar nahm den Schlüssel, bückte sich und öffnete das Schloss einer Luke inmitten der Deckplanken. Varus lauschte dem leisen Wellenschlag und dem Konzert der Zikaden, dann spitzte er die Lippen und pfiff die Melodie der Nachtigall, wie sie schon Julius Caesar gelobt und bewundert hatte.

Gleich darauf huschte ein Lichtschein an einem der oberen Fenster in Julias Palast hin und her. Kurz darauf rumpelten drei Ochsenkarren aus den Stallgebäuden des Palastes. Ihre Fuhrknechte trugen Tücher über dem Kopf bis zu den nackten Oberkörpern. Im Sternenlicht sahen sie wie Priester der Judäer aus. Aber sie waren es nicht. Jeder von ihnen hätte als Gladiator Ruhm und Beifall gefunden. Sie banden die Ochsen an den steinernen Pollern des Kais fest. Keiner von ihnen sprach, als er an Bord kam. Varus zeigte auf die schwere Luke. Die Männer nickten und hoben sie an. Die Nacht roch plötzlich nach Naphtha und Schwefel – fast wie in manchen Gegenden der Provinz Syria, in denen nicht einmal Ziegen und Schafe nach Gras oder Wurzeln suchen wollten. Der scharfe Teergeruch stieg aus dem lange verriegelten Laderaum. Die Delegation der Judäer und Samarier hatte während der Fahrt direkt darüber Quartier bezogen. Diesmal waren sie nicht dabei.

Die Sklaven Julias wuchteten die erste übermannsgroße Kiste mit Rollen und Hebebäumen hoch und seilten sie zu den Karren am Kai ab.

Viermal rumpelten die drei Ochsenkarren von der *IUSTITIA* bis in die Felsen inmitten des kleinen Waldes unmittelbar hinter dem Palast von Julia. Es dauerte bis lange nach Mitternacht, ehe die Wagen nach der letzten Fahrt wieder am Hafen ankamen. Vennemar wunderte sich, dass die drei Ochsenkarren nicht leer, sondern mit ihrer letzten Last wieder zurückkamen – drei schwarzen Kisten, groß und schwer wie ein dreifach steingemeißelter Sarkophag von König Herodes in seinem Grabhügel bei Bethlehem. Doch nicht mit Zeichen und heiligen Symbolen verziert, sondern mit schwarzen, stinkenden Teertüchern.

»Das wird allzu viele Neugierige und Unbefugte abhalten«, meinte Varus und deutete auf die mit Steinen gefüllten Kisten, als Vennemar die Nase rümpfte.

Als die drei Kisten wieder verladen und die Luken verschlossen waren, verschwanden die Sklaven wieder. Erneut zeigte sich ein Licht am Fenster des Palastes. Varus hob den Arm, doch im Sternenlicht würde kaum jemand im Palast den Gruß erkannt haben.

Der Schiffskommandant ließ die vorderen Laderäume des Schiffes wieder öffnen und rief die betrunkenen Männer an Deck, die für einige Stunden zu diesem ungewöhnlichen Gelage eingesperrt worden waren. Keiner von ihnen wusste, warum sie unter Deck hatten bleiben müssen. Dank der Köstlichkeiten und des schweren Weins war es ihnen auch egal. Sie hätten später noch nicht mal sagen können, ob sie diese Nacht tatsächlich unter merkwürdigen Umständen gezecht oder sich das alles nur eingebildet hatten. Trotz alledem schafften es die meisten bis zu den Plätzen, die sie auf der *IUSTITIA* einzunehmen hatten.

»Alles, was recht ist«, grölte einer der stärksten Männer, ehe er über sein Ruder fiel, rülpste und dann die Zähne bleckte. Andere drückten mit ihren Rudern die Trireme rückwärts vom Uferkai weg.

Kaum war das Schiff aus dem Hafenbecken heraus, berührte der Taktgeber ganz leise das Kalbfell. Leicht und schnell machte sich die Galeere auf die Rückfahrt. Der Schiffsführer ließ die Trireme westlich an Aenaria vorbei in Richtung Capri rudern. Varus stand mit Regullus und Vennemar am Heck. Er war zufrieden mit sich und den Göttern. Der Abstecher zu Julias Insel hatte schnell und in aller Heimlichkeit stattgefunden, sodass nicht einmal Joseph und seine Männer etwas davon mitbekommen hatten. Es würde ihnen nicht auffallen, dass die schwarz geteerten Kisten nun mit Steinen gefüllt waren. Weder Commodus noch Augustus, Drusilla oder Tiberius kannten das Geheimnis, das fortan Publius Quinctilius Varus begleiten sollte.

Vom Vesuv her stieg ein schmaler Rauchfaden über der Campania auf. Er verbreitete sich weit oben zu einem flachen Rauchgebilde, das wie der Schatten eines himmlischen Platanenwipfels aussah.

Dort drüben irgendwo vergnügte sich seine Claudia. Im Vergleich zu den beiden Julias und der Ehefrau von Augustus erschien sie Varus immer noch so rein und unschuldig wie eine Rose. Er hätte sie sogar mit Gold aufgewogen, so sicher war er sich ihrer Treue.

Er lachte trocken, als er an die verzweifelten Bemühungen eines viel größeren Mannes dachte, die Macht des ewig unverstandenen und geheimnisvollen Blutes in den Adern seiner Tochter, seiner Enkelin und seiner Ehefrau Livia Drusilla zu beherrschen.

»Ich habe zwei ungehorsame Kinder, die mir immer wieder zu schaffen machen«, hatte Augustus schon vor vielen Jahren geklagt, »das eine ist meine leibliche Tochter Julia, das andere das ebenso schwer zu zügelnde Verlangen des Volkes nach der Republik.«

Nach seiner Rückkehr hatte Varus drei Stunden im Palast von Augustus geschlafen. Mehr brauchte er nicht. Nun wurde er ungeduldig, denn Claudia blieb auch mittags noch aus.

Ruhelos lief er immer wieder auf die Terrassen hinaus. Am frühen Nachmittag ließ er sogar ein Pferd satteln, um damit bis zum höchsten Punkt von Capri zu reiten. Er wartete auf Claudia, aber er musste immer wieder an die Verbannte auf der Insel Pandatera denken.

Er hatte Julia vor vielen Jahren kennengelernt – lange bevor er selbst Konsul geworden war. Unzählige junge Offiziere, die gerade erst ihre ersten Ordensscheiben errungen hatten, schwärmten damals um die einzige Tochter des zum göttlichen Augustus gekürten Feldherren. Junge und alte Patrizier Roms, nahezu alle Senatoren und Ritter, die noch genügend Ruhm und Erbe aus ihren eigenen

Familien erwarten durften, gehörten in diesen Jahren zu den Verehrern Julias.

Als sie gerade fünfzehn Jahre alt geworden war, hatte Augustus sie mit dem siebzehnjährigen Bassus, dem Sohn seiner Schwester Octavia, verheiratet. Bereits zwei Jahre später war Bassus an einer Seuche gestorben. Sofort liefen Gerüchte durch die feinen Villen Roms. Es hieß, dass Livia lieber ihre eigenen Söhne Drusus und Tiberius für die Nachfolge von Julius Caesar und Augustus ins Spiel bringen wollte. Nach ihren Erfolgen nördlich der Alpen und im kalten Germanien standen die Chancen für Drusus ganz besonders gut. Auch Augustus schätzte seinen Stiefsohn wegen seiner offenen Art.

Mit dem fünf Jahre älteren Tiberius hatte Augustus dagegen von Anfang an Probleme. Von seinen eigenen Schwestern hatte Varus gehört, dass Tiberius möglicherweise schon als Ungeborener den Verrat von seiner Mutter mitbekommen hatte. Die finstere Schuld konnte ebenfalls der Grund dafür sein, dass Augustus seinen Stiefsohn Tiberius wieder und wieder aus Rom wegschickte. Auffällig oft ließ er ihn an den Rändern des Imperiums gegen Barbaren kämpfen.

Es war in diesen Jahren kein Geheimnis, dass Livia Drusilla alles versuchte, um Augustus' Tochter mit einem ihrer Söhne zu verbinden. Das wäre endgültig ihr Triumph gewesen. »Augustus ist der Herrscher über das Imperium, aber Drusilla herrscht über den Augustus«, hieß es schon damals in den Straßen der Ewigen Stadt.

Doch in der Frage nach einer neue Dynastie aus Juliern und Claudiern blieb Augustus hart. Selbst als Julia mit achtzehn Jahren plötzlich wieder ohne Ehemann war, bekam sie keiner seiner beiden Stiefsöhne. Augustus bestimmte, dass sie seinen Jugendfreund Marcus Vipsanius Agrippa heiratete, den Admiral der siegreichen Flotte über Antonius und Kleopatra.

Julia gehorchte, heiratete den fast fünfundzwanzig Jahre älteren Mann, bekam bald darauf die ersehnten Stammhalter Gaius und Lucius und danach noch drei Töchter. Julia hatte nicht viel von ihren Söhnen. Sie wurden von ihrem Vater als eigene Söhne adoptiert. Aus Tränen und Verzweiflung der jungen Mutter wurde Trotz. Als dann Agrippa starb, entzog sich Julia allen weiteren Mutterpflichten und stürzte sich in die Feste der Stadtvillen und in ausschweifende Gelage auf den Landsitzen in den Sabiner und Albaner Bergen.

Varus lächelte, als er sich daran erinnerte, dass auch er zu den jungen Männern gezählt hatte, die gern und oft mit der Tochter von Augustus feierten. Damals hatte er auch Vipsania Marcella Agrippina kennengelernt. Marcellina, wie er die achtzehn Jahre Jüngere nannte, war die reizvolle, doch etwas kränkliche Tochter des großen Feldherren und Augustusfreundes Agrippa. Sie war seine zweite Ehefrau geworden...

In diesen Jahren hatte Augustus sogar davon gesprochen, sein einziges leibliches Kind wegen seines wilden Lebenswandels töten zu lassen. Schließlich gab er Drusilla nach und befahl Julia, seinen ungeliebten und finsteren Stiefsohn Tiberius zu heiraten, obwohl der glücklich mit der schwangeren Vipsania, der Tochter des großen Agrippa, verheiratet war und bereits ein Kind mit ihr hatte.

Auch diese Ehe stand von Anfang an unter einem schlechten Stern. Damals hatte Varus begriffen, wie viel auch ganz oben an der Spitze des Reiches von Familienbanden abhing. Julia und Tiberius konnten sich gegenseitig nicht ausstehen. Sie protestierte, indem sie ihren ausschweifenden Lebenswandel noch verstärkte. Wilde Feste und Trinkgelage waren die Antwort auf die Diktatur des Vaters. Sie nahm alles, was sie kriegen konnte, und zog lärmend am Tempel der jungfräulichen Vestalinnen vorbei über das *Forum Romanum.*

Livia Drusilla und ihr Ehemann Augustus waren machtlos gegen Julias Ausschweifungen. Tiberius hielt die Ehe mit Julia nicht länger aus. Er floh aus allen Ämtern, um Hunderte von Meilen zwischen sich und seine ungeliebte Ehefrau zu bringen. Sein jahrelanges freiwilliges Exil auf Rhodos schien damals das Ende seines großen Traums zu sein, Nachfolger von Augustus zu werden.

Als man Julia öffentlich vier Verschwörungen gegen Augustus vorwarf, ließ ihr Vater den Quästor im Senat seine Entscheidung verlesen. Er selbst erschien nicht, als Anklagen und Verbannung auf die winzige Felseninsel Pandatera im Senat verkündet wurden. Nicht einmal Briefe von Tiberius aus dem fernen Rhodos hatten den ›Vater des Vaterlandes‹ noch umstimmen können.

Und doch gab es noch einige Menschen, die Julia nicht im Stich gelassen hatten – ganz gleich, wie schockierend ihr Benehmen und wie groß ihre Schuld gewesen waren. Sie hatte Gründe, so wie viele Menschen Gründe haben, auch wenn die Öffentlichkeit nichts davon ahnt und sie für ihre Taten und ihr Handeln leichtfertig verdammt.

Varus war so versunken in seine Erinnerungen, dass er erst durch laute Trompetensignale wie aus einem fernen Traum erwachte. Eine kleine Flotte von Kähnen und Ruderbooten näherte sich quer durch den Golf von Neapolis. Einige hatten sogar bunte Geburtstagsbanner geflaggt.

Was die Seeleute von Misenum bereits eine Woche zu früh feierten, war der Grund für Varus' zunehmende Ungeduld: In wenigen Tagen würde Augustus seinen neunundsechzigsten Geburtstag begehen. Varus wollte unbedingt dabei sein, wenn der Princeps zum Festmahl einlud. Ein Stück vom Geburtstagskuchen des Princeps konnte für ihn wichtiger werden als jeder offizielle Orden …

Schließlich kam Claudia Pulchra vergnügt vom Festland zurück. »Es war unglaublich«, berichtete sie, kaum dass sie allein waren. »Ich konnte unter so vielen Einladungen aussuchen. Bereits am ersten Abend habe ich mich für ein Theaterstück mit Tanz beim Stadtpräfekten von Misenum entschieden. Er hat eine sehr schöne Villa mit Säulen und Arkaden am Nordrand des Golfs. Mir zu Ehren hat er eine große Festlichkeit mit ausgezeichneten Offizieren unserer Kriegsflotte veranstaltet. Dazu waren auch die erfolgreichsten Händler von edlen Stoffen, Geschmeide und Gewürzen aus den entferntesten Gegenden der Welt eingeladen.«

Varus lächelte. »Das klingt ja fast wie Antiochia.«

»Eher schon wie die legendären Feste des berühmten Maecenas«, gab sie lachend zurück. »Das konnte ich mir nicht entgehen lassen.«

»Dann weißt du ja, wie du dein erstes eigenes Fest in unserem Anwesen bei den Sabiner Bergen gestalten kannst.«

»Wir feiern, wenn wir wieder zu Hause sind? Wann, Varus? Wann darf ich alle einladen? Du ahnst nicht, welche Freude du mir mit diesem Ausflug geschenkt hast.«

Da war er wieder, dieser Stich im Herzen. Musste sie ihm derart deutlich zeigen, dass er dreimal so alt war wie sie? Dann aber riss er sich zusammen. Senator Commodus hatte noch immer etwas angeschlagen von den Vergnügungen an Land gewirkt. Doch Vennemar hatte nur den Kopf geschüttelt: Da war nichts.

»Er hat, wie zu erwarten war, einen Reiter mit bewaffneten Begleitern nach Rom geschickt, um seine Rückkehr anzukündigen.«

»Hat er einen Brief mitgegeben? Oder sonst irgendetwas unternommen?«

»Ich war die ganze Zeit der Schatten deiner Ehefrau und ihrer engsten Sklavinnen.«

Varus hatte die eindeutige Antwort erleichtert entgegengenommen. Er ging quer über die Terrasse von Augustus' Inselpalast. Sie befand sich nur wenige Schritte oberhalb des Meeresspiegels und hatte weiße, in den Boden eingelassene Marmorsessel mit roten und gelben Kissen. Ein Schwarm von Sklaven, Bediensteten und Verwaltungsbeamten wuselte so lange um sie herum, bis Varus ihnen mit einer kurzen Handbewegung anzeigte, dass sie sich entfernen sollten. Dicht vor der weißen Säulenbrüstung setzte er sich neben Claudia.

»Du hast vorhin Maecenas erwähnt«, meinte er sinnend. »Habe ich eigentlich erzählt, dass ich ihn ebenfalls kannte?«

Sofort blickte sie ihn voller Interesse an. »Als Julia mit ihm wetteiferte, wer die wildesten Feste feiern kann?«

»Nein, viel früher, als ich im Haus des freigebigen Maecenas Zuflucht fand. Wir waren mehrere Jungen aus Familien im Norden, die nach dem Mord an Julius Caesar den Proskriptionen zum Opfer gefallen waren. Vogelfreie Republikaner, die jedermann töten durfte … zum großen Teil Elternlose ohne Heimat, Vermögen und Zukunft. Vergil gehörte dazu, ebenso der heutige Stadtpräfekt von Rom. Als dann Vergil durch gelungene Verse auch Augustus auffiel, erhielt er den Auftrag, die Entstehungsgeschichte vom Geschlecht der Julier und damit Octavians zu schreiben.«

»Du meinst doch nicht die Dichtung von Äneas und Dido? Ein Meisterwerk bezahlt von Maecenas? Das kann ich nicht glauben.«

»Doch, doch, so ist es. Damals überredete der reichste Mann des

Imperiums sogar den Philosophen Philodem aus Judäa, Vergil bei seiner großen Aufgabe zu helfen.«

Claudia schüttelte ungläubig den Kopf. »Weiß Augustus das? Ich meine, dass die Legende von der Entstehung unserer Familie ausgerechnet durch die Männer beeinflusst wurde, die an einen einzigen Gott und an die Ankunft eines Erlösers glauben? Und dass dieser Erlöser nicht Herodes, aber auch nicht Augustus sein kann?«

»Ich glaube schon, dass Augustus eine ganze Menge weiß. Natürlich gibt es Dinge, die auch der Princeps nur ungern hört.«

»Ich verstehe nicht sehr viel davon«, sagte Claudia. »Aber meine Freundinnen in Antiochia haben sich sehr gewundert, dass wir die Abordnung dieser Rebellen mitnehmen.«

Varus hob die Schultern. »Vergil hat immerhin in der vierten Ekloge vom Äneas die Geburt des judäischen Messias prophezeit.«

»Ich dachte immer, er habe damit die Geburt von Octavian gemeint.«

»Das denken viele, die nichts wissen von den Ereignissen in Jerusalem und Bethlehem kurz vor dem Tod des großen Judenkönigs Herodes.«

»Du aber warst dabei.«

»Ja, Claudia, ich war sehr oft in der riesigen Villa von Maecenas, die wie eine langgestreckte Festung über den Wasserfällen von Tibur in den Himmel ragt. Du kennst das Bauwerk ja inzwischen – wenn auch nur von außen, denn seit Maecenas Tod findet dort nichts mehr statt. Aber ich sage dir, Maecenas war nicht nur einer der reichsten Männer des gesamten *Imperiums*, sondern mit Sicherheit der großzügigste Berater von Octavian. Ohne Maecenas wäre Octavian trotz seiner fähigen Feldherren wie Agrippa niemals zum Augustus aufgestiegen. Aber auch ich kann nur vermuten, warum Vergil seine große Dichtung Äneas niemals zu Ende schrieb. Vielleicht hat er geahnt, wohin seine Legende führen kann, wenn Augustus nicht mehr ist.«

Sämtliche übelgelaunten Dämonen der Stürme und der Winde hatten sich beleidigt nach Messina und Sizilien zurückgezogen. Das Kampfschiff der römischen Kriegsmarine schoss stolz und stark an der Vulkaninsel Aenaria vorbei nach Norden. Kaum jemand achtete auf Julias Verbannungsinsel. Varus hatte wieder seine Uniform mit sämtlichen Auszeichnungen angelegt. Mit verschränkten Armen stand er am Heck der Galeere und sah zu, wie der unwirtliche Ort immer weiter im glitzernden Meer zurückblieb. Er lächelte, als er sich vorstellte, dass auf den weit entfernten Felsen ebenfalls jemand stehen könnte, um zu schauen, wie die Galeere zwischen Pandatera und der Campania vorbeizog – die immer noch schöne und stolze Tochter des Vaters für ein ganzes Weltreich, aber nicht mehr für sein einziges leibliches Kind.

Bald war nur noch ein grauer Fleck am Horizont zu sehen.

»Danke, Julia«, flüsterte Varus. »Du bist und bleibst eine Prinzessin, auch wenn dein Vater nie mehr Kaiser wird.«

Nach einem letzten langen Blick aufs Meer löste sich Varus von den Erinnerungen. Er ging die Stufen hinab bis zum Hauptdeck. Eine der bereits dösenden Wachen schrak auf und machte ihm Platz. Nur Vennemar hatte rechtzeitig gesehen, wohin der ehemalige Statthalter wollte. Er schloss sich ihm mit zwei Schritt Abstand an. Als die Judäer am Bug die beiden Männer kommen sahen, richteten sie sich auf.

»Wir setzen unser Gebet in Ostia fort«, rief Joseph halblaut über ihre Köpfe hinweg. Er wandte sich an Varus. »Dort steht eine der größten Synagogen unseres Glaubens.«

»Ich kenne sie ebenso wie die große Synagoge in Alexandria«, meinte Varus wohlwollend.

»Wir wollen uns in Ostia mit Freunden und Verwandten treffen, um noch einmal zu reden. Einige von ihnen könnten in Rom bereits zu satt geworden sein und gar nicht mehr wollen, dass wir ebenfalls Römer werden.«

Varus lachte.

»Du scheinst nicht einmal euren eigenen Leuten zu trauen«, warf Vennemar ein. »Bis auf uns selbst in den Wäldern Germaniens kenne ich kein Volk, das derartig leicht in streitende Grüppchen zerfällt wie das Volk des einen Gottes.«

Joseph hob die Brauen. »Lass dich nicht täuschen, Veteran. Wir Judäer wissen ganz genau, welche Vorteile eine Aufnahme in das Imperium hätte. Es gibt kein anders Volk, das so friedlich um die Ablösung eines von Rom bestimmten Herrschers bittet wie wir. Aber wir vertrauen auf den einen Gott.«

»Aber es wird Streit im Capitol geben«, sagte Varus ernst. »Bereits vor zwanzig Jahren konnten sich die Senatoren nicht einmal mit unserer Idee von einem Groß-Germanien bis zum Meer im Norden anfreunden. Jene Provinz wäre um vieles größer gewesen als euer kleiner Felsenstreifen zwischen dem Jordan und dem Meer. Herodes war ein Freund von Rom. Wir müssen darstellen, dass sein missratener Sohn Archelaos gegen das Vermächtnis seines Vaters und den Willen von Augustus handelt. Nur so können wir das Unkraut mit der Wurzel ausreißen, damit es in der Wüste des Vergessens endgültig vertrocknet.«

Joseph holte tief Luft. Nur der Fahrtwind brachte etwas Abkühlung in den heißen Septembertag.

SAMSTAG

12. September 2009

Am nächsten Abend war Thomas Vesting immer noch nicht begeistert über seine Verabredung. Trotzdem ging ihm Claudia nicht aus dem Kopf. Er hatte unruhig geschlafen in seiner kleinen Single-Wohnung am Römerturm und in der Altstadt gefrühstückt. Wie üblich war er danach über die Domplatte gegangen. Er mochte es, wenn der Schatten großer Werke auf ihn fiel, ehe er sich wieder an ein Ruder der Verlags-Galeere setzte.

Obwohl er fast den ganzen Tag konzentriert recherchiert hatte, war er nicht einmal ansatzweise durch alle Links gekommen, so viele Gruppen und Grüppchen, Foren und Homepages gab es über Hermann den Cherusker und seinen unterlegenen und zumeist verhöhnten Gegner Varus. Die Zeit war viel zu kurz gewesen, um alles Wesentliche über Germanenstämme, die Varus-Schlacht und den Untergang von drei Legionen herauszufinden.

»Irgendwo in diesem ganzen Wust steckt noch mehr«, murmelte er schließlich. »Vielleicht wirklich ein Schatz oder auch eine tickende Zeitbombe.«

Nein, das war Unsinn! Er lachte, als ihm auffiel, wie anachronistisch seine Gedanken waren. Doch was war mit Intrigen, mit Verrat und Fallgruben? War nicht der Feldherr Quinctilius Varus in einen geplanten Hinterhalt gelaufen, in eine Falle, die zuschnappte und gleich drei Legionen mit einigen tausend Kriegern verschlang?

Als es Nacht wurde in Köln, verließen immer mehr Redakteure die oberen Etagen des Verlagsgebäudes. Die Sonntagsausgabe des CENT wurde bereits in den Kneipen an den Ringen verkauft und die Kollegen für die Montagsausgabe würden wie üblich erst erscheinen, wenn die Frühmessen in den vielen Kirchen in der Stadt bereits gelesen waren.

Vesting reckte sich, gähnte und wollte bereits gehen, als unvermutet Jean Lammers im Großraumbüro auftauchte, das die gesamte neunte Etage des Hochhauses hinter dem Domhotel einnahm. Der charmante Sklaventreiber kam direkt auf ihn zu.

»Na, Doc, hast du heute eine Zeile geschrieben, auf die wir stolz sein können? Ein Knüllerchen, das noch kein anderer hat? Die Fortsetzung von deiner Serie über den Varus-Schatz?«

»Keine Serie«, sagte Vesting. »Mir fehlen Fakten über den toten Schrotthändler. Es ist schon Wochenende in Kalkriese und Osnabrück.«

»Das ist doch nicht dein Ernst, oder? Keine Fortsetzung im Sonntags-CENT? Und das sagst du erst jetzt? Willst du uns ruinieren, oder was ist los?«

Zum ersten Mal in seinem Job hatte Thomas Vesting das Gefühl, dass er von einem Augenblick zum anderen gefeuert werden könnte: *hire and fire* nach globaler Art. »Das Ganze wird nie etwas für eine Serie beim CENT«, schnaubte Thomas Vesting. »Viel zu umfangreich.«

Er zeigte auf das Buch des Engländers, das er sich am Vormittag besorgt hatte. Es behandelte zwanzig Jahre mehr oder weniger einsamer Schatzsuche auf feuchten Wiesen und im Matsch von Äckern in der Nähe des Mittellandkanals.

»Vielleicht hat er tatsächlich den Ort der Varusschlacht gefunden«, sagte Vesting, »vielleicht auch nicht. Bisher wurden nur ein paar tausend Münzen und anderer Kleinkram ausgebuddelt.«

Lammers machte eine abweisende Handbewegung. »Das alles kann auch von Metzeleien stammen, die sich die Römer unter Germanicus und die Germanen unter Arminius sechs Jahre nach der eigentlichen Varusschlacht in dieser Gegend geliefert haben«, sagte er fast schon versöhnlich. »Das ging zehn Jahre lang immer hin und her, nachdem eigentlich *mission accomplished* verkündet war.«

»Ja, bis zur Ermordung des großen Volkshelden Arminius durch seine eigenen Leute ...«

Lammers beschäftigte sich mit einer in braunes Packpapier eingewickelten Flasche. »*Et kütt wie et kütt*: Die Revolution frisst ihre Kinder. *Dat Hermännsche* wollte wohl König werden. Da war er dann den ollen Germanen etwas zu großkotzig geworden.«

»Oder den Römern«, warf Vesting ein. »Da spielt von Anfang an ziemlich viel Intrige und Propaganda mit.«

Er sah zu, wie sein Chefredakteur umständlich eine Steingutflasche enthüllte. »Ich erwarte keine Dankbarkeit, aber das hier habe ich für dich mitgebracht ... und Herzlichen noch nachträglich.«

Vesting schüttelte den Kopf, als ihm Lammers, sein gnadenloser Chefredakteur, anbiedernd ein halbes Glas mit süßlich riechendem Schnaps zuschob.

»Met«, meinte Lammers. »Nach einem zweitausend Jahre alten Rezept, wie mir der Professor Hellkemper vom Römisch-Germanischen Museum geschworen hat. Der Mann ist ein Unikum – ein Museumsdirektor und Archäologe, der nichts ausgraben will, obwohl er weiß, wo etwas liegt.«

»Ich weiß«, sagte Vesting. »Er wird seine Gründe dafür haben, dass er das Römerschiff unten im alten Hafen versteckt hält.«

»Zwölf Meter tief unter dem Alten Markt und hinter einer Betonwand für die neue Nord-Süd-Bahn. Vielleicht sollten wir da mal nach dem Varus-Schatz bohren ...«

Thomas Vesting hob die Schultern. »Hier in Köln graben Hunderte von Archäologen in römischen Trümmern. Da kann Hellkemper sich mit dem Schiff sehr viel Zeit lassen. Zumindest bis der Nachbau des anderen Römerschiffs nicht mehr auf Promotion-Tour ist und sich der Jubiläumstrubel gelegt hat.«

Er sah, wie es hinter Lammers' zerfurchter Stirn arbeitete. Doch dann schüttelte der Chefredakteur den Kopf. »Ich glaube nicht, dass sich der Varus-Schatz auf diesem abgesoffenen Rheinschiff oder auch nur hier in Köln befindet.«

»Und warum nicht?«

»Weil ... weil irgendetwas an den Phantastereien von diesem Hopmann dran sein muss. Und – erschlag mich – es hat mit dem Hermannsdenkmal zu tun ...«

Genau das war wieder eine von Lammers' Hinterhältigkeiten. Er konnte es nicht lassen, über einen Schleichpfad auf den Punkt zu kommen. »Ein paar Leute aus Kalkriese sollen vor einigen Tagen hier in Köln mit irgendwelchen Vereinsmitgliedern aus Detmold und vom Römermuseum in Haltern ziemlich viel getrunken und dann erzählt haben, dass sie noch viel mehr wüssten über den sagenhaften Schatz des Varus, verlorene Legionsadler und die Wahrheit über die mysteriöse Schlacht im Teutoburger Wald. Es ist zwar Wahlkampf, aber irgendwo müsste auch noch die Kanzlerin als Schirmherrin auftauchen. Vielleicht wissen die in Berlin mehr, als sie Hopmann gegenüber zugeben wollten. Ich denke, ich werde da mal auf den Busch klopfen, während du deinen Job weiterführst.«

Das war er wieder – typisch Lammers! Einige Redakteure nannten ihn »Eiserne Jungfrau«, weil er unglaublich charmant sein konnte, während er gleichzeitig seine Opfer eisern umklammerte.

Er setzte sich auf die breite marmorne Fensterbank und blickte angestrengt über die nächtliche Stadt mit dem Domplatz, dem Hauptbahnhof und den Rhein. Auch Thomas sah nach draußen.

»Machen wir uns doch nichts vor, Doc«, sagte Lammers mit seinem sonoren Vereinsbariton, wie er im Kölner Klüngel üblich war. »In einer Woche erreichen die großen Feiern ihren Höhepunkt, und ich will mit jedem CENT dabei sein! Ganz vorn dabei sein … als Speerspitze, hast du kapiert?«

Die beiden Männer sahen aneinander vorbei nach draußen. Ihre Silhouetten spiegelten sich in den doppelten Fensterscheiben des Verlagshauses. Die Geräusche der nächtlichen Stadt drangen nicht bis zu ihnen hoch. Nur die Lichter am Flussufer hinter der Altstadt blinkten wie Diamanten an einem schwarzen Saum aus Nichts. Auf der anderen Seite war bereits Niemandsland. Altes Germanengebiet, knapp drei Jahrzehnte lang zerstört, erobert und besetzt, aber doch unbesiegt durch das Imperium Romanum.

Es dauerte eine ganze Weile, bis Thomas Vesting antwortete: »Hast du mich deshalb schon vor Tagen auf die Varusschlacht angesetzt? Und was hat dieser Mord damit zu tun?«

»Was bist du hier? Kölsch-Köbes? Oder promoviertes Prekariat? Mann, Thomas! Ich will Auflage haben, und du stellst dich an wie ein blutiger Anfänger…«

»Soll doch die Kultur oder das Feuilleton diese verdammte Varus-Schlacht in einer Fortsetzungsserie ausschlachten! Zum x-ten Mal von Detmold bis Kalkriese und von der Weser bis hier zum Rhein. Ich bin Reporter und kein Wiederkäuer!«

»Kultur muss sein«, stellte Lammers unbeeindruckt fest. »Feuilleton haben wir nicht. Also bleibt dieses Superthema an dir hängen für die Aufmacher! Reicht das nicht?«

»Bestimmt nicht für den Nannen-Preis«, sagte Vesting abfällig. »Mir stinkt es einfach, irgendein antikes Schlachtgemetzel nur für die Auflage vom CENT zu einem Polit-Thriller mit irgendwelchen Radikalen hochzujubeln. Da ist doch nichts – keine geklauten *Knöchelsche* von den Heiligen drei Königen, nicht einmal ein Germanen-Ötzi.«

Jean Lammers stutzte, hob die Brauen und prustete vergnügt los.

»Germanen-Ötzi, das ist gut! Genau das brauche ich von dir. Griffige Bilder und eine klare Sprache. Nicht irgendein Massaker … die gibt es jeden Tag im Fernsehen und früher überall in Europa. Aber das Jahr 9 nach Christus, das war etwas anders – direkt vor unserer Haustür: die Geburt Germaniens aus Tod und Niederlage für ein allmächtiges Imperium. Mach einen Schöpfungsakt daraus, einen genialen Plan.«

Vesting schüttelte ungläubig den Kopf.

»Das ist doch nicht dein Ernst!«

»Was glaubst du eigentlich, welch großen Bogen andere für eine solche Serie pinkeln würden! Und die Nation, ich meine Deutschland, ist reif für etwas richtig Großes nach all den Jahren voll Gejammer.«

»Du kotzt mich an.«

»Ja, das gefällt mir schon. Mach weiter so! Und schreib kurze Sätze!«

Lammers lachte hämisch und zugleich vergnügt und schlug seinem Chefreporter auf den Oberschenkel. »Ich will dich nicht beeinflussen, aber wer zuerst kommt, den belohnt das Leben. Man muss nur wissen, wo ein Schatz zu finden ist. Die Texaner…«

Er stockte, brach mitten im Satz ab, griff hastig nach dem Metglas und trank es restlos aus.

Vesting drehte sich zur Seite. Er sah Lammers direkt an.

»Habe ich irgendetwas verpasst? Müsste ich etwas wissen?«

»Vielleicht, mein Junge, vielleicht auch nicht.«

»Du bist ein Schwein, Lammers!«

»Und du bist raus, wenn du dich querstellst. Du musst jetzt schreiben, was das Zeug hält! Ich sage nochmals, dass wir ab sofort das Thema Varus hochpuschen. Das brodelt bereits viel zu lange vor sich hin. Aber ab sofort soll jeder glauben, dass wir vom CENT irgendetwas wissen.«

Er lachte heiser. Es klang ein wenig glücklich und ein wenig irre. »Sie sollen dich verfolgen – Report und Tagesschau, die Privaten, CNN und am besten auch noch Interfax, die Japaner und meinetwegen auch noch der Verfassungsschutz.« Und wieder lachte er. »Wo keine Story ist, da machen wir uns eine. Ab sofort will ich bis zum Finale jeden Tag hundert Wörter Varus-Schatz von dir. Plus Headline, Datum … alles als Geheimnis, exklusiv. Fotos und die Grafiken kann Lara fälschen. Die ist klasse mit Photoshop.«

Lammers blickte auf die Reihe der Weltuhren an der Stirnseite des Redaktionssaals. »Ich will jeden Tag dreimal das Reizwort ›Varus-Schatz‹ in deinen Texten lesen. Damit wir auch im Internet bei den Suchmaschinen vorn liegen.«

Lammers ließ seine kräftigen Zähne unter dem herabhängenden Schnauzbart sehen. Ein künstliches Raubtiergebiss. Implantat. Und dazu Dutzende von kleinen Fältchen um die Augen. Man sah ihm plötzlich an, dass er Korrespondent und Kriegsberichterstatter in Syrien, Palästina und Jerusalem gewesen war. Zum ersten Mal, seit sie sich kannten, entdeckte Thomas Vesting ein Flackern im Blick des Chefredakteurs. War das die Gier nach einer immer höheren Auflage oder glaubte er tatsächlich an einen Varus-Schatz?

»Ich habe mir deine E-Mails von gestern Abend angesehen«, sagte Lammers fast beiläufig. »Das darf ich, wie du weißt.«

Thomas Vesting presste die Lippen zusammen. Dieser Passus in seinem Anstellungsvertrag würde ihm niemals schmecken.

»Quetsch deine neue Freundin aus … das meine ich auch wörtlich. Vielleicht ist da mehr Stoff als in der Legende, die wir bisher kennen. Du triffst dich doch mit ihr…«

»Ja, morgen und nicht hier, sondern in …«

»Stopp!«, unterbrach ihn sein Chefredakteur. »Ich will nicht mehr wissen, als ich in eurem E-Mail-Flirt gelesen habe. Und alles Weitere über deine Erfolge bei ihr lese ich lieber jeden Tag im CENT.«

Zwei Stunden später kam Lammers noch einmal in die Redaktion zurück. Diesmal setzte er sich nicht auf die Fensterbank, sondern lief fast schon mechanisch vor Thomas Vestings Schreibtisch auf und ab.

»Hopmann hat mir ein paar seltsame Fakten über die *Sons* erzählt«, sagte er dann. »Ich meine die aus Texas und nicht die harmlosen vom kleinen Hermannsdenkmal in New Ulm, Minnesota. Der PR-Manager aus Texas heißt Gary H. Waldeck.«

»Weiß ich.«

»Und für welches Image seiner Organisation arbeitet er?«, fragte der Chefredakteur. »Hast du das auch schon recherchiert?«

Vesting blieb locker. »Hab ich«, sagte er. »Für FLL. Das steht in ihrem Wappen mit dem *lone star* von Texas in der Mitte. Die Anfangsbuchstaben von Freundschaft, Liebe und Loyalität.«

»Loyalität im Sinn von Treue also! Und das bei einem Vorbild wie Arminius?«

Für eine Ewigkeit von zwei Jahrtausenden war nur das Säuseln der Klimaanlage unter den großen Fenstern zu hören. Es klang wie weit entfernte Todesschreie. Dann zuckten Lammers' Lippen. »Sie nennen sich tatsächlich nach Hermann dem Cherusker … und beschwören der Toten Tatenruhm.«

Thomas Vesting schüttelte den Kopf.

»Das ist alles nur Show! Sie sind vielleicht keine dumpfen Nazis. Aber selbst wenn sie in Amerika eine schwarz-weiß-rote Fahne hissen würden, wäre das nur Marketing. Sie sind und bleiben *american citizens*.«

»Seltsamerweise hat ihr Wappenstern die drei Farben Schwarz-Rot-Gold«, sagte Lammers nachdenklich.

»In ihrem Gründungsprogramm steht Schwarz für Dunkelheit, Ignoranz und Vorurteile. Rot soll Licht und die Erleuchtung bedeuten, wie sie angeblich von der Überlegenheit der germanischen Kultur ausgeht. Und Gold symbolisiert angeblich Freiheit durch Wissen und durch Arbeit. Mir wird ganz übel, wenn ich so was höre.«

»Hopmann meinte, dass sie wie die Freimaurer geheime Versammlungen in geschlossenen Räumen abhalten und sehr strenge Initiationsriten haben.«

»Klar«, bestätigte Vesting. »Dazu gehören auch absolute Verschwiegenheit, Passwörter, bestimmte Erkennungszeichen, eine Stufenhierarchie und nur Männer als Mitglieder.«

»Okay, ich sehe, du hast deine Schularbeiten gemacht«, bestätigte Lammers grunzend. »Bis auf die beiden letzten Punkte. Darin unterscheiden sie sich nämlich von seriösen Freimaurern. Sie haben keine Lehrlinge, Gesellen und Meister wie die blauen und keine 33 Stufen der Erkenntnis wie die roten Freimaurer. Außerdem können bei den *Sons* in Texas inzwischen sogar auch Frauen aufgenommen werden.«

»Das wird Alice Schwarzer sicher freuen«, meinte Vesting sarkastisch. »Etwa als Hermannstöchter?«

»Sie sollen sich tatsächlich mit Bruder oder Schwester anreden«, sagte Lammers nachsichtig. »Die weiblichen Mitglieder heißen aber nicht Schwestern von Hermann, sondern nach der Frau von Arminius *Sisters of Thusnelda*.«

III.

ROMA

»Nach Sturm und Mastbruch glückliche Heimkehr von Senator Publius Quinctilius Varus und seiner jungen Gemahlin Claudia Pulchra«, riefen die Verkäufer der amtlichen Stadtzeitung von Rom. »Was bringt er mit von seiner Hochzeitsreise? Oder bringt sie etwas mit von ihm?«

Noch ehe die Galeere ganz angelegt hatte, warfen eifrige Händler bereits Rollen mit dem von Schreibsklaven kopierten Nachrichten-Pergamenten der täglichen *acta diurna* an Bord.

»Dann weiß ganz Rom bereits von euch Judäern«, knurrte Varus, nachdem er den kurzen Aufmacher überflogen hatte. »Man sollte diesen allzu flinken Schreiberlingen die Finger in heißem Öl anspitzen, sobald sie Vermutungen und Lügen verbreiten.«

»Heißt es nicht, dass selbst Augustus die Kraft der schnellen, farbigen Gerüchte schätzt?«, frage Joseph. Varus hatte ihn und seine beiden jungen Begleiter schon vor dem Anlagenmanöver zum Heck rufen lassen. Er wollte verhindern, dass die Judäer und Samarier durch eigene Gesänge und Rufe auf sich aufmerksam machten.

»Kein Wort von euch, solange ich in der Nähe bin, sonst breche ich alles ab. Kein Lobgesang und keine Litanei! Und absolute Verschwiegenheit über die Kisten mit den geteerten Tüchern.«

»Was willst du weiter damit tun?«

»Sei gewiss, dass ich jederzeit über das Unterpfand für Wohlverhalten in allen Hütten des Volkes Israel verfügen kann. Nur wenn es in den nächsten Jahren keinerlei Aufstand oder Rebellion zwischen der Küste des *Mare nostrum* und dem Jordanfluss gibt, bekommt ihr euer Tempelgold und die Schätze Salomos und Davids zurück. Das gilt auch für den Präfekten, den Augustus sicherlich schon bald nach Jerusalem schicken wird. So ist es zwischen uns vereinbart, und so halte ich mich an das Versprechen, euch zu helfen.«

»Ich danke dir für diese Worte«, sagte Joseph. Er neigte leicht den Kopf.

»Aber du hast auf seine Frage nicht geantwortet«, mischte sich Jochanan vorlaut ein. Noch ehe Varus reagieren konnte, schlang Jeshua seinen Arm um den Hals des Älteren.

»Er meint es nicht so«, sagte er schnell.

»Doch!«, schnaubte Jochanan und versuchte, sich aus Jeshuas Klammergriff zu befreien. Ein kaum wahrnehmbares Lächeln spielte um die Mundwinkel des Senators. Seine Blicke trafen sich mit denen Josephs.

»Ich denke, es genügt, wenn wir beide wissen, dass wir uns vertrauen können.« Er wandte sich an Jochanan und hob freundlich wie zum Gruß die Hand. »Du kannst ihn loslassen. Der Schatz wird sicher sein, wo immer ich auch bin. Als Statthalter, Legat von Augustus und oberster Befehlshaber bin ich oft genug für den Transport von Beute und große Summen Sold römischer Legionen verantwortlich gewesen. Ich weiß daher, wie man mit Werten umgeht.«

Jochanan und Jeshua blickten mit offenen Mündern zu Varus auf. Noch nie zuvor hatte ein Römer, noch dazu ein Senator und mehrfacher Statthalter, so mit ihnen geredet.

»Und nun verschwindet und wascht euch den Hals!«

Joseph schnalzte mit der Zunge. Es klang hell und hart wie ein Peitschenschlag. Seine Gehilfen duckten sich unwillkürlich, dann platschten ihre nackten Füße über die Deckplanken der Trireme davon.

Zufrieden blickte Varus auf die Abordnung von Liktoren, die ihm vom Senat in Rom als Ehrenwache und Begleiter geschickt worden waren. Claudia Pulchra freute sich dagegen über die bunten Sänften, die für sie und die Damen ihres Gefolges bis dicht an das Kriegsschiff getragen wurden.

Hörner, Trompeten und Pfeifen warfen ihr helles Echo bis in die Werfthallen und Lagerhäuser von Ostia. Die Pauke des Taktgebers auf der Galeere antworte, dann marschierten die Ruderer zwischen die Männer der nautischen Besatzung. Gemeinsam mit den Legionären aus der Leibwache des heimkehrenden Statthalters und den Veteranen ohne Uniform zelebrierten sie den Abschied von Varus in seiner würdigsten Form.

Der Mann, dem die Ehrungen galten, trug eine Toga mit dem breiten Purpurstreifen eines Senators. Er hielt die Unmenge des viel zu warmen weißen Wollstoffs so, dass sein linker Arm die oberen Falten trug und seine Hand am rechten Schlüsselbein auflag.

Es war nicht einfach, über die herangerollte Holztreppe mit Taxusgirlanden und bunten Bändern die Galeere zu verlassen. Claudia hatte ebenfalls eine Toga angelegt, doch nicht aus Wolle, sondern aus einem gelben, sündhaft teuren Seidengewebe, das sie bei einem Besuch in Selenkia an der großen Karawanenstraße erstanden hatte.

Im selben Augenblick, in dem Varus seinen Fuß wieder auf italischen Boden setzte, trat der von Augustus selbst ernannte höchste Würdenträger der Stadt Rom aus dem Schatten eines Zeltdaches.

»Willkommen an der Brust der Wölfin, mein Romulus«, sagte Lucius Aelius Seianus ehrlich erfreut. »Ich hoffe, du bist glücklich, deinen Remus wiederzusehen.«

Die beiden Männer umarmten sich. Sie kannten sich seit vielen Jahren. »Ich danke dir, du schlitzohriger *praefectus urbi* von Rom und dem Erdkreis hundert Meilen rund um die Stadt.«

»Ich weiß ja, dass du mir den Erfolg nicht neidest«, meinte Seianus lachend. »Romulus und Remus mussten noch Vögel von den Hügeln Roms aufsteigen lassen, um zu entscheiden, wer der Bessere ist.«

Varus lachte zustimmend. »Das hatten wir nie nötig.«

Zusammen mit dem Präfekten ging der zurückgekehrte Statthalter von Syria zwischen den Reihen der achtungsvoll wartenden Patrizier, Offiziere, Beamten und Sklaven zu den geschmückten Pferden. Seianus hatte einen schwarzen Wallach für Varus und für sich selbst einen Schimmel mit schwarzem Vorderhuf bereitstellen lassen.

Die beiden Männer zügelten mit leichter Hand die herrlichen Pferde. Varus winkte Claudia Pulchra zu, die sich vergnügt in die erste der Sänften setzte. Sie winkte zurück, während die Pferde langsam durch die Hafenstadt Ostia trabten.

»Seit der Princeps nur noch ungern selbst auf ein Pferd steigt, sieht man viel seltener Berittene in den Straßen von Rom«, berichtete Seianus. »Trotzdem wird das Gedränge in den Straßen immer schlimmer.«

»Gilt denn das Fahrverbot für Wagen bei Tageslicht nicht mehr?«

»Doch, doch, aber das bewirkt kaum etwas. Und die Römer sind nach wie vor wütend auf den Lärm der Fahrzeuge und das Geschrei in der Zeit der Dunkelheit. Kein Mensch, der unten zwischen den Hügeln leben muss, kann nachts schlafen.«

Sie hatten noch gut zwanzig Meilen bis nach Rom vor sich, als sie an der großen Synagoge von Ostia vorbeiritten. Varus drehte sich kurz auf dem Rücken seines Schimmels um und konnte gerade noch erkennen, wie die Delegation des judäischen Widerstandes gegen den eigenen Herrscher in die Straße der Synagoge einbog. Es würde nicht einfach sein, für die Auflehnung der Judäer und gleichzeitig für Rom bei Augustus zu sprechen.

Varus genoss den Anblick Roms im Licht der Nachmittagssonne wie den Einzug ins Elysium. Er hatte in seinem Leben großartige Bauten, Tempel und Städte gesehen. Karthago und Pergamon, Antiochia und Jerusalem waren ihm ebenso bekannt wie Athen mit der Akropolis. In gewisser Weise waren Athen und Rom mit ihren Häfen und Flotten am Meer sogar vergleichbar. Doch Rom blieb einmalig, abstoßend und verlockend zugleich. Unterwegs hatten sie sich auch über die neue, höhere Position von Seianus unterhalten.

»Wie fühlt man sich, wenn man nicht nur auf dem Palatin wohnt, sondern offiziell die Nummer zwei nach Augustus ist?«

»Nur was die Stadt selbst betrifft«, hatte Seianus lachend und ein wenig stolz geantwortet. »Mein Vater ist noch immer Präfekt der Prätorianer und kann mir jederzeit die Ohren langziehen. Augustus hat mir erst vor sechs Wochen den Oberbefehl über die *vigiles* gegen Feuersbrünste in der Stadt übertragen. Immerhin sieben Kohorten mit je tausend Mann, jeweils in sieben Zenturien gegliedert.«

»Dann muss jede Zenturie immer noch zwei Stadtteile Roms überwachen«, hatte Varus kopfschüttelnd festgestellt. »Ich hatte schon vor zwanzig Jahren vorgeschlagen, dass jeder Stadtteil eine eigene Feuergarde bekommt.«

»Alles eine Frage von *pecunia*«, meinte Seianus. »In den Mietshäusern der *subura* dürfen eben keine zwei Feuer gleichzeitig ausbrechen. Aber das eigentliche Problem sind die Männer selbst ... ich meine nicht die Freigelassenen, die nach sechs Jahren Dienst mit einer Abfindung entlassen werden, sondern ihre Anführer. Jede Zenturie der *vigiles* wird von einem Tribun geführt, und denen sind die Feuer vollkommen egal. Sie lassen sich von üblen Spekulanten auch noch für den heißen Abriss bezahlen.«

»Gegen Korruption sind selbst die Götter machtlos.«

»Genau aus diesem Grund hat mir Augustus die gesamte Feuerwehr unterstellt ... offiziell aber als Dank für meine Leistungen bei der Erneuerung der Agrippa-Thermen.«

»Du hast Talent darin, dir immer wieder Neider zu machen«, meinte Varus halb spöttisch und halb echt besorgt.

Seianus lachte trocken, ging aber nicht weiter darauf ein. »Ihr könnt euch in meinem Haus auf dem Palatin von den Strapazen eurer Reise ausruhen, ehe ihr bis zu deinem Anwesen in Tibur weiterreist. Für morgen Nachmittag sind wir bereits zu einem kleinen Essen bei Augustus geladen.«

Varus seufzte genüsslich. »Offen gesagt freue ich mich bereits auf das Geburtstags-Festmahl bei Augustus. Dann aber will ich so schnell wie möglich eine Angelegenheit im Senat erledigen, die dem Imperium Romanum entweder einen Schatz oder eine Büchse der Pandora in den Schoß legt.«

»Das klingt wie ein Orakel«, meinte der Stadtpräfekt. »Wirst du mich irgendwann in deine Geheimnisse einweihen?«

Varus hob die Schultern. »Sobald du mir schriftlich gibst, dass Rom endlich frei von Intrigen und heimlichen Lauschern ist.«

Der Stadtpräfekt seufzte tief. »Du ahnst ja nicht, wie viel hier in Rom zum Himmel stinkt. Damit meine ich nicht nur die Kloaken und das alte Öl dieser verfluchten Garküchen. Kannst du dir vorstellen, wie viele Menschen in der Hauptstadt des Imperiums an der Grenze zum Verhungern vegetieren müssen?«

»Man hört von einigen tausend«, sagte Varus vorsichtig. Er wollte Seianus nicht kränken. Schließlich war der Präfekt auch für die Märkte und die Getreidelieferungen in die Stadt verantwortlich.

»Eine viertel Million Menschen«, sagte Seianus so erschüttert, als könnte er die ungeheure Zahl selber noch nicht glauben. »Als ich mein Amt übernahm, nannte mir Augustus zum ersten Mal die wahren Zahlen. Er muss es wissen, denn zahlt aus seinem eigenen Vermögen für die Bedürftigen. Wir hatten überall in unseren Kornkammern, selbst in Ägypten, furchtbare Missernten und zu viel Ungeziefer.«

Varus nickte. »Auch in den östlichen Provinzen ist in den letzten beiden Jahren viel verdorrt. Dort aber gibt es keinen erhabenen, spendablen Augustus. Im Gegenteil – die Herrscher dort kümmern sich einen Dreck darum, ob ihr Volk hungert oder nicht.«

»In Rom können sich viele der kleinen Ladenbesitzer und Handwerker ihre Sklaven nicht mehr leisten. Ich selbst weiß nicht mehr, was ich mit all den hungernden Bauern aus dem Umland, Heerscharen von Bettlern, Gauklern und Asylanten anfangen soll. Zu allem Übel gibt es nicht mehr genügend Land in Latium für verdiente Veteranen.«

»Ja, ja, ich weiß«, sagte Varus. »Sie werden bereits nach Syria, Africa und Gallien weitergeschickt…«

Der Stadtpräfekt lachte bitter. »Nicht nur nach Gallien. Viele sollen über die Alpen in die kalte neue Provinz Rätien an der Donau und sogar zum Rhein. Aber sie wollen nicht. Niemand, der viele Jahre kreuz und quer durch das Imperium marschiert ist, kann wünschen, seinen Ruhestand in jenen düsteren und verregneten Waldregionen zu verbringen. Oder würdest du gern in so tristen Provinzen wie Belgium oder Germanien als Statthalter amtieren?«

Varus verging das Lachen. »Dank Jupiter muss ich nichts Derartiges fürchten. Mir stehen nach dem alten Recht der Republik noch ein paar Jahre Pause zu, ehe ich wieder in die Pflicht genommen werden kann.«

Sie ritten nebeneinander über die Steinplatten der Straße nach Rom. Auf den letzten Meilen machten immer mehr Saumtiere, Karren von Händlern und sogar Berittene Platz. Frauen mit Kräuterkörben und Männer mit Schmiedewaren und geschnitztem Tand aus den Dörfern Latiums wichen bis auf die Äcker und die sonnenversengte Brache zurück. Zu beiden Seiten waren in Jahrzehnten festgetretene Wege entstanden, auf denen ebenso viel Verkehr herrschte wie auf der leicht gewölbten Steinstraße.

»Wir werden schneller als die Damen in Rom sein, deswegen würde ich die Wartezeit gern für ein anderes Vergnügen nutzen, das mir an einem Tag wie diesem mehr zusagt als die Stille und der Blumenduft deines Atriums.«

»Ich ahnte bereits deine Wünsche«, sagte der Präfekt verschmitzt. »Deshalb habe ich die Thermen des Agrippa allein für uns reserviert.«

Varus zügelte sein Pferd. Kopfschüttelnd fragte er: »Du hast an einem Spätsommertag Roms größtes Bad geschlossen?«

»Nein, nicht geschlossen«, erwiderte der Präfekt lachend. »Im Gegenteil ... ich habe offiziell für heute Nachmittag meine Inspektion des neugestalteten Bades angesetzt. Schließlich waren dreißig Jahre nach dem ersten Spatenstich eine gründliche Renovierung und eine neue Wasserleitung nötig.«

Er beugte sich ein wenig zur Seite. »Und du als Spezialist für orientalische Aquädukte in Syria sollst für mich beurteilen, wie gut unsere Handwerker und Künstler gearbeitet haben, damit ich sie auszahlen kann.«

»Du bist und bleibst ein Schlitzohr ... seit damals, als wir beide uns noch wie entlaufene Sklaven unter den Brücken verstecken mussten.«

Sie lachten wie zwei Schuljungen.

»Du hast recht. Es hätte dir und mir wesentlich schlechter gehen können, nachdem unsere Familien zu Feinden Roms erklärt worden waren. Vielleicht wären auch wir beide in der Verdammung versunken.«

»So wie viele andere anständige *gens* und Familien aus dem Norden«, sagte Varus grimmig. »Hast du gelegentlich nach meinem Anwesen bei Tibur gesehen?«

»Ich habe dir sogar eine eigene Wasserleitung aus den Bergen bis zu deiner Villa, dem *Quintiliolum*, bauen lassen.«

»Mein Dank gehört dir ... falls ich ihn bezahlen kann.«

Seianus sah so aus, als wolle er noch etwas sagen, dann aber hob er nur die Hände und schwieg mit einem hintergründigen Grinsen.

Das Äußere der großen Themen hatte sich kaum verändert. Im Abstand eines Steinwurfs drängten sich junge und alte Römer, Sklaven aus allen Provinzen, Kinder und Prätorianer der Palastwache vor dem hohen Eingangsportal. Sie wollten sehen, welche Patrizier so einflussreich waren, dass sie die riesigen Agrippa-Thermen für sich allein beanspruchen konnten.

Der Krach blieb zurück, sobald die beiden Männer durch die hohe Eingangshalle gegangen waren. Sie gingen an den beiden neugestalteten Zeitmessern vorbei. Der erste, eine Sonnenuhr, zeigte die Stundenlänge in Rom, durch den zweiten lief ein feiner Wasserstrahl für das Schlagwerk. Damit wurden die Thermenbesucher daran erinnert, wie lange sie schon im Bad waren und wann sie nachzuzahlen hatten.

Varus und sein Gastgeber gingen mit lose übergeworfenen Tüchern in den von Säulen umgebenen Innenhof.

»Die Schwitzbäder sind noch nicht in Betrieb«, sagte der Stadtpräfekt. »Ich hoffe, dieser Mangel an Perfektion stört dein Urteil nicht allzu sehr.«

»Ich werde es überleben«, versprach Varus. »Mir ist im Augenblick ohnehin mehr nach einer Erfrischung als nach heißem Wohlsein. Aber für ein Kaltwasserbad steckt mir der Ritt noch zu sehr in den Knochen.«

»Lass das bloß nicht dein junges Weib hören«, meinte Seianus anzüglich.

»Claudia ist trotz ihrer Jugend eine Gefährtin, über die ich sehr glücklich bin.«

»Du hast sie gern in deiner Nähe?«

»Sie schenkt mir Aufenthalte im Olymp.«

Sie gingen durch Räume, die mit Mosaiken, bemalten Kacheln und Marmorsäulen ausgestaltet waren und stiegen schließlich in die *piscina*. Sie genossen den freien Himmel über sich und das klare, milde Wasser, das über einen kleinen künstlichen Wasserfall aus den gut zwanzig Meilen entfernten Sabiner Bergen kam.

»Was muss ich wissen, wenn ich zu Augustus gehe?«, fragte Varus, ehe er in die letzte Runde schwamm. Seianus wartete mit seiner Antwort, bis sie beide das Becken verlassen hatten.

»Augustus geht es gesundheitlich wieder schlechter«, berichtete er, während sie sich auf den Ruheliegen von thrakischen Dienern mit Olivenöl massieren ließen. »Der Princeps nimmt nicht mehr an offiziellen Gelagen der Senatoren und nicht einmal an kleineren Essen teil. Er nimmt bestenfalls noch etwas Kuhkäse und Früchte zu sich. Kein Fleisch mehr und nur noch selten Fisch. Selbst seine geliebten Weine aus Verona und Setia in Latium, die ich selbst für besser als den Falerner halte, wollen ihm nicht mehr schmecken.«

»Er war nie ein großer Trinker«, sagte Varus.

»Ja, aber wenn er sich früher erst nach dem sechsten Becher übergeben musste, ist ihm jetzt schon ein halber zuwider.«

»Im Gegensatz zu seinem möglichen Nachfolger Tiberius.«

»Tiberius hat eine schwere Zeit an der Donau in Pannonien.« Seianus prustete. »Doch nimm dich auch vor seinen Freunden in Acht. Und vor seiner Mutter.«

»Ich kenne Livia Drusilla und würde sie nie unterschätzen. Ich werde ohnehin die nächsten Monate im Frieden meines Anwesens bei den Sabiner Bergen genießen.«

»Mehr Appetit auf Claudia als auf die Streitgespräche in Senat?«

»Ich werde Rom so schnell wie möglich hinter mir lassen.«

Seianus seufzte »Dann bist du doch noch ein Glücklicher geworden unter den Lieblingen der Götter.«

Varus sah seine Ehefrau erst am Abend auf dem Palatinberg wieder. Sie saß beim Schein kunstvoll geschmiedeter Öllampen im Atrium von Seianus' Haus. Mit ihr waren Seianus' Frau Antonia und andere junge Damen der römischen Gesellschaft in den hauseigenen Thermen gewesen und hatten anschließend den Vesta-Tempel am *Forum Romanum* besucht. Als Varus und Seianus zur neunten Stunde eintrafen, hatten die Damen bereits zu Abend gegessen. Nun lauschten sie einem Gedichtvortrag mit Werken von Horaz und Ovid.

»Da sollten wir nicht stören«, meinte Seianus. Einer der Haussklaven flüsterte ihm etwas zu. Seianus schürzte die Lippen, dann wandte er sich an Varus. »Julia die Jüngere hatte sich ebenfalls angesagt, ist aber noch nicht erschienen.«

Varus erkannte sofort, wie unpassend ein Zusammentreffen mit der dreiundzwanzigjährigen Enkelin von Augustus für ihn werden konnte. Sie war seit zwei Jahren verheiratet, versuchte aber ebenfalls, den allzu fröhlichen Lebenswandel ihrer verbannten Mutter zu kopieren.

»Ich will in den nächsten Tagen alles vermeiden, was Augustus ungehalten oder misstrauisch machen könnte. Eine Begegnung mit seiner Enkelin und ein paar Bemerkungen über ihre Mutter auf der Verbannungsinsel könnten meinen ganzen Plan gefährden und dazu führen, dass Judäa und Jerusalem noch Jahre länger weinen.«

Seianus schnaubte zustimmend. Er ging mit Varus zum *triclinium*. »Der alte Adler wird immer strenger und unduldsamer gegen sich und seine Familie. Und er ist viel zu vorsichtig, sich auch öffentlich bestätigen zu lassen, was er ohnehin besitzt. Er ist der Kaiser, auch wenn das Reich offiziell noch immer eine Republik ist. Erst an dem Tag, an dem Octavian für immer seine Augen schließt, wird auch die Republik endgültig sterben.«

Varus lachte leise. Er nahm seinen Weinbecher und trank ihn schlürfend aus. »Der nächster Herrscher über das Imperium Romanum wird Kaiser sein … mit allen Folgen, die das hat.«

»Wir wissen beide, was in den letzten Jahren in den Familien Octavians, bei Juliern und den Claudiern vorgefallen ist. Wie viele Hochzeiten und Scheidungen – sogar gegen den Willen der Beteiligten, wie viele eigenartige Krankheiten und Todesfälle. Trotzdem wird sich niemand dem erfolgreichen Feldherrn und Adoptivsohn des göttlichen Augustus entgegenstellen, es sei denn …«

Die beiden Männer sahen sich in die Augen. Sie warteten, bis der Mundschenk ihre Becher nachgefüllt hatte.

»Es sei denn …?« Varus sah seinen Freund fragend an. Der Stadtpräfekt von Rom lachte und trank einen großen Schluck.

»Du erwartest doch nicht wirklich eine Antwort von mir! Wir wissen beide, dass eine zum richtigen Zeitpunkt im Senat vorgetragene

Wahrheit tödlich sein kann. Die Furcht vor einem Treffer kann manchmal mehr bewirken als der Schuss selbst. Und niemand braucht zu wissen, welche Pfeile du in deinem Köcher hast.«

»Ich bin früh schlafen gegangen«, sagte Claudia fröhlich, als sie am nächsten Tag ihren Ehemann im Atrium von Seianus' Villa traf. Er lag im Schatten beim leise sprudelnden Gartenbrunnen und nahm einen bescheidenen Mittagsimbiss aus Trauben, Pfirsichen, frischem Brot, etwas Schafskäse und einem Becher mit verdünntem Frascati zu sich.

Varus betrachtete seine junge Frau und lächelte. Der Hitze angemessen, trug Claudia nur eine kurze blaue Tunika. Dazu hatte sie Sandalen ohne Schnürbänder nach der neuesten Mode aus Antonias Bestand angezogen, außerdem silberne, mit dunkelblauen, glitzernden Lapislazulisteinen verzierte Ringe und ziselierte Armreifen, die bis auf eine Ausnahme aus dem Basar von Antiochia stammten.

Die Ausnahme war ein quadratisches, sehr flaches Silberkästchen unter einem dunkelblauen, glattgeschliffenen Lapislazuli. Der Ringschmuck war nicht größer als ihr Daumennagel, aber viel wertvoller als ein schwerer goldener Armreif mit Turmalinen, Karneolen oder Rubinen.

Sie reichte Varus ihre schmale, zarte Hand. Er nahm sie und streichelte sanft über ihre Finger. Dabei berührte er immer wieder den eigenartigen Ring an ihrem Mittelfinger.

Als Varus ihr das Schmuckstück in der Hochzeitsnacht geschenkt hatte, war sie etwas enttäuscht gewesen. Erst als er ihr mit feierlichen Worten die legendäre Geschichte des Ringes mit dem Silberkästchen erzählte, hatte sie eine Ahnung davon bekommen, worin der Unterschied zwischen dem Material eines Schmuckstücks und seinem wahren Wert bestehen konnte.

»Der letzte König der Judäer hat mir den Ring zusammen mit weiteren Juwelen als Dank für meine Unterstützung bei den Prozessen gegen seine verbrecherischen Söhne geschenkt«, hatte Varus seiner jungen Frau erklärt. Nur davon, dass Herodes der Große den Ring aus einem Grabraub hatte, war nicht die Rede gewesen.

»Ich glaube, da ist ein Scharnier, das man öffnen kann, wenn man von innen gegen den Boden drückt«, hatte Claudia einige Nächte später berichtet und ihm gezeigt, wie sich mit geschickten Fingern an einem winzigen, sechszackigen Stern der mechanische Verschluss öffnen ließ.

»Das ist ein *Magen Davids*«, hatte er ihr erklärt, »das Wappen jenes zweiten Königs, den die Judäer seit fast tausend Jahren ebenso verehren wie Salomo, den dritten großen Herrscher ihres Volkes. In ein paar Tagen werde ich im Senat noch einmal klarstellen, dass Herodes und seine missratenen Söhne nicht von Salomon und David abstammen. Sie sind nie und nimmer mit den Urkönigen der Judäer vergleichbar. Wir sind es, die Herodes und seine fürchterliche Hasmonäer-Brut über die Judäer eingesetzt haben. Sicher, auch die ersten Könige des Volkes Israel könnten nach unserem römischen Recht als Ehebrecher und Diebe angeklagt werden, aber sie hätten niemals die besten Männer ihres eigenen Volkes in Lagern eingesperrt, um sie nach dem eigenen Tod ermorden zu lassen ...«

»Aber warum ...«

»Damit das Volk Israels keine Freudentränen über den Tod des gehassten Königs vergießen, sondern Grund zum Weinen, Jammern und Klagen haben sollte.«

»Und den Ring einer solchen Bestie schenkst du mir in der Hochzeitsnacht?«

»Vergiss den König«, hatte er ihr lächelnd gesagt. »Es geht nicht darum, sondern allein um den Ring und seinen Inhalt.«

Sie hatten das kleine Silberkästchen gemeinsam geöffnet. Doch keine Perle, kein geschliffener Diamant und kein Goldkorn war zum Vorschein gekommen, sondern ein sehr fein gegerbtes Stück Kehlleder vom Salamander, aufgerollt auf einer Goldnadel mit kaum sichtbaren Ösen an den Enden.

»Eine Art Vorläufer der *Teffelin*«, hatte Varus erklärt. »Das sind die Vorschriften aus den heiligen Büchern der Judäer. Du hast ja selbst gesehen, dass sie Teile davon in kleinen Gehäusen an den Türpfosten ihrer Häuser befestigen und an Riemen zwischen den Augen oder an den Armen tragen. Die Aufschrift auf diesem winzigen Lederstück soll aber das Versprechen ewiger Liebe sein, das die Königin von Saba König Salomo gegeben hat. So fein geschrieben, dass man zum Lesen das Auge eines Baumeisters und einen flachgeschliffenen Edelstein benötigt.«

Sie lachte und ließ sich auf der anderen Seite des Tisches auf die Kissen sinken. »Hat man dich schon gefragt, woher das Schmuckstück stammt?« fragte er Claudia.

»O ja, nicht einen Lidschlag lang konnte Antonia ihre Neugier zügeln. Und auch die anderen wollten wissen, welches Geheimnis der Ring birgt.«

»Und hast du es verraten?«

»Wo denkst du hin? Ich habe nur gesagt, dass dieser Ring von einer Königin in Saba stammt.«

Varus nickte nachsichtig. Natürlich hatte sie Antonia und ihren Freundinnen alles über den Ring erzählt. Und wahrscheinlich noch viel mehr Geschichten und verzaubernde Legenden aus dem fernen Orient.

»Halte diesen Schmuck in Ehren«, sagte er schließlich. »Es könnte sein, dass eines Tages ein Judäer vorbeikommt, der das kleine Schriftstück aus den Inneren des Rings von dir erbittet. Dann gib es ihm, und du wirst wenig später mit Juwelen und Geschmeide belohnt.«

Er sah, wie ihre schönen Augen plötzlich glänzten.

»Und wie soll ich wissen, dass es der richtige Mann ist?«

»Er wird dich nach dem Wappen Davids und den Schätzen Salomos fragen.«

»Und wann?«

»Ich weiß es nicht. Doch du darfst selbst niemals davon sprechen.«

Sie wussten beide, dass sie heimgekehrt waren – aber auch zurückgekehrt in eine Welt, die noch hinterhältiger sein konnte als alle Diebe und Straßenräuber in den Provinzen und gefährlicher als Aufständische und Freiheitskämpfer, die nichts weiter zu verlieren hatten als ihr Leben oder ihr Sklavenjoch.

»Ich habe gestern Abend nicht nur Verse von meinen Lieblingsdichtern gehört«, sagte sie, und eine kleine Falte bildete sich auf ihrer Stirn. Sie setzte sich Varus gegenüber auf eine gepolsterte Steinbank und winkte den Sklavinnen, die sofort aus dem Halbdunkel hinter den Säulen hervortraten.

»Nein, keinen Wein«, sagte Claudia Pulchra. »Ich möchte Eiswasser mit etwas Minze.«

Während der heißen Monate wurde Eis von den Höhen der Abruzzen im Keller in Marmorbecken gelagert. Es wurde jede Woche frisch zum Palatin geliefert.

»Was hast du sonst noch gehört?«, fragte Varus, nachdem sie allein waren. »Was sollte ich wissen, ehe ich deinen Großonkel treffe?«

Nur aus entfernteren Räumen und Hallen kamen ein paar Stimmen und Geräusche. Vom Lärm und Brausen des Verkehrs unten in der Stadt war oben auf dem Palatin nur ein Rauschen wie von Meeresbrandung zu hören. Nicht einmal die bunten Vögel im Blätterschatten der Volieren an der Südseite des Innenhofes bewegten sich. Dennoch sah sich Claudia nach allen Seiten um, ehe sie ihm antwortete.

»Es ist schon merkwürdig«, sagte sie leise und setzte sich neben ihn auf eine Blumenbank. »Der Vergöttlichte hat weder seine Tochter noch seine Enkelin oder seinen Adoptivsohn Tiberius eingeladen.«

»Der Name Julia schmerzt ihn«, meinte Varus nachdenklich. »Und Tiberius kann im Moment seine Legionen an der Donau nicht verlassen. Hier steht das Wohl des Imperiums über jeder Geburtstagsfeier.«

»Eigentlich brennt es für euch Feldherren und Statthalter immer an irgendwelchen Grenzen des Imperiums«, wandte Claudia ein. Varus hob verwundert die Brauen. Es kam nicht oft vor, dass sie über Politik sprachen.

»Doch das allein war bisher nie ein Grund abzusagen, wenn Augustus rief«, sagte er. »Weder Tiberius noch Livia Drusilla, die über jede Bewegung ihres Sohnes wie eine Glucke wacht, dürfen darauf verzichten, sich beim Geburtstag von Augustus zu zeigen. Schließlich weiß niemand, wie oft sein geschwächter Körper die Wiederholung dieses Tages noch zulässt.«

»Antonia erzählte gestern, dass Tiberius stellvertretend zwei von seinen besten Offizieren von den Kämpfen an der Donau hierher zurückgeschickt hat. Als persönliche Gesandte sozusagen. Einer soll ein gebildeter Reiterpräfekt sein, der andere ein Fürstensohn aus Germanien, der inzwischen Römer ist und sogar in den Ritterstand erhoben wurde.«

Varus lachte unwillig. »Da komme ich ja gerade recht mit den Judäern und dem Ansinnen, einem der von Augustus selbst bestätigten Volksherrscher Amt und Vertrauen zu entziehen.«

»Warte doch erst mal ab«, sagte Claudia besänftigend. »Mein edler Großonkel macht von jeher viel Theater, wenn er morgens mit dem rechten Fuß versehentlich in den linken Schuh steigt …«

Sie stockte, wurde rot und legte zur Entschuldigung eine Hand auf seinen Arm. »Entschuldige, ich wollte nicht …«

»Schon gut, du hast nicht mich gemeint, sondern nur eine Redewendung benutzt. Dafür lässt sich Tiberius nur noch bei Vollmond die Haare schneiden. Es heißt, dass er sich heimlich mit einem Lorbeerkranz unter seinem Helm vor Blitzschlag schützen will.«

»Dann liegst du ja mit deinem Geburtstagsgeschenk gar nicht falsch«, sagte sie erleichtert. Er lachte ebenfalls.

»Hoffentlich gefällt ihm die Seekalbhaut, die im Salz des Toten Meeres gegerbt wurde. Ich habe sie von Joseph, dem Tekton aus Judäa. Er meint, dass sie das Himmelsfeuer des Allmächtigen überstanden hat wie die Haut von Lots Frau, als sie durch ihre Neugier und ihren Ungehorsam zur Salzsäule erstarrte.«

»Und was soll Augustus damit?«, fragte sie gespannt.

»Ihn vor dem Himmelsfeuer … vor Blitzschlägen bewahren, was denn sonst?«

Er sagte ihr nicht, dass er noch etwas viel Wertvolleres an Augustus übergeben wollte.

Es war nur ein kurzer Fußweg vom Haus des Stadtpräfekten bis zum *domus Augustana*. Varus und Seianus ließen ihre heiteren und ausgelassenen Ehefrauen vorangehen. Beide trugen sie strahlend weiße, neue Togen, gesäumt von kostbaren roten Purpurstreifen.

Über dem gesamten Palatin schwebten die Klänge von Kitharen. Sie erschallten aus den Gärten zwischen dem Haus von Augustus und aus der Richtung des weiter unten gelegenen *circus maximus* und gaben Varus das Gefühl, als sei er nicht auf dem Palatin in Rom, sondern auf dem Tempelberg in Jerusalem. Natürlich fehlten hier die Mauern um die Hochebene mit dem Berg Morija und jener Felsenspitze, auf der Abraham seinen Sohn Isaak dem grausamen Gott der Judäer opfern sollte. Aber befand er sich nicht ebenfalls auf einem Opfergang? Weil er die eigenen Götter und die seiner Familie längst vergessen hatte, um anderen zu dienen?

Für einen winzigen Augenblick hatte er das Gefühl, ins Nichts zu fallen. Er stolperte. Der Schmerz in seinem linken Fuß holte ihn in die Wirklichkeit zurück. Er hasste die inzwischen seltenen Momente, die ihn daran erinnerten, dass er genaugenommen keinerlei Wurzeln in diesem Vaterland mehr hatte. Nur noch Augustus. Und über Claudia ein zweites Band zu ihm.

Überall sorgten Prätorianer dafür, dass die Wege zur Villa des Princeps frei gehalten wurden. Wie schon bei früheren Besuchen fiel Varus erneut auf, wie viele Gallier und Germanen in römischen Uniformen auf dem Palatin zu sehen waren. Sie waren keine Römer, obwohl die meisten das Haar kurzgeschoren trugen und den Bart abrasiert hatten.

»Ich hatte ganz vergessen, wie bescheiden der Imperator lebt«, sagte Varus, als Augustus' Anwesen sichtbar wurde.

»Damals, als er das Grundstück nach seinem Seesieg über Sextus Pompeius erwarb, wollte er etwas haben, was ihn in die Mitte stellte. Das ist nun auch schon zweiundvierzig Jahre her, und er hat recht gehabt. Er ist schon lange in der Mitte des Imperiums angekommen.«

»Er hätte unten auf dem Forum einen Tempel kaufen oder für sich bauen können.«

»Ja, das ist richtig, aber vergiss nicht, dass sich dort drüben die Hütte befand, in der Romulus lebte. Das ist das Herz, der Grundstein unseres ganzen Imperiums.«

Varus schmunzelte, als er daran dachte, wie oft er sich als Kind mit Seianus darum gestritten hatte, wer von ihnen beiden Romulus sein durfte und wer sich mit dem Verliererplatz des Remus zufriedengeben musste. In ihrer Vorstellung hatte es immer nur diese beiden Möglichkeiten gegeben: Sieger oder Verlierer, Römer oder Barbar. Alles, was irgendwie dazwischenlag, besaß bestenfalls den Wert von Füllmasse,

126

Föderaten, Hilfsvölkern, Sklaven oder *plebs* wie die gesichtslosen und jederzeit austauschbaren *milites* in den Legionen.

Inzwischen dachte Varus etwas anders. Er hatte hart gekämpft, um aus dem Kreis der verfolgten republikanischen Familien herauszukommen. Und oft genug hatte nur eine fast übermenschliche Disziplin ihn von Zorn und Rache abgehalten. Er hatte lernen müssen, dass nicht Gewalt und Schwert den Fels besiegen, sondern das schmeichlerische Wasser, wenn es mit Zeit und Wind verbündet ist. Ganz so, wie er es bei den großen Sinterterrassen von Hierapolis in der Provinz Asia gesehen hatte. Dort waren die Travertin-Becken mit heißem, hellblauem Wasser an den Berghängen noch unschuldig und weiß wie Baumwolle und nicht gelblich wie in der Nähe seines eigenen Anwesens vor den Sabiner Bergen.

Zusammen mit anderen Gästen näherten sie sich dem zweistöckigen Haus, in dem Augustus den Vorabend seines neunundsechzigsten Geburtstages begehen wollte.

Erst nach und nach hatte Augustus seinen Wohnsitz mit verschiedenen symbolischen Verzierungen schmücken lassen. Es waren nicht sehr viele, doch deutlich sichtbare Zeichen, die Augustus' Haus von den Villen der anderen Senatoren abhoben. Vor dem Eingang standen bereits seit vielen Jahren zwei Lorbeerbäume, Geschenke des Senats. Sie waren fast wie ein Krönung für ihn. Über der Eingangstür hing noch immer der Eichenkranz, mit dem der Senat ihn als »Retter der Bürger« ausgezeichnet hatte. Auch der *clupeum virtutis* genannte »Tugendschild« war noch vorhanden.

All diese Hinweise auf viele Jahre zurückliegende Ehrungen des Princeps hatte Varus früher absichtlich ignoriert. Doch seit Tiberius von Augustus aus seinem Exil geholt und doch noch adoptiert worden war, empfand Varus die Insignien des Triumphs immer öfter wie Messer, die in seinen Wunden bohrten.

Ihm wurde heiß, als er stehen blieb, um die von anderen kaum beachteten Machtsymbole zu betrachten.

»*Kaiser* Augustus«, stieß er halblaut hervor. »*Caesar.*«

Der Stadtpräfekt von Rom stieß ihn in die Seite. »Lass das!«, warnte er. »Du kannst dir immer noch kein einziges falsches Wort in dieser verdammt intriganten Gesellschaft Roms leisten! Zu viele Augen, zu viele Ohren hinter jeder Säule! Zu viele Aasgeier greifen jedes Wort, das irgendeinem gute Beute werden könnte.«

Varus lachte nur. »Wir wissen doch beide, dass Vulkane und Aufstände schon lange vorher stinken, ehe sie ausbrechen.«

Varus und Seianus gingen zusammen mit ihren Frauen durch den monumentalen Eingang in die *palatina*. An einem großen rechteckigen Peristyl mit einem eingelassenen Becken in der Mitte standen Sklavinnen und reichten zur Erfrischung duftende feuchte Tücher. Es gab drei Peristyle in den privaten Flügeln. Claudia deutete fröhlich auf die verschiedenen Wandmalereien im Erdgeschoss. Sie zeigten die phrygische Muttergöttin Kybele.

Obwohl Varus zu verschiedenen Gelegenheiten in der Villa von Augustus gewesen war, hatte er das Labyrinth aus Räumen an der Südwestseite des Hauses mit einem guten Blick zum *circus maximus* hinab noch nie betreten. Es hieß, dass kein Zimmer im Privatbereich des Princeps einem anderen glich und dass jeder Raum eine anders gewölbte Decke hatte.

Nach der Wahl zum *pontifex maximus* vor achtzehn Jahren hatte Augustus einen Teil seines Hauses zum öffentlichen Gebäude gemacht. Durch das vermeintliche Geschenk an das Volk musste er sein Haus nicht mehr verlassen, um zu einem Tempel zu gehen, wie es eigentlich Vorschrift in seinem hohen Priesteramt gewesen wäre.

Zusammen mit Seianus wurde Varus bis zum *triclinium* geleitet. Hier befand sich bereits ein Dutzend höchster Würdenträger. Keiner von ihnen hatte bisher auf einer der Liegen oder den Stühlen in den Reihen dahinter Platz genommen. Für einen kurzen Augenblick sah Varus, wie die steif und würdig auftretende Livia Drusilla Claudia und Antonia ungewohnt freundlich empfing. Der alte Drachen war inzwischen schon sechsundvierzig Jahre alt. Drusilla hatte nie Töchter geboren, nur ihre beiden Söhne Drusus und Tiberius.

Tiberius hatte vor fünfzehn Jahren, als sein älterer Bruder Drusus nach seinem letzten Eroberungszug ins finstere Germanien vom Pferd gestürzt war, gegen dieselben aufständischen Völker in Dalmatien und Pannonien im Krieg gestanden wie jetzt. Nicht einmal Seianus als Stadtpräfekt von Rom hatte bisher mehr als ein paar Worte über die unangenehmen Berichte von der Donau verloren. Es war, als verberge eine Wand aus Nebel die Ereignisse.

Augustus' Palast hätte die zehnfache Anzahl von Gästen aufnehmen können. So aber blieben die großen Nebengemächer verschlossen, und etwa achtzig Gäste hatten sich im hinteren Säulentrakt der großen Halle eingefunden – nicht mehr als die Besatzung einer Kriegsliburne.

Varus lächelte, weil er noch immer in militärischen Kategorien dachte. In Rom selbst gab es kaum noch eine Ordnung, die mit der Disziplin und den strengen Ritualen in den Legionslagern vergleichbar war…

Nachdem Augustus sich auf sein Speisesofa gebettet hatte, wurde jeder der Gäste einzeln vorgelassen, um seine Freude über das bald erreichte hohe Alter des Princeps auszudrücken. Seianus und Varus gehörten zu den ersten Gratulanten.

»Ich höre, dass ihr beide gestern die Thermen meines Kampfgefährten Agrippa besucht und auf ihre Bestimmung für des Wohl der Römer überprüft habt.«

Seianus richtete sich stolz auf und legte die Faust über sein Herz. »So ist es, und ich kann berichten, dass wir die Thermen morgen, zu deinem Ehrentag, als Geschenk an die Bürger Roms wieder öffnen werden.«

»Ein wunderbares Meisterwerk«, sagte Varus und lächelte. »Fast schon ein Weltwunder, wie ich es im Artemistempel von Ephesus gesehen habe. Und prächtig wie der große Tempel in Jerusalem.«

»Das sagt mir mein erfahrenster Legat, der als mein Stellvertreter einen so schwierigen Vasallenkönig wie den Hasmonäer Herodes in seinem Altersstarrsinn bändigte.«

»Was mir bei seinem Sohn Archelaos nicht annähernd geglückt ist.«

Augustus hob nur kurz die Brauen. »Wir reden noch über diese und einige andere Angelegenheiten«, sagte er, dann nahm er die Geschenke von Varus und Seianus an, ohne sie genauer anzusehen. Die beiden Männer drehten sich um und gingen an den übrigen, unruhig wartenden Gästen vorbei.

Unter den Männern fiel Varus ein hochgewachsener Ritter auf, der kein Römer und auch kein Italer sein konnte. Er hatte ein markantes, glattrasiertes Gesicht mit einer geraden, starken Nase und hellen, stolz blickenden Augen. Nur sein Mund missfiel Varus. Der Fremde hatte die Unterlippe etwas zu trotzig nach vorn geschoben. Noch auffälliger war, dass der Mann zwar blonde Brauen, aber dunkel gelockte Haare hatte und eine weiße Toga mit einem schmalen roten Streifen am Rand trug.

»Kennst du den Großen?«, fragte Varus leise.

»Du meinst den Ritter an der zweiten Säule?«

»Der Mann ist doch nicht echt!«

»Da hast du recht, wenn du seine dunkel getönten Haare meinst«, antwortete Seianus halblaut. »Vor ein paar Jahren habe ich ihn schon mal bei einer Feier gesehen. Damals war er ein blonder Jüngling, aber zusammen mit seinem Bruder Flavus bereits zum Bürger Roms ernannt.«

»Ja, jetzt erinnere ich mich, aber ich war nicht dabei. Augustus selbst soll ja den beiden Fürstensöhnen der Cherusker den Ritterring angesteckt haben.«

Sie gingen in einem weiten Bogen so um die Säulen herum, dass sie den Fremden im Blick behalten konnten. »Aber der Bursche ist nachweislich ein Bürger Roms, von Augustus selbst zum Ritter geadelt.«

»Er sieht viel eher wie ein Gallier oder die Germanen aus, die ich in der Palastwache von König Herodes in Jerusalem gesehen habe.«

»Er ist tatsächlich Germane«, bestätigte Seianus. »Arminius, ein Fürstensohn vom Stamme der Cherusker am Bogen eines Flusses, der irgendwo aus zwei anderen im Herkynischen Wald entsteht und als *Visurgis* oder auch Weser bis ins nördliche Meer fließt.«

»Die Namen kenne ich. Drusus und Tiberius waren mehrmals in Kämpfe mit den Cheruskern verwickelt.«

»Die sind inzwischen befriedet und zum Teil sogar ausgezeichnete Verbündete. Arminius war zuerst *ductor popularium* für einige der Cheruskerstämme. Aber das waren eher wilde Volkshaufen, die kamen und auch wieder gingen, wie sie wollten. Doch an der Donau kommandiert er inzwischen ebenso wie sein jüngerer Bruder Flavus Reitereinheiten und die Fußkrieger von wichtigen Auxiliareinheiten unter Tiberius.«

»Flavus? Du meinst *den* Flavus, der Tiberius in Pannonien vor einem Angreifer gerettet hat ...«

»... und dabei sein rechtes Auge verlor. Ja, genau diesen strahlend blonden Flavus meine ich. Es heißt, er hat wie ein ganz gewöhnlicher Legionär einen Wurfspeer in ein Gebüsch geschleudert. Der Pfeil, der daraus auf Tiberius abgeschossen wurde, zerbrach im Flug, ebenso wie einen kurzen Aufschrei später die Hirnschale des versteckten Schützen. Flavus hat für seine große Tat die *corona civica* mit Eichenblättern erhalten. Im Augenblick erholt er sich noch bei den Ärzten von Maecenas' Anwesen.«

»Und was macht dieser Arminius hier in Rom? Ich denke, Tiberius hat noch immer mit einer Revolte in Illyrien zu kämpfen.«

»Er ist jetzt dran«, sagte der Stadtpräfekt. »ich nehme an, dass ihn Tiberius mit seinem ganz persönlichen Geburtstagsgeschenk zu Augustus geschickt hat.«

Augustus blickte in das Kästchen, dann nahm er einen Ring heraus und betrachtete ihn von allen Seiten. Dann hielt er ihn hoch, damit seine Gäste ebenfalls das Geschenk seines Adoptivsohns sehen konnten.

»Tiberius schickt mir das Siegel von Marbod, König der Markomannen, die sich noch vor kurzem nördlich der Donau gegen uns erheben wollten.« Sein Gesicht verzog sich, und seine Augen flackerten wie unter großem Schmerz, als er sich an den riesig groß wirkenden Arminius wandte. »Warum nicht gleich den Kopf dieses Verräters? Ich habe ihn zum Bürger Roms und ebenso wie dich zum Ritter gemacht. Warum verstößt ein derart nobel Angenommener gegen beschworene Verträge und Vereinbarungen mit Rom?«

»Er ist ein König der Germanen«, sagte Arminius respektvoll. »Der einzige, den es bisher gibt.«

Augustus öffnete die Hand. Das Kästchen für das Siegel des Markomannenkönigs fiel zu Boden.

»Er ist ein Nichts!«, presste er angewidert hervor. Dann ließ er auch den Ring fallen.

Augustus wartete, bis sich die Unruhe unter seinen Gästen wieder gelegt hatte. »Nichts schmerzt so sehr in dieser Welt wie Intrigen, Lügen und Verrat«, sagte er schließlich. »Gerade Marbod galt mir immer als Beweis dafür, dass ausgewählte Fürstensöhne der Barbaren, die als Geiseln zu uns kamen, zu Verbündeten, zivilisierten Menschen und sogar Römern werden können.«

Er lächelte, aber es war ein hartes, fast schon grausames Lächeln, als er zu dem anderen Germanen hinübersah, der stolz und wie versteinert zwischen zwei Säulen zur Vorhalle des *tricliniums* stand.

»Zu unseren edelsten Grundsätzen gehört das Menschenrecht, dass jeder, der es will und fähig dazu ist, vollkommen unabhängig von seiner Herkunft, Rasse oder Religion ein Römer werden kann. Die Besten von ihnen werden nicht nur mit der *civitas Romana* belohnt, sondern für hervorragende Leistungen sogar in den Ritterstand erhoben.«

Er hüstelte, blickte aber nicht mehr zu Arminius.

»Der andere ehrenvolle Weg geht zurück zum eigenen Volk. Wir kennen überall treue Vasallen und Klientelkönige. Sie müssen Säulen in unserem Imperium aus vielen Völkern sein, auf die wir bauen können. Wer das vergisst, wird erst recht zum Feind …«

Er presste die Lippen zusammen, bis sie bleich wurden. Mit der Rechten griff er nach seinem Weinbecher. Der Mundschenk hatte den Kelch nur halb gefüllt. Der Princeps nippte, ehe er weitersprach.

»Die Markomannen waren willens, für ihren verräterischen, größenwahnsinnigen Anführer Marbod zu kämpfen. Obwohl er Römer ist und mir selbst Treue schwor, hat er ein Heer von Kriegern aufgestellt, dem ich sechs Legionen unter meinem Feldherrn Saturnius vom Rhein her und vier Legionen aus Pannonien unter meinem Sohn Tiberius entgegenschicken musste. Ich selbst habe dann entschieden, dass der Zug gegen ihn abgebrochen wird, weil ich zunächst wieder Ruhe zwischen der mittleren Donau und der Adria haben will. Ich kann nicht hinnehmen, dass Bergräuber und Küstenpiraten unsere Schiffe bis Aquilea und Ravenna bedrohen. Und es ist unklug, wenn wir an mehreren Fronten zugleich Krieg führen.«

Seianus beugte sich zu Varus. »Ich möchte nur wissen, wie Tiberius an das Siegel von Marbod kommen konnte, wenn seine Legionen überhaupt nicht mit den Heeren der Markomannen zusammengetroffen sind.«

»Vielleicht war genau dieses Siegel Bestandteil einer kleinen, privaten Abmachung zwischen dem König und dem da ... beide sind schließlich Germanen und zugleich römische Bürger. Es heißt, dass Tiberius dem Cherusker zum Dank eine versilberte Turniermaske geschenkt hat. Er soll sie versteckt am Sattel wie ein Amulett bei jedem Ausritt mitnehmen.«

Sie sahen zu Arminius hinüber.

»Tiberius vertraut ihm eben«, fügte Seianus hinzu. Varus schnaubte nur.

»Das müssen wir noch lange nicht«, sagte er trocken. Er berührte den Arm des Stadtpräfekten. Augustus sah direkt zu ihnen.

»Welch einen großartigen Unterschied sehe ich da bei dem Anliegen, mit dem mein lieber Legat Publius Quinctilius Varus aus Syria zurückgekehrt ist ...«

Zum ersten Mal nach langer Zeit trank er seinen Becher aus und streckte ihn dem Mundschenk zum Nachfüllen entgegen. »Die Judäer und Samarier verlangen, dass ich Archelaos ablöse, einen der von mir eingesetzten Söhne des Herodes. Ich werde mir die Klagen der mit Varus hierhergekommenen Delegation anhören und dann entscheiden.«

Varus und Seianus sahen sich verwundert an. Eigentlich hatten sie bei einer Zusammenkunft am Vorabend des Geburtstages nicht mit Erklärungen von Augustus gerechnet.

»Das Volk der Markomannen soll uns den König Marbod übergeben, damit wir ihn als Ritter und als Bürger Roms entehren und in eines unserer Schafsdörfer verbannen können. Sagt diesen kriegerischen Germanen, dass ich sie durch Tiberius mit zehn Legionen vernichten lasse, falls sie die Auslieferung ihres wortbrüchigen und jetzt jammernden Königs verweigern.«

Er hatte plötzlich zwei gallebitter wirkende Falten um die Mundwinkel. Dann hob er eine Hand und ließ die Sänger anstimmen.

Varus und seine Ehefrau kamen einfach nicht dazu, Rom wieder zu verlassen. Sie wohnten weiterhin im luxuriösen Anwesen vom zweiten Mann in Rom. Die Häuser auf dem Palatinhügel waren Paläste im Kleinformat. Anders als bei den ausufernden Villen an der Via Appia mussten sich selbst die Vornehmsten mit dem Platz begnügen, den bereits ihre Vorfahren oder sehr viel Geld geschaffen hatten. Die meisten Villen verfügten über eine Bodenheizung, einige sogar über kleine Schwitzräume und Thermen. Trotzdem hätte sich manch ein Präfekt in der Provinz nur murrend mit den klein bemessenen Räumen angefreundet, wenn nicht, ja, wenn nicht alles auf dem Palatin wie ein Logenplatz im Paradies gewesen wäre.

Am siebenten Tag nach der Ankunft ihres Schiffes brachte ein Bote aus Ostia eine Nachricht für Varus. Es war ein sorgfältig aufgesetztes Schreiben in der offiziellen griechischen Sprache der Provinz Syria.

»Die Delegation aus Judäa macht sich Sorgen«, las Varus dem Stadtpräfekten am selben Abend vor. »Sie befürchte, dass Anwälte von Archelaos und der Hasmonäerfamilie Bestechungsgelder bei reichen Judäern in Rom sammeln, um sie Augustus für Tiberius anzubieten.«

Seianus lachte belustigt. »Wollen ein paar tausend Judäer Augustus, den Princeps des Imperium Romanum, kaufen? Das ist doch lächerlich!«

»Moment, genau gesagt liest es sich auch etwas anders in diesem Brief«, sagte Varus. »Die römischen Judäer schreiben nichts von Bestechung, sondern von Unterstützung des großen Feldherrn Tiberius in seinem Befreiungskampf für die überlegene römische Kultur.«

»Ist das ein Unterschied?«

Varus schüttelte den Kopf. Dennoch fand er noch immer erstaunlich, dass sich die Ältesten unter der Führung des Baumeisters Joseph ausgerechnet ihn zu ihrem Fürsprecher in Rom erwählt hatten. Was konnten die Ältesten eines derart geschlagenen Volkes von ihm erwarten? Wie hatten sie ihn ohne Hass um seine Hilfe bitten können? Erwarteten sie Schuldgefühle, Reue oder Wiedergutmachung von ihm? Oder ganz einfach die gleiche Unbestechlichkeit, mit der er stets als Statthalter gehandelt hatte?

Varus starrte abwesend auf den Brief in seinen Händen. Es dauerte sehr lange, ehe er bemerkte, dass Seianus ihn die ganze Zeit geduldig ansah.

»Nun?«, fragte er schließlich. Erst jetzt wurde Varus bewusst, wie leer er sich ohne neue, große Aufgaben fühlte. Nur eine Woche war seit dem Ende der Überfahrt von Antiochia vergangen. In dieser Woche war fast jeden Tag irgendetwas geschehen, was ihn davon ablenkte, dass er kein Statthalter mehr war und keinerlei öffentliche Verantwortung mehr trug. Auch Claudia fehlte ihm. Sie war mit Seianus' Frau und einer Reihe junger Adliger aus dem Lärm der großen Stadt in die kühleren Albaner Berge aufgebrochen. Varus hatte keinen Grund gesehen, ihr diese Abwechslung zu versagen.

Drei Tage später waren Varus und Seianus erneut bei Augustus eingeladen. Diesmal empfing der Princeps sie zur dritten Stunde. Weil es bereits sehr warm im Atrium war, zog Augustus den Schatten im Inneren seines Hauses vor.

Die beiden Freunde sahen sofort, dass sie sich unnötig Sorgen um den Gesundheitszustand des Imperators nach all den Anstrengungen der öffentlichen und privaten Geburtstagszeremonien gemacht hatten.

»Wisst ihr, was mich am meisten gefreut hat?«, rief er ihnen entgegen, kaum dass sie den Hofgarten betreten hatten. Sie schüttelten wie Zwillinge den Kopf.

»Der Kuchen«, sagte er noch immer fröhlich. »Der Kuchen, den dein Eheweib, mein lieber Varus, zusammen mit deiner Frau, Seianus, für mich gebacken hat. Ich hatte keine Ahnung, dass es in meiner hochnäsigen Familie solche Talente gibt.«

Varus versuchte vergeblich, sich an einen Kuchen zu erinnern, an dem Claudia Pulchra beteiligt war. »Ich weiß nur, dass sie sich noch in Antiochia ein Rezept für ein sogenanntes Mazze-Brot ohne Sauerteig besorgt hat«, flüsterte er Seianus zu. »Aber das stammte von Judäern in Jerusalem oder Caesarea und schmeckte grauenhaft.«

»So süß, so würzig und verlockend scharf hinter der Zungenspitze«, schwärmte Augustus weiter und rollte noch nachträglich voller Genuss die Augen.

Noch nie zuvor hatten die beiden Edlen etwas davon gehört, dass sich der Princeps für Leckereien begeistern konnte. Er war als asketisch und bescheiden bei den Mahlzeiten bekannt.

»Setzt euch zu mir. Die Festlichkeiten mir zu Ehren sind vorbei. Wir wollen ein paar Schritte gehen und sehen, ob die Gladiatorenschulen jetzt in Müßiggang verfallen oder weiter im *circus maximus* das Spiel um Sieg und Tod einüben?«

Varus lächelte. »Du beobachtest sie gern ungesehen.«

Augustus winkte ab. »Die wissen ganz genau, zu welcher Tageszeit ich mein Haus verlassen könnte, um einen Blick über Rom und ihre Kampfbahnen zu werfen. Ich setze hundert Sesterzen, dass irgendjemand hier im Haus einem anderen unterhalb des Palatins ein Zeichen gibt, sobald ich auch nur daran denke, mir die Beine zu vertreten. Ich weiß nicht, wie sie es immer wieder schaffen, vielleicht mit einem Fähnchen, etwas weißem Rauch … «

»Oder einem Silberspiegel«, warf Varus ein. »Auf diese Weise tauschen die Judäer und die räuberischen Araber in Palästina ihre Nachrichten aus. Die Rebellen können damit ganz genau die Stärke unserer Patrouillen und Schwadronen weitergeben.«

»Ich kenne auch die anderen Eigenarten der östlichen Regionen«, meinte Augustus. Die beiden Männer setzten sich.

»Es heißt doch immer, dass es dort noch immer als tiefverwurzelte und edle Sitte gilt, sich Priestern, Königen und ihren Statthaltern zu unterwerfen. So wie es vor Jahrhundert auch in Rom Brauch war.«

»Wir sind und bleiben Republikaner«, sagte Varus.

Augustus lächelte zustimmend. »In Ägypten muss ich mich wie ein Gott anbeten lassen. Die kennen das nicht anders, denn ich bin Nachfolger von Kleopatra und den Ptolemäern, ebenso wie diese als Nachfolger der Pharaonen gelten.«

»Wir kannten Julius Caesar nicht mehr«, sagte Seianus, »aber hat nicht gerade er jede Ehrung angenommen, ganz gleich, wer sie ihm anbot?«

»Man muss sehr aufpassen, dass aus Respekt kein leeres Ritual und keine Staatsreligion wird«, sagte Augustus. »Ich nehme gern wie schon Pompeius den Titel ›Wächter über Land und Meer‹ in Anspruch. Ich habe nichts dagegen, wenn der Senat mich ›Vater des Vaterlands‹ nennen lässt und wenn die Dichter mich mit Prosa überschütten, wie es nun einmal ihre Art ist. Wenn aber die Galater freiwillig einen Tempel errichten, um mich zusammen mit unserer Göttin Roma zu verehren, und wenn in einigen Provinzen mein Geburtstag zum Beginn des neuen Jahres erhoben werden soll, dann sollte auch der erste Diener eines Staates misstrauisch werden.«

»Vielleicht nicht, solange freie Männer wie in der Republik gemeinsam über derartige Dinge entscheiden«, sagte Varus. »Gefährlich wird es erst dann, wenn unsere Klientelkönige, die Ethnarchen und lokalen Tyrannen einen Kult daraus machen.«

»Genau das tun diese Speichellecker doch. Sie geben ihren Städten meinen Namen und errichten Tempel zu meinen Ehren. Wer weiß das besser als du, Varus? Du warst doch ebenso mit Herodes dem Großen befreundet wie ich, ohne dass einer von uns wahrhaben wollte, was für ein großes Schwein dieser Mann gewesen ist.«

Er suchte mit seinem bloßen rechten Fuß nach einem Stiefelchen und blinzelte ein wenig, als er nur das linke unter seiner Liege berührte. Erst als seine suchenden Zehen endlich die richtige Fußbekleidung fanden, war er zufrieden.

»Lasst uns ein wenig gehen«, sagte er, während sein Blick über die flachen roten Dächer der Villen in der Nähe seines eigenen Hauses glitt. Es war, als suchte er nach Signalen von einem blitzenden Spiegel oder aufsteigendem weißen Rauch.

Mit einer einzigen Handbewegung bedeutete er den unsichtbar wartenden Sklaven, dass sie verschwunden bleiben sollten. Er wollte mit Seianus und Varus allein reden, ohne den üblichen Schwarm dienstbarer Geister. Draußen blieben sie so weit wie möglich im Schatten der hohen Pinien und Zypressen, buschigen Zitronenbäume und der Hecken, die zu Schmuck und Sichtschutz zugleich den Palatin in einzelne Areale der Schönen und der Reichen aufteilte. Noch ehe sie die steile Südkante des Plateaus erreichten, wandte sich Augustus wieder an Varus.

»Du wirst noch Gelegenheit haben, uns im Senat mehr über Syria und die Ältesten der Judäer zu berichten. Es ist schon ungewöhnlich, dass ich ihre Ankunft überhaupt zugelassen habe. Welcher Imperator hört sich schon Rebellen an, die den von ihm eingesetzten König eines Volkes absetzen wollen? Aber ich kann nicht überall gleichzeitig die auflodernden Brände bekämpfen. Im Osten muss wieder Ruhe herrschen, damit wir uns auf den Westen und den Norden konzentrieren können.«

»Illyrien?«, fragte Seianus. »Steht es so schlimm?«

»Nach Ansicht dieses geborenen Cheruskers glaubt Tiberius, dass er mit der Situation fertig wird. Solange sie von mir bezahlt werden, stehen auch die Legionen hinter meinem Adoptivsohn.«

»Für seine militärischen Erfolge in Pannonien und Dalmatien hat Tiberius bereits einen Triumph hier in Rom gehabt«, warf Seianus ein.

Augustus schob die Lippen vor und nickte. »Das heißt noch nicht, dass in einer neugeschmiedeten Provinz sofort die Gesetze Roms geachtet werden«, meinte er dann. »Diese Dinge brauchen überall viel Zeit. Meist sehr viel mehr, als wir uns leisten können. Auch gegen Abgaben und die notwendigen Steuern gibt es bei manchen Völkern heftigen Widerstand ...«

Wie zufällig blickte Augustus auf Varus. »Dafür müsste eigentlich kein Feldherr wie Tiberius, sondern ein erfahrener Statthalter die Provinz übernehmen.«

Varus wehrte sofort ab. »Ich bin gerade dabei, ein anderes Feld zu bestellen. Und niemand sollte auf zwei Hochzeiten zugleich tanzen.«

Augustus blickte schweigend und sehr nachdenklich über die Dächer hinweg. »Zu viele Felder, zu viele Hochzeiten«, sagte er dann sehr leise. »Und zu viele, die alles und jedes kleinreden wollen. Rom ist zu groß geworden für immer neue Abstimmungen und Wortgefechte im Senat. Und meine Kraft wird nicht ewig reichen. Ihr ahnt ja nicht, wie sehr ich wünschte, nur noch auf zwei Hochzeiten zu tanzen.«

Augustus, Varus und Seianus erreichten die Kante des Berges. Von hier aus konnten sie über das weite Tal mit den beiden Kampfbahnen vom *circus maximus* blicken. Nach kurzem Schweigen wandte sich

Augustus an Varus: »Wie lange ist es her, seit wir beide zusammen mit Tiberius die Eroberung des Nordens geplant haben?«

»Deine Idee von einem Groß-Germanien … der Provinz *Germania magna* bis zur Elbe und zum Meer im Norden? Das war vor dreiundzwanzig Jahren, am zweiten Jahrestag nach unserer Rückkehr mit den lange verlorengeglaubten Legionsadlern aus dem Orient.«

»Die Adler«, sagte Augustus und lächelte versonnen. »Ja, ich erinnere mich gut. Bist du noch immer einverstanden mit dem Versprechen, das ich dir damals gab?«

Varus warf einen kurzen Blick auf Seianus.

»Und wie viele Legionen haben wir bisher für unsere Idee von einer kürzeren Reichsgrenze im Nordosten den Elbefluss entlang bis zum Donaudelta am Schwarzen Meer geopfert?«

»Drei, vier Legionen denke ich«, sagte Varus.

»Fünf«, korrigierte Augustus. »Insgesamt fünf mit allen Ausfällen. Und genaugenommen sind wir seit Drusus Tod keinen Schritt weiter über den Rhein gekommen.«

»Aber zumindest wurde das Gebiet zwischen Rhein und Weser und weiter bis zur Elbe von Tiberius und Germanicus, dem Sohn des tapferen Drusus, befriedet«, mischte sich Seianus ein. Auch Varus stimmte zu.

Augustus knurrte leise. »Wenn du das Ausbleiben von großen Kämpfen und Vernichtungsschlachten Befriedung nennen willst, dann haben wir tatsächlich Frieden in Germanien.«

»Viele Germanen dienen bei den Prätorianern und als tapfere, loyale Auxiliareinheiten. Ich sah sie selbst in Syria und in der Festung von Herodes in Jerusalem.«

»Versteht ihr denn nicht?«, knurrte Augustus ungehalten. »Es gibt keine Germanen, kein *Germania magna*!«

»Aber Marbod zum Beispiel … und Arminius …«

»Marbod ist Markomanne aus den Bergen nördlich des großen Donauknicks nach Pannonien. Der Cherusker kommt ebenfalls vom Durchbruch eines Flusses ins Flachland. Du erinnerst dich, wir haben sie damals *porta Visurgis* genannt, die Weserpforte. Der Stamm dort am Weserbogen ist typisch für die lästige Zerrissenheit der Völker hoch im Norden. Einige dieser Cherusker haben Verträge mit uns, dienen sogar als Priester an unseren Altären. Andere bekämpfen uns schon einen Tag nachdem wir bindende Vereinbarungen getroffen haben. Sie scheren sich nicht um unsere Gesetze, brechen Verträge, beugen unterwürfig den Kopf vor unseren Adlern und stehlen uns beim Wegtreten ganze Wagenladungen mit Proviant.«

»Und von Gallien bekommen wir keine Unterstützung«, sagte Varus, während sie am Südrand des Palatins auf und ab gingen. »Als wir den Schritt über den Rhein gehen wollten, haben sich die Anführer der Völkerstämme in Gallien verweigert.«

»Die Stämme Germaniens«, sagte der Princeps grimmig. »Es ist schon schwierig genug, zwischen all den Bructerern und Marsern, Chatten und Sugambrern, Chauken, Hermunduren und dann den Markomannen zu unterscheiden. Kein Würfel und kein Glücksrad der Fortuna ist so unberechenbar wie diese Völkerstämme, die wir Germanen nennen.«

»Soweit ich mich erinnere, sind die Friesen an den Küsten des Nordmeeres seit dem Jahr nach meinem Konsulat mit Tiberius tributpflichtig«, sagte Varus.

»Ja, und erst vor zwei Jahren hat Tiberius einen Bündnisvertrag mit den Chauken, dem Stamm der Hasen, und östlich des Teutoburger Waldes auch mit den Cheruskern abgeschlossen, was in deren Sprache wohl so viel wie Hirschmänner heißt. Germanien ist ein Abgrund, tiefer als all das hier«, sagte der Princeps und deutete nach unten. »Und einer nach dem anderen stürzt hinein. Ich war bereits am Rhein, aber heute kann niemand mehr wie Julius Caesar Brücken über den großen Fluss errichten, tief nach Osten vordringen, hart zuschlagen, sich schnell wieder zurückziehen und hinter sich die Brücken zerstören.«

»Krieg frisst die besten unserer Männer«, sagte Varus, als ahne er bereits, worauf der Imperator hinauswollte. »Zerstörte Häuser und geraubte Ernten, verbrannte Erde und versklavte Völker zu hinterlassen ist für den Feldherrn Grund für Ovationen und einen festlichen Triumph. Aber was nach dem Sieg, nach Beutezügen und Zerstörung kommt, das will von unseren Generalen, Präfekten und Tribunen kei-

140

ner wissen. Du selbst aber bist zur einen Hälfte Imperator, zur anderen trägst du den Ehrentitel ›Vater des Vaterlandes‹. Nimm das als Antwort von mir. Denn du kennst selbst den Unterschied zwischen ›siegen‹ und ›gewinnen‹.«

Nur wenige der Senatoren Roms hätten den Mut gehabt, derartig offen mit Augustus zu sprechen. Aber der Princeps fühlte sich weder angegriffen noch belehrt.

»Ich brauche Zeit«, sagte er nachdenklich zu Varus. »Zeit, die ich eigentlich nicht habe. Ich möchte aber, dass du dich in den nächsten Wochen bis zu den Feiern für den *sol invictus* etwas rar in Rom machst. Genieß die Freuden deiner jungen Ehe und eine wohlverdiente Pause von der Verantwortung. Ich werde dich ab und zu in den Senat oder in mein Haus bitten.«

Varus lächelte kaum merklich. Dennoch sahen Seianus und Augustus das kleine, scharfe Blitzen in den Augen des Freundes.

»*Gallia comata* also«, sagte Varus und schützte seine Lippen. »Die Provinz untersteht dir selbst und nicht dem Senat. Ein schwieriges Gebiet bis zum Rhein als Ostgrenze …«

»Nicht schwieriger als meine Provinz Syria!«, unterbrach ihn Augustus. »Und nicht nur bis zum Rhein, sondern bis zur Weser und danach zur Elbe! Hast du vergessen, was wir geplant hatten, als du mit Tiberius Konsul warst? *Germania magna*, das war unser Plan. Eine Provinz Großgermanien mit einer geraden Ostgrenze vom Meer im Norden an der Elbe entlang bis zum Schwarzen Meer.«

Augustus stockte, leckte sich über die trockenen Lippen und winkte nach den Sklaven, die sie außer Hörweite begleiteten. Sofort kam einer der höher gestellten Hausklaven mit einem Tonkrug heran. Wortlos schenkte er verdünnten Wein in einen buntverzierten Glasbecher von seinem Gürtel. Augustus' Hand zitterte ein wenig, als er den Becher nahm und durstig trank.

Er schloss für einen Moment die Augen, ehe er weitersprach. »Drusus hatte den ersten Teil schon fast geschafft, als ihn Fortuna fallen ließ und das Schicksal sein Pferd straucheln ließ. Tiberius und ich haben ebenfalls gesehen, dass die Germanenstämme befriedet werden können … selbst wenn dafür einige harte Strafaktionen nötig waren.

Man darf sie nur nicht wieder in ihre Moore und die finsteren Wälder entkommen lassen. Wir waren dort, Varus! Du weißt doch selbst, dass mit dem Schwert nur eine Tür geöffnet wird und erst Steuern und Gesetze die Werkzeuge sind, mit denen wir ihnen Zügel anlegen.«

Er blieb ruckartig stehen und legte seine Hände auf Varus' Unterarme. »Ich möchte, dass du klare, einfache Steuergesetze für Germanien ausarbeitest. Sie sind ganz anders als die stolzen Karthager in Africa oder die Griechen von Ephesos, Pergamon und Smirna.«

Sie blickten schweigend über den *circus maximus* hinweg in die sonnendurchflutete Landschaft der Region Latio.

»Romulus und Remus müssen einen großen Gott zum Vater gehabt haben, dass er sie ausgerechnet in dieser Schönheit ausgesetzt hat«, sagte Augustus schließlich. Dann drehte er sich langsam zur Seite. »Du warst noch nie in Gallien?«

Varus lächelte. »Ich kenne jedes Wort, das Julius Caesar über den *bello Gallico* und die fürchterlichen Zustände in den Wäldern dort geschrieben hat.«

»Vielleicht muss ich Tiberius erneut nach Gallien und Germanien schicken, sobald er seinen Auftrag in Pannonien beendet hat. Aber das hängt natürlich davon ab, wie gesund ich hier in Rom bleibe.«

SONNTAG

13. September 2009

Auf dem gesamten Museumsgelände war es laut wie auf einem Rummelplatz. Es war, als hätten sich sämtliche Lateinlehrer mit ihren Schulklassen und den Eltern zu einem Ausflug auf das angebliche Schlachtfeld versammelt.

Thomas Vesting und Claudia Bandel gingen im Gedränge auf der leicht abfallenden Wiese aufeinander zu. Sie hatten sich eigentlich am Ende des Museumsgeländes an den Baugruben mit archäologischen Markierungen treffen wollen. An der Westseite der Wiese waren Stahlträger zu einer Spundwand um ein paar Kubikmeter Erdaushub in den Boden gerammt, kaum tiefer als für den Keller eines niedersächsischen Eigenheims. Doch dort war es so laut und überfüllt wie bei der Ankunft irgendwelcher Popstars vor der Kölnarena.

Neben dem Weg lagen einige Dutzend große Metallplatten im Gras. Dadurch wirkte der Museumspfad ganz so, als hätten besiegte römische Legionäre ihre rechteckigen Schilde auf der Flucht weggeworfen und einfach liegengelassen. Aber es waren keine Schilde, sondern schwere, extra angefertigte Stahlplatten, jede mit einem anderen lateinischen Sinnspruch oder Zitat verziert. Nicht schlecht gemacht, dachte Thomas Vesting, professionell und teuer. Hier also lag zu Stahl geschmiedet ein Teil der Subventionen.

Sie sahen sich in die Augen und scannten sich dann zwei-, dreimal von oben bis unten. Sie hatte fast die gleichen ausgebleichten Jeans an wie er, und beide trugen sie sommerlich weit geschnittene, helle T-Shirts ohne jeden Aufdruck. An den Füßen hatten beide schlichte italienische Designer-Slipper. Die Römerin hatte eine leichte Wildlederjacke über die Schultern gehängt und trug ihr hellbraunes Haar offen. Unter vollen, schwungvollen Brauen blitzten die tatsächlich meerblauen Augen halb neugierig und halb zurückhaltend. Auf den Lippen glänzte ein Hauch von Pfirsich. Als sie dann lächelte, kräuselte sich ihre Stirn wie durch eine Sommerbrise.

»Einigermaßen einverstanden?«

Er schmunzelte und nickte. »Wir stehen genau an der dreizehnten Platte«, sagte er und blickte nach unten. »Ist das ein gutes oder ein böses Omen für unser Blind Date?«

»Die Zahl oder die Aufschrift?«, fragte sie zurück. Dann sagte sie, ohne vom Boden abzulesen: »*Quinctili vare, legiones redde!* Quinctilius Varus, gib mir meine Legionen zurück!«

»Bingo«, sagte er. »Genau das soll ja angeblich Kaiser Augustus ausgerufen haben, als er von der Niederlage der römischen Legionen hörte.«

Sie sahen sich lange in die Augen. »Wahrscheinlich auch nur von einem Schreiberling erfunden«, meinte sie schließlich. Ihr Sarkasmus war nicht zu überhören. »Wie ja das meiste, was aus angeblich gesicherten Quellen herangezogen wird.«

»Wem sagst du das?«, fragte er und grinste. »Nur weil es aufgeschrieben oder gedruckt ist, gilt Ersponnenes viel zu leicht als Wahrheit.«

»Außerdem wollte Augustus oder Octavian, wie er früher hieß, immer nur Princeps und nie Kaiser genannt werden. Das wird einfach ignoriert. Erst sein Nachfolger Tiberius wurde offiziell der erste Kaiser des Imperium Romanum. Wie viele andere fürchtete Varus nichts mehr als die Gefahr, dass Rom zum Kaiserreich werden könnte, zu einer erblichen Dynastie.«

»Wow!«, stieß Thomas Vesting völlig überrumpelt hervor. »»Zutexten‹ nennt man das in unserer Reaktion. So viel wollte ich jetzt gar nicht wissen.«

»Macht nichts, dann haben wir das hinter uns«, sagte sie sachlich. Für einen winzigen Moment schien ein Schatten über ihr Gesicht zu fliegen. Sie blickten über das angeblich geschichtsträchtige Gelände. Die von Bäumen eingerahmte Wiese zwischen bewaldeten Hügeln im Süden und der flachen Moorgegend nach Norden hin sah aus, als wären hier als einzige Legionen die Bauarbeiter für den Mittellandkanal hindurchgezogen. Jedenfalls so lange, bis ein britischer Offizier aus Osnabrück an seinen freien Wochenenden mit hochempfindlichen amerikanischen Metalldetektoren nach römischen Münzen gesucht hatte.

»Nicht besonders aufregend, wenn man sich die Besucher mal wegdenkt«, meinte Vesting. Er blickte zum rostfarbenen Museumsneubau hinter einer Gruppe hoher Buchen. »Eigentlich hatte ich mehr erwartet.«

»Also gut«, sagte sie und ließ eine Gruppe Senioren vorbei. Obwohl es warm war, hatten sich einige blonde Perücken mit dem sogenannten Germanenknoten auf der linken Seite aufgesetzt. Wer keine Perücke trug, hatte zumindest ein kleines Holzschwert oder eine Flasche mit Spezialgebräu vom Museumsladen. »Wie lange hast du bisher recherchiert? Einen Tag? Eine Woche?«

»Ich bin vor vier Wochen auf das Thema gestoßen … oder besser: durch meinen Chefredakteur angesetzt worden. Aber richtig recherchiert habe ich nur gestern.«

»Und ich bin, seit ich denken kann, dem Geheimnis der Varus-Legende auf der Spur. Das ist … ich sage mal, das liegt bei uns in der Familie. Und genau das mögen die *Sons of Hermann* nicht. Willst du wissen, warum?«

»Deswegen bin ich hier«, sagte er und deutete zum Museumsbau hinter den Bäumen. »Gehen wir gemeinsam ein paar Schritte.«

Sie nickte heftig. »Also hör zu! Die ganze Story von der Schlacht im Teutoburger Wald und dem Versagen des Statthalters Quinctilius Varus ist nichts weiter als ein Märchen. Nachträglich erfunden von Leuten, die nicht dabei waren und sich das alles erst hundert oder zweihundert Jahre später ausgemalt haben.«

»Aber es stimmt doch …«

»Ein paar der Fakten stimmen immer. Aber das trifft sogar auf mittelalterliche Heiligenlegenden und Reportagen in euren Revolverblättern zu. Natürlich gibt es zu den römischen Eroberungskriegen gegen die Germanen ein Dutzend Quellen. Bei Licht besehen sind die aber ziemlich dürftig. Und der einzige Mann, der die Wahrheit kennen konnte, hat politische Propaganda … Hofberichterstattung für Kaiser Tiberius daraus gemacht.«

»Velleius Paterculus?«

»Genau dieser Reiterobrist und spätere Geschichtsschreiber. Er hat die Gegend der Varus-Niederlage schon vorher zusammen mit Tiberius und Augustus kennengelernt, schreibt aber nichts von einem Teutoburger Wald.«

Weiter unten wurde ein schmaler Streifen vom Mittellandkanal sichtbar. Die Klänge einer Band schienen direkt vom Nachbau eines Römerschiffs zu kommen, das in den vergangenen Monaten auf verschiedenen Flüssen unterwegs gewesen war. Jetzt lag das große Ruderboot wie ein antiker Ausflugsdampfer zwischen einer Bühne und Bratwurstbuden am Südufer des Kanals.

»Ich sagte, dass die Schlacht im Teutoburger Wald ein Märchen ist. Wahrscheinlich gab es hier keinen Teutoburger Wald, denn erst im siebzehnten Jahrhundert hat der Erzbischof von Paderborn den Osning nach der Bezeichnung von Tacitus so getauft. Möglich, dass er ganz einfach etwas *gloria* aus der Römerzeit wie sein Amtsbruder in Köln haben wollte. Zweitens kann es keine Schlacht gegeben haben, sondern nur ein tagelanges Abschlachten in irgendwelchen Hohlwegen und Urwäldern.«

Sie erreichten die Buchen und die schmale Brücke über einen Bach.

»Auch so eine Engstelle«, sagte er.

»Wahrscheinlich ein Gag der Museumsplaner.«

»Trotzdem verstehe ich nicht, was das alles mit dir, dem toten Schrotthändler und den Hermannssöhnen aus Texas zu tun hat.«

Sie fasste mit beiden Händen an das Geländer der kleinen Brücke unter den Buchen und begann zu schaukeln. »Dann pass jetzt mal genau auf. Du kennst wahrscheinlich die Stelle bei Paterculus, die bisher immer als Raffgier dieses römischen Gouverneurs bewertet wird.«

Er hob die Brauen und nickte. »Ja, kenne ich inzwischen. Du meinst, dass Varus einerseits kein Geldverächter gewesen sein soll, andererseits aber als armer Mann das reiche Syrien übernommen hätte.«

»Um dann als reicher Mann eine arme Provinz zu verlassen.« Sie nickte heftig. »Ein hübsches Wortspiel, und genau diesen Vorwurf von Paterculus meine ich. Das ist ein Widerspruch in sich. Denn wenn Varus kein Geldverächter war, konnte er sich bereits als Statthalter in den Provinzen Africa und Asia ohne große Schwierigkeiten die Taschen füllen. Das haben vor ihm Julius Caesar in Spanien und nach ihm der vergöttlichte Augustus getan.«

Sie spuckte in den Graben unter dem Brückensteg. »Hier gibt's Mücken«, sagte sie. »Kennst du Horaz? Dieser Dichter wird nie erwähnt, wenn es um die Varus-Schlacht geht. Aber er lobt in seinen Oden, dass die angeblich mordlustigen germanischen Sugambrer ihre Waffen niedergelegt hätten, um Augustus anzubeten. In den selben Oden erteilt Horaz Varus den Rat, vor allen anderen Bäumen zuerst heilige Weinstöcke in der fruchtbaren Erde seines Anwesens im heutigen Tivoli anzupflanzen. Das klingt nicht gerade nach Armut. Und Horaz starb, *bevor* Varus Statthalter von Syria wurde. Als Varus nach Germanien kam, hatte er den gesamten *cursus honorum* bis zum *consul* als höchstem und durch Wahl bestätigten Staatsbeamten nach Augustus längst geschafft.«

»Okay, aber was empört dich so daran? Woher diese persönliche Gekränktheit? Und was ist mit dem Schatz?«

»Ich glaube einfach, dass Paterculus absichtlich die Geschichte gefälscht hat. Er war ein Lobschreiber für Tiberius. Das erklärt auch seine völlig unverständliche Begeisterung für den Germanenhelden Arminius, der in Rom geadelt und trotzdem Anführer der Aufstände wurde. Der Mann hat doch einige zigtausend Legionäre und ehemalige Kampfgefährten auf dem Gewissen.«

Vesting brummte kopfschüttelnd: »Und immer noch in Texas einen Fanclub.«

Sie ließen eine gemischte Folkloregruppe aus Römern und Germanen vorbei. Die Männer jeden Alters trugen Helme, Schwerter und Schilde aus buntem Plastik, dazu Tunika, Brustharnisch und weiße Socken in römisch aussehenden Plastiksandalen. Einige riefen sich lateinisch klingende Unverschämtheiten zu, ehe sie gemeinsam lachten.

»Das ist ja grausam«, stöhnte Vesting, als sie an der schwankenden Brücke vorbei waren. »Übriggeblieben vom Kölner Karneval.«

Claudia sah ihn ernst an. »Die *Sons of Hermann* haben mich gleich nach meiner Ankunft hier in Deutschland gewarnt«, sagte sie. »Zuerst klang es fast wie eine Bitte. Ihr PR-Manager schrieb mir eine Mail, dass die *Sons* als Kultur-Mäzene und Sponsoren sehr viel Geld für die großen Feierlichkeiten in Detmold lockermachen würden, weil bei den Lippern angeblich zu wenig Wirbel gemacht wird. Natürlich völlig uneigennützig – wie vor ein paar Jahren die Sparkasse bei dem Museumsbau dort vorn.«

Thomas schüttelte verwundert den Kopf. »Und wozu das Ganze? Was haben irgendwelche Texaner davon, wenn hier oder am Hermannsdenkmal mit großem Feuerwerk gefeiert wird?«

»Neue Mitglieder. Steigende Aktienkurse. Noch mehr Versicherungsverträge, was weiß ich!«

»Nur weil sie *Sons of Hermann* heißen?«

»Weil ihr Idol, ihre Symbolfigur, auf einmal in den Medien ganz weit oben steht. *Hermann the German* als neue Pop-Ikone. Weltweit in allen Zeitungen und Fernsehsendungen. Du weißt doch selbst, was man mit *social marketing* und geschickt gestreuten Gerüchten erreichen kann.«

Vesting blieb skeptisch. »Für Harry Potter vielleicht oder für E. T. Aber für eine Schlacht vor zwei Jahrtausenden? Ein über hundert Jahre altes Blechdenkmal?«

»Und was ist mit Troja, wo jedes Jahr Millionen Menschen über ein paar alte Mäuerchen und Huckel in der Erde latschen, um eigentlich gar nichts zu sehen ...«

Sie erreichten den asphaltierten, sanft abfallenden Platz zwischen dem Museumsneubau und dem großen alten Bauernhaus, in dem jetzt die Verwaltung der Touristenattraktion untergebracht war. Überall zogen folgsame Besuchergruppen hinter Führern her, die laut und fröhlich alles so erklärten, als wären sie dabei gewesen.

»Drei Tage nach dem ersten Artikel in deiner Zeitung bekam ich eine Warnung, angeblich von den *Sons*. Ein Ultimatum, das es in sich hatte: Wenn ich nicht sofort alle Recherchen über den Varus-Schatz einstelle, müsste ich mit unangenehmen Folgen rechnen. Sie verlangten sogar eine notariell beglaubigte Unterlassungserklärung von mir.«

»Das ist doch Bluff! Völliger Wahnsinn!«

»Sagst du! Hast du eigentlich eine Ahnung, was dir blühen kann, wenn du unbedacht durchs Internet surfst und die Ergebnisse eventuell verwendest?«

»Ja, bei Musik vielleicht, bei Fotos ...«

»Ich bekam die Androhung einer Klage vor US-Gerichten im Falle einer Imageschädigung von Hermann dem Cherusker und damit der Geschäftsschädigung der texanischen Hermannssöhne.«

Vesting pfiff durch die Zähne. »Stimmt, das kann teuer werden! Aber ich frage mich, warum ich keine derartige Warnung bekommen habe. Drei Tage nach meinem ersten Artikel, sagst du?«

Er dachte plötzlich an Lammers. Hatten sich die *Sons* vielleicht direkt an ihn gewandt? Ihm ebenfalls gedroht? Oder dadurch erst richtig heiß gemacht? Wenn das so war – warum hatte er ihm nicht früher etwas gesagt? Er ärgerte sich plötzlich, dass er seine rothaarige und nicht immer nüchterne Teamassistentin Lara abgewimmelt hatte, als Hopmann anrief: »Keine Zeit für derartigen Unsinn!« Vielleicht war das ein Fehler gewesen, mit dem er Lammers ungewollt einen Jackpot zugespielt hatte.

»Was denkst du gerade?«

»Dass für meinen Chefredakteur nichts anderes zählt als die Auflage vom CENT.«

Claudia lachte leise. »Geht er dafür auch über Leichen?«

Thomas Vesting hob die Brauen und sah sie an. Für einen eigenartigen, warnenden Moment fragte er sich, warum sie ihm ohne Umwege eine Denkvorlage nach der anderen lieferte. So wie sie ihn forderte, musste sie ziemlich genau wissen, was sie wollte. Andererseits spürte er, dass sie ihm nicht alles sagte. Irgendwie trägt sie eine Maske, dachte er.

»Denkst du, dass auch die *Sons of Hermann* über Leichen gehen würden, um an einen legendären Varus-Schatz zu kommen?«, fragte er ganz direkt.

Sie lachte erneut, dann schüttelte sie den Kopf. »Ich weiß nicht, ob Texaner etwas anderes als Öl im Kopf haben, aber sie würden sicherlich keine goldenen Leuchter, Teller, Schalen, Kannen und zudem Kisten mit Juwelen, Edelsteinen und Perlen achtlos liegenlassen. Aber wichtiger ist denen doch, dass nicht der kleinste Schatten auf den Glanz von *Hermann the German* fällt.«

Vesting blickte am quadratischen, rostbraunen Aussichtsturm des Museums hoch. »Und dieser Unfall? Ebi Hopmann? Hatte er irgendeine heiße Spur? So heiß, dass er wegmusste?«

»Ich fürchte, ja.«

»Du fürchtest?«

Ihre Mundwinkel zuckten leicht. Dann sah sie ihn mit ihren klaren Augen an und lächelte ein wenig traurig. Verdammt, dachte Thomas Vesting, warum gefällt mir ausgerechnet dieses schnelle Weib derart gut? Doch dann kam der Journalist in ihm wieder durch. Und der flüsterte ihm zu, dass er sie langsam anlocken musste.

An diesem Sonntag gab es nur eine Möglichkeit, ins Museum zu gelangen. Thomas Vesting und Claudia Bandel mussten sich einer der Besuchergruppen anschließen, die geduldig vor einem alten niedersächsischen Bauernhaus warteten. Hier befanden sich auch die umlagerten Kassen, ein Andenkenladen und die Toiletten. Jeweils rund zwanzig Personen bekamen bunte Aufkleber und wurden dann von engagierten jungen Damen bis zum Museum geführt.

»Ich glaube, wir bekommen sogar den Chef als Welterklärer«, meinte Vesting, als es endlich losging. Ein straffer Mittfünfziger trat wie ein Centurio und nicht wie ein Touristenführer vor sie.

»Gerhard Kraume vom Gut Baraue auf der anderen Seite des Mittellandkanals dort drüben«, stellte er sich vor, »früher Oberst im Pressestab Berlin, jetzt Führungspersonal Kalkriese.«

»Dann kennen Sie sich hier ja aus«, warf eine stämmige Touristin mit einer strassbesetzten Sonnenbrille und einem fliederfarbenen Seidentuch um die Frisur ein. Sie schob sich sofort interessiert näher an den pensionierten Offizier.

»Er soll Hopmann gefunden haben«, raunte jemand. Im selben Augenblick veränderte sich die Stimmung in der Gruppe. Sie wurde wacher, zugleich misstrauischer. Vesting blickte zu Claudia. Sie schüttelte kaum merklich den Kopf.

»Kann nicht stimmen«, sagte sie leise. Kraume hatte beide Bemerkungen gehört.

»Ich bin erst gestern wieder aus Berlin gekommen«, erklärte er, ohne gefragt zu sein. Vesting fiel auf, dass er Claudia nicht ansah. »Es geht ja immer noch darum, wo die Kanzlerin ihre Rede halten wird – am Hermannsdenkmal oder hier.«

Vom Eingang her schloss sich noch ein hagerer und missbilligend wirkender Besucher der Gruppe an. Der Oberst schien ihn zu kennen. Trotzdem nickte er ihm eher abweisend als erfreut zu. Auch Claudia und Thomas Vesting musterten den Nachzügler. Er tippte sich an die Baseballcap, die er verkehrt herum auf seine grauen Locken gesetzt hatte. Er mochte Anfang fünfzig sein und trug eine kragenlose Leinenjacke zu verschlissenen Jeans. Wie ein College-Professor hielt er ein Bündel Prospekte und Fachbücher in einer Lederschlaufe. An seinem linken Ärmel war ein großer Sticker aufgenäht. Es zeigte eine Zuckerbäcker-Version des Detmolder Hermannsdenkmals und im Kreis darum die Worte »Hermann Heights Monument, New Ulm, Minnesota«.

»Auch ein Hermannssohn?«, flüsterte Vesting Claudia zu. Sie reagierte erst, als er sie am Arm antippte.

»Was ist?« Sie lächelte ihn an. »Was meinst du? Ja, ich kenne ihn vom Sehen. Professor Dusberg läuft in alle wissenschaftlichen Vorträge zum Jubiläum. Harmloser Fan. Jedenfalls gibt er sich so …«

»Was meinst du damit?«

Sie schüttelte den Kopf. »Ich weiß nicht«, seufzte sie seltsam unsicher. »Ich habe in den letzten Wochen schon ziemlich schräge Typen hier getroffen. Dort kommt der nächste … Waldeck!«

Vesting sah dem Professor nach. Direkt hinter ihm und der flirtenden Touristin tauchte ein stämmiger Mittdreißiger auf, der tatsächlich Cowboystiefel, einen riesigen Stetson und ein rosa Rüschenhemd zum maßgeschneiderten Anzug trug.

Oberst Kraume hob seinen Spazierstock und setzte sich an die Spitze der Gruppe. Mit strengem Blick musterte er jedes einzelne seiner Schäfchen.

»Ich freue mich, dass ich in dieser Gruppe heute wieder Freunde aus den USA begrüßen darf. Professor Dusberg kommt aus New-Ulm, wo bekanntlich das zweite Hermannsdenkmal steht. Er ist schon seit ein paar Wochen in Deutschland. Und Mr. Gary Waldeck hier zu meiner

Rechten hat als großzügiger PR-Manager der texanischen Versicherungsgesellschaft *Sons of Hermann* eine phantastische Spende für die Feierlichkeiten zur Varus-Schlacht bereitgestellt. Mehr als die sechshunderttausend Euro, die jüngst vom Europäischen Parlament kamen, wenn ich auch das hier einmal lobend erwähnen darf.«

Einige Zuhörer klatschten. Kraume hob seinen Spazierstock wie ein britischer Offizier, drehte sich auf dem Absatz um, marschierte los und überholte zwei andere Gruppen, die von Studentinnen angeführt wurden.

Kurz darauf erreichten sie den Museumsturm. Unten befand sich nur eine Empfangshalle. Sie gingen an den Fahrstühlen, Telefonen und Toiletten vorbei direkt zur einer frei schwebenden Treppenkonstruktion. Die Gruppe war nur eine von vielen im Vorraum mit gläsernen Wänden an beiden Schmalseiten, Schließfächern und Garderoben. Nach Norden hin nahm ein Vortragssaal die ganze Breite des Museumsturms ein. Die wie eine Geisterbahn abgedunkelte Museumshalle befand sich auf der anderen Seite. Die Gruppe sollte warten, bis sie eingelassen wurde. Der Vortragssaal war noch nicht frei.

»Lassen Sie uns zunächst ganz nach oben gehen«, rief Kraume. »Sie können auch den Fahrstuhl nehmen.«

Eine andere Besuchergruppe quoll aus der großen Fahrstuhlkabine. Sofort drängten die nächsten weiter. Thomas Vesting spürte ein Kribbeln auf der Zungenspitze. Es kam eindeutig von einem Männerparfüm, auf das er allergisch reagierte. Es war der Texaner mit den Cowboystiefeln, der das aufdringliche und teure Aftershave benutzte.

»Schatz oder nicht Schatz«, murmelte Vesting Claudia zu, als sie ganz oben auf einer überdachten Plattform ausstiegen. »Das ist hier die Frage!«

Claudia zischte leise und stieß ihm in die Rippen. Nicht nur die Amerikaner, sondern auch ihr Museumsführer musste etwas mitbekommen haben. Ihre Blicke kreuzten sich kurz.

»Ja, ganz recht, Schlacht oder nicht Schlacht, das ist hier die Frage«, nahm Kraume seinen Vortrag wieder auf. »Ist Kalkriese nun der Ort der Varusschlacht oder vielleicht doch nicht? Ich will versuchen, diese Frage zu beantworten. Sie brauchen keine Angst zu haben. Ich werde

Sie nicht mit den Tricks der römischen Rhetoriker in Grund und Boden reden, sondern Sie durch Fakten überzeugen, wie das schon Aristoteles und Cicero gefordert haben.«

»Jetzt will er erst mal Eindruck schinden bei den Bildungsbürgern in der Gruppe«, flüsterte Claudia Vesting zu. »Dann klingen alle weiteren Behauptungen gleich viel glaubhafter.«

Ein paar andere Besucher wandten schmunzelnd die Köpfe ab. Kraume bemerkte es, ließ sich aber nicht beirren.

»Wann musst du deine Redaktion anrufen?«, fragte Claudia unvermittelt. Vesting blickte auf seine Armbanduhr.

»Au verdammt!«, schnaubte er.

»Nicht über Handy«, sagte sie schnell. »Nimm das Telefon unten.«

Vesting duckte sich. Er nahm die Nottreppe neben dem Fahrstuhlschacht. In Gedanken wollte er seine erste Hundert-Wörter-Meldung nach der uralten 6-W-Reporterregel formulieren: Wer, was, wann, wie, wo, warum? Doch genau damit kam er nicht weiter.

Der Mord – nur ein bedauerlicher Unfall?

Die Varusschlacht – nur ein Versehen?

Und plötzlich grinste er. Wer nichts Genaues weiß, muss möglichst heftig auf den Busch klopfen. Und diesmal ging es nicht um Auflage, sondern um möglichst viele Online-Zugriffe auf das Stichwort »Varus-Schatz«.

Das alles würde Spuren für die Experten in der Redaktion oder auch Verschwörer im Dunkel hinterlassen. Besser als Fingerabdrücke, DNS oder Blut.

Exklusiv: Das Geheimnis der Varus-Schlacht
Eine Woche lang von Chefreporter Dr. Thomas Vesting

Genialer Plan oder heimtückisches Komplott?
Folge 1 von 7: Köln, Montag, 14. September 2009

In einer Woche jährt sich zum zweitausendsten Mal die »Schlacht im Teutoburger Wald«. Schon seit Monaten wird das Bi-Millennium gefeiert. In Kalkriese ebenso wie im Römermuseum Haltern und Detmold.

Die Bundeskanzlerin hat die Schirmherrschaft übernommen. Aber noch immer gibt es Streit über den Ort und den wahren Ablauf der Ereignisse. Jetzt ist ein Schatzsucher ums Leben gekommen. Exakt an einem der Orte, an dem das Massaker vermutet wird. Hat er zu viel gewusst? Oder geht es gar nicht mehr um den Ort der Schlacht? Was ist mit den Gerüchten um den geheimnisvollen Varus-Schatz? CENT wird der Sache nachgehen. Morgen mehr.

»Die Römer hatten keine Stahlschilde mit Aufschriften«, kritisierte Professor Dusberg gerade, als Vesting wieder im obersten Stockwerk des Aussichtsturms ankam. »Nur abgerundete rechteckige Holzschilde, mit Filz und Leder bespannt.«

So genau wollte das kaum jemand an den Drahtgittern wissen, mit denen die Besucherplattform gesichert war. Die meisten blickten nur zum flachen Hügel, der die eine Seite der Falle für die römischen Legionen gewesen sein sollte, oder über die einst sumpfigen Felder und Wiesen jenseits den Mittellandkanals hinweg. Die gewundene Plattenallee auf der Wiese unter ihnen sah wie eine Fußspur mechanischer Dinosaurier aus.

»Das soll wohl nur symbolisch sein«, meinte eine junge Besucherin. »Spuren der Vergangenheit ...«

»Spuren eines bösen Drachen«, sagte Vesting zu Claudia und grinste. »Erinnerung an die endlosen Reihen bewaffneter römischer Legionäre. Vielleicht der wahre Ursprung des Nibelungenliedes. Ein kühner Fürstensohn Arminius-Siegfried lässt den grausamen Lindwurm der römischen Legionen in seinem Blut verenden ...«

»*I love this idea*«, meinte der Texaner und drehte sich wie ein siegreicher Gladiator nach allen Seiten.

Der Professor aus Minnesota verzog leidend das Gesicht. »Und wird später selber durch Verrat von Getreuen an seiner empfindlichsten Stelle getroffen und umgebracht.«

»Nicht gut fürs Image der Germanen«, kommentierte Vesting halblaut.

»Pst«, machte Claudia und lächelte dem Texaner zu.

Ein warmer Sommerwind ließ Schals und lange Haare wehen. Claudia schlug den Kragen ihrer dünnen Wildlederjacke hoch. Mit jeder ihrer stolzen Bewegungen gefiel sie Vesting mehr. Er achtete kaum noch auf die sonore Stimme des Museumsführers. Mit großem Eifer erzählte Kraume, was in den vergangenen Jahren zwischen dem bewaldeten Hang des Kalkrieser Berges und dem nur zwei, drei Steinwürfe entfernten Kanal gefunden worden war:

»Bisher sind es mehr als fünftausend Münzen und andere meist kleine Überreste eines römischen Durchzugs. Besonders an der Phosphormenge in der Erde lässt sich wissenschaftlich belegen, dass hier sehr viele Körper verrottet sein müssen. Und dann natürlich die Knochen ... was hier gefunden wurde, zeigt Spuren von Wildverbiss und Austrocknung an der Luft. Das beweist ja wohl, dass die Skelettreste lange im Wald gelegen haben, ehe sie sechs Jahre später von Germanicus mit weiteren Legionen eingesammelt wurden. Gleich nach dem Tod von Augustus, als sein Adoptivsohn Tiberius tatsächlich Kaiser geworden war.«

»Nun haben wir es auch ganz amtlich«, lästerte Vesting. Der Wind ließ wieder nach. Die meisten anderen Teilnehmer der Führung vertrieben sich die Zeit damit, herauszufinden, in welcher Himmelsrichtung verschiedene Orte lagen.

»Seht doch nur«, rief die lila frisierte Touristin mit kindlicher Freude. »Bremen nach Norden, Minden nach Osten ... und in Richtung Detmold geht die Sonne auf...«

Vesting beugte sich so weit zur Seite, dass seine Wange am dunklen, knisternden Haar der Römerin entlangstreifte. Sie wich nicht aus. »Und gleich erzählt er von den alten Römermünzen, die einige Besatzungsoffiziere nach dem Zweiten Weltkrieg auf der anderen Seite des Mittellandkanals sichergestellt haben.«

»Haben sie das?«, fragte Vesting. Und dann war Oberst Kraume wieder an der Reihe: »Clunn erwähnt in seinem Buch die römischen Münzen, die über Jahrhunderte dort hinten im Gutshaus Baraue gesammelt wurden.«

Der Oberst zeigte nach Norden, hob seine Stimme und wurde noch deutlicher. »Aber das hat schon mehr als hundert Jahre vor dem Briten der deutsche Historiker Theodor Mommsen herausgefunden.«

»Dumm gelaufen«, sagte Claudia etwas zu laut. Vesting berührte ihren Arm. Nicht nur die beiden seltsamen Amerikaner blickten zu ihnen. Claudia und Vesting senkten ihre Köpfe wie ertappte Schulkinder.

»Du duftest wunderbar«, sagte Vesting leise. Ein neuer warmer Windstoß riss ihre Antwort mit sich. Der ältere der beiden Amerikaner drehte sich zur Seite und nahm kurz seinen Stetson hoch, um ihn etwas fester wieder aufzusetzen. Der kurze Augenblick genügte Thomas Vesting.

Er sah die Rune wie ein Brandmal direkt über dem obersten Halswirbel des anderen. Das Tattoo war sehr klein, aber er erkannte das schwarz-rot-goldene Zeichen der *Sons of Hermann* mit dem *lone star*, dem heiligen Symbol von Texas, in der Mitte.

Ohne ein weiteres Wort drängte Thomas Vesting Claudia in den Windschatten des Fahrstuhls vor dem Drahtgitter der Aussichtsplattform.

»Hast du das gesehen?«, fragte er.

Sie schüttelte den Kopf. »Ich möchte weg von hier.«

Der Parkplatz des Museums war rundum mit den üblichen Plakaten zur Bundestagswahl verschandelt. Thomas und Claudia waren sich nicht einig, ob sie nach Köln oder Detmold zurückfahren oder am nächsten Tag noch einmal etwas in Kalkriese herumstochern sollten. Beide hatten sie nur kleines Reisegepäck mit. Als sie den Parkplatz erreichten, sahen sie, dass sich ihre Entscheidung erübrigt hatte.

»Na toll!«, knurrte Vesting und bückte sich zu den Reifen seines Wagens. Jeder einzelne war durchstochen worden. »Das wird die Buchhaltung vom CENT mal wieder richtig freuen.«

»Du kannst das locker sehen«, sagte Claudia, »ich schon weniger.« Sie war ein paar Schritte zu ihrem alten Alfa Romeo weitergegangen. Er stand wie eine graue Maus zwischen zwei schweren, bestens gepflegten Audis mit Berliner Kennzeichen. »Für meine zerstochenen Reifen zahlt keine Portokasse ...«

Er wollte sein Handy benutzen.

»Nimm lieber das Telefon am Eingang.«

Er stutzte, dann nickte er. Während er am Eingang zum Museumsgelände ein Taxi bestellte, nahm sie ein paar persönliche Utensilien aus Handschuhfach und Kofferraum. Vesting wunderte sich, sogar Autos mit Münchner Kennzeichen dort zu sehen. Sie verließen den Parkplatz und gingen zur nahen Bundesstraße. Ein paar Familienkutschen mit ermatteten Museumsbesuchern verließen den Parkplatz, bogen auf die Bundesstraße ein und fuhren in alle Richtungen weiter. Nur das Taxi ließ auf sich warten.

»Warum fragen wir nicht einfach Tony Clunn?«, überlegte Vesting laut. »Er war es doch, der erst kürzlich wieder etwas von einem Schatz geschrieben hat.«

Claudia sah ihn besorgt an. »Denkst du, dass er gefährdet ist? Dass die *Sons* vielleicht auch bei ihm ...«

»Ich denke, dass die *Sons* auf jeden Fall mit dem Entdecker des legendären Schlachtfeldes in Verbindung treten. Wahrscheinlich haben sie es längst getan.«

»Da wäre ich nicht so sicher. Ich hab's mehrmals versucht. Aber eine Audienz bei der Königin von England ist wahrscheinlich leichter zu bekommen. Dabei hat die Queen ihm den Orden des Britischen Empire für seine Sucherei hier verliehen. Vielleicht sollten wir zuerst bei der Polizei in Osnabrück ...«

Vesting lachte kurz. »In dieser Gegend bekommt kein Journalist an einem heiligen Sonntagabend irgendeine Auskunft von der Polizei. Weder in Osnabrück noch im zuständigen Kommissariat in Bramsche. Die Herren sind mit Sicherheit beim Fußball oder Grillen.«

»Und die Staatsanwaltschaft?«

»Ist wahrscheinlich auf irgendeinem Reiterhof.«

»Die Marketingabteilung für die Festlichkeiten in Münster?«

»Ebenfalls Wochenende oder in einer Krisensitzung nach der anderen. Auch da kommen wir heute nicht weiter.«

»Was dann?«

»Ich will morgen früh noch einmal hierher«, sagte er. »Irgendetwas passt mir an diesem Kraume nicht.«

Im selben Augenblick tauchte endlich das Taxi auf. Es war eines der massiven, schwarzen LTI-Modelle mit schalldichter Trennscheibe, wie in London üblich. Obwohl das in Deutschland eigentlich nicht erlaubt war, hatte das Taxi ein Osnabrücker Kennzeichen.

»Eines dürfen wir nicht vergessen«, sagte Claudia, ehe sie einstiegen. »Wir sind keine Fernseh-Kommissare. Und du beißt auf Granit, wenn du erwähnst, von welcher Zeitung du kommst.«

»Und du? Was ist mit dir? Kennt man dich hier nicht?«

»Ich war zweimal hier, allerdings nicht bei einer Besucher-Führung, sondern mit Archäologen, die schon länger hier graben. Die einen haben mit den anderen nicht viel zu tun. Ich glaube aber, dass die Wissenschaftler hier und in Detmold ziemlich unter dem leiden, was einige Politiker und Geschäftsleute hier aufgestellt haben.«

Vesting blickte nach vorn. Er war sich nicht ganz sicher, ob der Fahrer sie nicht doch hören konnte. Er beugte sich zur Seite. »Die Varus-Legende«, flüsterte er ihr ins Ohr. »Hast du keine Vermutung, wo der Schatz sein könnte?«

Sie drehte sich zur Seite. Statt einer Antwort sah sie ihm nur in die Augen. Thomas hielt unwillkürlich den Atem an.

Es war bereits dunkel, als sie in Osnabrück ankamen. Weder Claudia noch Thomas kannten die Stadt. Sie fuhren bis zum Markt und bekamen ohne Schwierigkeiten Zimmer im Hotel Walhalla.

Während Claudia gleich nach oben ging, um sich frisch zu machen, organisierte Vesting über den Empfang einen Reparaturdienst, der die zerstochenen Autoreifen in Kalkriese noch über Nacht austauschen wollte.

»In Köln hätte ich am Sonntag mehr Schwierigkeiten gehabt«, lobte er, nachdem das Problem erledigt war. Bisher hatte er kein weiteres Telefonat geführt. Sein Handy war zu einem Tabu geworden, seit Claudia ihm geraten hatte, den Akku zu entfernen. Es war das erste Mal, dass er unterwegs solche Vorsichtsmaßnahmen traf.

Als würden diese Gedanken weitere Alarmsysteme in ihm wecken, sah er sich im Empfang des Hotels um. Eigentlich kam er sich ziemlich albern dabei vor. Wer sollte sich in einem bürgerlichen Traditionshotel in einer norddeutschen Provinzstadt wie Osnabrück für einen etwas hageren jungen Mann mit leichtem Sonnenbrand an Stirn und Nase interessieren, der nicht viel anders aussah als die jungen Männer in den Reitervereinen der Umgebung?

Thomas Vesting stieß sich vom Empfangstresen ab und schlenderte an den Blumenkübeln vorbei in den Biergarten. Bis auf ein paar zu satt und laut lachende Geschäftsleute konnte er nichts Auffälliges entdecken. Er wollte gerade ins Zimmer gehen, als ihm im Spiegel am Eingang des Hotels ein Gesicht auffiel, das ruckartig zurückwich.

Waldeck.

Das konnte kein Zufall sein! Thomas Vesting tat, als hätte er ihn nicht bemerkt. Ohne Hast verließ er das Hotel. Professor Dusberg, der Hermannssohn von der anderen Loge, war auch nicht weit. Er stand auf der gegenüberliegenden Seite des Marktes vor einem Trekkingladen mit Elektronik-Angeboten. Thomas Vesting leckte sich über die Lippen. Ihm gefiel ganz und gar nicht, dass sich die Amerikaner erneut in seiner Nähe aufhielten. Er ging ein paar Schritte, entdeckte eine Telefonzelle und verstellte sich nicht einmal, als er in der Reaktion anrief.

»Ist die Jungfrau an Bord?«

»Nein, schon vor zwei Stunden gegangen.«

»Pech, dann gib mir mal Lara.«

Er sah sie vor sich, als er die schon etwas schwere Stimme seiner Redaktionsassistentin hörte. Sie war knapp vierzig, trotz ihrer leichten Fülle quirlig und hieß eigentlich Laureata. Ihr greller Witwenrost im wuscheligen Haar und andere vermeintliche Verschönerungsmaßnahmen hatten öfter eine Nachbehandlung nötig, als es ihr Gehalt erlaubte.

»Hör zu, Lara, stell keine Fragen und schreib mit!«, befahl ihr Thomas Vesting. »Was ich dir jetzt durchgebe, bekommt morgen früh die Jungfrau. Aber nur sie und niemand sonst. Das ist eine Order.«

Auch wenn es ihm nicht passte, musste er hin und wieder den Macho geben. Dann aber ungeschminkt und auf bewährte deutsche Art. Das klappte. Jedenfalls bei Lara.

Exklusiv: Das Geheimnis der Varus-Schlacht

Eine Woche lang von Chefreporter Dr. Thomas Vesting

5000 Münzen, aber kein Varus-Schatz?

Folge 2 von 7: Kalkriese, Dienstag, 15. September 2009

Was geschah wirklich im »Teutoburger Wald«? Geht es eigentlich noch um den Ort der Schlacht oder insgeheim um den legendären Varus-Schatz? Schon vor 121 Jahren meinte der Berliner Historiker und Nobelpreisträger Theodor Mommsen, dass die Römer nicht am Hermannsdenkmal bei Detmold, sondern nördlich von Osnabrück in eine Falle getappt sind. Dort werden seit Jahrhunderten Römermünzen gefunden. Inzwischen mehr als 5000. Schon die antiken Quellen sprechen von einem riesigen Vermögen, das Varus aus der Römerprovinz Syria mitgenommen hat. Gehören die Münzen von Kalkriese dazu? Oder vernebelt die Suche nach dem Ort der Varus-Schlacht das größere Geheimnis um den Varus-Schatz? Morgen mehr.

Vesting und Claudia trafen sich zum Abendessen im dreihundert Jahre alten Fachwerkhaus.

»Wie ist dein Zimmer?«, fragte sie. »Oder warst du draußen?«

»Eichenbett und freistehende schwarze Fachwerkbalken vom alten Hausgiebel«, sagte er grinsend und hielt die Hand an die Stirn. »Nicht besonders günstig für hochgewachsene Germanen.«

Sie lachte ebenfalls. »Immerhin sollen hier schon Lorzing, der Dalai Lama und Königin Silvia von Schweden genächtigt haben. Aber der Name des Hotels müsste dir eigentlich gefallen. Walhall, der Aufenthalt Wotans in der germanischen Mythologie...«

»...ja, ja, ein Paradies, in das die Helden nach der Schlacht der Walküren zum himmlischen Gastmahl gebracht wurden.«

Sie klappte ihre Speisekarte zu. »Entschuldige«, sagte sie dann und lächelte. »Ich wollte dir nicht auf den Schlips treten. Mir fiel nur wieder ein, wie ähnlich gewisse Mythen und Heldensagen in unterschiedlichen Kulturen sind. Ich nehme westfälisches Krüstchen mit gebratenen Champignons und dazu einen Salat.«

Noch während sie das sagte, berührte sie wie unabsichtlich Thomas' Hand. Um die Erregung, die ihn durchlief, zu überspielen, bestellte er mit lauter Stimme geschmorten Landhahn in Altbiersoße mit Gemüse und Rosmarinkartoffeln. Sie tranken Bier, nahmen noch etwas Käse und wussten beide, dass ihr Schweigen nicht viel länger vorhalten konnte.

»Also?«, fragte er schließlich. »Ich glaube, es wird Zeit, dass wir uns einmal etwas anders unterhalten. Du weißt doch mehr, als du bisher verraten hast.«

Sie lächelte versonnen, fast schon abwesend, dann sah sie ihn mit großen Fragezeichen in den Augen an. »Also gut. Ich sagte bereits, dass ich mich schon ziemlich lange mit der Varus-Schlacht beschäftige. Es gab ja ziemlich viele Eifersüchteleien und Streit in den vergangenen Jahren. Das ging bis zu Strafanzeigen wegen des Verdachts auf Subventionsbetrug.«

»Ich weiß, aber das hat sich doch ziemlich schnell erledigt. Kein Beweis für irgendeine finstere Verschwörung...«

»Nein«, sagte sie und lachte kurz. »An der Stelle vielleicht nicht. Da ist auch nichts mit Enigma, da Vinci oder Eco.«

»Aber was dann, verdammt nochmal? Du musst doch irgendetwas gefunden haben, was zumindest die Texaner aufgeschreckt hat.«

»Natürlich habe ich das. Bei den Abbildungen vom Hermannsdenkmal in Detmold und seinem kleinen Bruder in den USA sind mir als Erstes die ziemlich unrömischen Schwerter aufgefallen und dann die geflügelten Helme. Beides soll wohl ganz besonders germanisch sein. Inzwischen weiß ich, dass ein römischer Adliger und Offizier niemals mit einem derartigen Phantasieschwert gekämpft hat. Und zweitens trugen die Germanen kaum Helme, und erst recht keine mit Gänseflügeln oder Wikingerhörnern.«

»Und warum hast du das Reizwort ›Varus-Legende‹ ins Internet gestellt? Darüber mussten doch eine Menge Leute stolpern.«

»Klar, alles, was du machst im Internet, hinterlässt Spuren, und keiner weiß das besser als die Nachrichtendienste oder Organisationen, die selbst größten Wert auf Geheimhaltung legen. Aber auch zu meinem Suchwort gibt es inzwischen verschiedene Hinweise. Einer betrifft sogar eine Kunstausstellung in Osnabrück mit großen Gemäldetafeln und zeltartigen Triptychons.«

»Wusstest du davon?«

»Als ich anfing noch nicht. Später hörte ich, dass sich ein paar harmlose Leute aus Neu Ulm in Minnesota für meine zunächst leere Internetseite interessiert haben. Die waren immer wieder mal in Detmold, haben sich das Denkmal und das Landesmuseum angesehen und sind mit Koffern voller Souvenirs wieder abgereist. Irgendein Offizieller findet sich da immer, der sie mit einem Bus bis zum Flughafen Hannover begleitet. Die sind dann happy wie kleine Kinder. Am liebsten würden sie auch noch einen Container Maßkrüge mit Bayernrauten mitnehmen.«

»Also keine Rechten oder Nationalisten ...«

Sie schüttelte den Kopf. »Eher im Gegenteil. Vollkommen naiv, wenn auch ein bisschen gestrig. Die Hymne ihrer Staatsuniversität singen diese Erzgermanen natürlich nach der Melodie von *gaudeamus igitur*. Das würde rund um Detmold und in den lippischen Wäldern wohl kaum jemand gut finden.«

Thomas Vesting lachte und lehnte sich zurück. »Römerin!«, stieß er hervor. »Denkst du, wir schleifen immer noch unsere Beuteweiber durch den finsteren Wald? Mich interessiert viel mehr, warum du mich zu deinem Auserwählten gemacht hast.«

Sie sah ihn an und wurde ernst. »Weil ich befürchte, dass in den nächsten Tagen etwas ziemlich Schlimmes passieren könnte.«

»Schlimmer als Mord?«

Sie hob die Schultern. »Mehr«, sagte sie dann.

»Wo? Hier in Kalkriese?«

»Oder in Detmold. Ich weiß es einfach nicht.«

»Und was willst du dann von mir? Warum lassen wir nicht alles, wie es ist? Die einen haben ihr Museum mit ein paar alten Münzen und die anderen den hohlen Blech-Terminator mit dem Arminiusschwert.«

»Mit schönem scharfen Phallus für das verschlafene Lipperland?« Sie lachte. »So einfach ist das nicht. Bis vor ein paar Jahren hattet ihr euch mit eurer Geschichte ganz gut eingerichtet. Eure pathetischen

Denkmale wie die Walhalla bei Regensburg, Kyffhäuser und Kaiser Wilhelm an der Porta Westfalica waren nur noch irgendwelche Haltepunkte für Touristenbusse. Aber jetzt kommt wieder Nationalstolz auf.«

»Okay, Claudia. Alles ganz nett, aber bisher keine Zeile wert für mich oder den CENT.«

Sie war weder beleidigt noch verstimmt, sondern sah ihn ohne jede Überraschung nur lange an.

»Na gut«, sagte sie dann, »was würde dich denn wirklich aus der Reserve locken? Außer dem Toten im Museum, meine ich.«

Er ergriff wieder ihre Hand. »Das fragst du noch?«, meinte er lächelnd. »Ein heißer Schatz natürlich.«

Thomas Vesting blinzelte. Ein eigenartiges weißliches Licht weckte ihn auf. Um sich herum spürte er warme Haut und einen wunderbaren Duft. Konnte Mondlicht so köstlich duften?

Ja, es war die helle Sichel des abnehmenden Mondes, die ihn aus sehr tiefem Schlaf geweckt hatte. Irgendwo flüsterten leise Musikklänge. Dennoch brauchte er lange, bis er seine Gedanken einigermaßen sortiert hatte. Mit seiner rechten Hand strich er behutsam über eine Brust. Er fasste ein wenig nach und genoss das wohlige Gurren dicht neben sich.

»Ich mag dich, Varus«, murmelte sie im Halbschlaf, »ich mag dich sehr…«

»Claudia?« Er flüsterte. »Bist du wach?«

Er berührte ihre nackten Schultern. Sie waren kühl, aber innerlich heiß. Und dann seufzte sie.

»Ich könnte Monate mit dir im Mondlicht liegen.«

Er lachte leise und küsste ihre Brust. »Geht nicht«, sagte er. »Selbst für Vestalinnen geht der Mond auf und unter. Er nimmt ab und nimmt zu…«

Sie warf sich herum, umschlang seinen nackten Oberkörper und schlug ein Bein über seine. »Heh, was willst du mir über die Priesterinnen der Göttin Vesta erzählen. Komm, küss mich lieber.«

Er küsste sie. Einmal, zweimal.

»Weißt du«, sagte sie zwischendurch. »Weißt du, dass Arminius den Namen Hermann erst von einem Freund Martin Luthers bekommen hat.«

»Nein«, antwortete er und küsste sie erneut. »Aber ich finde das ausgesprochen erotisch.«

Ihre Linke glitt an seiner Taille tiefer. »Hermann ist keine Übersetzung von Arminius. Und selbst für diesen Namen gibt es nur Vermutungen, aber keine eindeutigen Belege.«

»Na schön, doch was ist daran noch wichtig? Wo ist der Skandal? Da schreibe ich doch lieber ›Landrat fällt sturzbesoffen dem Hermannsdenkmal aus der Nase‹ ...«

Ihre Hand hatte gerade die Innenseiten seiner Oberschenkel erreicht. Jetzt hielt sie in der Bewegung inne, richtete sich auf und sah ihn mit großen Augen im Mondlicht an.

»Ist das denn möglich?«

Er lachte trocken. »Heute nicht mehr, aber früher soll in der Nase unseres Helden eine Bank gestanden haben, von der gelegentlich mal ein liebeskranker Lipper abstürzte. Ich habe keine Ahnung, ob das stimmt, aber Legenden müssen ja nur gut und nicht immer wahr sein.‹

»Wem sagst du das!«

»Was ist los, Claudia?«, fragte er dann, ohne sie aus den Augen zu lassen. »Das war doch kein Zufall, als du mich angesprochen hast.«

»Natürlich nicht. Das sagte ich bereits.«

»Du wusstest genau, wer ich bin. Du hättest mich in Köln treffen können, aber du wolltest ein *Blind Date* genau dort, wo wir gestern waren. Warum, Claudia? Aber keine Märchen, bitte ... keine Legende ...«

Sie zögerte noch einen Moment, dann senkte sie ihren Abwehrschild ein wenig. »Na gut, ich hatte bereits deinen ersten Artikel in der Online-Ausgabe vom CENT gelesen und dann ein bisschen weiterrecherchiert. Demnach hast du deinen Doktor in Yale mit Recherchen über die gefälschten Urkunden von Karl dem Großen gemacht. Mir kam dabei der Gedanke, dass du auch einen Nerv für die Varus-Legende und die politische Propaganda im alten Rom haben müsstest. Außerdem dachte ich, dass du die *Sons* mal sehen solltest.«

Er lachte plötzlich. »Du bist schon einmalig«, sagte er.

»Wieso?«

»Weil ich noch nie zuvor nackt im Bett Geschichtsunterricht bekommen habe.«

»Zuvor oder danach?«, gab sie lachend zurück und schickte ihre Hand erneut auf Entdeckungsreise.

IV.

TIBUR

Nach seiner Amtszeit als Konsul vor fast zwanzig Jahren hatte Varus damit begonnen, den lange Zeit verwahrlosten Familiensitz in Tibur zu einem palastartigen Anwesen zu erweitern. Während der Jahre als Statthalter von Augustus in den Provinzen Africa und Asia war nur langsam weitergebaut worden. Das änderte sich erst, als er Statthalter in Syria und Beobachter von Herodes dem Großen geworden war. Inzwischen gehörte das ausgedehnte Anwesen auf den Hügeln westlich des Flüsschens Anio mit Blick auf die Wasserfälle zu den prächtigsten rund um Rom. Mit rund dreihundert Schritt Größe übertraf es spielend die meisten Villen auf dem Palatin.

Varus wusste sehr wohl, dass es in Rom viele Neider gab, die sein Anwesen mit dem Sommerpalast von Augustus auf Capri verglichen. Solange er den Senatoren und Patriziern in Rom mit seinem Reichtum das Licht nicht wegnahm, konnte er sich die Zeichen seines Erfolges jedoch leisten.

Bereits auf dem Weg nach Tibur freute er sich darauf, über seinen Besitz zu schreiten. Auch wenn ihn sein linker Fuß schmerzen würde, wollte er allein und mit sich selbst zufrieden wie ein freier Bauer den Boden unter sich fühlen, der ihm gehörte und sonst niemandem. Nicht einmal Claudia hatte bisher ein Anrecht darauf.

Und dann war es so weit. Zusammen mit einem Trupp von dreißig ausgewählten Legionären unter dem Kommando des Sugambrers Vennemar ritt er am späten Nachmittag vom Flusstal hinauf. Nur ein paar einfache Menschen standen mit Körben und Gerätschaften am Wegesrand. Als besonderen Luxus hatte Varus den Anstieg bis zu seinem Anwesen mit großen Steinplatten pflastern lassen. Erst jetzt, gefolgt von weiteren Pferden und den Wagen für den eigenen Tross, bemerkte er, wie laut er sich durch den Frieden des letzten Septembernachmittags bewegte. Die harten Steinplatten mochten von Vorteil für die Steinmetze und Maurer während der letzten Bauarbeiten gewesen sein – jetzt störten sie ihn ebenso wie der Verkehr in Rom. Er würde sie wieder entfernen lassen und dem Dorf für ein Stück Straße auf der andern Seite schenken. Durch diese großzügige Geste konnte er gleichzeitig die Wagen betuchter Nichtsnutze aus Rom auf der anderen Hügelseite halten, wo sie ihn nicht störten.

Nach ein paar kurzen Anordnungen verzogen sich die Männer in ihre Unterkünfte. Kräftige Landsklaven übernahmen die Tiere und Gepäckwagen. Andere, sauber gekleidete Haussklaven eilten heran und brachten Waschbecken, parfümiertes Brunnenwasser und ganze Stapel von Handtüchern. Die Männer um Varus teilten sich. Wer zu den Begleitern gehörte, kümmerte sich um Pferde, Wagen und Gepäck.

»Welch wunderbarer Platz!«, sagte Varus mehr zu sich selbst als zu den anderen und reckte sich schnuppernd nach allen Seiten, als suche er bereits den Duft von feuchtem Herbstlaub und Oktoberpilzen, von Wildschweinbraten und gewürztem Speck.

Er wusch sich die Hände in einem Becken, das auf einem ausgeklappten Dreibein aufgestellt worden war. Plötzlich entdeckte er die beiden jungen Gehilfen des Judäers Joseph. Sie hatten sich bisher zurückgehalten. Varus bemerkte, dass ihre schwarzen Locken gekürzt waren. Sie trugen bereits helle Tuniken und wussten, wie man einem Statthalter Handtücher reichte.

Er lächelte, als er sah, dass Seianus Wort gehalten hatte. Noch während der letzten Tage in Rom hatte er mit ihm und Joseph eine Art Unterpfand vereinbart. Als echte Geiseln waren Jeshua und Jochanan nicht so geeignet wie die Fürstensöhne von besiegten Völkern. Anders als diese boten sie nicht genügend Möglichkeiten für sanften Druck bei kommenden Verhandlungen. Trotzdem sollten sie in Tibur lernen, was in der erweiterten Familie eines römischen Adligen wichtig war. So lange jedenfalls, bis Augustus und der Senat über das Anliegen ihrer Delegation entschieden hatten.

»Sollen wir dir auch die Füße waschen?«, fragte er ältere der beiden

Jungen. Varus wusste für einen Augenblick nicht, ob ihn die Frage des halbwüchsigen Judäers beleidigen oder milde stimmen sollte.

»Wie kommst du darauf? Und was ist mit meinen Füßen?«

Erst jetzt bemerkten Jeshua und Jochanan, dass sie etwas falsch gemacht haben mussten. Dabei hatte nicht nur Joseph ihnen immer wieder eingetrichtert, wie sie sich verhalten sollten.

Sie starrten ihn mit ihren großen, dunklen Augen an, dann warfen sie sich gleichzeitig vor ihm auf den Boden und verbargen ihre Köpfe wie aus Angst vor Schlägen mit den Armen. Varus gelang es gerade noch, ihre Handtücher aufzufangen.

»Was soll das?«, rief er zu den Hausklaven hinüber.

»Es sind ganz Neue aus Judäa«, antwortete der *major domus* schuldbewusst. »Gerade erst angekommen. Ich kenne sie noch nicht und ...«

»Mein Fehler!«, unterbrach Vennemar und kam in voller Rüstung näher. »Ja, es war meine Idee. Ich dachte, es könnte dir gefallen.«

»Sie sollen aufstehen und verschwinden. Ich will sie nicht als Sklaven und nicht als Geiseln. Obwohl einer von ihnen sogar von altem königlichem Geblüt sein könnte ...«

»Das ändert sofort alles«, beeilte sich der *major domus* zu sagen. »Wir konnten bisher ja nicht wissen, dass sie vielleicht Enkel von König Herodes dem Großen ...«

Varus lachte verächtlich. »Nein, nicht von dem! Auf keinen Fall von dem!«

Er wunderte sich über sich selbst, nahm eines der Handtücher, tauchte es tief ins Wasserbecken und schlang es sich triefend nass um den Hals. Obwohl der Weg von Rom bis nach Tibur nur wenig länger gewesen war als eine Tagesstrecke, die eine Legion mit Sack und Pack auf einem ganz normalen Marsch zurückzulegen hatte, war Varus die Strecke wesentlich länger vorgekommen.

Er ging mit vom langen Ritt etwas steif und schwer gewordenen Beinen an den kunstvoll verzierten Fassaden seiner Villa entlang. Zufrieden und zugleich kritisch prüfend betrachtete er jede einzelne Statue. Sie waren eine würdige Kulisse für die Feste, die er feiern wollte, wenn die Zeit reif dafür war. Einige kleine Empfänge hatte er hier bereits gegeben. Jetzt kam die Zeit, in der er sich seinen eigenen Lorbeer winden wollte.

Er ging unter schattenspendenden Pinien entlang, bis sich ein Panorama öffnete, das jederzeit mit dem Blick vom Palatin mithalten konnte. Nach Südosten hin schmiegte sich die kleine Ortschaft Tibur an den Hang des Aniotals mit seinen kleinen, wie spielerisch verstreut wirkenden Wasserfällen.

Nach Westen hin war die Stadt Rom undeutlich schimmernd im Glast des Nachmittags zu erkennen. Direkt vor ihm senkten sich in einem flachen Bogen seine Weinberge. Sie wurden eingefasst von Feigenbüschen und Apfelbäumen, an denen noch die gelblich grünen, auf einer Seite rotgeflammten Früchte hingen. Alles war still um ihn herum. Nirgendwo Handwerker, keine Geräusche von der Straße oder den friedlich in der Ebene unter ihm liegenden Feldern. Kein Glöckchen war zu hören, und nicht einmal ein Hund bellte im Übergang von jener anderen Welt in sein verzaubertes Elysium. Auch aus den verschiedenen Gebäuden seines Anwesens drang kein Laut zu ihm.

Seltsam, dachte er plötzlich, genau das gleiche Gefühl der stillstehenden Zeit hatte er vor wenigen Tagen schon einmal gehabt. Der heiße Ball der Sonne stand wie das Feuer aus den Legenden der Judäer über der großen, sündigen Stadt Rom.

Varus dachte an den Geburtstag von Augustus. Eigentlich waren die Rituale immer die gleichen, auch wenn sie in diesem Jahr durch den abgebrochenen Großangriff auf die Markomannen und die Rettungsaktionen in Illyrien überschattet wurden. Natürlich durfte man die Ereignisse niemals nur von einer Seite sehen. Wenn es stimmte, was der Cherusker Arminius berichtet hatte, dann saß Tiberius auf unbestimmte Zeit an der Donau fest.

Er sah, wie Josephs Gesellen von Vennemar vor dem Haupthaus hin- und hergeführt wurden. Es waren die gleichen, zunächst unbeholfenen Schritte, die jeder neue Legionär lernen musste, ehe er Dolch und Pilum bekam.

Varus schüttelte den Kopf. Die beiden jungen Judäer konnten und sollten nicht in eine Legion eintreten – weder jetzt noch später. Er würde sie bei sich behalten, bis ihre Heimat auch nach Gesetz und Recht römisch geworden war. Das war ihm wichtiger als der Ruf von Tiberius, der Verrat eines Marbod oder der Applaus der Römer für günstige Badefreuden.

Claudia Pulchra kehrte erst eine Woche später von ihrem Ausflug in die Albaner Berge zurück. Gleich nachdem ein Bote gemeldet hatte, dass sie vor Sonnenuntergang bei ihm eintreffen würde, befahl Varus, in seinen Gemächern ein Bad anzurichten. Seine Haussklaven schienen bereits damit gerechnet zu haben.

Varus ließ sich im großzügigen Vorraum des *caldariums* auskleiden. Er ging barfuß über den angenehm kühlenden Mosaikboden. Wände und Fußböden in weiten Teilen der Anlage konnten beheizt werden. Die weiße, rechteckige Marmorwanne war so groß, das er gemeinsam mit Claudia bequem darin baden konnte. Er lächelte, als er daran dachte, und schickte die Sklaven durch ein Handwedeln fort.

»Kommt erst wieder, wenn die dritte Kugel gefallen ist.«

Für einen langen, genüsslichen Moment schloss er die Augen und atmete den herben Duft von Rosmarin, Minze und Cumin aus dem Orient ein.

Er hatte seine Baderäume so anlegen lassen, dass sie wahlweise durch Fenster mit Blick auf den Fluss und die Wasserfälle erhellt wurden oder durch beinahe durchsichtige Alabasterplatten in der hohen Decke. Jetzt war der Augenblick gekommen, an dem er all das auskosten wollte, was er nach vielen Jahren Strenge und Disziplin gegen sich und andere erreicht hatte: eine der größten und schönsten Villen in Rom und Umgebung, die aber nicht im Schatten des Augustus auf dem Palatin stand.

Zum ersten Mal in seinem Leben fühlte er sich vollkommen glücklich und zufrieden. Wenn jetzt auch noch Claudia eintraf, würde er endlich seine Familie neu erstehen lassen können.

Er blickte auf die zierlichen Skulpturen der Nymphen und Najaden vor den Wänden. Zugleich dachte er daran, wie viele Jahre vergangen waren, seit er als Erster aus seiner verfemten Familie wieder ein offizielles Amt erhalten hatte. Jahre voll Schande und Schmerz über den Niedergang seiner Familie. Männer seiner Generation waren noch in den Wirren der Republik und ihres Untergangs geboren. Ihre Familien waren während des zweiten Triumvirats von Octavian, Marcus Antonius und Lepidius von der politischen Bühne weggefegt und aus ihren Villen vertrieben worden. Erst als der Senat dem Sieger der letzten Machtkämpfe den Ehrentitel Augustus verlieh, hatte sich Octavian von einer ganz anderen Seite gezeigt.

Octavian hatte demonstrieren wollen, dass er sich tatsächlich wie ein »Vater des Vaterlandes« verhalten konnte. Mit hervorragender Planung kämpfte er kaum noch selbst, sondern ließ siegen, erobern und verwalten. Um jeden Verdacht zu vermeiden, er könnte sich eines Tages doch noch zum *dictator* aufschwingen, hatte er *homines novi* aus den alten Familien gefördert, aus deren Kreisen zuvor noch keine Senatoren gekommen waren.

Nur sehr wenige junge Männer aus den verfemten und vogelfrei gewordenen republikanischen Familien hatten ebenfalls die schützende Hand von Augustus gespürt. Varus hatte niemals vergessen, dass er einer der auserwählten oder auch begnadigten Söhne war. Schon deshalb hatte er sich früher manchmal gefragt, was ihn eigentlich unterschied von den Geiseln besiegter Völker – von edlen Barbaren und Fürstensöhnen, die in Rom Ritter, hohe Beamte und Offiziere werden durften.

Doch was kam jetzt? Er dachte daran, wie alt Augustus geworden war. Noch war Tiberius nicht reif für seine Nachfolge. Ihm fehlte der große Sieg als Feldherr und ein vom ganzen Volk bejubelter Triumphzug durch die Straßen von Rom. Die Hälfte aller Legionen saß in einem Berglabyrinth zwischen der mittleren Donau und der Adria fest. Unter diesen Umständen konnte es überall im Reich zu neuen Unruhen und Aufständen kommen. Für Augustus und Tiberius gab es keine andere Wahl als einen vollständigen Sieg in Pannonien und Dalmatien.

In gewisser Weise bedauerte Varus den traurigen Tiberius, der selbst zum Geburtstag seines göttlichen Adoptivvaters nicht persönlich erscheinen konnte, sondern stattdessen nur einen Ritter barbarischer Herkunft nach Rom geschickt hatte.

»Wir müssen abwarten, wie sich die Lage bei Tiberius entwickelt«, hatte Augustus bei einem dritten kurzen Treffen noch gesagt, als Varus ihm erzählte, wie sehr der Tempel von Herodes zum Mittelpunkt für das Volk Israel geworden war.

»Die Menschen brauchen mehr als ihre alten Altäre und Familiengötter in den Häusern«, hatte der Princeps halb nachdenklich und halb stolz gesagt. »Sie wollen Götter, Tempel und Plätze der gemeinsamen Verehrung. Genau deshalb sind Städte nördlich der Alpen nach mir benannt: kurz vor der Donau Augusta Vindelicorum, am Oberrhein Augusta Raurica, und an der Mosel trägt die Stadt Augusta Treverorum seit zwei Jahrzehnten meinen Ehrennamen. Vielleicht sollte ich auch an der Mündung der Flüsse Main und Lippe unsere Festungslager auszeichnen.«

»Das wäre sicherlich ein weiterer Beweis für die Größe Roms«, hatte Varus dem Princeps geantwortet, »aber nach meinen bisherigen Erfahrungen als Statthalter sind Gesetze und Legionen noch immer wirksamer als feierliche Stadtgründungen nach ewig gleichen Plänen.«

In den folgenden Wochen reiste Varus mehrmals nach Rom. Aber auch das missfiel ihm mehr und mehr. Er war kein Freund von lauten, schwankenden Reisewagen und ließ sich deshalb bei schlechterem Wetter lieber in einer Sänfte tragen. Für kurzfristige Besuche in der Stadt bevorzugte er den schnellen, wenn auch staubigen und erhitzenden Ritt. Er spürte, dass er unzufrieden, ungeduldig und verärgert über die umständlichen Verfahren in den Amtsstuben und im Senat wurde.

Aus irgendwelchen Gründen lahmte die Angelegenheit mit den Judäern. Es ging einfach nicht weiter mit der Anklage gegen Archelaos. Offensichtlich waren für Augustus andere Vorgänge wichtiger. Und dann sagte ihm der Princeps bei einem Spaziergang unter den Orangenbäumen auf dem Palatin beinahe beiläufig, dass er offizielle Boten nach Jerusalem und Sephoria geschickt hatte.

»Sie bringen Archelaos meinen Befehl, sofort nach Rom zu kommen. Ich habe ihn hier in Rom als Ethnarch von Judäa, Samaria und

Idumäa eingesetzt. Und hier will ich mir selbst ein Bild machen und ihn im Senat befragen. Ja, ich verstehe deine Ungeduld, mein lieber Varus, doch wenn wir allzu leichtfertig die Pfeiler unseres Imperiums umstürzen, könnte es sein, dass wir Rom unter diesen Trümmern ebenfalls begraben.«

»Die Menschen dort vertrauen mir. Sie wollen Römer werden.«

Augustus sah ihn sehr lange an. »Auch ich vertraue dir. Doch ich will nicht verschweigen, dass mir ein junger, ehrgeiziger *tribunus laticlarius* seltsame Dinge von deiner letzten Reise berichten wollte.«

Varus lachte abfällig. »Rufus Ceionius Commodus«, sagte er sofort. »Ich weiß, er strebt nach Auszeichnungen und mehr Anerkennung.«

»Du hältst nicht viel von ihm?«

»Um mich dazu zu äußern, kenne ich ihn zu wenig. Ich habe nur gehört, dass er mit Hilfe des Quartiermeisters vom Palast des Statthalters von Syria meine Privatsachen durchwühlt hat … mein Reisegepäck und das von Claudia Pulchra.«

Augustus hob verwundert die Brauen. »Zu welchem Zweck? Kannst du mir das genauer sagen?«

»Ich habe weder Commodus noch den *praefectus castrorum* selbst gesehen. Aber du kannst sie gern befragen lassen. Sie sind ja beide mit mir zusammen auf der *IUSTITIA* zurückgekommen.«

Augustus blickte über die Dächer Roms hinweg. »Ich habe sie bereits befragt«, sagte er schließlich. Varus starrte ihn ungläubig an.

»Aber erst, nachdem mich Livia Drusilla dazu gedrängt hat. Ich weiß nicht, über welche Winkelzüge und Vermittlung dieser Tribun Commodus bis zu ihr gelangt ist. Ich versichere dir, mir selbst sind derartige Intrigen mehr als zuwider, aber er hat behauptet, du hättest riesige Schätze aus der Provinz Syria geraubt. Mehr als ich selbst in Spanien oder der göttliche Julius Caesar in Gallien …«

Für eine Weile war nur das Zwitschern der Vögel in den Orangenbäumen und das ferne Geschrei von den Straßen unten in der Stadt zu hören.

»Er sagt die Wahrheit. Die Judäer haben mich zum Treuhänder eines unglaublichen Schatzes ernannt, den ich zurückgebe, sobald Palästina römisch geworden und unserer Provinz Syria angeschlossen ist. So lange bleibt der Schatz ein Unterpfand für die friedlichen Absichten der Judäer.«

Augustus lachte leise. »Du unverbesserlicher Anhänger der Republik lernst also langsam, wie man die Krallen einsetzt, wenn man gewinnen will. Spät, muss ich sagen, aber vielleicht nicht zu spät. Doch der Ruch des Reichtums lockt nicht nur Speichellecker und die Geier an. Du musst jetzt aufpassen, denn Neider sind gefährlicher als Feinde, die offen aufs Schlachtfeld treten.«

Sie wussten beide, an wen Augustus dachte.

Ende Oktober folgte Varus einer Einladung seines Schwagers Lucius Nonius Asprenas. Der füllige Senator, der im vergangenen Jahr Konsul gewesen war, veranstaltete ein kleines Fest für Freunde aus dem Magistrat und der Stadtverwaltung. Es sollte ein Dank dafür sein, dass seinem gleichnamigen Sohn das Kommando über zwei Legionen in Germanien übertragen worden waren. Ebenso wie viele andere wusste Varus sehr gut, warum der Konsul sich glücklich und erleichtert zeigte.

»Augustus hätte dieses schwache Bürschchen gleich in Verbannung schicken sollen und nicht nach Germanien«, flüsterte er Seianus zu. »Dagegen ist der Tribun Commodus noch ein Denkmal für Ehrenhaftigkeit. Wie viele Tote hat es wirklich bei der letzten Orgie von Asprenas dem Jüngeren gegeben?«

»Willst du die Wahrheit hören?«

Niemand innerhalb der Villa hatte bisher von den Opfern des fürchterlichen Gastmahls gesprochen. Offiziell hatte es sich bei dem Skandal kurz vor Varus' Abreise im Frühjahr um eine bedauerliche Lebensmittelvergiftung gehandelt. Doch nicht nur Sklaven und gewisse Damen, die das zügellose Gelage überlebt hatten, wussten mehr, sondern auch der Stadtpräfekt.

»Es waren ein paar Dutzend, die bestattet wurden, aber in Wahrheit hat der jüngere Asprenas mehr als hundert Menschen auf dem Gewissen. Nicht einmal die Reste der Rauschgetränke wurden ordentlich beseitigt.«

»Kein Mann also, auf den man sich verlassen sollte.«

»Nicht einmal Tiberius wollte ihn in Pannonien haben.«

Während der nächsten Stunde wurde Varus immer wieder nach den östlichen Provinzen und den Erlebnissen auf seiner Hochzeitsreise gefragt. Er antwortete freundlich, und irgendwann gerieten die Gespräche in der Villa wieder auf Tiberius und seinen Abgesandten Arminius.

»Sein Begleiter Paterculus ist bereits wieder nach Illyrien unterwegs«, meinte Asprenas in einer Gruppe jüngerer Senatoren.

»Halten wir uns einfach an den germanischen Ritter«, schlug einer von ihnen vor. »Oder sollten wir sagen ›ritterlichen Barbaren‹?«

Die Männer lachten, bis Arminius selbst auftauchte. Varus hatte inzwischen gehört, dass der gerade dreiundzwanzig Jahre alte Stabsoffizier von Tiberius zumindest bei den Damen der römischen Gesellschaft zum Liebling aufgestiegen war. Er gab sich höflich, gebildet und belesen. Nur auf bestimmte Fragen zu seiner Herkunft reagierte er zu stolz, ja, herablassend für das Empfinden der feinen römischen Gesellschaft. Bei den allabendlichen Zusammenkünften in den Villen von Senatoren und Patriziern wurde Arminius deshalb mehr nach der Lage in der Provinz Illyrien und den Kampfgebieten von Tiberius als nach seiner eigenen Vergangenheit und den Gebräuchen seines Volkes gefragt.

»Inzwischen müssen doch weit mehr als hunderttausend Mann unter Waffen zwischen dem adriatischen Meer und der Donau stehen«, setzte Lucius Nonius Asprenas das Gespräch fort.

»So viele Menschen und den ganzen Tross mitsamt Weibern und Kindern zu versorgen ist in umkämpften Gebieten ein kaum lösbares Problem«, gab Varus zu bedenken. »Auch wenn viele erfahrene Veteranen und andere Freiwillige wieder in die Legionen eingetreten sind, ist eine derartig große Streitmacht eher Nachteil als Vorteil.«

»Du selbst hast ja ähnliche Erfahrungen gemacht«, meine Seianus.

»Tiberius wird es schwer haben, selbst wenn ihm Augustus die Kampfkraft von zehn auf fünfzehn Legionen erhöhen sollte«, meinte Arminius, als Asprenas ihn näher winkte. Er hatte bisher in respektvollem Abstand zugehört, ohne sich einzumischen.

»Worin liegt des Problem?«, fragte Asprenas.

»Ich habe niemals drei oder vier Legionen an einen Platz geführt«, sagte Varus. »In bestimmten Gegenden würden sie sich wie Schafe unter Wölfen gegenseitig behindern. In flachem Gelände oder auf Schlachtfeldern wie in Philippi mögen die klassischen Formationen siegreich sein, nicht aber, wenn sich durch Schluchten und Täler, Flüsse und Wälder schon die *milites* einer kleinen Zenturie gegenseitig auf die Füße treten. Hinzu kommt noch, dass die verschiedenen Verbände nicht aufeinander eingespielt sind.«

»Dem kann ich nur zustimmen«, sagte Arminius höflich. »Ich habe diese Taktik des zerstreuten Gefechts mehr als einmal miterlebt. Es ist, als hätten alle Angreifer Tarnkappen. Man sieht sie einfach nicht mehr, sobald sie sich hinter Felsen oder im Gebüsch versteckt halten.«

»Das sage ich schon lange«, brummelte einer der Senatoren, der mit geschlossenen Augen dagesessen und bisher noch kein Wort gesagt hatte. »Nichts von dem, was unsere Soldaten über Kampf und Schlachtordnungen gelernt haben, gilt dann noch.«

»Bisher gelang es uns, größere Ortschaften wie Sirmium oder Siscia gegen die Aufständischen zu schützen«, wandte Arminius diplomatisch ein. »Aber in den Flussniederungen und Wäldern können jederzeit Angreifer aus dem schützenden Dickicht auftauchen. Selbst unsere Kurzschwerter sind dann ungeeigneter als lange Messer und Dolche.«

»Aber das ist doch kein ehrlicher Kampf!«, empörte sich ein älterer, vollkommen kahlköpfiger Senator. »Barbarisch, wenn Rom sich auf ein derart niedriges Niveau begeben muss!«

Varus lachte abfällig. »Barbarisch? Danach fragen Anführer von wilden Völkerstämmen nicht«, warf er ein. »Ich sage das aus der Erfahrung und nach vielen schmerzlichen Zwischenfällen in Judäa. Der Widerstand in unseren Provinzen ist etwas anderes als der Bürgerkrieg hier in Rom in den letzten Jahren der Republik. Natürlich gibt es überall Aufständische, Dummköpfe und *plebs* im Gefolge von Demagogen. Derartige Revolten in Städten kann man notfalls mit ein paar scharfen Hirtenhunden auseinandertreiben. Weitaus gefährlicher sind Rebellen, die ganz genau wissen, wo sie uns schmerzen können.

Männer, die vielleicht schon als Kämpfer in unseren Auxiliareinheiten gekämpft haben, die ganz genau wissen, was jeder einzelne Legionär zu jeder Tageszeit und an welcher Stelle eines Marsches zu tun hat. Rebellen, die sich wie Zecken verborgen halten, bis sie aufspringen, Verbündete in den eigenen Reihen wecken und überall von den Flanken aus vordringen. Unfassbar und unangreifbar. Habt ihr schon einmal versucht, ein einziges Quecksilberkügelchen zu greifen? Es geht einfach nicht!«

»Sie teilen sich, wenn man sie fassen will, und vereinigen sich wieder, sobald man denkt, dass sie sich nach allen Seiten entfernt haben«, antworte Arminius als Einziger.

Varus verzog die Mundwinkel zu einem feinen Lächeln. Der Mann gefiel ihm.

»Ich sehe, wir verstehen uns«, sagte er. »Sie sind wie Fische in einem Teich. Jeder Einheimische und jedes Kind kennt sie – weiß, was sie beabsichtigen. Sie werden unterstützt, verpflegt, versteckt und, wenn es sein muss, auch verleugnet. Diese Verbände von Rebellen und sogenannten Freiheitskämpfern habe ich in Judäa ebenso gefürchtet wie schon Julius Caesar in Gallien. Wenn sie ohne Geschrei zwischen der Vorhut und der Nachhut auftauchen, können sie mit ein paar Wildentschlossenen eine hundertfach stärkere Legion beinahe lautlos in Einzelteile zerschlagen, ohne dass der Stab mit den Prätorianern in der Mitte und die Tribunen dazwischen etwas davon bemerken.«

»Diese Art von kleinem Krieg macht den römischen Truppen sehr zu schaffen«, bestätigte Arminius. »Der Dalmatiner Bato ist damit sehr erfolgreich gegen Marcus Valerius Messalla, den Statthalter von Pannonien.«

»Du bist ein guter Beobachter und ein kluger Offizier«, stellte Varus fest. »Es wäre mir ein Vergnügen, noch einige Schalen Wein mit einem Germanen wie dir zu leeren.«

»Mit einem Römer!«, korrigierte der andere stolz. »Ich bin ein Bürger Roms und geadelter Ritter.«

»Den ich gern in meine Villa nach Tibur einladen möchte«, sagte Varus lächelnd. »Gibt es irgendetwas, das dir besonders gut gefallen würde?«

Der gebürtige Cherusker schürzte die Lippen, dachte kurz nach, dann nickte er. »Ich würde gern etwas von König Herodes dem Großen hören ... und von jenem anderen König, der den Judäern prophezeit wurde ...«

Mit allen möglichen Wünschen des jungen Ritters hätte Varus gerechnet, aber nicht damit. Für einen Moment wollte er den jungen Germanen nach dem Grund für seinen eigenartigen Wunsch fragen, dann aber sagte er nur: »Ach, du hast von den Abgesandten gehört, die mit meinem Schiff kamen?«

»Ja«, antworte Arminius. »Das auch. Aber ich habe mich bereits früher mit den verschiedenen Völkern und Stämmen im Imperium Romanum beschäftigt. Einige davon sind ungewöhnlich interessant.«

»Welche zum Beispiel?«

»Die Ägypter«, antwortete Arminius sofort. »Und die griechischen Ptolemäer mit der tragischen Geschichte von Marcus Antonius und Königin Kleopatra.«

»Das solltest du in Rom nicht allzu laut sagen«, meinte Varus lächelnd. »Augustus könnte sich verstimmt zeigen, wenn er davon hört.«

»Oh ... ich vergaß«, sagte Arminius sofort. »Dann also lieber die Hellenen. Bei ihnen interessieren mich die Gottheiten um Zeus. Bei einem unserer Nachbarvölker heißt nämlich der oberste Gott Tiuz. Das klingt sehr ähnlich.«

Varus entging nicht, wie schnell und wie geschickt der junge Mann beim ersten Anzeichen von Gefahr die Zügel herumgerissen und die Pferde gewechselt hatte.

»Dann die Parther und wie gesagt die Judäer. Du warst mehrmals Statthalter, und ich möchte lernen, wie Könige im Auftrag Roms mit ihrem Volk umgehen.«

»Wie sie es nicht tun dürfen, wirst du noch vor der Wintersonnenwende erleben. Wenn es dich interessiert, nehme ich dich als meinen Begleiter in den Senat mit, sobald es dort zur Anklage gegen Archelaos kommt.«

Varus blieb über Nacht in Rom. Als er am nächsten Nachmittag wieder auf dem Land eintraf, wartete Claudia vor der Villa auf ihn.

»Ich werde in der nächsten Zeit öfter in Tibur bleiben«, sagte sie, als er etwas steif vom Pferd stieg. Erschöpft und staubig, starrte er sie an. Sie hob vergnügt die Brauen, lächelte und fiel ihm um den Hals. Dann führte sie seine rechte Hand auf ihren Bauch. Varus verstand sofort. Auf diese Eröffnung hatte er längst gewartet.

Seine vorausschauende, fast schon prophetische Art hatte sich in den vergangenen Jahren immer dann als erfolgreich erwiesen, wenn er nicht viele Worte um seine Pläne und Gedanken machte. Doch diesmal dankte er nicht nur sich selbst, sondern auch Claudia und den Göttern.

Der große Tag der Delegation aus Judäa und Samaria begann mit Sturm und Regen. Zwei Wochen vor der längsten Nacht des Jahres und dem Fest für den unbesiegbaren Sonnengott war das nicht ungewöhnlich für die Stadt und die Region Latium.

Archelaos, der unbeliebteste Herodessohn, war drei Tage zuvor mit einem kleinen schnellen Segler in Ostia eingetroffen. Er wohnte mit seinen Leibsklaven und Beratern in einem Gästehaus auf dem Quirinal. Schon das war ein wichtiger Hinweis darauf, wie seine Anhörung von Augustus bewertet wurde.

Die Versammlung im Tempel des Apollo begann ebenso wie jene vor genau zehn Jahren mit dem Einzug der judäischen Delegation. Sie wurden von riesigen, starr geradeaus blickenden Germanen aus der Prätorianergarde bewacht.

»Lauter Goliaths«, flüsterte Jochanan Jeshua zu.

»Dann müssen sie uns keine Angst machen«, antwortete der Jüngere und grinste verstohlen. »Wir sind von Davids Stamm.«

Er spürte schmerzhaft den Knuff, den Joseph ihm und Jochanan gab. Während die Erwachsenen neue graue oder braune bodenlange Gewänder und Tücher um Kopf und Schulter trugen, hatten die beiden Jungen weiße Tuniken aus grobem Leinenstoff und Sandalen an.

Keinem der fünfzig Abgesandten eines ganzen Volkes wurde ein Sitzplatz angeboten. Nach den Judäern und Samariern geleiteten Liktoren zuerst die jüngeren und dann die gelangweilt wirkenden älteren Senatoren in die große Tempelhalle. Nachdem sie sich sehr vorsichtig gesetzt hatten, schliefen die meisten sofort ein.

180

Nur in der ersten Reihe, in der die Sessel Lehnen hatten, saßen diesmal rechts und links von Varus und Seianus rechtskundige Senatoren und einige andere, die gehört hatten, dass es vielleicht etwas zu verteilen gab.

Als Letzter erschien Augustus in seinem Haustempel. Seit seinem Geburtstag hatte er sein Haus auf dem Palatin nicht mehr verlassen. Manche der Anwesenden erschraken jetzt über die Gebrechlichkeit des Princeps.

Gut eine halbe Stunde verging mit einem kleinen Rauchopfer der Apollopriester, gefolgt von den üblichen Eröffnungsreden, Lobpreisungen und allgemeinen Klagen in alle Himmelsrichtungen. Augustus kommentierte die Auftritte der Senatoren mit keinem Wort. Er wirkte auch nicht ungeduldig, als er schließlich die Hand hob und auf die Gruppe der regungslos wartenden Judäer und Samarier deutete.

»Fall Archelaos«, sagte er mit halblauter, etwas heiserer Stimme, »Ethnarch von Judäa, Idumäa und Samaria. Er ist von mir bereits zum zweiten Mal vorgeladen. Ist er anwesend?«

Ein schwergewichtiger Mann zwischen zwei Wachen richtete sich mühsam auf. Er hob seine dicken Finger, brachte aber kein Wort hervor. Noch ehe er doch etwas sagen konnte, trat ein anderer Mann vor ihn.

»Was soll das?«, fragte Augustus ungehalten. Zur allgemeinen Verwirrung benahm sich der kostbar gekleidete, penetrant lächelnde Judäer wie ein Adliger.

»Ich heiße ebenfalls Archelaos – oder wie ich mich als römischer Bürger nennen darf – *notarius* Archelaus in der hier üblichen Schreibweise. Wenn ihr erlaubt, spreche ich hier für meinen Mandanten und die Familie der königlichen Hasmonäer.«

Varus wollte bereits widersprechen, aber Augustus blickte ihn an, dann hob er die Schultern und ließ die kleine Änderung des Verfahrens zu. »Wer spricht diesmal gegen ihn?«

Joseph trat vor. Er wusste, wie peinlich genau gewisse Abläufe eingehalten werden mussten. Der Tekton sank auf die Knie und beugte sein Haupt.

»Ich bin gewählt, hier zu sprechen, erhabener Augustus.«

»Name?«

»Joseph von Bethlehem aus dem Stamm König Davids von Israel, dreiundvierzig Jahre alt, von Beruf Baumeister an verschiedenen Tempeln, Aquädukten und römischen Amphitheatern, verheiratet …«

Der Princeps hob erneut die Hand.

»Ich denke, wir alle kennen die nötigen Einzelheiten dieses etwas ungewöhnlichen Vorgangs. Deshalb direkt zu den Fakten. Trifft es zu, dass ihr allen Ernstes von mir erbittet, euren Herrscher Archelaos abzulösen?«

Für einen langen Augenblick war nur das leise Schnarchen einiger greiser Senatoren zu hören. Dann hob Joseph den Kopf, kam wieder auf die Beine, strich sein Gewand glatt und richtete sich auf.

»Ja, das trifft zu, Imperator.«

Augustus zog die Augen ein klein wenig zusammen. Vollkommen unbewegt blickte er auf den Sprecher der Delegation.

»Und wir meinen beide den von mir und meinem damaligen Statthalter Quinctilius Varus ernannten Ethnarchen namens Herodes Archelaos? Einen der drei überlebenden Söhne, Erben und testamentarisch gewünschten Nachfolger des vor zehn Jahren verstorbenen Königs Herodes des Großen und seiner Ehefrau Malthake?«

»Ja, ebendiesen meinen wir beide, Imperator.«

Augustus drehte sich langsam zu Varus an seiner linken Seite.

»Hast du das ebenfalls gehört, Varus? Dieser Mann verlangt vor den Edelsten des Imperiums, vor mir und dem Senat von Rom, dass du und ich einen Fehler eingestehen. Ein falsche Ernennung. Die Erhebung eines Unwürdigen. Und die Aufhebung unseres ersten Urteils, für das wir Archelaos vor zehn Jahren schon einmal hierher befohlen hatten. Hast du das auch so verstanden?«

»Es mag heute so aussehen«, sagte Varus klar und deutlich. »Doch die Judäer und Samarier kritisieren keineswegs unseren damaligen Entschluss, den neunzehnjährigen Sohn des verstorbenen Königs zu seinem Nachfolger in einem Teilgebiet Israels zu ihrem Herrscher zu erklären.«

»Wie soll ich das verstehen?«

»Nun, wie wir alle wissen, hat der verstorbene Herodes in seinen letzten Jahren bei sehr vielen Menschen den Wunsch nach seinem Tod geweckt, sogar bei seinen eigenen Söhnen.«

»Von denen er einen noch fünf Tage vor seinem Tod hinrichten ließ.«

Varus hob den linken Arm mit den Falten seiner Toga und stand auf. Er blickte einmal über das gesamte Rund, sichtete hier einen Augenkontakt und registrierte dort herabgezogene Mundwinkel. Dann sagte er für alle gut verständlich: »Ich habe an der Verhandlung teilgenommen. Und es trifft zu, dass niemand geweint hat, als der von uns mit allen Knuten für die Misshandlung seines Volkes ausgestattete und jahrzehntelang gehätschelte König Herodes endlich tot war.«

Augustus blickte zu Joseph. »Dann wiederhole mir öffentlich die Gründe für eure Klage.«

In diesem Augenblick trat der Mann, der die Anliegen des judäischen Ethnarchen in Rom vertrat, einen Schritt vor. »Ich möchte, wenn Ihr, Erhabener, es erlaubt, etwas anmerken, ehe ihr über meinen König richtet …«

Sämtliche Blicke wandten sich dem Interessenverwalter der hasmonäischen Herrscherfamilie in Rom zu.

»Archelaos ist kein König«, krächzte einer der alten Senatoren, ohne den Kopf zu heben oder seine Augen zu öffnen. »Er ist Ethnarch … ach was, auch nur ein Tetrarch … und damit bestenfalls ein Herrscher über ein Viertel des gesamten Volkes.«

»Also nämlicher Archelaos hier neben mir hatte einen Traum«, fuhr der *notarius* mit einem falschen Lächeln fort. »Ihm träumte, dass zehn volle, reife Ähren auf dem Feld von Ochsen abgefressen würden. Als er erwachte, ließ er sofort die besten Traumdeuter kommen. Doch die Experten waren sich nicht einig. Deshalb holte man Simon, einen der Essener vom toten Salzmeer, denn diese Männer leben vom Glanz des Wortes und nicht von dem des Geldes.«

»Mach's kürzer!«, rief ein anderer Senator. »Ich habe Gäste heute Abend.«

»Der Essener Simon erklärte Archelaos, die zehn goldenen Ähren bedeuteten die zehn Jahre seiner Herrschaft, die Ochsen die von harter Arbeit Geplagten, die ihr Elend nicht mehr ertragen könnten. Zugleich, so sagte der Schriftkundige, sei das Traumbild der Ochsen das Zeichen für eine große Veränderung.«

Der Princeps lachte anerkennend, dann fragte er: »Das also hat der Ethnarch so rechtzeitig geträumt, dass wir an seine Einsicht glauben sollen?«

Archelaos antwortete nicht. Auch sein herablassendes Grinsen erstarb, als er den Kopf senkte. Augustus wurde noch verstimmter. Dann deutete er auf Joseph.

»Bring eure Klagen noch einmal vor!«

»Wir weinen darüber, dass Archelaos die Ehre und Würde seines Amts als schlechter, betrügerischer Pächter verwaltet«, rief Joseph feierlich wie ein Hoher Priester in den Saal. »Wir leiden seit zehn Jahren unter ständiger Misswirtschaft. Die Menschen verhungern, Ziegen, Schafe und Kühe geben keine Milch mehr. Wasserleitungen sind undicht, und die Saat auf den Feldern geht nicht mehr auf, so hart und ausgetrocknet ist der Boden.«

»Das ist die eine Seite«, sagte Augustus. »Jetzt soll der Beschuldigte antworten!«

In diesem Augenblick entschied sich der Interessenverwalter des Herodessohns zu einem unerwarteten Schritt.

»Wir geben alles zu«, rief er weinerlich. »Misswirtschaft ebenso wie Unterdrückung und Ausbeutung des Volkes von Judäa, Idumäa und Samaria. Aber wir bitten zugleich um die Schonung seines Lebens ...«

Keiner der Senatoren schlief mehr. Viele hielten sogar den Atem an. Sie alle spürten, das hier etwas so Ungewöhnliches geschah wie schon seit Catos Zeiten nicht mehr.

»Bringt sie fort«, stieß Augustus angewidert hervor. »Ich will derartige Verräter nicht mehr sehen. Für seine Untaten und die Beleidigung Roms konfisziere ich hiermit seinen gesamten Besitz. Er soll meinem eigenen Schatz zugeführt werden. Das Gebiet aber, in dem er zehn Jahre lang so schlecht herrschte, soll als römische Provinz unter meine eigene Verwaltung fallen.«

»Rom schütze Jerusalem«, sagte Joseph von Bethlehem klar und deutlich. »Und Gott, der Allmächtige, schütze Augustus.«

»An sich wäre das eine Aufgabe für dich«, sagte der Princeps, indem er sich an Varus wandte. »Du kennst das Land und auch die Leute. Und es gibt einige gute Gründe, dich erneut nach Jerusalem zu entsenden.«

Varus lächelte kaum merklich. Auch Joseph und die anderen Männer der Delegation schienen kaum zu fassen, wie einfach schließlich die Ablösung ihres furchtbaren Tyrannen gewesen war. Sie neigten die Köpfe als Zeichen ihrer Zustimmung.

»Aber ich habe andere große Aufgaben für dich vorgesehen, Publius Quinctilius Varus. Deshalb soll Sabinus so lange den Übergang der neuen Länder in eine Provinz vorbereiten, bis ich mich im Senat beraten habe und einen Statthalter ernenne. Doch ab sofort dürfen im großen Tempel von Herodes in Jerusalem täglich zwei Lämmer für mich geopfert werden.«

Das war das Schlusswort von Augustus. Er wollte sich bereits erheben, als Varus doch noch eine Frage stellte: »Was wird mit dem Ethnarchen?«

Augustus schob die Unterlippe vor. Er blickte abwechselnd auf Varus und Seianus. »Lugdunum«, sagte er dann. »Jede denkbare Todesart wäre nicht genug für ihn. Er wird daher den Rest seines jämmerlichen Lebens rechtlos und als Verbannter in der Hauptstadt Galliens zubringen. Außerdem denke ich, dass du, lieber Varus, mehr Freude als der Verbannte an Lugdunum und der Provinz *Gallia comata* haben könntest.«

Varus blickte Augustus lange in die Augen. Dann warf er einen Blick zu Joseph. Der Tekton blickte zur Decke des großen Saales und höher. In diesem Augenblick war Varus der einzige Mensch im Tempel des Apollo, der verstand, was der Judäer damit sagen wollte.

»Dann möchte ich, dass mich der Judäer Joseph an den Rhodanus begleitet«, sagte Varus. Er nickte auch den Schreibern zu. Sie machten sich sofort Notizen auf ihren kleinen Wachstäfelchen. »Die anderen Männer aus der Delegation sollen von mir aus zurückfahren. Stattdessen möchte ich die Fähigsten jener in Rom lebenden Judäer mitnehmen, die nach den Aufständen in meiner Amtszeit als Sklaven hierherkamen. Und bis zu meinem Aufbruch sollen seine jungen Gehilfen weiterhin auf meinen Anwesen in Tibur lernen, was Söhne von fremden Königen und Fürsten über uns wissen müssen.«

Seianus hüstelte neben ihm. »Sie sind weder Sklaven noch Geiseln.«

»Sie sind Judäer«, unterbrach Varus sofort. »Zweitausend von ihren Aufrührern habe ich kreuzigen lassen. Die Ältesten der Delegation können ihren Schmerz und ihren Hass gegen mich und Rom verbergen.«

»Sie haben Schriftgelehrte, die beurteilen, was damals und auch heute geschah.«

»Ja, aber die beiden Jungen … Halbwüchsige wie diese sind überall gefährlich, weil ihr Blut noch hell und wild ist und sie sich für unsterblich halten. Sie könnten mit geballter Faust herumlaufen, weil wir für sie nur die Besatzer, gehasste Unterdrücker sind. Und Feinde ihres Gottes und ihres Traumes von einer besseren Welt. Ich muss ihnen beibringen, dass Rom Frieden will.«

Die wilden, rauschenden Feiern für *Sol invictus* waren längst vorbei, aber erst zwei Monate später kam wieder Bewegung in die Neuordnung des Reiches. Während der Schlechtwettertage war Varus größtenteils in der angenehmen Wärme seiner großen Villa geblieben. Claudias Schwangerschaft war inzwischen deutlich zu sehen. Sie freute sich auf ihr erstes Kind und schaffte es sogar, ihren mehr als doppelt so alten Ehemann für Spielsachen zu interessieren.

»Hoffentlich musst du nicht weg, ehe unser Sohn geboren wird.«

»Und du bist sicher, dass wir einen Sohn bekommen?«

»Ja, Frauen spüren das«, sagte sie und streckte die Hand nach ihm aus. »Ich möchte, dass er ebenfalls deinen Namen trägt.«

Ende Februar, buchstäblich am letzten Tag des Jahres, als die Sonne längst wieder klar und unangefochten ihren täglichen Siegesweg über den Himmel genommen hatte, schenkte Claudia Pulchra, etwas früher als gedacht, ihrem ersten Sohn das Leben. Am Tag zuvor hatte noch nichts auf die etwas zu frühe Geburt hingedeutet. Auch Claudia war der Meinung gewesen, dass ihr Mann unbesorgt dem Ruf Augustus' nach Rom folgen konnte. Sogar ein schneller Bote hätte ihn nicht mehr rechtzeitig aus der Stadt zurückholen können.

Es war bereits später Nachmittag, als Varus schließlich wieder bei den mit hellem, frischem Grün gesäumten Wasserfällen der Sabiner Berge eintraf. Ihr stetes, gleichmäßiges Rauschen klang ganz anders als das unterbrochene Brausen in der großen Stadt.

Claudia erwartete ihren Gemahl im Säulenschatten des großen Atriums. Varus spürte schon beim Betreten seiner Villa, das sich etwas verändert hatte. Jene Bediensteten, die er tagelang nicht einmal wahrnahm, benahmen sich so deutlich vorsichtig, dass ihre Unauffälligkeit ihm nicht entgehen konnte.

Und dann sah er sie, schöner als je zuvor, ein wenig matt vielleicht, doch wunderbar frisiert und mit einem Hauch von aprikosenfarbenem Puder auf den Wangen und leichter Glanzcreme in der gleichen Tönung auf den Lippen.

»Ich grüße dich mit großer Freude!«, sagte er ernsthaft und stolz.

»Ich grüße dich mit ebensolcher Freude«, gab sie zurück und lächelte sehr innig. »Komm, setz dich zu mir, mein Gemahl.«

»Er hat sein Licht auf mich gerichtet«, verkündete Varus. Er setzte sich neben die Liege, auf der sie sich in Kissen ausgestreckt hatte. Irgendetwas war ganz anders als sonst, doch er bemerkte es nicht.

»Er ist gesund«, sagte sie lächelnd.

»Gesund und voller Hoffnung auf seinen Vater Publius Quintilius Varus.«

Ein Schatten huschte über ihr Gesicht, der Schatten eines kleines Vogels nur, der von einem Dach des Anwesens zu einem anderen flog.

»Ich meine ebenfalls Publius Quinctilius Varus … aber den jüngeren …«

Für einen langen Augenblick starrte Varus bewegungslos auf seine junge Ehefrau. Dann erst bemerkte er die Veränderung an ihr. Er stöhnte auf. Zum ersten Mal, seit sie ihn kannte, bemerkte sie, wie flammende Schamröte über sein Gesicht schoss.

»Oh, meine über alles geliebte Claudia«, stieß er atemlos hervor. Er musste sich räuspern, ehe er weitersprechen konnte. »Ich habe nur an mich gedacht, war voll von Plänen, Möglichkeiten und Gefahren, seit mich der Princeps zum neuen Statthalter von *Gallia comata* ernannt hat.« Er stockte, hob ihre Hände an die Lippen und küsste sie wieder und wieder.

»Und ich habe nicht gewartet, um dir Gelegenheit zu geben, mich richtig anzusehen«, sagte sie ebenfalls entschuldigend. Er schüttelte den Kopf.

»Wo ist er, geht es ihm gut, wie ich erhoffe? Wie hast du selbst die Geburt überstanden?«

»Es geht mir gut, und ich bin müde, aber glücklich.«

»Kann ich ihn sehen?«

»Ich lasse ihn sofort bringen.« Sie hob die Hand, und aus dem Hintergrund traten zwei pausbäckige Ammen mit einer Wiege hervor. »Zuvor musst du mir ganz schnell sagen, was Augustus gesagt hat.«

»Später«, wehrte Varus unruhig ab. »Jetzt nur so viel: Ich soll Saturninus ablösen. Er war bereits in Syria mein Vorgänger. Ich werde wie er auch für die Provinz *Germania in occupatio* die Verantwortung zu tragen haben.«

»Was bedeutet das … *Germania in occupatio*?«

Er lachte abgelenkt.

»Wahrscheinlich ganz genau das, was es ist … in Rom und unseren Akten bereits eine Provinz, aber in Wahrheit immer noch ein besetztes Land.«

Die beiden Ammen kamen mit dem Neugeborenen, sie wickelten das winzige Bündel aus. Vollkommen nackt legten sie den Säugling auf ein Kissen am Boden. Dies war der wichtigste Augenblick in Varus' ganzem Leben. Er beugte sich nach vorn, streckte die Finger aus und streichelte dem Säugling über beide Füße. Mit seinen Daumen und Zeigefingern fühlte Varus den kaum wahrnehmbaren Unterschied der weichen Fußknöchelchen. Für einen langen Atemzug schloss er die Augen. Dann zog ein Lächeln über sein Gesicht.

»Ja, dieses Kind erkenne ich an als meinen eigenen Sohn!«

Jubel und Beifall erfüllte die umliegenden Räume. Viele hatten die Zeremonie angespannt beobachtet. Varus nahm das winzige Bündel vom Boden hoch. Damit erfüllte er die rituelle Anerkennung seines Sohnes nach den Gesetzen Roms.

Zwei Wochen vor Varus' Aufbruch legte ein großes Kriegsschiff im Hafen von Ostia ab. Darauf befanden sich mehr als hundert Sklaven und Handwerker aus allen südlichen und östlichen Grenzregionen Roms – Syrer und Griechen ebenso wie Ägypter. Sie alle hatten besondere Fähigkeiten und Erfahrungen im Schiffbau und bei der Berechnung von Thermen und Heizungsanlagen für Wände und Fußböden von römischen Villen. Die meisten der Männer und Frauen trugen keine Fesseln. Nur einige Judäer, die nach den früheren Strafaktionen von Varus in Italien überlebt hatten, trugen noch immer die Kette mit einer Bronzescheibe um den Hals, die sie als Fluchtwillige kennzeichnete.

Einige dieser Judäer hatten am großen Tempel des Herodes mitgebaut. Sie gehörten zu den Priestern, die für die Erstellung des Heiligsten zu Bauleuten ausgebildet worden waren. Sie waren zu Rebellen geworden, als sich Varus' Finanzverwalter Sabinus an ihrem Tempelschatz vergriffen hatte. Jetzt reisten diese Männer demselben Varus, der zweitausend andere ins Kreuz binden ließ, in seine neue, kältere Provinz voraus.

Das Schiff der Handwerker und Sklaven lud seine Menschenfracht in der Stadt Arelate am Fluss Rhodanus auf kleine Schiffe um und kehrte, durch den Mistralwind beschleunigt, nach Ostia zurück. Sofort, nachdem Varus die Meldung vom sicheren Übergang der Judäer auf Fluss-Liburnen der römischen Flotte auf dem Rhodanus erhalten hatte, brach er selbst zu seiner neuen Mission auf.

Die Iden des März genau dreiunddreißig Jahre nach der Erhebung Octavians zum Augustus waren bereits vorbei, als der Tag des Abschieds für Varus, seine junge Ehefrau und seinen gesunden Stammhalter kam. Sie hatten vereinbart, dass Claudia und der kleine Varus bis nach der sommerlichen Hitze in Tibur bleiben und erst dann folgen sollten. Antonia würde nach ihnen sehen und falls erforderlich auch Seianus, Konsul Asprenas und die Freundinnen in Rom.

»Wann du mir folgen kannst, hängt natürlich auch von der Lage in Gallien und am Rhein ab«, sagte er. »Und von eurer Gesundheit.«

»Würdest du kommen, wenn wir nicht reisen können?«, fragte sie dennoch. »Aus welchem Grund auch immer…«

Er schloss sie herzlich in die Arme.

»Auf jeden Fall. Ich werde zusehen, dass ich noch vor dem Winter wieder in Rom sein kann, um Augustus zu berichten. Denn danach würde selbst ein *cursus publicus* als Eilbote drei Wochen über die Alpenpässe brauchen. Und für Karren und Saumtiere mit Gepäck müssten wir vier Wochen rechnen. In Übereinstimmung mit Augustus habe ich daher einen Umweg über den Fluss Rhodanus beschlossen. Ich werde den bisherigen Ethnarchen von Judäa, Samaria und Idumäa bis zum Ort seiner Verbannung begleiten.«

»Und der liegt nicht in Gallien?«

»Er liegt an der Grenze zwischen *Gallia narbonensis* und *Gallia lugdunensis*.«

Claudia blieb weiterhin besorgt. »Ich habe gehört, dass es in Lugdunum sehr hässlich werden kann, wenn die kalten Nordwinde des Mistrals durch das Tal des Rhodanus fegen. Sei vorsichtig, mein Geliebter.«

Er küsste Claudia und seinen Sohn, der ihm sogar zuzublinzeln schien. Langsam, sehr langsam ritt er noch einmal an seinem eindrucksvollen Anwesen entlang. Er trank den Duft der reifen Pflaumen, Pfirsiche und Äpfel, beugte sich vom Pferd herab über die verschwenderische Blütenpracht der Hibiskusbüsche und bewunderte die Stockrosen, von denen einige bis an die steinernen Fensterrahmen der oberen Etage reichten.

»Pass auf dich und unseren kleinen Varus auf«, rief er noch einmal vom großen schmiedeeisernen Doppeltor her.

»Schreib mir«, gab Claudia zurück. Sie hob den Säugling hoch – so lange, bis weder sie noch jemand der vielen versammelten Bediensteten und Sklaven das Oberhaupt der Familie und demnächst auch der Provinz Gallien sehen konnten.

»Nehmt ihn«, sagte Claudia einer der Ammen und legte ihr das Kind in den Arm. Sie konnte ihre Tränen nicht länger unterdrücken. Hatte sie nicht gewusst, wen sie heiratete? War dafür auch nur ein Gedanke an Liebe oder andere Empfindungen erforderlich gewesen? Sie war die Großnichte des größten, mächtigsten und reichsten Mannes der Welt gewesen, ihr Gatte aber weder ein Julier noch Claudier –

nur ein perfekt geformter Stützpfeiler in der strengen Hierarchie des Imperium Romanum. Nein, er war nicht perfekt gewesen, jedenfalls nicht, als sie ihn kennenlernte.

»Denk nicht an meine Schwestern«, hatte er ihr am Anfang gesagt. »Sie haben es besser getroffen als ich, denn über mich hält keine Familie, sondern nur Augustus die Hand. Wenn er nicht mehr ist...«

»Du hast um mich angehalten, nicht deine Familie«, hatte sie geantwortet.

»Ja, aber du sollst wissen, dass mir bereits als Kind Stammbaum, Vermögen, Götter und Ehre gestohlen wurden. Vom selben Augustus samt seinen Mitregenten, der mich jetzt hält.«

»Du hast trotzdem dein ganzes Leben für ihn gekämpft und gearbeitet. Und deinen Fuß...«

»Das war ein abgerutschter Schwertschlag«, hatte er sein kaum wahrnehmbares Hinken erklärt und sie damit aus Eitelkeit belogen. »Ein Schnitt in meine linke Wade und hinab bis zur Archillessehne. Von einem adligen Parther, der erst verhandelte und dann die Waffe zog.«

Claudia schaute ihrem Gemahl so lange nach, bis er mitsamt seinen Begleitern auf der Ebene nach Rom hinter den Feigenbüschen und den Apfelbäumen verschwunden war. Schon ein paar Tage zuvor hatte er kleine, vierjährige Bäumchen ausgegraben und ihre Wurzelballen in feuchte Tücher und Weidenkörbe packen lassen. Er wollte sie dorthin mitnehmen, wo weder Feigen noch Zitronen, kaum graue Birnen und nur harte Äpfel wuchsen.

Claudia wusste nicht, warum sie ausgerechnet jetzt an Obst dachte. Zur Trauer über Varus' Abschied keimte plötzlich ganz tief innen Furcht auf. Sie wollte sich dagegen wehren, die Angst als übertriebene Besorgnis einer jungen, verwöhnten Mutter abtun. Doch dann hielt sie es plötzlich nicht mehr aus und stürzte durch die großen Räume. Sie musste den kleinen Publius Quinctilius Varus sehen. In diesem Augenblick wünschte sie sich, sie hätte einen ganz anderen Rufnahmen für ihren Sohn gewählt.

MONTAG

14. September 2009

Claudia Bandel und Thomas Vesting kamen verschlafen, aber fröhlich in den Frühstücksraum des Hotels. Während Claudia sich verträumt alle möglichen Leckereien wie Krabben, Leberpastete, Joghurt mit Dattelkernen und Wabenhonig rund um ein winziges Brötchen auf ihren Teller schichtete, begnügte sich Thomas Vesting mit einem Schwung Rührei, gebratenem Speck, zwei Scheiben Toast und einem großen Topf schwarzem Kaffee.

»Kleine Erinnerung an meine Jahre in den USA«, sagte er, als er ihre erstaunten Augen sah. »Und ich dachte immer, eine Römerin braucht morgens nur ein Brioss zum Espresso.«

Claudia lachte. »Hast du eine Ahnung!«, sagte sie und stieß ihn liebevoll mit der Schulter an. Sie setzten sich und verloren kein Wort über die vergangene Nacht.

»Komm, lass uns gehen«, sagte er schließlich. »Wir müssen unsere Autos holen.«

»Ich will mir schnell noch etwas zum Anziehen kaufen«, sagte sie fröhlich und sprang auf. Ohne zu warten, lief sie an der Rezeption vorbei nach draußen. In Osnabrück schien noch immer friedlicher Sonntag und nicht schon Montag zu sein.

Claudia fand direkt am Markt ein paar Kleider. Während sie noch anprobierte, holte Vesting sich nebenan Handys. Zu seiner Überraschung bot der Trekking-Laden nicht nur neue Geräte, sondern auch gebrauchte Military-Elektronik aus britischen Beständen an.

»Seltsamer Zufall«, berichtete er Claudia auf dem Rückweg zum Hotel. Er trug die beiden dunkelgrünen, mit Antikgold bedrucken Papiertüten aus London. »War dir bekannt, dass gerade erst die letzten fünftausend britischen Soldaten Osnabrück verlassen haben?«

»Ja, irgendwann habe ich gehört, dass in der Nähe von Kalkriese die größte Britengarnison außerhalb von England existierte«, bestätigte sie. »Aber erst durch Major Tony Clunn bekam das eine Bedeutung für mich.«

»Und jetzt sind alle wieder weg – exakt zweitausend Jahre nach der Niederlage der römischen Besatzer in derselben Gegend.«

»Wenn dies hier wirklich die Gegend war«, schränkte sie ein. »Außerdem galten die Briten wohl schon lange nicht mehr als Besatzer.«

Kaum zehn Schritt vor dem Hotel Walhalla blieb er plötzlich stehen. »Damit wären wir wieder am Anfang … dass nämlich die Legende vom listigen und siegreichen Germanenhelden Arminius nicht stimmen kann.«

Sie nickte heftig, dann betrachtete sie die Wahlplakate an den Laternenmasten. »Varus war ein höchst erfahrener Mann, der schon mit Augustus und Tiberius gegen die Parther in den Orient gezogen ist. Später, bei den Aufständen nach dem Tod von König Herodes, hat er zweitausend Judäer ans Kreuz schlagen lassen, dreißigtausend mit Gefangenschaft und Sklaverei bestraft … Widerstandskämpfer, palästinensische Fundamentalisten und Terroristen … wie wir heute sagen würden. Wahrscheinlich auch unschuldige Zivilisten …«

»Kollateralschäden heißt das politisch korrekt«, unterbrach er sie. »Das klingt unvermeidbar und schon richtig edel.«

»Egal, aber er war … er war ein ehemaliger *consul*, ein Lord, Gouverneur, persönlich ausgewählter Stellvertreter des Imperators. Und dieser Mann soll blindlings in eine Falle getappt sein, die sein Saufkumpan Arminius organisiert hat? Ein römischer Ritter, der auch noch seinen hochdekorierten jüngeren Bruder Flavus bei sich hatte? Und das mit fast zwei Dutzend völlig unterschiedlichen und zumeist sogar verfeindeten Germanenvölkern?«

»Ja, das klingt schwachsinnig!«

»Arminius war kein schottischer *Braveheart* aus den Reihen wild entschlossener Clans gegen die harten Gesetze eines Britenkönigs. Er war Besatzungsoffizier, Thomas! So wie die Briten hier vor fünfzig Jahren. Genau das ist der Unterschied, der alles völlig anders macht!«

Sie nahm ihm beide Tragetaschen ab und wandte sich dem Hotel

zu. »Wir müssen uns noch umziehen. Wie viele Haufen undiszi-
plinierter Männer sollen da wie ein abgestimmtes Uhrwerk zusam-
mengespielt haben? Mindestens drei Tage und Nächte lang irgendwo
im schlammigen Unterholz zwischen Buchen und verfilzten Eichen,
giftigen Eiben und Sumpflöchern? Vollkommen ohne Handy, Navi
oder GPS? Mit heillos unterlegener Waffentechnik? Und sogar ohne
Helm und Schild? Wie können wir zweitausend Jahre lang einen solchen Unsinn glauben?«

»Das klappt auch heute noch«, meinte Vesting, während sie noch
einmal in ihr Zimmer hinaufgingen. »Denk nur an die Guerillas in
Mittelamerika, an Partisanen in Italien, Vietnam und die Taliban.«

Er überlegte, ob er vom Zimmer aus telefonieren sollte, ließ es aber.
Die Polizei und die Kreisbehörden für Denkmalpflege und genehmig-
te Schatzsuche konnte er auch später aus der Redaktion anrufen.

»Einzelne Überfälle, jahrelange Zermürbung, Sabotage der Nachschubwege – all das ist möglich. Aber kein strategisch geplanter und
zeitlich doch präziser Großangriff auf eine gut ausgerüstete Armee
mit den drei besten Legionen des Imperiums. Und dann eine so ver-
nichtende Niederlage fast ohne Überlebende. Das konnte Rom schon
damals nicht erklären. Deswegen gab es auch sofort das sogenannte
Verbot der Erinnerung.«

»Aber was dann, Claudia? Was zum Teufel dann?«

»Da kommt unser Taxi.«

Sie verstauten ihre Taschen und Tüten und nahmen auf der Rück-
bank Platz. Der Fahrer sah ein wenig orientalisch aus, sprach aber eindeutig mit englischem Akzent. Wahrscheinlich einer aus den Hilfs-
kontingenten der britischen Armee, dachte Thomas Vesting, einer,
der nach dem Rückzug auf die Insel nicht mehr gebraucht wurde.

Sie schwiegen beide, während das Taxi über die Autobahn nach
Norden rollte. Sie lehnte sich an ihn und schnurrte. »Eine ganz, ganz
böse Falle, in die nicht nur Varus, sondern auch Arminius hinein-
gestolpert ist ...«

»Arminius auch? Retter Germaniens? Der große Held ... *hinein-
gestolpert?*«

»Warum eigentlich nicht? Historiker glauben nur an sogenannte schriftliche Quellen, als seien sie das Evangelium. Dabei schreibt doch jeder von jedem ab und vermerkt das auch noch stolz in Fußnoten. Dadurch wird selbst gefälschte Propaganda nachträglich wissenschaftlich geadelt!«, fauchte sie. Aber dann lachte sie wieder vergnügt. »Stell dir doch nur mal vor, deine Artikel aus eurem Boulevardblatt CENT würden in anderthalb Jahrtausenden in irgendeiner Kloster-Bibliothek entdeckt …«

»So wie die Annalen von Tacitus?«

»Oder auch Paterculus und Dio. Und deine hundert Wörter beschreiben aus deiner Sicht, was hier in Kalkriese passiert ist. Ist das zweitausend Jahre später eine schriftliche Quelle oder nicht?«

»Das eine ist doch mit dem anderen überhaupt nicht zu vergleichen!«

Es war auf einmal vollkommen still um sie herum.

»Ich glaube, dass Quinctilius Varus durch römische Intrigen, durch ein Komplott vernichtet wurde und dass Arminius bei der ganzen Sache nur ein nützlicher Idiot war, dem sein eigentlicher Auftrag völlig entglitten ist!«

»Das solltest du in dieser Gegend nicht zu laut sagen«, stieß Vesting hervor, nachdem er sich von Claudia Bandels plötzlichem Gefühlsausbruch erholt hatte.

Sie hob beschwichtigend die Hände. »Es kann ja sein, dass die Absichten von Arminius mit anderen Plänen zusammentrafen. Aber dann spielen auch noch weitere Faktoren eine Rolle.«

»Vielleicht war Varus gerade wegen seiner Erfahrungen in Nordafrika, an der Küste von Kleinasien und in Syria zu routiniert und nachlässig«, lenkte er ein. »Vielleicht so arrogant, wie man Eroberer aus Romanen und aus Filmen kennt.«

»Schon wieder viel zu kurz gedacht«, meinte sie, noch immer streitlustig. »Wer sich Geschichte so einfach wie in Hollywood und Cinecitta macht, missachtet den IQ unserer Vorfahren. Der Mann war doch nicht irgendjemand, Thomas! Da gibt es ohnehin einige merkwürdige Entscheidungen, die Varus für sich nutzen konnte. Schließlich war Herodes ursprünglich ein Parteigänger von Marcus Antonius und Kleopatra. Jeder andere hätte nach dem Selbstmord der beiden keine Chance bei Augustus gehabt. Doch was passierte? Der König der Judäer wurde weder geköpft noch bestraft, sondern reich beschenkt und befördert.«

Sie stockte, während ein halbes Dutzend schwerer Motorräder hupend vorbeidonnerte. Erst als sie vorbei waren, konnte sie weitersprechen.

»Wenn man in diese Vorgänge einsteigt, hört sich auch die Geschichte von den drei Weisen aus dem Morgenland und der Flucht von Joseph und Maria mit dem neugeborenen Jesus nach Ägypten völlig anders an.«

Thomas Vesting streckte die langen Beine aus und hielt sein Gesicht mit geschlossenen Augen in die Morgensonne.

»Ich nehme an, du versuchst jetzt, mir dein Komplott schmackhaft zu machen.«

»Du wärst der erste Reporter, der kein Interesse an Verschwörungstheorien hat. Von so etwas lebt ihr doch, oder sollte ich mich irren?«

Er lachte trocken. »Uns interessieren nur aktuelle Komplotte. Zweitausend Jahre alte Intrigen sind nichts für meinen Chef.«

Claudia hob die Schultern. »Es gibt noch eine andere interessante Querverbindung zu Varus«, sagte sie. »Er kannte auch Augustus' einziges Kind ganz gut – seine Tochter Julia. Augustus hat sie nach zwei anderen Männern mit seinem Adoptivsohn Tiberius zwangsverheiratet … und zwangsweise geschieden, als sie zu aufmüpfig und emanzipiert wurde.«

»Und dann auf eine einsame Felseninsel verbannt«, wehrte Vesting ab. »Das habe ich vorgestern auch gelesen. Aber was nützt uns das? Oder meinst du etwa das, was mir in diesem Augenblick durch den Kopf geht? Dass sie und Varus vielleicht …«

»Blühende Phantasien habt ihr Männer … manchmal!«

Sie sprach nicht weiter, sah ihn nur prüfend an. Er überlegte schnell und entschied sich, nicht weiter darauf einzugehen. Offenbar wollte sie ihn von dieser Spur ablenken.

»Okay, nur ein Gedanke. Aber das alles spricht noch nicht gegen sein Versagen beim Untergang von drei der besten Legionen Roms samt ein paar tausend Kriegern ihrer Hilfsvölker. Vielleicht haben sie sich einfach nur bei den Wilden verschätzt, so wie …« Er stockte und suchte nach irgendeinem griffigen Beispiel. »So wie viel später General Custer bei den Indianern am Little Big Horn.«

Jetzt musste sie doch noch lachen. »So hätten es einige Germanenfans wohl gern. Und zu Arminius und Hermann auch gleich noch Winnetou und Schwarzenegger als Idolfiguren.«

»Warum zum Teufel sollte denn seit zwei Jahrtausenden die Wahrheit unterschlagen werden?«, überlegte Vesting laut, als das Taxi auf die Straße nach Kalkriese einbog. »Das waren doch No-names, Wilde, Barbaren … völlig anders als einige Jahrzehnte zuvor die von Caesar und der römischen Propaganda zu tapfersten Kriegern hochgejubelten Gallier um Vercingetorix.«

»Die Leute haben immer schon die Geschichte als Geschichten angesehen – also nicht als Sammlung von Jahreszahlen und Schlachten, sondern als erzählenswerte Ereignisse. Logischerweise zählt dabei nur das Außergewöhnliche und nicht das Alltägliche. Genau wie bei euch Journalisten. Was sucht ihr aus für eure Zeitung aus den zigtausend Meldungen, die jeden Tag einlaufen? Und was formulierst du dann auch noch so süffig, dass euer CENT gekauft wird und nicht das Blatt von der Konkurrenz?«

Vesting hob die Hände und winkte ab.

Claudia lachte. »Armer Junge! Auf jeden Fall kannten die Römer die Stürme an der Atlantikküste und die Tücken der Nordsee-Gezeiten an den friesischen Inseln. Sogar Drusus und Tiberius, immerhin Adoptivsöhne von Augustus, kämpften in den eisigen und gefährlichen Alpen, eroberten das ganze Land bis zur Donau und später bis an die Nordsee. Sie wussten sehr genau, wie es in Germaniens endlosen finsteren Wäldern aussah. Trotzdem musste Rom nach dem Desaster um die fünfte Legion des Lollius völlig umdenken. Drei Jahre später begann das Imperium mit der Vorbereitung der großen Angriffskriege über den Rhein hinweg nach Osten und Norden. Das geschah übrigens genau zu dem Zeitpunkt, als Varus und Tiberius Regierungschefs in Rom waren. Und derselbe Varus soll später ahnungslos in eine Falle derjenigen Völkerstämme gegangen sein, deren Eroberung er mitgeplant hatte?«

Er schüttelte den Kopf. Schließlich fand er tatsächlich eine Pause in ihren munteren Erklärungen. »Hast du das immer danach?«, fragte er. »Ich meine das Bedürfnis, ungebeten Geschichtsunterricht zu erteilen? Ist das die kleine, liebenswerte Macke, die ein Mann bei dir ertragen muss?«

»Nein, ich genieße nur, dass mir mal einer zuhörst, ohne sofort alles besser zu wissen.«

»So sind sie, die Germanen«, meinte er und grinste. »Kann ja nicht jeder Macho sein oder ein Hahn aus Rom.«

Da war sie wieder, die kleine Falte über ihrer Nasenwurzel. Er hatte sie bereits mehrfach gesehen. Sie schwieg und schien nachzudenken. Erst auf der Landstraße nach Kalkriese sprach sie weiter.

»Nach meinem Gefühl hat auch der spätere Kaiser Tiberius bei Varus' Untergang mitgemischt … vielleicht zusammen mit seiner Mutter Livia Drusilla. Tiberius kannte die Germanenstämme und die Gegend hier im Norden besser als die meisten Römer. Als Varus ihn dann ablöste, hing er selbst mit seinen Legionen ziemlich frustriert an der Donau fest. Genau deshalb war nichts gefährlicher für seinen Traum von einer kaiserlichen Dynastie als Erfolg oder ein großer Schlachtensieg von Varus in der neuen Provinz *Germania magna*.«

Das Taxi erreichte den Parkplatz des Museums. Es war nicht mehr ganz so überfüllt wie am Sonntag, dafür fielen die Plakate mit den als Römer und Germanen geschmückten Köpfen für die Bundestagswahl umso mehr auf. Keine Partei wollte sich die Touristen und Besucher entgehen lassen.

Die Reifen der beiden Autos waren bereits ausgewechselt. An den Scheibenwischern klemmten mehrere Prospekte. Der größte stammte von einer Pizzeria in Ostercappeln, zwei weitere betrafen kleine Landhotels in Bramsche. Die kleinste Nachricht an den Scheiben der beiden Autos bestand nur aus einem Aufkleber. Auf den ersten Blick sah die Folie wie ein Polizeistern aus. Dann aber hätte das weiße Widukindspferd der Niedersachsen oder das grün-weiß-rot geteilte Wappen des Landes Nordrhein-Westfalen mit der kleinen lippischen Rose erkennbar sein müssen. Beides war nicht der Fall.

Claudia trat neben Thomas und legte eine Hand auf seine Schulter.

»*Sons of Hermann!*«, sagte sie und küsste ihn kurz am Hals. Es war das gleiche schwarz-rot-goldene Kreiszeichen, das Vesting schon am Tag zuvor auf dem Museumsturm gesehen hatte.

»Noch eine Warnung also. Mit dem texanischen *lone star* in der Mitte.«

»Glaubst du mir jetzt endlich? Das ist kein Spaß mehr, Thomas, sondern eine ernste Aufforderung, die Finger von der Varus-Legende zu lassen.«

»Und nun? Sind wir schon wieder erobert und besetzt? Diesmal nicht von den Römern, sondern von Supergermanen aus Amiland? Sollen wir die Colts sprechen lassen? Oder einfach nach Hause fahren?«

Sie schüttelte den Kopf. Er sah sie prüfend an. Um sie herum tobten Familien und ganze Schulklassen zu den Wiesen mit Souvenirbuden und bunten Zelten, in denen man sich als Römer oder Germane verkleiden konnte.

»Also gut«, sagte sie plötzlich. Sie ging ein paar Schritte auf den Museumseingang zu, sah sich nach allen Seiten um und kam wieder zu ihm zurück.

»Irgendwann muss ich dir ja beichten«, sagte sie. »Also hör dir an, was ich über den Toten im Museum weiß.«

»Na endlich«, sagte er erleichtert.

»Eberhard Hopmann wohnte im großen Weserbogen. Der Platz in der ehemaligen Stadt Hausberge heißt Schnakenborn. Angeblich ein Ort mit düsterer Vergangenheit: Hexenverbrennung, germanischer Thingplatz oder so ähnlich. Das hat Hopmann früher nie interessiert. Erst als er Rentner wurde, hat er nach irgendeinem Hobby gesucht. Zuerst wollte er Vorsitzender eines Vereins für historische Windmühlen werden. Schließlich hat er sich um den Sachsenfürsten Widukind in der Zeit Karls des Großen gekümmert – auch eine Art Widerstandskämpfer wie Hermann der Cherusker. Doch dann stieß er auf immer mehr Meldungen über das Jubiläum der Varus-Schlacht und die Gegend um Kalkriese und Detmold.«

Sie ließ einige fröhlich lärmende Museumsbesucher vorbei.

»Bisher keinen CENT wert.«

»Er hat mir nicht gesagt, wie er darauf kam, ein leerstehendes Hotel und ein verwildertes Waldstück am Berghang zwischen Detmold und Hiddesen in Richtung Hermannsdenkmal zu kaufen.«

»Was hast du mit der ganzen Sache zu tun?«

Sie zögerte, dann hob sie ihre Schultern und wurde ernst. »Eigentlich fing es mit meiner Mutter in Rom an. Sie bekam vor einem halben Jahr einen ganz normalen Brief von Hopmann mit einem Fotoausdruck.«

»Von einer Schatzkiste?«, fragte er ironisch.

»Nein, von einer alten Villa in Detmold.«

»Aha«, war alles, was er dazu sagen konnte. Sie gingen ohne Hast zum Eingang des alten Bauernhauses, in dem sich die Kassenräume des Museums befanden. Vesting kaufte zwei Eintrittskarten und warf die Pizzareklame in einen Papierkorb.

Diesmal schlossen sie sich keiner Gruppe an, sondern gingen direkt zum rostbraunen Stahlturm des Museums.

»Das Waldgelände vor Detmold, von dem ich eben sprach, gehörte übrigens vor rund hundert Jahren mal meiner Familie.«

»Ich ahne etwas«, sagte er spöttisch. Sie schwiegen beide, bis sie mit dem Fahrstuhl die Museumsetage erreicht hatten. Im Inneren der großen, abgedunkelten Ausstellungshalle folgten sie dem Zickzackweg bis zu der Stelle, an der vor wenigen Tagen ein Mann sein Leben durch einen römischen Wurfspeer verloren hatte.

Die Ecke war mit einem großen schwarzen Wolltuch zugehängt. Zwei Schritt davor schwankte ein Absperrseil mit ein paar mehrfach abgestempelten Zetteln über dem Fußboden hin und her. Ganz unten lag ein eingeknicktes Pappschild:

»Vorsicht, glatt – Rutschgefahr!«

Er lachte trocken und schüttelte den Kopf. »Die sprichwörtliche Bananenschale, die einen Krieg auslöst«, sagte er und wandte sich zum Ausgang. »Ereignisse, die den Lauf der Geschichte ändern, obwohl niemand es gewollt hat. Aber hier finden wir nichts mehr.«

Sie hob den Kopf, nahm sein Gesicht in beide Hände und küsste ihn. Im Hintergrund spielten ein paar Schüler mit irgendeiner Lichtschranke, die Schlachtgetümmel ein- und ausschaltete.

»Gibt es etwa irgendeine Querverbindung von dir zum Hermannsdenkmal und seinem Erbauer Ernst von Bandel?«

»Das würde ich auch gern wissen«, sagte sie seufzend. Sie gingen
nebeneinander die Treppe im Museumsturm nach unten. »Aber da
ist ein Loch. Vermutlich sind wir nicht mit den berühmteren Bandels
verwandt. Mein Vater muss wohl eher ein bedauernswerter Alt-Acht-
undsechziger mit dem Brandzeichen *Toscana-Fraktion* gewesen sein.
Wie auf einem Parmesankäse. Ein Weltverbesserer. Er hat in Köln
studiert, aber ich habe keine Ahnung, wie er es geschafft hat, Studien-
rat zu werden. Er hat dann an der deutschen Schule in Rom unter-
richtet ... genau bis zum Tag nach meiner Geburt.«

Sie hatte plötzlich eine kleine Falte über der Nasenwurzel.

»War deine Mutter auch an der deutschen Schule?«

»Ja, sie war *professoressa* an der *Scuola Germanica*, eine der schlecht-
bezahlten Ortskräfte im Vergleich zu den Deutschen mit ihrem doppelten Auslandsgehalt ... bis sie schwanger wurde und ihn heiratete.«

»Heißt die Schule wirklich *Scuola Germanica*?«, fragte Vesting verwundert. Sie ging eher ziellos auf den Ausgang am alten Bauernhaus
zu.

»Ja«, antwortete sie und ging weiter in Richtung Mittellandkanal.
Vom nachgebauten Römerschiff kam Musik von Doppelflöten und
metallisch klingenden Zimbeln. »Germanische und nicht deutsche
Schule. Das ist mir bisher gar nicht aufgefallen. Aber es klärt vielleicht ein paar Dinge, die ich bisher bei meiner Mutter nicht verstanden habe. Sie hat sich immer mehr für die alten Germanen interessiert als für Deutsche. Wahrscheinlich wegen meinem Vater, von
dem es kein Bild gibt und der für mich all die Jahre auch nur Legende war.«

»Dann stammt dein Interesse und dein Wissen also von ihr?«

»Meine Mutter hat sich nach meiner Geburt nur noch um mich
gekümmert. Ich habe meine Kindheit zwischen dem Mausoleum des
großen Augustus und dem Tiber erlebt. Ich hatte sogar eine Art
Baumhaus im Gebüsch auf der äußeren Ziegelmauer dieses zweitausend Jahre alten Rundbaus und konnte ungesehen dem Unsinn zuhören, den die Touristen von sich gaben. Es war im Sommer wunderbar

kühl zwischen den Zweigen, und ich habe mich damals immer wie eine zusammengerollte Katze gefühlt.«

Sie seufzte, umarmte plötzlich einen Buchenstamm und blickte dann an ihm vorbei auf den Trubel am Römerschiff. Überall liefen ganze Familien als Römer und Germanen verkleidet herum. Für einen Augenblick glaubte Thomas Vesting, auch Gesichter zu erkennen, die er kurz zuvor auf den Wahlplakaten gesehen hatte.

Claudia tippte an seinen Arm. »Weitere Fragen?«

»Was ist mit deinem Vater passiert? Willst du das sagen?«

Sie lachte etwas bitter. »Warum nicht? Am Tag nach meiner Geburt … da war sein Katamaran mit kompletter Tauchplattform fertig. Nach seinen Vorstellungen in einer Hinterhofwerft in Ostia gebaut. Sein Lebenstraum, für den er sich sogar seine bis dahin aufgelaufene deutsche Beamtenpension auszahlen ließ.«

»Sag bloß, er hat dich und deine Mutter einen Tag nach deiner Geburt verlassen.«

»Man könnte auch ganz lyrisch sagen, er sei auf und davon gesegelt. Viele Jahre habe ich immer nur die Lüge von seinem Schiffbruch auf dem Segeltörn Richtung Capri gehört. Erst viel später erfuhr ich, dass er schon immer wegsegeln und irgendwo nach Schätzen tauchen wollte.«

»Hat man je wieder von ihm gehört?«

»Ja«, sagte sie und holte so tief Luft, dass es wie ein unterdrückter Seufzer klang. »Vor fünf Jahren erzählte jemand, ein Deutscher namens Roman Bandel hätte mit einer Tauchschule auf Ischia Pleite gemacht. Es hieß auch, dass er danach zum ersten Mal seit Jahren wieder Socken angezogen hätte und nach Amerika verschwunden sei.«

Thomas Vesting nickte langsam. »Dann hast du dein Interesse an längst vergessenen Schätzen und Legenden genaugenommen von deinem Vater geerbt …«

»Vielleicht«, sagte sie. Die Falte auf der Stirn tauchte erneut auf. »Sollte ich ihm dafür dankbar sein? Ich bin es nicht. Aber ich fürchte, dass Hopmann nicht nur meine Mutter, sondern auch ihn gesucht hat.«

»Und gefunden?«

Sie hob die Schultern. Danach schwiegen sie beide.

»Roman Bandel muss ein Verrückter gewesen sein«, sagte sie, als sie wieder zurückgingen. »Nicht nur ein gnadenloser Lateinlehrer, sondern ein Mann, für den das Imperium Romanum ein unantastbares *second life* bildete. Das geht vielen so, wenn sie der Faszination dieses antiken Weltreichs verfallen. Da fällt mir ein: Warst du schon mal im Römermuseum in Haltern?«

Er schüttelte den Kopf. »Nur im römisch-germanischen in Köln gleich am Dom. Aber nach Haltern wäre es kein Umweg.«

Sie lachte spöttisch. »Wir werden dort keine Hinweisschilder auf den Schatz finden. Aber zumindest steht das Museum auf gesichertem historischen Gelände. Es gibt dort Spuren eines großen Legionslagers.«

»Manchmal hilft ja auch schnuppern vor Ort. Einfach die Antennen ausfahren, um ein Gefühl für ein Thema zu bekommen. Ich würde mir auch gern das Denkmal von Varus ansehen, das ich bei meinen Recherchen im Internet gesehen habe.«

O Gott, dieses schreckliche Bronzegerippe?«

Er lachte nachsichtig. »Lass das bloß nicht den Künstler und die Kulturstiftung hören, die den Bronze-Feldherrn bezahlt hat. Immerhin hat damit nicht nur der Gewinner wie in Detmold, sondern auch der Verlierer ein Kriegerdenkmal.«

Sie schüttelte den Kopf. »Ich habe bisher nur Bilder von einer gequält wirkenden Figur mit einem zerfetzten Mantel aus Metall gesehen. So stellt man sich eher Don Quichotte vor.«

Er legte seinen Arm um sie und führte sie um eine Ecke des vorgegebenen Weges. »Auch eine Hohlfigur wie Hermann, wenn man so will.«

»Na gut, dann jetzt also nach Haltern. Außerdem würde ich gern einmal sehen, wie breit eigentlich das Flüsschen Lippe ist. Das soll nach allem, was ich bisher weiß, der Hauptversorgungsweg für römische Legionen östlich des Rheins gewesen sein.«

Er hob den Arm und zeigte zum Mittellandkanal. »Das soll ja auch das Schiffchen dort drüben zeigen. Nachbau eines Römerschiffs aus Bayern.«

»Ich weiß«, sagte sie. »Der Ruderer schlägt schon seit einem Jahr auf deutschen Flüssen die Trommel für das Jubiläum.«

Sie verließen das Museum. Draußen packten drei Leute mit einer semiprofessionellen Filmkamera und einem Spielzeugscheinwerfer ihre Sachen zusammen.

»Nur ein kleiner Lokalsender«, sagte Vesting, als Claudia ihn am Arm fasste und auf das Team deutete. »Die wissen offensichtlich auch nicht, was sie noch filmen sollen. Alles schon x-mal da gewesen und gesehen.«

»Ich wundere mich trotzdem, dass hier nicht alles von Polizei und Journalisten wimmelt«, sagte Claudia, nachdem sie sich mit einem Pott Museumskaffee auf eine lange Holzbank unter Bäumen gesetzt hatten. Er trank ebenfalls und blickte dabei tief in ihre Augen. Für einen Moment glaubte er, einen Funken von Spott und Überlegenheit in ihnen zu erkennen. Dann aber strich sie sich mit den Fingerspitzen über die Schläfe, während sie ihre Lippen hart zusammenpresste. Diesmal erschien keine Falte zwischen ihren Brauen.

Vesting holte eines der Handys hervor, die er in Osnabrück gekauft hatte. Er wählte Lara in der Redaktion an und diktierte leise seinen nächsten Artikel.

Exklusiv: Das Geheimnis der Varus-Schlacht
Eine Woche lang von Chefreporter Dr. Thomas Vesting

Hätte sich Varus nach Haltern retten können?
Folge 3 von 7: Haltern, Mittwoch, 16. September 2009

CENT-Leser wissen mehr: Vor genau zweitausend Jahren soll Roms Statthalter Varus rund zwanzigtausend Legionäre in Germanien verloren haben. Archäologen behaupten: durch einen Hinterhalt bei Kalkriese, geplant von Varus' als Germane geborenem Stabsoffizier Arminius. Doch kann das stimmen? Kalkriese liegt am heutigen Mittellandkanal, fast hundert Kilometer nördlich der Lippe. Dieser Fluss war die Haupt-Verkehrsader der Römer vom Rhein in Richtung Osten. Denn Straßen wie sonst überall im römischen Imperium gab es in den Wäldern Germaniens damals nicht. Warum ist Varus nach seinem Sommerlager an der Weser nicht ins sichere Lager Haltern zurückgekehrt? Gibt es im dortigen Römermuseum eine Antwort? Morgen mehr.

Nachdem Vesting seine Meldung abgesetzt hatte, verließen sie mit beiden Wagen Kalkriese. Sie fuhren ein paar Kilometer nach Westen und dann auf die A1. Die Autobahn war unerwartet frei. Vesting ließ sich nicht zweimal bitten. Kurz hinter Münster wechselten die beiden Autos auf die A43. Das zweite Autobahnstück war wesentlich belebter als die Hauptstrecke.

Fast hätten sie das Anfahrtsschild nach Haltern am See verpasst. Am Römermuseum konnten sie jedoch nichts Besonderes entdecken. Kaum jemand schien sich in den letzten Tagen vor dem finalen Jubiläumsdatum für Römer zu interessieren. Nur auf der Wiese vor dem Museumsbau lagerte eine erschöpfte Schulklasse. Die beiden Autos passierten eine Arminiusstraße, nur nach dem Denkmal des besiegten Feldherren Varus mussten sie länger suchen. Dann sahen sie es an einer Parkecke. Privatleute der KulturStiftung Masthoff hatten die Statue mit dem zerfetzten Varus und goldenen Armreifen aufgestellt. Ein Dutzend eifrig konkurrierende Chinesen und Japaner knipsten das Denkmal im Park wie ein antikes Weltwunder. Irgendjemand hatte den Kopf des geschlagenen Statthalters und Feldherren abgesägt und an einem Sklavenband vor seiner Brust aufgehängt.

Vesting stieg aus und ging in großem Bogen um das Bronzekunstwerk herum, ehe er sich zu Claudia in den Wagen setzte.

»Gemein«, sagte sie.

Er nickte. »Ich weiß nicht, wer uns die ganze Zeit beobachtet, aber ich bin doch verwundert, dass sich niemand um den Geköpften kümmert.«

»Mutwillig abgesägt? Hast du irgendeinen Verdacht?«

»Ich glaube nicht, dass diese Aktion wieder eine Warnung an uns ist«, sagte er. »Eher ein symbolisches Zeichen gegen Römerfreunde.«

Sie klimperte mit ihrem Schlüsselbund, als eine Gruppe von drei schweren Motorrädern einmal um den Park kurvte. Etwas belustigt bemerkte er, dass sie ein Schweizer Taschenmesser an ihrem Schlüsselbund hatte. Er kannte die Version mit LED-Lampe, Kugelschreiber und USB-Stick.

»Gut ausgerüstet, die Dame«, sagte er grinsend.

»Lach nicht«, gab sie zurück. »Ich habe keine Lust, ständig ein Notebook mitzuschleppen. Sämtliche Unterlagen und Fotos, die ich privat oder für meine Arbeit brauche, sind auf dem Stick gespeichert. Nein, keine Sorge, alles gut gesichert selbstverständlich.«

Er sagte ihr aber nicht, dass er selbst so ähnlich arbeitete. Auch er besaß ein Programm, mit dem er Daten sicher verschlüsseln konnte.

»Gesichert? Gegen wen? Wer außer mir könnte sich für gewagte Aktfotos von dir, sehnsüchtige Nachtgedanken oder deine wissenschaftlichen Erkenntnisse in Detmold interessieren?«

Sie sah ihn von der Seite an, und die Falte auf der Stirn war wieder da.

»Auf jeden Fall Ebi Hopman, wenn er noch am Leben wäre«, antwortete sie ernsthaft. »Aber garantiert auch Waldeck, Tony Clunn, dein Chef Lammers und vielleicht sogar der Oberst aus Kalkriese.«

Sie zögerte, legte die Hände auf das Steuer und blickte geradeaus auf den geköpften Varus. »Und andere«, sagte sie leise. »Ganz andere, die sich bisher verborgen halten …«

»Wen meinst du damit?«

Sie lachte trocken, startete und ließ die Kupplung viel zu hart kommen. Mit einem kleinen Schlenker bis zum See und anschließend zum Fluss Lippe verließen sie Haltern wieder über die Autobahn.

»Seit wann glaubst du, dass du beobachtet wirst?«, fragte Vesting, nachdem er sich den rechten Rückspiegel auf seine Sitzhöhe eingestellt hatte.

»Willst du es genau wissen? Nun gut – seit ich in Detmold arbeite. Ich bin keine Expertin für Trojaner und Online-Durchsuchungen, aber ich hatte von Anfang an das Gefühl, dass meine Mails und mein Handy angezapft werden.«

Er knurrte. »Wer hat das nicht inzwischen?«

Sie lachte und überholte einen Laster mit Schlachtschweinen aus Ibbenbüren. »Dann bin ich mal gespannt, ob wir jemals erfahren, wer sich an deinem Auto in Haltern die Beine in den Bauch steht. Die Texaner werden wohl nicht auf den Gedanken kommen, dass wir mit meinem kleinen Auto weitergefahren sind statt mit deinem Dienstwagen.«

»Trotzdem musst du nicht rasen«, sagte er. »Wir sind hier nicht in einem Actionfilm. Wer so wie diese Helden fährt, würde hier keine drei Kilometer ohne Crash oder Polizeikelle schaffen.«

»Du solltest langsam wissen, dass diese Welt verlogen ist.« Ihr Spott klang nicht verletzend, sondern zärtlich besorgt. »Das war bereits vor zwei Jahrtausenden die größte Leistung von Augustus: Er hat Rom, dem Senat, den Patriziern und sogar den Anhängern der Republik vorgetäuscht, dass er auf keinen Fall Diktator oder Kaiser werden wollte. Demonstrativ und theatralisch hat er dem Senat und dem Volk all seine Rechte hingeworfen. Und was geschah? Caesar und göttlicher Augustus haben sie ihn genannt.«

»Den Trick darf ich nie meinem Lammers verraten.«

»Die Römer sollten vor Augustus knien, ihn anflehen zu bleiben. Ihn, den Verteidiger der *res publica*. Doch während er von Recht und Freiheit redete, hat er politische Gespräche als Intrige und Verrat verfolgt. Dichter und Literaten konnten nur überleben, wenn sie Loblieder auf ihn sangen. Er war ganz einfach der Größte – unantastbar, Vater der Römer und des Vaterlandes.«

»Ganz so schlimm ist es mit meinem Chefredakteur noch nicht.«

Sie ging nicht darauf ein.

»Dieser ach so große und geniale Octavian, genannt Heilsbringer und Augustus, war ein kranker Feigling. Alles nur Show, sein ganzes Leben eine einzige Inszenierung. Jeden, der ihm gefährlich werden konnte, hat er belogen und dem Volk anschließend etwas völlig anderes erzählt.«

Vesting starrte seine Begleiterin völlig entgeistert an. Sie hatte so schnell gesprochen, wie es nur eine Römerin konnte.

»Es ist zwar nicht das Gleiche«, fuhr sie fort. »Aber was dein Chef dir bisher erzählt hat, war auch nur die halbe Wahrheit.«

»Verdammt, und du? Wo ist dein Knopf zum Ausschalten? Bring mich zurück zu Varus. Ich will zu meinem Auto.«

»Du kannst nicht umkehren. Ich sitze hier am Steuer. Denn wenn ich eins und eins zusammenzähle, dann kann dein Lammers seine Infos nur von diesem Alt-Ferrologen an der Porta haben.«

Vesting knurrte grimmig »Und da du mir ebenfalls nicht alles sagst, werde ich morgen aus der ganzen Geschichte aussteigen!«

»Das würde ich an deiner Stelle nicht tun.«

»Und warum nicht?«

»Fühlst du dich manchmal wie sein Trüffelschwein?«

Er stutzte, dann knurrte er und lachte. »Eigentlich jeden Tag.«

»Na also«, sagte sie. »Und was soll jeden Tag mindestens dreimal in deinen Artikeln stehen?«

»Varus-Schatz.«

»Genau! Aber du hast noch keine Trüffel. Außer mit mir.«

Er sah sie von der Seite an und lächelte anzüglich. »Na gut, dann zeig mir deine Trüffel. Was wollen wir heute noch unternehmen?«

»Ich weiß nicht, was du unternehmen willst. Ich jedenfalls gehe ins Römisch-Germanische Museum am Dom. Es gibt da eine Spezialbibliothek mit fast fünfzehntausend Bänden. Von dort aus werde ich auch mit meiner Mutter in Rom chatten.«

»Über etwas Bestimmtes?«

»Das sage ich dir, wenn wir uns morgen treffen.«

»Moment mal, ich denke, dass wir uns auch heute … Wo willst du übernachten in Köln?«

»Mach dir um mich keine Gedanken. Ich kenne hier ein paar Kommilitoninnen aus Rom. Lass dir was einfallen für morgen Abend. Ein kleiner Tipp: Ich mag Meeresfrüchte.«

»Also keinen romantischen Spaziergang mehr am Lippe-Ufer«, gab er grinsend nach. »Ganz wie du willst. Dann schlage ich für morgen Abend Muschelessen im *Bieresel* in Köln vor. Nicht ganz so gut wie beim Italiener in Leverkusen am Markt, aber mindestens so lecker wie in Trastevere in Rom.«

»*Va bene*. Lass dich nicht von deinem Sklaventreiber bluffen, wenn du wieder in die Redaktion gehst. Und vielleicht kann ich bis morgen Abend eine Kleinigkeit klären.«

»Und die wäre?«

»Erfahre ich vielleicht aus Rom.«

Thomas Vesting schlenderte den Rest des Tages am Neumarkt durch Kaufhäuser, Großbuchhandlungen und unterirdische Bahnstationen. Zweimal entdeckte er Kollegen von Wochenmagazinen. Sie hatten ebenfalls über die Varus-Schlacht berichtet, waren aber ungefährlich für ihn: nicht an Verschwörungen und Schatzgerüchten interessiert. Bei freien Kameramännern von Privatsendern und Nachrichtenagenturen sah das schon anders aus. Und dann musste er auch noch ein Auge auf Amerikaner und Briten haben.

Soweit er es beurteilen konnte, kam er ohne Verfolger davon. Später checkte er im Hotel Mövenpick ein. Die ältere der beiden Damen an der Rezeption kannte ihn. Er hatte einen Stein bei ihr im Brett, nachdem er ein viel zu offenherziges Foto von ihr beim Karneval in der Redaktion hatte verschwinden lassen. Er nahm ein Zimmer mit Rheinblick und gutbestückter Minibar. Hier würde ihn kaum jemand vermuten. Er grinste zufrieden, als er sich auch noch ein Notebook und fabrikverpackte Sticks geben ließ.

Obwohl er nachts nicht viel geschlafen und einen langen Tag hinter sich hatte, hielt er es bis nach Mitternacht am Internetanschluss seines Hotelzimmers aus. Er hatte nur seinen gesicherten Speicherstick mit den wichtigsten Dateien und »Papyrus« am Schlüsselbund – das speziell für ihn kodierte Schreibprogramm. Auf diese Weise konnte er sicher sein, dass er sich nicht durch Spionageprogramme oder Spuren aus der Redaktion verriet.

Eine volle Stunde lang schrieb er Tabellen mit allen Stichworten, die er bisher kannte, speicherte sie auf die neuen Sticks und löschte anschließend die Spuren im Arbeitsspeicher mit einem Spezialprogramm. Gleichzeitig kreisten seine Gedanken immer wieder um den USB-Stick in Claudias Schweizer Taschenmesser.

»Was mache ich hier eigentlich?«, fragte er schließlich. »Was machen wir gemeinsam? Und warum?«

Er schaltete das Notebook aus, unterbrach die Verbindung ins Internet und wartete einige Augenblicke. Es war der alte Aberglaube an Kondensatoren innerhalb des Apparats, die sich erst entladen müssten, ehe ein Neustart ohne Erinnerungsfetzen in der Elektronik möglich war. Und plötzlich musste er lachen. Machte er nicht ganz genau das Gleiche mit seinem Bewusstsein, seinem eigenen Neuronenspeicher im Kopf? Löschte er da ständig irgendeine banale, aber entscheidende Information? Sah er den Wald vor lauter Bäumen nicht?

Oder war er nur scharf auf Claudia Bandel?

Der plötzliche Gedankensprung amüsierte ihn. Also *reset* und noch einmal von vorn! Er steckte einen anderen USB-Stick in das Notebook. Dann googelte er nacheinander die Stichworte Schatz, Gold, Silber. Er kopierte die Ergebnisse und tippte die Worte Caesar, Drusus, Germania, Lollius, Parther und Legionsadler ein. Er kombinierte die Liste mit den Quellen Paterculus, Tacitus, Dio und Florus.

»Das sieht schon besser aus«, murmelte er angespannt. Er erweiterte die Suchbegriffe um Varus, Tiberius, Augustus. Er gab Syria, Tempel, Jerusalem, dann auch noch Salomo, David und Herodes ein. Dann hatte er eine Idee, die ihm schon mehrmals geholfen hatte, wenn er an einer knackigen Schlagzeile mit möglichst wenig Buchstaben suchte. Er schrieb das, was ihm in der deutschen Sprache zu umständlich erschien, einfach auf Englisch.

Und plötzlich sortierten sich die Suchwörter ganz anders zueinander. Denn nicht die griechischen und lateinischen Aufzeichnungen unterschieden sich, sondern die Übersetzungen. Luther hatte Varus »Landpfleger« genannt, Auf englisch klang das ganz und gar nicht mehr nach einem Gutmenschen, sondern hieß eindeutig »Statthalter«, »Oberbefehlshaber« und »Gouverneur«.

Thomas Vesting schüttelte den Kopf und machte weiter.

»Schatz« oder auf Englisch »treasure« konnte viel mehr als Gold, Silber und Juwelen bedeuten. Schatz war ein Synonym für Reichtum, aber auch für andere Werte. Wenn auch nur ansatzweise zutraf, was ihm in dieser Nachtstunde durch den Kopf ging, dann war die Varus-Niederlage auch ein verheerender Misserfolg für diejenigen, die damals hinter der Intrige gesteckt hatten ...

Ironie des Schicksals.

Er starrte auf das Notebook. Irgendwo darin steckte die Antwort, wahrscheinlich nicht einmal verschlüsselt.

Und wieder dachte er an die von Anfang an rätselhafte Claudia Bandel. Was verschwieg sie? Wofür benutzte sie ihn? Und wen kannte sie in Köln? War es ein Spiel, das für sie beide genauso tödlich enden konnte wie für den Mann, der vor der Vitrine mit der Reitermaske durch einen Wurfspeer umgekommen war?

V.
RHODANUS

Die sturmerprobte *IUSTITIA* war vollkommen überholt worden. Den ganzen Tag über trafen ausgesuchte Offiziere und Verwaltungsbeamte am Kai in Ostia ein. Niemand sprach darüber, dass Varus gern andere mitgenommen hätte. Jedermann wusste, dass die Besten nicht mehr verfügbar waren, sondern bereits mit Tiberius kämpften. Nur durch ein ernsthaftes Gespräch mit Augustus hatte Varus doch noch einige Männer bekommen, die ihm einigermaßen zusagten.

Im Gegenzug musste Varus auch den überheblichen Tribun Rufus Ceionius Commodus akzeptieren. Er hätte ihn viel lieber zu Tiberius' Legionen nach Dalmatien und Illyrien abkommandiert, aber Commodus lehnte ab, zusammen mit Präfekt Velleius Paterculus zu dienen, den er für einen Schwätzer hielt. Er wollte lieber mit Asprenas über die Alpen reiten und dann am Main auf Varus warten.

Der junge Präfekt Flavus gehörte trotz seiner Verwundung ebenso zum neuformierten Stab des Statthalters wie sein stolzer Bruder Arminius und der als mutig bekannte Lagerpräfekt Lucius Eggius. Besonders erfreut war Varus über Marcus Caelius, den er noch als jungen *optio* aus dem Orientzug gegen die Parther kannte. Der inzwischen grau gewordene Sohn des Titus stammte aus Bononia und war zum Centurio erster Ordnung aufgestiegen. Diese republikanische Stadt nördlich des Apennin hatte wie kaum eine andere unter den Proskriptionen nach Julius Caesars Tod gelitten.

Inzwischen war fast ein halbes Jahrhundert vergangen, und Varus hatte erfahren, dass nicht einmal sein Vater oder sein inzwischen reich gewordener Bruder dem vielfach ausgezeichneten Marcus Caelius den Status eines Ritters in den Legionen hätte kaufen können. Im Gegensatz zu Varus' großer Nase sah die von Caelius eher wie eingeschlagen aus. Dennoch wirkten die beiden *cumpane* früher Jahre fast wie Zwillinge. Selbst in der lockigen Pracht ihrer kurzen grauen Haare war kein Unterschied zu erkennen.

»Mein größtes Privileg ist, dass ich viel reisen kann«, erzählte er dem neuen Statthalter. »Normalerweise müsste ich als Lagerpräfekt von Castra vetera ständig am kalten *Rhenus* – oder auch Rhein genannt – bleiben. Aber bisher konnte ich allen Kommandeuren und Legaten nachweisen, dass ich durch die Verbindungen zu meinem Bruder schneller und günstiger für Nachschub sorgen kann.«

»Und dazu muss man sich jedes Jahr einmal in Rom blicken lassen«, meinte Varus spöttisch.

»Was heißt hier Rom? Meine Verbindungen haben ihre Wurzeln in meiner Heimatstadt. Von dort bekomme ich auch Freigelassene, die mich treuer begleiten als jeder Sklave.«

»Dann achte von jetzt an auch auf einen Tekton aus Judäa namens Joseph. Er ist mit zwei Gesellen namens Jeshua und Jochanan unterwegs. Ich habe sie unter den Schutz des Sugambrers Vennemar gestellt. Ich erlaube, dass die Judäer als Bevorzugte in meiner Nähe bleiben. Sie sollen dann am Rhein am neuen Roma-Tempel im Oppidum der Ubier mitbauen.«

»Dort arbeiten bereits gute Zimmerleute und Steinmetze vom *Mare nostrum.*«

Varus war erfreut. »Umso besser. Dann kommen meine Schützlinge in gute Gesellschaft.«

»Kann ich den Grund für dein Interesse an den Judäern erfahren? Hat es etwas mit der Verbannung von Archelaos in die Hauptstadt Galliens zu tun?«

»Wir haben eine Abmachung«, sagte Varus ausweichend. Der Centurio blickte ihm in die Augen, dann nickte er.

»Ich kenne dich und weiß, dass du gewisse Dinge gern für dich behältst. Ein Unterpfand des Wissens sozusagen …«

Varus legte dem Gleichaltrigen die Hand auf die Schulter.

»Ich bin froh, dass du am Rhein an meiner Seite sein wirst.«

Fliegende Händler hatten überall Stände und Buden aufgebaut. Noch einmal wurde den Abreisenden alles nur Denkbare angeboten, was ihnen bei den Barbaren und ihrer Kälte von Nutzen sein konnte. Bei den Kleidern fielen besonders Hosen aus Wollstoffen, Leinen und Leder auf.

Kein Legionär würde das öffentlich zugeben, aber insgeheim deckten sich einige Offiziere gleich mit einem halben Dutzend der seltsamen germanischen Beinkleider ein. Wer nicht so mutig war, kaufte wenigstens diese lächerlich wirkenden, aber sehr nützlichen warmen Socken.

»Drei Paar für den Preis von zweien«, riefen die Händler wild durcheinander.

»Nehmt Hustensaft mit, aus süßen Zwiebeln und eingedicktem Knoblauch der Campania.«

»Garum, ein Fässchen Garum gegen langweiligen Lagerfraß … garantiert aus echten, sonnengetrockneten Sardinen und nicht aus vergammelten Fischabfällen wie das meiste hier…«

Als die Liktoren auftauchten, machte die immer größer gewordene Menge am Hafen eine Gasse frei. Rechts und links drängten sich Männer und Frauen, während die Dächer von Kindern und mutigen Sklaven erobert wurden. Jeder wollte den neuernannten Statthalter der legendären Provinz Gallien sehen, die noch immer als größte Eroberung von Julius Caesar galt.

Auf der Galeere standen schon Soldaten der römischen Marine. Auch die Ruderer waren bereits an ihren Plätzen. Männer vom nautischen Personal waren mit großen, leuchtend bunten Tuchstreifen bis zur Spitze des Hauptmastes geklettert und warteten nur noch auf ein Hornsignal, um Wimpel, Fahnen und die Standarte des Statthalters auszurollen.

Als Varus, der Stadtpräfekt von Rom und ein Dutzend adliger Stabsoffiziere bei der letzten Lagerhalle am Hafen um die Ecke bogen, schmetterte eine Kapelle mit Trompeten, Tuben, Zimbeln, Becken und Pauken los. Ein Dutzend Bläser mit ihren großen, runden Hörnern trat zwölf Schritt vor. Die Kapelle verstummte, irgendwo brüllte ein Tribun aus vollen Lungen einen Befehl, und die Bläser setzten die Mundstücke an die Lippen. Die Liktoren schulterten ihre mit roten Lederriemen umwickelten Rutenbündel und den darin steckenden

Beilen. Sie bildeten vor dem Schiffsaufgang ein Spalier mit ihren Zeichen der Macht. Alle Berittenen blieben stehen und fassten die Zügel so eng wie möglich. Und dann brach ein schriller, ohrenzerfetzender Lärm aus.

Die Pferde verlangten nur noch nach Flucht. Wer jetzt die Zügel nicht fest genug in der Hand hatte, würde in Rom nie wieder ohne Spott und Gelächter des Volkes ein Pferd besteigen können. Zwei hatten Mühe mit dieser Prüfung. Der sugambrische Veteran Vennemar war nicht an das römische Theater gewöhnt. Nur wenig hätte gefehlt, um ihn unmöglich zu machen. Aber er hielt sich.

Vom zweiten hätten Varus und die meisten Offiziere nicht erwartet, dass er in Schwierigkeiten kommen würde. Vielleicht lag es an seinem Pferd, das nur den grausamen Lärm echter Todesschreie gewöhnt war. Vielleicht hatte sich der Germane auch nur ein Pferd für den Ritt von Rom nach Ostia geliehen. Jedenfalls rutschte Arminius mit jedem Hornstoß mehr und mehr zur Seite. Auch die anderen hatten keinen Halt für die Füße. Aber Arminius war zu groß und schwer für sein kleines römisches Pferd. Wenn er gestanden hätte, hätte das Stockmaß des Pferdes gerade eben bis an seine Schultern gereicht. Im letzten Moment erkannte Varus das Missverhältnis zwischen Pferd und Reiter und ahnte, was nun passieren würde. Wie in den Zeiten, als er mit Augustus und Tiberius im Orient unterwegs gewesen war, ließ er sein Pferd im Passgang nach hinten ausweichen und stützte den Fürstensohn der Cherusker, den römischen Bürger und geadelten Ritter mit seinem linken Fuß – mit dem einzigen seiner Körperteile, der nicht perfekt geraten war. Es schmerzte ihn wahnsinnig. Auch Arminius hielt die Luft an. Bereits die kleinste Bewegung hätte ihn endgültig abrutschen lassen.

Als die Bläser zugleich die Hörner absetzen, glitten die Männer von den Rücken der Pferde. Varus konnte nur noch mit steifem Fuß auftreten. Doch diesmal griff sein Milchbruder Seianus ein und legte den Arm um ihn. Gemeinsam schritten sie über die Holzplanken an Bord der Galeere.

Auch von der Delegation der Judäer und Samarier kamen zwölf Männer und die beiden Lehrjungen von Joseph mit. Als besondere Ehrung hatte Varus dem Dichter Ovid angeboten, ihn auf seine Insel zurückzubringen. Die Fahrt von Ostia bis Elba dauerte keinen Tag.

Ovid lobte die Stärke des Schiffes und die Weitsicht, die Varus mit seinem Einsatz für die Judäer gezeigt hatte.

»Du bist ein glücklicher Mann, dass dir die Götter derartig große Aufgaben übertragen«, sagte er, während sie am Heck des Schiffes saßen und aufs Meer hinausblickten.

Varus schmunzelte zufrieden. »Ja, das mag sein. Ich danke oft den Göttern und opfere, wie es von einem Mann in meiner Position erwartet wird. Aber ich glaube nicht an Vorbestimmung und Schicksal, göttliche Fügung und anderen Zauber. Das alles erstarb vor vielen Jahren, als der Hausaltar meiner Väter bei den Proskriptionen zerstört wurde.«

»Dein Vater hat sich ins Schwert gestürzt.«

»Ebenso wie mein Großvater.«

»Aber als Augustus von seinem siegreichen Spanienzug nach Rom zurückkehrte, bis du selbst sogar Pontifex, oberster Priester der Jupiterfeiern geworden.«

»Das war ein Amt und eine Ehrung. Aber es hat mir nicht die Hausgötter meiner Familie zurückgebracht.«

Die beiden Männer sahen sich lange an. »Seit deiner Rückkehr von der Hochzeitsreise machst du auf mich den Eindruck, als ob du ein Geheimnis mit dir trägst«, sagte Publius Ovidius Naso schließlich. »Man hört Gerüchte von immensen Schätzen.«

Diesmal wartete Varus sehr lange mit der Antwort. Ovid ließ nicht locker: »Hat es mit den Aufständen und Kämpfen nach Herodes' Tod zu tun? Als du Statthalter in Syria warst?«

Varus brummte grimmig, dann nickte er. »Also gut, nur unter dem Siegel des Verschwiegenheit: Mein damaliger Finanzverwalter Sabinus wollte nach Herodes' Tod die blutigen Aufstände des Volkes Israel ausnutzen. Er hat versucht, heimlich Herodes' Königsschatz und den Tempelschatz fortzuschaffen. Ich konnte Sabinus fast das gesamte Diebesgut abnehmen, aber er selbst entkam nach Caesarea ans Meer.

217

Einen Teil davon ließ ich zum Tempel zurückbringen, doch einen anderen habe ich im Daphne-Tempel von Antiochia sichergestellt.«

»Und die Gerüchte betreffen diesen Schatz?«

»Es gibt noch weitere Teile, aber die goldenen Leuchter, Brottische und Figuren von geflügelten Seraphim befinden sich wieder im Allerheiligsten des großen Tempels, den Herodes bauen ließ. Augustus hat mir in die Hand versprochen, dass er selbst den Judäern das Opfergewand des Hohen Priesters zurückgeben wird, sobald dort Friede herrscht. Doch wenn Jerusalem endgültig zu unserer Provinz Syria gehört, werden es die Judäer schwer haben, ihre Altertümer zu verteidigen.«

Varus sah sich nach allen Seiten um. Der Wind stand gut, und die *IUSTITIA* konnte ohne Ruderer durch die sich fein kräuselnden, in der Sonne blitzenden Wellen eilen.

»Joseph ist einer der ganz wenigen Eingeweihten, die wissen, wo sich der Sarkophag von Herodes dem Großen befindet«, sagte Varus, und der Dichter spürte Stolz aus seinen Worten.

»Das ist doch allgemein bekannt, denke ich … im Herodeium, seinem Königs-Mausoleum auf der Spitze eines künstlichen Berges zehn Meilen südlich von Jerusalem.«

»Vollkommen richtig«, sagte Varus schmunzelnd. »Und doch keine Antwort, mit der Schatzsucher irgendetwas anfangen könnten …«

Der Dichter sah den Statthalter verwundert an.

»Bei allen Göttern«, stöhnte er dann. »Ich glaube, langsam ahne ich etwas. Du meinst, der Sarkophag von diesem König und seine Schätze sind nicht dort, wo jeder sie vermutet?«

Varus nickte nur. Ovid hob fragend seine dichten Brauen. »Und diese Ältesten … wissen sie inzwischen davon?«

Varus neigte den Kopf und deutete so dem großen Dichter Zustimmung an.

»Wir trafen bereits damals eine Vereinbarung.«

»Zur selben Zeit, in der du die Aufstände und Brände mit Kreuzigungen und tausendfacher Sklaverei beendet hast?«

»Die Volksgruppen, Sippen und Stämme brachten sich nach langer Tyrannei im Blutrausch gegenseitig um. Auch ihre Ältesten waren verzweifelt über diese Anarchie. Ich habe sie beendet.«

»Und doch gibt dir dieses Wissen Macht«, meinte er Dichter nachdenklich. »Im Rom des göttlichen Augustus.«

»Er hat den Titel verdient«, stellte Varus fest.

»Na ja, ich weiß nicht«, meinte Ovid. »Gewiss, gewiss, er hat den Bürgerkrieg beendet, gewaltige Bauwerke in Rom erschaffen und vieles neu geordnet. Es würde viele Tafeln für alle Lobeshymnen seiner Lebensleistung an seinem Mausoleum erfordern. Aber ich fürchte, dass vieles davon nur vorgetäuscht ist ... Schlafmohn für das Volk und den Senat. Augustus ist ein Spieler ... einer der besten Schauspieler, die je gelebt haben. Er tut alles, damit das Publikum ihm die Verteidigung der *res publica* abnimmt. Aber in Wirklichkeit meißelt er mit jedem Atemzug am Glanz des eigenen, göttlichen Standbildes ...«

»Und damit auch am Fundament für einen Nachfolger aus der eigenen Familie. Den Erben seines ganz privaten Weltreiches, für das die Republik nicht mehr als eine seit Jahrzehnten immer weiter bröckelnde Fassade ist.«

Sie merkten kaum, dass der Tag sanft verging und die Galeere dicht genug an Elba war, um Ovid zu verabschieden. Der Dichter nahm das Beiboot, das sie für ihn in Ostia an Bord genommen hatten. Publius Ovidius Naso winkte lange, während die Galeere mit Varus weiterfuhr. Sie ahnten beide, dass sie sich niemals wiedersehen würden.

Drei Tage später und mit fast direktem Westkurs erreichten sie die Inseln der Hyeren und nahmen frischen Proviant an Bord und ankerten für eine Nacht. Einen weiteren Tag später verließ das große Kriegsschiff sein ureigenes Element, das Meer, und fuhr durch den Kanal zwischen Fos und Arelate.

Die Ruderer verlangsamten den Takt, während links und rechts die brackigen, von Reihern und Ibissen bevölkerten, sumpfigen Wiesen und von weiten Schilffeldern umrahmten Uferseen vorbeiglitten. In den vergangenen Jahren hatten sich die Mündungsarme des Rhodanus mehr als einmal während der Herbst- und Winterstürme verlagert. Sandbänke waren aufgetaucht, wo vorher tiefes Wasser gewesen war, und Uferstreifen zwischen Seen waren weggespült worden. Die Trireme war schwerer beladen, als es die Anzahl der Menschen an

Bord vermuten ließ. Varus und der Schiffsführer waren entschlossen, nur eine Nacht und einen Tag in Arelate zu bleiben, um den Ruderern die Erholung zu gönnen, die sie verdient hatten.

Wie vorgesehen, wurde der neue Statthalter von Gallien mit seinen Beratern und hohen Offizieren mit allen Ehren empfangen und festlich bewirtet. Zum ersten Mal nach langer Selbstbeschränkung ließ sich Varus wieder unverdünnten Wein schmecken. Seine Offiziere hielten kräftig mit. Einer von ihnen war der gebürtige Cherusker Arminius.

Varus tat so, als merkte er nicht, wie sehr die drei untereinander wetteiferten. Wenn er den Becher in die Runde hob und damit den Mundschenken das Zeichen gab, augenblicklich nachzufüllen, nippte er nur einen kleinen Schluck. Auf diese Weise zwang er die Teilnehmer an der offiziellen Tischrunde, schneller und mehr vom besten Wein aus der Provinz zu trinken, als selbst den Säufern unter ihnen guttat.

Die Sonne war längst untergegangen, als immer noch ungewöhnlich lauter, weinseliger Gesang über die Dächer bis zum Fluss hinab und zur Galeere tönte. Zum Schluss, als die Mitternachtswachen ausrückten, sangen nur noch zwei mächtige Stimmen. Eine davon gehörte dem neuen Statthalter in Gallien und Germanien, die andere dem nicht einmal halb so alten Fürstensohn Arminius aus dem Germanenstamm der Cherusker.

Dass die beiden ungleichen Männer sich mochten, zumindest nach sehr viel Wein, war sehr deutlich zu hören. Die Menschen im nächtlichen Arelate jedoch fluchten und ärgerten sich über die Ruhestörung.

Bereits einen Tag später legten sie in Orange an. Nach den üblichen Begrüßungen ging Varus zu Fuß mit seinen Offizieren über die Via Agrippa bis zum Triumphbogen mit seinen drei Durchlässen.

»Zu Ehren der erfolgreichen zweiten Legion errichtet«, sagte er, nachdem sie alle einmal um das mehrere Stockwerke hohe Bauwerk herumgegangen waren. »Bereits kurz nach ihrer Gründung wieder aufgelöst, aber vielleicht stellt sie der Princeps irgendwann als *legio Augusta* erneut auf.«

»Caesar hatte weniger Legionen als Pompeius in Iberien«, prahlte der Präfekt Lucius Eggius mit seinen Kenntnissen.

»Neun Legionen und zweiundzwanzig Kohorten«, stellte Arminius ohne jede Regung richtig. Varus beobachtete erneut, was ihm bereits in Rom aufgefallen war. Der Ritter aus den feuchten dunklen Wäldern Germaniens besaß einen ungewöhnlich schnellen Verstand. Varus beschloss, ihn weiterhin genau zu beobachten. Im Augenblick hatte er den Eindruck, dass Lucius Eggius Streit mit Arminius suchte.

»Caesars Feind Pompeius hatte ebenfalls neun Legionen in Spanien und zwei in Italien«, beharrte Eggius auf seiner Ansicht. »Trotzdem hat Caesar klar gewonnen.«

»Worauf willst du hinaus?«, fragte Varus, obwohl er es bereits ahnte.

»Ich dachte nur, wie schwer es Tiberius in Illyrien fällt, mit mehr Legionen als Caesar gegen ein paar bärtige Barbaren anzukommen.«

Es zuckte leicht in Arminius' bartlosem Gesicht. Sein Körper straffte sich, und seine sonst so klaren Augen wurden plötzlich dunkel.

»Warst du schon einmal im Norden oder Osten?«, fragte er mit scharfem Unterton.

»Schluss damit!«, befahl Varus. »Ab sofort will ich keinerlei Diskussionen über Herkunft oder Privilegien mehr hören. Bei mir gilt nur die eigene Leistung neben geltendem Recht und Gesetz.«

Von der sechsten Stunde an wurde ihnen und weiteren Gästen wie üblich ein großes Gastmahl mit Gesang, Flötenspiel und Tanz geboten. Diesmal jedoch drängte der Statthalter auf einen frühen Aufbruch.

»Wenn wir weiter so gemächlich reisen, werden wir nicht vor dem Winter am unteren Rhein ankommen«, sagte er mahnend zu seinem Gefolge. »Dabei dürfte der weitere Weg erst nach dem schiffbaren Teil der Saône schwierig werden.«

»Zumindest durch die Gebirgspforte zum oberen Rhein hin«, bestätigte Caelius. »Ich wünsche mir meinen Grabstein nur unter der Sonne Italiens, aber niemals an einem kalten Fluss in Germanien.«

Am nächsten Morgen bestellte Varus Caelius allein zu sich. Er sah ihn lange an, dann sagte er: »Ich weiß, dass du darunter leidest, was unseren aufrechten Familien angetan wurde. Aber die Republik besteht noch immer – wenn auch nicht so, wie es dir und mir vorschwebt. Trotzdem missfällt mir, wie du von Grabsteinen redest. Nie wieder, Marcus, nie wieder will ich dieses Wort hören! Ich will keine Provinz, in der über Gräber oder Nekropolen geredet wird.«

In der folgenden Zeit hielt sich Marcus Caelius deutlich auf Distanz. Varus bemerkte es, aber er drängte ihn nicht, sondern kümmerte sich um die Reise flussaufwärts. Obwohl er großen Wert auf ordentliche Inspektionen und Besichtigungen legte, dauerte ihm die Flussfahrt bis nach Vienne schließlich doch zu lange. Er hielt sich deshalb im größten Flottenhafen des Rhodanus nach Arelate nur drei Tage auf. Die Männer in seiner Begleitung waren erstaunt über die vielen Liburnen und Kampfschiffe inmitten einer seit einer Generation zum Römischen Reich gehörenden Provinz.

»Wenn dieser Fluss schon solche Flottenstützpunkte benötigt, wie wird das erst am unteren Rhein aussehen?«, fragte Lucius Eggius, als sie an Dutzenden von Triremen, Liburnen, Frachtschiffen und kleinen Flussbooten der Gallier entlangfuhren.

Für Varus unerwartet, griff Arminius ein. »Wenn du dich nicht so viel in Kneipen herumgetrieben hättest, sondern die Berichte und Senatsprotokolle über die erfolgreichen Züge der Adoptivsöhne von Augustus studiert hättest, würdest du nicht so dumm fragen.«

»Du kennst die Senatsprotokolle?«, fragte Varus erstaunt.

»Natürlich habe ich Caesars Werke über seine Eroberungen und den Krieg in Gallien gelesen«, gab Arminius ernsthaft zurück. »Und wenn sie für mich in der Bibliothek des Senats nicht frei zugänglich waren, habe ich mir im Auftrag von Tiberius Zugang beschaffen können. Außerdem hat Tiberius an manchen Abenden im kleinen Kreis vom Tod seines Bruders gesprochen und von den großen Taten, die Drusus für Rom und Augustus geleistet hat. Daher kenne ich auch einige der Zahlen, die nicht irgendwo veröffentlicht sind.«

»Drusus hat zuerst tausend und dann nochmals tausend Schiffe am Rhenus bauen lassen«, bestätigte Varus. »Er hat sogar zwei Kanäle bis ins Meer im Norden graben lassen, um an der Küste entlang in Richtung Osten vorzustoßen.«

»Wir nannten die Flüsse, über die er von Norden her ins Innere des flachen Landes vorgedrungen ist, Ems, Weser und Elbe.«

»Stammst du nicht vom mittleren dieser drei Flüsse, an dem es nicht eine einzige Stadt gibt?«, fragte Lucius Eggius herablassend.

»Meine Familie stellt schon seit vielen Sommern die Fürsten dort am großen Weserbogen«, bestätigte Arminius sachlich. »Der Fluss aus den mittleren Gebirgen fand vor langer Zeit keine Pforte durch die Hügelkette dort und musste lange suchen, bis einer meiner Ahnen Mitleid mit dem jungfräulichen Wasser empfand und mit dem Schwert eine Bresche geschlagen hat. Wotans Raben waren dagegen, deshalb rutschte des Schwert etwas ab und traf die Berge ein paar Meilen zu weit westlich. Als Sühnezeichen für den missglückten Schlag und den Umweg, den die Weser noch bis heute machen muss, haben meine Ahnen dann am Ostufer eine Thingstätte eingerichtet, auf der noch bis zum Auftauchen von Drusus bei jedem Sonnwendfest das schönste junge Liebespaar dem Fluss geopfert wurde.«

»Welch eine Grausamkeit«, seufzte Eggius.

»Keineswegs«, widersprach Arminius. »Dort wo die Paare sterben, entstehen nach dem Winter, der bei uns sehr viel länger dauert als in Rom, flirrende Riesenlibellen und mörderische langbeinige Schnaken, die jeden Fremden, der nicht zu unserem Volksstamm zählt, zerstechen und vertreiben.«

»Wie heißt der Platz?«, wollte Varus wissen.

»Wir nennen ihn den Schnakenborn.«

»Wir werden diese Gegend ebenfalls aufsuchen, um die Verhältnisse im Sinne Roms zu ordnen«, sagte Varus. »Es geht nicht an, dass Augustus' Wille durch Walküren an der Elbe oder heilige Stechmücken am großen Weserbogen missachtet wird.«

»Meine Vorfahren sind inzwischen größtenteils Föderaten und Vertragspartner des Imperiums«, sagte Arminius etwas zu schnell.

»Größtenteils?«, wiederholte Lucius Eggius. Aber Arminius musste nicht antworten.

»Es gibt in allen Provinzen Ewiggestrige und verblendete Rebellen«, stelle Varus fest. »Das ist in Germanien wahrscheinlich nicht anders als in Pannonien oder Judäa. Selbst in der vornehmen und traditionsreichen Provinz Africa gab es reichlich Probleme mit Aufständischen.«

Selbst Caesar oder Augustus hätten keinen besseren Empfang in der Hauptstadt Galliens haben können als Publius Quinctilius Varus. Auch ihm war das weder in Africa noch in Asia und nicht einmal bei seinem Eintreffen in der Provinz Syria vergönnt gewesen.

Die ersten geschmückten Boote kamen bereits zwischen Vienne und Lugdunum den Rhodanus herab. Sie brachten Blumenmädchen, die Blütenblätter ins Wasser streuten, dazu Flötenspieler und junge Priesterinnen mit Kitharen. Sogar die Ruderer bekamen etwas ab von der perfekt organisierten Fröhlichkeit. Sie durften auf den Halbschlagtakt zurückgehen, sodass sie nicht mehr wie gewohnt mit jedem Eintauchen der Ruderblätter genau eine Schiffslänge stromauf glitten.

Bereits von weitem war der Stadthügel mit dem Forum auf der linken Seite zu erkennen. Am Zusammenfluss der beiden mächtigen Ströme Rhodanus und Araris erhob sich eine große besiedelte Insel aus dem Wasser.

Sie legten gegen Mittag am Uferkai von Lugdunum an. Eine Abordnung von fast hundert Würdenträgern aus der Verwaltung der Provinz und der Stadt war bunt und feierlich gekleidet zum Empfang des Stellvertreters von Augustus angetreten. Allen fiel auf, wie unterschiedlich die Repräsentanten der verschiedenen Regionen gekleidet waren.

Als das mächtige Kriegsschiff unter dem Klang von Hörnern und Trompeten anlegte, kam der Stadtpräfekt als Erster bis zur Anlegebrücke. Hinter ihm stritten sich zivile Würdenträger mit Offizieren der in Gallien stationierten Legionen um den Vortritt. Dennoch wurde der Empfang des neuen Statthalters zu einem festlichen und würdigen Ereignis für die Menschen an den zwei Flüssen. Überall waren die Straßen mit Eichenzweigen und Girlanden von einem Haus zum anderen geschmückt. Bereits am Tag von Varus' Ankunft sollte es ein Spektakel im Amphitheater geben.

Auf den Sitzreihen des ansteigenden Halbrunds hatten sich gut fünftausend Menschen versammelt. Sie jubelten ihm zu, als sie ihn sahen, und feierten den neuen Statthalter wie einen Befreier.

In dieser Nacht, als Varus sich in den Palast des Präfekten zurückzog, war er noch immer erstaunt über die unerwartete Begrüßung durch Menschen, die zum Imperium gehörten, aber niemals vollwertige Römer sein würden. Vasallen vielleicht, Föderaten, treue Verbündete, aber mit anderen Göttern und Idealen. Nach seinen ersten Eindrücken waren die Gallier nicht besser und nicht schlechter als die Römer. Was wusste er eigentlich von den Völkern nördlich der Alpen? Er kannte die Menschen in Africa, Ägypten, Palästina, im Zweistromland der Parther, Asia und Griechenland. Aber er war niemals in Illyrien, Hispanien oder Gallien gewesen. Und nicht einmal im Traum in den finsteren Wäldern jenseits des Rheins ...

Die beiden ersten Wochen in der Hauptstadt Galliens vergingen mit Anhörungen, Empfängen, Verhandlungen und der Bestätigung oder Ablehnung strittiger Gerichtsurteile. Varus fand sich schnell mit den besonderen Bedingungen Galliens zurecht. Das große, waldige Gebiet war nicht zu vergleichen mit den jahrhundertealten Zivilisationen und Siedlungen, die er in den Provinzen Asia und Syria vorgefunden hatte. Nur die Hauptstadt Lugdunum mit ihren quadratisch angelegten Straßen und Plätzen erschien ihm wie eine Oase der Ordnung und des Rechts.

Varus sorgte dafür, dass der verbannte Ethnarch Herodes Archelaos auch ohne sein eingezogenes Vermögen eine vernünftige Villa und einige Bedienstete erhielt. »Verdient hast du das nicht«, sagte er zu ihm, »aber Rom ist größer als du.«

Er befahl, die Festtage und Feierlichkeiten sorgfältiger einzuhalten, regelte den Verkehr bei Tag und Nacht etwas sinnvoller als in Rom und ließ die Getreidespeicher am Hafen vergrößern.

»Eine unerwartete Hungersnot wie im vergangenen Jahr in Rom kann überall passieren«, erklärte er den Händlern, die sich über die neue Handels- und Transportsteuer für Getreide beklagten. »Ich brauche Reserven an Waren und Geld, um schnell handeln zu können.

Wer erst damit anfängt, wenn der Schaden schon eintritt, verursacht wesentlich höhere Kosten für alle.«

Einige Misstrauische wunderten sich über die eigenartige Vorsicht des neuen Statthalters und machten sich darüber lustig, dass er sogar Leinensäckchen mit Schlafmohn und Honig einlagern ließ.

»Wenn Ammen und Mütter schreiende Kinder haben, stört das die Männer, wenn sie am dringendsten gebraucht werden«, erklärte Varus. Volle Zustimmung der Bürger von Lugdunum bekam er erst, als er den Befehl gab, Vorräte an Wein, Pökelfleisch, Salz und Garum-Würze einzulagern.

»Und dann will ich neues Geld haben«, sagte er Anfang Juli. Die Stadtoberen von Lugdunum verstanden ihn nicht.

»Wir haben schon eine Münze, die gutes Geld schlägt.«

»Schickt mir den Münzmeister«, befahl er. »Und zwar morgen früh!«

Genauso geschah es. Der Münzmeister brachte ein kleines Kästchen mit frisch geschlagenen Münzen mit. Er überreichte sie dem neuen Statthalter Galliens, und er benahm sich dabei so stolz, als wäre er der Herr über alle Asse und Denare Roms. Varus nahm eine der frischgeprägten Münzen, ging zum Fenster und sah sie sich ganz genau an. Dann drehte er sich um und nickte.

»Ab sofort sollst du alle Münzen, die an Legionen in Gallien gehen, mit einem zusätzlichen Schlag versehen. Du wirst überall und deutlich sichtbar die drei Anfangsbuchstaben meines Rufnamens aufprägen, und die lauten VAR ...«

Der Münzmeister stöhnte. »Aber dafür ist auf den kleinen Münzen kein Platz am Rand«, protestierte er. »Dort muss seit mehr als fünfundzwanzig Jahren das SC für *Senatus consulto* stehen.«

»Dann schlag mein Signum eben nicht an den Rand, sondern in die Mitte!«

Der Münzmeister quälte sich und zappelte wie ein an Land geworfener Fisch. »Das zerstört ... zerschlägt bei einigen Münzen Kopf und Gesicht des erhabenen Augustus. Könnten wir nicht auf die Rückseite von einem As schlagen, wie wir es vor einigen Jahren für den Legaten Numonius Vala von der achtzehnten Legion am Rhein mit einem Gegenstempel getan haben ...«

Varus verzog sein Gesicht zu einem kalten Lächeln.

»Ich bin Augustus' Stellvertreter hier und nicht Vala. Jeder, der von mir bezahlt wird, soll daran denken, wenn er seine Asse und Sesterzen für süßen Wein oder für Weiber vor dem Lagertor ausgibt.«

»VAR sagst du?«, jammerte der Münzmeister. »Einfach VAR?«

»VAR! Und die ersten Kisten mit neuem Geld nehme ich in drei Wochen mit nach Norden.«

Am selben Abend ließ er Joseph und seine Gesellen zu sich kommen. »Ich weiß, ihr habt euch bereits den Tempel und den Altar der Völker Galliens hier in der Stadt angesehen. Ihr sollt deshalb schon ohne mich zum Rhein vorausgehen. Es gibt dort im Oppidum der Ubier bereits einen germanischen Altar. Ich will, dass ihr am neuen, größeren Altar zu Ehren Roms und Augustus' mitbaut.«

»Und der Schatz?«, fragte Jochanan vorlaut. Sofort legte ihm Joseph, der Tekton, eine Hand auf den Arm. Dann senkte er seinen Kopf als Zeichen der Zustimmung.

Sie legten im Hafen von Lugdunum mit einer kleineren Fluss-Liburne ab. Das Schiff kam Varus gegen die Trireme wie ein unwürdiger Frachtkahn vor. Als dann auch noch die Ruderer durch Treidelsklaven mit langen Zugseilen ersetzt wurden, konnte es Varus kaum erwarten, dass er das Schiff endlich in Epomanduodurum verlassen konnte. Die befestigte Stadt mit dem unaussprechlichen Namen tauchte völlig überraschend mitten zwischen dichtbewaldeten Hügeln auf. Gleich darauf war auch ihr Amphitheater zu sehen. Als sie näher kamen, entdeckte Varus Thermen, prächtige Villen und bunt in der Sonne leuchtende Tempel. Einige erinnerten ihn an den großen Tempel von Herodes in Jerusalem. Allein ihr Anblick verbesserte seine mürrische Stimmung.

Schon beim Empfang durch die Würdenträger am Flusshafen sah Varus, dass auch Epomanduodurum nach den gleichen Plänen gebaut worden war wie viele andere Städte Galliens nach der Eroberung des Landes.

Am dritten Abend seines Aufenthalts lud der knorrig wirkende Präfekt Varus und sein Gefolge auf eine Waldlichtung mit einem mannshohen Lagerfeuer ein. Der Präfekt war ein geborener Sequaner. Seine Familie hatte noch durch Caesar römisches Bürgerrecht erlangt. Sie aßen Wildschwein, das sie in Stücken an angespitzten Haselnussstöcken jeder für sich in die Flammen hielten. Dazu gab es große Töpfe mit geschmolzenem und mit Kräutern gewürztem Käse.

Während die Männer zur fortgeschrittenen Stunde den Wein lobten, der hier ganz anders als im Süden schmeckte und unverdünnt getrunken werden konnte, fragte der Präfekt plötzlich: »Wollt ihr wissen, was wirklich hier geschehen ist, seit die ersten Römer unsere Häuser angesteckt und die Frauen vergewaltigt haben?«

Es war, als bliese ein eisiger Wind, kälter und schärfer als der Mistral im Tal des Rhodanus, über die Lichtung. Schlagartig blickten alle zu Varus. Was der Sequaner sich leistete, sprach allen Regeln der Gastfreundschaft hohn. So durfte sich kein Mann benehmen, der für ein offizielles Amt bezahlt wurde.

Das Knistern des Feuers und die Nachtrufe von Tieren, die es in Rom und ganz Italien nicht gab, schmerzten auf einmal in den Ohren der Römer. Es war, als wollten sich die unsichtbaren Geister des Waldes ebenfalls zu Wort melden.

»Sprich!«, sagte Varus ohne jede sichtbare Regung.

Der Präfekt schnäuzte sich, trank einen Schluck Wein und begann mit dunkler, rauer Stimme: »Als Caesar vom Volk zum Konsul gewählt wurde, bestand bereits die Befürchtung, dass er sich eines Tages, und sogar vom Willen des Volkes getragen, über alle emporschwingen und den Platz an der Spitze erringen würde. Mit seiner Popularität, dem Reichtum von Konsul Marcus Licinius Crassus und den Legionären von Pompejus konnten die drei eine Dreimännerherrschaft gründen, gegen die niemand in der *res publica* mehr ankam. Denn nichts sollte beschlossen werden, was einem der dreien nicht gefiel.«

»Ich komme gerade aus Rom«, sagte Varus spöttisch. »Du musst mir nichts über das erste Triumvirat erzählen.«

Der Stadtpräfekt hob beide Hände wie ein Priester. »Gib mir noch drei Sätze, ehe du entscheidest, ob ich mehr erzählen oder schweigen soll.«

Varus blickte sich um, zuckte mit den Schultern und nickte.

Der Präfekt holte tief Luft. »Doch dieser Caesar war nicht der Göttliche, zu dem ihr ihn erhoben habt! Er hat zu viele aufrichtige Anhänger der Republik vor den Kopf gestoßen. Und bereits vor der Eroberung Galliens wünschten viele von ihnen seinen Untergang.«

Die Flammen des mannshohen Feuers auf der Lichtung wurden von Sklaven nochmals angefacht. Funkenschwärme stiegen bis zu den Sternen in den schwarzen Nachthimmel auf. Die Welt im Norden war tatsächlich finsterer, als er es bisher kannte. Varus empfand plötzlich eine eigenartige Verbundenheit mit dem knorrigen Waldmenschen, der zum Römer geworden war. Er blickte in die Gesichter der Stabsoffiziere, die ihn zum Feuer im Wald begleitet hatten. Präfekt Lucius Eggius interessierte sich für einen Schweineknochen, ein paar andere ließen sich Wein nachschenken, und nur wenige Männer aus seinem Gefolge blickten erwartungsvoll auf ihn und den Präfekten. Wie zufällig standen der Cherusker Arminius, sein Bruder Flavus und der Sugambrer Vennemar nebeneinander – ganz so, als sollten sie einen Bericht aus ihrer eigenen Vergangenheit hören.

Varus lächelte kaum merklich und behielt die Germanen im Auge. »Sprich weiter!«, befahl er dem Präfekten.

»Zu jener Zeit waren die Sueben unter Ariovist bereits mit fünfzehntausend Kriegern über den Rhein gekommen, um die keltischen Stämme der Sequaner und Arvener gegen die bereits mit Rom verbündeten Haeduer zu unterstützen. Das ist inzwischen schon fast sieben Jahrzehnte her. Ariovist, der Anführer der Sueben, hatte in einem Sumpf mitten im Siedlungsgebiet der Haeduer ein gut befestigtes Lager errichtet. Mit vielen Vorräten, um eine Belagerung durch die Haeduer zu überstehen. Und die kamen auch mit zehnfacher Überlegenheit und umzingelten die Germanen. Doch alle Angriffe blieben erfolglos – so lange, bis sich die Belagerer selbst nicht mehr ernähren konnten. Sie wollten bereits abziehen, doch da brach Ariovist blitzartig aus und vernichtete die halbverhungerten Haeduerkrieger.«

»Hat Julius Caesar nichts davon erfahren?«, warf Arminius ein.

»Natürlich erkannte Caesar die zunehmende Gefahr durch die Germanen. Er schickte also Gesandte zu Ariovist und forderte ihn auf, zu ihm zu kommen. Der aber antwortete nur: ›Caesar? Nie gehört. Wer soll das sein?‹«

»Und das hat Caesar sich gefallen lassen?«, fragte Flavus empört. Die anderen Offiziere schüttelten ebenfalls den Kopf.

»Hört euch erst noch an, warum auch die Sequaner betroffen waren«, sagte Varus, der die Berichte bereits kannte.

»Die Haeduer mussten befürchten, dass Ariovist ihr ganzes Volk auslöschte«, fuhr der Präfekt fort. »Deshalb nahmen sie alle Friedensbedingungen an. Sie mussten die besten Söhne aus ihren vornehmsten Familien an die Eroberer ausliefern.«

»Eine kluge Maßnahme und nicht anders als bei uns«, sagte Varus anerkennend und mit einem Seitenblick auf Arminius und Flavus. Flavus nickte freudig. Auch sein Bruder bestätigte den Statthalter.

»Viel einschneidender als der Sieg der Germanen über die Verbündeten Roms war aber Ariovists Forderung nach Land für seine Sueben.«

»Und das gefiel auch euch Sequanern nicht.«

»Wer kann schon jubilieren, wenn die Barbaren bereits bei Nachbarn wüten? Wir hätten ziemlich viel dafür gegeben, wenn Ariovist wieder nach Osten über den Rhein verschwunden wäre.«

»Ihr hättet euch doch einigen und in friedlichem Nebeneinander leben können, wie es im Imperium Romanum und sogar in Rom selbst möglich ist«, sagte Flavus beinahe vorwurfsvoll.

»Nein, Flavus«, widersprach Arminius seinem Bruder. »Ariovist hatte einen Friedensvertrag mit den besiegten Haeduern. Damit war er für sie verantwortlich, wie jeder Patron für seine Sklaven und sein Vieh verantwortlich ist. Und wie ein guter Statthalter musste er dafür sorgen, dass sowohl sein Volk wie auch das Volk der Haeduer nicht verhungerte.«

Der Präfekt warf seinen Haselnussstock mit einem Fleischrest in die Flammen des langsam kleiner werdenden Lagerfeuers. »Genau das war auch die Begründung für seine Forderung an uns Sequaner. Ariovist war kein Feind von uns, aber er brauchte unser Land – genau wie wir es schon beim Auftauchen dieser Germanen fürchteten.«

»Trotzdem hat er nicht angegriffen und sich genommen, was er brauchte«, sagte Varus. »Ariovist, der anfänglich nicht wusste, was er mit Caesars Namen anfangen sollte, kannte inzwischen die Macht Roms in Gallien und wollte sich die Finger nicht verbrennen. Wie klug das war, zeigt sich daran, dass Rom ihn nicht für die Vernichtung der Haeduer bei Magetobriga bestrafte. Im Gegenteil. Der Senat verlieh ihm sogar den Titel eines Königs und Freundes von Rom.«

Varus' Gesicht wurde grimmig. »Und weil es den um die Republik besorgten, einflussreichen Männern in Rom damals nicht gelang, Caesar für sein Verhalten vor Gericht zu stellen, fragten sie bei Ariovist an, für welche Gegenleistung er Caesar töten würde.«

Nur noch das Knacken im herabbrennenden Feuer war zu hören. Selbst die Dämonen des finsteren Waldes schienen davon zum ersten Mal gehört zu haben.

Für die nächsten Tage zwischen den Flüssen Rhodanus und Rhenus hatte der neue Statthalter Gerichtsverhandlungen angesetzt, für die frühen Nachmittage Opferzeremonien. Obwohl er alle Klagen und Anschuldigungen schon hundertfach gehört hatte, achtete Varus auf jeden noch so kleinen Unterschied. Mochten die Vorfälle von Diebstahl und Betrug, Heimtücke, Gotteslästerung und Mord in sämtlichen Provinzen ähnlich klingen – ihre Beurteilung durch die Gesetze Roms und die Betroffenen selbst konnte sehr unterschiedlich sein. Hier ging es nicht um wohlgesetzte Worte wie auf der Bühne oder im Senat, sondern um sehr viel Fingerspitzengefühl. Varus wusste, dass den Menschen die Sprache auch dafür gegeben war, ihre Gedanken zu verbergen. Schon deshalb achtete er auf ihre Mimik und jede noch so kleine Bewegung.

Wie sehr die Ansichten selbst bei seinen eigenen Beratern und Offizieren auseinandergingen, zeigte sich fünf Tage später, als Varus beim Abendessen im Prätorium erneut darauf zu sprechen kam, wie Caesar seinen langen Krieg in Gallien geführt hatte.

»Kann mir irgendeiner von euch erklären, warum der große Julius Caesar bei dem Barbarenanführer Ariovist so zögerlich war?«

»Ja«, behauptete Lucius Eggius. Dann fasste er mit schwerer Stimme zusammen, was er und die meisten anderen schon während ihrer

Ausbildung gelernt hatten: »Als Caesar Ariovists arrogante Antwort erhielt ... genau zu diesem Zeitpunkt brachten Gesandte der Trevirer die Nachricht, weitere hundert Gaue der Sueben stünden am Rhein und wollten übersetzen ...«

»Caesar musste unter allen Umständen die Vereinigung dieser Menschenmengen verhindern«, sagte Flavus eifrig. »Deshalb ließ er große Getreidevorräte heranschaffen und zog in Eilmärschen mit mehreren Legionen gegen Ariovist.«

Der Präfekt nickte zustimmend. »Er fand unsere von dichten Urwäldern geschützte Hauptstadt Vesontio. Wir hatten ebenfalls einen großen Vorrat von allem Kriegsmaterial zusammengetragen. Das alles fiel Caesar in die Hände, als er mit sechs Legionen die überfüllte Stadt eroberte.«

»Aber nicht für lange«, meinte Flavus keck, »denn schon nach kurzer Zeit verbreiteten sich die wildesten Gerüchte durch Einheimische, Soldaten und herumziehende Händler. Überall wurde erzählt, wir Germanen seien ungeheuer groß, unglaublich tapfer, geübt in den Waffen, man könne in den Schlachten mit uns nicht einmal unsere Blicke und das Funkeln unserer Augen ertragen.«

»Was daran sollen Gerüchte sein?«, warf Arminius tadelnd ein. Sein Bruder zuckte kaum merklich zusammen.

Obwohl Varus ebenfalls die Befehlsgewalt über mehrere Legionen besaß, fühlte er sich nicht wie ein Caesar, Drusus oder Lollius. Natürlich hatte Rom oft genug bewiesen, dass die Bewohner fremder Länder durch das Schwert erobert wurden. Doch mit Schwert und Speer allein konnte nicht einmal das Imperium Romanum nach einem Sieg für Frieden sorgen. Deshalb sah Varus seinen eigentlichen Auftrag darin, geschickt und maßvoll wie ein erfahrener Gladiator aufzutreten, um den Besiegten Zügel durch das Recht und die Gesetze Roms anzulegen. Das war nach seiner Auffassung die edelste und erste Aufgabe eines Statthalters. Trotzdem war ihm bewusst, dass junge Militärtribunen und ewig kritisierende Chronisten seine Einstellung wahrscheinlich als zu abwägend beurteilen würden.

Am nächsten Abend erklärte er deshalb den Führungsoffizieren und Beamten seines Stabes noch einmal seine Ansicht von Eroberung und Herrschaft.

»Jeder Römer mit Verantwortung muss vom großen Krieg der Griechen ebenso lernen wie von den Zügen Alexanders, Hannibals und Caesars. Das gilt nicht nur für die Schlachten selbst, sondern besonders für die Marschzüge und die Bewegungen durch unbekanntes Gelände. Genau hierin liegt unsere wahre Stärke. In fünf Jahrhunderten haben wir gelernt, welche Fehler möglich sind. Wir kennen alle nützlichen Formationen für Angriff und Verteidigung und können uns bis zum letzten Mann auf Disziplin und Gehorsam verlassen. Das – und nur das – sind die Pfeiler, auf denen das gesamte Imperium Romanum ruht.«

Varus bemerkte die plötzlich auftauchende Falte zwischen des Arminius Brauen. Auch der Präfekt war nicht ganz seiner Meinung. »Bei Ariovist bildeten auch die Germanenstämme Sturmhaufen und Angriffskeile, die sie Eberkopf nannten. In ihren Spitzen standen die besten Elitekrieger, während die Flanken von schildtragenden Kriegern gedeckt waren. Genau in dieser Aufstellung lieferten sie Caesar am nächsten Tag ein furchtbares Gefecht mit vielen Toten und Verwundeten.«

»Trotzdem haben die Germanen damals nicht mit voller Kraft angegriffen«, warf Arminius ein. »Als nämlich Caesars Offiziere die gefangenen und verwundeten Germanen ausfragten, hörten sie von Warnungen der weisen Weiber. Die nämlich hätten die Zeichen des Himmels und der Pflanzen gedeutet und gesagt, in einer Schlacht vor Neumond könne Ariovist nicht siegen.«

Varus nickte zustimmend. »Also nicht viel anders als bei uns, bei unseren Göttern und den Wahrsagern, die aus den Rillen in gebrannten Knochen lesen.«

Lucius Eggius wusste noch mehr: »Bei den Germanen sollen die Weiber mit bloßen Busen und aufgelösten Haaren auf Wagen gestiegen sein, um den Männern zuzurufen, sie nicht in Sklaverei sinken zu lassen.«

Arminius stellte seinen geleerten Becher hart auf den Bohlentisch zurück. »Das muss die große Stunde von Publius Licinius Crassus gewesen sein, dem Sohn des reichen Crassus, mit dem Caesar das Triumvirat teilte und der fünf Jahre später zusammen mit seinem Vater die Legionsadler und sein Leben durch die Parther im Orient verlor.«

Arminius schien die Aufmerksamkeit der Statthalters nicht zu bemerken, sondern fügte einen halben Satz hinzu, der alles sein konnte – Bewunderung ebenso wie eine bewusste Provokation: »… die dann Augustus und Tiberius vor einem Vierteljahrhundert durch kluge Verhandlungen zurückholen konnten.«

Er nannte nur diese beiden Namen: Augustus und Tiberius. Kein Wort von Varus und keins von Paterculus, der ebenfalls dabei gewesen war. Varus zwang sich zu lächeln.

»Genau so ist es berichtet«, sagte er dann, indem er wieder auf die große Schlacht im Grenzgebiet zwischen Gallien und Germanien zurückkam. »Crassus' Eingreifen mit der römischen Reiterreserve hat eine Lawine aus fliehenden Leibern ausgelöst. Und sie hörte erst auf, als die Germanen in die Ufersümpfe des Rheins gelangten. Hier fanden sie einige Kähne und Flöße, aber sie reichten nicht für ein fliehendes Volk.«

Die anderen schwiegen sehr lange. Alle wussten, dass bei diesem Sieg Caesars fast dreißigtausend germanische Männer ihr Leben verloren hatten. Selbst die Verwundeten waren nicht verschont worden. Über die Zahl der niedergemetzelten Frauen und Kinder gab es ohnehin keine Angaben.

Für eine ganze Weile blieb alles still. Dann stöhnte der Stadtpräfekt schwer von Erinnerungen. »Ariovist selbst gelang ja noch die Flucht auf das östliche Ufer des Rheins. Er lebte weitere vier Jahre als gebrochener, verstörter Mann ohne Ansehen. Erst sein Tod wurde dann bei den germanischen Völkern und Stämmen betrauert.«

Erneut schwiegen Varus' Offiziere. Sie hüstelten, tranken den einen oder anderen Schluck und bewegten ihre Gedanken. Doch dann war es Flavus, der jüngere Bruder von Arminius, der die alle bewegende Frage aussprach: »Was wäre gewesen, wenn Crassus nicht eigenmächtig gehandelt hätte?«

»Dann wäre Ariovist Sieger und Julius Caesar schon viel eher ein toter Mann gewesen«, antwortete sein Bruder, ohne zu zögern. »Außerdem wären die heutigen Nordprovinzen des Imperiums Germanenland geblieben.«

Varus sah ihn mit nachsichtigem Lächeln an. »Hast du auch nur eine Vorstellung davon, was eine Niederlage von Caesars Heer in Rom ausgelöst hätte? Ich sage es euch: Sämtliche Pläne für die Nordausweitung des Imperiums wären nur noch Asche gewesen – selbst wenn die Schlacht nur drei der sechs Legionen gekostet hätte.«

»Nur drei Legionen«, wiederholte Arminius nachdenklich. »Hat Rom nicht schon viel mehr verloren, seit Caesar erstmals mit Germanen kämpfte? Ich denke da an Lollius, Drusus und ...«

Er stockte. Alle sahen ihn an.

»Und Tiberius, deinen Mentor?« Es war kein Spott in Varus' Stimme, nicht die geringste Spur von Ironie. »Ich hörte von Livia Drusillas Sohn bereits, als er im Alter von neun Jahren die Lobrede am Grabe seines Vaters hielt. Fünf Jahre später wurde ihm die *toga virilis* verliehen, drei Jahre bevor sich andere erwachsen nennen dürfen. Wie oft stand er an der Seite von Augustus? Wie habe ich ihn als Konsul erlebt, als wir gemeinsam die Provinz Großgermanien planten? Wie oft hat er später als Nachfolger seines Bruders Drusus in Germanien gekämpft? Und wie muss er gelitten haben, als er erkannte, dass Augustus seine Enkel vorzog und ihn gedemütigt nach Rhodos ins Exil gehen ließ?«

Er wandte sich direkt an Arminius.

»Du und dein Bruder Flavus – ihr habt euch bei den Legionen eines vorbildlichen Feldherren bewährt, der durch seine Adoption durch Augustus vor vier Jahren auch noch in die Familie der Julier aufgenommen wurde und sich jetzt ebenfalls Caesar nennen darf. Und ich danke ebendiesem Tiberius, dass er dich, Arminius ...« Er sah zu dessen Bruder, »... und auch dich, Flavus, mir zur Seite gestellt hat. Augustus will, dass ihr mir zeigt, worin die Germanen anders sind als die Völker und Stämme, die ich von Mazedonien bis Africa und von Syria bis Palästina kennengelernt habe.«

Für einen Augenblick war es sehr still.

»Ich brauche eure Hilfe«, sagte Varus ernst. »Und die von euren ehemaligen Familien zwischen Rhein und Elbe. Deshalb habe ich euch abends über die Begegnungen Roms mit Germanenkriegern sprechen lassen. Und ich verlasse mich auf eure Ehre, eure Treue als Bürger Roms und hochdekorierte Ritter.«

DIENSTAG

15. September 2009

Thomas Vesting kam mit fünf Stunden Schlaf aus. Er räumte sein Hotelzimmer und gab das Notebook mit sorgfältig gereinigtem Speicher an der Rezeption zurück. Er zahlte nicht mit Kreditkarte, sondern bar. Seit die US-Regierung das Gesetz durchgedrückt hatte, dass ihre Geheimdienste sämtliche E-Mails zwischen Amerikanern und anderen Personen im Ausland mitlesen durften, gab es de facto nicht einmal mehr den Anschein von Datenschutz – weder privat noch zwischen Firmen oder Journalisten. Wahrscheinlich kannten sie inzwischen alles von ihm. Von der Blutgruppe über den nächsten Ölwechsel seines an der Varus-Statue in Haltern geparkten Dienstwagens bis zum Onlineprotokoll und der bei seinen letzten Küssen getauschten DNA.

Noch fand er anregend, dass er sich inzwischen selbst wie ein Agent bewegte. Wie auf dem Sprung bewegte er sich durch Kneipen, die er in der Altstadt kannte. Um noch ein bisschen römisches Flair zu schmecken, streifte er durch die Ausgrabungen in der Kölner Innenstadt. Schließlich setzte er sich nicht weit vom Rheinufer entfernt in ein ziemlich verwahrlostes Internet-Café, das ihm sicher erschien. Es musste ja nicht immer Kaviar sein. Er wählte sich mit einem Fake-Namen, den er seit Jahren nicht mehr benutzt hatte, in den Server der Universität Yale ein. Der Zugang klappte noch.

Stunde um Stunde recherchierte er in den Unterlagen über die *Sons of Hermann* in Amerika. Er fand die Gründungsurkunden des Hilfsvereins für deutsche Einwanderer in New York aus dem Jahr 1841, dann die mehrmals veränderten Satzungen, Protokolle von Versammlungen der verschiedenen Logen, Mitgliederlisten über anderthalb Jahrhunderte und die Umwandlung in eine Versicherungsgesellschaft.

Als reiche Großloge mit den meisten Mitgliedern hatten sich die Texaner von San Antonio 1921 von den anderen *Sons* abgespalten. Seit 1937 war auch nicht mehr Deutsch die Pflichtsprache bei den geschlossenen Versammlungen, sondern Englisch. All das war weder geheimnisvoll noch verdächtig. Es gab Unmengen von Vereinigungen in den USA, die sich als Söhne von irgendetwas bezeichneten – von harmlosen Gesangsvereinen bis zu fanatischen religiösen Sekten.

Und dann stutzte er plötzlich.

Mit einer Satzungsänderung war vor fast hundert Jahren beschlossen worden, dass die texanischen *Sons of Hermann* nicht mehr auf ihre nationale und politische Herkunft bauen wollten.

»Sieh an«, murmelte er, »die Söhne haben die Verbindung zu den Vätern gekappt.« Konnte es sein, dass nicht alle Logen in den USA mit dieser Abnabelung der Texaner einverstanden gewesen waren? Dass irgendjemand alte Ideologien wieder anheizen wollte? Oder Hinweise auf eigentlich längst begrabene Geheimnisse aus den Gründerjahren der Organisation gefunden hatte?

War es das, was Hopmann entdeckt hatte? Und was bedeutete die Bandel-Verbindung zwischen Detmold und Rom? Vor fast zweihundert Jahren und jetzt durch Claudia wieder neu …

Eher unbeabsichtigt rutschte Thomas Vesting beim Googeln auf Angaben zum Bau des Hermannsdenkmals. Den knapp siebenundzwanzig Meter hohen tempelartigen Sockel hatte Ernst von Bandel zum Teil mit eigenem Geld bezahlt. Er war zur selben Zeit fertig geworden, in der sich in New York die *Sons of Hermann* gegründet hatten. Zu diesem Zeitpunkt hatte Bandel bereits viertausend Taler mehr ausgegeben, als er eigentlich besaß.

Thomas Vesting schob die Unterlippe vor. Warum war dieser Mann so überzeugt davon gewesen, dass er sein riesiges Denkmal auch bauen konnte? Warum bei Detmold auf dem Teutberg, der damals noch dem lippischen Fürsten gehört hatte?

Irgendwo im Lipperland oder in Sichtweite des Hermannsdenkmals musste es Antworten darauf geben. Und damit zugleich irgendeinen Hinweis auf den Varus-Schatz? Zum ersten Mal war Thomas

Vesting davon überzeugt, dass es bei dem Schatz um mehr als eine Legende ging.

»Mythos Detmold«, wiederholte er die verschwommene Bezeichnung, mit der sich die Stadt des Hermannsdenkmals beim Jubiläum zufriedengeben musste. »Warum nicht gleich Mythos Varus-Schatz als Gegenstück zu Kalkriese mit dem Thema Konflikt oder auch Varus-Schlacht...«

Er las, dass das sieben Meter lange Schwert eine Spende der Waffenfabrik Krupp gewesen war, und schaltete ab. Es wurde Zeit, sich wieder in der Redaktion sehen zu lassen.

Lammers saß nicht in seinem Glaskäfig mit Orangenbaum als kitschigem Sichtschutz. Die Tür zu seinem Büro stand offen, als Thomas Vesting schlaksig wie üblich im Großraumbüro eintraf. An der Stirnwand unter den Weltzeituhren leuchtete noch immer sein zweiter Kurzartikel auf einem großen LED-Display. Es war die gleiche Anzeige wie an der Fassade des Verlagshauses, nur etwas kleiner als eine Tischtennisplatte.

Vesting ging direkt in die Fastfood-Ecke der Redaktion. Seit die Kantine abgeschafft worden war und das Casino fünf Etagen über der Redaktion nur noch mit VIPs oder privater Kreditkarte betreten werden konnte, hatte sich die Schmuddelecke neben den Fahrstühlen mit Espressomaschine, Wasserspender und Snack-Automat zu einer Art Bahnhofsimbiss entwickelt. Vom späten Vormittag bis in die Abendstunden war hier ein ununterbrochenes Kommen und Gehen.

»Der halbe Hahn ist wieder alle«, beschwerte sich Lara. »Nun muss ich mir die Klosterfrau wieder ohne alles zur Brust nehmen.«

»Weiß jemand, wo die Jungfrau ist?«

»Der war heute noch gar nicht an seinem Platz«, sagte die Redaktionsassistentin. »Und so wie der gestern wieder nach dem Met geduftet hat, kommt er wohl heute nicht mehr.«

»Wann hattest du deine letzte Abmahnung?«, dröhnte die Jungfrau schon aus dem Fahrstuhl heraus. Sie hatten nicht bemerkt, dass er doch noch eingetroffen war. Sofort stürzten alle wieder an ihre Plätze. Sie kannten die Abneigung des Chefs gegen zu viele Menschen an einem Platz. Er brauchte Abstand, und er bekam ihn. Lammers schnippte nur mit den Fingern. Das hieß ›keine Fragen und folgen‹ für Vesting. Lammers setzte sich genauso auf die Marmorplatte vor den großen Fenstern wie drei Tage zuvor. Nur dass sie sich diesmal nicht an Vestings Arbeitsplatz befanden und die Sonne noch nicht untergegangen war.

Lammers drehte sich zur Seite und sah zum Rhein hinunter. »Dein Wagen steht noch immer in Haltern«, sagte er schließlich. »Hast du gesehen, was die verdammten *Sons* mit der Statue gemacht haben?«

»Wieso?«, fragte Vesting zurück. »Steht denn schon fest, wer den Varus geköpft hat? Und übrigens ... es spart Spesen, wenn Claudia Bandel und ich mit einem Wagen unterwegs sind.«

»Was wollt ihr hier? Und was ist mit dieser leeren Ankündigung für Haltern? Ich habe überall nach dir suchen lassen. Du warst nicht einmal im Römermuseum.«

»Misstrauen«, sagte Vesting ruhig. »Mein gutgeschultes Misstrauen gegen ziemlich mies begründete Aufträge.«

»Du enttäuscht mich, Doc«, meinte Lammers gefährlich sanft. »Du hättest brennen müssen ... schon bei deinem ersten Artikel. Inzwischen hätten wir mit Extraausgaben auf den Straßen sein können ... nicht nur auf den Ringen und der Domplatte in Köln, sondern überall ...«

»Dann sag mir endlich, was du wirklich willst!«, stieß Thomas Vesting ebenfalls verärgert hervor. »Und was du weißt, verdammt nochmal!«

Lammers umklammerte mit beiden Händen sein Glas. »Also gut. Ich weiß, dass zum Jubiläum der Varus-Schlacht auch irgendwelche Gestrige in Cowboystiefeln anreisen wollen.«

»Die Texaner? *Mission accomplished*, Heil Hermann oder so?«

Lammers hob die Schultern. »Ich fürchte, das war noch nicht alles. Wenn es nach diesem Hopmann geht ...«

»Aha! Du fürchtest? Oder hoffst? Und was hat er gesagt?«

Die beiden Männer blickten durch die großen Fenster auf den Rhein hinab. »Das Ganze heißt doch Varus-Schlacht und nicht Hermanns-Schlacht«, sagte Lammers, ohne aufzublicken. »Doch davon redet keiner … außer uns beim CENT! Und nun will jemand, dass Varus Nummer eins ist und nicht länger Hermann! Die *Sons* haben begriffen, was das für sie bedeutet. Zusammen mit der Schatz-Legende bringt uns das eine Super-Auflage.«

»Was hat dir Hopmann wirklich erzählt?«, bohrte Vesting nach. »Der Mann ist tot! Ermordet, aber keiner schert sich darum!«

»Whoom!«, stieß der Chefredakteur hervor, klatschte in die Hände und sprang auf. »Dieser verdammte Hopmann wollte vor irgendetwas warnen. Etwas am Sonntag, wenn die Kanzlerin als Schirmherrin am Hermannsdenkmal auftritt. Ich krieg's nicht mehr zusammen. Hopmann hat angedeutet, dass es dann knallen könnte. Das ganze Ding … Rache der letzten Legion für den germanischen Verrat. Loge P2, *legio Itala*, was weiß ich … stell dir das bloß mal vor, Doc!

»Das ist doch hirnrissig!«, schnaubte Vesting. »Nach zweitausend Jahren?«

»Egal, ich will, dass CENT für CENT die Luft brennt. Ich habe dir absichtlich nichts davon gesagt. Natürlich dürfen wir zum Schluss nicht für Panikmache an die Wand gestellt werden. Daher gilt für dich weiter das verdammte Reizwort …«

»Varus-Schatz.«

Lammers nickte heftig und trank seinen Whisky aus. »Ich dachte zuerst, ich hätte mich verhört. Varus-Schlacht statt Varus-Schatz. Und dann hat Hopmann lauter wirres Zeug erzählt von einer großen Lüge der antiken Autoren und von Manuskripten, die zurzeit von Martin Luther in deutschen Klöstern aufgefunden wurden … im Kloster Corvey an der Weser, in Hersfeld und im Elsass …«

Vesting hätte wetten können, dass es außer ihm in der gesamten Redaktion und im Archiv vom CENT niemanden gab, der etwas von den großen schriftlichen Überlieferungen der Römer – der »Germania« und den »Annalen« von Tacitus oder der »Römischen Geschichte« von Velleius Paterculus – wusste. Bis auf Lammers, wie er soeben zugab.

Der Chefredakteur schenkte ihm und sich selbst zwei Finger hoch nach. »Auf Quinctilius Varus!«, prostete er, ohne abzuwarten, ob auch Vesting sein Glas hob. »Das ist es, was mir Hopmann unbedingt weismachen wollte. Er behauptete, die Logenbrüder aus Texas fühlen sich in einer Art heiligem Krieg verpflichtet. Sie würden eine massive Fälschung der Geschichte schützen, die angeblich zweitausend Jahre überdauert hat. Aber vielleicht kommt das Gerücht vom Varus-Schatz auch nur von ein paar Römerfreunden, denen der Germanenrummel einfach zu viel ist.«

»Na prima!«, presste Thomas Vesting hervor, »aber zum Schluss fliegt alles in die Luft, hast du selbst gesagt. Wer steckt denn hinter Hopmann? Und wer will diesem edlen Sponsor Waldeck an die Karre fahren?«

Lammers drehte sich ruckartig zu ihm um. »Komm mit!«, sagte er und ging an Vesting vorbei. Schweigend ließen sie sich vom Fahrstuhl nach oben bis zur VIP-Etage bringen. Auch Lammers kam nur mit Kreditkarte ins Allerheiligste des Casinos. Kein Club in London hätte britischer eingerichtet sein können. An viktorianisch wirkenden Säulen hingen Golf- und Polo-Antiquitäten, dazu Fernrohre und maritime Messgeräte aus Mahagoni und poliertem Messing. Den einzigen Hinweis auf eine moderne Kommunikationstechnik gaben kleine Mehrfachmonitore hinter einem Paravent mit dunkelroten Fuchsjagdmotiven. Und ein freistehendes Rack mit allen nur denkbaren Abspielgeräten – von U-matic über Betacam SP bis zum Handy-Radar.

Der große Raum war vollkommen leer. Lammers steuerte direkt auf die Abspielanlagen zu. Er sah sich um und kam mit seiner persönlichen Whiskyflasche und einer DVD zurück. Er steckte die Scheibe in eines der vielen Laufwerke und wartete.

»Muss erst entsichert und ein bisschen konvertiert werden«, sagte er, nachdem er ein paar Kodewörter eingetippt und zwei Gläser gefüllt hatte. »Ich mache doch das Ganze nicht zum Spaß!«

Auf einem eingebauten Flachbildschirm an einer Sitzgruppe flackerte eine Straße mit kleinen Häusern und Vorgärten auf. Lammers nahm eine Fernbedienung und ließ sich in die Polster sinken.

»Setz dich und hör zu«, befahl er, obwohl noch immer nichts anderes als die Straße zu sehen war. Vesting ließ sich mit etwas Abstand ebenfalls in einen Sessel fallen, seufzte und sah unwillig seinen Chef an.

»Da! Jetzt kommt es!«, legte Lammers los, als ein paar Luftaufnahmen über den Bildschirm glitten. »Es gibt den Schatz, und zwar viel größer als die Teile, die vor hundertvierzig Jahren südöstlich von Hildesheim gefunden wurden. Wo jetzt die Straße verläuft, sollte damals ein Schießplatz angelegt werden. Und dieser Mann hat den Hildesheimer Schatzfund untersucht …«

Nach ein paar Aufnahmen von römischen Schalen, Schüsseln und Kannen blickte ein Mann zu ihnen, der Vesting sofort an den bärtigen Wilhelm Busch erinnerte.

»Das ist Oberst Karl August von Cohausen«, erklärte Lammers. »Direktor einer berühmten Porzellanfabrik, aber zugleich ein absoluter Profi für Befestigungsanlagen wie in Mainz und Ehrenbreitstein, Platzingenieur in Minden, Landeskonservator, Mitglied in verschiedenen Verwaltungsräten von Museen und so weiter. Weiß ich alles erst durch Hopmann. Aber der eigentliche Knaller ist etwas ganz anderes.«

Er lachte leise und schien tatsächlich wie eine Jungfrau zu erröten.

»Dieses archäologische und militärische Genie, das den Hildesheimer Schatz-Fund sofort Quinctilius Varus zuordnete, ist wo und wann geboren?«

Vesting hob die Schultern. »Keine Ahnung«, sagte er eher flau.

»1812 … und zwar in Rom! Cohausen war also bereits vierzehn Jahre alt, als der sechsundzwanzigjährige bayerische Bildhauer Ernst von Bandel über ein Jahr lang immer wieder bei seinem Vater auftauchte. Ich weiß nicht, was damals an Geschichten in den besseren Kreisen und bei den Künstlern Roms ausgebrütet wurde. Aber im Zeitgeist kurz nach Napoleon blühte überall der Patriotismus auf. Das schrie förmlich nach einem Denkmal für Hermann den Cherusker, den deutschen Helden für Europa. Gleichzeitig wurden Gerüchte über den Varus-Schatz mit dem Nibelungen-Hort in Verbindung gebracht. Cohausen wusste also, warum er den Hildesheimer Schatzfund Varus zuordnete.«

»Und hinter diesem Phantom-Schatz sind inzwischen Briten, geheime Logen aus Amerika und die Rächer der römischen Legionen

243

her. Und ich soll als dein Schreibsklave unsere Leser Tag für Tag weiter aufpeitschen? Bis zum Höhepunkt, oder was hast du vor?«

»Spar dir den Sarkasmus für deine Römerin. Das Ganze ist nicht neu. Immerhin sollen sogar die Nazis hinter den Dokumenten in Italien her gewesen sein. Irgendetwas aus dem verschollenen Kapitel in den ›Annalen‹ oder dem Buch ›Germania‹ vom alten Tacitus. Angeblich hat Mussolini die ›Germania‹ bei einem Besuch in Berlin dem Führer geschenkt oder zumindest versprochen. Als er dann in Italien zurück war, hat es so heftige Proteste gegeben, dass er vorzog, die ganze Sache vorsichtshalber italienisch zu bereinigen und einfach zu vergessen.«

Thomas Vesting verzog das Gesicht.

»Was glaubst du, was ich mir während meiner Zeit in Yale alles anhören musste. Nach den Schriftrollen vom Toten Meer, Ufos in Rosswell, Umberto Eco und Indiana Jones hat drüben jeder zweite Germanistik-Professor irgendetwas ausgegraben – Verschwörungen in Thüringen, ganze Völkerstämme aus der Pfalz, die nach der frei erfundenen Beschreibung des Staates Carolina nach Amerika aufbrachen. Dann die angeblich von Attila umgebrachten elftausend Jungfrauen hier in Köln.«

Erst jetzt schien Lammers aufzuwachen. »Elftausend Jungfrauen!«, sagte er und schnalzte mit der Zunge »Hier in Köln! Nicht mehr nach Rosenmontag. Aber so ist das eben: Wir lieben Mythen und Legenden. Darin unterscheiden wir uns nicht von den Menschen im Mittelalter und in der Antike. Es ist nicht wichtig, ob irgendetwas stimmt, es muss nur gut erfunden sein.«

Vesting blieb hart. »Versuch nicht wieder auszuweichen. Was weißt du wirklich?«

»Nimm es ernst, Doc! Verschaff mir diese Story, ehe sich der Varus an die Stirn tippt …«

»Kann er nicht mehr«, sagte Vesting beinahe abfällig. »Kopf war schon damals ab, nicht erst in Haltern.«

»Okay, okay, aber das ist eine ganz andere Story.«

Lammers nippte an seinem Whisky, dann strich er sich mit dem erhobenen Zeigefinger über seine Lippen. Mit seinem Daumen drückte er unter sein Kinn. Es sah wie ein Versuch für das Zeichen absoluter Verschwiegenheit aus.

»Eins verstehe ich nicht«, presste Thomas Vesting zwischen den Zähnen hervor. »Soll der Schatz nun gefunden werden oder weiter Legende bleiben? Soll jemand reden oder schweigen?«

»Das ist der schmale Grat, auf dem wir eine Super-Auflage machen können oder wie bei gewissen Tagebüchern abstürzen ...«

Lammers ließ die DVD ohne Ton weiterlaufen und stand auf. Für eine Weile war nur der linke Fuß der Bronzefigur neben einem zerstörten Adlerfeldzeichen und zerbrochenen Pfeilbündeln zu sehen. In einer Großaufnahme sah man deutlich, wie wellig das Metall neben den Zehen von Hermann bereits war. Kleine Erhebungen ragten wie Inseln aus einer Regenpfütze. Die Ansichten und Bilder wechselten. Als nur noch ein Stein mit dem verwaschenen Gemälde eines burgartigen Hauses mit quadratischem Turm zu sehen war, ging Lammers zu den großen Fenstern auf der Rheinseite.

»Vielleicht sind ja die meisten Mitglieder der *Sons of Hermann* ehrenwerte Männer«, wandte Vesting ein. »Ebenso wie die Freimauer. Soviel ich bisher weiß, waren sie ein Selbstschutz gegen ethnische und religiöse Vorurteile und die Diskriminierungen im Amerika um achtzehn-dreißig.«

»Weiß ich doch«, sagte Lammers, ohne sich umzudrehen. Er schien zu warten. Vesting lehnte sich etwas zur Seite. An der Unterkante des Bildes auf dem Monitor waren verschwommen ein Paar Großbuchstaben wie bei einem *timecode* zu erkennen. Wenn Lammers gemeint hatte, dass er vor Freude aufschreien würde, musste er ihn enttäuschen. Weder der bemalte Stein noch das Haus oder die Buchstaben sagten ihm etwas. Er stand auf, ging zu den Fenstern und blickte neben Lammers zum Rhein hinunter.

»Woher hast du die DVD?«, fragte er.

»Die hat mir Hopmann geschickt. Angeblich als Beweis für seine wilden Warnungen und Spekulationen.«

»Und?«, fragte Vesting, ohne zur Seite zu sehen. »Ist er deswegen umgebracht worden? Weil er tatsächlich etwas wusste?«

Lammers antwortete nicht. Die beiden Männer beobachteten, wie ein langer Intercity über die Rheinbrücke kam und als glänzender Lindwurm in den neuen Bahnhof von Köln einlief. Jedes Mal, wenn einer der Wagen unter dem gläsernen Dach verschwand, hackte der Chefredakteur mit Handkantenschlägen durch die Luft.

»Stück um Stück kaputt«, lachte er leise. »So haben sie wahrscheinlich den Varus-Zug der drei Legionen zerteilt. Immer von den Seiten und nie direkt von vorn.« Er drehte sich zu Vesting um. »Aber zurück zu den Geheimbünden! Wusstest du, dass sich die echten Freimaurer auf einen Mann beziehen, der im Alten Testament erwähnt wird.«

»Wusste ich nicht«, sagte Thomas Vesting unwillig. »Derartige Legenden gehören schlicht und einfach zu jeder Dynastie. Warum nicht auch zu Sekten und Geheimbünden?«

»Dann pass mal gut auf, Doc! Der legendäre Hiram soll ein Tekton, also der erste Architekt des Volkes Israel, gewesen sein. Er war der Mann, der um 988 vor Christi den Tempel König Salomons auf dem Tempelberg Morija in Jerusalem errichtet hat.«

»Das gute alte Salomon-Geheimnis«, knurrte Vesting. »Soll ich vielleicht auch noch ein paar blutige Zeilen über die Tempelritter und den Heiligen Gral einmischen?«

»Moment, das Überraschungsei für dich kommt erst noch. Die Freimauer glauben, dass Hiram als Baumeister die erste ihrer Logen gegründet hat, um das Geheimnis des Tempelbaus stets nur an Eingeweihte weiterzugegeben.«

»Und was hat das alles mit Varus, den Texanern oder Hopmann zu tun?«

»Varus war Aufpasser und zugleich Berater von König Herodes. Wahrscheinlich kannte er auch die Gerüchte über die Schätze der Könige David und Salomo, die Herodes sich angeeignet und in seiner riesigen Grabfestung versteckt hatte. Und nun knacke ich mal das Überraschungsei für dich ...«

Er drehte sich ruckartig um.

»Ich dachte eigentlich, dass du von selbst darauf kommst. Der nächste Tekton, der bei den Judäern eine Rolle spielte, war nämlich tausend Jahre nach dem geheimnisvollen Hiram ein gewisser Joseph. Genau zu der Zeit, als Quinctilius Varus als sogenannter Landpfleger die Provinz Syria kontrollierte. Und dieser Joseph, der dann durch Diplomaten oder auch Sternkundige aus dem Zweistromland besucht wurde, hat höchstwahrscheinlich auch an jenem Grabmal *Herodeion* südlich von Bethlehem mitgebaut. Erinnerst du dich … erst vor zwei Jahren wurde genau dort der Sarkophag von König Herodes ausgegraben. Natürlich leer und ohne irgendwelche Schätze. Da stellt sich doch eine ganz simple Frage …«

Thomas Vesting spürte, wie Lammers' Worte ihn wie ein Sog erfassten. Aus längst verwehten Geheimnissen der Geschichte entstand plötzlich eine Brücke zu den Legenden aus dem Neuen Testament, die ihn zu Ostern und zu Weihnachten immer wieder fasziniert hatten.

»Du bist verrückt!«, sagte er trotzdem.

»Angeblich hat dieses geheime Wissen zweitausend Jahre überdauert. Aber nun fürchten die *Sons* aus Texas, dass dieses Geheimnis aufgedeckt werden kann. Deshalb wollen sie mit aller Macht verhindern, dass irgendetwas in der Legende vom Versager Varus und dem glorreichen Arminius verändert wird.«

»Und keiner soll etwas vom Varus-Schatz schreiben.«

Der Chefredakteur des CENT lachte – fast schon hysterisch.

»Und weißt du was? Ich denke fast, dass es ihn wirklich gibt!«

Die Muscheln im Kölner *Bieresel* waren gut. Trotzdem musste Thomas Vesting bis zum Nachtisch warten, ehe Claudia auf seine Frage antwortete.

»Ob ich etwas gefunden habe, willst du wissen? Und was Rom dazu sagt? Meine Antwort ist: Ja, ich habe Fotos meines Vaters als Student in Köln gefunden und als Mailanhang nach Rom geschickt. Aber meine Mutter will nichts mehr dazu sagen.«

»Dann weißt du wenigstens, wie er damals aussah.«

»Völlig fremd«, sagte sie knapp. »Und ich habe nicht die leiseste Idee, wie er heute aussieht.«

»Das kann man am Computer machen. Soll ich bei uns in der Redaktion … Lara ist Expertin mit Photoshop …«

»Nein, lass uns lieber gehen. Ich fürchte nämlich, dass diese ganzen Schatzgerüchte mehr mit meinem Vater zu tun haben, als mir lieb ist.«

Thomas Vesting stieß die Luft aus. »Ich dachte, dass er schon vor Jahren nach Amerika verschwand.«

»Vielleicht«, sagte sie nachdenklich. »Aber muss er deshalb seinen großen Traum in Europa zurückgelassen haben?«

Thomas Vesting zahlte, dann verließen sie das brechend volle Restaurant. Er hakte sich bei ihr ein und zog sie in eine kleine Nebenstraße: »Wo steht dein Wagen?«

»Auf der Hauptstraße. Nur fünfzig Schritte weiter.«

»Dann bleibt er ein paar Tage dort.«

»Was hast du vor?«

»Das hängt ein bisschen auch von dir ab. Zumindest habe ich uns heute Nachmittag einen Leihwagen in Bonn besorgt. Er steht drüben am anderen Rheinufer.«

»Und dann? Haltern? Kalkriese?«

Sie hielten ein Taxi an und stiegen ein. Vesting blickte eine Weile durch die Heckscheibe, ehe er »Messe Deutz« zum Fahrer sagte. Dann ließ er sich zurückfallen. Sofort kuschelte sie sich an ihn. Während der wenigen hundert Meter bis über die Rheinbrücke schwiegen sie beide.

Das Taxi hielt direkt am Taxistand vor dem Messegelände. Sie stiegen aus und gingen zu Fuß einmal um einen halben Häuserblock.

»Warum?«, fragte Vesting. »Warum sind die Varus-Legende und eine Claudia Bandel so interessant für den PR-Manager einer texanischen Versicherungsgesellschaft?«

»Du hast es gerade selbst gesagt.«

»Was?«

»Dass ich Claudia Bandel heiße. Irgendetwas stört die dabei. Oder daran, dass ich aus Rom komme ...«

»Nein, aber Bandel ist nun mal der Name vom Erbauer ihres Heldendenkmals. Also müssten dich die *Sons* doch auf Händen tragen, wenn du auch nur das Geringste mit ihm zu tun hast. Du wärst für sie doch so etwas wie eine letzte Überlebende der Titanic ...«

»Schön wär's«, sagte sie. »Es gibt inzwischen Hunderte von Internetseiten und Foren zur Varus-Schlacht. Mittlerweile kann ich ziemlich schnell erkennen, in welche Richtung die eine oder andere Internetpräsenz zeigt. Nach rechts, auf andere Links oder ins Leere mit viel Geschwafel.«

»Wen außerhalb von Deutschland interessiert eigentlich, was vor zwei Jahrtausenden irgendwo in den Wäldern der Germanen passiert ist? Ein paar furchtsame Europäer in unseren Nachbarländern vielleicht. Möglicherweise auch noch Vernagelte, Ewiggestrige und Nazispinner irgendwo im Osten oder jenseits des Atlantiks. Sonst aber…« Er schüttelte den Kopf. »Nein, Claudia, das hier hat weltweit nicht den Wert von Pyramiden, dem Gold der Inkas oder Chinas Terrakotta-Armee für den ersten Kaiser.«

Kurz darauf fanden sie den Leihwagen. Er trug ein Mainzer Kennzeichen. »Sieh an, ein *carreto* aus dem guten alten Moguntiacum«, bemerkte Claudia, als sie einstiegen. »Im Kastell von Mainz war übrigens Asprenas Kommandant, einer der Varus-Neffen.«

Thomas Vesting ging nicht darauf ein und fuhr los. Er kannte inzwischen die Tücken der Verkehrsführung im ehemals römischen Colonia. Diesmal nutzte er sie aus, um Verfolger abzuschütteln. Wer sich nicht rechtzeitig einordnete, kam nur zur anderen Straßenseite, indem er mehrfach über den Rhein setzte. Nach einigen Schlenkern erreichten sie die A3. Vesting nahm die Auffahrt nach Norden und wechselte kurz danach auf die A1.

Erst jetzt sprach Claudia weiter. »Vielleicht sind in Rom und London, Texas oder Hongkong mehr Fans von Hermann am deutschen Bimillennium interessiert, als wir ahnen.«

»Das kannst du mir nicht einreden«, sagte Vesting. »Auch wenn die deutsche Bundeskanzlerin und der Präsident des Europaparlaments die Schirmherrschaft übernommen haben – der Professor stammt sinnigerweise aus Osnabrück –, *all business is local.*«

»Es sei denn«, sagte sie, und ihre Stimme klang auf einmal sehr geheimnisvoll, »es sei denn, ein gewisser Dr. Thomas Vesting wäre derjenige, der zum Höhepunkt der Feiern einem Nibelungenschatz von Varus auf der Spur ist.«

»Oder im Himmel wäre Jahrmarkt«, entgegnete er lachend und wurde auf der fast leeren Autobahn immer schneller. Zufrieden registrierte er, dass hinter ihnen keine Scheinwerfer zu erkennen waren.

»Willst du durchfahren?«, fragte sie, als sie an Wuppertal vorbei waren. »Es ist bereits nach Mitternacht. Und Detmold ist nicht Köln.«

Er grinste nur. »Vielleicht werden in Lippe-Detmold nicht alle Bürgersteige bei Sonnenuntergang hochgeklappt.«

»Ich würde lieber vorher übernachten.«

»Kein Problem«, sagte er. »Dann suchen wir uns unterwegs irgendwo ein Bett.«

»Hoffentlich kein italienisches«, sagte sie lachend. »Die halten nicht viel aus.«

VI.
RHENUS

Allmählich sehnten sich die Legionäre nach festen Unterkünften und anständigen Betten in einem Winterlager. Varus und seine Begleiter wollten noch vor dem Herbst an jenem Stützpunkt am westlichen Ufer des Rheins eintreffen, der schon Caesar und Lollius, Drusus und Tiberius als Ausgangspunkt für ihre Züge gegen die Germanen des Nordens gedient hatten.

Sie kamen ohne größere Zwischenfälle auf den Oberläufen des großen, weitgefächerten Flusses voran. Dennoch ging die Reise ihrer Fluss-Liburne und der *naves actuariae* mit Legionären zum Schutz des neuen Statthalters flussabwärts langsamer voran als flussaufwärts auf dem Rhodanus. Tag für Tag wurden sie sich neu bewusst, dass auf der rechten Uferseite das unheimliche und finstere Barbarenland begann.

»Haltet die Augen offen!«, befahl Varus, sobald die Schiffe gefährlichen Windungen und tückischen Flachstellen an den unübersichtlichen Ufern ausweichen mussten. Überhängende Weidenzweige, schwimmende Schilfinseln und der Meile für Meile sich ändernde Fluss ließen nicht die geringste Nachlässigkeit zu.

Von Argentoratum bis Moguntiacum ankerten sie zehnmal für eine oder auch mehrere Nächte am Westufer des Rheins. Dann gingen einige Männer auf die Jagd, andere nahmen Beiboote und drangen als Kundschafter in die östlichen Wälder vor. Sie wagten sich kaum weiter als bis zu den Ausläufern der Hügelkette mit ihren schwarzen Wäldern. Sobald die Gefahr eines Hinterhalts oder direkten Angriffs bestand, hatten sie strengsten Befehl, sofort zum Fluss zurückzukehren. Im Grunde wollte Varus abtasten, ob die Grenzen nach Osten hart oder weich waren.

»Caesar war ein sehr mutiger und bestimmt auch waghalsiger Mann, der kein Risiko scheute«, bemerkte Varus an einem der Abende am Lagerfeuer. Zum Schutz hatten die Legionäre zwei kleine Grabenwälle mit aufgesteckten Palisadenstangen vom Ufer bis zur Straße gebaut, die an dieser Stelle nur hundert Schritt von der Uferböschung entfernt verlief. Sie beschlossen auch, ihr Lagerfeuer die ganze Nacht brennen zu lassen. Varus und seine Offiziere zogen es vor, wieder an Bord der Liburne zu übernachten.

In dieser Nacht sahen sie zum ersten Mal, dass die Barbaren in den östlichen Wäldern Nachrichten mit Feuerzeichen austauschten. Es sah so aus, als würden plötzlich Sterne in der Dunkelheit aufglühen und in unterschiedlichen Abständen wieder verlöschen. An anderen Stellen wiederholten sich die Zeichen.

Die Laune der Männer hellte sich erst wieder auf, als sie sich der Mainmündung näherten. Auf der östlichen Seite der Insel am Zusammenfluss von Main und Rhein waren kleine Festungen entstanden. Die Bollwerke aus Erde, Baumstämmen und gemauerten Gebäuden wurden von mehreren Dutzend unterschiedlichen Schiffen eingerahmt.

»Die *classis Germanica*«, verkündete Flavus begeistert, als sie die Ansammlung nicht sonderlich gut gepflegter Triremen, Liburnen, Mannschaftstransporter und Frachtkähne sahen. »Fast ein Drittel unserer Flotte auf dem Rhein.«

Und wieder wurde Varus bewusst, wie viel Arbeit noch vor ihm lag. Das hier war nicht zu vergleichen mit den Provinzen, in denen er der Repräsentant des Imperium Romanum, Oberbefehlshaber und Stellvertreter von Augustus gewesen war. Er stand aufrecht am Heck der Fluss-Liburne, blickte über die Köpfe der Männer hinweg und begriff, dass er sofort mit einer Neuordnung in den Grenzgebieten beginnen musste. Als einen ersten Schritt verkürzte er die Zeremonie zu seinem Empfang. Nachdem die Liburne angelegt hatte, stieg er aus und grüßte kurz die am Hafen Angetretenen.

»Keine Musik!«, befahl er dann mit einer knappen Handbewegung. Auch als sein Neffe Asprenas ihn feierlich begrüßen wollte, winkte er ab. »Ich will zuerst das Grabmal des großen Nero Claudius

Drusus sehen. Danach können wir speisen und dabei die Berichte über sämtliche Feindbegegnungen in diesem Jahr hören!«

Asprenas fügte sich den Wünschen des neuen Statthalters. Das turmartige Schreingrabmal für den toten Feldherren sah besser gepflegt aus als alle anderen Bauwerke des Castellos. Doch bereits in den folgenden Stunden wurde Varus' erste Einschätzung unangenehm bestätigt. Obwohl in Moguntiacum mehrere Legionen stationiert waren, erschienen ihm die Offiziere und Beamten im Stab viel zu sorglos. Der Tagesablauf in den Militärlagern der Grenzgarnisonen unterschied sich kaum von den Übungen in längst befriedeten Provinzen. Varus war darüber verärgert, dass ihm nicht einmal sein Neffe Asprenas als Befehlshaber genau sagen konnte, welche Völker und Stämme auf der anderen Seite vom Rhein und den Main entlang lebten.

»Wie wollt ihr euch auf einen Angriff vorbereiten? Wie weiterführen, was Drusus, Tiberius und Augustus selbst hier schon erreicht haben? Wo sind die Zahlen über Kopfstärken, Bewaffnung und Vorräte der feindlichen Stämme und unserer Verbündeten?«

Er schlug mit der Faust auf den Tisch.

»Was ist das nun auf der anderen Flussseite in Richtung Osten? Eine römische Provinz oder noch immer barbarisches Feindesland?«

»Zumindest gibt es dort keine fest umrissenen Siedlungsgebiete, wie wir sie kennen«, erwiderte Asprenas kleinlaut. Er hatte großen Respekt vor dem Bruder seiner Mutter. »Die Germanen dort drüben haben keine Städte und nicht einmal richtige Dörfer. Sie leben als Familien und Sippen an einem Flussübergang, einem See oder einer freigebrannten Waldlichtung mit ihren Tieren zusammen in langen Häusern aus Balken, Flechtwerk und Lehm. Wir können noch nicht einmal sagen, wie die Grenzen zwischen den verschiedenen Stämmen und Völkern verlaufen. All das ändert sich wie Wetter und Jahreszeiten, ebenso die Feststellung, ob diese oder jene Gruppe nun befreundet und zerstritten ist.«

»Dann stellt es fest!«, schrie er Asprenas an. »Ist das klar genug?«

Nach zwei Wochen fuhren sie weiter. Manch einer dachte dabei, dass sich Asprenas irgendwann rächen könnte. Aber auch Varus war nicht so naiv, den Spion seines nachlässigen Neffen zu übersehen.

»Ich möchte, dass du ein Auge auf diesen Centurio namens Fabricius hast«, befahl er Vennemar dem Sugambrer. »Freunde dich meinetwegen mit seinen Männern an, die bereits in Castra vetera am Niederrhein gedient haben.«

»Ich bin noch immer Sugambrer aus den Bergen dort drüben.« Er streckte den Arm aus und zeigte nach Osten. »Also in seinen Augen ein Germane und Feind.«

»Dann besprich dich mit Joseph. Er soll ihm etwas zum Handeln anbieten. Männer mit fleischigen Lippen wie dieser Fabricius sind immer bestechlich.«

»Kleine Geschenke erhalten die Freundschaft, heißt es in Antiochia ebenso wie in Jerusalem und Rom.«

Varus nickte. »Du kannst mir jederzeit berichten.« Zu seinem erweiterten Stab gehörten seit Mainz auch einige *commentarienses* und *speculatores* als Rechtsbeamte mit römischer Ausbildung, dazu erfahrene *argrimensores* als Landvermesser. Einige *beneficari* aus Lugdunum hatte er in Mainz gegen härtere und schnellere junge Männer als Ordonnanzen und Adjutanten aus verschiedenen germanischen Gauen und Stämmen mit wertvollen Sprachkenntnissen eingetauscht. Ihr Latein war zum Teil ebenso furchterregend wie ihre Körpergröße und ihre grelle Haarfarbe, aber das nahm der Statthalter in Kauf.

Auf halber Strecke bis zur Mündung der Mosel in den Rhein musste der Schiffskonvoi anlegen. »Hier können wir nicht weiter«, erklärte der Centurio Fabricius. »Mitten im Fluss befindet sich eine Felsbarriere unter der Wasseroberfläche ... wie eine Mauer, über die kein großes Schiff kommt.«

»Und was macht ihr dann?«

»Wir ziehen alle Schiffe ein Stück am Ufer entlang über Land.«

»Wie lange?«

»Das wird drei Tage dauern. Wir fahren dann an Confluentes und Agrippas Siedlung der Ubier vorbei bis zu unserem Zielhafen Castra vetera am unteren Rhein.«

Obwohl es ständig regnete, ließ Varus auch in den Nächten arbeiten. Bereits nach zweieinhalb Tagen hatten die Schiffe wieder ausreichend Wasser unter dem Kiel.

»Von hier ab kennt der Centurio Marcus Caelius die Gegend bis nach Castra vetera besser als ich«, sagte Fabricius, als das hohe Ufer als der linken Flussseite in Sicht kam. »Und ich werde in die Garnison deines Neffen Asprenas zurückkehren, wenn du erlaubst.«

Varus war mit dem Wechsel einverstanden. Während der weiteren Flussfahrt ließ der Statthalter wieder und wieder allen Offizieren an Bord einschärfen, worum es ihm ging:

»Wir werden Großgermanien wie eine römische Provinz behandeln. Aber das alles steht bisher nur auf Pergament geschrieben. Bleibt also misstrauisch und wachsam! Lasst euch von keinem Germanen unter den Tisch saufen, auch dann nicht, wenn er schon eine römische Uniform trägt. Und meidet die blonden Weiber wie schreckliche Harpyien, damit ihr nicht wie der unglückliche Drusus verzaubert werdet.«

Nachdem sie bereits über Caesar und Ariovists Sueben gehört hatten, beschäftigte sich Varus noch einmal mit seinen frühen Vorgängern. »Ich will, dass jeder von euch immer an Caesars Kämpfe mit den Belgiern an der Aisne und den germanischen Nerviern denkt. Vergesst keinen Atemzug lang die Vernichtung von fünfzigtausend Aduatukern östlich der Maas – auch wenn manche sagen, dass diese Säuberungen des *barbaricums* nicht bewiesen sind. Wir sollten aber aus Caesars Misserfolgen lernen wie aus seinen berühmt gewordenen Strafmaßnahmen.«

»Du meinst die Vernichtung der Eburonen zwischen Maas und Rhein«, warf Flavus ein. Varus ließ sich einen Becher Wein reichen, während die bewaldeten Berge am Ufer an ihnen vorbeizogen. Obwohl es gewisse Ähnlichkeiten gab, wirkten die Ufer anders als an der Rhône. Dutzende von unsichtbaren Augenpaaren schienen die Schiffe der Römer zu beobachten.

»Wir wissen oft nicht sehr viel über die Kultur und Denkweise fremder Völker«, fuhr Varus fort. »Aber wir wissen, dass wir die Ränder des Imperium Romanum nicht ebenso behandeln können wie die

Stadt Rom. Was dort einmal die *res publica* gewesen ist, wird vielleicht noch in der Provinz Latium verstanden, aber je größer das Reich wird, umso schwächer wird in den Provinzen das Verständnis für unsere Ideale, unsere Götter und unser Rechtssystem. Ich fürchte fast, dass in den kalten Wäldern des Nordens das ferne Licht unserer Kultur nicht mehr genügt, um fremde Herzen zu wärmen.«

»Dann müssen wir sie eben zu ihrem Glück zwingen!«, warf der junge Flavus ein. Varus hob die Brauen und sah ihn prüfend an.

»Genau das werde ich nicht tun. Ich habe von Caesar, Agrippa und Augustus gelernt. Und ich weiß, dass kein Krieg den Frieden erzwingen kann. Rom und Augustus brauchen Besiegte als neue Verbündete und nicht als Leichenhaufen.«

»Bisher war jeder Vorstoß über den Rhein nur mit Waffengewalt, Feuer und Vernichtung möglich«, sagte Arminius.

Varus lächelte. »Dann sollten wir uns darauf besinnen, dass es immer zwei Möglichkeiten gibt. Nachdem in Rom ein Mann namens Brutus dafür bewundert wurde, den letzten der bösen Könige getötet zu haben, glaubte ein halbes Jahrtausend später ein anderer Brutus, dass er dem großen Namen gerecht werden müsse, um einen aufsteigenden Diktator und Tyrannen, nämlich Caesar, zu töten.«

»Es waren Dutzende, die hinter ihm standen ...«

»Aber nicht die Mehrheit des Volkes. Brutus hat sich geirrt, ebenso wie Caesar sein so lange Jahre sicheres Gefühl für die Zustimmung des Volkes verspielte.« Varus schüttelte versonnen den Kopf. »Dabei hatte Caesar schon viel mehr geplant ... eine gerade Grenzlinie bis zum Donaudelta am Schwarzen Meer. Und danach noch einen Siegeszug zum Euphrat. Er träumte von der Eroberung des Reiches der Parther als Nachfolger der großen Perserkönige. Das wäre dann sein neues Großreich von Britannien bis nach Indien gewesen ...«

Varus brach ab. Für einen Augenblick blickte er in die Ferne, dann sagte er: »Mein Auftrag ist es, unwissenden Barbaren römisches Recht und Gesetz beizubringen. Zuerst durch Belehrung, dann, wenn es sein muss, durch harte und unnachgiebige Bestrafung. Wer will, kann zum Imperium gehören, sofern er unsere Gesetze achtet. Doch wer sich weigert, wird als Feind verfolgt.«

»Also doch Versklavung und erzwungenes Glück«, warf Arminius mit einem freundlichen Lächeln ein. Varus blickte ihn an, lächelte ebenfalls und hob die Schultern.

»Das alte Spiel von Macht und Freiheit. Aber ich erobere und erschlage nicht, sondern halte mich streng an Recht und Ordnung. Wie schon gesagt … wem das nicht passt, der kann von mir aus gehen.«

»Mit dieser Strategie teilst du Familien, Stämme, Gaue.«

»*Divide et impera*«, sagte Varus zunehmend erfreut über die Gegenrede des Cheruskers. »Trenne das Große in kleinere Teile, um es zu beherrschen. So teilen wir Rom in vierzehn Bezirke und das Imperium in Provinzen. Das setzt sich überall bis ins Kleinste fort. Selbst bei euch, den so freiheitsliebenden Germanen.«

»Wie meinst du das?«, fragte Flavus. Sein Bruder begriff schneller.

»Er meint, dass unser Vater Sigimer ein eher zurückhaltender Mann ist, während sich Onkel Segestes ständig als ganz besonderer Freund Roms aufspielt.«

»Und beide sind anerkannte, ehrenwerte Fürsten der Cherusker«, meinte Varus. »Welchem der beiden soll ich trauen? Wessen Rat folgen, wenn es irgendwann hart auf hart kommt?«

Weder Arminius noch Flavus antworteten. Erneut bemerkten auch die rund um Varus sitzenden Offiziere, wie sehr die beiden germanischen Brüder sich in ihrem ganzen Auftreten und Wesen unterschieden. Arminius, der stolze, aufrecht strahlende Ritter Roms, ließ keinen Zweifel an seiner Kraft und seinem Anspruch zu. Flavus, der blondere, war höher ausgezeichnet als sein älterer Bruder. Er war einen halben Kopf kleiner und in Pannonien gerade erst Tribun geworden. Aber Flavus besaß etwas, das so selten war wie kaum ein anderer Orden der Legionen: Er durfte zu besonderen Anlässen die *corona civica* tragen, den Kranz aus Eichenlaub, den nur bekam, wer einem Bürger Roms im Kampf das Leben rettete und dabei den Angreifer eigenhändig tötete.

Flavus hielt eine Hand auf das Kräuterpolster über seinem zerstörten Auge. »Wo zwei Fürsten herrschen, kann keiner zum *dictator* werden. Deshalb gibt es ja auch in Rom jedes Jahr mindestens zwei vom Volk gewählte Konsuln.«

Alle anderen nickten zustimmend – nur Arminius nicht. »Wer den *bello Gallico* gelesen hat, der weiß, dass auch die Eburonen aus kluger Vorsicht stets zwei Könige hatten«, wies er seinen Bruder zurecht. Flavus zuckte zusammen. »Den milden Catuvolcus in der Eifel und den harten Ambiorix im Flachland weiter nördlich.«

Flavus suchte Varus' Blick, doch der sah prüfend zu Arminius. Er wunderte sich über die Bemerkung des Älteren. Trotzdem überging er die Feindseligkeiten zwischen den ungleichen Brüdern. Flavus war jung und stolz auf seine Auszeichnung, aber er litt auch unter dem Makel, dass ihm ein Auge fehlte. Der größere und stärkere Arminius dagegen schien noch nicht den Platz erreicht zu haben, den er vom Leben forderte.

Varus tat so, als hätte er nichts von dem Bruderzwist bemerkt. »Caesars Winterlager befand sich in der Nähe der heißen Quellen von Aquisgranum, ein paar Dutzend Meilen westlich vom Rhein. Im Herbst vor einundsechzig Jahren überredete Ambiorix die Tribunen zum Abzug. Aber es war Lüge und Verrat…«

»Jedermann wusste, dass weitere Germanen schon gefährlich nah waren«, warf Arminius ein. »Ambiorix warnte die Verbündeten vollkommen zu Recht…«

»Oder öffnete durch seine Warnung die bisher sicheren Lager.« Flavus fauchte seinen Bruder scharf an. »Du weißt genauso gut wie alle anderen hier, was dann passiert ist.«

Noch ehe sich der Streit zwischen den beiden Cheruskern ausweiten konnte, griff Varus ein. »Als unsere Legionäre mit dem großen Tross noch vor Morgengrauen durch die Tore abzogen, wurden sie in einem weiten Talkessel eingeschlossen«, sagte er sachlich. »Fünfzehn Kohorten und insgesamt fast neuntausend Mann mitsamt ihren Feldherren sahen die Abendsonne nicht mehr.«

Flavus schüttelte verständnislos den Kopf. »Ich habe nie verstanden, wie das geschehen konnte.«

Wieder lachte Varus sarkastisch. »Ganz einfach – zu viel Vertrauen von uns Römern in die Vereinbarungen mit wilden Stämmen ohne jegliche Kultur. Sie verstehen einfach nicht, wenn wir sagen ›pacta sunt servanda‹ – Verträge müssen eingehalten werden…«

»Aber wenn Offiziere und Heerführer wissen, dass es so ist…« überlegte Flavus, »warum gehen sie immer wieder in die gleiche Falle?«

»Weil viele der Präfekten und Stabsoffiziere aus alten römischen Familien stammen«, antwortete sein Bruder an Varus' Stelle. »Als junge Ritter oder Senatoren werden sie für ein paar Jahre adlige Militärtribunen, holen sich Ehrenzeichen, nur weil sie irgendwo im Stab eines Legaten herumgesessen, gesoffen und gespeist haben, und glauben danach, dass sie fähig sind, für das Imperium zu entscheiden. Die meisten dieser hochnäsigen Patrizier haben nie das Blut von Feinden fließen sehen…«

»Wer führen will, muss nicht als Erster zuschlagen«, sagte Varus. »Der Wagenlenker legt auch nicht selbst das Zaumzeug seiner Pferde an. Auf jeden Fall hörte Ambiorix nach dem Massaker nicht auf, sondern griff mit einem halben Dutzend germanischer und belgischer Völker das Winterlager von Caesars Bruder Quintus Cicero an. Fünfzehn Kohorten gingen damals unter. Tausende von guten Männern.«

»Und Caesar ließ sich Bart und Haupthaar erst wieder scheren, als diese Niederlage gerächt war«, stellte Flavus so zufrieden fest, als sei er selbst dabei gewesen.

Nachdem die Berge der Ardennen auf der westlichen Seite zurückgeblieben waren, schien der Rhein plötzlich sein ganzes Wesen zu verändern. Obwohl auf dem rechten Ufer immer noch Höhenzüge seinen Lauf begleiteten, wurde der Blick weiter und das Land sonniger. Kurz darauf tauchten auf der linken Seite hinter Holzhäusern, Äckern und Scheunen die Steinmauern einer unerwartet großen Stadt auf. Sämtliche Männer, die das Oppidum der Ubier noch nicht gesehen hatten, richteten sich auf und blickten erstaunt auf die steinernen Mauern, die Ziegeldächer geordneter Häuserblocks und den alles beherrschenden Würfel des neuen Tempels auf einer flach ansteigenden Anhöhe am Fluss.

Varus musste plötzlich wieder an die Judäer denken. Sie waren bereits einige Tage zuvor mit einer kleinen Frachtliburne zum Altar der Ubier aufgebrochen. Die Stadt und der Tempel der Ubier waren nicht mit der festungsartigen Stadt Jerusalem auf dem Berg Morija oder gar mit dem Palatin in Rom zu vergleichen. Und doch kam die neue Stadt den meisten Männern nach all den gleichförmigen Legionskastellen am Grenzfluss fast schon wie eine Fata Morgana vor.

»Erstaunlich, was hier in wenigen Jahren auf Befehl von Agrippa entstanden ist«, meinte Varus beeindruckt. »Es geht also doch mit den angeblich so barbarischen Germanen.«

»Vielleicht durch Unterstützung der Flussgötter im Rhein«, meinte Marcus Caelius und nahm im Heck der Liburne neben Varus Platz. »Es ist, als hätte das Flussbett hier eine Stufe an seinem Grund. Von hier stromabwärts können deshalb Schiffe mit viel größerem Tiefgang fahren.«

»Das heißt, man muss bei der Insel und der Siedlung umladen, wenn man flussaufwärts will? Auf andere Schiffe mit weniger Tiefgang?«

»Genauso ist es.«

»Dann ist der Platz für einen Friedensaltar in Germanien genial gewählt«, meinte Varus. »Die Hochachtung für meinen ehemaligen Schwiegervater Agrippa nimmt weiter zu.«

»Weil es flussabwärts tiefer ist als flussaufwärts? Das verstehe ich nicht.«

Varus lächelte nachsichtig. »Hier wird aus dem Oppidum Ubiorum mit großer Wahrscheinlichkeit eine Stadt entstehen – aber nicht durch Krieg, sondern durch Handel beim Umladen von einem Schiff mit großen auf eines mit kleinerem Tiefgang oder umgekehrt. Daraus entstehen Marktrechte. Händler und Pilger werden zu den Tempeln kommen. So ist es überall an besonderen Plätzen im Imperium Romanum.«

Varus erinnerte sich genau an alles, was der Vater seiner zweiten Ehefrau Vipsania Marcella damals geleistet hatte. Anders als Caesar hatte er wie ein echter Statthalter damit begonnen, das blutgetränkte Land am linken Ufer wie einen Acker für die römische Kultur vorzubereiten. Er hatte Rodungen befohlen, Straßen angelegt, Kastelle und Übernachtungsstationen für die Eilkuriere und eine erste Verwaltung für die Provinz eingerichtet. Dafür hatte er auch Hilfskräfte vom rechten Flussufer eingesetzt. Doch viel zu wenige waren über den großen Fluss gekommen.

Erst als Agrippa nochmals Statthalter am Rhein wurde, sahen sich die Ubier von den nach Westen drängenden Sueben so stark bedroht, dass sie die Ufer wechselten, von römischen Planern ihre Stadt bekamen und zu Bundesgenossen wurden.

»Ich hätte nichts dagegen, wenn die Ubiersiedlung eines Tages den Namen Agrippas tragen würde«, meinte Varus versonnen. Stunde um Stunde glitten sie weiter flussabwärts.

Noch am selben Nachmittag erreichte Varus die Einmündung der von Osten kommenden Lippe in den Rhein. Überall schwammen Kriegsschiffe und Frachtkähne. Varus erkannte sofort die Bedeutung des nach Osten führenden Nebenflusses des Rhenus.

»Dieser Wasserweg ist die Brücke, über die das Imperium Romanum bis ins Herz der Germanenstämme vorstoßen wird«, verkündete er noch während des Anlegemanövers im Hafen von Castra vetera. Anders als am Main hatte das Militärlager am Westufer des Rheins hier kein Kastell auf germanischer Seite. Erst einen Tagesmarsch nach Osten befand sich das nächste befestigte Legionslager.

»Ich will einen Plan von jeder Meile dieses Flusses haben«, verlangte Varus, noch ehe er einen Fuß an Land setzte. »Jede Furt soll darauf verzeichnet sein, alle Stromschnellen und Sandbänke, dazu sämtliche hinderlichen Felsen am Ufer.«

»Einige dieser Angaben sind bereits vorhanden«, sagte Marcus Caelius mit gewissem Stolz. »Schon Caesar und Agrippa, Augustus und Tiberius haben die Flüsse bis hin zur Weser vermessen lassen.«

Varus dachte daran, was in der friedlich wirkenden Gegend zwei Jahrzehnte zuvor geschehen war. Es war die *clades Lolliana*, die ihm nicht aus dem Kopf ging, die Niederlage eines erfahrenen Statthalters durch wilde Haufen, die unerwartet über den Rhein gesetzt und zur Schande Roms den Adler der fünften Legion geraubt hatten.

Varus erinnerte sich gut an das Entsetzen in Augustus' Augen, als er in Rom davon erfuhr. Hatte er nicht gerade erst die heilige Bedeutung eines Legionsadlers herausgestellt? Hatte der große Jubel für drei im Orient zurückgeholte Adler nicht wie die Salbung eines Königs ausgesehen? Durch das Versagen von Marcus Lollius waren die Erfolge im Osten mit einem Schlag zunichtegemacht. Um Roms Ehre wiederherzustellen, war Augustus noch im selben Jahr nach Norden aufgebrochen.

Varus blickte zum Ufer, an dem inzwischen Hunderte von Menschen zwischen Lagerhallen, Stapeln mit Ballen und geflochtenen Körben warteten. An manchen Stellen standen sie ebenso eng und bewegungslos wie die mannshohen Amphoren mit Wein für Legionen in Castra vetera.

Er winkte die beiden ungleichen Cheruskerbrüder zu sich heran.

»Ich will nicht, dass ihr weiterhin wie zwei Kampfhähne streitet«, sagte er streng. »Ihr seid beide Römer, Ritter und Vorgesetzte von Männern, deren Leben von euren Fähigkeiten und eurem kühlen Verstand abhängt. Also benehmt euch in Zukunft nicht mehr wie ...«

Er stockte, dann fragte er rasch: »Worüber habt ihr schon wieder gestritten?«

»Flavus meint, um aus Germanien mit Gewalt eine römische Provinz zu machen, müsste man jeden einzelnen Baum fällen, jeden Hohlweg zuschütten«, antwortete Arminius.

»Genau das ist meine Meinung!«, stieß der Jüngere aufbrausend hervor. »Man müsste jeden Quell und jeden Brunnen vergiften, versteckte Opferaltäre finden und zerstören, heilige Haine entweihen und viele Heerstraßen vom Rhein bis an die Elbe und vom Meer im Norden bis zur Donau anlegen.«

»Was spricht dagegen?«, fragte Varus und sah Arminius an.

»Der klare Menschenverstand.«

»Da hast du die Antwort, Flavus«, sagte Varus zustimmend. »Wozu Zigtausende von guten Männern opfern? Das wären nochmals so viele, wie hier bereits ihr Leben ließen. Wozu mit einem ungeheuren Aufwand Gau um Gau besetzen, wenn nichts dadurch gewonnen wird? Völker und Stämme, Sippen und Familien, auf deren Feldern kaum genug wächst gegen den eigenen Hunger und um die Tiere zu ernähren. Eine Provinz aus Wäldern, Bergen, Mooren. Ohne Erz und Gold.«

»Warum denn dann?«, fragte Flavus und hob die Schultern.

»Es gibt nur einen einzigen sinnvollen Grund für eine Provinz Großgermanien: Wir verschieben die Grenze des Imperiums im Norden Europas vom Rhein bis an die Elbe. Unpassierbar gegen alle, die von Osten her zur Gefahr für unsere Kultur werden können.«

»Und dabei willst du auf das Schwert verzichten?«, fragte Flavus fast schon enttäuscht. Varus schüttelte den Kopf.

»Keineswegs, aber das Schwert und die Legionen sind nur die sichtbare Macht in meinen Händen. Wie die Adlerzeichen der Legionen. Die Stärke Roms wird sich bei Tribunalen zeigen, die ich nach römischem Gesetz zelebrieren werde.« Er verlagerte das Gewicht seines Körpers vom linken Fuß auf den rechten. »Und auch nach eurem alten Recht, sofern sich das für meine Ziele noch besser eignet.«

Nur wenig später hatte sich Publius Quinctilius Varus die volle Uniform anlegen lassen, den Helm aufgesetzt und sein mit arabischen Gravuren verziertes Prunkschwert umgehängt. Trotz seines Alters von bereits dreiundfünfzig Jahren und dem leichten Nachziehen seines linken Fußes ließ er alle anderen in seiner Begleitung klein und unbedeutend erscheinen. Selbst der römische Ritter Arminius, der als Befehlshaber sämtlicher Fremdreiter bei den Legionen um den unteren Niederrhein vorgesehen war, bemühte sich, nicht zu stolz aufzutreten.

Varus erkannte den Legaten Numonius Vala am Hafenkai. Der massige Befehlshaber der *legio XVII* und Kommandant der Flussfestung Castra vetera erwartete den Statthalter des großen Augustus mit allen Offizieren, Beamten, Standarten und Ehrenzeichen.

Es schüttete wie aus Amphoren vom Himmel, als Varus an Land ging. Vom Hügel mit dem befestigten Lager für zwei Legionen, der angeblich fast so hoch wie der Palatin in Rom sein sollte, war nichts zu sehen. Es störte ihn nicht, denn er war angekommen.

Die Herbsttage vergingen mit harter Arbeit für alle Offiziere und Beamten. Auch die Legionäre stöhnten unter dem strengen Kommando des neuen Statthalters. Er hatte von der hölzernen Tribüne neben dem Prätorium jede Einheit in kleinen Gruppen überprüft. Nur selten hatte dabei sein Gesicht den steinernen Ausdruck verloren und Zufriedenheit gezeigt. Mindestens jeden zweiten Vormittag ging er in Begleitung von Numonius Vala, einiger Stabsoffiziere und hohen Beamten der Provinzverwaltung über die Lagerstraßen bis zum Fluss.

»Das Ganze sieht schlimmer als ein Steinbruch aus«, hatte er in den ersten Wochen gerügt. »Überall verrottete Umwehrungen, halb zugeschüttete Spitzgräben und verfallene Lagermauern. Außerdem gefällt mir weder euer unbefestigtes Amphitheater am Hang noch dieser bereits halb versackte Hafentempel.«

»Das liegt am ständigen Wechsel der Belegschaft«, entschuldigte sich Vala schnaufend. »Seit Drusus vor zwanzig Jahren den ersten festen Stützpunkt errichten ließ, ist das hier der reinste Taubenschlag. Mal standen die Unterkünfte monatelang leer, dann wieder wurden sie mit unerfahrenen Einheiten belegt, die noch nie hier im Norden waren und sich den Arsch abgefroren haben. Das nasskalte Wetter hat manchmal mehr Männer umgeworfen als alle Germanenstämme zusammen.«

»Was ist mit den Diebstählen?«, wollte Varus wissen, als sie wieder einmal am grauen Fluss entlanggingen. »Gibt es noch Übergriffe? Brandstiftung? Vergewaltigungen?«

»Von allem gerade so viel, dass wir hinter den Wällen und Palisaden noch sicher sind. Ich habe befohlen, dass alles, was beschädigt werden kann, während der Saturnalien ins Lager oder per Schiff auf die andere Seite des Flusses gebracht wird.«

»Und die Gesetzesbrecher? Gab es bisher ordentliche Gerichtsverhandlungen?«

»Soweit ich weiß, wurde noch nie ein Ubier für den Diebstahl von Steinen, Holz oder Gerätschaften bestraft. Nicht hier … auch nicht am Altar der Ubier rund fünfzig Meilen flussaufwärts und in den Siedlungen dazwischen. Sie alle sind noch neu auf dieser Uferseite und unerfahren mit unseren Regeln und Gesetzen. Wir bemühen uns daher, nachsichtig mit ihnen zu sein.«

»Dann gibt es viel, was auch befreundete Germanen noch lernen müssen«, sagte Varus grimmig. »Wir brauchen einen absolut humorlosen *praefectus castrorum*. Die Männer sollen ihn nicht lieben, sondern fürchten.«

»Denkst du an einen bestimmten?«

Varus schob die Unterlippe vor. »Ich mag den Nacktschädel Paullus Aelius Bassus zwar nicht, aber der ehemalige Quartiermeister des Palastes von Antiochia ist genau der Richtige für diese Schande hier. Lugdunum ist für Bassus viel zu langweilig.«

»Ich werde sofort Boten schicken.«

Varus nickte. »Es wird allmählich Zeit, *pilum* und *gladius* durch klare Regeln statt durch Nachsicht und Schlamperei zu ersetzen. Ach, und dann noch etwas: Ich möchte, dass einige der Judäer vom *ara Ubiorum* hierher abgestellt werden. Ich will den Tekton Joseph und seine Gesellen hier haben. Sie sollen sich so bald wie möglich auf den Weg machen. Wir brauchen einen neuen Tempel hier im Castra vetera mit einem ordentlichen Altar.«

Im Gefolge von Bassus traf auch eine Gruppe von zwölf Judäern, Griechen und Syrern am unteren Rhein ein. Joseph, Jeshua und Jochanan brachten weitere erfahrene Zimmerleute, Steinmetze und Kupferschmiede mit. Sie alle zeigten sich entsetzt über den schlechten Zustand der Häuser, Ställe und Vorratslager.

»Am besten alles abbrennen und ein neues Lager bauen«, rief Jochanan gleich nach der Ankunft. Sofort drehten sich einige Legionäre um. Joseph konnte gerade noch rechtzeitig reagieren. Seine Ohrfeige mit der harten, flachen Hand klatschte so laut, dass ein paar der Männer am Schiffsanleger johlten und applaudierten. Nur Jeshua wurde schamrot und neigte den Kopf.

»Vergesst nicht, wo wir angekommen sind!«, fauchte der Tekton. »Das hier ist Grenzgebiet, dort drüben hausen noch immer Feinde des Imperiums.«

Jeshua wollte protestieren. »Aber wir sind doch keine …«

»Furcht färbt auf alle ab!«, unterbrach Joseph. »Glaubt also nicht, dass uns die Legionäre hier als Ehrengäste ansehen. Ein falsches Wort, und sogar Varus kann uns nicht schnell genug beschützen.«

Von diesem Augenblick an hielt Joseph einen ganz genau bedachten Abstand zwischen sich, dem Statthalter und dem neuen Kommandanten des Standorts gegenüber der Lippemündung ein. Er wollte sofort da sein, wenn Varus oder Bassus nach ihm riefen. Zugleich ließ er von Jeshua alles aufschreiben, was man am halbverfallenen Prätorium und am kleinen Tempel umbauen und verbessern konnte.

Am ersten Tag, als er in Castra vetera eintraf, ließ sich Paullus Aelius Bassus alle Säle im Prätorium und die Vorratslager zeigen. Am zweiten Tag nahm er sich einige Wohnbaracken und Ställe vor. Am dritten Tag verschaffte er sich einen Eindruck über die Werkstätten, die Hütten der Handwerker, der Schmiede, Färber und Händler. Bereits für diesen Nachmittag lud Bassus zu einem ausgiebigen Abendessen mit anschließendem Gelage ein. Nur wenig später versammelten sich drei Dutzend Männer im großen Saal des Prätoriums. Einige von ihnen hatten sich erkältet. Sie husteten und schnieften. Und dann zeigte der neue Verwaltungschef von Castra vetera, was Varus von ihm erwartete. Er hatte so viele Köstlichkeiten aus dem ganzen Imperium Romanum mitgebracht, dass den Offizieren und Beamten des Statthalters jede Kritik oder Frage schon vorab versüßt wurde.

»Ich will Castra vetera zu einem festen Stützpunkt für mindestens zwei Legionen ausbauen«, teilte Varus noch vor dem Hauptgang mit, »ebenso wie Bonna und Novesia. Mit dem Oppidum der Ubier und dem gerade fertig gestellten Altar dort habe ich etwas anderes vor. Wie ihr wisst, sollten in Lugdunum, dem anderen großen Altar in Gallien, schon einmal alle Stämme und Völker zu einer einigen Gemeinschaft eingeschworen werden.«

Er trank einen Schluck heißen süßen Wein und ließ die Worte wirken. »Es war ein großer, aber vollkommen misslungener Versuch, denn nicht einmal die Gallier konnten sich zur Einigkeit durchringen. Das Volk lebt schlechter als bei uns die Tiere oder Sklaven. Einige fügen ihrem Namen die Silbe -rix hinzu. Sie wollen damit zeigen, dass sie die Macht eines Königs oder Häuptlings beanspruchen. Dabei sind sie nichts anderes als Mörder, Diebe und Gesetzlose. Doch genau das will ich unter allen Umständen in Germanien vermeiden.«

Zum ersten Mal, seit er am Rhein war, empfand Varus Zweifel an der schier unlösbaren Aufgabe, mit der Augustus ihn betraut hatte. Allein um Gallien stillzuhalten, hätte er wie damals in Judäa die Unterstützung eines starken Klientelkönigs wie Herodes benötigt. Doch diesen Anführer gab es nicht – weder westlich noch östlich des Rheins.

Es war Numonius Vala, der Varus aus seinen Gedanken riss. »Wir haben alles versucht, um den Germanen unsere Kultur zu bringen«, berichtete er verschnupft. »Wir sind sogar von See her bis zu ihnen vorgedrungen.«

»Die Weserlinie?«, fragte Varus. »Wurde sie verteidigt?«

»Sehr schnell zusammengebrochen«, sagte Vala stolz. »Die Sugambrer blieben noch etwas störrisch, bei den Cheruskern war die Meinung zu uns zweigeteilt, aber zumindest die Chauken gaben vollständig auf.«

»Dann waren die folgenden Züge von Tiberius also eher leicht?«, fragte Varus.

»Sie sehen immer leicht aus, solange diese Wilden nicht wie Geister aus dem Wald hervorbrechen«, seufzte der Befehlshaber der achtzehnten Legion.

Die Wochen vergingen so schnell, dass kaum eine Stunde Zeit war, über andere Dinge nachzudenken als die Versorgung der Truppen und Tiere, die Streitigkeiten zwischen Stämmen, die sich heute schlugen und morgen wieder vertrugen, je nach dem Grad ihrer Trunkenheit. Varus war klugen und wie mit der Muttermilch eingesogenen Widerstand gegen die Herrschaft Roms mit jeder nur denkbaren Tücke und Hinterlist gewohnt. Und er besaß so viel *gravitas* und *dignitas*, dass ihn sogar die Händler und Handwerker, die Diebe und Ausgepeitschten für einen gerechten Mann hielten.

Als die letzten Blätter fielen, erhielt Varus einen Brief aus Rom, den er schon seit einigen Wochen befürchtet hatte. Claudia Pulchra teilte ihm traurig mit, dass sie in diesem Jahr doch nicht mehr an den Rhein kommen könne.

»Dem kleinen Varus geht es gut. Er ist gesund und nimmt kräftig zu. Alle in deinem Haus hier in Tibur lieben ihn. Antonia und Seianus meinen aber, dass er noch zu klein für die lange und beschwerliche Reise zu dir ist. Ich bin ganz anderer Meinung, denn ich sehne mich nach deiner Umarmung. Ich glaube auch, dass ich auch bei dir am Rhein zusammen mit unseren beiden guten Ammen gut für den Jungen sorgen könnte. Ich werde auch die Ärzte im Hospital von Maecenas fragen. Trotzdem wollen mich Augustus und der Stadtpräfekt nicht ziehen lassen. Sie haben mir versprochen, dass ich im nächsten Frühjahr reisen darf. Oder kannst du es einrichten, noch vor dem Frühjahr zu uns nach Rom zu kommen? Was meinst du, sollte ich vielleicht mit meinem Großonkel reden, dass er Tiberius … ach nein, das würdest du bestimmt nicht wollen, obwohl ich hörte, dass er vielleicht schon im nächsten Jahr von der Donau zurückkehrt und dann hier in Rom einen Triumph bekommen soll.«

Varus las den Brief in den nächsten Tagen immer wieder. Er ertappte sich dabei, dass er mit den Fingerspitzen über Claudias zierliche, wie in Stein gemeißelte Buchstaben strich, mit denen sie das Pergament wie mit kleinen Blumen ausgefüllt hatte. In diesen Augenblicken sehnte er sich nach Tibur zurück, nach den Sabiner Bergen, den Wasserfällen und dem weiten Blick über Weinberge und Felder bis zur großen Stadt Rom am Horizont, nach seinem Sohn und nach Claudia.

Das feindliche Gesicht des Nordens zeigte sich immer deutlicher. Im zehnten Monat, kurz vor den ausgelassenen Tagen der Saturnalien und dem Fest des unbesiegbaren Sonnengottes, wurde es so kalt, dass die Flüsse zufroren. Nur der Rhein blieb eisfrei.

»Am Altar der Ubier wird es schon bald wieder drei Tage lang närrischer zugehen als in der Unterstadt Roms«, berichtete Numonius Vala. Varus hatte den Eindruck, auch der Legat wäre am liebsten dort, wo ganz anders gefeiert wurde als im strengen Castra vetera. »Die Ubier haben keine Ahnung von Saturn, Ceres oder anderen Gottheiten des Ackerbaus. Nur dass man dann einmal im Jahr feuchtfröhlich, unverschämt frech und zügellos sein darf – das haben sie begriffen.«

Aber auch andere als Vala fanden die Gerüchte über das Treiben weiter südlich fast schon als Strafe. Die Legionäre in den flachen Baracken verfluchten den Tag, an dem entschieden worden war, dass sie aus Gallien und Hispanien an den Rhein verlegt wurden. Sie lebten gruppenweise in langen Reihen enger Räume mit doppelstöckigen Betten und einem Vorraum für Waffen, Ausrüstung und Vorräte. Jeweils acht Männer wohnten, heizten und kochten gemeinsam. Von ihren Märschen waren sie gewohnt, bei rauer Witterung so eng wie möglich in ihren Lederzelten aneinanderzurücken, doch in den stinkenden, verqualmten Kammern war es in diesen Tagen und den Nächten kaum auszuhalten. Nicht einmal ihre Kleidung trocknete, wenn sie nach Übungen im Lager und Märschen wieder in die Baracken stolperten. Die meisten wünschten sich inzwischen, lieber irgendwo an der Donau, in Pannonien oder in der umkämpften Provinz Illyrien zu liegen als in Castra vetera.

Genau dieser Wunsch war den besten von ihnen in den vergangenen Monaten erfüllt worden. Je größer die Probleme für Tiberius geworden waren, umso mehr erfahrene Legionäre musste der Statthalter von Gallien und Germanien zu seiner Unterstützung abgeben. Auch Varus' Neffe Asprenas hatte erfahrene Einheiten zu Tiberius nach Pannonien in Marsch setzen müssen.

»Es ist wie ein Strudel«, klagte der Kommandant von Castra vetera bei einer der Lagebesprechungen im Prätorium. »Der Adoptivsohn des göttlichen Augustus hat mehr Hunger auf Männer als die Wölfe im Winter. Anders als diesen reicht ihm kein krankes Wild oder Aas. Er und sein eilfertiger Präfekt Velleius Paterculus fordern nur die Besten für sich an.«

Varus blickte auf. Das klang ganz anders als in Claudias Brief, in dem sie über eine baldige Rückkehr von Tiberius geschrieben hatte.

»Illyrien ist eben schon eine richtige römische Provinz«, verteidigte Arminius sein Idol. »Und Germanien soll erst eine werden.«

»Germanien ist bereits römisch!«, protestierte sein Bruder. Arminius verzog wie unter Schmerzen das Gesicht.

»Du redest wie römische Patrizier, die keine Ahnung von der Lage in den Grenzgebieten haben. Wann und durch wen soll denn deiner Meinung nach Germanien römische Provinz geworden sein? Etwa bei den beiden kurzen Erkundungszügen des großen Caesar? Als Lollius sich überfallen ließ und den Adler der fünften Legion verlor?«

Varus war ziemlich verwundert über den heftigen Streit zwischen den beiden Brüdern. Er schätzte Arminius, aber es gab ihm einen Stich, wenn der Cherusker abfällig über mutige Feldherren redete, die auch seinem Stamm die Kultur und das Licht Roms geschenkt hatten.

»Vergesst den Mann nicht, der Lollius' Schande wieder wettmachen wollte und hier vor zehn Jahren für Ordnung sorgte.«

Arminius sah ihn mutig an. »In denselben Jahren, in denen du die aufständischen Judäer gekreuzigt hast?«

Flavus hüstelte erschrocken. Er tastete nach seinem Augenpolster. »Du meinst Domitius Ahenobarbus«, sagte er schnell. Legat Numonius Vala schnaubte umständlich und laut seine Nase aus, dann lachte er abfällig.

»Ahenobarbus war ein Träumer, um nicht zu sagen ein sehr dummer Statthalter und Feldherr«, stellte er nach Luft schnappend fest. »Er zog schlecht vorbereitet und überheblich gegen die Cherusker und andere Stämme. Und als er scheiterte, entschuldigte er sich in Rom mit der Begründung, er hätte nur romfreundliche Cherusker, die von den Ihrigen vertrieben worden waren, wieder zurückbringen wollen.«

»Kein Volk nimmt Abtrünnige oder Verräter wieder auf«, stellte Flavus fest. »Wer will schon Männer, deren Herz gebrochen und deren Seele in der Fremde krank geworden ist.«

Er verstummte, presste die Lippen zusammen und schien erst jetzt zu merken, wen er entschuldigte. Noch ehe sich die anderen von ihrer Verwunderung erholt hatten, griff Varus ein.

»Ich kann dich gut verstehen«, meinte er. »Aber ich sehe die Rückkehr dieser Männer nicht als Schande für irgendeine Seite. Und bei allen Fehlentscheidungen hat Ahenobarbus auch Vortreffliches als Statthalter am Rhein geleistet.«

»Schwimmende Straßen«, stimmte Arminius zu. »Brücken über Moore und Sümpfe, in denen sonst Wagen und Reiter einfach versinken würden … ich habe diese *pontes longi* als Brücken zwischen Rhein und Ems mit eigenen Augen gesehen. Sie könnten noch einmal als Fluchtwege Leben retten …«

»Oder Aufständischen als geheime Pfade dienen«, stieß Flavus warnend aus. Die anderen Männer schwiegen betreten. Selbst die Bediensteten und Sklaven schenkten noch leiser als üblich Wein nach. Nicht einmal die goldenen und silbernen Teller auf den Tischen klapperten.

»Wir müssen also weiter auf Unruhen zwischen Rhein und Elbe vorbereitet sein«, fasste Varus zusammen. »Vergesst daher zu keiner Stunde: Keiner meiner Vorgänger hier hat jemals von Befriedung oder dem totalen Sieg über die Germanenstämme gesprochen.«

»Als Tiberius zuletzt hier war, gab es keine Kämpfe mehr«, behauptete Flavus kühn. »Der Sommer vor vier Jahren ging früh in einen regnerischen Herbst über. Ich habe damals zugehört, wie unser Vater, Fürst Sigimer, zusammen mit unserem Onkel, Fürst Segestes, die Verhandlungen geführt hat.«

Varus hob die Brauen. »So viel ich über dich weiß, bist du Tiberius danach ins Winterlager Aliso gefolgt.«

»Ja, und ich dachte zuerst, ich sei nur eine Geisel, damit unsere Leute die Vereinbarungen einhalten. Doch schon im Winter wurde ich von Tiberius nach Rom mitgenommen. Ich habe Latein gelernt und bekam bereits nach der Grundausbildung das römische Bürgerrecht. Als ein Jahr später der Markomannenkönig Marbod die östlichen Stämme vereinte, kam ich in die germanische Reiterala, die zu der Zeit noch von dem hochgebildeten Präfekten Velleius Paterculus kommandiert wurde.«

»Gebildet?«, warf Legat Vala abfällig ein. »Er ist in Rom als Schwätzer bekannt, der lieber Tinte von seinen historischen Werken an den Fingern hat als einen Blutstropfen am Schwert.«

Obwohl selbst die Tribunen und Centurionen lieber weiter feiern als Dienst tun wollten, unterband Varus sofort nach den Ausschweifungen alle weiteren Gelage. Er hatte mitgegessen, mitgetrunken und mit angesehen, wie närrische Sklaven sich wie Götter bewirten ließen und anschließend jungen Offizieren befahlen, in den eisigen Rhein zu springen. Die verdrehten Regeln der Saturnalien erlaubten Freiheiten, gegen die das Imperium an allen anderen Tagen des Jahres mit aller Härte durchgriff.

Einen Tag nach den Opferzeremonien zum *Sol invictus* am 25. Dezember ließ Varus eine große Karte von den Gebieten zwischen dem bergigen Bereich des Hercynischen Waldes im Süden und dem Germanischen Ozean im Norden auf gegerbte Kuhfelle zeichnen.

Den westlichen Rand bildete der Rhein, den östlichen die Elbe bis hin zu den Gauen der Markomannen. Anschließend ließ er die Felle an die Stirnseite der großen Halle spannen. Mehrere Schreiber trugen zwei Tage lang alle wichtigen Plätze und Ereignisse auf der Wandkarte von Germanien ein.

Arminius befand sich auf einer Formationsübung in Richtung auf den Gau der Bructerer zwischen den Flüssen Ems und Lippe. Vielleicht deshalb interessierte sich Flavus ganz besonders für die Pläne des Statthalters.

Am dritten Tag ließ Varus sämtliche Männer befragen, die schon einmal östlich des Rheins gewesen waren. Dazu diejenigen, die von Erzählungen über Kämpfe ihrer Väter etwas wussten. Wie bei allen römischen Landkarten üblich, ging es dabei nicht um die messbaren Entfernungen in Meilen und Fuß, sondern um die Besonderheiten des jeweiligen Geländes.

»Eine Meile auf Gras / ist keine Meile im Wald / ist weniger als ein falscher Schritt im Gebirge«, stand in großen Buchstaben über der Karte an der Wand. Entscheidend war daher die Zeit, die ein Legionär zu Fuß, ein Reiter, ein Wagen oder ein Schiff mit Wind oder ohne für eine Strecke benötigte.

»Unsere Reiter können mit Angaben zur Strömung im Fluss Lippe oder Ems nichts anfangen«, erklärte Varus den Beamten und Schreibern. »Und wenn in Rom darüber gespottet wird, dass eine Legion für die geringe Entfernung zwischen Rhein und Weser manchmal mehr als zwei Wochen benötigt, dann wissen diese Strategen in ihren weißen Togen nichts von Dauerregen im germanischen Urwald, versumpften Hohlwegen, Stromschnellen im Lippefluss und von den Monaten, in denen hier nicht einmal Wildschweine unterwegs sind.«

»Davor hat bereits Caesar gewarnt«, meinte Bassus, als sie an einem der Abende zusammensaßen. »Aber Caesar konnte vor einem halben Jahrhundert noch auf Nachschub aus Italien rechnen. Wir dagegen bekommen Korn, Öl und Wein nur aus Gallien, und dort gibt es in den letzten Jahren immer wieder Hungersnöte.«

»Nicht viel anders als an der Donau«, warf Arminius ein. Er war erst wenige Stunden zuvor von seinem Übungsritt zurückgekehrt. Er hatte Kratzer im Gesicht und sah erschöpft aus. Trotzdem glühten seine Augen wie durch ein heimliches Feuer. Varus blickte ihn nachdenklich an, dann nickte er ihm zu.

»Die Berge in Illyrien sind schrecklicher und wilder als die Wälder hier«, sagte Arminius. »Wir haben viele unserer *exploratores* verloren. Sie sollten noch vor der eigentlichen Vorhut Wege erkunden, doch zumeist sahen wir von ihnen nur noch zerschmetterte Körper im Abgrund.«

»Sind sie durch Unachtsamkeit abgestürzt?«, wollte Varus wissen.

»Nein«, antwortete Arminius knapp. »Wenn wir sie fanden, waren die meisten nackt. Manchmal rochen wir auch nur noch verbranntes Fleisch.«

Einige der Beamten schluckten. Varus hob die Brauen. »Du meinst, die Breuker, wie die Rebellenstämme dort wohl heißen, haben eure Kundschafter getötet und … gefressen?«

»Zuerst den Göttern geopfert und erst dann gegessen«, bestätigte Arminius. »Das ist etwas ganz anderes.«

»Ja, das kommt überall noch vor«, sagte Varus ernst. »Sogar bei den Germanen, oder?«

Arminius und Flavus hoben nur die Schultern. Keiner der beiden antwortete.

In den folgenden Tagen ließ Varus eine kleinere Kopie der großen Karte auf einer Tischplatte anlegen. Die Platte wurde in einem verschließbaren Nebenraum der Halle unter einer Reihe Fackeln aufgestellt. Anschließend mussten sämtliche Kämpfer aus den Auxiliareinheiten einzeln vor den Schreibern sagen, was sie von ihren heimatlichen Gegenden wussten.

Seine Beamten begannen wie bei den Steuerschätzungen. Sie ließen sich Name, Alter und Volk nennen. Dann kamen die Fragen nach Verwandten, Vermögen und besonderen Fähigkeiten, Erinnerungen an bestimmte Flüsse, Seen und Berge. Diejenigen, die mehr zu wissen schienen, wurden von weiteren Beamten auch nach Opferstellen, heiligen Hainen und schließlich nach allen vorangegangenen Begegnungen mit römischen Soldaten verhört.

Nie zuvor waren alle nur denkbaren Informationen über eine neue Provinz direkt von ihren Bewohnern gesammelt worden. Die Erhebungen waren so gründlich, dass sie sich bis zum ersten Tauwetter hinzogen. Vieles von dem, was Varus hörte und las, betrachtete er als Angeberei oder freie Erfindung. Trotzdem verging kein Tag, an dem sie alle nicht lernten. Entlang der Lippe und bis an die Weser konnte der neue Statthalter schließlich auch kleinere Gebiete einzelner Völkerschaften mit bunter Kreide auf das Modell der Karte reiben lassen.

Abend für Abend wurden große, zusammengenähte Streifen aus fast durchsichtigem Kalbspergament über den Planungstisch gelegt und mit Bürsten beklopft. Sobald Schreiber des Stabes das Pergament an den Ecken anhoben und vorsichtig umdrehten, war erneut ein Lageplan entstanden. Die Kreideflächen wurden mit erwärmtem Harz fixiert. In einem zweiten Raum lagerten zusammengerollt sämtliche Karten in Regalen. Im selben Raum trugen die besten Schreiber aus verschiedenen Legionen mit Galltinte auf der Rückseite der durchscheinenden Karten Flussfurten, mögliche Treidelwege, heilige Orte der Germanen und gefährliche Engpässe ein.

Zwei Wochen später ließ Varus für Numonius Vala, die beiden anderen Befehlshaber der drei Legionen in Castra vetera und ihre Staboffiziere die Pergamente ausrollen. Die meisten hatten noch nie derartig genaue Karten gesehen. Nur der Legat Vala blieb ablehnend.

»*Nihil novi sub sole*«, schnaubte er in ein Tuch. »Nichts Neues unter der Sonne. In meinen Augen wieder nur ein unnötiger Verwaltungsaufwand. Eines Tages wird noch der Befehl kommen, dass wir die Feinde Roms mit Schriftrollen erschlagen sollen. Warum marschieren wir nicht einfach bis zur Elbe durch, wie es Drusus und Tiberius mehrfach getan haben? Dann ein paar große, massiv befestigte Kastelle für Kohorten und beim kleinsten Widerstand einfach Brandfackeln in Häuser und Dörfer.«

Varus lachte missbilligend. Er zeigte auf die Karte, auf der die Siedlungen und Legionsstützpunkte am Fluss Lippe eingetragen waren.

»Ich sehe bis zu den Lippequellen und den Bergrücken östlich davon nur vier befestigte Stützpunkte. Sieht jemand von euch mehr?«

Die Präfekten und Tribunen drängten näher. Nacheinander schüttelten sie die Köpfe.

»Von den vier befestigten Lagern an der Lippe sind nur zwei stark genug, um sich ernsthaft zu verteidigen«, sagte Varus. »Das Erste liegt nur einen Tagesmarsch östlich, ist also uninteressant. Es war ohnehin nur ein Marschlager von Drusus und Tiberius.«

Er deutete auf die nächste Markierung flussaufwärts. »Dieser Platz soll zu einem Hauptlager für mindestens zwei Legionen und einem späteren Verwaltungssitz erweitert werden.«

»Bis dorthin können auch unsere Liburnen und Triremen vom Rhein fahren«, sagte Bassus, der neue Präfekt von Castra vetera. »Es gibt dort bereits einen Hafen und feste Unterkünfte. Man könnte die gesamte Anlage leicht zu einem Winterlager für weitere Legionen ausbauen.«

»Nein«, sagte Varus sofort.

»Und warum nicht?«, fragte Legat Vala verständnislos. »Die schnelleren von uns, Reiter der Auxiliareinheiten und Flussboote mit wichtigen Beamten könnten bei Gefahr in einem Tag wieder hier in Sicherheit sein, die *milites* in zwei Tagen und der ganze Rest mit den Lasttieren, Wagen und Gepäck in drei bis fünf Tagen.«

»Nicht gut genug für ein Winterlager«, sagte jetzt auch Arminius.

Varus lächelte kaum merklich. Er hörte gern auf das, was der Präfekt mit Tiberius-Erfahrung zu sagen hatte. »Und warum nicht?«

»Östlich des Rheins gibt es noch keine von Rom gebauten Straßen. Unsere Soldaten könnten nicht in den üblichen Sechserreihen nebeneinander marschieren. Jede Legion mit Wagen und Tross würde sich beim Marsch über viele Meilen auseinanderziehen – ohne Platz zum Sammeln bei einem Überfall oder für einen Gegenangriff…«

»Völlig schutzlos nach den Seiten und zu den Wäldern hin«, warf Flavus ein. Obwohl er recht hatte, blickten ihn Varus und sein Bruder missbilligend an. Der Jüngere war nicht gefragt worden.

Varus wandte sich wieder an Arminius. »Ich sehe, du hast eine Menge bei Tiberius gelernt.«

Arminius hob nur die Schultern. « Nach meiner Meinung kommt ein gutes Winterlager erst östlich der Stromschnellen am Mittellauf der Lippe in Frage. Allerdings müssen diese Hindernisse durch umständliches Umladen und einen Transport über Land umgangen werden.«

»Arminius hat recht«, sagte Legat Vala. »Die Mäander und Kehren dieses Flusses haben kaum Gefälle. Sie sind so eng, dass kein Frachtschiff hindurchkommt, das länger ist als fünfundsiebzig Fuß oder breiter als zehn Fuß.«

Varus dachte daran, wie schwierig die Versorgung der Legionen sein würde. »Und vermutlich nur Boote ohne Kiel?«

»Genauso ist es. Voll beladen mit Getreide, Amphoren oder Weinfässern dürfen diese Frachtkähne nicht mehr als knietief einsinken. Die Männer müssen rudern oder staken.«

»Kann man treideln?«

»Dort, wo das Ufer fest ist, werden Maultiere die Boote ziehen. Aber an weichen und sandigen Uferstrecken geht es nicht ohne Menschenkraft. Außerdem brauchen wir Maultiere oder Pferde, wenn umgestürzte Bäume die Durchfahrt versperren.«

»Germanische Fallen?«, grinste Bassus und leckte sich über die Lippen.

»Vielleicht«, antwortete der Legat der Achtzehnten, »aber zumeist sind es germanische Biber, die mit den Zähnen die Bäume fällen.«

»Ich habe unterschiedliche Schiffe hier im Hafen gesehen«, sagte Varus, »ein paar haben die Masten in der Mitte, die meisten aber im ersten Drittel.«

»Das sind die Lippe-Frachtkähne. An den starken Masten vor der Ladung werden die Treidelseile zu den Männern oder den Zugtieren am Ufer befestigt. Sie hängen dann nicht an jedem Hindernis im Wasser oder am Rand des Flusses fest und werden offen gehalten, wie die Schiffsleute sagen. Es ist schon ein hartes und mühseliges Geschäft.«

Varus stand eine ganze Weile mit vorgeschobenen Lippen vor seiner Karte. Die Männer konnten fast hören, wie er rechnete.

»Ist es überhaupt möglich, die weiteren Lager im Osten mit ausreichend Nachschub zu versorgen?«

»Bisher war es möglich, aber es wird zu einem Spiel mit schlechten Würfeln, wenn mehrere Legionen bis zum Quellgebiet der Lippe und den unzähligen Quellen der Pader ziehen. Kurz davor befindet sich unser viertes und letztes befestigtes Lager … mit Platz für zwei Legionen und gemauerten Unterkünften, die man auch Legaten und höheren Verwaltungsbeamten zumuten kann.«

»Nun gut«, meinte Varus. »Tatsache ist, dass wir nirgendwo größere Siedlungen, Dörfer oder Städte eintragen können. Dabei steht fest, dass die Germanen versteckte Widerstandsnester in den Bergwäldern besitzen.«

»Sie haben Dutzende von großen oder kleinen *Teutoburgen*«, mischte sich Flavus erneut ein. Er trat einige Schritte vor und deutete auf die Höhenzüge, die schräg über die aufgespannte Karte liefen. »Auch weiter nördlich, wo die Weser nach einem großen Bogen ins flache Land hinaustritt, befinden sich auf beiden Seiten an den höchsten Stellen der Berge derartige Zufluchtsplätze.«

»Woher willst du das wissen?«, schnaubte Vala. Flavus blickte den Legaten voller Stolz an. »Präfekt Arminius und ich sind in einer derartigen Volksburg aus Steinwällen geboren worden. Wir hatten tief in den Berg gegrabene Brunnen und Höhlen mit großen Vorratslagern. Durch dichte Bäume waren wir von unten her nicht einmal mit Pfeilen oder Katapulten zu erreichen.«

Der Herr über die achtzehnte Legion trat auf die Karte zu.

»Ich dachte immer, dass euer Vater Segestes südwestlich vom großen Weserbogen wohnt … hier an der Wasserscheide vor den Quellen der Lippe, die ihr Germanen Odins Auge nennt.«

Varus bemerkte die Spannung zwischen dem Befehlshaber der achtzehnten Legion und den beiden gebürtigen Cheruskern. Er überlegte kurz, ob er seinen offiziellen Stellvertreter unter vier Augen zurechtweisen sollte, aber Arminius zeigte überlegen, dass er keine Hilfestellung benötigte.

»Mein Bruder Flavus und ich sind von Tiberius dekorierte römische Ritter, falls du das vergessen haben solltest, Legat Numonius Vala. Aber es stimmt – Bäche, die von diesem Bergrücken in Richtung Westen fließen, münden zumeist in die Lippe oder die Ems. Alle anderen strömen nach Osten in die Weser. Und an der Wasserscheide gibt es ebenfalls Teutoburgen, aber dort oben wohnen Germanenstämme nur in Zeiten der Gefahr. Da ist es zu felsig, zu bewaldet, vollkommen ungeeignet für das Vieh ...«

Varus hob die Hände. »Ich will im nächsten Sommer an der Weser sein. Und dafür brauche ich alles, was wir irgendwie erfahren können.«

»Kampferprobte *milites* wären nicht schlecht«, meinte Vala hustend. »Bisher bekommen wir als Ersatz für Männer, die zu Tiberius gingen, nur unerfahrene Freiwillige.«

»Dann musst du deine achtzehnte Legion eben so ausbilden, dass sie besser wird als alle anderen«, meinte Varus süffisant. »Nur so könntest du das Glück haben, dass dich der Adoptivsohn des göttlichen Augustus ebenfalls anfordert ...«

Vala bemerkte nicht einmal, dass ihn der Statthalter verspottete. Nur Arminius schob nachdenklich die Unterlippe vor und wandte sich an Varus:

»Wenn du erlaubst, werde ich in den kommenden Wochen mit meiner besten *ala quingenaria* einige Sturmübungen auf der östlichen Seite des Rheins reiten. Meine Reiter und die Pferde sollen lernen, wie sie sich in der Gegend dort bewegen müssen.«

»Ein guter Vorschlag«, stimmte Varus zu und lächelte. Arminius gefiel ihm mehr und mehr. Er wandte sich an Legat Vala. »Gib meinen Tagesbefehl auch an die Legionen weiter, dass ab sofort jede *turma* mit dreißig Mann und ihren drei Offizieren selbständig an den Ufern des Lippeflusses in Richtung Osten trainiert.«

Mit einer kurzen Handbewegung entließ der Statthalter seine Führungsgruppe. Nur Arminius, Flavus und Vala sollten noch zurückbleiben.

»Wie müssen umdenken!«, sagte Varus, als sie allein waren. »Wir brauchen keinen Aufmarsch von Legionen, sondern kleinere Einheiten, wenn wir in Germaniens Wäldern bestehen wollen. Selbst achtundvierzig Offiziere in einer gemischten *ala* von rund fünfhundert Mann sind mir zu viel. Das ist reiner Selbstmord in diesen Wäldern.«

»Schmückt zwei Dutzend Pferde wie zu einem römischen Triumphzug!«, befahl Quinctilius Varus an einem der vor Kälte klirrenden und wolkenverhangenen Februartage. Er selbst ließ sich die große Prachtuniform anlegen, mit allem, was dazu gehörte. Nicht sichtbar trug er ein Messer am Gürtel, das ihm Joseph der Baumeister am Neujahrstag übergeben hatte. Als Statthalter hatte er in den beiden Wochen von den Saturnalien bis zum Beginn des Monats Januar viele Geschenke erhalten – und jeweils das Vierfache an Wert zurückgeschenkt. Schließlich war er der Stellvertreter von Augustus und wusste, was von ihm erwartet wurde. Nur für das unschätzbare Geschenk des Tektons hatte es nichts Wertvolleres zu bieten. Für einen kurzen Moment hatte er sogar daran gedacht, mit Joseph über das wahre Versteck des Tempelschatzes zu sprechen. Wenn das leicht gebogene Messer aus dem Grab von König Salomo stammte, wie Joseph angedeutet hatte, besaß es für sie beide den gleichen symbolischen Wert. Es war das Zeichen dafür, dass ihm die Judäer noch immer vertrauten …

Nach dem Kalender gab es keinen Grund für einen feierlichen Ritt durch das feste Lager, doch Varus wusste, wie wichtig es auch für Legionäre war, von Zeit zu Zeit die Zeichen und Symbole des Imperiums und ihre obersten Repräsentanten zu sehen.

Genau zur Mittagsstunde bliesen die Hornisten das vereinbarte Zeichen. Vor sämtlichen Gebäuden, selbst vor den Stallungen, traten die Männer, die in ihnen lebten oder arbeiteten, an den Straßenrand. Ein weiteres Hornsignal schien die tiefhängenden Wolken am Himmel zu zerreißen. Doch nur die Spur eines milchigen Sonnenstrahls verlor sich irgendwo im Nebel. Dann schritt der Statthalter durch den Haupteingang des Prätoriums nach draußen. Ihm folgten der Legat Vala, sämtliche Tribunen seines Stabes, die Reiterpräfekten Ceionius und Eggius und zum Schluss der *primus pilus* Vennemar als Veteran mit besonderen Aufgaben.

Varus hatte befohlen, dass seine Offiziere braune Stuten bekamen, Vala einen Rappen und er selbst einen Apfelschimmel. Als die geschmückten Pferde gebracht wurden, schien das schmutzige Grau des Wintertages um einige Farbflecken heller zu werden.

279

Die Männer saßen auf. Es dauerte eine Weile, bis die Pferde in Formation gebracht waren und Tritt fassten. Dann aber bewegten sich die Reiter betont gezügelt die *via praetoria* entlang bis zum Haupttor. Hunderte von Legionären zu beiden Seiten der mit großen Steinplatten gepflasterten Straße traten mit den eisernen Nägeln ihrer Sandalen im Takt. Es war der Takt des Marschschrittes, mit dem sich alle Legionen auf selbstgebauten Straßen überall im Imperium Romanum von einem Lager zum nächsten bewegten. Die tausendfache Musik des Sieges und der Eroberung. Und gleichzeitig das Versprechen an den Statthalter, auch auf der anderen Seite des Rheins römische Straßen zu bauen, auf denen endlich auch der gleiche Takt zu hören sein sollte.

Die Reiter passierten die salutierenden Wachen und ritten bis zu den Häusern, in denen entlassene Veteranen mit ihren Familien wohnten. Während hinter ihnen die tausendfachen Nageltritte über dem festen Lager bis zu den Wolken aufstiegen, begannen an der Siedlung Männer, Frauen und Kinder mit einem anderen Begrüßungslärm. Alles, was sie finden konnten, schlugen sie ebenfalls gegeneinander – es war ein ohrenbetäubendes Klappern, Rasseln, Schlagen.

Varus und seine Offiziere bogen nach Süden ab. Sie ritten an den Hütten und schief gebauten Verschlägen der kleinen Händler, Diebe und Huren vorbei, die selbst im Süden kaum die Kühle einer Sommernacht abgehalten hätten. Die morastige Brache und die kleinen Bäche waren noch immer zugefroren. Trotzdem blieb es gefährlich, zum großen Bogen des Rheins weiterzureiten.

Varus blickte nach allen Seiten, dann hob er die Hand und ritt zum südlichen Tor. In voller Absicht bog er gleich danach zu den Baracken ab, die als Kornspeicher dienten. Er konnte keinem Legionär täglich Fleisch versprechen, aber er wollte zeigen, dass er sich als Stellvertreter von Augustus auch um die Kornvorräte kümmerte. Er war entsetzt über den Mangel, den er sah, die vielen kargen Räume und die vielen leeren, teilweise angeschlagenen Amphoren.

Noch von seinem Apfelschimmel aus verschärfte Varus die Befehle für die Ausgabe von Vorräten. »Da ich noch keine Erfahrungen mit den Wintermonaten hier habe, soll ab sofort mit Getreide, Öl und Wein sowie dem Viehbestand in unseren Ställen sparsamer umgegangen werden. Jede Centurie kann ab heute selbst auf Jagd gehen, aber nur am Westufer des Flusses.«

Alle Begleiter klopften Beifall mit ihren Waffen. Dennoch gab Kommandant Paullus Bassus bereits am selben Nachmittag erneut ein ansehnliches Abendessen für den Statthalter, seine Offiziere und die wichtigsten Beamten der Provinzverwaltung. Sie kosteten verschiedene Fische aus dem Rhein, gesotten und gebraten, in Kräutern, Honigwein und nach besonderen Nüssen schmeckendem Eichelmus mariniert.

Legat Numonius Vala hatte sich dank guter Kräutertränke von seinem Husten und seiner tränenden Nase etwas erholt. Nach den Süßspeisen kam Varus noch einmal auf die Eburonen zu sprechen.

»Um uns auf unsere neue Provinz vorzubereiten, müssen wir lernen und verstehen, was bisher geschehen ist«, sagte er. »Soweit ich weiß, flohen viele dieser Barbaren damals in den Ardennerwald, ein Teil auch durch die ausgedehnten Sümpfe und Hochmoore.«

»Germanen und auch Kelten wie die Belgier vermeiden freie Flächen und nehmen lieber Büsche und Bäume als Schutz und Schild«, meinte Marcus Caelius zustimmend. Er nahm wieder häufiger an den abendlichen Runden teil. »Damit sind sie unangreifbarer als unsere Legionäre in der Schildkrötenformation.«

»Es soll sogar Sippen gegeben haben, die sich auf den Inseln im germanischen Ozean versteckten«, schnaubte Legat Numonius Vala satt und voller Wein. »Dort kommt und geht das Meer, wie der Mond es befiehlt.«

Varus blickte prüfend in die Runde. Nur wenige der Offiziere hatten bisher gegen Germanen gekämpft.

»Ich kenne diese Art des Widerstandes besser als viele von euch«, sagte Varus bedächtig. »Speziell in Judäa und in den Bergwüsten um Jerusalem hatten unsere Legionäre beinahe täglich mit Rebellen und Straßenräubern zu tun. Nicht einmal auf die verbündeten arabischen Hilfstruppen konnten wir uns verlassen. An einem Tag kämpften sie auf Seiten Roms, am nächsten Morgen bereits gegen uns, um dann mit gestohlenen Vorräten zu verschwinden. Das alles muss hier vermieden werden!«

Er stand auf und ging ein paar Schritte hin und her.

»Wir werden den Altar der Ubier im nächsten Jahr zu den Opferfeiern besuchen«, bestimmte Varus. »Dann will ich Fürsten und Abgesandte von allen Stämmen der Umgebung sehen – auch von denen zwischen den Flüssen Lippe, Ems und Weser.«

MITTWOCH
16. September 2009

Nach einer kurzen, lebhaften Nacht in einem schrecklichen, aber stabilen ostwestfälischen Eichenbett erwachten Thomas und Claudia beinahe gleichzeitig.

»Na?«, fragte sie und schmiegte sich eng an ihn. »Wie hast du geschlafen?«

»Wie ein Liebha-Bär. Und du?«

»Alles noch wie auf rosa Wolken. Ich habe keine Ahnung, wo ich eigentlich bin.«

»In der Nähe einer Burg. Bei Bielefeld, wenn alle Straßenschilder stimmen.«

»Bielefeld? An der *Scuola Germanica* in Rom sagt man, Bielefeld gibt es gar nicht.«

»Den kannte ich schon«, sagte er lachend. »Aber irgendwo hier muss die Sparrenburg sein.«

»Haben wir in einer Burg übernachtet?«

»Nein, aber direkt am Osningpass. Hier schneidet die Straße die drei Kämme des Teutoburger Waldes. So gesehen, könnte Varus mit seinen Legionen auch ganz gut hier durchgekommen sein.«

»O nein, nicht schon wieder dieser Unglückliche! Ich brauche so schnell wie möglich einen Kaffee, sonst kann ich nicht denken.«

»Okay, und beim Pass nach Westen hin hätten Varus' Legionäre inzwischen die gleichen Probleme, wie sie für Kalkriese angenommen werden.«

»So schmale Durchgänge?«

»Das nicht«, sagte er grinsend, »aber inzwischen alles verbaut durch Puddingfabriken.«

Sie stutzte kurz, dann schnappte sie sich beide Kopfkissen und schlug damit auf ihn ein.

»Gnade, *nobilissima*, dein williger Sklave wimmert um Gnade!«

Sie warf sich über ihn und küsste ihn.

»Ich habe gelesen«, sagte er nach Luft schnappend, »ich habe gelesen, dass man von hier aus bis zum Denkmal bei Detmold und zu den Externsteinen auf der Berghöhe wandern kann...«

»Aber nur, wenn man das unbedingt will.«

»Sie nennen es den Hermannsweg.«

»Los, aufstehen, duschen, rasieren! Ich will keinen Hermannsweg und auch noch nicht nach Detmold. Hoffentlich hat das Hotel hier eine anständige Espressomaschine.«

»Moment mal!«, protestierte er und umschlang sie mit beiden Armen. »Wieso willst du nicht nach Detmold?«

»Weil mir heute Nacht eingefallen ist, was der Tote im Museum Kalkriese gesucht haben könnte.«

»Na bravo, *complimenti*! In meinen Armen denkst du an tote Rentner?«

»Nicht nur das«, hauchte sie und küsste ihn. »Aber wir könnten an der Porta Westfalica recherchieren, ob sich irgendjemand für den Nachlass von Ebi Hopmann interessiert.«

»Jemand, der etwas über den Schatz finden...«

»...oder ihn verschwinden lassen will.«

»Du hast doch irgendeinen Verdacht«, sagte er und sah sie prüfend an. »Und genau den hast du mir bis zu diesem Augenblick fast perfekt verschwiegen.«

Sie hob die Brauen und blickte ihn mit ihren wunderschönen Augen an. »Was vermutest du denn?«

»Ich denke, dass er irgendetwas mit dir selbst zu tun hat. Oder dem mysteriösen Abschied deines Vaters am Tag deiner Geburt.«

Sie schüttelte den Kopf.

»Ich weiß ja nicht einmal, wie er heute aussieht.«

Sie nahmen die schnurgerade Bundesstraße in Richtung Herford.

»Altes Sachsenland ein paar Jahrhunderte nach Varus und Arminius«, sagte Thomas Vesting nach einer Weile. »Hier kämpfte zur Zeit von Karl dem Großen Widukind gegen das fränkisch-römische Reich.«

Kurz darauf sahen sie zum ersten Mal den kleinen Fluss, der Thomas Vesting bereits bei seinen Recherchen aufgefallen war. Neben der Lippe in Richtung Teutoburger Wald bildete die Werre ab Detmold einen interessanten Wasserweg über Bad Salzuflen, Herford und Bad Oeynhausen bis zum Weserbogen vor der Porta Westfalica.

»Ganz egal, wo die Legionäre über die Bergketten von Osning oder auch Teutoburger Wald gekeucht sind – ohne die Lippe im Westen bis zum Rhein und die Werre im Osten bis zur Weser hätten die Römer wahrscheinlich große Probleme mit dem Nachschub für einige tausend Bewaffnete gehabt.«

Claudia lachte kurz. »Nicht zu vergessen die Unmengen von Freigelassenen, die Handwerker, Mulitreiber, Sklaven und was sonst noch im Tross und im Gefolge mitlief.«

Sie folgten dem Fluss in Richtung Bad Oeynhausen. »Das ist wie mit den Rittern. Niemand denkt daran, dass ein Ritter nicht allein unterwegs sein konnte, sondern immer nur mit einem Rattenschwanz von Knappen und Knechten, Gefolge und zumeist lästigen Mitläufern.«

»Das war im alten Rom auch nicht anders«, meinte Claudia. »Überall Lauscher und neugierige Augen.«

»Herrliche Zeiten für Voyeure! Fast schon so öffentlich wie das Internet.«

Sie stieß ihn mit der Faust gegen den Arm. Er lachte, und dann sahen sie die Porta Westfalica mit dem weiten Panorama zwischen dem nördlichen Teutoburger Wald, dem Wiehengebirge und dem lippischen Bergland. Thomas Vesting fuhr am Ende der Autobahn nach Osnabrück vorbei bis zur Weser. Sie mussten etwas suchen, dann entdeckten sie die Mündung der Werre in den großen Fluss, parkten und stiegen aus.

»Hier könnte ein kleiner Hafen gewesen sein«, meinte Claudia Bandel. Sie gingen ans flache Weserufer. Gleich hinter der Werremündung bog die Weser aus ihrer nordwestlichen Richtung fast rechtwinklig nach Nordosten zur Porta hin ab.

»Wahrscheinlich sehr sumpfig damals«, meinte Thomas. Er drehte sich und blickte stromaufwärts. Die Brücken der Autobahn von Köln nach Berlin waren kaum zwei Kilometer entfernt. »Aber dort hinten, in Richtung Vlotho, kann ich mir gut eine Furt durch die Weser vorstellen.«

»Nach den alten Quellen soll es eher nördlich der Porta, also bei Minden, einen günstigen Flussübergang gegeben haben.«

»Vermutlich erst viel später«, sagte Vesting. »Auf jeden Fall riecht hier am Westufer der Weser absolut nichts nach einem Schatzversteck. Wenn überhaupt in dieser Gegend, dann auf der anderen Seite innerhalb des großen Weserbogens.«

»Ich hätte nicht gedacht, dass das Gelände dort drüben so gleichmäßig ansteigt. Der Erbauer des Hermannsdenkmals soll übrigens auch hier entlanggewandert sein, als er nach einem guten Platz für sein Monument suchte. Der Winterberg bei Vlotho oder der heutige Amtshausberg mit Blick über den gesamten Weserbogen von Rinteln bis zur Porta hätten sich bestimmt auch gut geeignet. Und genügend Sagen über den germanischen Urbaum Yggdrasil, Midgard, die Asen und den Donnergott Thor gibt es hier ebenfalls.«

»Warst du schon einmal hier?«

Sie zögerte einen winzigen Augenblick, dann sah sie ihn direkt an.

»Vergiss nicht, dass ich ein paar Monate in Detmold gearbeitet habe. Da kommt man auch ein bisschen rum. Aber ich möchte mir den Flussbogen gern noch einmal von der Ostseite aus ansehen.«

»Kein Problem«, sagte Vesting. »Aber irgendwann würde ich gern erfahren, was du hier, in Detmold, oder überhaupt in Germanien gesucht hast.«

»Den Varus-Schatz«, sagte sie schlicht und entwaffnend. »Aber das weißt du doch.«

»Natürlich«, schnaubte er spöttisch, »das weiß ich doch. Und ich verspreche, dass ich dir tragen helfe … wenn wir ihn finden.«

Sie stiegen ein und fuhren über die Autobahnbrücken zur nächsten Abfahrt. Von dort aus sahen sie sich zwischen verstreut am flachen Hang liegenden Bauernhöfen und kleinen einzelnen Häusern um.

»Der höchste Punkt nennt sich Buhn«, sagte sie. »Lass uns bis dort hinauffahren.«

Wenige Minuten später standen sie auf der Kuppe des sanft ansteigenden, trotzdem fast hundert Meter hohen Hügels mit einem erstaunlich weiten Rundblick.

»Wunderschön«, sagte Claudia. »Und ein ideales Gebiet für ein römisches Sommerlager im Cheruskerland. Nur eins verstehe ich nicht.« Sie drehte sich so, dass sie nach Norden zur etwa sechs Kilometer entfernten Weserpforte sehen konnte, und legte die Hand über die Augen.

»Was verstehst du nicht?«

»Ich verstehe nicht, warum der Thingplatz der Germanen nicht hier eingerichtet wurde, sondern erst kurz vor dem Weserdurchbruch an der Porta. Nur zwei, drei Pfeilschussweiten vom Fluss entfernt. Wenn die Lichtung für die großen Versammlungen hier und nicht so dicht an der Porta gewesen wäre, hätte man über die Baumwipfel hinweg fast den gesamten Weserbogen überblicken können.«

»Und was hätte man gesehen? Damals, meine ich.«

»Ja, du hast recht«, sagte sie. »Wahrscheinlich auch nur dichte Urwälder von oben wie vom Hermannsdenkmal. Eichen, Buchen und ineinander verfilztes Gestrüpp. Nahezu undurchdringlich, selbst für Tausende von Äxten, Hacken und Schwerter.«

»Macht Schwerter zu Heckenscheren«, sagte er und lachte.

»Dort, vor der Porta Westfalica, hat Ebi Hopmann gelebt«, sagte sie. »Am Schnakenborn, dem alten Thing-Platz.«

»Und worauf warten wir noch?«

Sie fuhren bis zur schmalen Dorfstraße oberhalb des Schnakenborns. Bis auf eine kleine Schule und einen großartigen Blick über die Weser zum Denkmal von Kaiser Wilhelm sahen sie keine Auffälligkeiten. Nur ein paar Nachbarn des toten ostwestfälischen Schrotthändlers demonstrierten an ihren Gartengrills, dass sie an Fremden oder Auskünften nicht interessiert waren.

Schließlich entschlossen sich Vesting und Claudia, über die Weserbrücke zum Westufer zu fahren.

»Ich würde gern den Rest des Tages nutzen und mir Varus' Nordroute in Richtung Kalkriese ansehen«, schlug Thomas vor. »In zwei, drei Stunden können wir wieder hier sein.«

»Und was interessiert dich daran?«

»Eigentlich gar nichts«, gab er lachend zu. »Ich will einfach nur ein Gefühl für die Gegend bekommen. Ebi Hopmann hat auch nicht gesucht, was er eher zufällig fand.«

»Okay«, sagte sie seufzend. »Obwohl ich nicht weiß, wie sich ganze Legionen auf der Nordseite des Wiehengebirges bewegt haben sollen.«

Sie fuhren weiter nach Minden und gaben den Leihwagen ab. Sie trennten sich kurz in der Fußgängerzone, umrundeten den Dom, stiegen über steinerne Stufen bis zur Marienkirche hoch und nahmen ein Taxi zu einem anderen Autoverleiher. Mit einem neuen Leihwagen brachen sie zu einer Spritztour in Richtung Kalkriese auf. Diesmal waren sie sich sicher, dass niemand ihnen folgte.

»Ich komme immer mehr zu der Überzeugung, dass so gut wie alle Beschreibungen der Varusschlacht erlogen sind«, sagte Claudia während der Fahrt. »Erfundene Geschichten eben und keineswegs historische Fakten.«

»Das ist ein altes Übel«, seufzte Vesting. »Man kann nicht einmal sagen, ob der eine oder der andere nun recht hat.«

»Nimm doch zum Beispiel diesen angeblichen Wall, den die Germanen als Überraschungsfalle für die Legionen in Kalkriese gebaut haben sollen.«

»Wenn es nur einen oder zwei Wege durch die Wälder bis zum Nadelöhr zwischen Wall und Moor bei Kalkriese gab, könnte das doch stimmen.«

»Aber nicht, nachdem der Verrat von Arminius klar war. Dann wäre selbst ein fluchtartiger Rückzug zum bekannten Sommerlager an der Weser sinnvoller gewesen als ein Weiterstolpern in unbekanntes Gebiet. So etwas machen römische Legionen einfach nicht.«

»Also, was lernen wir daraus?«

»Wenn Kalkriese etwas mit Varus zu tun hat, dann haben die Germanen dort bestenfalls das große ›Sau ist tot‹ am Ende einer mörderischen Treibjagd geblasen. Aber auf keinen Fall fand die gesamte Schlacht an einem vorher aufgeschanzten Wall statt.«

Sie hatten Lübbeke und Bad Essen hinter sich gelassen und näherten sich Ostercappeln.

»Auf dieser Seite der Berge können auch keine drei Legionen von einem Überfall in den nächsten getaumelt sein.«

»Warum eigentlich nicht?«

»Schau doch mal nach Norden. Das sieht alles sehr flach und harmlos aus. Aber damals muss dieser Teil von Niedersachsen bis zur Nordsee eine Art Vorhölle gewesen sein. Nichts als Urwald, Sumpf und tückischer Morast. Ich kann mir einfach nicht vorstellen, dass ein Profi wie Varus mit drei Legionen in ein derartiges Risiko marschiert.«

»Dann also doch südlich des Wiehengebirges.«

»Auf jeden Fall hätte man auf diesem Weg hier zwischen Wiehengebirge und dem späteren Mittellandkanal keinen Heerwurm mit einer Blitzattacke auslöschen können. Dio gibt an, das Debakel hätte drei Tage gedauert. Das scheint mir einleuchtender, und es wird auch bei Tacitus bestätigt. Genaugenommen widersprechen sich die Quellen nämlich nicht.«

»Bis auf Annaeus Florus.«

»Bravo, Herr Doktor, aber der erfindet ebenso munter drauflos wie die Drehbuchautoren von Vorabendserien, bei denen es nicht auf Logik oder Wahrscheinlichkeit, sondern auf möglichst viele Überschläge auf der Autobahn und Explosionen ankommt.«

Sie erreichten Ostercappeln und damit schon fast wieder den Museumspark Kalkriese. »Wenn wir noch etwas von der weiteren Gegend sehen wollen, sollten wir auf der anderen Seite des Wiehengebirges wieder nach Bad Oeynhausen und dann zur Porta zurückfahren«, meinte Claudia.

»Okay, aber unterwegs möchte ich endlich wissen, welche Verbindung zwischen dir und Ebi Hopmann bestand. Ich denke nämlich, dass du mir lange genug auf den Zahn und ein paar andere wertvolle Körperteile gefühlt hast.«

Sie lachte laut auf.

»Also gut, mein Sherlock. Ich sagte bereits, dass Ebi Hopmann auch mit Immobilien in der Gegend von Detmold jongliert hat. Das Grundstück an der Oberen Mühle zwischen Detmold und Hiddesen, das irgendwann einmal meiner Familie gehört hat, war auch dabei. Allerdings ist das Schlösschen zwischen den alten Bäumen längst abgerissen. Nur hangaufwärts existiert noch eine halbverfallene Stützmauer aus Feldsteinen mit ein paar mannshohen Nischen. Meine Mutter meint, dass dort früher kleine Trinkbrunnen wie im antiken Rom installiert waren.«

»Woher kennt deine Mutter dieses Waldgrundstück?«

»Sie hat ihre Hochzeitsreise mit meinem Vater nach Detmold gemacht. Damals konnten die beiden aber nur noch in einer Ruine herumstöbern. Ich selbst besitze aber noch einige Federzeichnungen meiner Ururgroßmutter von der Oberen Mühle, vom Gemüsegarten am Hang und von den Mauernischen.«

Sie hing eine Weile ihren Gedanken nach, während Thomas Vesting sich wieder Bad Oeynhausen und der Weser näherte.

»Und einige bemalte Steine«, sagte sie, als sie zur Porta Westfalica abbogen. Vesting hätte die harmlose Anmerkung beinahe überhört. Nur sein Instinkt als Reporter ließ ihn aufwachen.

»Bemalte Steine?«, wiederholte er.

»Ja, nicht viel größer als flache Tennisbälle. Sie stammen aus dem Bach unterhalb des Grundstücks und gehören zu einer ganzen Serie. Höhere Töchter haben damals gern gezeichnet, irgendwelche Sinnsprüche kunstvoll auf lange Bretter gebrannt oder eben auch in Öl auf Steine gemalt, was ihnen gefiel.«

»Davon habe ich noch nie gehört«, sagte Thomas spöttisch. »Eine Art gemaltes Poesiealbum also.«

»Eher schon Polaroids aus dem Alltag der jungen Damen. Und einer dieser bemalten Steine ist der eigentliche Grund, der mich nach Deutschland gebracht hat.«

»Dann ist dein angebliches Praktikum im Lippischen Landesmuseum in Detmold also nur ein Vorwand.«

Sie wurde ernst, und die Doppelfalte erschien wieder auf ihrer Stirn.

»Ja.«

»Und in Wahrheit sammelst du Steine im Teutoburger Wald, bemalst sie mit Germanen und verkauft sie dann auf Flohmärken in Ostia und Rom.«

»Du bist blöd!«, fauchte sie, blickte ihn dann aber nachdenklich von der Seite her an. »Schwamm drüber!«, sagte sie schließlich. »Es geht mir inzwischen um einen Stein, den vermutlich meine Ururgroßmutter bemalt hat, als das Hermannsdenkmal gebaut wurde.«

»Das könnte heute für echte Hermann-Freaks tatsächlich etwas wert sein.«

Sie schüttelte den Kopf.

»Das alte Ölbild auf dem Stein zeigt nicht den Hermann, sondern die alte Villa Waldecksruh mit einem ziemlich hohen Turm.«

»Eure Villa?«

»Es gibt zwar ein paar alte Fotos von dem Gebäude, aber keins mit einer Fahne auf dem Turm und einer lateinischen Inschrift. Den Stein mit dieser Abbildung hat Hopmann erst vor einem halben Jahr in einer der Mauernischen gefunden, verpackt in Ölpapier.«

»Dann hat er nach weiteren Vorbesitzern des Waldhangs gesucht, schließlich euch in Rom entdeckt, um aus reiner Pietät den alten Stein zurückzugeben.«

»Der erste Teil deiner scharfsinnigen Vermutungen stimmt. Der zweite leider nicht. Er hat mir und meiner Mutter ein Foto seines Steins als E-Mail-Anhang geschickt und uns dann viel Geld angeboten.« Sie seufzte wehmütig. »Sehr viel Geld für uns.«

»Moment mal!«, meinte Vesting. »Er bietet dir eine Familien-Relique und dazu noch Geld? Wie passt das zusammen?«

»Hopmann sprach von hunderttausend Dollar oder Euro, wenn wir ihm sagen könnten, was die Großbuchstaben unter dem Gemälde bedeuten. Und genau diese E-Mails müssen auch andere gelesen haben. Aber nicht die, die man in einem solchen Fall vermuten würde. Ich meine Numismatiker ebenso wie Hobby-Schatzsucher oder Landesdenkmalsämter in Nordrhein-Westfalen und Niedersachsen.«

»Und was stand wirklich auf dem Stein?«, fragte Vesting. Er sagte ihr nicht, was er selbst bereits flüchtig im VIP-Casino vom CENT gesehen hatte.

291

»Nicht viel, nur die beiden italienischen Wörter *ISOLA* und *VENTO*. Mehr war von der abgeplatzten Ölfarbe nicht zu lesen.«

»Und das heißt?«

»›Insel‹ natürlich und ›Wind‹. Das Gleiche wie *INSULA* und *VENTUS* auf Latein. Meine Mutter meinte, dass meine Urgroßmutter ihre geliebte Villa am Waldhang und den Aussichtsturm wohl als ihre Insel im Sturm der Zeit betrachtete.«

»Also keine Hinweise auf die Varus-Schlacht, das Hermannsdenkmal oder irgendeinen legendären Schatz, auf Bandels, Waldecks, *Sons of Hermann* und so weiter?«

»Nicht die geringsten.«

Vesting stieg hart in die Bremsen. Der Wagen schlingerte um einen Traktor mit dampfendem Mist herum und kam vor einer alten gelben Telefonzelle zum Stehen. »Ups!«, sagte er nur.

»Bist du verrückt?«, schimpfte sie erschrocken.

»Nein, nur vergesslich und abgelenkt von deinem blauäugigen Römerinnen-Charme.«

Er schaltete den Motor aus und lief zur Telefonzelle. Bereits nach wenigen Sekunden kam er wieder zurück.

»Euros! Hast du Euros? Cent? Der Apparat will keine Karten.«

»Was ist denn eigentlich los?«

»Redaktionsschluss«, schnaubte er. »Ich habe meine hundert Wörter für morgen noch nicht durchgegeben.«

Der offizielle Redaktionsschluss für die nächste Ausgabe vom CENT war seit einer Stunde vorbei. Trotzdem versuchte er es.

Exklusiv: Das Geheimnis der Varus-Schlacht
Eine Woche lang von Chefreporter Dr. Thomas Vesting

Varus-Schatz doch an der Porta Westfalica?
Folge 4 von 7: Porta Westfalica, Donnerstag, 17. September 2009

Keinerlei Hinweise auf den legendären Varus-Schatz im Römermuseum Haltern. Nur die Armringe der Bronzestatue des Statthalters im Park von Haltern sind vergoldet. CENT will mehr. Also dort mit der Suche beginnen, wo die Eroberungsarmee der Römer im Sommer des Jahres 9 n. Chr. lagerte: im großen Weserbogen an der damaligen *Porta Visurgis*. Hier begann für mehr als 20 000 Legionäre, Freigelassene und Sklaven der Rückmarsch in den Tod. Hatte der Oberbefehlshaber bis zum Massaker riesige Mengen Gold, Silber und Münzen bei sich? Wurde dieser Schatz Beute der Germanen? Oder vergraben am Hermannsdenkmal? An den Externsteinen? Im Lager Aliso-Anreppen? CENT sucht weiter.

»Ich will noch einmal zu dieser Villa am Schnakenborn«, sagte Claudia, als er aus der Telefonzelle zurückkam. »Wenn irgendwelche finsteren Gestalten hinter Hopmann her waren, werden sie eher bei ihm als in Detmold nach seinem Wissen suchen.«

»Okay«, stimmte er zu, »aber ich denke, dass schon zu viel Zeit seit dem Mord im Museum Kalkriese vergangen ist. Wer etwas finden wollte, der dürfte nach einer Woche längst keine Lust mehr haben.«

Claudia schüttelte den Kopf. »Genau das glaube ich nicht. In den nächsten drei Tagen wird es hier überall verdammt römisch-germanisch zugehen. Die ideale Tarnung für jemanden, der wie wir etwas sucht und zugleich unauffällig sein will.«

»Na, dann los!«

Es dauerte nicht lange, bis sie die Weser überquert hatten und wieder in Richtung Porta Westfalica fuhren. Vesting ließ den Leihwagen vor einer Dorfkneipe stehen. Zu Fuß gingen sie bis zur Schule auf dem Hügel. Vom leeren Pausenhof aus hatten sie abermals einen wunderbaren Blick über die Weser hinweg bis zum Wiehengebirge mit dem Kaiser-Wilhelm-Denkmal.

»Nichts Auffälliges zu sehen«, meinte er nach einer Weile. »Aber nach unserer kleinen Erkundungsfahrt glaube ich auch nicht mehr, dass die Legionen mit ihrem riesigen Gefolge auf der Nordseite der Berge dort in Richtung Kalkriese marschiert sind.«

»Wozu auch, wenn sie nach Aliso bei Paderborn oder sogar bis zum Rhein zu ihrem Hauptlager Castra vetera bei Xanten zurückwollten?«

»Genau das ist doch die Schlüsselfrage: Warum sollte Varus mit zigtausend Bewaffneten, Unmengen Wagen und Tieren, also mit Mann und Maus in eine Richtung marschieren, von der er ohne jeden Zweifel wusste, dass sie in Urwald und in Sümpfe führte?«

»Frag doch mal umgekehrt«, überlegte Claudia laut. »Was, wenn er nicht von der vorgesehenen Marschroute für den Rückweg ins Winterlager abgewichen wäre? Was hätte ein Arminius dann gemacht mit der angeblich geplanten Falle durch den Erdwall bei Kalkriese? Wie hätte dieser adlige Römeroffizier dann dagestanden bei den eigenen Männern und all den mühsam überredeten Germanenstämmen?«

Er lachte kurz. »Dann hätten die seinen Kopf wahrscheinlich Varus als Geschenk übergeben.«

»Klar«, knurrte sie martialisch. »Das Aufspießen von Köpfen gehörte damals wohl zum Brauchtum wie heute diese Gartenzwerge dort.«

Sie zeigte in einen der Vorgärten mit englisch kurzgeschnittenem Rasen. Claudia ging ein paar Schritte weiter, bückte sich vor einem Rosenbeet und versuchte, etwas dahinter zu erkennen. Dann winkte sie Vesting heran. »Siehst du das?«

Er bückte sich ebenfalls. Drei Männer in Bikerkleidung bewegten sich an einem Kleinlaster vor dem Haus des Alt-Ferrologen. Sie luden Umzugskisten ein.

»Kannst du etwas erkennen?«, fragte sie leise.

»Nichts Genaues«, gab er zurück. »Aber wenn Hopmann ahnte, was Varus damals aus der römischen Provinz Syria und Jerusalem mitnahm, dann wollen offenbar nicht nur unsere *Sons of Hermann* wissen, wo dieser ungeheure Schatz geblieben ist.«

»Ob der Stein wohl noch ein Geheimnis birgt? Leider habe ich davon nur das Foto«, überlegte Claudia leise.

Auf der anderen Seite der Weser bot sich direkt unterhalb des Denkmals für Kaiser Wilhelm mit Schieferdach und Fachwerk das Hotel »Kaiserhof« an.

»Leider kein großer Luxus«, sagte er, nachdem sie eingecheckt hatten. Sie aßen gut zubereitetes Wildschwein bürgerlich und gingen ihre bisherigen Ergebnisse dabei durch.

»Du hättest mir doch vorher sagen können, was du mit deiner neuen Folge der hundert Wörter erfunden hast«, sagte sie beim Nachtisch mit liebevollem Vorwurf.

»Ich war ohnehin schon zu spät dran.«

»Aber deine Meldung ist falsch«, sagte sie, »absolut falsch, weil an der Porta nichts vergraben wurde. Jedenfalls nicht von Varus.«

»Woher willst du das wissen?« Er nahm sie in die Arme. »Meinst du, die Bauern hier hätten schon alles durchgepflügt?«

»Ich weiß es auch nicht«, sagte sie. »Nur ein Gefühl vielleicht. Ich bin mir nämlich nicht mehr sicher, ob Varus außer seinem silbernen, feuervergoldeten Tafelgeschirr auch den eigentlichen Schatz durch die Wälder schleppen ließ.«

»Du meinst, der Silberschatz von Hildesheim ist tatsächlich schon der größte Teil von allem, was er hatte?«

»Das vielleicht nicht«, gab sie zu. »Aber wir können nicht den halben Wald in Detmold umgraben. Hopmann kann uns auch nicht mehr helfen.«

Er knurrte leise. »Eigentlich bleibt dann nur noch ein unerlaubter Besuch in seinem Haus.«

»Du bist verrückt!«, stieß sie hervor und stand auf.

»Hast du vielleicht eine bessere Idee?«, rief er ihr nach, dann aber folgte er ihr.

VII.

ARA UBIORUM

Je länger der Frühling auf sich warten ließ, umso öfter befahl Varus ein Gastmahl für seine besten Offiziere und Beamten und Männer aus den Völkern und Stämmen der Germanen. Er ließ die Häuptlinge und Fürsten aus seinen Schalen und großen Silberplatten, hüfthohen Kannen mit gewürztem, warmem Wein und von Drehspießen mit wertvollen Verzierungen bewirten.

Sowohl die germanischen Stämme und Sippen östlich des Rheins als auch die Männer in den Legionslagern und den wilden Siedlungen außerhalb der Palisadenwälle wurden für ihr Ausharren im langen, kalten Winter belohnt. Es dauerte ein wenig, aber dann waren die harschigen Schneeflächen auch unter den letzten Büschen und auf den Moorflächen geschmolzen. Gleichzeitig fegten Frühjahrsstürme von Nordwesten her über die Rheinufer. Seltsamerweise regneten die Wolken erst auf der anderen Seite ab.

An manchen Tagen machten sich Gruppen von Berittenen einen Spaß daraus, mit den schweren, schnellen Regenwolken vom Ozean her zur Übung um die Wette zu reiten. Einige schafften es sogar bis zu den Bergen, bei denen das Gebiet der Marser begann.

Zwei Wochen später brach der Frühling so heftig aus, dass sich die Männer wie betrunken fühlen. Überall tanzten und alberten selbst hartgesottene Legionäre herum. Sie bewarfen sich mit Strohbündeln, die eigentlich für die Tiere gedacht waren, fingen an, Kuchen aus mühsam gemahlenem Getreide zu backen, und kauften vor den Toren der Lager Töpfe voll Met und verbotene Rauschtränke aus Kräutern. Während Büsche und Bäume sich in lindgrüne, luftige Kleider hüllten, brach auch außerhalb der Legionslager das neue Leben mit aller Kraft hervor.

Musik von Kitharen und Schellen, Flöten und kleinen Trommeln wallte von morgens bis abends zwischen den hölzernen Hütten, den Werkstätten der Handwerker hin und her. Die Händler aus fernen Gegenden, die mit ihren aufgebockten Wagen wochenlang festgesessen hatten, wickelten die Räder wieder aus dem gefetteten Stroh und hängten bunte Tücher an die Planen. Boote mit Seefischen, Krabben und Muscheln legten an den Kais von Castra vetera, Novesia, am Oppidum der Ubier und am Kastell Bonna an. Über die Maas und das Lager an den Schwefelquellen von Aquisgranum erreichten die ersten Ladungen mit gallischen Köstlichkeiten den Rhein. Überall tauchten Gaukler und Geldwechsler im Chaos und Schmutz vor den umwallten, mit Palisaden und Türmen aus Stein und Holzbalken bewachten Legionslagern auf. Aber auch Diebe, geflohene Sklaven, Krüppel und irgenwann verlorene Kinder.

Der April begann trotz aller Mühen und Arbeit wie ein großes, geschäftiges Fest. Überall wurde gehämmert, gebaut und geschrien, gesungen, gelacht und zum Dienst geblasen. Am Fluss lärmten die Glocken der Schiffe, die Rufe der Steuermänner und die Paukenschläge der Taktgeber auf den flussaufwärts rudernden Liburnen. Dagegen waren die Frachtkähne aus dem Fluss Lippe zumeist leer oder brachten ein paar Männer zur Ablösung zum Rhein zurück, nachdem sie Getreide und Wein, Öl, Waffen und anderen Nachschub zu den Kastellen und kleineren Vorposten entlang der Lippe transportiert hatten.

Auch Varus zeigte sich in diesen Tagen wie ausgewechselt. Wenn er sonst mit seinen wichtigsten Offizieren geritten war, ging er jetzt nur in Begleitung des Sugambrers Vennemar durch den gesamten Stützpunkt gegenüber der Lippemündung. Er blieb bei einfachen *milites* stehen und beobachtete, wie sie ihr Korn für die Abendmahlzeit zerkleinerten, ließ sich von den Schmieden zeigen, mit welcher Kunstfertigkeit sie Eisen und scharfe Klingen schlugen, ließ sich an Brennöfen die enormen Mengen von Zement und Töpferwaren nennen, die hier Tag für Tag produziert wurden, und sah sich auch in der Baracke mit den Kranken um. Er zeigte sich so oft wie möglich. Nicht einmal vor Ritten durch die wilden Siedlungen vor dem Lager schreckte er zurück.

Nur wenige Eingeweihte kannten den Grund für seine frische Lebenslust. Bereits in wenigen Tagen sollte Claudia Pulchra mit seinem Sohn Varus den Rhein herabkommen. Noch trugen die jungen Apfelbäume nicht, aber er hoffte, dass er sie schon im Herbst mit dem Geschmack von Tiburfrüchten erfreuen könnte.

Überraschend trafen plötzlich Meldungen von Verlusten in Castra vetera ein. Nach den Iden des April kehrten die Reiter einer kompletten *turma* nicht wieder aus den Sumpfgebieten der Bructerer zwischen Lippe und Ems zurück.

Varus erfuhr durch Vennemar davon und wartete zunächst ab. Eine Woche lang kam keine Nachricht von der Reiterschwadron. Am achten Tag legte die Liburne mit Claudia Pulchra am Kai von Castra vetera an. Varus erwartete sie mit zwei Dutzend jungen Mädchen, die zur Kithara spielten, als Claudia ausstieg und in seine Arme fiel. Eine der Ammen brachte den kleinen Varus. Sein Vater nahm ihn in den Arm und hielt ihn dann nach allen Seiten hoch. Jubel von vielen Legionären und anderen Zuschauern kam auf.

Dann gab der Statthalter seinen Sohn der Amme zurück.

»Komm!«, sagte er fröhlich zu Claudia. »Du bist in diesem langen Jahr noch schöner geworden als Venus und Diana.«

Sie lachte, lief leichtfüßig ein paar Schritte voraus und deutete zum Prätorium. »Ich hatte mir das alles hier viel schlimmer vorgestellt. Ist das dort drüben unser Palast?«

Varus nickte und ging mit seiner kleinen Familie zu dem imposanten Steinhaus, das wie eine Festung inmitten der Baracken stand. Noch ehe sie ankamen, zeigte sich ein Kundschafter, der zur selben Zeit über den Rhein gekommen war.

»Der *duplicarius* von der vermissten *turma* ist zurück«, meldete er von der Seite her. »Allein und ohne Pferd.«

»Bringt ihn direkt zu mir!«, befahl Varus und ließ Claudia mit den Ammen vorausgehen. Als der halbverhungerte und zerlumpte Unteroffizier ins Praetorium schwankte, erkannte jeder, dass dieser Mann Schreckliches erlebt haben musste.

»Lasst mich allein mit ihm!«

Einige von Varus' Stabsoffizieren zögerten, aber der Statthalter war nicht bereit zu Erklärungen. Erst als Vennemar den Raum verließ, folgten ihm auch die anderen. Varus deutete wortlos auf einen Klappsessel und setzte sich selbst zu dem Kundschafter.

»Name, Alter und Herkunft?«

»Caldus Caelius, zwanzig Jahre alt und geboren in Bononia an der Kreuzung der Via Aemilia mit der Via Flaminia minor.«

»Bist du mit unserem Marcus Caelius von der achtzehnten Legion verwandt?«

»Ich bin sein jüngster Sohn. Meine drei Brüder dienen bei Tiberius.«

Varus sah den jungen Mann prüfend an. »Was ist mit deinen Reitern geschehen?«

»Wir ritten aus wie in den vergangenen Wochen. Zunächst als geschlossenes Fähnlein in drei Gruppen mit jeweils zehn Reitern …«

»Germanischen Reitern …«

»Ja, Bructerer.«

»Und ihr wart drei römische Unteroffiziere.«

»Genau so ist es. Wir gehörten zu den berittenen Auxiliareinheiten der *legio XVIII* und hatten den Auftrag, mögliche Wege nach Osten bis zu zwanzig Meilen nördlich vom Verlauf der Lippe zu erkunden. Zum Übernachten sollten wir in die nächsten Stützpunkte in der Nähe der Lippe zurückkehren.«

»Wer hat euch den Übungsauftrag gegeben?«, wollte Varus wissen. »War es Legat Vala selbst?«

»Nein, Arminius. Er meinte, die Bructerer zwischen den Flüssen Ems und Lippe seien nicht so zuverlässig wie die Cherusker an der Weser und müssten besser beobachtet werden.«

»Komm mit«, sagte Varus und stand auf. Ohne sich umzusehen, ging er durch zwei bewachte Räume seines Präfektoriums. Dann nahm er eine der neuen Landkarten und rollte sie vor dem *duplicarius* auf einem Tisch aus.

»Du kannst Karten lesen?«

»Ich habe derartige Zeichnungen noch nie gesehen.«

Varus erklärte ihm den Verlauf des Rheins, der Lippe, der Ems und der Weser. »Wenn eine Handbreit auf dieser Karte gut zehn Meilen bedeutet«, sagte er dann, »wo überall wart ihr dann?«

»Das ist nicht leicht zu sagen«, meinte der junge Mann zögernd. »Entfernungen lassen sich in dichten Wäldern nicht nach der Zeit bestimmen. Wir konnten nicht so reiten wie bei den Übungen vor dem Lager hier. Die wenigen Wege nördlich der Lippe sind eng, die lichten Stellen in den Wäldern zumeist nicht sehr groß.«

»Habt ihr euch deshalb getrennt?«

Der junge Legionär kaute sichtlich unwohl auf seiner Unterlippe. »Nicht nur«, sagte er dann. »Es war vielmehr so, dass einige der Männer aus der Gegend stammten, durch die wir ritten. Sie wollten die Leute aus ihrem Stamm nur begrüßen und sofort zurückkehren.«

Varus blickte den jungen Mann ungläubig an.

»Du willst doch nicht ernsthaft behaupten, dass eine komplette Reitereinheit ohne Erlaubnis und Befehl einfach nach Hause reitet, um sich mit ihren Liebsten zu vergnügen ...«

»Es ging den Männern nicht um Weiber«, beteuerte der *duplicarius*. »Sie wollten vielmehr ... angeblich rief der Stand des Mondes zu einer Ehrung der verstorbenen Ahnen ...«

»Und? Kam es zu einem Treffen mit den Ahnen?«, fragte Varus scharf. Caldus Caelius senkte den Kopf.

»Ja«, antwortete er leise. »Sie sind allesamt mit ihren Pferden auf falschen Wegen in eine Sumpflandschaft geraten.«

»In einem Sumpf versunken ... dreißig Mann ...«

»Dazu zwei von uns. Ich wäre selbst dabei gewesen, wenn ich im letzten Augenblick mein Pferd nicht aufgegeben hätte, um unseren Wimpel noch zu retten.«

»Meinst du die Standarte eurer *turma*?«

»Nein, nur den kleinen Wimpel.«

»Und dafür hast du dein Pferd aufgegeben?«

»Ich weiß, wie wichtig Wimpel, Fahnen, Standarten und die Adler der Legionen sind. Lollius musste mit Schande leben, als die Germanen seiner Fünften den Adler abgenommen hatten. Außerdem hat mein Vater erzählt, dass du und nicht Augustus oder Tiberius die von Crassus verlorenen Feldzeichen zurückgeholt hast ...«

Varus hob schnell die Hände.

»Behalte dein Wort!«, befahl er, doch dann fragte er: »Was hat er sonst noch erzählt?«

»Mein Vater sagte, die Rückgabe der Adler sei nicht Augustus oder Tiberius zu verdanken. Du ganz allein hättest dem alten König der Parther das Angebot gemacht, dass seine Söhne in Rom ausgebildet werden, wenn er die Adler zurückgibt …«

»Willst du dich durch Gerüchte unglücklich machen?«, unterbrach ihn der Statthalter. »Oder wünschen, mit den anderen im germanischen Moor versunken zu sein? Der Ruhm der Tat gebührt immer dem, der ihn in Anspruch nimmt. Die Wahrheit, mein Sohn, die Wahrheit ist immer Ergebnis einer Vereinbarung. Denk daran!«

Varus stand auf und ging zu einem Fach neben den Kartenregalen an der Wand. Der junge Mann konnte nicht wissen, wie sehr Varus darauf bedacht war, neben dem Herodes-Schatz als Unterpfand für seine Ziele auch noch die Wahrheit über die zurückgeholten Legionsadler im Verborgenen zu halten. Wenn nichts mehr half, um das Imperium Romanum vor einer kaiserlichen Diktatur durch Tiberius und seine Mutter Livia Drusilla zu verhindern, dann besaß er die Wahrheit aus dem Orientzug als letzte Waffe, um die öffentliche Meinung gegen sie zu lenken.

Bei dem Gedanken an seine beiden Trümpfe bildeten sich fast unmerklich lustige Fältchen um seine Augenwinkel. Vielleicht sollte er der Erinnerung an den Wert von Zeichen und Symbolen ein wenig nachhelfen. Und zwar noch ehe Tiberius einen großen Sieg an der Donaufront nach Rom meldete. Entschlossen schob der Statthalter ein Metallgitter am Wandregal zurück, dann trat er mit einer handtellergroßen, leicht gewölbten und vergoldeten Ordensscheibe vor Caldus Caelius.

»Du darfst dich heute noch von deinem Vater verabschieden. Denn du gehst morgen früh schon zum *decurio* befördert und mit deiner ersten Ordensscheibe geschmückt nach Rom zurück. Du bekommst ein Schreiben von mir mit. Melde dich damit bei Seianus in Rom. Auf dem Weg zurück triffst du auf Bauleute am Roma-Altar im Oppidum Ubiorum.«

Er nahm noch eine kleine Scheibe aus dem Wandregal. Sie sah wie ein ultramarinblau glitzernder Lapislazuli aus und war in der Mitte mit zwei sternförmig übereinanderliegenden Dreiecken aus weißem Alabaster verziert. Er drehte die Scheibe kurz um, lächelte und wickelte sie in ein kleines Wolltuch.

»Gib das beim Altar der Ubier einem Tekton aus Judäa namens Joseph. Er soll dafür sorgen, dass dieser Stein mit dem Wappen Davids und einigen Hinweisen an einem sicheren Ort aufbewahrt wird. Sag ihm, dass Augustus inzwischen einen Statthalter nach Jerusalem geschickt hat. Er wird es bereits wissen, doch damit ist erfüllt, was vor zwei Jahren vereinbart wurde.«

Für einen Moment schloss Varus die Augen. Er lächelte, dann sagte er: »Sag ihm, er soll noch nicht nach Judäa zurückkehren, weil ich ihn noch eine Weile brauche. Ansonsten erzählst du überall, du seist fast im Sumpf ertrunken, um einen Wimpel und damit auch die Ehre Roms vor aufständischen Germanen zu retten. An mehr kannst du dich nicht erinnern! Das sind meine Befehle. Hast du sie verstanden?«

Caldus Caelius nickte heftig. Varus verabschiedete den jungen Mann, der bereits mehr als viele andere erlebt hatte, was Eroberung und Befriedung fremder Völker wirklich bedeuteten. Den Verlust einer ganzen Reitereinheit empfand Varus als ernstes Warnzeichen. Eigentlich passte diese Fehlentscheidung nicht zu Arminius' bisherigen Führungsqualitäten.

Der Cherusker war ein hervorragender Heerführer und ein kluger, vorausschauender Stratege. Er hatte die Lage in den Wäldern und Sümpfen östlich des Rheins zutreffender eingeschätzt als viele andere. Doch wenn dem so war – warum hatte er dann nicht klarer gewarnt, statt dreißig Mann in ihr Verderben reiten zu lassen?

Ende Mai war es noch einmal kalt geworden, als am Rhein ein Brief aus Rom für Claudia eintraf. Es war ein sehr privater Brief, in dem Antonia ihr allerlei Klatsch und Tratsch aus der Ewigen Stadt mitteilte.

Spät in der Nacht, als Varus von einem seiner üblichen sehr langen Essen, diesmal mit Abgesandten der Bructerer und Marser, in Claudias Gemach trat, erwartete sie ihn mit einer dicken roten Wolldecke um die Schultern. Drei Feuerkörbe auf hüfthoch ausgeklappten Bronzegestellen verbreiteten eine rauchige Hitze im Wohngemach.

»Frierst du etwa?«, fragte Varus verwundert, heiser von zu viel süßem Würzwein und heftigen Gesprächen.

»Ja, es ist schon seit Tagen schrecklich kalt hier. Sogar die Mauern und der Fußboden bleiben eisig. In ganz Castra vetera gibt es noch immer kein Haus mit *hypocaustum*.«

»Du musst Geduld haben. Ich werde dir weitere Teppiche auslegen lassen.«

»Wir sind hier nicht in Syria oder in Araberzelten. Ich dachte bisher, dass ich als die Ehefrau eines Statthalters über Legionen und Barbaren das Recht auf einen Hauch von Lebensart und Kultur habe.«

»Du speist von goldenen Tellern, trinkst aus goldenen Bechern, hast Kleider, Schmuck und ebenso kostbare Salben und Kosmetik wie jede andere Patrizierfrau in Rom.«

»Ich friere trotzdem«, sagte sie trotzig.

»Du hast drei Feuer an, und es ist heiß und stickig.«

»Ich bin nicht zimperlich bei trockener Kälte, aber der Nebel … dieser unheimliche, schlimme Nebel macht mir Angst. Er kommt von den Zauberern der Barbaren über den Fluss und dringt durch alle Räume.«

»Und du wirst dich auch noch erkälten, wenn du hinausgehst. Wir können nicht verlangen, dass sich das Wetter an unsere Gesetze hält …«

»Schick mich zurück«, stieß sie plötzlich hervor und warf ihr lang gekämmtes Haar zur Seite. »Ich will nach Rom zurück, ehe der Winter kommt.«

»Was ist passiert?«, fragte Varus überrascht. Im selben Augenblick begann Claudia zu weinen.

»Ich will ja gar nicht nach Rom zurück, sondern nach Tibur«, schluchzte sie. »In Rom ist es auch nicht besser als hier. Dort wütet mein schrecklicher Großonkel Augustus, und er behandelt seine eigene Enkelin ebenso herzlos wie seine Tochter.«

»Was ist passiert?«, wiederholte Varus und ging zu ihr. Er wollte seinen Arm um sie legen. Sie wehrte ihn ab und schluchzte.

»Du dienst diesem falschen alten Monstrum schon länger, als ich lebe!«, schluchzte sie weiter. »Ich bin die zweite seiner Großnichten, die du geheiratet hast. War das um unserer selbst willen, oder hat er dir zweimal ein Geschenk gemacht? Ein junges, unschuldiges Weib aus seiner eigenen Familie statt neuer *torques* an den Armen oder Ehrenzeichen für die Rüstung? Ich hasse euch alle zusammen. Hast du nicht deine eigenen Schwestern wie Steine auf dem Mühlespiel gesetzt? Hat sich Tiberius nicht von dem angeblich so sehr geliebten Weib scheiden lassen, um die zu heiraten, die ihm Augustus zuwies?«

»Aber ich bitte dich, Claudia! Was hat das eine mit dem anderen zu tun? Zuerst erwartest du mich nicht im Schlafgemach, sondern wie eine Kranke in Decken eingehüllt inmitten deiner Feuerschalen. Dann klagst du über Februarkälte im Frühsommer und die fehlende Bodenheizung. Und dann drohst du, mich zu verlassen, um wieder dorthin zu reisen, wo angeblich Augustus als herzloses Ungeheuer wütet.«

Noch einmal näherte sich Varus seinem Weib. Erstaunt bemerkte er, dass sie ihn nicht nur gewähren ließ, sondern sich völlig unerwartet auch noch in seine Arme warf. Ihr ganzer Körper bebte, zuckte und wurde immer wieder von neuen Weinanfällen geschüttelt.

»Claudia, Kind … mein geliebtes Weib …«

Er fühlte sich völlig hilflos. Bisher hatte es stets gedacht, dass Claudia mit ihm glücklich sei.

»Er hat seine Enkelin Julia endgültig verbannt«, weinte sie laut. »Dieser kranke Mann rächt sich doch nur dafür, dass er in seinem eigenen Haus, in seiner eigenen Familie nichts mehr zu sagen hat … dass seine Tochter und seine Enkelin machen, was sie wollen …«

»Das ist doch gar nicht neu«, versuchte Varus Claudia zu besänftigen. »Das wissen wir doch alle, seit Livia Drusilla den Platz an seiner Seite eingenommen hat.«

»Muss er ihr denn auch noch dann gehorchen, wenn sie verlangt, dass seine einzige Enkelin Julia ebenfalls aus Rom verbannt wird?«

Sie reichte ihm den schon zerknüllten Brief und entwand sich seinen Armen. Die purpurfarbene Wolldecke glitt auf den Boden. Zunehmend verwirrt, sah Varus die aufreizende Tunika darunter. Für einen Augenblick glaubte er sogar, dass er den Schnitt schon einmal bei jungen Germanenfrauen vor dem Legionslager gesehen hatte. Deswegen also hatte sie sich über die Kälte beklagt: Sie hatte in dem dünnen Kleid auf ihn gewartet.

Sie ging zu einer Feuerschale und hielt die ausgestreckten Hände in die Wärme. »Antonia schreibt, dass Julia die Jüngere möglicherweise schwanger ist und dass Augustus voller Zorn bereits den Tod des Ungeborenen befohlen hat.«

Varus trat mit dem Brief ans Licht der Feuerkessel. Viel war nicht mehr zu entziffern.

»Ich glaube nicht einmal, dass Julia aus Gründen der Moral verbannt wurde«, sagte er schließlich. »Vielleicht war sie an einer Sache beteiligt, die Augustus nicht länger dulden wollte.«

Claudia Pulchra sah ihn mit großen Augen an.

»Was ... was meinst du damit?«

Varus hob nur die Schultern. Er wirkte plötzlich wieder ernst und nachdenklich.

»Augustus ist inzwischen siebzig Jahre alt«, meinte er abwesend. »Die meisten seiner alten Freunde bekleiden irgendwo in den Provinzen hohe Ämter. Sein Sohn und Nachfolger hat alle Hände voll in Pannonien und Dalmatien zu tun. Quirinius steht vor der Eingliederung von Judäa, Idumäa und Samaria in die römische Provinz Syria. Ich selbst als einer seiner treuesten Gefolgsmänner muss hier am Rhein meine frierende Ehefrau besänftigen ...«

»Varus!«, stieß sie aus und warf mit einem glühenden Holzstückchen nach ihm. Er wich ihm lachend aus.

»Schon gut«, sagte er. »Ich freue mich, dass es dir wieder besser geht. Ist dir oder Antonia in Rom nie in den Sinn gekommen, dass es für die Verbannung beider Julias vielleicht auch andere Gründe als Augustus' Sittenstrenge geben könnte?«

Sie blickte ihn ungläubig an. »Du meinst, dass jemand ihn gedrängt hat ... Tiberius oder Livia Drusilla vielleicht?«

»Augustus wird nicht ewig leben. Er hat sich selbst niemals Kaiser nennen lassen, aber Tiberius wird keinen Augenblick damit zögern.

Dafür wird schon seine Mutter sorgen. Das wäre dann endgültig der Tod der Republik!«

»Gehörst du etwas auch zu denen, die das verhindern wollen?«, fragte Claudia entsetzt. »Und beide Julias wissen davon?«

Varus blickte durch das Fenster in die Dunkelheit der Rheingrenze hinaus. »Nur Julia die Ältere«, gestand er.

Einige Wochen später saß Varus mit seinen Offizieren und Beratern wie üblich im Hof des Prätoriums. Sie hatten einen weiten Blick über den Rhein und das Land im Osten. Sie genossen laue Luft, die von den germanischen Hilfskriegern stöhnend als Hitze bezeichnet wurde.

Als der Monat anbrach, der zu Ehren des Princeps ebenfalls Augustus genannt wurde, gelang es Tiberius endlich, die aufständischen Dalmatier in der jungen Provinz Illyricum zu unterwerfen. Die Nachricht vom großen Sieg erreichte die Legionen am unteren Rhein nur wenige Tage später durch Lucius Asprenas. Varus' Neffe war persönlich vom Mainlager zur Beratung der Lage am Rhein ins Castra vetera gekommen.

»Hinter vorgehaltener Hand sagt man, Tiberius hätte Fürst Bato von den Breukern bei einem Weingelage dazu gebracht, dass sein Volk die Waffen niederlegt«, berichtete er.

»Für welchen Preis haben sie aufgegeben?«, fragte Varus.

»Bato musste seinen Mitstreiter Pinnes ausliefern, mit dem er gemeinsam seine Truppen angeführt hat. Also kein Sieg durch Überlegenheit, sondern durch Verrat.«

Einige stimmten ihm zu. Sie misstrauten derartig geschlossenen Verträgen. »Eine Vereinbarung, die allen Beteiligten noch bitter schmecken könnte«, meinte Arminius.

Varus hob die Brauen, dann sagte er: »Ein Fürst, der von Eroberern eingesetzt wird, wird nie den gleichen Rückhalt haben wie ein Mann, den das Volk erwählt hat.«

Arminius zog seinen Weinbecher heran. »Es sei denn, dieser Anführer hätte zusätzlich den Status eines römischen Bürgers und Ritters.«

Varus erwiderte nichts. Arminius' Bemerkung mochte richtig sein, aber irgendetwas gefiel ihm nicht daran. Bevor er darüber nachdenken konnte, schaltete sich Flavus ein.

»Wir müssen hier Tag und Nacht wachsam sein«, sagte er. Mit seinem Augenpolster und der weißen Kopfbinde sah er wie ein Weissager und Priester aus. »Kein Volk, kein Stamm ersehnt die Herrschaft Roms – auch wenn es allen große Vorteile bringt.«

»Einige Völker bitten inständig darum, zu uns zu gehören«, sagte Varus wohlwollend. Es gefiel ihm, wie der kleine Cherusker seinem großen Bruder durch seinen scharfen, hellen Verstand immer wieder Konkurrenz machte.

»Aus meiner Sicht ist es im Augenblick ziemlich ruhig am gesamten Rhein«, sagte Asprenas. »Und wenn in einer Woche die Häuptlinge und Fürsten der Germanenstämme zum Altar der Ubier kommen, werden wir sehen, wie zahm inzwischen die Barbaren sind.«

»Die Chatten, Marser und Bructerer auf der anderen Seite des Rheins sind ebenso geschlagen und besiegt wie die Sugambrer und Cherusker«, meinte Präfekt Lucius Eggius. Er blickte zu Arminius. »Ich war ja auch wie du zu Erkundungsritten bis in die Nordmoore unterwegs und wurde niemals angegriffen. Bestenfalls Halbwüchsige haben gelegentlich mit Steinen nach uns geworfen, ehe sie wegrannten und im Unterholz verschwanden.«

»Aber nur, wenn ihr euch ihren wilden Schwestern allzu aufdringlich genähert habt«, warf Legat Numonius Vala ein. Die Männer lachten.

»Trotzdem dürfen wir nicht leichtfertig vorgehen«, sagte Varus. »Ich habe mich schwer genug mit Rebellen rund um Jerusalem herumschlagen müssen, wenn sie in Löchern und Felsspalten versteckt waren und wie Schlangen hervorschossen, um zuzubeißen und nach dem Schlag des Giftzahns wieder zu verschwinden.«

»Wir haben hier sicherlich weniger Höhlen oder Felsspalten als in Judäa oder den Bergen von Illyrien«, meinte Arminius.

Sofort musste Flavus widersprechen. »Aber niemand sollte die Vorteile unterschätzen, die ein dichter Wald und Unterholz jedem Aufständischen bieten. Sogar in meinem Volk gibt es noch immer Männer, die wütend auf gewisse Römer sind …«

»Wer ist schon Segestes?«, unterbrach ihn Arminius.

»Ich denke nicht an Onkel Segestes. Er hat sich immer wieder als treuer Freund von Rom bewährt, aber er kann auch dich nicht ausstehen, seit du hinter Thusnelda her bist ...«

»Halt doch dein ungewaschenes Maul, Flavus!«

»Halt! Hört sofort auf!«, befahl Varus. Er wandte sich direkt an Arminius. »Was ist das mit Segestes und seiner Tochter Thusnelda?«

»Ach, nur Gerüchte!«, wehrte Arminius ab. »Es gibt doch überall Maiden, die von hochgewachsenen Männern in Roms Uniformen träumen. Und es gibt Fürsten wie unseren Onkel Segestes, die lauthals klagen, dass sie nur Töchter oder Priestersöhne und keine jungen Helden haben, die zu Tribunen oder gar Rittern Roms aufsteigen.«

»So wie ihr«, sagte Varus ernst. Flavus richtete sich voller Stolz auf. Sein Bruder sah es und hob nur die Schultern.

Zum großen Treffen mit den Abgesandten der germanischen Stämme brachen Varus und sein Stab zu Pferd auf. Obwohl die Uferwiesen trocken waren, brauchten sie den ganzen Tag bis zur Flussfestung Novesia. Die römische Garnison an der Mündung des Flüsschens Erft in den Rhein bestand bereits ein Vierteljahrhundert. Trotzdem war Varus schon nach den ersten prüfenden Blicken über den schlechten Zustand der Anlage verärgert.

»Schick die Verantwortlichen für diesen Dreckstall in die Wüste!«, sagte er knapp zu Paullus Aelius Bassus. »Setz einen neuen Standortkommandanten für Novesia ein. Spätestens nächstes Jahr will ich hier ein Schmuckstück der Legionen sehen!«

Am nächsten Tag ritt der Statthalter bereits im roten Morgenlicht weiter den Rhein entlang stromaufwärts. Wie bereits in den vergangenen Jahren trafen am Nachmittag auch die Gesandten der links- und rechtsrheinischen germanischen Stämme am Oppidum Ubiorum, der umwallten Siedlung der Ubier, ein.

Einige Germanen trugen Kapuzenmäntel, andere ihre wilde heimische Tracht aus Hosen, Stiefeln und gewebten Hemden. Sie trafen zuerst mit verschiedenen Vertretern der römischen Führung zusammen. Varus beobachtete sehr genau, wie sie gemeinsam öffentlich ihre Loyalität gegenüber Rom und Augustus bekundeten. Diesmal würde er mehr von ihnen verlangen.

Am Tag darauf nahm zum ersten Mal auch der Cherusker Segemundus, Sohn von Fürst Segestes und Bruder von Thusnelda, als Priester an den Kulthandlungen teil.

Der steinerne Tempel war ein Jahr lang von Spezialisten aus dem gesamten Mittelmeerraum bearbeitet worden. Erst jetzt bemerkte Varus einige sehr eigentümlich und beinahe griechisch geformte Säulen und Verzierungen. Er kannte sie, hatte sie bereits vor Jahrzehnten immer wieder gesehen. Und doch verblüffte ihn, wie vertraut ihm die Handschrift und das Können judäischer Baumeister war. Er hatte sie zu keinem Zeitpunkt vergessen, aber die Pflichten als Statthalter hatten ihm wenig Zeit gelassen, über Joseph, den Tekton aus Bethlehem, und seine Leute nachzudenken.

Der Tempel am Rhein war kaum größer als der Friedenstempel in Rom. Dennoch erinnerte er Varus an die Macht jenes anderen Gottes, von dem die Judäer behaupteten, er sei einzig und stünde noch über Augustus.

Der heilige Bezirk wurde auf allen vier Seiten von einem überdachten Säulengang eingerahmt. Der eigentliche Tempel mit dem Opferaltar erhob sich dahinter auf einem erhöhten Podium. Noch war es merkwürdig still am westlichen Ufer des Rheins. Obwohl sich mehrere tausend Ubier und Römer, Sklaven, Händler und Handwerker, Priester und Germanen von der anderen Seite, in der Siedlung vor dem Legionslager versammelt hatten, schienen alle auf ein Zeichen des Himmels, auf einen Schlag von Donars Hammer oder, wie vor einem Angriff, auf das Signal von Hörnern und Tuben zu warten.

Eine Abordnung weißgewandeter Germanenpriester stand in zwei Reihen hinter dem eigens aus Italien angereisten Pontifex und seinem Begleiter aus Rom. Im zweiten Halbjahr war dies Aulus Vibius Habitus, dessen Vater und Großvater bereits diesen Namen getragen hatten.

Aufmerksam beobachtete Jeshua die vertraut wirkenden römischen Rituale am *ara ubiorum*. Er und Jochanan hatten sich an diesem Tag ebenso wie Joseph in neue Tektonkittel gekleidet. In der Schlaufe des

310

geflochtenen Gürtels hing der Hammer und ein Maßband mit einem römischen Schleuderblei als Lot.

Die beiden halbwüchsigen Judäer interessierten sich für die schlanken Gehilfinnen der Priester. Von einer wussten sie inzwischen sogar, wie sie hieß. Sie war die jüngere Schwester des Cheruskerpriesters Segemundus, Sohn des Zweitfürsten Segestes. Jochanan und Jeshua waren viel dichter an den Tempel herangeschlichen als erlaubt.

»Es heißt, dass der Statthalter nächstes Jahr einen Zug zum großen Weserbogen und zur *porta Visurgis* plant«, meinte Jeshua, während sie sich hinter einem Haselnussstrauch verborgen hielten. »Wir müssen unbedingt erreichen, dass wir und Joseph dabei sein können.«

»Wegen der da?«, fragte Jochanan, und seine Augen blitzten herausfordernd. »Die ist doch viel zu alt für dich … mindestens vierzehn schon …«

»Sie heißt Thusnelda«, schwärmte Jeshua.

»Und ich weiß, dass sie längst einem jungen Cherusker versprochen ist. Du oder ich hätten in ihrer Familie ohnehin nicht die geringste Chance.«

»Die hat nicht einmal der Präfekt Arminius«, erklang Josephs strenge Stimme hinter ihnen. »Und der ist immerhin ein Fürstensohn dieser Cherusker. Und jetzt seht zu, dass ihr hier wegkommt!«

Er packte beide bei den Armen. »Hast du vergessen, dass ich dich schon einmal aus einem Tempelbezirk holen musste?«, schnaubte er zu Jeshua. »Habe ich etwa umsonst gehofft, dass du in den vergangenen zwei Jahren zur Vernunft gekommen bist?«

Joseph ließ die beiden wieder los. Jochanan trat einen Schritt zurück. »Er macht ja diese Dinge nur, weil er zu viel von den Propheten gehört hat«, protestierte er aus sicherer Entfernung.

»Es interessiert mich eben, was die Priester in den Tempeln tun«, sagte Jeshua. »Priester kämpfen ohne Waffen und besiegen sogar Fürsten. Ich möchte wissen, ob die Priester der Germanen ebenfalls etwas davon verstehen.«

»Manchmal bezwingen wir sogar Könige«, meinte Joseph etwas versöhnlicher. Er drehte sich wieder um. Mit ruhigen Schritten näherte er sich erneut dem fremden Tempel. Der Altarbau wurde auf allen vier Seiten von einem überdachten Säulengang eingerahmt. Vier Säulen mit prächtigen Reliefs schmückten das Bauwerk. Ganz oben waren die feurigen Himmelsrösser einer Quadriga zu sehen, in ihr eine vergoldete Bronzestatue von Augustus.

Der Opferzug bewegte sich unter dem Triumphbogen hindurch über den Platz – angeführt von Opferdienern, die nur einen mit Purpur besetzten Lendenschurz trugen. Auf ihren Schultern lagen die Opferbeile. Die Diener führten die Opferstiere über den Platz zum Altar. Jeder Stier war am Kopf mit bunten Schnüren geschmückt und trug eine bestickte Wollbinde um den Bauch.

Die Helfer des jungen Zeremonien-Priesters hatten alle Mühe, den ersten Stier festzuhalten. Das schöne Tier war nicht besonders groß, aber es hätte spielend ein ganzes Mannschaftszelt von Legionären mit einem Stoß zerreißen können. Schon deshalb hielten die Römer innerhalb der Grenzstadt respektvollen Abstand. Dann gab der germanische Priester am Altar der Ubier ein Zeichen. Mit harten Paukenschlägen wurde der Tod des Opferstieres angekündigt. Die Zuschauer am Rand des Platzes hielten den Atem an. Nur ein paar Kinder zählten die Schläge mit den Fingern nach.

Dann trat der jüngste der sechs Opferdiener zwei Schritte vor. Er wickelte sein blankpoliertes Beil aus, zeigte es Segemundus und dann den Abgesandten der verschiedenen germanischen Stämme. Nachdem sie alle ihre Zustimmung bekundet hatten, zeigte der Opferdiener das Beil auch den Zuschauern. Er fasste mit beiden Händen den Griff und verharrte wie eine Statue im Licht der Mittagssonne.

Genau beim zwölften Paukenschlag schlug er mit der stumpfen Seite der Axt gegen die Stirn des Stiers. Betäubt taumelte das prächtige Tier zur Seite, dann knickte es ein und brach auf dem Platz zwischen den neu leuchtenden Steinbauten zusammen. Doch der Stier gab noch nicht auf. Wild zuckend wollte er wieder auf die Beine kommen.

Der junge Germane blickte sich verwirrt und beschämt um. Damit hatte er nicht gerechnet. Für einen Moment schien es, als wolle er nochmals mit der Axt zuschlagen, doch das war nicht vorgesehen. Er ließ die Axt fallen, griff nach dem spitzen Messer am Gürtel seiner

Tunika und stach dem Stier in den Hals. Tiefrotes Blut spritzte über seine nackten Arme und Beine.

Erleichtert richtete der Opferdiener sich wieder auf. Er hatte trotz des nicht ganz genau gesetzten Axtschlages doch noch seine erste Prüfung am *ara Ubiorum* bestanden.

Im Inneren des Tempels wartete Segemundus, bis seine priesterlichen Gehilfen aus anderen germanischen Stämmen die Eingeweide und das Blut der Opferstiere zum Beschauer brachten. Der Eingeweidebeschauer trat zusammen mit seinen Gehilfen vor. Dann prüfte der *haruspex*, ob die Innereien rein waren. Erst als er nickte, griff Segemundus nach einer hölzernen Zange und übergab die Teile dem Altarfeuer.

Dichter weißer Rauch wallte über blauen Flammen vom Opfertempel hoch.

»Bei Jahwe, fast so gut wie bei unseren Rauchopfern«, stieß Joseph andächtig hervor. »Diese Barbaren wissen, welche Kräuter sie dem Stier zu fressen geben müssen, damit in seinem Leib die schöne brennende Luft entsteht ...«

»Stinkende Luft«, kommentierte Jochanan. Jeshua stieß ihn in die Rippen. »Pass auf, dass du nicht zu viel Kräuter kaust und dann selbst mit Flammen über deinem Kopf redest.«

»Hört auf mit dem Unsinn«, knurrte Joseph. »Das hier ist ernst genug.«

Und dann sahen sie, wie der Germanenpriester Segemundus mit einem kurzen Römerschwert ganze Brocken aus dem Fleisch des Opferstieres schlug. Vor jedem neuen Schlag hob er das Schwert über seinen Kopf, drehte sich nach links und nach rechts, verbeugte sich ein wenig zu den versammelten Legaten und Präfekten, dem Statthalter des Princeps im weit entfernten Rom und den fürstlichen Abgesandten aller Völker und Stämme von beiden Ufern des Rheins.

Ein Dutzend kaum bekleideter junger Mädchen mit langen, blumengeschmückten Haaren nahmen einen Fleischbrocken nach dem anderen auf. Ebenso wie die keuschen Priesterinnen der Göttin Vesta in Rom trugen sie die essbaren Opferstücke in die Menge der Andächtigen.

»Dies ist die Kraft der Götteropfers für alle Gläubigen«, fasste Joseph zusammen. Die blutige, rauchende und würzig schwer duftende Zeremonie zog sich über den ganzen Nachmittag hin. Ohne Pause wurden weitere Stiere herangeführt und geopfert. Hunderte wenn nicht gar Tausende von Männern unterschiedlichster Herkunft und Zunge waren zum Opfermahl vereint. Überall flackerten Feuer auf. Jeder nahm sich von großen Stapeln einen angespitzten Haselnusszweig, um sich einen Brocken Fleisch aufzuspießen und zu braten.

»Seht nur, wie friedlich alle zusammenstehen«, sagte Varus, als er mit seinem buntgewandeten Gefolge langsam von einem Feuer zum anderen ging. An jedem hatten mindestens fünfzig Männer mit ihren aufgespießten, brutzelnden Opferstücken Platz. Während der Garzeit reichten sie sich Krüge, die im Kreis weitergegeben wurden.

»Genau das ist es, was den Germanen bisher fehlte«, sagte der Statthalter mit einem nachdenklichen, aber zufriedenen Blick über den Rhein. »Sie müssen lernen, sich nicht gegenseitig zu bekriegen, sondern vereint dem größeren … dem römischen Gesetz zu folgen.«

Bis in den Spätherbst hinein begab sich Varus noch mehrmals auf die andere Rheinseite zum festen Lager an der Lippe, einen Tagesritt östlich des Rheins. Von dort aus brach er zu verschiedenen kleinen Dörfern der Germanen auf. Selbst die größten der Waldsiedlungen bestanden bestenfalls aus einem Dutzend schwerer Großhäuser, die aussahen, als hätten Biber sie gebaut. Die fensterlosen Speicher, die die strohgedeckten Häuser umgaben, waren aus verflochtenen, mit Lehm verschmierten Zweigen errichtet. Die Dorfplätze, die zumeist von Ziegen und Schweinen bevölkert wurden, waren selbst im Sommer schlammig. Sie wirkten wie barbarischer Hohn auf jede *agora* in den Städten des Imperiums oder die gepflasterten, von Tempeln und Säulenpalästen umrahmten Foren in Rom.

Der Matsch und Dreck war unvorstellbar. In manchen Orten musste Varus sich und seine Offiziere regelrecht zwingen, an rohen Bohlentischen Platz zu nehmen, die zu seiner Begrüßung aufgestellt worden waren.

»Wir kosten alles, was uns angeboten wird, und führen jeden Krug bis an die Lippen«, befahl er, als er bei seiner ersten Begegnung mit den Einheimischen sah, dass sich seine Offiziere und Stabsbeamten angewidert abwandten. Kaum ein Befehl war ihm bisher schwerer gefallen, aber er wollte auf keinen Fall die Gastfreundschaft der Germanen verletzen, ganz gleich wie übel ihm oder seinen Begleitern dabei wurde.

»Wenn wir verlangen, dass sie unsere Gesetze befolgen, dann müssen wir zuerst ihre Sitten und Gebote respektieren«, sagte er. »Es ist ein Geben und Nehmen wie bei jedem vernünftigen Handel.«

Weder Legat Numonius Vala noch die Befehlshaber, Präfekten und Tribunen der anderen Kampfeinheiten verstanden die ungewöhnlichen Methoden des neuen Statthalters. Selbst Flavus hatte Mühe, freundlich zu den Anführern der Stämme zu sein, die seit Urzeiten mit den Cheruskern in Krieg und Fehde lagen.

»Ich denke trotzdem, deine Strategie kann Erfolg haben«, meinte Arminius, als sie nach einem schwierigen Ritt zu den Marsern wieder am festen Lager am Nordufer der Lippe eingetroffen waren. An diesem Sommerabend hatten viele der Offiziere und Beamte des Stabes Probleme mit ihrer Verdauung. Es schien, als hätten sie bei der letzten Zusammenkunft mit den Marsern Speisen zu sich genommen, die nicht für ihre Mägen geeignet waren. Nur Präfekt Arminius und der *primus pilum* Vennemar konnten daher Gäste beim Abendessen des Statthalters sein.

Nach der Vorspeise aus gesäuerter Fischsülze mit Wacholderbeeren, Bärlauch und Pfeffer kam Arminius erneut auf das größte Problem des Statthalters zu sprechen. »Die Menschen in den Wäldern kennen uns Legionäre bisher nur als Eroberer und Räuber, die ihre Häuser in Brand stecken, ihr Vieh stehlen, die Frauen vergewaltigen oder alles wegtreiben, töten oder versklaven.«

Er presste die Lippen zusammen und starrte in den vergoldeten Becher, mit dem Varus seine persönlichen Abendgäste verwöhnte. Obwohl sie nur zu dritt waren, hatte er sein edelstes Geschirr auftragen lassen. Darunter waren wertvolle Platten, die die beiden Gäste noch nie bei den anderen Abendgelagen gesehen hatten. Vennemar wollte bereits darüber hinweg sehen, als er plötzlich einige seltsame, sternförmige Zeichen auf Varus' goldenem Trinkbecher entdeckte. Genau den Becher hatte er schon einmal gesehen – vor mehr als zehn Jahren im Palast von König Herodes. Im selben Augenblick ahnte der Sugambrer etwas. Er wusste seit langem, dass Varus nichts beiläufig oder ohne Grund tat. Für einen Augenblick dachte er, dass Varus ihn selbst auf die Probe stellen wollte. Doch dann sah er ein winziges Blitzen in den Augen des Statthalters. Vennemar atmete erleichtert durch. Nein, nicht er war es, dem der goldene Becher von König Herodes dem Großen auffallen sollte.

Varus trank langsam und beobachtete dabei Arminius. Der geborene Fürstensohn der Cherusker nahm den letzten Bissen der köstlichen Vorspeise auf, hielt ihn für einen Moment auf der Messerspitze, dann steckte er ihn in den Mund.

»Du hast nicht immer gesagt, warum du denkst, dass ich Erfolg haben könnte«, meinte Varus und setzte den goldenen Becher auf dem kleinen Tisch zwischen den winklig gestellten *clinen* ab. Die letzten Strahlen der Abendsonne ließen das goldene Kunstwerk mit seinem Kranz aus Edelsteinen wie ein Heiligtum leuchten.

»Solange du geschickt mit den Menschen redest, werden sie dir zuhören und sogar zustimmen«, sagte Arminius. Er ließ den Blick nicht vom goldenen Weinkelch zwischen ihnen. »Schon deshalb, weil du ihre eigenen Worte nicht mit dem *gladius* zerschlägst wie alle anderen vor dir.«

Varus lächelte. »Das also hast du bemerkt.«

Arminius blickte noch immer auf den Becher. »Ja«, sagte er dann und drehte sich zu Vennemar. »Aber irgendwann wird jeder Statthalter die Interessen Roms durchsetzen und das Gesetz des Schwertes anwenden. Dann geht es an die Schätze der Provinz, ganz gleich, wo sie auch ist. Abgaben, Steuern und Knebelverträge sind Waffen, gegen die kein Volk gewinnen kann.«

»Du ziehst also den offenen Kampf, Blut und Tod auf dem Schlachtfeld den Gesetzen und der Kultur Roms vor?«, wollte Vennemar wissen. Arminius wich dem blendenden Sonnenglitzern aus, das sich im goldenen Trinkbecher spiegelte.

»Ich denke, dass jeder von uns wählen muss, ob er sein Leben für alt gewordene Ideale opfert oder die Brücke nimmt, um auf der anderen Seite etwas zu bewirken.«

Varus nickte kurz, dann sagte er: »Ich danke dir für deine Warnung, Vennemar, und dir, Arminius, für deine offenen Worte und dein Vertrauen in mich.«

Er winkte einen Sklaven heran und ließ die Becher erneut füllen.

»Wisst ihr eigentlich, woher ich den hier habe?« Er hob den fast randvoll mit rotem Wein gefüllten goldenen Kelch und sah, wie das Gesicht des Cheruskers plötzlich zu glühen begann.

»Glaubt ihr, ich kenne die Gerüchte nicht, die mich begleiten? Vielleicht stimmen sie ja, denn dieser Kelch stammt aus dem legendären Schatz des Volkes Israel, der auf die Könige David und Salomo zurückgeht. Dem Schatz, der nach dem Tod von König Herodes fast geraubt worden wäre. Aber ich schwöre euch, das alles gehört nach wie vor den Judäern, und niemand soll wagen, die Hand danach auszustrecken.«

Arminius blickte ihn wie versteinert an. Auch alle anderen wagten kaum, sich zu bewegen. Es war, als hätte Varus jedem Einzelnen der Anwesenden und allen anderen unmissverständlich gedroht.

Die Nachrichten aus den wilden Gebirgsgegenden zwischen Donau und adriatischem Meer waren für die Legionäre am Rhein viel interessanter als die immer gleichen Berichte aus den dunklen, unheimlichen Wäldern Germaniens.

Auch Varus ließ es sich nicht nehmen, gelegentlich Händler, die vom Schwarzen Meer die Donau stromaufwärts an den Rhein kamen, ins Prätorium zum Abendessen einzuladen. Zu Varus' großer Überraschung tauchte eines Tages auch ein alter Freund auf, den er während seiner Zeit als Quästor in Patros kennengelernt hatte. Erfreut begrüßte er Menelachos, bewirtete ihn üppig und fragte nach den Neuigkeiten, die nicht in offiziellen Berichten, sondern auf den Märkten der Händler besprochen wurden.

»Die ganze Welt besteht nur noch aus Intrigen und Verrat«, klagte Menelachos, als sie am späten Nachmittag zusammen mit den üblichen Gästen des Statthalters im Triclinium aßen. »Wir sind sehr oft mit Krügen, randvoll gefüllt mit schwarzen und grauen Fischeiern, aus dem Meer hinter Armenien donauaufwärts zu den prächtigen Zelten der großen Feldherren Tiberius gezogen. Zuletzt sahen wir ihn dort, wo der sumpfige Fluss Save in die Donau mündet.«

»Was war mit Tiberius?«, hakte Varus nach. Der Schwarzmeerhändler seufzte nur. Die Sklaven brachten ein Dutzend große Silberplatten. Auf jeder Platte waren andere Köstlichkeiten dekoriert – vom pilzgefüllten Ferkel über ein kleines Bäumchen mit angehängten gebratenen Vögelchen bis zu gesottenen Fischen um eine Liburne. Das Schiff war aus geschnitzten Fruchtstücken gefertigt und von kleinen Ruderern aus Gebäck besetzt. Am Mast war ein Segel aus geflochtenen, gefärbten Kräuterfäden befestigt.

»Ich bin nur Händler«, sagte Menelachos, nachdem er wie alle anderen Gäste den essbaren Kunstwerken höflich applaudiert und mit dem Messer auf den Tisch geklopft hatte, »aber wir Händler kommen weit herum und hören mancherlei, was wir vielleicht nicht hören sollen. Schon deshalb wundert mich, dass an den Rändern des *Imperiums* nichts mehr passiert.«

»Wie meinst du das?«, fragte Varus und nahm sich etwas vom Ferkelbraten.

»Ein Händler weiß, wie man die Einnahmen und Ausgaben gegeneinanderrechnet«, meinte Menelachos. »Sobald ich das auf die Legionen Roms anwende, ergibt sich ebenfalls eine interessante Aufstellung. Soweit ich weiß, kamen von den zwölf Legionen, die gegen Marbod zogen, fünf aus den Lagern von Montiacum, also vom Rhein und aus Germanien. Tiberius zog mit zwei Legionen von der Donau aus nach Norden. Zusammen wären das dann sieben.«

»Das ist kein Geheimnis«, warf Vala ein.

»Aber es heißt auch, dass Tiberius mit zehn Legionen in Pannonien und Dalmatien kämpft. Andere sagen sogar, er hätte fünfzehn insgesamt.«

»Ich weiß nicht, was du eigentlich sagen willst«, knurrte Arminius ungeduldig. Menelachos blickte ihn auffällig lange und prüfend an. Erst als sich Varus wie zur Ermahnung räusperte, fuhr er fort.

»Für mich als schlichten Händler ergibt sich ganz einfach die Frage nach Aufwand und Ertrag. Man fragt sich doch, wie Tiberius auch weiterhin ohne ausreichende Kriegsbeute Getreide, Öl und Wein für rund hunderttausend Mann seiner fünfzehn Legionen bezahlen will. Und anders als Augustus besitzt er ja keine eigenen Provinzen.«

»Kannst du etwa auch an etwas anderes als an den schnöden Mammon denken?«, bemerkte Flavus abfällig und warf einen abgenagten Schweineknochen in den Raum. Diesmal stimmte sein Bruder Arminius sofort zu.

Menelachos zog in geübter Art den Kopf ein. »Ich sage auch nur, dass grob geschätzt die Hälfte der gesamten römischen Armee bei Tiberius gebunden ist.«

»Du meinst also, die Decke wäre jetzt an manchen anderen Grenzen des Imperiums etwas zu kurz«, folgerte Varus.

»Ich bin kein Feldherr, jedoch als Kaufmann könnte ich das so sehen.«

»Wie geht es dir?«, fragte Varus, als er am Abend ermüdet in Claudias Räume trat. »Und was macht mein stolzer Statthalter?«

Sie lächelte. Auf einen Wink hin brachte die Amme den kleinen Varus. Er hatte eine extra für ihn angefertigte Legionärsuniform an, aber die Amme trug den Jungen wie einen kleinen Gott.

Varus hob die Hände. Er zögerte und schien nicht recht zu wissen, wo er den Anderthalbjährigen anfassen sollte. »Er fühlt sich … er fühlt sich etwas feucht an«, sagte er. Claudia lachte nur. Sie stellte sich neben ihn, legte einen Arm über seine Schulter und fühlte mit der anderen Hand unter die Lederstreifen am Rücken.

»Sein Durst kann sich bereits mit dem der edelsten Germanen messen«, sagte die Amme sichtbar stolz.

»Und ich war stets der Meinung, dass die Germanen lieber Bier als Milch trinken«, meinte Varus fröhlich.

»Das richtet sich ganz nach dem Stand der Sonne«, sagte die Amme ohne jede Scheu. Claudia behandelte sie nicht wie eine Barbarin. »Solange noch die Sonne scheint, trinken die Männer Milch. Erst wenn sie nicht mehr zu sehen ist, dürfen sie Krüge mit Bier heben.«

Varus legte die Stirn in Falten. Er hatte bereits einiges von den Gebräuchen der Germanen gesehen und gehört, doch was die Amme da berichtete, war völlig neu für ihn.

»Es gibt nicht sehr viel Sonne hier«, meinte er, wie um sie zu prüfen.

»Das macht nichts«, meinte die Cheruskerfrau fröhlich. »Dann freuen sich die Kerle eben früher auf ihr Bier.«

Varus schüttelte den Kopf, dann hob er seinen juchzenden Sohn hoch, lachte ihm zu und gab ihn wieder zurück. Claudia hielt ihm ein nach Zitronen riechendes Leinentuch hin.

»Nimm, für die Hände«, sagte sie, »gegen die Düfte und die Lebenszeichen deines Sohnes.«

Sie wartete, bis die Amme den Raum mit dem kleinen Varus verlassen hatten. Dann ging sie zu einer Truhe, holte ein mit Elfenbein verziertes Kästchen hervor und legte sich in die Kissen einer breiten *cline*.

»Setz dich zu mir«, sagte sie, während sie das Kästchen öffnete. »Ich habe, als du fort warst, einen Brief bekommen.«

»Aus Rom oder aus Tibur? Etwa von unserem Freund Seinanus?«

Sie reichte ihm die Pergamentrolle. »Ich wollte zuerst gar nicht glauben, was da steht. Wie kann mein Großonkel Augustus so kleinlich sein, nach seiner Tochter und seiner Enkelin nun auch noch einen harmlosen Dichter wie Ovid in die Verbannung zu schicken?«

Noch während sie sprach, las er weiter. »Immerhin … nur eine milde *relegatio* und keine Strafverbannung … trotzdem …«

Varus ließ das Pergament sinken, obwohl er noch nicht zu Ende gelesen hatte. »Warum?«, fragte er leise. »Warum hat Augustus diesen Mann verbannt?«

»Seine Liebesgedichte sind zwar anstößig, aber doch seit Jahren bekannt«, meinte Claudia verteidigend.

»Das ist es nicht. Er tat immer so, als ob er sehr viel wusste«, sagte Varus rau. »Wahrscheinlich zu viel über Augustus, Livia Drusilla und Tiberius.«

»Wer macht dir Sorgen?«, fragte Claudia leise. »Ist es Tiberius? Oder vielleicht Arminius?«

»Tiberius! Tiberius! Mein ganzes Leben dreht sich wohl nur noch um diesen Tiberius! Und wie kommst du auf Arminius? Er ist der beste Barbar, der jemals römischer Ritter wurde!«

»Ich hörte nur, dass sein Onkel Segestes Vorwürfe gegen ihn erheben soll.«

Varus sah sie sehr lange an.

»Nichts als Geschwätz!«, sagte er dann. »Es gibt sie überall, diese besonders eifrigen Freunde des Imperiums. Sie glauben, sie könnten sich bei uns einschmeicheln, indem sie aufrichtigen Männern aus ihrem eignen Nest Schmutz und Verleumdung ankleben.«

Er ging zwischen Feuerkörben hindurch und sah in die Nacht hinaus. »Vielleicht solltest du doch nach Tibur zurückkehren«, sagte er nach einer Weile. »Es könnte sein, dass ich mein Schiff wieder einmal durch tückisches und trübes Wasser steuern muss.«

Auch der folgende Winter war hart für die Legionen am Rhein. In den Baracken wurde es so kalt, dass die Lagerpräfekten schließlich erlauben mussten, auch in den kleinen Kammern mit den Doppelbetten Feuerschalen aufzustellen. Da die Sklaven an vielen anderen Plätzen gebraucht wurden, konnte der ständigen Gefahr von Bränden schließlich nur dadurch begegnet werden, dass an jedem Gluthaufen ein Legionär Wache hielt.

Im Auxiliarlager von Castra vetera gab es noch immer keine gemauerten Unterkünfte. Für die germanischen Krieger zur Verstärkung der Legionen waren die Winter stets eine harte Probe gewesen. In gallischen Provinzen hatte sich eingespielt, viele der Männer während der kalten Monate zu ihren Stämmen zurückkehren zu lassen. Doch auch dieses Verfahren gelang zwischen Rhein und Weser nicht. Schließlich waren sämtliche Wege zwischen Rhein und Maas so zugeschneit, dass Varus die Verwalter und Offiziere des Stammlagers und der drei Legionen zu sich rufen musste. Bis auf Arminius kamen auch die Strategen der Legionen.

Ihre Berichte stimmten überein.

»Die Straßen zwischen den Stützpunkten am Westufer des Rheins sind nicht mehr nutzbar.«

»Selbst auf dem Rhein ist nur die Mitte noch frei«, meldete Marcus Caelius. »Mit vielen Eisschollen.«

»Wir haben sogar hier in Castra vetera nicht mehr genügend Getreide, Schlachtvieh und Wein.«

»Nur Olivenöl ist diesmal mehr als genug vorhanden«, sagte der Lagerpräfekt, nachdem seine Schreiber und Berater die Zahlen miteinander verglichen hatten. »Und Heringe aus dem Germanischen Meer. Aber die wollen unsere Männer nicht.«

»Dann macht doch Fischsoße daraus«, schlug Flavus vor. Er war ein großer Freund der Würze, die er noch als Kind und Jugendlicher furchtbar gefunden hatte.

»Ohne wochenlang garantierte Sonne?«, entgegnete der Lagerpräfekt. »Wie soll das gehen? Wir haben diese Heringe sogar in den Becken der Sommerbäder aufgeschichtet und dann ganze Amphoren mit Olivenöl darübergegossen.«

»Und?«, fragte Varus interessiert. »So etwas Ähnliches habe ich auch mit gesalzenem Schafskäse und Kräutern in Patras gegessen.«

»Sicherlich eine Köstlichkeit«, stimmte der Lagerpräfekt zu. »Aber hier haben wir in diesen Monaten weder Schafe noch ihre Milch oder gar Lämmer. Und Heringe in ranzigem Öl stinken schlimmer als die ungekalkten Gruben der Latrinen. Was glaubt ihr denn, wie sich der Geruch bei Tauwetter ausbreitet?«

»Unsere Männer brauchen ausreichend Brot, heißen Brei und Fleisch«, sagte Varus.

Legat Numonius Vala räusperte sich: »Ich sage nur, wir dürfen ab sofort keine Rücksicht mehr auf die einheimische Bevölkerung mehr nehmen. Wenn Legionäre hungern, haben wir Krieg von innen.«

»Wein wäre auch nicht schlecht«, warf Präfekt Ceionius ein. »Mit gesüßtem Wein fällt auch Hunger nicht so auf.«

»Lasst einen Brief in meinem Namen an meinen Neffen in Moguntia schreiben«, ordnete Varus an. »Er soll umgehend die Hälfte seiner Getreidevorräte aus dem Kastell den Fluss herunterschicken, dazu ausreichende Mengen von Schinken, Würsten und Offiziersverpflegung …«

»Also ich denke, einige Amphoren Wein …«

Varus sah Ceionius missbilligend an. Dann nickte er und sagte: »Zwei Drittel aller Weinvorräte. Sie sollen den Nachschub mit Flößen aus Baumstämmen bringen, wenn ihre Schiffe zu zerbrechlich sind. Zugleich erhält Asprenas meine Genehmigung zum Konfiszieren von Ersatz in allen Städten mit dem Ehrentitel Augusta.«

Die anderen hielten den Atem an. Mit einer so mutigen Entscheidung hatte keiner gerechnet.

»Ein Ehrentitel ist nicht nur Auszeichnung, sondern auch Verpflichtung«, sagte Varus unbeeindruckt. »Wer auf der einen Seite profitiert, soll auf der anderen auch zahlen. Das gilt ab sofort auch für alle Händler, die in meiner Provinz Geschäfte bei der Versorgung von Kastellen und Legionen machen wollen. Jeder Lieferant hat einen *obolus* zu zahlen, ehe er auch nur ein Wort mit einem von uns sprechen darf.«

»Nur einen *obolus*?«, maulte Vala. »Das lohnt nicht mal die Tinte ...«

»Einen *obolus*, wie die Griechen für das kleinste Opfer sagen, doch meinetwegen ein *as*, denn vier Asse aus Kupfer ergeben die Sesterze aus Messing und vier Sesterzen den silbernen Denar, für den du die ganze Nacht lang mit der besten Bedienung einer Taverne schlafen kannst. Ein *as* also auf jeden Denar der Umsatzsteuer, die von Augustus zum Gesetz erhoben wurde. Wir brauchen diese sechs Prozent als Solidarbeitrag für den Straßenbau und für die Einrichtung der Verwaltung. Denn nur mit unserer Infrastruktur kann die östliche und damit größere Provinz Germanien aufblühen.«

Nie zuvor hatte einer der Statthalter so mit den Offizieren und Beamten gesprochen. Doch dieser Mann schien sehr genau zu wissen, was er wollte. Er schreckte dabei nicht einmal davor zurück, Privilegien anzugreifen, die nur vom Princeps aufgehoben werden konnten.

»Wir haben keine andere Wahl, wenn wir uns nicht vor den Verbündeten in unseren eigenen Reihen lächerlich machen wollen«, erklärte Varus seine Anordnungen. »Eigene Schwäche und verdeckte Mängel sind gefährlichere Feinde als Wut und Zorn bei allen anderen.«

»Dann müssten wir auch Hilfskrieger für die Zeit des Winterlagers aus den Vereinbarungen entlassen.«

»Vollkommen richtig«, sagte Varus.

»Auf die Gefahr, dass sie nicht wiederkommen und erneut zu Feinden werden.«

Varus nickte erneut. Der Lagerpräfekt hob die Hände.

»Kaum einer der Sugambrer oder Bructerer, der Marser und Cherusker will seine Sippe durch einen zusätzlichen Esser belasten. Und durch ein Pferd, das ebenfalls versorgt werden muss. Und dann ist da noch ein ganz anderes Hindernis: Römische Bürger in den Legionen dürfen nicht heiraten. Dieses Verbot gilt nicht für die Hilfsvölker. Viele der Männer leben daher ganz offiziell mit Weib und Kindern vor dem Lager. Wenn wir die alle in die Wälder zurückschicken … mitten im Winter…«

Zum ersten Mal meldete sich auch der Veteran Vennemar zu Wort: »Noch mehr würden die Angehörigen der Sippen leiden, die dir als Statthalter aus Gallien gefolgt sind. Sie können sich nur vor den Legionslagern durch Handwerke und allerlei nützliche Dienste ihren Unterhalt verdienen…«

Varus hob die Hand und brachte ihn zum Schweigen.

»Nützliche Dienste«, sagte er und schob die Unterlippe vor. »Genau das ist es, was wir jetzt brauchen. Ich will mit dem Tekton Joseph von Bethlehem sprechen. Er muss irgendwo vor den Lagern leben. Fragt die beiden jungen Männer, die zu seiner Familie gehören und ebenfalls vor den Palisaden zu finden sein müssen.«

Ein Lächeln huschte über Vennemars Gesicht.

»Jochanan und Jeshua.«

»Genau die beiden meine ich.«

»Du solltest nicht so viele Kamele schnitzen«, sagte Joseph am selben Abend zu Jeshua. »Sie lassen sich schlecht verkaufen, denn weder Römer noch Germanen schätzen Amulette, die für sie fremdartig sind.«

»Soll ich etwa Rentiere und Auerochsen herstellen?«, fragte Jeshua empört.

»Du kannst ja noch nicht einmal Bären und Wölfe«, lästerte Jochanan. »Immer nur Esel und die Kamele…«

Jochanan war noch immer zu vorlaut. Dagegen wuchs Jeshua langsam zu einem zuverlässig arbeitendem Baumeister und Zimmermann heran. Alles, was mit Holz zu tun hatte, wurde in seinen Händen zum Kunstwerk. Selbst wenn sie abends erschöpft zusammensaßen, schnitzte er wie zur Erholung kleine Kamele aus weichem Lindenholz.

»Habt ihr bemerkt, was sich in unserem zweiten Winter hier verändert?«, fragte Joseph nachsichtig.

»Klar«, antwortete Jochanan sofort. »Die Germanen in römischen Uniformen sind in diesem Jahr nicht zu ihren Stämmen und Sippen zurückgekehrt.«

Jeshua blickte von seiner Schnitzerei auf. »Vielleicht weil sie in einigen Gegenden nicht mehr gut angesehen sind. Vielleicht auch, weil sie sich durch die Nähe zu ihrer Heimat dafür schämen, für ein paar Asse und halbe Denare ihre Bärte geopfert zu haben…«

»Aber sie tragen doch wieder Bärte«, warf Jochanan ein. »Arminius hat seinen Reitern erlaubt, während der Wintermonate Bärte nach germanischer Art zu tragen.«

»Trotzdem bekommen sie seit dem ersten Frost keinen Sold aus Rom oder den offiziellen Kassen des Statthalters«, sagte Joseph.

»Und wovon leben sie?«, fragte Jochanan keck. Joseph lächelte geheimnisvoll, antwortete aber nicht auf die Frage des Jungen.

»Du meinst, dass Varus selbst die germanischen Reiter bezahlt?«, fragte Jeshua und schnitzte konzentriert weiter.

»Vielleicht nur die von Präfekt Arminius«, meinte Jochanan. »Auch wenn sich Flavus der Einäugige viel mehr Mühe gibt als sein großer Bruder.«

Jeshua hob erneut den Kopf. »Wie kannst du so etwas behaupten?«

»Ich halte die Augen offen«, meinte Jochanan grinsend. »Da sieht man mehr zwischen den Hütten und Werkstätten als kleine Kamele aus Holz.«

»Hört auf«, sagte Joseph. »Warten wir ab, was der nächste Frühling und der Sommer bringen. Auf jeden Fall brauchen wir mehr germanische Amulette ... sie tragen auch diese Figürchen mit Zaubersprüchen aus geraden Strichen wieder.«

»Sie heißen Runen«, sagte Jeshua. »Bisher trugen Römer nur Anstecker und Anhänger aus Metall als Schutz gegen Zauber und böse Geister. Jetzt aber verlangen immer mehr Legionäre auch hölzerne Schutzzeichen nach Art der Germanen.«

»Und was bedeutet das?«, fragte Jochanan.

»Sie haben Angst und wollen in weniger düstere Provinzen zurück.«

»Wer will das nicht?«, seufzte Jochanan.

»Warum sind wir eigentlich hier?«, wollte jetzt auch Jeshua wissen. »Und wann gehen wir wieder zu unserem Volk?«

»Nicht so laut!« Joseph hob beschwichtigend die Hände.

»Wann wir zurückkehren, ist doch ganz klar«, flüsterte Jochanan. »Tiberius braucht den Varus-Schatz, wenn er zum neuen Caesar werden will. Doch den bekommt er nicht, solange Varus lebt und wir auf alles aufpassen.«

»Weil der Schatz uns gehört«, sagte Joseph. Im selben Moment rutschte Jeshua mit seinem Schnitzmesser im weichen Lindenholz aus. Die Klinge fuhr dem Kamel in seiner Linken so scharf in den Hals, dass er das kleine Kunstwerk nicht mehr an einen Römer verkaufen konnte.

»Ich bleibe in der Nähe von Varus, weil dieser Römer kein gemeiner Dieb, sondern ein Treuhänder für uns ist«, sagte Joseph. Er sagte nichts zu dem, was Jeshua gerade passiert war.

»Du hast mir noch nicht geantwortet.« Jeshua strich mit seinem Daumen wieder und wieder über die Kerbe im Hals des hölzernen Kamels. Jochanan und Joseph beobachteten ihn.

»Wir werden so lange in der Nähe des Statthalters bleiben, bis wir unseren Tempelschatz wieder zurückbekommen.«

Jeshua stellte das kleine hölzerne Kamel auf den Tisch. Sein Hals war glatt und ohne den geringsten Einschnitt.

Der Frühling brauchte nur zwei Wochen, um den Winter zu besiegen. Kurz nach den Kalenden des März blieben die üblichen Wolken von

Nordwesten her über Nacht aus. Stattdessen kam ein warmer Wind durch das Rheintal bis nach Bonna, zum Oppidum ubiorum und Castra vetera. Überall begannen Eis und Schnee zu schmelzen. Zum ersten Mal in ihrem Leben sah Claudia Pulchra Schneeglöckchen.

Doch dann kehrte der Winter völlig unerwartet zurück und brachte alle Planungen durcheinander. Sehnlich erwartete Getreidefuhren aus Belgium blieben unterwegs stecken, und die Einteilungen für den Marsch bis zur Weser mussten neu berechnet werden.

»Sobald genügend Vorräte aus Gallien eingetroffen sind, setzen wir mit allen drei Legionen über den Rhein«, ordnete Quinctilius Varus bei der ersten Tagesberatung an, an der die Sonne wieder über den Legionslagern schien.

»Nach allen Erfahrungen der vergangenen Jahre sollten wir warten, bis die Hochwasser abgeflossen sind«, gab der Lagerpräfekt zu bedenken. »Es dauert eine ganze Weile, bis die Schneemassen in den Wäldern Germaniens geschmolzen sind. Und selbst dann bleibt der Boden noch lange unpassierbar für die Ochsenwagen mit den großen Weinfässern, die *carri* mit Getreide und das ganze Material von Handwerkern und Tross.«

»Und der Fluss? Die Lippe?«

»In den nächsten Tagen so gut wie unbefahrbar. Man könnte meinen, dass das Hochwasser besonders günstig für Transportschiffe und die Lastkähne sei. Doch das ist nicht so, denn gerade bei den weiten Überschwemmungen ist die Gefahr viel zu groß, dass die schwerbeladenen Schiffe schon nach wenigen Meilen an unsichtbaren Flachstellen oder Hindernissen festhängen.«

»Es geht vielleicht bis zum Hauptlager«, warf Arminius ein. »Bei unseren Ausritten in den vergangenen Tagen haben wir auch große Schiffe bis zu einem Lippe-Zufluss namens Stevera gesehen.«

»Das kann schon sein«, sagte der Lagerpräfekt. »Doch schon zehn Meilen flussauf beginnen unangenehme Stromschnellen, die auf weitere zwanzig Meilen jede Schifffahrt ausschließen.«

»Und wenn wir schneller als das Hochwasser sind?«, wollte Varus wissen. »Kommen wir dann auf gefrorenem Boden noch bis zur Lippe-Quelle?«

Die Männer sahen sich entsetzt an.

»Du willst bei Eis und Schnee ... mitten im Winter sozusagen ... mit drei Legionen in Germanien einmarschieren?«

»Etwas genauer bitte!«, rügte Varus. »Wir haben fast April und das bedeutet seit Jahrhunderten im Imperium Romanum, dass die Heerschau auf dem Marsfeld und den Übungsplätzen dann beendet ist und die Legionen losziehen.«

»Niemand kommt in Matsch und Hochwasser mehr als ein paar Meilen voran«, sagte der Lagerkommandant. »Gegen derart widrige Bedingungen sind auch die Gesetze Roms machtlos.«

»Ich habe nochmals nachgedacht«, mischte sich Arminius ein. »Natürlich ist ein derartiger Zug zu dieser Jahreszeit riskant. Doch bei Tiberius war es in Pannonien manchmal nicht viel anders. Es war vielleicht sogar noch schlimmer, von der Donau aus an den Ufersümpfen der Save und der Drau in Richtung Adria zu marschieren als an der zumeist nur dreißig, vierzig Schritte breiten Lippe.«

»Du bist dafür?«, fragte Varus.

»Nicht unbedingt dagegen«, sagte Arminius mit einem eigenartigen Lächeln. »Ich denke, dass wir auch mit drei Legionen den großen Weserbogen und die *porta Visurgis* erreichen können.«

Varus blickte zu Arminius' jüngerem Bruder. Flavus dachte kurz nach und nickte. »Aber nur, wenn wir keine Zeit in den vier oder fünf Lagern am Lippefluss verlieren. Außerdem weiß ich nicht, ob unser Onkel, Fürst Segestes, uns allzu gern bei seinen Töchtern und an gewissen heiligen Altären sieht.«

»Dann bleibt – bis auf die kurze Verzögerung – alles wie geplant«, fasste Varus zusammen. »Zwei Legionen bleiben hier, zwei weitere stehen unter dem Kommando meines Neffen Asprenas als unsere südliche Eingreifreserve zur Verfügung. Ich selbst marschiere mit der siebzehnten, der achtzehnten und der neunzehnten Legion lippeaufwärts bis zu den Quellen von Lippe und Ems. Im Hauptlager am Lippe-Zufluss Severa nehmen wir zwei weitere Kohorten mit. Im Hauptlager Aliso im Quellgebiet der Flüsse noch einmal vier Kohorten. Zusammen mit unseren eigenen Truppen haben wir dann drei Legionen, drei zusätzliche Reiter-Alen und sechs Kohorten zur Verstärkung.«

»Nicht einmal ein Drittel der Streitmacht, die Tiberius bei den Aufständischen in Pannonien in Atem hält«, gab der bedächtige Marcus Caelius zu bedenken.

»Drusus hatte weniger Männer«, sagte Flavus. Varus blickte den jungen Offizier prüfend an. Er war ganz anders als sein Bruder Arminius – schneller, flammender in seinem Römertum, aber auch noch unerfahrener.

»Ich will kein *exercitus expeditus*«, sagte er eindeutig. »Also kein Heer auf einem Kriegszug. Wir werden zwar voll bewaffnet und mit aller Vorsicht vorgehen, aber unser Ziel ist keine Schlacht und kein Sieg. Ich will vielmehr den Völkern im *barbaricum* Roms Oberhoheit und die Macht des Reiches demonstrieren.«

Er verlagerte sein Gewicht auf den rechten Fuß, dann sagte er mit einer schon fast milden Geste beider Hände: »Nach unserer Ankunft an der Weser will ich diesen Wilden zeigen, was wir unter Recht und Gerechtigkeit vor dem Gesetz verstehen. Ich will die ewigen Streitereien unter den Stämmen so schlichten, dass es für uns von Vorteil ist. Und wenn es sein muss, werde ich erneut mit jedem ihrer Häuptlinge und Fürsten von feinstem Gold und Silber tafeln.«

»Die meisten bechern lieber«, warf Flavus keck ein. Varus schüttelte vorwurfsvoll den Kopf.

»Und du schwätzt schon, ehe du bezecht bist.«

DONNERSTAG
17. September 2009

Thomas Vesting und Claudia Bandel schliefen lange an diesem Morgen. Nach einem rustikalen Frühstück unterhalb des Kaiser-Wilhelm-Denkmals fuhren sie noch einmal auf die Ostseite der Weser. Doch dann geschah etwas, das in ganz Ostwestfalen-Lippe nicht auffälliger sein konnte:

»Das glaube ich einfach nicht!«, stieß Claudia hervor, nachdem sie auf die schmale Straße zur Schule eingebogen waren. Jetzt sah auch Thomas den auffälligen Wagen kurz vor der Abzweigung zum Schnakenborn.

»Das London-Taxi!«, rief Claudia. Vesting trat hart auf die Bremse, dann setzte er in eine Garageneinfahrt zurück.

»Das gefällt mir ganz und gar nicht«, knurrte er. Dann lachte er ungläubig und schüttelte den Kopf. »Ich glaube nicht, dass dieses Taxi zu den *Sons* oder Tony Clunn gehört. Es könnte ebenso gut mein Verleger sein, der sich gern *very british* gibt. Aber der ist bei einem Golfturnier. Bleibt eigentlich nur noch ... «

Sie sah ihn fragend an. »Lammers? Dein Chefredakteur Lammers? Der wusste doch von Hopmann ... «

»Ganz sicher mehr, als er mir erzählt hat.« Thomas Vesting schob die Unterlippe vor. »Nein«, sagte er dann. »Lammers ist kein Mann, der im Trüben fischt. Der zeigt sich, wenn er etwas will.«

»Vielleicht *sollen* wir merken, dass wir beobachtet werden. Die Maus merkt auch, wenn die Katze mit ihr spielt. Sie soll es sogar merken, damit sie ihr Versteck verrät.«

Er hob die Brauen. »Komische Mäuse habt ihr Römerinnen. Ganz abgesehen davon – bei mir ist nichts zu holen. Aber bei dir vielleicht – du hast doch Joker, die du mir noch nicht gezeigt hast. Wo würde denn die Claudia-Maus nach einem Versteck suchen?«

Sie sah ihn prüfend an. »Für den Schatz? Oder das Passwort zu ihm? Ich sage kein Wort mehr, wenn du mich noch einmal Claudia-Maus nennst.«

»Okay, okay.« Er hob die Hände. »Aber ich möchte wissen, was die Buchstaben auf diesem angeblichen Stein der Weisen bedeuten.«

»Ebi Hopmann glaubte, dass sie die Lösung enthalten.«

Vesting wischte sich nachdenklich über die Nase. »Auf jeden Fall hat er euch nicht umsonst das Foto von seinem Stein geschickt. Wahrscheinlich kennen es auch Waldeck und vielleicht sogar dieser Prof aus Minnesota? Der vom anderen Hermannsdenkmal.«

Sie nickte, ebenfalls nachdenklich und angespannt. »Die beiden wollen doch, dass nichts über den Varus-Schatz rauskommt. Begreif doch endlich, Thomas! Deine kryptischen Artikel im CENT müssen der schärfste Pfeffer in der Wunde sein. Wesentlich schlimmer als das, was Ebi Hopmann tatsächlich herausgefunden hat. Vollkommen unwichtig, ob es den Schatz tatsächlich gibt oder auch nicht!«

»Wir sind die Köder!«, schnaubte Thomas Vesting. »Und Lammers will, dass etwas passiert. Deshalb täglich hundert Wörter im CENT.«

»Wer sich zuerst bewegt, der hat verloren«, sagte Claudia.

»Ich glaube allerdings, dass außer Lammers und den *Sons of Hermann* noch unsichtbare Dritte in dieser Scharade mitmischen. Heute ist bereits Donnerstag, da bleiben nur noch zwei, drei Tage Zeit bis zum Finale oben am Hermannsdenkmal.«

»Ich möchte unbedingt noch einmal nach Waldecksruh. Und dann ins Lippische Landesmuseum in Detmold. Bis zum Monatsende habe ich dort noch mein Gästezimmer.«

»Hast du dort auch das Steinfoto?«

Sie schüttelte den Kopf und lachte. »Nein, so dumm ich bin ich nicht. Das habe ich die ganze Zeit gut gesichert hier.« Sie hob ihr Schlüsselbund und zeigte ihm das Schweizer Taschenmesser mit Lampe, Kugelschreiber und USB-Stick.«

»Dann fehlt uns nur ein Internet-Café oder irgendein Notebook.«

Thomas Vesting sah an ihr vorbei und runzelte besorgt die Stirn.

»Sieh mal, was da von Westen her im Anmarsch ist. Alles schwarz und dunkel über dem Teutoburger Wald. Das sieht nach einem fürchterlichen Sommergewitter aus.«

»O Gott«, sagte sie erschreckt »Wenn wir Glück haben, schaffen wir es bis Detmold gerade noch über die Autobahn in Richtung Bielefeld.«

»Wenn so ein Unwetter Varus auf dem Rückmarsch durch die germanische Wildnis begegnet ist, dann aber gute Nacht!«

Es war, als würden sie auf eine schwarze Wolkenmauer zufahren. Trotzdem fiel bis zur Abfahrt Herford kein Tropfen auf die Fahrbahn. Auch noch durch halb Lippe kam Thomas schnell voran. Dann aber klatschten dicke Tropfen auf die Windschutzscheibe. Sie spritzen von der Straße hoch und spülten seifigen Schmier vom Asphalt.

Jeder, der einen fahrbaren Untersatz hatte, schien trotz des Unwetters unterwegs zu sein. Sie überholten Trecker, Landmaschinen, Leiterwagen mit Autoreifen, Wohnwagengespanne und Kolonnen von schwarzen Jeeps.

»Aus welchen dunklen Hinterhalten strömen die ans Licht?«, fragte Vesting verwundert. Claudia lachte. Sie hatten sich entschlossen, zunächst nach Detmold zu fahren und dort ein Hotel zu nehmen. Das Hermannsdenkmal musste noch warten.

»Wahrscheinlich Ausflügler von den Germanenfeten überall. Der Hermann rief, und alle, alle kamen.«

»Stimmt. In ganz Ostwestfalen von Minden bis nach Paderborn und zur Lippequelle, dem *Odinsauge*, ist in diesen Tagen jede Menge los – schon um gegenüber Kalkriese Flagge zu zeigen. Dazu in der Senne, an den Externsteinen und so weiter.«

Sie konnten kaum noch etwas sehen, so heftig schüttete es. Thomas Vesting konnte unmöglich weiterfahren. Vor ihm stauten sich die Fahrzeuge an einer Kreuzung. Das rote Licht einer Ampel war im Platzregen kaum noch zu erkennen. Sie warteten und warteten, aber das Rot blieb.

»Was ist da los?«, knurrte Vesting. Claudia lachte nur und strich ihm über den Arm.

»Wir haben doch Zeit«, sagte sie, lehnte sich ein wenig an ihn und legte ihre Hand wie selbstverständlich auf seinen Oberschenkel.

»Ist das eine Andeutung, die ich verstehen sollte?«

»Ich dachte gerade daran, dass in den alten Geschichten immer nur von Männern geredet wird. Dabei haben doch zur Zeit von Varus gerade Frauen immer wieder eine große Rolle gespielt. Ich meine jetzt nicht einmal Kleopatra, sondern ganz speziell die Frauen um Augustus ... seine letzte Ehefrau Livia Drusilla, seine Tochter Julia und deren gleichnamige Tochter.«

»Wann waren Frauen jemals unwichtig in der Geschichte? Den beiden Julias ist allerdings ihre Selbständigkeit überhaupt nicht gut bekommen.«

»Zugegeben, sie wurden beide verbannt. Aber das ging gewissen Söhnen und sogar höchst angesehenen Feldherren oder Senatoren ebenso. Was ich aber meine, ist die Tatsache, dass zu jeder Affäre oder Liebschaft immer mindestens zwei gehören ...«

»Sag bloß!« Thomas grinste. »Bei Julia werden es wohl mehr als zwei gewesen sein.«

»Tja, wer weiß das schon?« Claudia lachte leise vor sich hin. »Es kann ja auch gut sein, dass der eine oder andere ... sagen wir mal *Freund*...nach der Verbannung Julias nicht sämtliche Kontakte abgebrochen hat ...«

»Du meinst, dass vielleicht Varus ...«

Ein riesiger gezackter Blitz erleuchtete den Himmel. Gleich darauf krachte es direkt vor ihnen. Das Ampelrot erlosch. Das war das Ende der gesamten Anlage. Nichts ging mehr. Augenblicklich begann hinter ihnen ein wildes Hupkonzert.

»Genau der richtige Schlachtenlärm für meinen nächsten Artikel im CENT«, knurrte Vesting. Dann holte er ein weiteres der Handys hervor, die sie in Osnabrück aus den britischen Beständen gekauft hatten.

Es dauerte eine Weile, bis er es aktiviert hatte und Verbindung zu Lara in der Redaktion bekam.

»Ich bin's. Wie geht's? Und was macht Lammers?«

»Lammers? Wo steckst du?«

»Im Lipperland, wo sonst? Hier ist der Teufel los. Die Kanzlerin soll in den nächsten Tagen auch noch kommen.«

»Ach so, deswegen!«, seufzte die Redaktionsassistentin. Vesting blinzelte, sah zu Claudia und kniff ein Auge zu.

»Wie meinst du das?«, hakte er bei Lara nach.

»Er hat gleich zwei VIP-Presseeinladungen bekommen. Du weißt doch, die an ausgewählte Chefredakteure, wenn sonst keiner Lust hat. Eine zum Museumspark Kalkriese vom Europäischen Parlament in Straßburg. Und eine zum Hermannsdenkmal aus dem Kanzleramt.«

»Heißt das etwa, Lammers könnte auch hier auftauchen? Wann droht uns das?«

»Frühestens Samstag. Ich habe keine Ahnung. Er sagte nur, dass er bis Montag weg ist.«

»Puh!«, machte Vesting. »Böse Falle! Das ruiniert mir meine Unersetzlichkeit. Aber okay – dann nimm jetzt wenigstens meinen Bericht für morgen auf.«

Exklusiv: Das Geheimnis der Varus-Schlacht
Eine Woche lang von Chefreporter Dr. Thomas Vesting

Was verbergen Externsteine und Hermannsdenkmal?
Folge 5 von 7: Im Lipperland, Freitag, 18. September 2009

Als Ort der Varus-Schlacht vor zweitausend Jahren wird nur noch Kalkriese genannt. Genaugenommen sind dort ein Haufen Münzen, etwas Kleinkram und eine Reitermaske gefunden worden. Und ein angeblich germanischer Grabenwall, der genauso aussieht wie ein von Römern angelegter. Reicht das aus? CENT sagt: vielleicht. Denn alle anderen bisher diskutierten Schauplätze für den Untergang von drei römischen Legionen geben noch weniger her. CENT bleibt dem Geheimnis auf der Spur. Wo ist der Varus-Schatz oder der entscheidende Hinweis darauf versteckt? An der germanischen Opferstätte der Externsteine? Im Winterlager Anreppen, das Varus nicht mehr erreichte? Oder am Hermannsdenkmal selbst? Morgen mehr.

Sie näherten sich der Stadtgrenze von Hiddesen. Vesting wollte bereits in die Bergstraße zum Hermannsdenkmal einbiegen, als ihm ein neuer Regenguss fast völlig die Sicht nahm. Gerade als er das Hinweisschild entdeckte, musste Vesting einer Gruppe Biker Platz machen. Sie überholten im Rudel und quetschten sich problemlos mit ihren BMWs und Moto Guzzis zwischen den Autos im langen, festhängenden Stau hindurch. Einer nach dem anderen bogen sie dicht hintereinander auf die Bergstraße zum Hermannsdenkmal ab.

Vesting sah, dass sie allesamt den Helden mit dem hocherhobenen Schwert aus glitzernden Pailletten auf den nassglänzenden Lederrücken trugen. *scales, rimp, sequins*

»Auch eine Art *Sons of Hermann*«, knurrte er.

»Nein, ganz bestimmt nicht«, meinte Claudia amüsiert. »Ich kenne sie. Viele von ihnen sehen ohne ihre Lederklamotten nur noch aus wie Rentner mit Hosenträgern.«

Der Verkehr wurde wieder dichter. Zwei weitere Lederbiker drängten sich dicht vor ihnen auf die rechte Seite. Sie kamen Vesting bekannt vor, aber er wusste nicht, woher.

Claudia starrte nachdenklich in den Regen hinaus. »Dieses Wetter! Wenn ich da an unsere römischen Septembertage denke … früher bin ich gern mit meinen Skates zum Tiber und zum *Ara pacis* gelaufen. Das war der Friedensaltar von Augustus. Seine Türen waren nur einmal und nur für kurze Zeit geschlossen – als Zeichen dafür, dass im Imperium ausnahmsweise kein Krieg herrschte.«

»Ich dachte bisher, dass dich eher der Tempel der Vestalinnen interessiert hätte. Du wärst bestimmt eine sehr edle jungfräuliche Priesterin geworden.«

»Dreißig Jahre ohne Mann?« Sie lächelte. »Das hättest du mir nie geglaubt.«

»Aber die Römer vielleicht …«

»Außerdem stimmt das mit der Jungfräulichkeit der Vestalinnen auch nicht ganz«, sagte sie. »Schließlich war Livia Drusilla, die dritte Ehefrau von Augustus und Mutter von Drusus und Tiberius, ebenfalls Priesterin der Göttin Vesta. Die Vestalinnen waren übrigens die einzigen Frauen im gesamten Römischen Reich, die für mündig erklärt wurden.«

Thomas Vesting grinste. »Und du erlaubst mir, auf eine anzügliche Bemerkung zu verzichten?«

»Tu dir keinen Zwang an«, sagte sie, doch er verzichtete. Ein erneuter sintflutartiger Regen setzte ein.

»Bei dem Regen bekommst du mich heute nicht mehr in den Wald«, sagte Vesting, als sie an der »Oberen Mühle« anhielten. »Die geheimnisvolle Villa deiner Großmutter muss also warten.«

»Urgroßmutter«, korrigierte sie. »Dann lass uns wenigstens dort drüben etwas essen.«

Schon ein paar Schritte vom Parkplatz bis in die Gasträume reichten, um sie völlig zu durchnässen. Vor dem Eingang zum alten Restaurant hörten sie das Rauschen des Baches. Als sie eintraten, bekamen sie große Tücher zum Abtrocknen gereicht.

»Das nenne ich Service«, meinte Vesting dankbar und sah sich kurz um. »Sieht jugoslawisch aus.«

»Dann können sie auch italienisch kochen«, meinte Claudia hoffnungsvoll. Sie ließen sich einen gemütlichen Eckplatz anweisen.

Nach einem kräftigen Essen, bei Tiramisu, Slivovic und aromatischem Espresso schienen alle Zeitungen und Hermannssöhne viel weiter entfernt als in den Tagen zuvor. Sie fühlten sich sehr wohl. Und doch spürten sie beide eine eigenartige Nähe zu den Ereignissen der Vergangenheit, deren Geheimnis sie nur ahnen konnten. Es war, als müssten sie nur über die Steinbrücke des kaum wilden, überströmenden Baches gehen, um fast zweihundert oder gleich zweitausend Jahre in die Vergangenheit zu reisen.

Der Wirt brachte noch zwei Schnäpse. Claudia faltete ihre Serviette, dann sah sie Thomas Vesting an und begann über das zu sprechen, was sie bisher verschwiegen hatte.

»Ich habe oft über deutsche Männer ... Helden wie Arminius und meinen verschollenen Vater nachgedacht«, sagte sie. »Mein Vater hat meiner Mutter nie verraten, ob er mit dem Erbauer des Hermannsdenkmals verwandt ist oder nicht. Jedenfalls hat mir das meine Mutter erzählt, als ich sie danach gefragt habe.«

»Hast du dich deshalb hier nach Detmold beworben? Ich meine, du hättest doch viele Alternativen gehabt, um den Spuren der Römer in Deutschland nachzugehen ... in Trier zum Beispiel, Augsburg, Basel oder Bonn und Xanten. Sogar unsere Karnevalshochburg am Rhein bietet hundertmal mehr Römerreliquien und echte alte Gemäuer als Detmold, Kalkriese und Haltern zusammen.«

»Das ist schon richtig, aber zwischen Detmold und dem Hermannsdenkmal gab es eben dieses Haus am Waldhang. Die Villa mit dem Turm wurde von einem Mann errichtet, den Ernst von Bandel, also der Erbauer des Denkmals, in Rom kennengelernt hatte.«

»Nach der Einweihung des Denkmals?«

»Nein, viel früher ... vierzig Jahre vorher. Der junge Ernst von Bandel kam ursprünglich aus Bayern und war mehrmals in Italien.«

»Das habe ich inzwischen ebenfalls gelesen.«

»Dann weißt du auch, dass Bandel vom bayerischen König Maximilian I. ein Stipendium erhalten hat.«

»Bekannt. Und Maximilian II. hat ihm sogar zwei Jahre Italien und Rom finanziell ermöglicht.«

»Nun, für den Kronprinzen in Bayern durfte Ernst von Bandel sogar eine Büste Franz von Sickingens anfertigen, die in der Walhalla aufgestellt werden sollte. Offenbar hat er bereits bei seinem ersten Aufenthalt in Rom einen Waldeck kennengelernt, der hier in Detmold die Villa Waldecksruh gebaut hat. Und der vermutlich die ersten tausend Taler für den großen Traum von einer Arminius-Säule für den römischen Freund lockermachte.«

»Ich ahne etwas über deine Ahnen.«

»Dann ahne weiter«, forderte sie ihn auf. »Denn es gab tatsächlich schon sehr früh Parallelen zwischen den Familien. Bandels Sohn Arnulf lebte übrigens schon in den USA, als hier erst das Fundament fertig war und nichts mehr weiterging. Damals wollte Ernst von Bandel vor Zorn und Frust über den Detmolder Denkmalsverein selbst auswandern und in Amerika Kartoffeln anbauen. Das war Mitte des neunzehnten Jahrhunderts. Etwa zur selben Zeit, als sich national gesinnte Deutsche in den USA zu geheimen Logen zusammenschlossen und wie zufällig *Sons of Hermann* nannten.«

Sie blickte auf und schürzte ihre Lippen. Thomas hob die Brauen. »Sieh einer an«, sagte er.

»Nicht wahr?«, meinte sie lächelnd. »Ein paar Jahre nach der Einweihung des Denkmals und Bandels Tod haben die Waldecks die Villa Waldecksruh verkauft und sind ebenfalls nach Amerika ausgewandert.«

»Vor mehr als hundert Jahren«, sagte Thomas Vesting. »Und jetzt erscheint ein Nachkomme der ausgewanderten Waldecks zum Jubiläum der Varus-Schlacht und hat nur alleredelste Absichten als großherziger Sponsor! Da steckt tatsächlich mehr dahinter!«

»Ja«, sagte sie. »Vielleicht ein Wissen oder ein Vermächtnis, das die ersten Hermannssöhne mitgenommen haben.«

»Wenn ich nicht irre, hatte Ernst von Bandel jahrzehntelang immer wieder Geldprobleme. Wie passt das zur Legende und den Gerüchten über einen Varus-Schatz?«

Sie schob die Lippen vor und dachte nach. »Keine Ahnung.«, sagte sie dann und strich sich mehrmals die Haare aus der Stirn. »Ich weiß nur, dass mein Vater dafür Karriere und Familie aufgegeben hat. Und auch mich …«

Sie lauschte dem immer noch prasselnden Regen außerhalb der oberen Mühle. »Es muss irgendwelche Querverbindungen zwischen Detmold, Amerika und Italien geben, die bis ins Heute reichen«, sagte sie schließlich.

»Und wenn nun keine deiner Vermutungen stimmt?«, gab Thomas zu bedenken. »Detmold und der Berg für das Denkmal liegen doch sehr schön zwischen dem Sommerlager der drei Varus-Legionen am großen Weserbogen und Aliso, dem immer noch nicht ausgegrabenen befestigten Winterlager an der Lippe. Am Teutoburger Wald von Tacitus also.«

Sie lachte und schüttete den Kopf. »Ganz so einfach sollte es sich nicht einmal ein Skandalreporter von CENT machen. Dann hätte Ernst von Bandel genauso gut am Marsberg in Hessen oder bei der Sparrenburg in Bielefeld einen Helden-Dummy bauen können. Ganz abgesehen von einigen Dutzend anderen Orten zwischen Rhein und Elbe, an denen das Massaker ebenfalls vermutet wurde.«

»Nur hier auf dem Teutberg gibt es die Grotenburg, also diese Wall-ringe oben auf einem Berg.«

»Das hast du schon recht ordentlich recherchiert«, spottete sie, »aber derartige vorrömischen Bauwerke gibt es überall. Sogar in den Höhen des östlichen Wiehengebirges, also an der Porta Westfalica, oberhalb des Denkmals ebenjenes Kaiser Wilhelms I., der auch das Hermannsdenkmal eingeweiht hat.«

»Also gut«, seufzte Vesting. »Das Hermannsdenkmal wurde dem-nach bei Detmold gebaut, weil …« Er stockte, überlegte und sagte dann: »Vielleicht weil Ernst von Bandel vor fast zweihundert Jahren in Rom einen Sponsor aus Detmold getroffen hat. Der erzählt von seinem heimatlichen Teutoburger Wald als einem wilden Schluchten-gebirge. Ideal geeignet für die legendäre Varus-Schlacht.«

Sie lächelte zustimmend. »So entstehen eben Legenden. Je wilder, desto schwerer lässt sich das später richtigstellen.«

»Und was machen die beiden bei einem kühlen Frascati?«, fuhr Thomas Vesting fort. »Sie planen eine mächtige Arminius-Säule, die das schlaffe und wie zu Zeiten der Germanen uneinige deutsche Volk aufrütteln soll. Und zugleich bekommt Waldeck eine hübsche Statue, die den Blick von seinem Turm heroisch aufpeppt.«

Er legte seine Serviette zusammen und sah ihr direkt in die Augen. »Es regnet nicht mehr.«

Sie nickte, doch dann erstarrte sie fast. Sie blickte an ihm vorbei. »Noch mehr Jäger des verlorenen Varus-Schatzes«, stellte sie fest. Ves-ting sah es in einer der spiegelnden Fensterscheiben: Zwei Motorrad-fahrer hatten das Restaurant betreten. Wie Wächter setzten sie sich an den ersten Tisch am Eingang.

»Zu dir oder in ein Hotel?«, fragte er leise.

»Eigentlich wollte ich damit noch warten«, antwortete sie. »Aber Hopmann hat zusammen mit dem Grundstück draußen in der Dun-kelheit auch ein kleines, leerstehendes Hotel an der Auffahrt zum Her-mannsdenkmal gekauft. Es wurde erst vor drei Wochen wiedereröff-net. Nicht mehr von ihm, leider. Aber vielleicht bekommen wir dort noch ein Zimmer.«

VIII.
PORTA VISURGIS

Seit ihrem Aufbruch im Morgengrauen hüllte der Nebel die Landschaft in einen undurchdringlichen Schleier. Es war kalt. Um sie herum sahen die Männer nichts weiter als kahle, reifbedeckte Bäume und Gebüsch. Die Vorhut hatte bereits eine Stunde nach Tagesanbruch das Lager verlassen, war am Rheinhafen in die Transportschiffe gestiegen und über den bleiernen Fluss gerudert.

Nach und nach landeten immer mehr Männer, Pferde und Maultiere am östlichen Ufer. Dazu Unmengen von Schafen und Rinderherden. Hühnerkäfige, Schweine, die großen Wagen, die Karren und das gesamte erforderliche Material zogen an Bord von Flussliburnen und Frachtschiffen mit geringem Tiefgang an ihnen vorbei. Das Material sollte erst am Hauptlager rund dreißig Meilen weiter östlich umgeladen werden.

Während die Kundschafter und *espectatores* bereits losritten, bildeten *auxilae* von germanischen Fußkriegern den ersten Haufen. Auf den nächsten Meilen konnten sie sogar wie üblich in Sechserreihen marschieren. Dann kam die erste Kohorte der siebzehnten Legion. Wie üblich bewegte sich der Legat mit seinem Kommandowagen, den Führungsoffizieren und dem Stabsgefolge in der Mitte seiner Legion.

Kaum einen Steinwurf hinter ihm marschierte eine besonders kräftige Gruppe schweigsamer Sklaven. Einige stammten aus Karthago, andere aus Ägypten, von der Pirateninsel Korsika und den Felsküsten Dalmatiens. Keiner von ihnen konnte die Sprachen oder Dialekte der Germanenstämme verstehen. Die Fuhrknechte und ihre Ochsenkarren wurden von einer ausgesuchten und schwerbewaffneten Gruppe

von Veteranen bewacht. Ihr Kommandant war der Sugambrer Vennemar, der zusätzlich von einem Dutzend wilder Bogenschützen aus
dem felsigen Trachon östlich von Damaskus geschützt wurde. Es dauerte fast eine Stunde, bis die gesamte Siebzehnte mit ihrer Nachhut
und einem Tross von Handwerkern und Händlern, Musikanten, Weibern und Kindern losgezogen war. Dabei fehlten an diesem kalten
grauen Tag viele aus dem Lagerdorf. Noch kurz vor dem Abmarsch
der Legionäre und ihrer Hilfseinheiten hatte Varus einen Befehl erteilt, der viele der Männer und Frauen verärgert und missmutig gemacht hatte.

»Ich will keine Völkerwanderung auf dem Zug ins Innere Germaniens«, hatte der Statthalter unmissverständlich gesagt. »Wir können
uns keine überflüssigen Esser leisten. Centurionen und verdiente Legionäre sollen ihre Weiber mitnehmen – doch nur, wenn wir nicht
auch noch Kinder verpflegen müssen.«

»Aber schon Lollius, Drusus und Tiberius …«

»Nein«, befahl Varus hart. »Frauen mit Kindern bleiben im Winterlager. Sie sollen erst nachkommen, wenn die Wege trocken sind …«

Diese Anordnung galt auch für Claudia Pulchra und den kleinen
Varus. Der Statthalter hatte sich in der vergangenen Nacht lange von
Claudia verabschiedet, am Morgen dann, bei ihrem letzten Morgen-
mahl, erneut. Sie aßen nur etwas Trockenobst zu frischgebackenem
Brot und tranken dazu leicht gewürzten und gewärmten Wein.

»Ich habe dafür gesorgt, dass mein Neffe Asprenas dich und unseren kleinen Caesar abholt, sobald eine Flussfahrt bis zu seinem *castell*
am Main etwas angenehmer für euch ist. Die feuchten Nebel sind
nicht gut für eure Gesundheit. Du kannst bis zum Frühsommer in
Mongontiacum bleiben und dann weiter nach Rom und Tibur reisen.
Ich möchte bis zum nächsten Frühjahr so weit sein, dass ich ebenfalls
nach Rom reisen kann. Bis dahin will ich in Germanien die Fun-
damente für eine ordentliche Verwaltung gelegt haben.«

»Willst du eine Stadt an der Weser oder weit weg an der Elbe bau-
en?«

»Falls wir Augustus damit eine Freude machen, gern. Aber noch ist
es zu früh für derartige Pläne.«

342

Sie lächelte und weinte zugleich. Sie standen beide auf, fassten sich an den Armen und sahen sich lange in die Augen.

»Erinnerst du dich noch an unsere Hochzeitsreise?«, fragte sie.

»Mit Sturm und Mastbruch?«

»Ich meine jene Nacht, in der wir uns auf den sanften Wellen vom *Mare nostrum* in die Arme schlossen.«

»Wenn du es möchtest, können wir die Reise wiederholen.«

Im selben Augenblick krabbelte der kleine Varus über den Marmorboden. Er war der Amme entwischt und sah nun den Vater mit seinen großen Kinderaugen an. Der bückte sich und nahm seinen Sprössling auf. Für einen Moment musste er die Lippen aufeinanderpressen, um nicht zu zeigen, wie schwer ihm der Abschied von seinem Sohn fiel. Dann reichte er Claudia den kleinen Varus.

Als die achtzehnte und neunzehnte Legion ebenfalls auf der östlichen Rheinseite ankamen, war der Uferplatz bereits weich und matschig. Die Legionäre schimpften auf ihre Vorgänger und verfluchten sie. Doch alles Murren nützte nichts.

Gegen Mittag zogen alle drei Legionen in Kohorten, Manipeln und Centurien geordnet gen Osten. Nur manchmal sahen sie die endlosen Reihen der Schiffe und Boote auf dem Fluss, dann wieder verdeckten Bäume und Buschwerk den Blick auf die schwimmende Karawane.

Auch die Nachhut bestand aus einigen Hundertschaften germanischer Fußkrieger unter römischer Führung. Nicht erst seit Caesars Berichten über den langen Krieg in Gallien hatten sich derartige Marschsicherungen als unerlässlich erwiesen.

Alle Vorteile im immer wieder geübten Kampf, sämtliche Waffen der Römer wurden nutzlos und sogar hinderlich, wenn tatsächlich riesige, wildentschlossene Männer ohne schwere Helme und Waffen aus dem Gebüsch stürzten. Genau davor fürchteten sich die Männer. Sie waren erleichtert, als sie den ersten Stützpunkt ohne Zwischenfall erreichten. Außer ihre eigenen Soldaten, Handwerker und Sklaven im Tross hatten sie an diesem ersten Tag kaum Germanen gesehen.

Am späten Nachmittag besuchten Varus und seine Berater nur

kurz den Stützpunkt, der dem Rhein am nächsten lag. Das Marschlager für eine Legion besaß noch keine *principia* oder ein gemauertes *praetorium*. Das aber war den meisten Legionären nicht so wichtig. Schon in der ersten Stunde erfuhr der Statthalter, worüber sich die Männer ernsthaft beschwerten.

»Wir bekommen viel zu wenig Weizen«, berichtete der Präfekt des Lagers empört. Er sah selbst halb verhungert aus. »Unsere Centurionen mussten bereits zuschlagen, damit auch die Cerialien aus dem Viehfutter gemahlen und gegessen werden.«

»Etwas genauer!«, befahl Varus.

»Die Sache ist doch die«, erklärte der mürrische Präfekt. »Die Männer wollen nicht einmal den Emmer. Schon das ist für sie Armeleuteweizen.« Er holte eine Handvoll Getreidekörner aus einem kleinen Beutel an seinem Gürtel. »Und jetzt? Was sollen wir mit diesem barbarischen Dinkel? Das Zeug ist viel zu klein für unsere Handmühlen. Da haben wir sofort Steinsplitter zwischen den Zähnen.«

Varus sah sich die ungewohnten Körner an. Sie waren grünlich und tatsächlich sehr klein. »Die Männer werden Weizen bekommen. Aber wir alle müssen uns daran gewöhnen, dass hier nicht Rom und nicht das reiche Gallien ist.«

Am Tag darauf zogen die Legionen nördlich der Lippe weiter. Sie kamen bis nach Castel Lupia an der Mündung des Flüsschens Stevera in die Lippe. Varus ließ drei Tage außerhalb der Umwallung lagern. Nur er und drei Dutzend Verwaltungsbeamte, einige Stabsoffiziere und fünfhundert Mann der ersten *cohorte* der XVIII. Legion zogen mit ihm in die gemauerten Häuser mit ihren leuchtend roten Ziegeldächern und heizbaren Kammern ein. Alle anderen rund zwanzigtausend Legionäre und einige tausend Menschen im Tross froren erbärmlich in ihren Zelten. Auch auf den Wagen und Schiffen kroch ihnen die Kälte in die Knochen, sosehr sie sich auch mit Schafspelzen oder mit Werg ausgestopften Wildschweinkitteln davor zu schützen versuchten. Den eisigen Nächten folgten feuchte Tage, in denen jedes Stück Stoff und jedes Fell schwer und klamm wurde.

Varus befahl zu warten, bis alle Transportschiffe die ersten Stromschnellen der Lippe überwunden hatten.

»Ich will genau wissen, wie viele Menschen um diese Jahreszeit versorgt werden können und wo es Schwierigkeiten gibt.«

»Nach unseren bisherigen Erfahrungen lagern wir im Herbst für sechs Monate Proviant ein«, erklärte der wohlgenährte Lagerkommandant. »Aber nur für die hier stationierten Männer und nicht für eine zwanzigmal größere Armee.«

Varus speiste mit den Legaten der drei Legionen und ihren Stellvertretern samt einigen Beamten aus seinem eigenen Stab im *triclinum* des befestigten Lagers. Die *cena* war nicht sonderlich luxuriös, sondern begann mit marinierten Keulen von Hasen in Kohl, gefolgt von gekochtem Flussaal, dann gegrilltem Wildschwein mit Latwerge und Bucheckernmus. Zum Abschluss wurde ein wenig Trockenobst und süßscharf gewürzte, syrische Eierspeise gereicht.

Varus wusste die freundliche Geste des Lagerpräfekten zu schätzen. »Ich sehe, ihr nagt nicht am Hungertuch«, sagte er zufrieden.

»Ich war als junger *decurio* mit Drusus unterwegs«, sagte der Präfekt mit einem tiefen Seufzer. »Und ich will nie wieder so hungern wie damals. Zum Schluss haben wir im Winterlager Aliso unsere Suppe sogar aus Birkenrinde gekocht.«

Varus hob die Brauen. »Das habe ich ganz anders gehört ...«

Der Lagerpräfekt und der Rechtsbeamte sahen sich kurz an. Dann lachten beide trocken. Varus nickte ihnen zu und fragte den Präfekten: »Wie war es wirklich ... unter Drusus und Tiberius ... ohne die überall verbreiteten Legenden?«

Der Präfekt zögerte. Er sah zu Arminius, Flavus und Vennemar, als spräche er nur ungern über die Germanen. Schließlich gab er sich einen Ruck.

»Wir zogen damals die Lippe entlang bis zu den Bergpässen im Osning, den manche wohl auch *saltus teuto burgensis* nennen, und von den Osthängen in zwei Tagesmärschen weiter bis zur Weser. Doch dort war Schluss, denn ohne Nachschub konnten wir die Cherusker nicht mehr jagen ...«

»Wir wurden mehrmals täglich angegriffen und sahen uns schon bei den Würmern«, ergänzte der Rechtsberater. »Natürlich haben wir ebenfalls alles niedergemacht und abgefackelt, was uns in den Weg kam. Trotzdem wollten manchmal ganze Kohorten abbrechen und zur Rheingrenze zurück. Ich habe nie zuvor und nie danach derartig viel Blut und Schlamm, zerhackte Leiber und abgeschlagene Glieder gesehen.«

»Haben sich an diesen Kämpfen auch Germanenfürsten beteiligt, die wir heute noch kennen?«, fragte Varus.

»Fürst Segestes, unser Onkel, war einer der Anführer«, sagte Arminius, ohne zu zögern. »Unser Vater Sigimer ein anderer.«

Erneut war es Flavus, der gegen seinen Bruder auftrumpfte: »Aber die germanischen Götter und ihre Priester hatten ihnen zu früh den Sieg ihrer Schwerter und Streitäxte versprochen. Sie ließen den richtigen Zeitpunkt für den Sieg über den großen Drusus durch Trunkenheit verstreichen.«

Varus nickte. »Zu früh triumphiert. Das hat schon manchen Ikarus aus himmlischer Höhe abstürzen lassen.«

»Drusus erkannte den rettenden Strohhalm«, fuhr der Lagerpräfekt fort. »Mit letzten Hornsignalen und seinen blutigen Feldherrenfahnen gab er den Befehl zum Ausbruch aus der Umzingelung. Nur unsere Nachhut wurde von den Germanen bis zum letzten Mann vernichtet.«

»Kaum in Sicherheit, ließ Drusus bei den Quellen von Lippe und Ems das große *castell* Aliso errichten«, berichtete der Rechtsberater. »Der Platz war sumpfig und wertlos für die Germanen. Aber für Drusus war es wie eine Insel oder eine Oase in der Wüste. So hat er es auch in Rom berichtet und sich dafür feiern lassen.«

In diesem Augenblick griff Arminius ein. »Ja, aber als er dann im nächsten Frühling wiederkam, hatte sich bei den Germanen einiges verändert«, trumpfte er auf. Varus hob unwillkürlich die Brauen. Für einen Augenblick kam es ihm vor, als hörte er Stolz in Arminius' Worten. Das alte Blut der Vorväter, dachte Varus mit leisem Schmunzeln.

Aber dann wurde er ernst. Sollte Arminius tatsächlich die Sache der Germanen vertreten? Nein, das war ein unsinniger Gedanke.

»In den Jahren danach haben einige Stämme immer wieder versucht, Aliso zu erobern«, stellte der Präfekt fest. »Deshalb kam Drusus schließlich doch noch einmal wie ein Donnersturm über die Cherusker. Nach all seinen Erfolgen über die Chatten und die Hermunduren glaubte er wohl, dass er unsterblich sei ... «

»Und was war mit dieser angeblich riesenhaften Frau, die ihn am Elbestrom erschreckt hat?«, fragte Varus spöttisch. Er kannte die eigenartige Geschichte, hatte aber noch keinen Mann gesprochen, der selbst dabei gewesen war. »War das nun eine Priesterin? Oder hat sich unser tapferer Feldherr nur an einem Germanenweib überhoben?«

»Es war die Vorsehung, wie sie schon vielen Helden am Zenith ihres Ruhmes begegnet ist«, sagte der Präfekt mit einem schweren Seufzer. »Ich war dabei, wie dieses Riesenweib aus den Nebelschwaden an der Elbe auftauchte. Ihr reifer Körper glich dem einer erfahrenen Liebesgöttin, ihre schweren Brüste denen einer Amme aus Karthago. Dazu hatte sie starke Hüften wie eine Erstmagd von den Bauernhöfen Latiums und Haare, die wie gefangene Oktopusse in den Netzen verschlungen waren. Ihre Augen blitzten wie Gewitter, und ihre Stimme klang verraucht, wie bei den Germanen, wenn sie zum Kampf in Hörner ihrer wilden Auerochsen blasen.«

Der Präfekt schüttelte sich. Er konnte vor Grauen kaum noch sprechen, deshalb berichtete sein Rechtsberater weiter:

»Das Weib, das schreckliche, trat furchtlos, aber ohne Waffen vor Drusus den Eroberer. ›Zurück!‹, rief sie ihm entgegen, ›zurück in dein unersättliches Imperium! Das Ende deiner Taten und deines Lebens naht!‹«

Der Präfekt war bleich geworden, sosehr bewegte ihn seine Erinnerung. »Die Germanen um uns flohen in wilder Hast. Sie fürchteten sich vor der Prophezeiung jenes Weibes, das sie *Norne* nannten. Ursprünglich wollte Drusus noch weiter in die Ostgebiete vordringen, dann aber stimmte er einem schnellen Rückzug zu. Vielleicht zu schnell, wie ihr wisst, denn sein Sturz vom Pferd bedeutete tatsächlich das Ende seines Lebens. Eigentlich hatte er nur einen Schenkel gebrochen, aber sein Zustand verschlimmerte sich so sehr, dass der Rückzug unterbrochen werden musste. Tiberius kam sofort über die Alpen zu seinem sterbenden Bruder ... «

Legat Numonius Vala lachte leise und schüttelte den Kopf.

»Was hast du?«, fragte Varus.

»Ich dachte gerade … ich dachte, ohne diesen Fluch der Schicksalsgöttin in Germanien wäre Tiberius niemals Nachfolger seines großen Bruders geworden und würde nicht die Nachfolge seines Adoptivvaters Augustus antreten können …«

»Noch lebt Augustus«, sagte Varus streng.

Der Präfekt überwand seine Schwäche. »Später«, sagte er, »später hat auch Tiberius seine gesamte Eroberungsarmee auf dem Rückmarsch von der Elbe in Aliso überwintern lassen. Eine Festungsanlage wie diese gibt es nirgendwo in Germanien. Nicht einmal das Kastell an der Mainmündung kann sich damit vergleichen.«

Der ganze Zug zu den Lippequellen glich einer gnadenlosen Folter. Eisige Winde wirbelten Schnee und Eiszapfen über die Köpfe der Marschierenden. Die Legionäre hatten gegen die Kälte nur kurze Wollhosen über ihre nackten Waden angezogen. Obwohl es Frühling war, brach die Sonne bestenfalls stundenweise durch die tiefhängende Wolkendecke.

Bis zu den Stromschnellen waren sie südlich der Lippe marschiert. Erst danach blieben sie vorwiegend nördlich des Flusses, doch auch hier bildeten die vereisten Zuflüsse gefährliche Hindernisse, die mühsam überwunden werden mussten.

Immer wieder rutschten Männer und Karren auf dem Eis, und Wagen gingen zu Bruch. In dieser Woche an der Lippe verloren die Legionen Dutzende von Männern, Pferden, Maultieren und vollbeladene Wagen. Nur ein Teil der versiegelten Amphoren mit Garum, Öl und Wein konnte mühsam aus dem Eis geborgen werden.

Am Nachmittag des folgenden Tages trafen die ersten Kohorten vor der Festung Aliso ein. Kundschafter und vorausgerittene Versorgungsbeamte waren ohne Behinderung durch feindliche Germanen schon einige Tage vorher eingetroffen. Wie schon viele tausend Mal zuvor, organisierten sie die Verteilung von drei kriegsstarken Legionen, ihrer Offiziere und Unteroffiziere, Handwerker und Maultiertreiber, dazu der frierenden Ruderer und der Germanen, Händler und Fremden im Tross.

Varus und seine engsten Berater ritten auf einen nahe gelegenen

Hügel, bevor sie in Aliso einzogen. Von hier hatten sie eine gute Aussicht über das gesamte Lager.

»Nicht ganz so hoch wie der Palatin in Rom«, meinte Varus wohlwollend, als sie oben waren und nebeneinander die Pferde zügelten. »Aber an drei Seiten steil abfallend und gut geeignet, um hier ein unbesiegbares *castell* zu bauen.«

Er wandte sich an den Lager-Präfekten. »Bequemlichkeit statt Sicherheit ist niemals eine gute Lösung. Warum also ist das Lager dort unten am Fluss anstatt hier oben gebaut worden?«

»Drusus war ein Eroberer«, antwortete Marcus Caelius. »Livia Drusillas Zweitgeborener war ganz anders als Tiberius. Er wollte kämpfen, aber nicht lange bauen …«

Als die milchig rote Sonne in den Schneenebeln in Richtung Gallien und Rhein versank, verließ Varus mit seinem Stab den Hügel unweit der Lippe. Sie ritten am Nordtor der großen Anlage vorbei und überprüften die an den Ecken gerundeten Schutzwälle und Spitzgräben. Hornisten bliesen zur Begrüßung des Statthalters der neuen Provinz ihre Signale in den Abendhimmel. Die Legionäre, die rechts und links der via principalis mit ihren üblichen Arbeiten beschäftigt waren, wandten ihre Gesichter erleichtert zum Westtor.

Noch fehlten ein oder zwei Marschtage bis zur Weser jenseits der Bergkette im Osten und dem dortigen Sommerlager. Aber die große, durch Gräben und palisadengespickte Erdwälle gesicherte Zuflucht war etwas ganz anderes als die üblichen Marschlager für nur eine Nacht.

Am nächsten Morgen wurde Varus vollkommen unerwartet durch eine warme Frühlingssonne geweckt. Er stand sofort auf und trat halb angezogen vor die Tür. Am blanken blauen Himmel zeigten sich nur weit im Osten kleine weiße Wolken. Varus bemerkte, dass sich überall im Lager von Aliso die Stimmung hob. Zwischen den Wohnbaracken wurde bereits wieder gelacht. Auch grobe Männerscherze flogen hin und her. Und wie zur Antwort kicherten und sangen die Mägde vor den Palisadenwällen plötzlich bei ihrer Arbeit.

Am frühen Nachmittag verließ Varus mit den Legaten der drei Legionen und großer Begleitung das Prätorium. Die Gruppe der Offiziere und Beamten schritt am Forum entlang bis zu einem Altar. Hier hatten die Abgeordneten des Heeres für die Trauerfeierlichkeiten dem Mann ein Denkmal gesetzt, der mit ihnen als erster Feldherr Roms quer durch die finsteren Wälder Germaniens bis zur Elbe vorgestoßen war.

»Noch während der feierlichen Einweihung griffen die Germanen erneut an«, berichtete Marcus Caelius, als sie den kleinen, tempelartigen Bau erreicht hatten. »Und wieder mit den Sugambrern an der Spitze ... so lange jedenfalls, bis Tiberius erschien und mit aller Härte zuschlug.«

Varus ging über die Stufen, dann blieb er unter den Sandsteinsäulen stehen. Er empfand Respekt und Hochachtung bei der Erinnerung an Drusus.

»Ursprünglich sollte Tiberius ja nur am Rhein für Ordnung sorgen«, sagte Varus. »Ich war nicht in Rom, als das geplant wurde.«

»Er hat ein Doppelspiel versucht. Im Gegensatz zu seinem toten Bruder besiegte er die Cherusker nicht mit dem Schwert, sondern mit List. Von gefangenen Chatten hatte Tiberius erfahren, dass die miteinander verwandten Cheruskerfürsten Sigimer, Segestes und Inguiomer ständig im Streit lagen. Also hat Tiberius jedem der drei Cherusker den Schutz des Imperiums angeboten, wenn er gegen die anderen vorgeht.«

Vennemar schnaubte verächtlich. »Genau so, wie er uns Sugambrer und die Sueben gegeneinander ausgespielt hat.«

Auf Varus' Stirn bildete sich eine scharfe Doppelfalte. Natürlich, er kannte derartige Taktiken. Allerdings war er der festen Überzeugung, dass solche Vereinbarungen auch eingehalten werden mussten. Alles andere war für ihn ehrlos.

»Tiberius hat die Germanenhäuptlinge damals wie ein Weltenrichter empfangen«, berichtete Marcus Caelius. »Sie wollten seine Gnade und die Milde Roms. Und sie kamen alle ... Usipeter, Tencterer, Cherusker, Chatten und die Sueven ...«

»Nur die Sugambrer zunächst nicht«, unterbrach Varus mit einem Seitenblick auf Vennemar. »Ich kenne die Berichte.«

»Aber du hast nicht miterlebt, wie überzeugend Tiberius vor all den Fürsten sein Bedauern heuchelte. Kein noch so großer Schauspieler im Amphitheater hätte es besser machen können. Leider, leider müssten sie alle wieder in ihre Gauen zurückkehren, rief er ihnen zu, da er das großartige Germanenvolk der Sugambrer nicht beleidigen und ohne sie keinen Frieden für alle schließen könne.«

Varus lachte kopfschüttelnd. »Er wollte sich so schnell wie möglich einen Triumph in Rom verdienen. Wer sich im Alter von sechsundvierzig Jahren von Augustus adoptieren lässt, der muss schon zeigen, dass er zu höchsten Leistungen befähigt ist.«

Caelius blickte sich nach allen Seiten um. »Er wollte zu viel auf einmal«, sagte er leise genug, damit ihn nicht alle hören konnten. »So darf man den Germanenstolz nicht kränken. Aber es kam noch schlimmer, denn kurz darauf erschienen auch die hochgewachsenen Edlen der Sugambrer an der *porta decumana* dort im Süden. Zusammen mit ihren kampfbereiten Söhnen kamen sie furchtlos über die Straße herauf bis zu diesem Platz hier. Im Gegenlicht wirkten sie auf uns alle unheimlich … bedrohlich … wie sie sich ganz langsam durch ein Spalier von Centurionen und Hunderten von Legionären näherten.«

»Bewaffnet?«, fragte Varus knapp.

»Ja. Mit Schwertern, Äxten oder auch nur Messern. Keiner der Bärtigen trug irgendeinen Helm. Doch jeder hatte diesen seltsamen Haarknoten auf der linken Kopfseite. Und alle trugen am Gelenk der Waffenhand eine Strähne blonder Haare. Es waren Haare ihrer Weiber, wie wir später herausfanden. Vollkommen wortlos und mit unbewegten Gesichtern legte einer nach dem anderen seine Waffe vor den Stufen des Altars zu Boden. Doch dann geschah etwas, wofür ich bis zum heutigen Tag keine Erklärung habe …«

»Tiberius brach sein Wort«, stieß Vennemar hervor. »Er warf den Besten meines Volkes vor, dass sie ihm seine silberne Turniermaske gestohlen hätten.«

»Und? Stimmte daran etwas?«

Marcus Caelius lachte abfällig und hob die Hände. »Was bei Gott Jupiter soll ein Germanenfürst mit einer schmalgesichtigen römischen Metallmaske? Tiberius brauchte einen Vorwand, um die Anführer der widerspenstigen Sugambrer einzeln festzusetzen. Er isolierte sie an verschiedenen Orten. Mit der Begründung, dass sie sich so nicht gegen Rom verschwören könnten.«

»Kein Ruhmesblatt für die Annalen des Imperium Romanum«, stellte Varus klar und deutlich fest. Er kannte die Berichte, mit den die Ereignisse vor fünf Jahren geschönt in Rom bekannt geworden waren.

»Manchmal müssen die wilden Triebe ausgejätet werden«, warf Präfekt Flavus ein. »Damit gesunde Zweige Luft zum Atmen haben.«

Varus knurrte nur. Er wusste sehr genau, was der junge Cherusker meinte. Er musste wieder an die aufständischen Judäer denken, die er nach Herodes' Tod gekreuzigt hatte. War das vergleichbar? Oder war das eine Recht und das andere ehrlose Hinterlist?

Flavus drehte den Kopf so, dass er mit dem gesunden Auge seinen Bruder sehen konnte. »Außerdem ist die Maske seit jenen Vorfällen nicht mehr aufgetaucht.«

Erst jetzt fiel Varus wieder ein, was ihm Seinanus beim Geburtstag von Augustus in Rom über eine Turniermaske erzählt hatte. Tiberius sollte sie Arminius geschenkt haben als Belohnung für Verhandlungen mit dem Markomannenkönig Marbod. Konnte es sich um dieselbe Maske handeln? Wenn das der Fall war, dann hatte Tiberius mehr als leichtfertig gehandelt, als er das angeblich von Sugambrern gestohlene Schmuckstück an einen gebürtigen Cherusker weitergab. Außerdem fand er es beschämend, eine versilbertes Stück Eisenblech als Vorwand zu benutzen. Es hatte keinen Wert wie die Schätze von Herodes und keine religiöse Bedeutung wie das Gewand des Hohen Priesters von Jerusalem.

Vennemar hustete rau. »Die Edlen meines Volkes haben sich alle zur selben Stunde selbst getötet. Das war vielleicht die einzige Freiheit, die ein Mensch noch hat, dem man die Würde nimmt.«

»Was redest du da?«, fuhr Arminius den Sugambrer an. Er richtete sich stolz auf und rückte seinen reichgeschmückten Gürtel des römischen Präfekten gerade. »Wir stehen hier mit drei Legionen und ein paar tausend Verbündeten, um dem Imperium mit *Germania magna* eine neue Provinz zu sichern. Ihr aber diskutiert über eine alte Turniermaske. Wird hier behauptet, unser Feldherr Tiberius habe die Sugambrer belogen? Das sind bösartige Verleumdungen! Gerüchte, für den sich selbst *acta diurnia* in den Straßen Roms zu schade wäre.«

Die Beamten aus dem Stab des Statthalters waren ebenso erschrocken über den Ausbruch wie die Tribunen und die anderen Präfekten.

Varus sah Arminus scharf an. Dann sagte er ruhig und streng: »Wir werden in Zukunft Augustus und alle Angehörigen seiner Familie mit Respekt erwähnen. Das schließt Livia Drusilla ebenso ein wie ihren Sohn Tiberius, den Triumphator in schwerem Kampf.«

»Auch die verbannte Julia?«

Es war Legat Numonius Vala, der die harmlos klingende Frage in den Raum stellte.

Der Statthalter drehte sich ganz langsam um. Mit schmalen Augen sah er seinen Stellvertreter an. »Auch du solltest lernen, nicht über Dinge zu richten, die du vielleicht nur über Dritte gehört hast. Gerüchte sind die schlechtesten Ratgeber.«

»Trotzdem spricht man nicht nur bei den Germanenfürsten, sondern auch unter Judäern von einem großen Hort … einem Schatz, der mit dir und Julia der Älteren zu tun hat.«

Varus hob die Schultern. »Was spricht man sonst noch?«, fragte er abfällig. »Vielleicht, dass Tiberius die Adler der Legionen von den Parthern zurückgeholt hat? Nein, ich war es, der das tat! Oder spricht man davon, dass er seinen Astrologen aus Rhodos immer wieder fragt, ob er nach Augustus' Tod Kaiser werden darf?«

Er sah sich in der Runde seiner Begleiter um. »Selbst wenn es so ist, will ich kein Wort mehr über diese Dinge hören!«, befahl er. »Augustus hat seinen Ehrentitel nicht für sein Amt als Princeps, sondern für seine ganz persönlichen Verdienste durch den Senat erhalten. Als Erster unter Gleichen … nicht vererbbar und niemals als Monarch in einer kaiserlichen Dynastie!«

Varus und seine mächtige Streitmacht blieben so lange im Lager *ad ripam*, dem »hohen Ufer« direkt am Fluss, bis der germanische Frühling endgültig ausbrach. Er tat dies mit aller Kraft und viel grüner als im Süden. In weniger als einer Woche verwandelte sich die kahle winterliche Gegend in ein wogendes Meer aus Knospen und Blättern.

»Noch sieht das alles bis zum Bergrücken im Osten und Norden wie verzaubert aus«, meinte der erfahrene Präfekt von Aliso. »Aber schon in den nächsten Tagen, wenn die Blätter kräftiger sind und kaum noch Sonnenlicht bis zum Boden durchlassen, werden die Wälder dunkel und gefährlich.«

Varus ging noch einmal mit seinen Offizieren auf den Hügel außerhalb des letzten festen Lagers an der Lippe. Sie blickten zur Bergwand aus Wald im Osten. Der Präfekt von Aliso schürzte die Lippen.

»Bis zur Weser hin sind überall heilige Haine, Thingplätze, vergiftete Brunnen und geheime Versammlungsorte in den Wäldern verborgen. Nur sieben Meilen nach Osten gibt es einen kurzen, aber sehr wasserreichen Zufluss der Lippe mit ungezählten Quellen. Nach Nordosten über die Bergwälder hinweg befindet sich ein Heiligtum der Germanen, das schon viele Römer gesehen haben. Aber bisher sind nur drei lebend wieder zurückgekommen ...«

»Kenne ich sie?«, fragte Varus konzentriert. Der Präfekt lachte trocken.

»Und ob du diese drei Bürger Roms kennst ... es sind Arminius, Flavus und ich selbst.«

»Du warst mit den beiden Brüdern dort in den Wäldern?«

»Ja, das war ich, nachdem mich Tiberius kurz vor seinem Zug gegen die Markomannen vor vier Jahren zum Präfekten von Aliso gemacht hat. Ich sollte hier mit ein paar hundert Mann den Vorposten halten. Dann bekam ich eine Einladung von unserem rotbärtigen Verbündeten Segestes zu einem religiösen Fest an den Elsternsteinen. So nennen sie einen Platz mit seltsamen Felsen. Sie ragen in einer ansteigenden Kette doppelt so hoch aus dem Wald wie die fünfstöckigen Mietshäuser in Rom. Auf mich wirkten die Felsen, die auch Externsteine genannt werden, eher wie Drachenzähne. Unheimlich, sage ich, unheimlich und barbarisch, diese Opferstätten. Ich kann deshalb gut nachfühlen, was Drusus empfunden haben muss, als ihm die Norne der Germanen an der Elbe drohte.«

»Bis du auch bedroht worden?«

Der Präfekt sah zu Boden.

»Wir waren zu fünft und mit einer germanischen *turma* als Begleitschutz unterwegs. Tiberius selbst hatte Arminius erlaubt, die dreißig Reiter anzuführen, weil der eigentlich verantwortliche *decurio* als Übersetzer gebraucht wurde. Er war römischer Bürger, aber gebürtiger Markomanne, ein entfernter Verwandter von König Marbod.«

»Worum ging es dabei?«

»In diesen Monaten kamen ständig Abgesandte der verschiedenen Völker, Stämme und Sippen zu Tiberius. Manchmal brachten die Abgesandten aus einer einzigen Familie völlig unterschiedliche Meinungen und Angebote vor. Kam ein Fürstensohn am Vormittag mit der Bitte um einen Vertrag mit Rom, konnte sein Bruder bereits am gleichen Tag mit den wildesten Kriegsdrohungen hier auftauchen. Allen gemeinsam war, dass Tiberius schließlich keinem einzigen dieser Wilden mehr traute ...«

»Kann man ihnen denn trauen?«

Der Präfekt lachte. »Sicherlich«, antwortete er sarkastisch. »Genau so lange, wie es von Vorteil für sie ist. Und genau das hat Tiberius bisher besser als jeder andere ausgenutzt.«

»Du meinst, er versteht sich auf Intrigen?«

»Mit steht nicht zu, über den Sohn eines Göttlichen zu urteilen«, sagte der Präfekt vorsichtig, »aber ich hörte eines Abends, als Tiberius sehr viel vom warmen süßen Wein getrunken hatte, wie er sich brüstete, mehr durch Verrat und durch geschickte List erreicht zu haben als alle anderen Statthalter, Konsuln und Legaten ... nicht einmal sein Bruder Drusus ausgenommen ...«

»Galt das auch für die Cherusker?«

»Gerade für die trifft es besonders zu. Tiberius meinte, dass man sie nicht einmal für ihren ständigen Verrat bestrafen müsse. Die Rache Roms würde schon dadurch erfüllt, dass man die Barbaren einfach sich selbst und ihren Stammesfehden überlässt.«

»Derartige Praktiken kann und will ich nicht mehr dulden«, sagte der Statthalter entschieden. »Wir dürfen keine römische Provinz auf Verrat, Intrigen und Diffamierungen aufbauen. Das Gegenteil ist richtig, wenn wir Vertrauen in Gesetz und Ordnung schaffen wollen.«

Auch sein nächster Befehl ließ keinen Zweifel aufkommen. »Arminius soll noch heute mit seiner Reiterala aufbrechen und unseren nächsten Marschabschnitt an der anderen Seite der Berge am Fluss Werre entlang erkunden. Bis zu seiner Mündung am großen Weserbogen. Ich will, dass er mit seinem Vater Segestes und seinem Onkel Sigimer Kontakt aufnimmt. Wir selbst verlassen Aliso in zwei Tagen und folgen ihm mit allen drei Legionen und den zusätzlichen Kohorten.«

Varus machte kein Geheimnis aus seinen Plänen. Er wollte, dass möglichst viele vom Weg seines Heeres erfuhren. Erst als er wieder mit ein paar Schreibern und seinen fähigsten Sklaven allein war, wandte er sich an Vennemar.

»Hol mir den Judäer Joseph und seine Gesellen.«

Jochanan und Jeshua kamen bereits nach einer halben Stunde. Varus betrachtete wohlwollend die beiden Halbwüchsigen, die inzwischen zu schlanken jungen Männern herangewachsen waren. Sie traten vor ihn und neigten die Köpfe, wie sie es gelernt hatten. Ihre Gesichter und ihre nackten Armen und Beine erinnerten ihn an die hellgebeizten Wurzeln von Olivenbäumen, die eine Weile im Salz des Toten Meeres gelegen hatten.

»Würde es euch gefallen, wenn ich euch wieder zu eurem Volk zurückschicke?«, fragte er den Älteren. Jochanan wusste nicht, was er antworten sollte. Unsicher hob er die Schultern. Der Statthalter wandte sich an den anderen.

»Und du?«

Jeshua überlegte kurz, dann schüttelte er den Kopf. »Die Zeit ist noch nicht reif«, sagte er ernsthaft. »Solange der allmächtige Gott Jahwe noch nicht entschieden hat, welchen Platz unser Volk im Imperium Romanum einnehmen soll, können wir nicht zurückkehren.«

»Und nicht mit leeren Händen«, sagte Jochanan, jetzt wieder mutig. Varus ging vor den beiden jungen Judäern hin und her. Er betrachtete sie weder als Sklaven noch als Freigelassene.

»Niemand von uns weiß, wie lange unsere Götter Augustus als den Ersten unseres Reiches lieben. Solange es in meiner eigenen Macht steht, will ich verhindern, dass sein Nachfolger die Versprechen bricht, die ich euren Ältesten vor der Verbannung von Archelaos gab. Habt ihr den Lapislazulistein noch, den ich durch Caldus Caelius schicken ließ?«

Joseph nickte. »Er liegt inzwischen sicher im Allerheiligsten der Synagoge von Ostia.«

»Und so lange bleibt auch unser Tempelschatz als Unterpfand bei dir«, folgerte Jeshua furchtlos. Seine Stimme klang sanft und sehr verständig. Varus sah, dass Jochanan protestieren wollte, doch der Jüngere hob nur ganz leicht die Hand. Bereits die kleine Geste ließ den anderen verstummen.

»Wir Judäer sammeln die wahren Schätze bei Gott, denn wo unsere Schätze sind, ist auch unser Herz«, sagte Jeshua ernsthaft.

Jochanan mischte sich jetzt trotzdem ein. »Er meint, es geht nicht darum, Völker zu besiegen, Reichtümer in dieser Welt zu sammeln oder einen Schatz nach Jerusalem zurückzubringen.«

»Es geht um Frieden unter den Menschen«, sagte Jeshua.

»Uns auch«, meinte Varus lächelnd. »Wir nennen es die *Pax Romana*. Doch leider gibt es überall noch Könige, Legaten und auch Statthalter, die den größten Wunsch von Augustus nicht verstehen.«

»Judäa und die anderen Länder Palästinas werden schneller friedfertig zu Augustus' Reich gehören als die Provinz Germanien«, warf Joseph ein. Er war durch einen der hinteren Eingänge ins Prätorium gekommen. Varus freute sich über sein Erscheinen.

»Komm mit! Ich habe dich bereits erwartet.« Er ging in den Raum voraus, der auch in Aliso ständig bewacht wurde. Noch auf dem Weg wagte Joseph eine riskante Frage:

»Ich hörte, dass es nicht gut um die Gesundheit von Augustus steht. Was wäre, wenn er plötzlich stirbt und Tiberius …«

»Sei unbesorgt«, beruhigte ihn Varus, nachdem er sich kurz umgesehen hatte. »Tiberius wird sich auch als Kaiser nicht gegen ein Vermächtnis von Augustus stellen. Aber noch ist es nicht so weit. Zwar steht Tiberius in Pannonien vor seinem endgültigen Sieg. Das heißt, dass er jetzt seinen langersehnten großen Triumphzug durch Rom bekommt. Das Volk wird ihn bejubeln. Aber die bisher von Augustus bezahlten Legionen werden von seinem Nachfolger die gleiche Groß-zügigkeit verlangen.«

»Ja, du hast recht«, sagte Joseph besorgt. »In Wahrheit fehlen ihm die ungeheuren Summen, um sie alle zu bezahlen.«

»Verstehst du jetzt, warum ich das Gerücht weiterhin wachhalten muss, dass ich über einen ähnlichen Reichtum wie Maecenas und Augustus verfügen könnte?«

»Dann haben Tiberius und seine Mutter Livia Drusillas eigentlich nur zwei Möglichkeiten, das große Damoklesschwert, das du für sie bist, aus der Welt zu schaffen. Sie müssten sich mit dir gegen alle anderen verbünden ...«

»Ich habe alles und sehe nichts, was sie mir dafür bieten können. Noch einmal: Schon ein Wort von mir über die wahren Ereignisse beim Orientzug würde Tiberius beim Volk von Rom unmöglich machen. Ebenso ein kleiner Hinweis an die *acta diurnia* über seine leere Kriegskasse. In beiden Fällen würden auch in den Legionslagern sofort Aufstände und Meuterei ausbrechen.«

»Dann muss er dich direkt umbringen lassen.«

»Damit er sofort die Gerüchte auf sich zieht und mich zugleich zum Helden und Idol macht? Nein, er wird abwarten, bis ich selbst einen Fehler mache.«

Joseph glitt hinter eine Säule, damit seine Gesellen ihn nicht hörten. »Vergiss nicht, wie unangreifbar sich euer göttlicher Julius Caesar gefühlt hat. Ein Mann in deiner Position kann nie ganz sicher sein – nicht einmal seiner Freunde und auch nicht seiner selbst.«

Varus blickte den Baumeister sehr lange an. Dann legte er die Hand kurz auf den Arm von Joseph und ließ die Türen des bewachten Raums mit der immer weiter ergänzten Karte von Germanien öffnen. Mit blauer Kreide waren im gehärteten Sand die Windungen des kleinen Flusses eingezeichnet, der schließlich in die Weser mündete.

»Prägt euch das ganz genau ein«, forderte er sie auf. »Und dann beschafft euch von den Schlachtern und auch außerhalb der Palisaden zweihundert Schweinsblasen. Ihr habt genau einen Tag Zeit. Morgen zur gleichen Stunde wartet ihr wieder vor dem Hintereingang, verstanden?«

Jochanan und Jeshua schüttelten zugleich die Köpfe. Sie öffneten die Münder, wussten aber kaum, was sie fragen wollten. Jochanan versuchte es trotzdem »Mit oder ohne ...«

»Es ist gut, Herr«, wehrte Joseph ab. »Wir haben verstanden. Nur eine Bitte, wenn du erlaubst. Können es auch Schafsblasen sein? Du weißt, die Gesetze unsere Volkes ...«

Varus schob die Lippen vor. »Schafsblasen schwimmen schlechter.« Doch dann nickte er. »Aber ich respektiere die Gesetze – auch die der Judäer. Also nehmt Schafsblasen. Außerdem will ich, dass die Hälfte davon mit Goldbronze veredelt wird. Du weißt, wie man das über Nacht macht, Baumeister am Herodestempel ...«

Ein kleines Lächeln huschte über Josephs ein wenig müde aussehendes Gesicht. Ja, es gab Bilder und Symbole, die nur sie beide verstanden.

Zwei Tage später traf Segestes, einer der beiden Cheruskerfürsten, in Aliso ein. Er kam ungewöhnlich glattrasiert und hatte sein ursprünglich hellrotes Haar dunkler gefärbt, wie er es bei den Römern gesehen hatte. Trotzdem hatte er nicht darauf verzichtet, seine dichte Mähne nach herkömmlicher Art zu einem Knoten auf der linken Kopfhälfte aufzustecken. Er trug ein Wollhemd und eine Art Weste aus Schafwolle, dazu Hosen, Gürtel, Dolch, Axt und allerlei Utensilien am Gürtel und mit breiten Bändern geschnürte Stiefel aus gewalktem Hirschleder.

Varus behandelte ihn zuvorkommend und lud ihn ein, auch an den nächsten Abenden sein Gast zu sein. Bereits beim ersten gemeinsamen Abendessen mit ausgewählten Offizieren bemerkte Varus, wie sehr sich Segestes darum bemühte, den Römern ein brauchbarer Verbündeter zu sein.

»Ich bin nicht zu einer Strafaktion in dieses Land gekommen«, stellte Varus fest. »Sondern um euch zu zeigen, was wirklich groß und wertvoll an unserer Kultur, unserem Recht und unserer Freundschaft mit besiegten Völkern ist.«

»Dafür sind wir dir dankbar«, sagte Segestes für manche Anwesenden zu unterwürfig. »Mein Sohn Segemundus und meine Tochter

Thusnelda waren bereits im vergangenen Jahr bei den Feierlichkeiten am *ara Ubiorum* am Rhein.

»Damals habe ich beide gesehen«, meinte Varus freundlich. »Aber ich weiß auch, dass dein Bruder Sigimer nicht ganz so denkt wie du und seine hervorragenden Söhne Arminius und Flavus.«

»Er bestätigt immer wieder alle Verträge mit euch Römern, will aber seinen roten Bart nicht abschneiden«, knurrte Segestes. »Wenn du verstehst, was ich meine…«

Varus nickte. »Manches Herz schlägt lange für die alten Werte, für Glaube, Heimat und Sitte. Ich könnte auch keinem Judäer trauen, wenn er sagt, dass er Tiberius als Sohn des göttlichen Augustus mehr zugeneigt ist als einem eigenen Sohn Gottes.«

Segestes hob den Kopf. »Mein Sohn Segemundus will am Altar der Ubier gehört haben, dass dieser Gottessohn als neuer König der Juden angeblich schon geboren ist.«

Varus lachte leise. »Ich war dort Statthalter, als es geschehen sein soll. Und es erstaunt mich nicht, dass dieses eigenartige Gerücht bereits über den Rhein gelangt ist.«

»Du sollst in jenen Jahren sehr hart gestraft haben. Man sagt, fast so wie Caesar bei den Eburonen.«

»Das ganze Land war nach dem Tod des von Rom eingesetzten Königs im Aufruhr und mit sich selbst im Krieg. Jeder gegen jeden und alle gegen Rom.«

»Das musst du hier trotz aller Stammesfehden nicht befürchten.«

»Ich freue mich, dass du das sagst. Ich werde also im Sommerlager an der Weser von Anfang an so Recht sprechen und Verfügungen erlassen, wie ich es im Auftrag von Rom für richtig halte.«

Segestes seufzte. »Niemand beugt gern den Nacken«, sagte er dann. »Wir müssen erst noch lernen, welche Geschenke und Möglichkeiten das Imperium für uns bereithält.«

Im selben Augenblick erkannte Varus, an wen Segestes ihn erinnerte. Der Zweitfürst der Cherusker sprach ebenso andächtig von Rom wie der junge Präfekt Flavus. Auch bei seinem hochdekorierten einäugigen Neffen kam ihm die Verehrung eine Spur zu übertrieben vor. Seine Erfahrung sagte ihm, dass ihn nichts misstrauischer machen sollte als zu viel Lob und Liebedienerei. Varus entschied für sich, dass ihm die etwas harsche und manchmal auch respektlosere Art von Arminius lieber war.

Segestes blickte zwischen den Säulen des Prätoriums nach draußen. Es wurde immer wärmer. Dann kam er plötzlich auf ein ganz anderes Thema. »Du denkst also, dass wir Cherusker Schafsblasen für Botschaften der Götter halten?«

»Goldene Schafsblasen.«

Segestes presste die Lippen zusammen und schüttelte den Kopf und schnaubte. »Es könnte auch als Beleidigung aufgefasst werden.«

Varus lächelte vergnügt. »Da kann ich dich beruhigen, denn ich weiß ebenso wie du, wie stark der Glaube an Götter und Geister, Dämonen und alles Unsichtbare sein kann. Deshalb will ich es zunächst mit einer Botschaft der Götter und dann erst mit irdischen Gesetzen versuchen.«

»Ich möchte nichts damit zu tun haben.«

»Hast du auch nicht«, stimmte Varus wohlwollend zu. »Natürlich werden einige der Schafsblasen platzen, im Uferdickicht hängen bleiben oder von Kindern als Spielzeug aufgefischt. Doch alle anderen, die nicht am Weserbogen ankommen, sind mir Beweis für eure Kraft des Glaubens und der menschlichen Natur.«

»Ich verstehe noch immer nicht …«

»Deine Männer sollen zählen, was bei ihnen durchkommt. Und in den Abschnitten, in denen mehr goldene als andere Schafsblasen verschwinden, werden wir besonders vorsichtig sein. Denn dort sind Nester unserer Gegner, die wir meiden müssen.«

Segestes starrte Roms Statthalter ungläubig an.

»Du meinst, dass Gier nach goldnem Tand die Legionen besser schützt als unsere eigenen Kundschafter?«

»Bereits vor vier Jahrhunderten haben schnatternde Gänse am Capitol Rom vor der Eroberung durch Gallier aus dem Norden gewarnt. Warum sollte ich dann keine Schafsblasen als Warnsystem benutzen?«

»Die Germanen wissen also genau über uns Bescheid«, fasste Varus zusammen, nachdem er den Bericht der ersten Kundschafter gehört hatte, die von der Weser zurückgekehrt waren.

»Und was hast du vor?«, fragte Legat Vala. Er zeigte deutlich, dass er lieber so vorgegangen wäre wie Drusus bei seinen ersten Eroberungszügen.

»Ich werde sie unsicher machen«, sagte Varus mit einem überlegenen Lächeln. »Sie sind wie Quecksilber, wie wir alle wissen, aber auch wir müssen nicht in militärisch starren Kontingenten vorgehen.«

Mehrere Stabsoffiziere reagierten verwirrt. »Du willst die bewährte Ordnung der Legionen aufteilen?«, frage Vala empört.

»Das gibt ein heilloses Durcheinander in den Wäldern«, protestierte auch Marcus Caelius. »Wie soll die eine Gruppe wissen, wo die andere gerade ist?«

»Die Stämme kennen hier jeden Stein«, meinte auch Flavus.

»Da muss ich ihm ausnahmsweise zustimmen«, sagte Arminius. Doch Varus lächelte nur.

»Ihr etwa nicht?«, fragte er nachsichtig. »Befragt einfach sämtliche Männer, die aus diesen Gegenden stammen, damit wir einen genauen Überblick unseres Marschgebietes bekommen. Ich will keinen unbeweglichen Lindwurm, der einen Hort bewacht, aber auch kein Haupt der Medusa mit Schlangenhaaren, einem Schuppenpanzer, glühenden Augen und heraushängender Zunge. Die Germanen sollen uns achten und unsere Gesetze respektieren, aber nicht heulen und sich aus Furcht vor Rom in Höhlen verkriechen. Und sie sollen glauben, dass alles nach dem Willen ihrer eigenen Götter geschieht.«

»Das wird schwer werden«, stieß der Veteran Vennemar hervor.

»Sehr schwer«, stimmte Arminius zu. »Besonders in der Gegend, die jetzt vor uns liegt.«

Varus blickte die beiden völlig unterschiedlichen Männer aufmerksam an.

»Ich weiß inzwischen, dass sie von allen Göttern auch einen verehren, der unserem Merkur entspricht. Und wie ich hörte, halten sie an bestimmten Tagen auch Menschenopfer für eine heilige Verpflichtung.«

»Ein Teil der Sueben opfert auch der Isis«, warf Flavus ein.

»Wir ziehen nicht zu den Sueben«, stellte Arminius sofort klar.

»Jenseits der Bergrücken im Osten gibt es keine Tempel, wie wir sie kennen«, sagte Caelius. »Sie weihen vielmehr Wälder und Haine, und sie benennen alles Geheimnisvolle mit dem Namen von Göttern, die sie anbeten, von denen wir die meisten nicht kennen ...«

Varus lächelte, sah über die Köpfe der anderen hinweg, dann sagte er: »Wir werden ihnen etwas Göttliches schenken. Und wir benutzen dafür ihre Ehrfurcht vor dem Unbekannten ...«

Er stand auf und ging ein paar Schritte hin und her. Von einer Silberplatte nahm er ein paar in Streifen geschnittene, getrocknete Feigen. Sofort hielten ihm zwei Sklaven duftende Tücher für die Finger hin.

»Und jetzt zu unserem weiteren Vormarsch«, sagte er, nachdem er sich wieder gesetzt hatte. »Die erste Kohorte der Siebzehnten nimmt den alten Hellweg der Germanen direkt nach Osten in Richtung Weser.« Er ging nicht weiter auf das ein, was er den Barbaren schenken wollte. »Sobald sie auf der anderen Seite sind, sichern diese Männer den südlichen Bereich der Externsteine und die beiden Quellflüsse des Baches, auf den ich mit meinem Stab und der ersten Kohorte der Achtzehnten durch die Engstelle nördlich der heiligen Felsen stoßen werde. Der Rest mit der kompletten Neunzehnten, sämtlichen Lasttieren, den Wagen mit Gepäck und Vorräten, die Auxiliareinheiten und das Begleitvolk sollen den flachen, wenn auch sandigen Bergübergang nach Norden nehmen, den die Einheimischen das Tor oder auch Dörenschlucht nennen. Keine Fragen mehr? Dann ist das alles für den Moment.«

Die Offiziere und Planungsbeamten der Verwaltung sprangen auf. Sie grüßten stehend und verließen sofort danach des Prätorium. Varus wartete, bis er wieder allein war. Er trank seinen Becher aus, dann ließ er nachsehen, ob die Judäer bereits warteten.

»Wie viele habt ihr?«, fragte er, noch ehe sie die Köpfe vor ihm gesenkt hatten.

Jochanan war etwas schneller aus Jeshua: »Genau zweihundert, wie du befohlen hast, Herr.«

»Wie viele davon vergoldet?«

»Genau die Hälfte, wie du befohlen hast«, sagte Jeshua. Diesmal war er der Schnellere. Quinctilius Varus nickte zufrieden.

»Ihr sorgt dafür, dass alle Säcke mit den aufgeblasenen Bällen mitkommen. Präfekt Lucius Eggius weiß Bescheid. Aber kein Wort zu irgendwem sonst. Hab ihr das geschworen?«

»Ja, Herr«, antworteten beide gleichzeitig. »Das haben wir geschworen.«

Die Zeit der Sicherheit und Ruhe für Tausende von Kriegern des Imperiums war vorbei, noch ehe sich die Sonne über den grünen Bergen im Osten zeigte. Mit einem gewaltigen Stakkato scharfer Töne bliesen die Hornisten gegen den Schlaf und zugleich gegen Schatten und Dämonen in den Wäldern an. Der Lärm schreckte die anderen Männer so plötzlich auf, dass bereits ein, zwei Atemzüge später die ersten der Soldaten zu den Latrinen rannten. Ein hundertfaches Grunzen der Erleichterung stieg Schub um Schub zusammen mit dem Dampf des heftig anschwellenden Urinbachs in das Grau des Morgens.

Die ersten Centurien begnügten sich mit Brot und Wasser gegen die morgendliche Magenleere. Sie verpackten ihre Zelte und zogen los, noch ehe sich die Sonne über den Bergen zeigte. Kundschafter und die Lagerplaner hatten berechnet, dass von Aliso bis zur Mündung des Flusses Werre in die Weser nur dreimal sechs Stunden Marsch für die drei Legionen erforderlich waren.

Im rückwärtigen Lagerbereich stiegen zur selben Zeit überall dünne Rauchfäden von den Feuerstellen zwischen den Lederzelten auf. Sie vermischten sich mit dem Dunst, der wie Morgennebel über den Uferwiesen und den Wäldern hing ...

Noch immer nicht ganz wach, fluchten die einen über eine viel zu kurze Nacht, andere schubsten sich wie junge Hunde und imitierten Gefechte. Sie fuchtelten mit Stöcken und Kochgeschirren halb gefüllt mit Weizenbrei herum. Manch einer opferte ein Stückchen Trockenfleisch für die Suppe seiner Zeltgemeinschaft, andere ein paar Spritzer Garum, ein wenig Öl und heimlich auch das eine oder andere bei

Händlern vor dem Lager mit Münzen oder leichten Drohungen erstandene Gewürz.

Der gefährlichste und schwerste Teil der ganzen Strecke begann bereits östlich des Lagers. Hier mussten sich die Linien der marschierenden Soldaten von der üblichen Marschformation verabschieden. Der Passweg bis an die beiden geheimnisvollen Zuflüsse der Werre war nicht besonders schwierig, aber die Männer konnten nicht in Viererreihe oder gar zu sechst nebeneinander hergehen, sondern bestenfalls zu dritt. Dadurch verlängerte sich der gesamte Marschzug zu einer beinahe endlosen Marschreihe. Die letzten Männer der siebzehnten Legion konnten erst Stunden nach den ersten aufbrechen.

Während des ersten Marschtages vom festen Lager Aliso zum Weserbogen sahen weder die Kundschafter noch die weit hinter ihnen nachrückenden Legionäre irgendeinen Feind. Der Weg war schmal und von hervorstehenden Baumwurzeln gesäumt, an anderen Stellen sandig wie Dünen am Meer oder verlor sich völlig in Gestrüpp und Heidekraut.

Noch vor der Höhe des Bergkamms ritt Varus mit seiner Leibwache ganz nach vorn. Sie überholten die *legio XVII* und blieben dicht hinter der Vorhut. Neben Vennemar, Lucius Eggius und Flavus begleiteten drei Dutzend zuverlässige Germanen, die schon als Prätorianer bei Augustus gedient hatten, den Statthalter.

Am frühen Nachmittag begann es aus heiterem Himmel zu regnen. Es war kein grauer Winterregen, sondern nur ein erfrischender Guss, während die Sonne weiterschien. Gleich darauf verwehrten dampfende Nebel zwischen den nassen Büschen den freien Blick nach vorn. Die Männer konnten nicht viel weiter sehen als für einen Speerwurf. Lucius Eggius' Pferd rutschte auf glatten Steinen aus. Der Präfekt wollte sich noch an einem Zweig festhalten, der brach aber unter seinem Gewicht. Gleichzeitig suchte das Pferd nach irgendeinem Halt. Es sprang hoch und versuchte, aus der Falle des felsigen Hohlwegs zu entkommen.

Während drei, vier Männer sich bemühten, Eggius wieder aufzuhelfen, blickte Varus zu den kleineren Birken und Linden an der Kante der Felsen. Dort polterten in diesem Augenblick mächtige Felsbrocken herab. Unmittelbar vor Lucius Eggius' reiterlosem Pferd versperrten sie den weiteren Weg.

Das Tier wieherte erschreckt in die plötzliche Stille hinein, gefolgt vom Fluchen und Keuchen der Männer. Varus deutete nach rechts und links. Sofort sprangen Legionäre von ihren Pferden und kletterten zu den Bäumen hinauf. Die anderen warteten mit halb erhobenen Schilden.

Der Angriff kam direkt von vorn. Varus konnte gerade noch Lucius Eggius warnen, aber noch ehe der Präfekt sein Schwert heben konnte, war Vennemar bereits an ihm vorbei.

Er schlug auf eine große, rothaarige Gestalt ein, wurde selbst mit der flachen Seite eines Schwertes getroffen und stürzte über zwei nachrückende Legionäre der XVII. Varus sah fliegende Äxte. Er duckte sich unter einem der Eisen. Jetzt konnte er sein Pferd nicht mehr zügeln und rutschte aus dem Sattel. Mit schmerzendem Fuß suchte er nach einem Halt zwischen den glatten Felsbrocken des Hohlwegs.

Ein heftiger Schlag in den Rücken nahm ihm die Luft. Er taumelte und wurde von Flavus aufgefangen. Zusammen fielen sie zu Boden. Überall war nur noch Waffengeklirr und Geschrei. Varus versuchte, hinter einen der Felsen am Rand des Hohlwegs zu gelangen. Aber in dem Moment polterten weitere Steine von oben herab. Varus sah, dass sie Flavus treffen würden, und hob dessen Schild, um den jungen Cherusker zu schützen. Schon prasselten die Steine auf Leder, Metall und Holz. Und dann war wieder Ruhe. Nur von den felsigen Wänden des Hohlwegs plätscherte weiter der heftige Frühlingsregen. Varus streckte die Hand aus und half Flavus, wieder aufzustehen. Auch alle anderen richteten sich auf. Sie sahen sich fragend an.

»Nur ein paar Schrammen«, schnaubte Präfekt Lucius Eggius.

»Und keine Toten«, meldete Vennemar fast schon verwundert.

»Dann sollte das Ganze nur eine Warnung sein und kein Überfall«, stellte Varus fest. »Sobald wir über den Berg sind, müsste das Gebiet der heiligen Steine beginnen.«

Vennemar wischte sich etwas Blut von der Nase. »Vielleicht waren die Angreifer bereits die Wächter der Externsteine«, sagte er schnaubend.

Kaum eine halbe Meile vor dem unheimlichen heiligen Hain der Germanen errichteten knapp tausend Männer der vergrößerten ersten Kohorte nach Wochen wieder ein rechteckiges Marschlager mit Spitzgräben, Erdwall und Palisadenzaun. Mit ihren Äxten und Schaufeln gruben die Legionäre einen Graben aus. An seinem Innenrand häuften sie die Erde zu einem Wall auf. Um ins Lager zu gelangen, hätte jeder Angreifer zunächst in den Graben springen und auf der anderen Seite über den zusätzlich mit Holzstangen gesicherten Erdwall klettern müssen. Die Eigensicherung war zwar kleiner als ein Lager für eine komplette Legion, aber auch so achtete jeder Einzelne darauf, dass keine Fehler gemacht wurden … nicht so dicht bei einem Platz, an dem sich Geister und Dämonen, Götter, Nornen oder unbekannte Ungeheuer tummeln sollten.

Noch während überall auf der Lichtung zwischen hohen Bäumen geschanzt wurde, entfernte sich Lucius Eggius mit einer Handvoll kampferprobter, sorgsam ausgesuchter Männer von den anderen. Sie begleiteten die drei seltsamen Judäer mit ihren Maultieren bis ans Quellgebiet von zwei kleinen Bächen am Osthang des Höhenzuges. Keiner der zurückbleibenden *milites* und Centurionen ahnte, was sich statt der Packtaschen oder Trageriemen für Amphoren in den Säcken an den Seiten der drei Maultiere befand.

Als dann die Männer des Kohortenlagers ihre Zelte aufstellten, Korn mahlten und sich ihre Abendsuppe kochten, spielte sich kaum eine Meile entfernt Seltsames ab. Zwei junge Männer aus dem Umfeld des Statthalters von Germanien holten aufgeblasene und vergoldete Schafsblasen aus Säcken. Ein älterer Begleiter zählte in seiner eigenen alten Sprache bis zwölf, dann ließen Begleiter eine naturbelassene und eine goldene Schweinsblase ins Bachwasser fallen. Es dauerte keine halbe Stunde, bis die beiden ersten Säcke mit jeweils fünfzig goldenen und ungefärbten Bällen leer waren. Dann wiederholte sich die gleiche Prozedur an der nicht weit entfernten Quelle des zweiten Baches.

Keiner der Legionäre weiter unten im Lager fragte nach dem Sinn dieser Aktion. Aber sie wussten, dass Varus selbst den Befehl dafür gegeben hatte. Sie ahnten auch nicht, dass Varus mit Segestes auch einen weiteren Teil der List besprochen hatte.

Einige von seinen zuverlässigsten, bereits schreibkundigen Gefährten sollten sich im Abstand von fünf Meilen entlang der Bäche und dann der Werre bis zu ihrer Mündung in die Weser aufhalten. Ihre einzige Aufgabe in den folgenden Tagen war es, die Zahl der ungefärbten und der vergoldeten Schafsblasen zu zählen.

Woche um Woche verging mit immer gleichen Tagen im Sommerlager. Nördlich der Porta existierten noch keine befestigten Lager in den Stammesgebieten der Angrivarier, Chauken und Friesen. Nur weserabwärts befanden sich ein paar Stützpunkte – noch keine Kastelle, bestenfalls geduldete Vorposten.

Nach langen, unbeliebten Waffenübungen mit unhandlichen Holzwaffen und Übungsschilden aus schwerem Weidengeflecht war mancher Römer dankbar, wenn an einem Vormittag Marschübungen mit vollem Gepäck weseraufwärts befohlen wurden. Sogar die harten Kämpfe mit scharfem *gladius* oder *pilum* waren beliebter als Bauarbeiten, Übungen für den Gleichschritt in sechsfacher Reihe oder die Zusammenballung der Schildkröte unter den dicht an dicht gehaltenen Schilden. Kein noch so harter Legionär konnte im Gekeuche und im Staub länger als zehn Atemzüge sein Schwert wie einen Tarantelstachel nach vorn stoßen.

»Wenn einer zuschlägt und auch noch von oben, ist er schneller tot, als er sich fürchten kann«, wurde jedem einzelnen Schwachen vor versammelter Centurie eingeprügelt. »Der Feind hat seine Augen oben«, hieß es bei jedem Schlag. »Er sieht genau, wann mit einem Schwert von oben her geschlagen wird … und kann sich tödlich wehren.«

Der Legionär, der dann noch nicht zu Boden gegangen war, bekam die schmerzhafte letzte Lektion.

»Von unten stechen sollt ihr«, stießen die Ausbilder und Centurionen hervor, indem sie selbst mit ihren Stöcken zustachen. »Ja, in den Bauch … aus der Deckung … durch die Spalte zwischen zwei Schilden direkt in den Bauch …«

In der Mitte des Monats, der nach Gaius Julius Caesar benannt war, sahen Arminius und Flavus auch ihren Vater Sigimer wieder. Der Statthalter von Gallien und der neuen Provinz Germanien hatte ein großes Gastmahl für die Fürsten aller Völker und Stämme befohlen, mit denen es bereits Verträge gab. Insgesamt waren achtundvierzig Fürsten, Zweitfürsten und Oberhäupter verschiedener Sippen eingeladen. Bis zum Beginn der Festlichkeit waren genau die Hälfte erschienen.

Kaum jemand achtete auf den Cheruskerfürsten Sigimer und seine Söhne, die sich nach all den Jahren zum ersten Mal begegneten. Erst als sie zusammen mit vielen anderen Anführern der Germanen zum Festgelage am großen Weserbogen auftauchten, gab Segestes dem Statthalter ein Zeichen.

»Dort kommt Fürst Sigimer«, sagte er. Varus bemerkte sofort, dass zwischen dem stämmigen Stammesführer und seinen Söhnen in römischer Uniform kein Frieden herrschte. Arminius und Flavus waren nicht verantwortlich dafür, dass sie noch als Kinder als Unterpfand für die ersten Verträge nach Rom geschickt worden waren. Sie waren Geiseln gewesen, ehe sie Heerführer der Eroberer wurden. Trotzdem schien es, als würde Sigimer seinem Sohn Flavus übelnehmen, dass er hoch mit römischen Orden dekoriert war, höher noch als Arminius. Der Stammesfürst beachtete fast nur seinen Ältesten.

Varus winkte Segestes heran. »Was ist mit seinem jüngeren Sohn?«

»Zwei Makel«, antwortete der Zweitfürst der Cherusker vertraulich. »Zum einen nimmt mein Bruder seinem Sohn Flavus übel, dass er Tiberius das Leben rettete. Und zweitens dürfen Einäugige oder Männer mit schweren körperlichen Schäden keine Anführer mehr sein.«

»Bei uns und anderen Völkern gilt das nur für Priester«, sagte Varus und nickte dem Hornisten zu, der schon auf seinen Einsatz wartete. Viele der Gäste duckten sich unwillkürlich unter dem schrillen Lärm aus dem rund gebogenen *cornu*. Dann blickten alle zum Statthalter.

»Es werden wohl nicht mehr«, rief Varus über die Tische hinweg, der mit einem ähnlichen Ergebnis bereits gerechnet hatte. »Wir wollen daher anfangen. Trinkt und esst als meine Gäste und als Verbündete des Imperium Romanum!«

Er sprach Latein. Nur wenige Germanen verstanden ihn, aber sie ahnten, was er meinte. Die meisten von ihnen hatten noch nie zuvor von goldenem Geschirr gegessen und getrunken. Sie kippten den gewürzten Wein wie Wasser. Nur die eigenartigen Feigen und Orangen vom großen gallischen Strom Rhodanus schoben sie misstrauisch beiseite. Das Festmahl, mit dem die Barbaren zwar noch keine römischen Bürger, aber bereits anerkannte Kumpane werden sollten, wurde schnell zum fröhlichen Gelage. Doch einige der Germanenführer blieben unbeugsam und störrisch. Sigimer schrie irgendetwas durch den Lärm.

»Wir haben Vereinbarungen und ein Bündnis«, übersetzte Segestes, so gut es eben ging, »aber bisher haben wir noch nichts von den Werten gesehen, die ihr uns schenken wolltet.«

Varus hatte mit derartigen Vorwürfen gerechnet. Im Grunde gab es nur eine einzige Möglichkeit, die Enttäuschung neuer Völker zu dämpfen.

»Ihr steht unter unserem Schutz«, rief Varus klar und deutlich. Bisher war dies stets das beste Argument bei allen Verhandlungen gewesen. Das großherzig wirkende Angebot Augustus' väterlicher, ja fast göttlicher Liebe kostete zudem am wenigsten. Doch bei Sigimer vermischten sich Zweifel und Groll mit Wein und dem Goldglanz der Römer.

»Ihr nehmt, was ihr wollt, und nennt es Steuern«, protestierte Sigimer. »Wir aber haben bisher keinerlei Rechte erhalten...«

»Das Römische Bürgerrecht umfasst das aktive und passive Wahlrecht der freien Männer in der Volksversammlung.«

»Das hatten wir bisher auch schon. Ebenso wie die Verpflichtung zum Kriegsdienst und...«

»Ich meine, in Rom.«

»Wo ist Rom?«, stieß Sigimer zornig hervor. »Was soll das Recht, die Hosen auszuziehen und wie ein Weib im kurzen Kleid herumzulaufen?«

»Das Recht auf die Toga ist ein sehr hohes Gut.«

»Aber in unserer Gegend ein eher windiges.«

Einige Germanenfürsten klopften mit ihren Messern Zustimmung auf die Tische.

Varus wartete geduldig, ehe er schließlich seinen goldenen Weinkelch hob. »Es wäre trotzdem günstiger, wenn ihr eine römische Provinz werdet, denn sonst trifft euch eine viel härtere Rechtsprechung: Ihr müsstet mehr Steuern zahlen, dürftet nicht in den Legionärsdienst mit Aussicht auf Beute eintreten, hättet kein Wahlrecht in Rom und könntet nicht in den Ritter- oder Senatorenstand aufsteigen.«

Für eine Weile war nur das Schmatzen und Schlürfen der Männer zu hören. Zumindest dabei fühlten sich alle gleichberechtigt. Schließlich rülpste Sigimer laut und anhaltend wie ein röhrender Hirsch.

»Das Einzige, was ich unseren Männern für ihre Zustimmung anbieten könnte«, sagte er dann und leckte sich über die Lippen, »wäre demnach die Aussicht auf Beute …«

Sein Neffe Segemundus, der einige Plätze entfernt saß, räusperte sich verhalten. Sein Latein war bereits fast perfekt.

»Und was ist mit diesem neuen Gesetz, das der Senat in Rom gerade verabschiedet hat«, fragte er. »Ich meine die *lex Papia Poppaea.*«

Varus hob kurz die Brauen. »Ich habe davon gehört, aber was soll damit sein?«

»Dass ab sofort alle römischen Bürger im heiratsfähigen Alter auch verheiratet sein müssen«, meinte Segemundus eher verlegen, »und dass Unverheiratete nicht mehr erben dürfen …«

Varus sah sich zu seinen Rechtsberatern um. »Ich habe mich noch nicht damit beschäftigt«, sagte er und lachte. »Vielleicht, weil ich ausgesprochen glücklich verheiratet und Vater eines prächtig gedeihenden Sohnes bin.«

»Dein Glück«, meinte Segemundus ein wenig zu vorlaut. »Denn nach dem neuen Gesetz verlieren kinderlose Ehepaare das Anrecht auf die Hälfte einer Erbschaft.«

»Das stimmt«, warf der oberste Rechtsberater ein. »Aber im Gegenzug erhalten Paare, die Kinder zeugen, ein *ius liberorum*, also die Förderung des Staates durch ein Kinderprivileg.«

»Römer!«, schnaubte Fürst Sigimer abfällig. Das musste niemand übersetzen. Seine Römer gewordenen Söhne senkten gleichzeitig die Köpfe. O ja, Varus verstand sie. Sie schämten sich für ihren uneinsichtigen Vater.

Publius Quinctilius Varus war sehr zufrieden mit sich und der Welt. Und noch zufriedener wäre er gewesen, wenn nicht nur Claudia Pulchra und sein kleiner Sohn, sondern ganz Rom sehen könnte, wie sehr die Früchte seiner Fähigkeiten und Erfahrungen im urwüchsigen Germanien gediehen. Selbst Julius Caesar hatte in Gallien und am Rhein größere Verluste und Schwierigkeiten gehabt. Von den Verlusten an Legionären und Material in den Stürmen vor Britannien ganz zu schweigen.

Die schönen Tage des Sommers an der Weser mehrten sich ebenso wie freundliche Angebote der Germanen auf Treue und Freundschaft. Sie begannen mit immer heitereren Hornklängen, sobald die Sonne über dem sanften Hügelland des großen Weserbogens aufging. Als es auch noch so warm und trocken wurde wie in den fernen Gegenden des Mittelmeers, verließen viele der Legionäre schon vor dem Wecken die ledernen Zelte. Sie liefen die flachen Hänge zur Weser hinab und genossen ein Bad im frischen Wasser, auch wenn einige von ihnen sich einen Spaß daraus machten, die große Fähre zu stören.

Seit ihrer Ankunft im Frühsommer war das flachbordige Fährboot an einem zweihundert Schritt flussaufwärts verankerten Seil zwischen den Ufern hin- und hergependelt. Nur durch ein einziges schräggestelltes Steuerruder in der Strömung brachten die Fährleute Menschen, Wagen und Tiere gleichzeitig über den Fluss. Inzwischen konnte die Fähre schon nicht mehr voll beladen werden. Auch für die anderen Schiffe und den erforderlichen Nachschub an Ausrüstung und Fourage wäre dringend mehr Wasser im Fluss nötig gewesen.

»Wir brauchen Regen«, stöhnte der Beamte, der zweimal täglich die Kornvorräte in den gemauerten *horrea* am westlichen Weserufer kontrollierte.

»Seht lieber zu, dass ihr mehr Rinder und Korn von den Einheimischen beschafft. Wenn es sein muss, auch mit etwas bewaffnetem Nachdruck.«

Am nächsten Tag diktierte er den Schreibern seine Verwaltungsanordnung, nach der die Germanen nicht mehr als Barbaren zu bezeichnen, sondern die Völker und Stämme bei ihrem Namen zu nennen waren. »Ein aufrichtiges Zeichen unserer Bereitschaft zum friedvollen Zusammenleben. Wir müssen Schwerter und Liktorenruten zur Seite legen. Dann werden sie von selbst anklopfen, damit wir ihnen die Tür zum Glanz und Reichtum des Imperiums öffnen.«

»Wer wirklich will, kann auch ein Römer werden.«

Varus warf Flavus einen wohlwollenden Blick zu. »Noch besser hätte es nicht einmal mal mein alter Freund Ovid sagen können.«

»Oder Vergil für seinen Auftraggeber Augustus«, kommentierte Arminius.

Einer der vielen tausend Männer zwischen den dichtbewaldeten Höhenrücken hatte einen besonderen Auftrag erhalten. Es war der Veteran Vennemar. Er verstand sich auf die Dialekte der Sippen zwischen dem Weserbogen und den heiligen Steinen an den Quellbächen der Werre. Zusammen mit dem Tekton aus Judäa sollte er herausfinden, wo die meisten der vergoldeten Schafsblasen verschwunden waren. Sie hatten lederne Münzbeutel bei sich, gefüllt mit Assen, Denaren und sogar einigen Goldstücken mit dem Abbild von Augustus. Varus' Auftrag lautete, die vermeintlichen Göttergeschenke in versteckten Waldkaten und bisher unbekannten Gehöften entlang der Werre aufzuspüren.

»Meinst du, der Statthalter misstraut den Cheruskern?«, fragte Joseph, als sie das große Lager nicht mehr sahen. Er fühlte sich erheblich besser in der Wärme dieses Sommers. Die kalten Monate am Rhein hatten sich tief in seine alt gewordenen Knochen gegraben.

»Zumindest haben sie ein waches Auge verdient«, antwortete Vennemar. »Aber das gilt auch für einige der anderen Völker. Ich traue hier inzwischen keinem mehr. Aber du kennst doch Varus ebenso wie ich.«

Joseph nickte. »Schon vor Herodes' Tod war Varus einer der besten Statthalter, die ich je gesehen habe. Er hat gerichtet und gestraft, wo gnadenlose Härte nötig war.«

Vennemar blieb stehen. »Du akzeptierst die Kreuzigungen? Das wundert mich doch sehr!«

»Ich trauere und klage um jedes Leben. Aber ich muss zugeben, dass Varus auch von großer Milde war. Er verschonte Städte, die selbst König Salomo in Sippenhaft gleich mit zerstört hätte.«

Sie gingen weiter über den Treidelpfad, der sich in den vergangenen Wochen an den Ufern des Werreflusses gebildet hatte. Mehrere hundert Schiffe mit Korn und Wein, Öl und Nachschub für die Soldaten waren von der Lippe aus über den flachen Pass der Dörenschlucht und zwei weitere Übergänge transportiert worden, bis sie an der Werre wieder auf Lastkähne mit flachem Kiel kamen.

Dieser Transportweg für die Versorgung der großen Sommerlager existierte bereits seit einem Monat nicht mehr. Der Fluss führte zu wenig Wasser. Und nur die Trockenheit hatte bisher verhindert, dass die festgetretenen Uferwege wieder von Sträuchern und Gebüsch überwuchert wurden.

»Trotzdem interessiert mich, was der Statthalter wirklich mit den verdammten Schafsblasen beabsichtigt«, sagte Vennemar. »Du hast mir ja erklärt, warum sie ausgeschwemmt wurden. Aber warum will er sie jetzt zurückkaufen?«

»Vielleicht eine römische Kriegslist, die wir nicht kennen«, meinte Joseph nach einigen schweigend zurückgelegten Schritten. »Ich habe von den Griechen Ähnliches gehört. Einmal sollen sie sogar ein Pferd aus Holz mit Bewaffneten im Inneren vor einer Stadt zurückgelassen haben.«

Sie spürten beide, dass sie schon seit geraumer Zeit auf ihrem Weg begleitet wurden. Es waren nur undeutliche Schatten und gelegentlich knackende Geräusche. Jedes Mal, wenn Joseph oder der Veteran die Hand hob und sie dann stehen blieben, war nichts zu hören bis auf Vogelgezwitscher und die üblichen Geräusche des Waldes. Manchmal hämmerte ein Specht, irgendetwas raschelte einige Schritte entfernt, doch nichts davon hielt die beiden Männer auf.

»Jetzt müsste bald der Salzbach kommen«, sagte Vennemar nach zwei Stunden. Joseph trat neben ihn, beugte sich zur Seite und blickte flussaufwärts. Trotz des Flachwassers und einiger Stromschnellen ragte nirgendwo ein alter Baum oder Gestrüpp so weit ins Wasser, dass eine natürliche Barriere für die schwimmenden Schafsblasen entstanden wäre.

»Hier waren Menschen«, stellte Vennemar fest. Er deutete auf Fußspuren. »Und wenn wir richtig gezählt haben, sind an diesem Flussabschnitt die meisten goldenen Schafsblasen verschwunden.«

Er bückte sich und sammelte mehrere kleine Haarbüschel ein.

»Sehr seltsam«, sagte er und zeigte Joseph seinen Fund. »Büschel aus langen blonden Haaren.«

»Das sieht nach Frauenhaar aus«, meinte Joseph. »So wie die Damen der *nobiles* es gern zusätzlich anstecken und frisieren lassen.«

Vennemar ging mit großen Schritten am Rand der Lichtung entlang. »Wer braucht derartig viele Haarbüschel? Und warum wurden sie ausgerechnet hier getauscht und nicht auf irgendeinem Markt in Rom?«

»Händler vielleicht«, meine Joseph. »Aber die Haare müssen von verschiedenen Völkern stammen. Auf jeden Fall auffallend blond. Mich wundert nur, dass es offensichtlich ganz verschiedene Qualitäten gibt.«

»Du meinst…«

»Ich meine, dass sie nicht vom selben Stamm oder demselben Volk stammen. Das alles sieht mir eher wie ein Basar für Haare aus.«

»Ihr werdet lernen, dass es Unterschiede zwischen dem privaten Recht und den Gesetzen Roms gibt«, sagte Varus, als Sigimer einige Tage später neben ihm zu Gericht saß. Die bunte Pergola auf dem Tribunal am Uferhang spendete Schatten, ließ aber durch kleine Löcher und Risse einige scharfe Sonnenstrahlen bis auf die Terrasse zu. »Im privaten Recht werden Streitigkeiten vor einem *praetor* ausgetragen, der den Fall auch an einen privaten Richter abgeben kann. Aber so weit sind wir hier noch nicht.«

»Was soll das für ein Recht sein?«, empörte sich Fürst Sigimer, nachdem ihm Varus' Worte übersetzt worden waren. Der Vater von Arminius und Flavus blickte stolz zu den anderen Edlen. »Bei uns sind Gesetz und Recht wie Bäume mit unverrückbaren Wurzeln, die auf die Ahnen zurückreichen, so weit wir denken können. Kein Mensch darf die Gesetze ungestraft verändern.«

»Gedeihen denn die Bäume nicht?«, fragte Varus lächelnd. »Ändern Trockenheiten, Stürme oder Blitzschläge nicht ihr Aussehen? Wachsen keine neuen Äste nach, wenn altes Holz zu morsch geworden ist und bricht?«

Sigimer schob die Lippen vor und überlegte eine Weile. Er atmete nicht einmal, so scharf dachte er nach.

»Also du bestimmst, welche Gesetze im Land unserer Väter gelten?«

»Ich erwarte von Männern, die an meinem Tisch essen und trinken und bei Gerichtsverhandlungen neben mir sitzen, dass sie aus freien Stücken im Sinne Roms und seiner Gesetze handeln.«

»Wenn ich aber einen Mann im Streit erschlage, den Rom vorher zum Verbündeten erklärt hat, würde ich dann verurteilt?«

»Darüber würde wahrscheinlich Augustus und sein *consilium* entscheiden. Oder ich selbst.«

»Und wie unterscheidest du einen Feind von einem Verbrecher?«

»Ganz einfach«, sagte Varus. »Feinde sind alle, die uns den Krieg erklärt haben oder denen wir den Krieg erklärt haben. Alle anderen, die das Gesetz brechen, sind Banditen oder Plünderer. Aus diesem Grund werde ich hier in Germanien keinerlei Übergriffe dulden.«

Er blickte über die Köpfe der Versammelten hinweg bis zur breit und ruhig dahinfließenden Weser. Einige Schiffe hatten vor der Mündung der Werre angelegt und wurden gerade entladen. An einer Ecke des Gerichtsplatzes brachten uniformierte Germanen ein Dutzend gefesselte germanische Männer und Frauen vor das römische Tribunal.

»Sie haben nachts geräucherten friesischen Fisch von einer Liburne gestohlen«, sagte einer der Beamten hinter Varus und Segestes.

»Und dabei zwei Amphoren mit Wein aus Gallien umgekippt«, fügte ein anderer hinzu.

»Gesamtschaden?«, wollte Varus wissen.

»Neun Denare und die Entschädigung für die Männer, die sie seit drei Tagen bewachen.«

»Das reicht«, sagte Varus und wandte sich an Sigimer. »Wir müssen den Menschen der Völker und Stämme Germaniens von Anfang an klarmachen, was derartige Vergehen zur Folge haben. Es geht dabei nicht um Mord oder Totschlag, sondern um Raub, Diebstahl und Entführung. Wer Fisch oder Hühner stiehlt, raubt eines Tages auch Menschen, macht sie auf Sklavenmärkten zu barer Münze oder verkauft sie an Bordelle in der Stadt. Deshalb muss Diebstahl von Anfang an wie Menschenraub bestraft werden ...«

Segestes blickte den Statthalter entsetzt an.

»Das ... meinst du doch nicht wirklich, oder?«

»Was erwartest du von mir? Bin ich wie Caesar zu einem zweiwöchigen Besuch über den Rhein gekommen? Wie Drusus, um zu zerstören und alles zu verbrennen? Oder wie Tiberius mit Lügen und falschen Versprechungen?«

»Nein, aber...«

»Dann hört zu, damit ihr mich von Anfang an richtig versteht! Jedes Gesetz, dass nicht durchgesetzt wird, fährt wie ein Dolch ins eigene Fleisch. Ganze Völkerschaften gingen Rom verloren, weil Richter meinten, sie müssten milder sein als der Senat. Ich kenne verbrecherische Sippen und Familien, die sich wie Aussatz ausbreiten. In Rom nicht anders als in den Provinzen. Das Recht führt immer Krieg gegen die Gesetzlosen und das Verbrechen. Und ich bin nicht gewillt, hier in Germanien auch nur die leisesten Verstöße gegen Roms Gesetz zu dulden. Mit jeder anderen Haltung würde ich mich selbst schuldig machen.«

Er wandte sich zu den angeklagten Mädchen. Eines von ihnen erinnerte ihn an Claudia Pulchra. Er presste die Lippen zusammen, als er an sie und seinen kleinen Sohn dachte. Und dann verkündete er nicht die Todesstrafe, sondern ein Urteil, das nach dem vorher Gesagten wie ein kleines Wunder klang:

»Und doch muss es hin und wieder auch nach dem Recht der Völker gehen, die noch nicht sicher sind in unseren sicher besseren Gesetzen. Deshalb entscheide ich hier nach diesem *ius gentium* auf *unschuldig*. Die Mädchen sollen nicht getötet werden, sondern dürfen als Sklavinnen und Geschenk zu meinem Freund Seianus nach Rom gehen.«

Bereits an den Vortagen des Sommerfestes, das allen Germanen heilig war, lag eine eigenartige Spannung in der Luft. Nur an einem einzigen Platz im gesamten römischen Imperium hatte Quinctilius Varus eine vergleichbare Stimmung miterlebt. Weder die alten griechischen Tempelfeste in der Provinz Asia noch die lauten römischen Saturnalien im Dezember reichten an die dichten, mit allen Sinnen fühlbaren Feierlichkeiten heran, mit denen die Judäer ihr Passahfest in Jerusalem begingen. Und fast die gleiche kindlich-gläubige Erwartung verzauberte auch hier die Gesichter. Es war, als wären die Germanen ohne einen einzigen Schluck Met in Trunkenheit gefallen.

»Was geht da vor?«, fragte Varus den Priester, der mehr von den römischen und keltischen Gottheiten wusste als alle anderen. »Warum bewegt ihr euch wie Puppen an unsichtbaren Fäden?«

»Es ist tatsächlich so«, antwortete Segemundus ernsthaft. »Wir spüren in diesen Tagen eine Verbindung zu unseren Göttern und Ahnen. Deshalb kann weder der Tod noch irgendein anderer Glaube uns jemals von unseren Vorfahren trennen.«

»Und wenn ihr gezwungen würdet? Wenn ich befehlen würde, dass ihr vom nächsten Neumond an nur noch die Götter Roms anbeten und nur noch ihnen opfern dürft?«

Segemundus lächelte ohne Furcht. Er deutet hangabwärts zur Weser hinüber.

»Siehst du die Gruppen mit weißem Rauch über den Köpfen?«, fragte er. Varus blieb unbeeindruckt. Er kannte Dutzende von Ritualen und Opferzeremonien, heiligen Festen und religiösen Riten. In seinen Augen hatten all diese Schauspiele nur einen einzigen Zweck: Sie sollten denjenigen, die sie veranstalteten, den gleichen Nimbus verleihen, den ein Adlerträger für die Legionäre besaß. Varus war selbst *pontifex* gewesen, ein Wegfinder und Brückenbauer zu den Gottheiten. Doch anders als bei den Judäern und Germanen war sein Amt nur eine ehrenvolle Aufgabe und kein Priestertum gewesen. Schon deshalb sah er gewisse Bräuche nicht als Begegnung mit dem Übersinnlichen, sondern eher als nützliche Werkzeuge in Tempeln, Theatern und bei den Spielen im Circus an.

»Hoffentlich riechen sie ebenso gut wie in meiner letzten Provinz oder zumindest wie in den Tempeln am Rhein«, meinte er mit leisem Spott. »Aber ich fürchte, hier an der Weser gibt es nicht einmal genügend Weihrauch. Außerdem hast du meine Frage nicht beantwortet.«

»Wir können die Götter Roms verehren, aber unsere eigenen Götter können wir nicht einfach vergessen.«

»Das müsst ihr auch nicht«, sagte Varus beruhigend. »Von allen, mit denen ich bisher zu tun hatte, verlangen das nur die Hebräer. Ihr Gott Jahwe ist kein Princeps im Pantheon, sondern ein tyrannischer *dictator.*«

»Wir wissen so gut wie nichts von diesem Jahwe. Unseren Stämmen sind schon die Götter Roms schlimm genug. Viele der Priester haben noch nicht verwunden, wie die Legionen Roms gewütet haben ...«

Varus widersprach: »Drusus und Tiberius haben die Grundlage zum heutigen Frieden mit den germanischen Völkern gelegt, den ich für alle Ewigkeiten festschreiben will.«

»Grundlagen für den Frieden«, knurrte Sigimer hinter ihnen. Er war unbemerkt unter das Sonnensegel auf der Tribunalsterrasse getreten. »Wir können nur hoffen, dass die Trauer um die Erschlagenen und der Hass auf euch Römer als Besatzer nicht doch noch aufwallt.«

»Was soll geschehen?«, fragte Varus eher milde als herablassend. »Ich bin mit drei Legionen, sechs Kohorten und zusätzlichen Alen von Roms Verbündeten hierhergekommen. Sehe ich irgendwo eine ähnliche Streitmacht, die uns gefährlich werden könnte? Sehe ich fanatische Aufständische und religiöse Eiferer, die zum Opfer des eigenen Lebens bereit sind? Nein, Sigimer, ich weiß besser als manch einer in Rom, dass die Germanen kein einiges Volk sind ... nicht einmal ein Verbund aus Völkern. Ihr mögt ähnliche Gebräuche und Gottheiten haben, aber ihr habt keinen gemeinsamen Glauben, keine Tempel für alle, keine Vergangenheit und keine Buchrollen, kurzum, keine geschriebenen Gesetze, auf die ihr euch berufen könnt wie jeder gute Redner Roms.«

»Wir haben das alles in unseren Herzen und Köpfen«, wandte Segemundus ein.

»Und ich sage, dass von allen Stämmen zwischen Rhein und Elbe keine drei bereit wären, einen gemeinsamen König zu wählen.« Er lachte leise. »Nicht einmal einen fähigen Marbod wie die Markomannen zwischen der oberen Elbe und der Donau.«

»Da wäre ich nicht so sicher«, sagte Segemundus mit einem Seitenblick auf Fürst Sigimer. Varus bemerkte es, und eine Unmutsfalte zeigte sich auf seiner Stirn.

Langbärtige Priester der Germanen kamen aus allen Himmelsrichtungen zum Versammlungsort nördlich der großen Legionslager im Weserbogen. Einige waren viele Tage und Nächte unterwegs gewesen, um vom Meer im Norden, der Elbe oder dem Hercynischen Wald im Süden bis an den großen Weserbogen und zu Odins Pforte zu gelangen.

Gastgeber der großen Versammlung waren die Priester vom Heiligtum der Elstersteine. Obwohl sie selbst zur Sippe von Fürst Sigimer von der Großen Burg in der Nähe der Dörenschlucht gehörten und nur Gäste der Cheruskersippe von Fürst Segestes waren, kannten die meisten den Schnakenborn. Der schräg abfallende Opferplatz nur eine Meile südlich des großen Flussdurchgangs am Nordende des Weserbogens war seit Urzeiten ein wichtiger Versammlungsort. Doch anders als die Elstersteine wurde am Schnakenborn nicht gedankt und den Göttern geopfert, sondern das Böse gerichtet, verflucht und verbannt.

Zur Mitternacht, wenn gewisse Sterne senkrecht über dem Trichter der Berghänge rechts und links des Weserdurchbruchs standen, sollte sich nach altem Glauben *Hel* in den flachen Sümpfen öffnen wie der *orcus* und das Böse verschlingen.

So wie schon ungezählte Male zuvor war auch im Jahr des Sommerlagers von Quinctilius Varus am Großen Weserbogen eine Zusammenkunft der Priester von zwei Dutzend Völkerschaften vereinbart. Nicht alle Stämme und ihre Fürsten waren befreundet. Dennoch galten für die Zeit der Sommernächte, in denen die Priester weiße Kopfbinden anlegten und zu den Sternen aufblickten, alle nicht angeklagten Verbrechen und Beschuldigungen als *ungeborn* – und damit nicht vorhanden. Als die Sterne die Zeit und Stunde wiesen, trat Segemundus in die Mitte des Knochenkreises. Fünf große Feuer loderten an seinem Rand. Segemundus war der Jüngste von allen germanischen Priestern, die bereits am Rhein geopfert hatten. Eingehüllt in einen weißen wollenen

Umhang, stand der Cherusker-Priester im heiligen Kreis. Er wartete lange, bis er sich endlich dem Zaun aus Flechtwerk näherte, der den inneren Altar umschloss.

Am Nordrand des abgegrenzten Bezirks überragte ein schlanker Stab aus Eichenholz die Einfriedung. Er trug den weißen, gebleichten Schädelknochen eines Pferdes an seiner Spitze. Direkt davor thronte das hölzerne Abbild eines Gottes auf einem Baumstamm.

Ohne ein Wort zu verlieren, trat Segemundus bis an die Holzfigur. Er streckte beide Hände aus, zögerte einen Augenblick, dann hob er die kindsgroße Götterfigur auf einen anderen, brusthohen Altar aus Weidengeflecht und Grassoden. Vier andere Priester führten einen jungen, mit Bändern geschmückten Hengst heran. Als würde es bereits wissen, was jetzt kam, neigte das Pferd den Kopf bis zum Gras auf dem Altar.

Segemundus berührte die Stirn des Pferdes mit seinem Stab und weihte es. Das edle Tier begann zu zittern. Und dann gerann nicht nur den Nahestehenden das Blut in den Adern. Der grauenhafte, meilenweit zu hörende Schrei des Pferdes inmitten der Nacht leitete die heilige Schlachtung ein. Die Priester zwangen das Pferd mit dem Kopf nach Westen auf den Boden. Es wurde auf die gleiche Weise wie die Stiere am Rhein getötet. Nicht eine einzige Bewegung unterschied sich von der Zeremonie am Altar der Ubier.

Und doch war alles anders. Hier wurde nicht den Göttern Roms geopfert, sondern den eigenen. Zum ersten Mal, seit ihm Augustus Germanien anvertraut hatte, überkam Varus ein Gefühl von Ohnmacht und Gefahr. Rom war sehr fern, ferner, als er es je empfunden hatte.

Aber es war auch das Unsichtbare, das er in dieser Nacht spürte ... fast so wie damals in Jerusalem, als Sternkundige aus dem Morgenland nicht nach Roms Verbündeten Herodes, sondern nach einem neugeborenen König der Judäer suchten.

FREITAG

18. September 2009

Claudia Bandel und Thomas Vesting hatten tatsächlich im Römerhof noch ein Zimmer bekommen. Nachbildungen römischer Säulen konkurrierten darin mit bayrisch anmutenden Wandgemälden. Aber das Bett war sehr bequem. Sie wachten gerade noch rechtzeitig genug auf, um das Frühstück nicht zu verpassen.

»Gleich Mittag«, kicherte sie, als sie kurz darauf neben ihm an den Resten des rustikalen Buffets stand. »Wir sollten uns schämen. Und dann auch noch in einer nachgemachten römischen Taverne knapp unterhalb vom Hermannsdenkmal.«

»Schämst du dich? Immerhin haben wir trotz deiner Skepsis doch noch ein Zimmer bekommen.« Der weite Ausblick durch die Panoramafenster über die Dächer von Hiddesen hinweg entschädigte für den verlassenen Frühstücksraum, der wie eine antike römische Taverne gestaltet war und nach frischer Farbe roch.

»Restaurant Varus«, murmelte er, als er einen Stapel wie Buchrollen gestalteter Speisekarten erkannte. »Ein bisschen leichtsinnig bei dem übermächtigen Hermanns-Marketing.«

Claudia lachte leise. »Das sehen die hier längst nicht mehr so völkisch. Römer sind hier keine brutalen Eroberer oder Besatzer mehr, sondern haben eher den Stellenwert von putzigen Playmobil-Figuren.«

»Und Arminius ist Asterix und Obelix zusammen.«

»Mindestens.«

Sie lachten beide, dann sahen sie, dass weitere drei Gäste den Frühstücksraum besetzt hielten. Zwei sahen wie ein verliebtes Touristenpärchen aus, nicht britisch und nicht amerikanisch, sondern eher aus

383

dem östlichen Mittelmeerraum. Ein Glatzkopf las halb hinter einer Säule verborgen in der Lippischen Landeszeitung. Er musste aus der Gegend stammen und hatte nur einen Vertreterkoffer neben sich am Boden stehen. Jedenfalls sah er nicht so aus, als hätte er im Hotel übernachtet. Doch dann schluckte Vesting unwillkürlich.

Vor dem Glatzkopf lag deutlich sichtbar die ausgedruckte neueste Online-Ausgabe vom CENT. Vesting erkannte sie an seiner eigenen Überschrift zum Varus-Schatz. Als wäre er in Gedanken bereits ganz woanders, packte der Glatzkopf seine Sachen zusammen, steckte sich am Buffet die beiden letzten Bananen in die Hosentasche und verließ grußlos den Frühstücksraum.

»Moment mal!«, flüsterte Vesting Claudia zu. »Das will ich jetzt wissen!«

Er lief dem Glatzkopf hinterher. Der musste bereits vorher ausgecheckt haben, denn er ging wortlos an der leeren Rezeption vorbei nach draußen. Vesting beobachtete, wie er in einen fensterlosen VW-Transporter mit Berliner Kennzeichen stieg. Das alles war Thomas zu gewollt unauffällig.

Er sah dem Wagen nach, der langsam den Weg zur Hauptstraße hinunterfuhr. Dann aber bog der Transporter in den Germanenweg ab. Vesting wollte sich bereits umdrehen, doch da kam der Transporter hinter Vorgärten und Büschen am Römerweg wieder den Hang herauf und fuhr oberhalb des Hotels in Richtung Denkmal.

Der Hotelempfang war noch immer nicht besetzt, als Vesting zurückkam. Erst jetzt sah er, dass aus die Fugen zwischen den Stufen und Steinplatten bereits Gas wuchs. Nur einen Meter vor der Eingangstür ragte eine armdicke Birke aus zerbrochenen Platten. Claudia kam ihm an der Treppe entgehen.

»Was war das denn?«, fragte sie. Noch ehe Thomas antworten konnte, kam ein weiterer Gast aus der oberen Etage. Es war der Professor aus New Ulm, den sie am vergangenen Sonntag bei der Museumsführung getroffen hatten. Dusberg entdeckte sie, nickte ihnen freundlich zu und ging ebenfalls wortlos nach draußen.

Vesting stieß Claudia an. »Hier stimmt doch überhaupt nichts!«, schnaubte er. »Warum war der nicht überraschter?«

»Warum sollte er? Er hat uns nur zweimal gesehen – in Kalkriese und dann in Osnabrück.«

»Und jetzt unterhalb vom Denkmal. Dazu ein Glatzkopf, der rein zufällig irgendwo in Ostwestfalen-Lippe das Kölner Boulevardblatt CENT zum Frühstück liest. Soll uns das Angst einjagen?«

Sie hob die Brauen und schüttelte den Kopf. »Das müsste dich doch freuen. Oder meinst du, dass die beiden mit Waldeck unter einer Decke stecken? Das glaube ich nicht.«

»Hör mal – beide Logen tragen den gleichen Namen und haben eine gemeinsame Vergangenheit. Da kennt man sich doch. Und wenn das zutrifft, ist auch Gary Waldeck nicht weit … als großzügiger Sponsor, wie dieser Oberst in Kalkriese verkündet hat.«

Claudia schob die Lippen vor und schickte ihm einen schnellen Kuss. »Da fällt mir ein – weißt du inzwischen, wo eure Bundeskanzlerin in ihrer Eigenschaft als Schirmherrin reden wird? Mir wollte niemand etwas dazu sagen.«

Vesting schüttelte den Kopf. »Keine Ahnung. Bisher hieß es, dass sie sich diesen Job mit dem Präsidenten des Europäischen Parlaments teilen will.«

»Das weiß ich«, entgegnete Claudia. »Aber das Kanzleramt und das Bundespresseamt haben bisher gemauert.«

»Das kann sogar ich verstehen«, sagte er, während sie das Varus-Restaurant verließen. »Ob die Kanzlerin aus Berlin nach Detmold kommt und nur wenige Tage vor der Bundestagswahl oben am Hermann spricht, ist eine heikle Frage. Vergiss die Wahl vom Januar 1933 nicht. Der Wahlsieger von damals hatte schließlich das Hermannsdenkmal auf seinen Wahlplakaten. Wenn jetzt die Kanzlerin ebenfalls vor einer großen Wahl erscheint, kann das zu einer bösen Falle werden. Zumindest bei der Auslandspresse. Da muss nur jemand von *Hürrijet* oder auch der *New York Times* den Daumen senken und schon wird aus Hermann dem Cherusker ein Nazi.«

»Jetzt übertreibst du aber, meinst du nicht?« Sie blickte nach draußen. »Wenn wir allerdings noch irgendetwas vom großen Arminius sehen wollen, sollten wir langsam aufbrechen.«

»Nichts dagegen. Aber ich würde vorher gern zu den Externsteinen.

Da fällt vielleicht zum Wochenende noch ein geheimnisvoller Artikel für den CENT ab.«

»Dann schlage ich vor, dass wir auch noch einen Schlenker über die B1 nach Paderborn und zum Lager Anreppen an der Lippe machen. Da ist bisher zwar nicht viel ausgegraben, aber Anreppen ist wahrscheinlich das legendäre Aliso. Ich meine das befestigte Winterlager, von dem Varus aufgebrochen ist.«

Sie fuhren einen Kilometer in Richtung Adlerwarte Berlebeck. Dann wurde die Straße so steil und eng, dass Vesting aufgab.

»Hier können die Legionen auf keinen Fall über den Berg gekommen sein«, stellte er fest und wendete. Bis zu den Externsteinen brauchten sie nur wenige Minuten. Zu Fuß schlenderten sie zu den eindrucksvollen Felsen, in deren Nähe der Erste der beiden Bäche entsprang, aus denen an der Oberen Mühle kurz vor Detmold der Knochenbach wurde. Sie kletterten über Stufen und Brücken bis zu in Stein gehauenen Aushöhlungen.

»Den kleinen See dort unten gab es damals noch nicht«, sagte Claudia. »Auch nicht diese Räume.«

»Das stammt wahrscheinlich erst aus der Zeit von Karl dem Großen«, sagte Vesting zustimmend. Er spürte mehr und mehr, dass es hier irgendwo die große Story gab – eine verdammt gute Story…

»Manche Historiker meinen, dass Arminius hier sein Komplott mit Fürsten oder Priestern verschiedener Germanenstämme begonnen haben könnte.« Claudia lehnte sich weit über ein Geländer. »Aber genauso gut hätten sie sich am Schnakenborn im großen Weserbogen oder an einer ganz anderen Stelle treffen können.«

»Also kann ich behaupten, was ich will. Ich meine jetzt für CENT. Es sei denn, ich muss über den Absturz einer leichtsinnigen Römerin schreiben.«

Sie drehte sich zu ihm, kam einen Schritt auf ihn zu und drängte ihn ein wenig gegen ein anderes eisernes Geländer. Für einen kurzen Augenblick hatte er den Eindruck, dass ein Kopf hinter den Felsbrocken verschwand. Es konnten harmlose Besucher der Externsteine sein. Oder nicht ganz so harmlose.

»Wenn du die aufragenden Felsen vom Berghang her aus fünfzig Schritt Entfernung betrachtest, wirst du an einigen Stellen Verwitterungen erkennen, die wie böse Zauber-Figuren aussehen. Mit etwas Phantasie sogar wie Drachen oder Götter der Germanen. Oder wie Willy Brandt.«

»Was willst du damit sagen?«

»Dass jeder das sieht, was er sehen oder glauben will.«

»Dann will ich dich auf der Stelle nackt sehen.«

»Hier oben?«

»Im Wald ist es noch zu nass.«

Bis zur B1 war es von den Externsteinen nur noch ein Katzensprung. Kaum aber waren sie die ersten Kilometer durch die Pässe gefahren, war Thomas Vesting klar, dass Varus niemals mit seinem ganzen Tross hier durchgezogen sein konnte – weder auf dem Weg zur Weser noch auf dem unglücklichen Rückmarsch.

»Gibt es noch weitere Ansatzpunkte?«, fragte er.

»Wir können gleich nach Anreppen durchfahren«, antwortete Claudia. »Die angeblich zweihundert Quellen in Paderborn sind nur richtig interessant, wenn es in diesen Bergen hier rechts und links stark geregnet hat. Und schon nach drei, vier Kilometern fließt das ganze Wasser dann in die Lippe.«

»Eigentlich meinte ich nicht die Gegend, sondern irgendeinen Hinweis darauf, dass Arminius ein Maulwurf und Verräter im Oberkommando von Varus war.«

Er bog von der Bundesstraße ab und fuhr an Paderborn vorbei in Richtung Delbrück. Ein unscheinbares Hinweisschild wies in jene kleine Ortschaft, die sich fast schon verschämt »Römerdorf« nannte. Ein halbes Dutzend verstreut liegende Häuser, die Filiale einer Sparkasse, mehr nicht.

»Viel ist hier aber nicht los«, sagte er lapidar.

»Dabei soll gerade Anreppen ein befestigtes Lager für mehrere Legionen mit großen Kornspeichern gewesen sein.«

Thomas Vesting kurvte über ein paar Landwege, dann hielt er vor einer kleinen Hütte. Sie sah wie ein falsch geplantes Bushäuschen an einer Ackerbrache aus. Die Hütte hatte nur einen Raum. An den Wänden hingen ein paar Fotos und Erklärungstafeln über die bisherigen Ausgrabungen.

»Hier schreit aber etwas ganz gewaltig nach Entdeckung«, stellte Vesting überrascht fest. Claudia trat neben ihn und fasste seine Hand.

»Dann spürst du es also auch.«

»Ich komme mir wie Heinrich Schliemann und Howard Carter in einer Person vor. Die müssen ähnliche Wallungen verspürt haben.«

Sie lachte. »Genau das dachte ich auch, als ich zum ersten Mal hier war«, sagte sie. Er sah sich die weiteren Schautafeln an.

»Wenn stimmt, was hier deutlich wird, könnte Anreppen tatsächlich die große Winterfestung Aliso gewesen sein, von der alle reden und die Varus mit seinen Legionen angeblich nicht mehr erreicht hat.«

»Waren bisher eben keine Sponsoren da«, meinte sie spöttisch. »Und kein Interesse der Lipper an Römerspielen auf dieser Seite der Berge. Eigentlich nicht verwunderlich, wenn man bedenkt, was euer Nationaldenkmal vom Hermann schon erdulden musste. Von Bierreklame auf einem riesigen T-Shirt bis zu Bierkrügen mit erigierbarem Schwertarm.«

»Wie bei Ken«, sagte er.

»Und bei den Elastolin-Spielfiguren, die auf Knopfdruck den rechten Arm heben konnten«, ergänzte sie. »Die gibt es heute noch.«

Sie verließen die rührend bescheidene Erinnerungshütte und marschierten an bunten Absperrungen vorbei bis zu einem Holzpodest zwischen ein paar Bauernhäusern. Ein halbes Dutzend verregneter Plakate hing an rohen Holzbalken. Eines davon warb für die Ostwestfalen-Römertage, die in den vergangenen Jahren von Privatleuten veranstaltet worden waren. Jetzt aber schienen Römer im Schatten des Hermannsdenkmals nicht mehr willkommen zu sein. Ein anderes Plakat wirkte ziemlich handgemalt und verloren:

»Mittwoch 23. September 2009 / Eure Sparkasse und der Anreppener Karnevalsverein *Römernarren* laden ein/Ab Sonnenaufgang Römerfete zum Geburtstag von Kaiser Augustus / nachmittags große Varus-Schatzsuche/Met vom Fass und original Thüringer Rostbratwurst/Spannende Aktionen für Jung und Alt mit der 1. Römercohorte Opladen im originalgetreuen Zeltlager/Tanz im Festzelt mit dem Berliner Hauptstadt-Orchester.«

Thomas Vesting und Claudia Bandel waren sehr schweigsam, nachdem sie das riesige, zum größten Teil unter zweitausend Jahren Vergessenheit begrabene Legionslager an der oberen Lippe verlassen hatten. Je mehr sie sich Augustdorf und dem Truppenübungsplatz der Senne mit seinen Sanddünen näherten, umso deutlicher wurde Claudias Enttäuschung.

»Willst du jeden Übergang über den Teutoburger Wald abklappern?«, fragte er sarkastisch, als die Straße zur breiten Dörenschlucht anstieg. »Oder könnte dich eine Fußwanderung auf dem Hermannsweg immer auf der Höhe entlang bis nach Osnabrück etwas aufheitern?«

»Du bist ein Ekel.«

»Und du führst mich jetzt seit einer Woche wie einen Tanzbären durch die Gegend. Also? Wohin jetzt?«

»Ich würde gern über die Höhenstraße durch den Wald nach Hiddesen und ins Hotel zurück. Vielleicht schaffen wir danach noch einen Besuch in Waldecksruh.«

»Und das Hermannsdenkmal? Ich habe ein Gefühl, als würden wir immer um *Hermann the German* herumfahren.«

»Da ist heute alles noch gesperrt. Die bauen noch die Tribünen auf für die große Show morgen.«

Thomas Vesting fuhr an den Straßenrand und stoppte ziemlich abrupt. »So, jetzt ist Schluss!«, sagte er verärgert. »Entweder rückst du endlich mit der ganzen Wahrheit heraus, oder ich steige aus und gehe hier den Hang hinunter bis zum Taxistand in Hiddesen.«

»Und dann zurück nach Köln?«, fragte sie. »Ganz ohne heiße Story und den Varus-Schatz?«

»Der Weg ist das Ziel. Jedenfalls für Lammers.«

»Na gut, denk für deine Story mal an Kalkriese? Sie haben Münzen gefunden. Viele schöne alte Römermünzen. Tausende sogar. Und wovor haben sie am meisten Angst?«

»Dass irgendetwas Hieb- und Stichfestes von Varus' Legionen in der Nähe des Hermannsdenkmals gefunden wird«, meinte Vesting.

»Und was wäre noch schlimmer? Sogar eine Katastrophe?«

»Na, wenn ein kleiner Lederbeutel mit Goldmünzen, die erst später geprägt wurden, bei den Grabungen am angeblichen Ort der Varus-Schlacht gefunden würde. Münzen, auf denen Kaiser Tiberius abgebildet ist, zum Beispiel. Allerdings … ich könnte doch auch ein paar Euros auf einem alten Schlachtfeld verlieren.«

»Ja, könntest du, aber die viel spannendere Frage ist doch: Wurden solche Münzen in Kalkriese gefunden, ohne dass die Öffentlichkeit davon erfuhr?« Sie hob die Schultern und lächelte. »Die Legende von Arminius und Kalkriese funktioniert doch nur, solange etwas Bestimmtes *nicht* gefunden wird.«

Er sah sie plötzlich mit großen Augen an. »Aber das heißt doch nicht, dass sie …«

»… über Leichen gehen würden?«, unterbrach sie. »Nein, Thomas, auf keinen Fall! So dumm ist niemand dort! Aber vielleicht möchte jemand, dass wir und andere genau das denken.«

»Jemand, der Kalkriese schaden will?«

»Und zugleich Detmold, den *Sons of Hermann* und der ganzen Heldenverehrung gegen Varus.«

»Römerfreunde«, schnaubte er. »Fanatische Römerfreunde. Schlimmer als eine ganze Legion Lateinlehrer … eine Weltbedrohung!«

Claudia lachte nicht über seinen Versuch, die Gefahr ins Lächerliche zu ziehen.

Während der Fahrt über den bewaldeten Bergkamm schwiegen beide. Erst dicht vor dem Hermannsdenkmal bog die Straße wieder ab nach Hiddesen. Das Hotel, das Ebi Hopmann gehört hatte, befand sich nur wenige Schritte unterhalb der Zufahrtsstraße zum Hermannsdenkmal. Vesting parkte den Wagen, sie stiegen aus und gingen um das Hotelgebäude herum. Alles schien ruhig. Nur von der Hauptstraße nach Detmold unten im Tal kam ein stetes dunkles Rauschen.

»Ein hübscher Blick zur Talseite in Richtung Detmold ist das immer noch«, meinte Thomas. Sie gingen über eine weitläufige Terrasse. Durch große Panoramafenster konnten sie in die unteren Galerieräume sehen. Tische und Stühle waren inzwischen wie zu einer Konferenz aufgestellt.

»*Memento mori*«, sagte in diesem Augenblick eine Stimme. Beide erkannten sie. »Man soll die Toten ehren, aber nicht wieder aufrühren, was längst begraben ist.«

Gary H. Waldeck trat aus dem Halbschatten des unteren Hoteleingangs. Der *vice president* der *Sons of Hermann* von San Antonio in Texas beachtete Vesting nicht. Er ging direkt auf Claudia Bandel zu.

»Diesen Stein hier«, sagte er scharf und zeigte einen Fotoausdruck. »Wo genau hat Hopmann ihn in Waldecksruh gefunden?«

Thomas Vesting blickte auf das Foto des flachen, alten Kiesels. Vergrößert füllte er fast eine DIN-A 4-Seite aus. Nur von dem Ölgemälde darauf war kaum noch etwas zu erkennen.

»Woher soll ich das wissen?«, fragte Claudia. »Ich habe diesen Stein niemals in der Hand gehabt …«

»Hopmann hat dieses Foto nach Rom geschickt. Und wahrscheinlich auch in die Redaktion vom CENT. Auf einer DVD.«

»Ja und? Was soll schon damit sein? Ein kleines Ölbild von einer längst abgerissenen Villa, mehr nicht.«

»Teilweise abgeplatzt«, bestätigte Waldeck. »Aber signiert von deiner Urgroßmutter und mit lateinischen Bezeichnungen.«

»Das kann schon sein«, sagte Claudia beherrscht. »Am Ölbild sind vielleicht noch Reste ihrer Signatur, aber ich habe keine Ahnung, was die anderen Buchstaben bedeuten. Außerdem kann ich mich nicht daran erinnern, Ihnen das Du angeboten zu haben.«

Waldeck drehte sich auf dem Hacken seiner Cowboystiefel mit einem Ruck zu Vesting um.

»Sie lügt!«, presste er hervor. »Sie hat uns alle von Anfang an belogen. Die Museen in Detmold, Kalkriese und Haltern ebenso wie die Veranstalter der Jubiläumsfeierlichkeiten und diesen Rom-Begeisterten Schrotthändler Hopmann.«

»Was wollen Sie mir jetzt verkaufen?«, fragte Thomas Vesting. »Und nebenbei … wie kommen Sie eigentlich an das Foto?«

»Ich kannte ihn«, bemerkte der Texaner abfällig, »und wollte wissen, wo er diesen Stein gefunden hat. Mehr war nicht, und dafür lasse ich mir keinen Mord im Museum unterstellen. Sehen Sie sich meine

Aussage bei der Polizei in Bramsche an. Die ist zuständig für Kalkriese. Und es gibt auch keinen Schatz!«

Er brach ab. Claudia Bandel und Thomas Vesting blickten plötzlich auf eine eigenartige Waffe in der Hand des anderen. Vesting erkannte sie. Es war eine alte deutsche *Parabellum*. Vesting kannte den süffisanten Spitznamen der Luger.

»*Si vis pacem, para bellum*«, murmelte er, »wenn du Frieden willst, bereite dich auf Krieg vor.«

Hinter dem Texaner tauchten zwei weitere Männer auf. Einer hatte Hosen und Hosenträger einer Bikerkluft über einem T-Shirt mit dem Hermannsdenkmal an, der andere war der Taxifahrer, der sie vom Museum nach Osnabrück gefahren hatte.

»Kein unnötiges Theater, bitte«, sagte Waldeck. »Wir bleiben alle zivilisiert, okay?«

»Wer's glaubt«, warf Claudia ein.

»Sie sagen mir jetzt, wo Hopmann den Stein gefunden hat«, forderte Waldeck. »Und was darauf geschrieben stand.«

Vesting warf ihr einen schnellen Blick zu. Aus irgendeinem Grund glaubte Thomas Vesting plötzlich nicht mehr, dass die Dinge so waren, wie sie ihm erschienen. Claudia wich seinem Blick aus. Da musste noch irgendetwas ganz anders zusammenpassen …

Der Texaner wartete, noch immer mit der Waffe in der Hand. »Also los!«, befahl er Claudia. »Wir fahren jetzt gemeinsam zum Wald unserer Vorfahren.«

»Oder was?«, mischte sich Vesting ein. Waldeck hob seine Waffe. Er blies ganz leicht in die Mündung.

»Also gut!«, entschied Claudia. »Wir fahren mit!«

Waldeck befahl Claudia, sich hinter das Steuer zu setzen. Vesting saß neben ihr, die drei anderen Männer quetschten sich hinten zusammen. Während der kurzen Fahrt bergab zur Oberen Mühle ließ Thomas Vesting sein Handy und die rechte Hand in seiner Hosentasche. Für einen kurzen Augenblick überlegte er, ob er den Notruf oder Lammers anwählen sollte. Dann aber siegte der Spürhund in ihm über die Angst.

So konzentriert wie möglich gab er seinen Artikel für die Samstagsausgabe vom CENT aus der Hosentasche als SMS an Lara durch.

Exklusiv: Das Geheimnis der Varus-Schlacht
Eine Woche lang von Chefreporter Dr. Thomas Vesting

Stammen die Knochenberge von Kalkriese aus Detmold?
Folge 6 von 7: Am Knochenbach, Samstag, 9. September 2009

Im Museumspark Kalkriese werden gern die Knochenberge in den Wäldern als Beweis dafür genannt, dass die Varus-Schlacht dort stattgefunden hat. CENT fand heraus, dass es unterhalb des Hermannsdenkmals einen kleinen Fluss gibt, dessen Quellbäche an den heiligen germanischen Externsteinen entspringen. Kurz vor Detmold heißt der bis zu zehn Meter breite Wasserlauf plötzlich »Knochenbach«. CENT fragt: Warum? Wurden die Knochen von zwanzigtausend Legionären sechs Jahre nach dem Massaker nicht ins Winterlager Anreppen oder zu Römerfriedhöfen am Rhein gebracht, wie einige antike Schriftsteller behaupten? Sondern in der abgelegenen Gegend von Kalkriese »entsorgt«? Sollte die Geheimaktion nur vom Varus-Schatz ablenken? Morgen mehr.

Geschafft! Thomas Vesting stieß die Luft aus, die er angehalten hatte. Jetzt konnte er nur hoffen, dass seine SMS auch ankam. Obwohl überall rechts und links vor dem Freilichtmuseum Unmengen von Autos geparkt waren, fanden sie gegenüber einen freien Parkplatz. Das Wasser stand noch immer sehr hoch. Ein halber Meter mehr und die unauffällige alte Brücke zum Waldhang hinüber wäre überflutet.

Claudia wollte bereits zur Oberen Mühle gehen, als sie hinter sich einen kurzen Pfiff hörte.

»Nicht zum Restaurant!«, befahl der Texaner. »Wir gehen über die Brücke und unterhalten uns weiter oben im Wald.«

»Moment mal«, widersprach Vesting. »Was sollen wir bei diesem Wetter da oben?«

»Das werden Sie schon sehen!«

Sie bogen auf einen Uferweg ein. Die Bäume rechts und links bildeten einen dunklen, triefenden Tunnel. Die drei anderen blieben dicht hinter ihnen. Gemeinsam erreichten sie eine Plattform auf halber Höhe des Hangs.

»Hier hat die Villa Waldecksruh gestanden«, sagte Claudia. Waldeck ging an ihnen vorbei bis zur haushohen Stützmauer. Offensichtlich kannte er das Waldstück bereits. Die Lichtflecken der Handscheinwerfer strichen suchend über die efeubewachsene Mauer, ein paar aus den Ritzen wachsende Jungbäume und dann über die Brunnennischen.

Thomas Vesting spürte, wie sich Claudia an seinen Arm klammerte. Sie zitterte, und er spürte ihre Anspannung. Es war, als würde sie nur darauf warten, dass in den Lichtkegeln der Scheinwerfer irgendetwas Ungeheuerliches aus ferner oder allerfernster Vergangenheit auftauchte.

Der Texaner drängte sich zwischen Claudia und Vesting und zog sie in Richtung der Mauer. »Zeig mir, an welcher Stelle Hopmann den bemalten Stein gefunden hat.«

Sie deutete auf die dritte der Einwölbungen in der alten Hangmauer. »Dort«, sagte sie. »Jedenfalls hat er meiner Mutter und mir die Nische so beschrieben.«

»Und es gibt nur diesen einen Steinfund? Oder hast du früher noch anderes, auch Gold oder Münzen gesehen? Beim Schmuck deiner Mutter … vielleicht bei irgendwelchen Erinnerungsstücken an deinen Vater, nachdem er euch in Rom verlassen hat und fortsegelte?«

Die Antwort kam von hinten und völlig unerwartet. Auch sehr viel später konnte sich Thomas Vesting nicht mehr an das erinnern, was genau geschehen war. Nur noch an Schmerzen, Steine unter nassem Laub, unterdrückte Schreie und gedämpftes Lärmen wie von Schwerterschlägen.

IX.
CLADES VARIANA

Auf Befehl des Statthalters übernahm kein Tribun, sondern der erfahrene Centurio Marcus Caelius das Kommando über die Zurückbleibenden. Varus wies ihn persönlich ein.

Die beiden gleichaltrigen Männer gingen ohne großes Gefolge am östlichen Weserufer entlang. Sie hatten eine Weile das laute Treiben am Fluss beobachtet. Die Pendelfähre ersetzte keine Furt und keine Brücke. Obwohl die Weser noch immer wenig Wasser führte, war sie von Sonnenaufgang bis zum Sonnenuntergang auf beiden Ufern umlagert.

»Sobald die letzte Nachhut die Fähre genommen hat, reitest du die drei Meilen nach Norden bis zur Opferstätte der Germanen. Ich will, dass direkt oberhalb des Schnakenborns ein befestigtes Lager mit Wachtürmen und Palisaden eingerichtet wird.«

Marcus Caelius schürzte die Lippen. »Ist das nicht viel zu dicht an einer Siedlung in erobertem Gebiet? Bisher haben die Lagerplaner doch immer großen Wert auf einen Sicherheitsabstand gelegt.«

»Meine Entscheidung hat nichts mit den Empfehlungen der *metadores* zu tun. Auch Fürst Segestes hat versucht, mich zu warnen. Genau aus diesem Grund lasse ich den Legionsadler der Achtzehnten hier am großen Weserbogen zurück. Du selbst bist mir verantwortlich dafür. Zusätzlich soll meine eigene Standarte am Opferaltar der Cherusker eingerammt werden. Mit ihrem Schutz verpflichte ich die Cherusker unseres Verbündeten Segestes. Ich habe ihm versprochen, seinen Sohn Segemundus zum Pontifex am *ara Ubiorum* zu ernennen, wenn seine Sippe standhält.«

»So weit voraus denkt niemand von uns«, meinte der erfahrene Centurio anerkennend.

»Es ist natürlich ein Vertrauensvorschuss«, gab der Statthalter zu. »Aber das eingehaltene Wort bindet beide Seiten viel besser als Ketten oder Fesseln.«

Die beiden Männer gingen den flachen Hang hinauf. Sehr weit im Westen zogen Regenwolken auf.

»Ich fürchte, dass es bereits in den nächsten Tagen die ersten Herbststürme geben wird«, meinte Marcus Caelius besorgt. »Und für den Winter wären wir hier im Kernland der Cherusker viel zu wenige.«

Varus deutete zum Fluss hinab. »Dort unten am provisorischen Hafen liegt genügend Baumaterial. Dazu Verpflegung für die nächsten Monate. Außerdem gehört diese Gegend zu unserem Freund Segestes und nicht zu Fürst Sigimer.«

»Sie sind sich ziemlich uneins«, stimmte Caelius zu. »So etwas kann bösen Ärger geben.«

»Wem sagst du das?«, knurrte Varus grimmig. »Schon Arminius und sein Bruder Flavus sind für mich wie die zwei Gesichter des Januskopfes. Seit ich sie kenne, will jeder dieser beiden Cherusker der bessere Römer sein.«

»Wir sollten sie ebenso im Auge behalten wie die anderen Mitglieder ihres Stammes.«

»Die beiden Präfekten bleiben während des Winters in meinem Stab. Außerdem werde ich auf Fürst Segestes achten. Gerade er kommt mir manchmal ein wenig zu eifrig vor. Da ist mir manchmal die stolze Zurückhaltung seines Bruders lieber. Ich weiß, dass Fürst Sigimer uns nicht liebt, aber das verlange ich auch nicht, solange er die Vereinbarungen einhält.«

»Ich werde auf ihn achten, ebenso wie auf die Priester und die Bewohner der umliegenden Siedlungen.«

Varus nickte zufrieden. Ihm tat gut, dass ein erfahrener Mann wie Marcus Caelius ihn verstand. »Spätestens im nächsten Frühjahr will ich nördlich der *porta Visurgis* ein neues Lager und einen größeren Hafen bauen lassen. Wenn das gelungen ist, wird es möglich sein,

Nachschub vom Rhein aus über die Drusus-Kanäle und das Meer im Norden die Weser hinauf bis hierher zu bringen. Doch zunächst gehen wir zurück ins Winterlager nach Aliso.«

Schon eine Woche später kam der Tag des Aufbruchs.

»Der Statthalter hat Frieden und Freundschaft befohlen«, verkündete Legat Vala vom erhöhten *tribunal* der Übungsplätze. Sämtliche achtzehn Tribunen der XVII., XVIII. und XIX. umrahmten ihn wie einen König. »Wir werden daher bei unserem Abmarsch ins Winterlager alles, was wir nicht unbedingt brauchen, als noble Geschenke für die Germanen zurücklassen.«

Die Soldaten der drei Legionen auf beiden Ufern des großen Weserbogens brachen drei Wochen früher als nach dem julianischen Kalender vorgesehen auf. Unter Marschbedingungen konnte ein komplettes Legionslager in weniger als einer Stunde abgebaut und so perfekt aufgelöst werden, dass nicht einmal der hungrige Schwarm von Bettlern, Krüppeln und Dieben mehr als ein paar nass gewordene Käserinden oder schlecht zermahlene Getreidereste fand.

Diesmal jedoch sollte es anders sein. Viele der Legionäre wunderten sich über die unerwartete Großzügigkeit. Sie konnten nicht wissen, dass die Kommandeure die Faulheit der Männer für eine allgemeine Inspektion von Waffen, Gerät und Ausrüstung nutzen wollten.

»Ich will, dass die Germanen auch auf diese Weise die Größe Roms und den Reichtum des Imperium Romanum erkennen«, hatte der Statthalter kurz zuvor den Offizieren erklärt. »Das hat nichts mit Verschwendung, sondern mit Krieg in ihren Herzen und Seelen zu tun. Wir zeigen ihnen, was Reichtum und Überfluss bedeuten. Was sie als leichte Beute ansehen, wird wie ein süßes Gift wirken. Wir wecken Begehrlichkeiten, und die sind stärker als alle Schwerter der Legionen.«

Nur Legat Vala wagte Einspruch. »Sollen wir etwa auch teuer bezahlte Waffen zurücklassen?«

Varus blieb hart. »Wir kaufen sie damit, ohne dass sie dabei ihr Gesicht verlieren. Wir lassen die neugierigen Kinder, dann schlichte Gemüter und schließlich die Weiber etwas vom Glanz des Imperiums finden. Auf diese Weise wird ihnen unsere Lebensart von ganz allein besser schmecken, als durch Gewalt erzwungen ...«

Schon wenig später sahen die flachen Hänge im großen Weserbogen wie eine römische Müllhalde aus. Nachdem die Zelte verpackt, die Palisaden aus den Erdwällen gerissen und selbst die Balken der Präfektur und des Prätoriums verladen waren, blieb überall Verpflegung und Kleidung, Leder und Eisen, Öl, Honigwein und Fischwürze zurück. Halbleere Getreidesäcke, Reste von Olivenöl in hüfthohen, spitz in der Erde steckenden Amphoren, Weinfässer, in denen ein Bär baden konnte, und Unmengen von metallenen Schnallen und Haken, Messer und Zaumzeug blieb auf festgetretenen Wegen und Plätzen zurück, an denen noch deutlich die Umrisse der Zelte von drei Legionen und ihren Hilfskriegern zu sehen waren.

»Als wenn die Wildschweine hier gehaust hätten.« Präfekt Lucius Eggius verzog angewidert das Gesicht. Er war der letzte hohe Offizier, der mit den drei Legionen zum Winterlager aufbrach. Als er das westliche Ufer der Weser erreicht hatte, blickte er sich noch einmal um.

Auf der anderen Seiten standen die Männer der Centurie, die als Weserwache im Gebiet der Cherusker zurückbleiben sollte. Eggius und Marcus Caelius winkten sich noch einmal über den Fluss hinweg zu. Friedlich und ohne Hast nahmen sie Abschied. Die Sonne stand bereits senkrecht über ihnen, als die letzte Einheit des viele Meilen langen Zuges den idyllischen Weserbogen hinter sich ließ.

Vor den Legionären lag jetzt das flache, nicht sehr dicht bewaldete Land in Richtung Westen. Aber auch hier zwischen den herbstlich bunten Höhenzügen mussten die Männer auf moorige Stellen und unsichere Grasflächen aufpassen. Lucius Eggius nahm die Zügel straffer, dann schnalzte er mit der Zunge und ritt an die Spitze der Nachhut. Sie war eigentlich überflüssig, denn zehn Meilen weiter vorn wurde Varus von germanischen Edlen begleitet. Solange diese Verbündeten mitzogen, waren keine Überfalle zu befürchten.

Präfekt Lucius Eggius war noch keine zehn Schritte geritten, als er hinter sich laute Rufe hörte. Ein Reiter näherte sich dem Flussübergang, begleitet von einem Dutzend Cherusker. Sie schleppten an langen, auf dem Boden schleifenden Stangen schwere, geflochtene Weidenkörbe heran. In ihrer Mitte ritt der bärtige Cheruskerfürst Sigimer.

»Ich habe noch einen Auerochsen beschafft«, rief er Lucius Eggius entgegen. »Als Geschenk meiner Sippe vom Schnakenborn für den Statthalter.«

»Ich sehe keinen Ochsen außer dir!«, spottete Lucius Eggius herablassend.

Der Vater von Arminius und Flavus ging nicht auf die Beleidigung ein. »Kannst du auch nicht«, gab er stattdessen zurück. »Wir wissen, wie das Fleisch selbst des stärksten Stieres in Fetzen gerissen, in feine Streifen geschnitten und wie über Opferfeuern geräuchert wird.«

Die Männer in seiner Begleitung stießen zustimmende Töne aus. Noch ehe Eggius oder einer seiner Offiziere eingreifen konnte, luden die Cherusker die schwer gefüllten Körbe direkt vor dem Pferd des Präfekten ab. Unter Bändern und Schnüren erkannte Lucius Eggius plötzlich gelb und golden leuchtende Rundungen.

»Schafsblasen«, rief Fürst Sigimer. »Einige sehen golden aus. Ich habe keine Ahnung, wozu sie gut sein sollen. Deshalb will ich vorausreiten und unsere Priester am Schnakenborn befragen ...«

Er blicke kurz zum Himmel hinauf, dann riss er sein Pferd herum. Auch seine Begleiter warteten nicht mehr auf eine Antwort des Präfekten.

»Wir haben heute auch ohne römische Straßen fünfzehn Meilen geschafft«, sagte Varus am Nachmittag des ersten Marschtages zu den Offizieren in seiner Begleitung. »Eigentlich müssten die Germanen stolz darauf sein, dass ihnen ein Statthalter von Augustus auch ohne durchgehende Besatzung vertraut.«

Die Legionäre schaufelten schnurgerade Spitzgräben und warfen den ausgehobenen Boden so zu Wällen, wie sie es den ganzen Sommer über nicht mehr getan hatten. Sie waren nördlich der Werre marschiert, die aus der Gegend von Theotmalli kam und am Nordbogen in die Weser mündete. Während viele der Männer fröhlich lachten und durcheinanderriefen, tauchten überall Centurionen mit ihren quergestellten Helmbüschen auf. Als hätten sie sich plötzlich zu mehr

Disziplin verabredet, begannen sie zu schimpfen. Sie fluchten über schief gesteckte Palisadenstangen, krumme Erdwälle und faule Legionäre. Und dann gab es die ersten Stockschläge für alle, die es sich zu leicht gemacht hatten.

An mehreren Stellen stritten sich die Reiter mit ihren Knechten und Sklaven über die Aufteilung der freien Flächen zwischen Wald und Gebüsch. Auch Vennemar hatte Schwierigkeiten mit seinen Bogenschützen aus Trachon. Die Araber mit ihren langen Mantelumhängen und den spitzen Helmen weigerten sich, auf einer kleinen Lichtung im Buchenwald zu lagern. Sie verlangten einen Platz mit Sicht nach Südosten bis zum Fluss Werre.

Vennemar dachte bereits daran, seine Olivenwurzel einzusetzen, die er wie andere Centurionen als Schlagstock trug. Doch dann reichte ein Blick in die schwarzen Augen um ihn, und die Araber bekamen einen anderen Platz für ihr Nachtlager.

Einige Meilen weiter nach Norden hin erstreckte sich der letzte Höhenzug vor dem weitgehend unerforschten und gefährlichen Flachland. Die Legionäre hatten den ganzen Sommer über befürchtet, dass sie nach den unheimlichen Wäldern auch die Sümpfe und Geistermoore bis hin zum Meer im Norden auskundschaften sollten.

Der Statthalter hatte darauf verzichtet. Bis auf ein paar Frachtschiffe, die Weizen, Öl und Wein über den langen Seeweg und den Unterlauf der Weser bis zu den Sommerlagern gebracht hatten, war der Norden seiner Provinz weiterhin jungfräulich geblieben. Den letzten Nachschub erwarteten die Beamten für die Versorgung der Legionen erst wieder an der Ems. Sie wollten auf einer anderen Route nach Castra vetera und zum Rhein zurückkehren als beim Frühlingszug entlang der Lippewege.

»Bisher läuft alles nach Plan«, meldete der Lagerpräfekt, als die Sonne über dem quer verlaufenden Bergrücken im Westen unterging. »Die Männer freuen sich auf die Heimkehr aus den Wäldern und auf das Wiedersehen mit ihren Weibern und Kindern. Sie haben so viel Schwung, dass die meisten es in einer Woche bis zum Rhein schaffen könnten.«

400

»Wie sieht es mit der Verpflegung und der Versorgung der Tiere aus?«

»Drei Tage und einen Tag Reserve für unvorhergesehene Verzögerungen!«, meldete ein Versorgungsbeamter. »Nur Fleisch gibt es zu wenig.«

»Einige Centurionen fragen, ob es erforderlich ist, dass alle Gruppen in der vorgeschriebenen Reihenfolge gehen«, meinte Präfekt Ceionius, als Varus seine Stabsoffiziere noch zu einem Nachttrunk einlud.

»Auf den schmalen Wegen ist doch ohnehin jede Marschordnung unmöglich«, warf der Reiterpräfekt Lucius Eggius ein. Er trug einen mit Ringelblumenfett getränkten Verband um den Kopf. »Und mit den Pferden können wir nur selten aufrecht reiten ... mich hat so ein verdammter Eichenast fast vom Ross gerissen, als er von meinem Vordermann zurückschlug.«

Präfekt Ceionius seufzte tief auf. »Ich würde gern mit den Häuptlingen in die Dörfer reiten, um zu prüfen, ob es stimmt, was sie über ihre Vorräte an Korn und Vieh gesagt haben.«

»Das könnte dir so passen«, protestierte Flavus. »Du suchst doch wieder nur nach blonden Maiden ...«

»Und du bist neidisch, weil eure Germanenmädchen mehr Wert auf wahren römischen Adel legen als auf euch Hochgekommene.«

Für einen bösen, bitteren Augenblick war es still vor dem großen Zelt des Statthalters. Varus hatte nicht zugehört, sondern sich mit drei cheruskischen Spähern und den beiden Planungsbeamten über die nächsten Lagerplätze in den noch unbekannten Gegenden besprochen.

Draußen im Lager wurde es laut. Dann preschte ein Dutzend Pferde über die *via decumana* bis vor das große Zelt des Statthalters. Bis auf zwei junge *decuriones* mit römischen Gesichtern hatten alle anderen Reiter blondes Haar. Weder er noch die anderen Reiter des Fähnleins aus Germanenreitern hatten bei ihrem Erkundungsritt ihre römische Rüstung getragen. Außerdem trug keiner der jungen und erhitzten Germanenreiter einen Helm.

Varus lächelte, als Arminius vom Pferd sprang, auf ihn zukam und sich mit der rechten Faust über dem Herzen auf die Brust schlug. Anders als Flavus trug er wie viele andere Germanenkrieger im Dienst der Legionen ein Büschel blonder Haare am Handgelenk des Schwertarms.

»Wieder zurück und keinen Mann verloren«, meldete Arminius seinem Oberbefehlshaber. Zusammen mit einem Fähnlein der besten Legionsreiter und zwei jungen römischen Offizieren war er auf dem alten Weg, den schon Drusus und Tiberius genommen hatten, bis zur Ems vorgestoßen.

Varus wollte ihm bereits danken, aber Arminius blieb stehen.

»Noch etwas?« fragte Varus.

»Ja, aber nicht für alle Ohren …«

Varus hob die Brauen. Er sah in die klaren, hellen Augen des anderen. Der Cherusker hielt dem langen, vielfach gefürchteten Blick des Statthalters stand. Varus ging ein paar Schritte zur Seite bis vor die beiden Ochsenkarren mit schwarzen Kisten, die an diesem Tag an das größte Zelt herangefahren waren. Direkt daneben standen Vennemar und zwei hochgewachsene Bogenschützen aus Trachon. Sie hatten ihre Augen geschlossen, doch das konnte nur Unwissende täuschen. Sie sahen alles – wie die Seraphim im Tempel von Herodes.

»Berichte!«, sagte Varus.

»Ich will nicht unnötig Alarm schlagen«, sagte Arminius, »Aber es gibt Anzeichen von Rebellion.«

»Rede!«

»Noch während ich vom Pferd herab mit ein paar Marsern sprach, ist meine silberne Turniermaske gestohlen worden.«

»Ebenso wie Tiberius?«, warf Vennemar ungefragt ein. Varus brachte ihn mit einer kurzen Handbewegung zum Schweigen.

»Wussten die Diebe, wer du bist?«

»Ja, zwischen Rhein und Weser haben viele Männer von mir gehört.«

»Und von Flavus, Sigimer und Segestes, nehme ich an«, sagte Varus. »Das bleibt nicht aus in diesen unruhigen Zeiten. Aber wie kommst du darauf, Diebstahl mit Aufstand gleichzusetzen?«

»Ich habe nach allen Seiten ausschwärmen lassen … natürlich nur dort, wo wir durchkamen. Dabei sahen wir mehr, als Römer sehen könnten. Man sammelte sich zu Überfällen, legte Riesenmengen von Fackeln, Seilen und Pfeilen in Erdlöcher im Wald. Wir sahen Lichtungen mit behauenen Baumstämmen als Rollen für andere Stämme, um sie durch Gebüsch über enge Wege zu rammen. Wir sahen ...«

»Worauf willst du hinaus?«

»Gib mir den Auftrag, diese unverschämten Feinde Roms auszuräuchern, um den Rückmarsch für dein Heer bis ins Winterlager zu sichern.«

»Ich danke dir, Präfekt. Wie viele Männer brauchst du?«

»Alle Männer unsrer germanischen Hilfstruppen, die sich freiwillig und noch vor den Herbststürmen für das Imperium Romanum bewähren wollen.«

»Eine hervorragende Idee«, sagte der Statthalter und lächelte. »Ich will mir deinen Vorschlag überlegen und gebe dir noch heute Abend Bescheid.«

Arminius ging, Varus blieb stehen. Er blickte zu Vennemar an den Ochsenkarren mit den Geldkisten.

»Nun?«, fragte er. »Was meinst du?«

»Meine Bogenschützen aus Trachon meinen, dass Arminius die Wahrheit sagt. Seine Turniermaske ist tatsächlich nicht mehr da, und was er von den Vorbereitungen aufständischer Stämme sagt, trifft nach dem Tonfall seiner Stimme ebenfalls zu.«

»Ich hörte, dass die Bructerer und Marser an der Ems mit sehr schlechtem Wetter für die nächsten Tage rechnen«, berichtete Varus am frühen Abend. »Sie sagen, dass die roten Waldameisen Schutzwälle um ihre Hügel anlegen ... viel zu früh für die Jahreszeit.«

Varus und seine Vertrauten saßen um einen großen Tisch. Sie hatten gut gegessen und sprachen jetzt den Vorräten an Bier und Met zu.

»Vielleicht sollten wir doch zusehen, dass wir wieder auf die bekannten Wege an der Lippe kommen«, sagte Vala.

»Das würde ich nicht empfehlen«, riet Arminius.

Varus hob die Brauen. »Und warum nicht?«

»Es gibt zwei Bergketten zwischen Weser und Ems«, erklärte Arminius. »Eigentlich sogar drei. Und da die Wolken meist von Nordwesten heranziehen, laden sie ihren Regen oft hier ab. Dann können sie von ihrer Last befreit aufsteigen und in Richtung Weser weiterziehen.«

»Du bist ein guter Beobachter«, sagte Varus anerkennend.

»Vielleicht mein germanisches Erbe«, meinte Arminius nicht ohne Stolz. »Aber jedes Kind bei den Cheruskern, Bructerer und Marsern weiß das.«

»Du meinst also, wir würden direkt in die Unwetter marschieren? Das wäre schlimm für die Wagen und den Tross.«

»Selbst wenn wir erneut über Theotmalli und unter den Teutoburgen zur Lippe und nach Aliso ziehen, geraten wir mitten in den Zorn der germanischen Wettergötter. Und es kann mehrere Tage dauern, bis sich die Wolken abgeregnet haben.«

»Was schlägst du vor?«

Arminius hob die Schultern. »Vielleicht sollten nicht nur die Freiwilligen unserer germanischen Hilfstruppen gegen die aufständischen Stämme ziehen, sondern alle. Ich könnte vorauspreschen und mit meinen Männern für freie Wege sorgen.«

Sofort widersprach Flavus: »Aber die vielen Karren und beladenen Wagen ...«

»Sie würden zu leicht in die Moore und unpassierbare Sumpfflächen geraten«, befürchtete auch einer der Lagerplaner. Die anderen stimmten ihm zu.

Varus nahm sich einen kleinen Apfel, biss hinein und wandte sich erneut an Arminius: »Du sagtest, dass zuerst ein Voraustrupp für Sicherheit bei einem nördlichen Marschweg sorgen müsse. Kannst du uns das etwas genauer vortragen?«

»Wir waren einen großen Sommer lang auf germanischem Gebiet«, sagte Arminius und richtete sich auf. »Dabei haben wir täglich Späher ausgeschickt und Abgesandte von benachbarten Sippen und Völkerstämmen empfangen. Wir wissen alle, dass es überall noch Widerstand und getarnte Brandnester gegen die Ordnung und die Gesetze Roms gibt. Ich schäme mich nicht, das auch von einigen den Cheruskern nahestehenden Völkern nördlich von hier zu sagen. Aber ich bin bereit, sie schnell und eindrücklich ruhigzustellen, damit die Friedensstreitmacht unseres Statthalters ungefährdet weiterziehen kann.«

»Dann bete, dass sich deine Schicksalsgöttin noch an dich erinnert«, grunzte Segestes. Keiner der Anwesenden führte seinen wankenden Schritt auf sein Alter zurück. Es war der süße Wein, den die Cherusker ebenso liebten wie ihren Met. Und noch mehr liebten sie die Abwechslung, mal das eine, dann das andere zu trinken. Doch die Vermischung von römischer und germanischer Lebensart war bisher kaum einem bekommen…

»Ich jedenfalls würde in diesen Gegenden in kein Wespennest stechen«, stieß der Cheruskerfürst hervor, dann sank er über den Tisch.

Noch ehe der Statthalter etwas dazu sagen konnte, lenkte ihn Unruhe in den Vorzelten ab. Stimmen wurden laut, und offenkundig versuchten die *beneficari* des Stabes jemand von weiterem Vordringen abzuhalten.

»Vater!«, rief plötzlich eine junge bekannte Stimme, »Arminius, Flavus … ich muss mit Varus sprechen …«

»Wer ist das?«, fragte Varus unwillig. Er blickte die Cherusker vorwurfsvoll an. Arminius und Flavus wussten, dass der Statthalter keine unliebsamen Unterbrechungen wünschte, sobald er sich zum Abendessen in sein Zelt zurückgezogen hatte.

»Mein Sohn … Segemundus«, grummelte Segestes, ohne den schwer gewordenen Kopf zu heben.

Varus zog die Brauen hoch. »Segemundus, Priester am Altar der Roma und am *ara Ubiorum*? Ist er denn nicht mehr dort?«

»Er hat seinen Sohn vom Rhein zurückbefohlen«, warf Flavus ein. »Ebenso seine Tochter Thusnelda. Sie ist bereits zum Altar am Schnakenborn unterwegs. Für beide ist es Zeit, eine Familie zu gründen.«

Erst jetzt hob der trunkene Cheruskerfürst den Kopf. »Kinder vorbereiten … mein Erbe anzutreten, nachdem meines Bruders Söhne Ritter Roms geworden …«

»Was willst du damit sagen?«, schnaubte Arminius.

»Gerade du …«, fuhr Segestes fort, jetzt hörbar deutlicher und schärfer. »Ich bin seit unseren Verträgen mit Drusus und Tiberius ein aufrechter Verbündeter Roms. Aber ich weiß nicht, ob jeder, der wie ein römischer Ritter und Präfekt der Reiter auftritt, auch den Verrat an unseren Sitten zur Tugend seines Herzens erklärt hat …«

Arminius stieß seinen Sessel um. Wütend griff er nach seinem Schwert.

»Aufhören!«, befahl Varus. »Sofort aufhören hier in meinem Zelt!«

Die beiden ungleichen Cherusker starrten sich an. Mordlust verdunkelte ihren Blick. Im selben Augenblick tauchte Segemundus auf. Er war schmutzig und zerlumpt. Vennemar und zwei Veteranen hielten ihn an den Armen fest.

»Er hat gelauscht.«

»Ich bitte um Verzeihung für die Störung«, keuchte er. Über seinen Augen lief ein blutiger Striemen wie von einem abgerutschten Pfeil. »Ich will … ich muss euch mitteilen, dass sich mehrere Völker und Stämme zusammenschließen. Sie schwören nachts an den Thingplätzen und den heiligen Hainen, dass sie erneut gegen Eroberung, Besatzung und die Beleidigung unserer Götter kämpfen wollen.«

»Germanien ist eine römische Provinz nach den Regeln der *occupatio bellica*«, sagte Varus beherrscht. »Ein unter Kriegsrecht besetztes und beherrschtes Land. Doch wenn es sein muss, werde ich die *Pax Romana* in Germanien erzwingen.«

»Sie fordern den kompletten Abzug der Legionen und keine Rückkehr, wenn der Schnee schmilzt.«

Es kam selten vor, dass Varus sich erregte. Nun aber schlug er hart auf den Tisch. Weinkelche sprangen hoch und kippten um.

»Rebellion! Das ist ein kriegerischer Bruch der Friedensverträge!«

Fürst Segestes riss die Arme hoch und wollte widersprechen.

»Ich glaube deinem Sohn!«, rief Arminius ihm zu. »Und ich bin bereit, sofort loszureiten, um seine Angaben zu überprüfen.«

Für einen kurzen Moment zuckte Misstrauen wie ein Dolchstich durch Varus' Herz. Konnte es sein, dass ausgerechnet der großartige und zuverlässige Arminius …? Nein!

»Du nimmst also ernst, was dieser Priester behauptet?«

»Er ist der Bruder eines sehr jungen, wunderschönen Weibes, dem ich schon länger zugetan bin.«

Varus' Gesicht wurde immer finsterer. Warum sagte Arminius das ausgerechnet jetzt? Nicht, dass er ihm unbedingt eine Römerin zur Frau vorgeschrieben hätte, aber er wollte wissen, in welche Richtung seine Offiziere blickten, zumindest die Tribunen und Präfekten.

»Nein, du bekommst Thusnelda nicht!«, schrie Segestes wütend. »Ich habe meine Tochter längst einem anderen versprochen!«

Varus wollte ihn zurechtweisen, doch dann fragte er direkt: »Wusstest du das, Arminius? Ist das vielleicht einer der Gründe für Zorn und Aufruhr in den Wäldern?«

Der Cherusker schob die Unterlippe vor und richtete sich stolz auf.

»Das eine hat doch mit dem anderen nichts zu tun!«, empörte er sich. »Ich sagte ja, dass wir mit Widerstand von Unbelehrbaren rechnen müssen. Mein Vater Sigimer gibt offen zu, dass er nach langer und sehr ehrenwerter Überlegung kein Verbündeter von Rom mehr sein will. Doch Onkel Segestes nahm sich den Bart ab, speist und trinkt mit dir, besteht aber dennoch auf germanischem Brauch und Sitte, sobald es um die eigene Tochter geht.«

Flavus lachte abfällig. »Und auch mein großer Bruder legt sich gern die Worte so zurecht, wie er sie brauchen kann.«

Varus erkannte, dass der schlimmste aller denkbaren Konflikte für einen Statthalter und Heerführer drohte: Hass und persönliche Feindschaft unter den engsten Beratern und Befehlsempfängern.

»Was ist nun mit den Aufständischen?«, wollte Legat Vala wissen. »Was befiehlst du, Varus?«

»Wissen wir denn, wo sie sind?«, fragte Segestes mit trockenem Mund. Varus wandte sich direkt an den Cheruskerfürsten.

»Was würdest du denn tun?«

Der knurrte. »Was ich tun würde? Ich würde keiner Nachricht glauben, die ich nicht selbst erlogen habe ...«

Arminius trat angriffslustig vor ihn hin. »Auch nicht, wenn sie dein eigener Sohn überbracht hat?«

Es zuckte heftig in Segestes rasierten Wangen.

»Du jedenfalls solltest die Finger von meiner Tochter lassen und mir in Zukunft aus dem Weg gehen!«

Varus stand auf und ging hinaus. Er war besorgt und unruhig. Es dauerte eine Weile, bis er zwischen den schnell vorüberziehenden Wolkenfetzen Sterne sehen konnte. Dann entdeckte er Vennemar im Halbdunkel.

»Alles in Ordnung bei dir?«

»Ja, Herr. Ich soll dich grüßen von den Judäern.«

»Seltsam«, sagte Varus. »Ich musste oft an sie denken. Wo sind sie jetzt?«

»Soll ich sie holen lassen?«

»Pass auf sie auf! Sie sollen näher bei mir bleiben.«

Bereits vor Sonnenaufgang ging es im Hauptquartier des Statthalters und der drei Legionen zu wie in einem Ameisenhaufen. Alles lief durcheinander, und erst langsam bildete sich ein Muster von Planung und Ordnung.

»Arminius ist bereits früh mit einer *ala* aufgebrochen«, berichtete der Lagerpräfekt. »Fünfhundert Reiter, die uns vielleicht fehlen werden.«

Varus war fast mit dem Frühstück fertig, als Vennemar auftauchte.

»Segemundus ist mit ihnen geritten«, meldete er. »Für einen Priester zeigt der junge Mann ziemlich viel Kampfgeist.«

»Er ist eben ein Sohn unseres glattrasierten Segestes«, meinte der Lagerpräfekt. »Vielleicht hat ihn sein Vater als Wachhund für Arminius mitgeschickt ... wegen seiner Schwester Thusnelda, meine ich ...«

Die Männer lachten nicht.

»Sie sind beide gebürtige Cherusker«, sagte Varus. »Und Priester vom Altar der Ubier sollen nach Augustus' Vorstellung und Wille als Brückenbauer zwischen Rom und den besiegten Völkern angesehen werden.«

»Ebenso wie in diesen rauflustigen Familien!«, schnaubte Legat Vala. »Sie sind wie gerade erst gezähmte Hunde, die unsere Hände lecken, sich aber gegenseitig nichts gönnen.«

Varus blickte auf. Normalerweise glänzte sein Stellvertreter nicht durch philosophische Betrachtungen. Nach vielen Jahren in den Grenzprovinzen des Imperiums spürte Varus die Gefahr fast wie die legendären Gänse im Capitol.

Genaugenommen hatte er nur zwei Möglichkeiten: Er konnte den verdammten Streit um Bärte oder Bräute unter den Cheruskern ebenso ignorieren wie entferntes Kriegsgeschrei irgendwo zwischen Moor und Wäldern. Es wurde Herbst, und in den Wintermonaten boten die Laubwälder möglichen Angreifern keinen Schutz. Viel konnte also bis zum nächsten Frühjahr nicht passieren. Auch die Versorgung der Legionen konnte ein Problem werden, wenn er jetzt wochenlang abseits der Flüsse und bekannten Nachschubwege durch Schlamm und nasse Wälder zog.

Wenn er es aber nicht tat, würde in Rom sofort gelästert werden, dass er mit mehr als drei kampfstarken Legionen ins sichere Winterlager geflohen sei, obwohl noch nicht alle Flammen des Widerstandes in der neuen Provinz gelöscht waren. Tiberius würde genügend Schreiberlinge und auch Schleimer aus den letzten Reihen im Senat finden, die sich bereits für kleine Münze oder ein paar kleine Vergünstigungen das Maul gegen ihn aufrissen.

Derartige Beschädigungen seines Ansehens konnte und durfte ein erfahrener und vorausschauender Mann wie er nicht zulassen! Nicht bei Augustus, dem Senat und dem Volk von Rom, ganz abgesehen von Tiberius, den eigenen Soldaten und den Judäern, deren Schatz er hütete.

Die andere Möglichkeit entsprach dem Auftrag, den er persönlich vom göttlichen Augustus erhalten hatte. Trotz aller Risiken und der nicht kalkulierbaren Gefahren in unwegsamen Wäldern waren die vielen tausend Legionäre seines Heeres zum Kampf und nicht allein zum Marsch und Lagerbauen ausgebildet – auch wenn bewährte Schlachtordnungen ohne freies Feld nicht möglich waren.

Doch hatten die Legionen nicht immer wieder Wälle, Mauern und Barrieren der Natur überwunden? War Rom nicht durch die gnadenlose Unterwerfung ganzer Völker zur stärksten Macht der Welt geworden? Ja, das Imperium Romanum besaß mit seinem Recht und den Legionen Werkzeuge, um jeden Widerstand zu brechen.

»Wehre den Anfängen!«, befahl Varus sich selbst. »Das Gift des Untergangs heißt Toleranz.«

Wie schon so oft spürte Varus die Kraft des Amtes und des höchsten Auftrags in sich. Als Gesandter des göttlichen Augustus in der Provinz *Germania magna* konnte er frei entscheiden. Und er entschied sich für den römischen, den unduldsamen Weg. Er holte tief Luft, dachte an Claudia und an den kleinen Varus, der später einmal stolz auf ihn sein sollte.

Völlig unerwartet rissen Windböen an Zeltplanen und Leinen. Noch waren die Masten mit den Wimpeln und die Adler aufgestellt.

»Wie weit sind wir mit den Vorbereitungen?«, fragte Varus sofort. Er beugte sich zur Seite und blickte durch einen Deckenspalt seines Zeltes. Der Himmel wirkte düsterer als zuvor.

»In einer halben Stunde können wir aufbrechen«, rief einer der sechs Tribunen.

Varus wandte sich an Vala. Sein Stellvertreter wollte der eigenen Legion erst später nachreiten. »Wurde vereinbart, wann und wo unsere Germanen wieder zu den Legionen stoßen?«

»Arminius sprach von einem Dorf der Bructerer an der Ems.«

»So weit nach Norden also?«, knurrte Varus. Auch er kannte den Platz aus den Berichten und Protokollen von den Eroberungszügen seiner Vorgänger. Er richtete sich auf und stand mit einem kurzen Schwung auf. Zwei Ordonnanzen und zwei Sklaven richteten seine Uniform gerade.

»Es ist zu spät für eine große germanische Erhebung«, fuhr der Statthalter fort, indem er mit kraftvollen Schritten auf- und abging. Nicht einmal sein linker Fuß schmerzte an diesem Morgen. »Ich will, dass alle rebellierenden Stämme und Völker auch in dieser Provinz damit rechnen, dass ich jederzeit und sofort härteste Rache nehme.«

»Trotzdem stimmt etwas nicht«, sagte Segestes, nachdem er sich leise mit seinem Neffen Flavus unterhalten hatte.

»Ja, so ist es«, bestätigte Flavus. »Was Fürst Segestes sagen will, habe auch ich bei den Legionären bemerkt. Einige Soldaten sind müde von den langen Monaten im Sommerlager. Ich hörte auch, dass mehr Männer als üblich Angst haben.«

»Angst? Wovor?«, fuhr der Legat Vala dazwischen. »Meine Kämpfer kennen keine Angst! Schon gar nicht vor irgendwelchen Waldbauern in diesen längst besiegten Urwäldern!«

»Es ist exakt die Furcht vor diesen Angreifern, die unsichtbar in Wäldern lauern«, sagte Flavus. »Wir können keine Marschordnung auf Waldwegen und an steinigen Bachläufen einhalten. Alle drei Legionen und die zusätzlichen Alen und Kohorten bewegen sich wie auf einer Perlenkette aufgezogen: zuerst die Vorhut, dann danach die Fußkrieger, die Kommandoabteilung, dann wieder Fußkrieger, Handwerker, Tross. Und zum Schluss nochmals Reiter aus den Hilfsvölkern und der Nachhut für die Rückwärtsverteidigung.«

»Dieser endlose Gänsemarsch macht mir ebenfalls große Sorgen«, seufzte Varus ernst.

Flavus hob beide Hände. »Viele von unseren Hilfskriegern stammen aus diesen Gegenden. Sie fürchten, dass ihnen in den Wäldern und den Sümpfen nicht nur alte Stammesfeinde auflauern können, sondern auch die Geister ihrer Ahnen und der Zorn ihrer alten Götter.«

Varus verstand, was Flavus meinte. »Uns jedenfalls können die Götter der Germanen nicht das Geringste anhaben.«

»Aber die Germanen ... selbst der unglückliche Drusus ...«

»Rom hat die besseren Götter und Geister!«, behauptete Varus. »Sagt das den Männern und befehlt ihnen, nur noch an die eigenen Amulette zu glauben und nur zu unseren Schutzgöttern zu beten.«

»Ja, das muss allen noch einmal gesagt werden«, schnaubte Präfekt Eggius fast schon erleichtert. »Am besten noch bevor die Dunkelheit die Furcht nährt.«

»Wir haben insgesamt mehr als zwei Dutzend Ritter als Militärtribunen, dazu mindestens zweihundert Centurionen und jede Menge Unteroffiziere und Legionäre, die bereits ausgezeichnet wurden. Jeder von ihnen muss seinen Männern Moral und Ehre einbläuen. Und zwar sofort!«

Als die Offiziere das Zelt verlassen hatten, ging Varus noch einmal zum Tisch mit Wein und kleinen Speisen. Er nahm einen der letzten unbenutzten goldenen Becher, hielt ihn zur Seite und wartete, bis ihm einer der Leibsklaven Wein eingeschenkt hatte. Der Wein war umgekippt wie vor Gewitter, wenn auch noch nicht ganz sauer.

»Wenn wir Germanen uns fürchten, pfeifen wir im Wald«, sagte im selben Augenblick eine Stimme, die wie ein Germanenschwert durch seinen Rücken fuhr. Varus zuckte kaum merklich zusammen. Der Stich lief bis zu seinem linken Fuß.

»Warum erschreckst du mich, Vennemar?«, fragte er, ohne sich umzudrehen. »Und warum kommst du jetzt erst, nachdem ich alle anderen bereits entlassen habe?«

»Du hattest viele gute Männer um dich«, antwortete der Sugambrer. »Ich eigne mich nicht sehr für Strategieberatungen und habe mich stattdessen mit dem Tekton und seinen jungen Gesellen unterhalten.«

»Ich nehme an, du willst mir etwas mehr als das mitteilen.«

»Die römischen Legionen sind beim Überbringen von Nachrichten besser geübt als viele andere. Aber es gibt Gerüchte und Geräusche, die andere Wege nehmen und noch viel schneller sind.«

Varus trat so zur Seite, dass er das Gesicht von Vennemar im Schein der Öllampen deutlicher sehen konnte.

»Uralte Rufe wie von wilden Tieren, die scharfen Töne eines zwischen Daumen gespannten Grashalms, wenn man dagegenbläst, Pfiffe mit Eichelschalen, der ferne Klang von Trommeln aus hohlem Holz, …«

»Denkst du, ich wüsste das nicht alles?«

Der Sugambrer trat von einem Fuß auf den anderen. »Ich habe mich auch mit Joseph beraten. Er sagt, dass in den Wäldern Widderhörner zu hören waren.«

»Ja? Und?«

»Joseph meint, dass die Germanen ebenso wie die Judäer Widderhörner für einen Freiheitsruf benutzen könnten.«

Varus schüttelte den Kopf. »Und woher sollten die einen von den Gebräuchen der anderen irgendetwas wissen?«

»Ganz einfach – Joseph hat nachgefragt. Wenn zutrifft, was er dabei gehört hat …«

Er brach ab.

»Was?«

Draußen steigerte sich der Wind zum Sturm. »Sie greifen an«, sagte der Sugambrer. »Unsere eigenen Cherusker haben Marcus Caelius am Schnakenborn überfallen, alle Offiziere und Römer umgebracht und sich dann mit der Wache am Weserufer vereint…«

Varus schüttelte entsetzt den Kopf.

»Mir ist auch klar, warum«, fuhr Vennemar fort. »Die Legionäre am Fluss trugen Büschel aus blondem Weiberhaar am Handgelenk des Waffenarms. Ebenso wie die Angreifer. Damit wussten alle Germanen, wer zu wem gehörte, ganz gleich, welche Uniform oder Kleidung sie trugen.«

Varus hatte auf einmal das Gefühl, als würde ihm der Brustkorb durch Katapultseile zerquetscht. Unendlich langsam drehte er sich um.

»Ein Büschel blonder Weiberhaare am Handgelenk«, wiederholte er ungläubig. »Auch Arminius hatte…«

Er schloss für einen Moment die Augen. Noch nie zuvor hatte Vennemar den Statthalter so erschüttert gesehen. Varus' Lippen zitterten, als er sie so hart zusammenpresste, dass sie blutleer und weiß wurden. Wie ein dröhnender Gongschlag hallte die Erkenntnis durch seine Gedanken. Tiberius allein oder zusammen mit seiner ehrgeizigen Mutter Livia Drusilla hatte ihm den gebürtigen Cherusker, römischen Bürger, geadelten Ritter und Präfekten der germanischen Hilfstruppen untergeschoben. Anders als der einäugige, auf seine Art aufrichtige Flavus war Arminius zu seinem Vertrauten geworden. Die Natter an seinem Busen…

Ein grauenhaft klingender, erstickter röhrender Laut quälte sich aus seiner Brust. Für einen endlosen Augenblick blieb der Statthalter vollkommen unbeweglich stehen. Dann zuckte sein linker Fuß wie unter einem Schwertschlag. Varus öffnete die Augen, und sein straffes Gesicht mit der scharfen Nase erinnerte plötzlich an einen Adler.

»Überlebende?«, verlangte er zu wissen.

»Es heißt, Marcus Caelius konnte mit dem Ziel Aliso entkommen … verletzt, mit ein paar Mann und seinen Freigelassenen.«

Varus schüttelte unwillig den Kopf. »Und dieser tapfere, erfahrene Kämpfer fürchtete nichts mehr als einen Grabstein am Rhein.«

Kalte Entschlossenheit blitzte in Varus' Augen auf. Er brauchte nicht lange, um jede Möglichkeit für sich und die Legionen zu durchdenken. »Sofort die Centurionen der letzten Kohorte zu mir! Dazu Präfekt Lucius Eggius! Und kein Wort an Dritte!«

Vennemar nickte. »Trotzdem kann man das nicht geheim halten.«

Auf ein Zeichen von Varus schnalzte der Sugambrer, wie er es in Jerusalem gelernt hatte. Gleich darauf erschien Joseph mit Jochanan und Jeshua. Sie trugen alle drei zerrissene Kittel und hatten blutverkrustete Wunden an Stirn und Armen.

»Du kannst bestätigen, was mir Vennemar berichtet hat?«, fragte Varus. Joseph nickte nur. Der Feldherr presste die Lippen zusammen, während er fieberhaft nachdachte.

»Was unsere Abmachung angeht, halte ich mein Wort«, sagte er schließlich. »Egal, was in dieser düsteren Provinz auch geschieht.«

»Es gibt inzwischen auch bei den Germanen Gerüchte«, warf Vennemar ein. »Man munkelt von einem Hort, der von den Legionen wie von einem Lindwurm bewacht wird.«

Varus blickte zu Joseph. »Es stimmt, ich habe einen kleinen Teil des Unterpfands bei unseren Legionszeichen. Aber der eigentliche Tempelschatz ist nie nach Germanien gelangt. Nicht einmal bis nach Rom!«

»Wir kennen deine Ochsenkarren mit den verhüllten schwarzen Kisten«, behauptete Jochanan. »Wir haben sie Tag für Tag beobachtet.«

Varus wurde abweisend. »Ihr habt Kisten mit den Münzen eines Statthalters gesehen. Sold für drei Legionen und zusätzliche sechs Kohorten, dazu Lohn für Beamte und Goldstücke für nützliche Aufwendungen.«

Joseph der Tekton schloss die Augen. Er lächelte kaum merklich.

»Seid unbesorgt«, sagte Varus dann. »Tiberius wird eure heiligen Gerätschaften ebenso wenig in die Hand bekommen wie seinerzeit mein räuberischer Finanzverwalter Sabinus. Ich selbst habe für Gold, Juwelen und die heiligen Gerätschaften einen sicheren Platz gefunden. Doch was für euch besonders wertvoll ist – das heilige Opfergewand für euren Hohen Priester befindet sich inzwischen wieder in Jerusalem, im Palast des Statthalters.«

»Das ist ja furchtbar!« Jeshua schrie es fast. Jochanan packte ihn schnell und schloss ihm den Mund mit der Hand.

»Reißt euch zusammen!«, befahl Joseph. »Ich weiß, dass Augustus befohlen hat, das Gewand vor unseren hohen Festen an den Tempel herauszugeben.«

»Genau deshalb will ich, dass ihr nach Jerusalem zurückkehrt. Gerüchte kann man nicht mehr zähmen, wenn sie sich erst einmal wie gereizte Bestien im *circus* losgerissen haben. Sie fressen alles in sich hinein, was ihnen im Weg steht. Wenn Augustus schwach wird und Tiberius die Macht übernimmt, kann seine Gier auch euch Judäer treffen. In den Provinzen ebenso wie in Jerusalem. Geht deshalb nicht nach Rom und flieht nicht wieder nach Ägypten. Versteckt euch lieber in Judäa, falls sich Tiberius zum Kaiser des Imperium Romanum aufschwingt. Noch ist es nicht so weit – und ich werde meinen Teil dazu beitragen, dass Rom die Ideale der Republik nicht einfach aufgibt.«

Er warf einen kurzen Blick zu Vennemar. Der Veteran wollte sich zurückziehen, um den Statthalter mit den Judäern allein zu lassen. Doch der winkte ihn wieder heran. »Du kannst bleiben, denn du bist bisher der Einzige, der weiß, wohin ich den Teil des Tempelschatzes gebracht habe, den ich zehn Jahre lang im Daphnetempel von Antiochia versteckt hielt.«

»Denkst du vielleicht an … eine Insel?«, fragte Joseph. Varus hob die Brauen. Sie wussten es … hatten es die ganze Zeit gewusst! Er blickte zu Vennemar, doch der schüttelte sofort den Kopf. Varus musterte die beiden jungen Männer.

»Wer von euch war es? Du, Jeshua? Du, Jochanan? Wer hat gelauscht, irgendetwas gesehen?«

»Die Bogenschützen von Trachon«, sagte Vennemar schnell. »Sie sind nicht blind, auch wenn sie mit geschlossenen Augen ihre Pfeile schießen.«

Und plötzlich lachte Varus. »Deine Geheimwaffe!«, sagte er anerkennend. »Ich hätte es bemerken oder mir denken können.«

Er stand auf und ging mit seltsam schwer wirkenden Schritten im großen Zelt auf und ab. Dann blieb er vor den Judäern stehen.

»Ich will, dass ihr rasch verschwindet. Geht direkt über den Bergrücken, bis ihr auf der anderen Seite unser Lager Aliso am Fluss Lippe erreicht. Ihr wisst, wie ihr zurück zum Rhein und von dort ans *Mare nostrum* kommt. Erst, wenn ihr in den nächsten Jahren wirklich sicher seid, dass weder Tiberius oder irgendjemand sonst in Rom hinter dem Tempelschatz her ist, dürft ihr zurückführen, was eurem Volk gehört.«

Joseph der Tekton und Varus sahen sich lange in die Augen.

»Aber ... wir wissen nicht, wo ...«

»Seht zu, dass einer von euch bis zu meinem Weib durchkommt. Grüßt meinen Sohn und sagt Claudia Pulchra, ich hätte euch geschickt, um nach dem Wappen Davids und dem Schatz von König Salomo zu fragen. Wer ein guter Baumeister ist, wird auch einen sehr fein gezeichneten Plan auf feinstem Kehlleder eines Salamanders lesen können.«

Das war alles, was ihnen der Statthalter sagte. Joseph, Jeshua und Jochanan verließen das Zelt des Feldherren mit geneigten Köpfen. Die beiden jungen Baumeister waren verwirrt. Joseph hingegen lächelte.

Varus wandte sich an den Sugambrer: »Wie können wir über Nacht zwanzigtausend Zöpfe aus blonden Haaren oder wenigstens gelbe Wollbüschel für unsere Männer bekommen?«

»Das ist unmöglich!«, stöhnte Vennemar. »Glaubst du etwa, dass dieses Zeichen ...«

»Ich glaube nicht – ich sehe es und befürchte das Schlimmste!«

»Ich wünschte, diese scheußliche Nacht wäre schon vorbei.«

»Wem sagst du das! Und morgen feiert das gesamte Reich den zweiundsiebzigsten Geburtstag von Augustus!«

»Mögen dir, von allen Völkern der Welt von Sonnenaufgang bis Sonnenuntergang vergöttlichter Augustus, der große Jupiter und der unbesiegbare Mars ihre Kraft und Herrlichkeit übertragen«, rief Varus mit wohltönender Stimme in das große Versammlungshaus des Senats am Forum Romanum. Im Licht der Fackeln klatschten die Senatoren Beifall. »Möge die zweiundsiebzigste Wiederkehr deines Geburtstages ein weiterer Beweis für deine Größe und deinen Ruhm als Imperator sein. Und selbst wenn die Blätter bereits im Sommer von den Bäumen fallen, Stürme sämtliche Schiffe der römischen Flotte versenken und deine Legionen nackt durch den Regen fliehen, soll dein Glanz ebenso unbefleckt sein wie deine Weisheit. Und ich, Publius Quinctilius Varus will als dein würdiger Statthalter von Gallien und Großgermanien bis zum Tod ...«

Ein eisiger, feuchter Windstoß zerriss den Traum gleichzeitig mit der vorderen Stoffbahn des Zeltes. Mit einem schmerzhaften Aufstöhnen fuhr Varus hoch. Ihm war, als wollten ihm unsichtbare Dämonen mit schmierigen nassen Fingern das Tuch wegreißen, mit dem er die Kälte der Nacht abgehalten hatte. Varus legte die Hände auf seinen linken Fuß. Er war heiß und geschwollen.

»Arminius!«, rief er in die Dunkelheit. »Warum hast du mich verraten?«

Düster fragte er sich, ob Julius Caesar ähnlich empfunden hatte, als ihm der Dolch von Brutus Leben und alle Ziele abschnitt? Oder Marcus Antonius beim Verrat von Octavian? Etwa auch Julia, als ihr eigener Vater sie auf die winzige Insel Pandatera verbannte?

Die Zeit schien stehenzubleiben unter den dunklen Wolken. Während die Legionäre die Zelte und Palisaden abbauten, richtete der Statthalter sich wie eine Puppe auf. Er verschmähte das bereitstehende Becken mit warmem Waschwasser und die silbernen Teller mit Köstlichkeiten.

Ohne ein einziges Wort zu verlieren, wartete er, bis seine Leibsklaven ihm Brustrüstung, Gürtel und das Schwert umgehängt hatten. Er ließ sich den Helm des Feldherren aufsetzen und wehrte erst ab, als ihm die Sklaven den Wangenschutz schließen wollten.

Für einen kurzen Augenblick dachte er daran, sich im Lager zu verschanzen. Barbaren waren nirgendwo gute Belagerer. Sie hatten weder die Waffen noch das Gerät, um drei umwallte Legionen zu überwinden. Wenn er mehrere Boten zum Main schickte, konnte er Asprenas zu Hilfe rufen. Zwei weitere Legionen von Süden her würden ihn in die gleiche Überlegenheit versetzen wie Tiberius bei seinem Marsch gegen König Marbod und seine Markomannen.

Hätte Tiberius so gehandelt?

Varus schnaubte verächtlich. Vielleicht an der Donau oder am Rhein. Doch selbst wenn die Völker und Stämme der Germanen ungeduldig werden sollten und schließlich aufgaben – wie lange konnten einige zigtausend Legionäre samt ihren Tieren und den Bediensteten ohne Uniform, ohne Nachschub an Korn und Öl, Fleisch oder Obst ausharren?

Varus erkannte, dass die Würfel bereits gefallen waren. Ohne Versorgungswege und ohne einen Fluss gab es keine Option für ein befestigtes Lager.

Und Aliso?

Um dort erneut Sicherheit zu finden, hätte er bei den miserablen Bedingungen von Wetter und Schlammboden mehr als einen Tag benötigt. Damit blieb der Weg direkt nach Westen in Richtung Rhein und ein sicheres Ufer mindestens ebenso klug.

»Es wird Zeit«, sagte er dann. »Zeit zu enden und zu gehen.«

Es war für ihn nicht einmal eine schwere Entscheidung, sondern die einzig richtige.

»Abspannen!«, befahl er gleich darauf den müden heranstolpernden Offizieren. »Alles abspannen und zurücklassen, was wir nicht unbedingt brauchen!«

Schon kurz darauf brannten die ersten Wagen und Vorräte. Alles, was nicht bei einem schnellen Rückmarsch mitgenommen werden konnte, wurde verbrannt, zerstört oder einfach zurückgelassen.

Keine zwei Meilen weiter stockte der Zug wieder, verkeilten sich Pferde und Wagen, Schilde und Speere der Legionäre im Unterholz am Rand der schmalen Wege. Abseits von der Hauptstraße und im hügeligen Waldgelände mussten mit viel Geschrei und Lärm Bäume gefällt und Brücken gebaut und Schlammfurten überwunden werden.

»Schneller!«, fauchte Varus seine Tribunen an, sobald sie bei ihm auftauchten. »Bekämpft den Wald wie einen Feind! Er ist Verbündeter dieser elendigen Barbaren.«

In diesem Moment geschah es. Von allen Seiten, von vorn und von hinten brachen bewaffnete Germanen über die Mitte des endlosen Zuges her. Sie tobten grölend heran, schwangen ihre Schwerter und verbissen sich wie wilde Hunde im Durcheinander der verwirrten Legionäre. Lateinische Kommandos gingen im Geklirr von Waffen unter. Keiner der Legionäre wusste, wie er in Sechserreihe aufmarschieren oder sich mit den Schilden zur Schildkröte zusammenfügen sollte. Nichts, was sie in vielen Jahren immer wieder geübt hatten, gelang im nassen germanischen Urwald.

Plötzlich quoll schwerer Rauch unter den Lederplanen eines Ochsenwagens mit Ölamphoren hervor. Halbnackte Germanen fielen mit Fackeln und Feuertöpfen aus den Bäumen. Sofort brannten weitere Karren. Fahrer und Sklaven stürzten davon. Die ersten Räder brachen. Fahrzeuge und brennendes Gerät verkeilten sich mit Palisadenstangen von schreienden Eseln. Pferde gerieten in Panik, und sogar Maultiere gingen durch.

Varus sah wie in einem Fiebertraum, dass Dutzende von Männern um ihn herum niedergemacht wurden. Weiter vorn konnte er nichts erkennen. Hinter sich ebenfalls nicht. Zu dicht war der Rauch. Er begriff augenblicklich, mit welcher Taktik die Angreifer vorgingen. Der Plan war so einfach wie genial: Er selbst hatte Arminius immer wieder auf die Gefahren und Möglichkeiten des verdeckten Kampfes hingewiesen. Wie oft hatten sie beide beim Wein über Caesars jahrelangen Kampf gegen die Gallier in den Wäldern debattiert! Wie oft hatte er selbst dem fähigen jungen Ritter erklärt, wie die Aufständischen in Judäa Hohlwege als Hinterhalt nutzten, mit der Sonne im Rücken angriffen oder marschierende Einheiten von Legionären von den Seiten her in Stücke teilten ...

Arminius, der vielleicht zu Anfang eine Maske getragen hatte, um seine wahren Absichten zu verbergen. Arminius, der Schwamm, der alles aufgesaugt hatte! Von Caesar, von Tiberius und erst recht von ihm selbst!

Varus empfand keinen Hass – eher Scham und Bestürzung darüber, dass er dem anderen so sehr vertraut hatte. Und er wusste, dass dieser Cherusker nichts anfing, was er nicht auch zu Ende bringen konnte. Für einen Augenblick überlegte Varus, ob er den Befehl zur Umkehr geben sollte. Dann fiel ihm ein, was mit Marcus Caelius passiert war. Es gab keinen Weg mehr zurück.

»Links voraus ist ein Hügel mit einer Lichtung!«, meldete Vennemar. Er war im Rauch kaum zu erkennen. Varus hob den rechten Arm. Das Zeichen zum Ausbruch. Nach heftigen Schwertstreichen lagen die Stellen zwischen den beiden dichtesten Rauchwolken hinter ihnen. Varus, sein Stab und die Wachen konnten gerade noch auf einen baumlosen Hügel ausweichen.

Kaum oben angekommen, wurde Varus gemeldet, wer die Angreifer waren.

»Marser von Nordwesten her.«

»Chatten von Süden.«

»Die Bructerer greifen an, vereint mit den Chauken.«

Namen von Völkern und Stämmen, einer bedrohlicher als der andere.

»Nicht in die Wälder zurück!«, befahl Varus. Nicht nur die Hilfskrieger aus den germanischen Stämmen trugen inzwischen gelbe Wollbüschel am Gelenk der Waffenhand, sondern auch die römischen Legionäre. »*Phalanx*! Formt eine *Phalanx* und an den Flanken zum Wald hin Schildkröten!«

Die Angreifer erkannten seinen Plan. Als hätten sie geahnt, wie er reagieren würde, zogen sie sich wie fliehendes Wild erneut ins Gebüsch des unwegsamen, nassen Waldes zurück.

Die Legionäre warteten atemlos auf den Angriff. Viele von ihnen trugen bereits hastig angelegte blutige Verbände. Bis aufs Äußerste angespannt starrten sie ins Dunkel des Waldes. Keiner entdeckte einen Gegner, gegen den er mit pilum und gladius vorgehen konnte. Und dann stiegen Wolken von Speeren aus dem Unterholz auf. Wie Hornissenschwärme flogen sie gegen die Helme und Schilde der Legionäre, töteten, spießten auf und ließen geübte Männer von einem Moment zum anderen einfach umstürzen.

Die Führungsoffiziere versammelten sich um Varus.

»Wir können nicht in geschlossener Formation angreifen«, schrie Numonius Vala hysterisch. »Jeder Versuch endet am Waldrand.«

»Wir sind blind gegen das verdammte Grün ...«, rief der Reiterpräfekt Ceionius. »Sie können zuschlagen, wo sie wollen, und wir kommen nicht weiter, sobald die Bäume den Weg versperren.«

420

Varus hörte sich die Vorschläge seiner Offiziere mit unbewegtem Gesicht an. Er war wie ein Fels, der scheinbar stark inmitten des Sturms aus Tod und Vernichtung stand.

Den ganzen Tag über eilten Dutzende von Kundschaftern ins Führungszelt des Statthalters. Nur wenige hielten sich noch an die gelernte Disziplin. Die meisten stolperten schmutzig und erschöpft, manchmal auch schon halb tot bis vor Varus' Füße. Wer nicht mehr kämpfen konnte, versuchte im überfüllten Lager zu helfen. Hier standen nur noch wenige Lederzelte. Was nicht verloren oder verbrannt war, stapelte sich in wilden Haufen an den Innenrändern der zernagten und an vielen Stellen fortgespülten Erdwälle. Selbst Männer mit Verbänden, halbnackte Sklaven und verwirrte Freigelassene versuchten überall, ihre Pfeile zu sortieren oder verschüttete Schleuderbleie aus dem Schmutz zu sammeln. Die Verletzten schrien nicht mehr, jammerten höchstens leise, halb ohnmächtig vor Schmerz und doch mit flackernden, weit aufgerissenen Augen.

»Ein Weg, ein Weg nach Südwesten!«, riefen am späten Nachmittag Männer von einem zurücktorkelnden Spähtrupp. »Wir haben einen Weg über die Berge gefunden, der nach Aliso führen kann.«

Sofort ließ Varus sich berichten, was die letzten bei den Adlern Roms gebliebenen Germanen entdeckt hatten. Es waren Ortskundige aus der Sippe von Segestes. Er hatte sie bereits an den Externsteinen und später auch am Schnakenborn gesehen.

Zusammen mit seiner Leibwache und der ersten Kohorte der XVIII. brach er am Westrand der Freifläche durch ein Verhau aus abgeschlagenen Buchenästen und drang mit seinen Leuten in den dichten Wald ein. Sie kamen nicht weit im tückischen Gelände.

»Verschwunden«, meldete Vennemar, nachdem er sich fast eine Stunde lang wie ein Blinder durch das Unterholz bewegt und nicht einen der Angreifer gesehen hatte.

»Schlagt auf der Hügellichtung das befestigte Nachtlager auf!«, befahl Varus. »Und noch vor Sonnenuntergang erwarte ich die Verlustmeldungen sämtlicher Einheiten zwischen Vorhut und Nachhut. Wie ich Arminius einschätze, wird er bei unseren drei Legionen an mindestens zwölf Stellen zugleich zugeschlagen haben.«

Varus hatte Arminius vollkommen richtig eingeschätzt. Doch die Erkenntnisse kamen zu spät, denn die Legionen steckten in der Falle der germanischen Wälder fest. Die Nacht war endlos. In kurzen Abständen schlugen die Wachen immer wieder Alarm. Und jedes Mal warf sich Quinctilius Varus schwer von einer Seite auf die andere. Ihm war, als wäre er auf einer Trireme aus Hunderten von bleichen Knochen in einen Sturm geraten, in dem es nirgendwo ein Oben und ein Unten gab … nur hochaufstiebende Wolken aus stinkendem, blutigem Schaum. Die Masten seines Totenschiffes bestanden aus ungezählten kleinen Kreuzen, die wie der Schmuck aus Säulen aus Korinth übereinander angeordnet waren. Jüdische Jungen rührten in Mischkesseln für Wein und Wasser. Germanenrecken mit weißen Priestertogen über Ordensbuckeln auf den Brustpanzern tanzten auf Gräbern voller Legionäre mit barfüßigen Jungfrauen. Dann tauchte Claudia Pulchra auf. Sie trug den kleinen Varus auf dem Arm, doch dessen Augen waren blind. Sie konnten keine Zukunft und kein Morgen sehen.

Mit einem erstickten Gurgeln richtete sich Varus auf. Für ein paar lange und schwere Atemzüge hoffte er noch, dass nach dem ersten Erwachen ein zweites folgen könnte – eine Befreiung von einem grausamen Albtraum. Doch dann tropfte die Wahrheit langsam und wie Gift in sein Bewusstsein.

Aber Publius Quinctilius Varus war kein Mann, der einfach aufgab. Er gehörte nicht zu jenen Senatoren, die aus Eitelkeit laut wurden, auf ihre Stellung pochten oder mit dem Kopf durch die Wand wollten. Bei allem, was er tat, hatte er zuerst an das Imperium Romanum und erst dann an sich gedacht.

Seine Gedanken besuchten den alten Mann in Rom. Er hatte ihm sein ganzes Leben lang die Treue gehalten. Dabei war er mehr als einmal bis an die Grenze seiner eigenen Ehre gegangen. Und doch hatte es für einen Mann wie ihn niemals den Gedanken an Aufstand oder Verrat an Rom gegeben. Auch als er sich eingestehen musste, dass es kein Rom nach seinen Idealen mehr gab, dass der Princeps ein schrecklicher, eigensüchtiger Lügner war und der Senat nur noch aus hörigen Schleimkriechern bestand, war er den Gesetzen des Imperiums treu geblieben.

Jetzt aber zerriss der kostbare seidene Kokon aus Glauben und Hoffnung, der ihn zeit seines Lebens vor allen Anfechtungen und Intrigen geschützt hatte.

Waren diese barbarischen Germanen etwa wilder als das mit Wolfsmilch gesäugte Raubtier Rom? Oder erkannten sie nur den Wert ihrer eigenen Freiheit, indem sie die Krallen der Legionen einzeln ausrissen?

Für wen hätte er sie mit einem Netz aus Gesetzen, Gerichtsurteilen und grausamen Strafen zähmen sollen? Für wen sie bis aufs Blut durch Steuern auspressen, ihre Besten in die Legionen zwingen und ihre Aufrührer als Gladiatoren den Löwen im *circus maximus* vorwerfen sollen?

Für einen eigensüchtigen Greis? Für sein intrigantes und gnadenloses Weib? Oder für den stets beleidigten Ersatzmann Tiberius, der aus dem Nichts hinter seinem Bruder und den verheizten Knaben Lucius und Gaius aus dem Exil geholt worden war?

Varus schüttelte sich vor Widerwillen. Sie hätten ebenso gut in die *cloaca maxima* greifen können. In diesem Augenblick begriff er zwei Dinge zugleich: Augustus hatte ihn ausgeschickt, um die germanischen Stämme wie längst besiegte und befreundete Völker zu behandeln. Das war falsch gewesen.

Die zweite Wahrheit erschreckte ihn fast noch mehr: Er war nach Tiberius der Letzte der großen Mitstreiter von Augustus. Damit war er selbst für die Familie des Princeps und ihre Pläne vom Erbe des Imperiums zu einer Gefahr geworden. Einer Gefahr, der nicht mit den klassischen Mitteln des Vortrags im Senat, der Anklage und der Rhetorik begegnet werden sollte, sondern mit der List und den Fesseln der Verantwortung.

Konnte es sein, dass ihm Arminius im Auftrag von Augustus, Drusilla und Tiberius nur einen warnenden Dämpfer versetzen sollte? Peinlich für ihn, aber nicht weiter schädlich für Rom? Das simple Ende einer großen Karriere wie seinerzeit bei Lollius, dem die Germanen aus heiterem Himmel eine Legion vernichteten und einen goldenen Adler gestohlen hatten. Damit wäre er keine Bedrohung mehr für Tiberius. Im Gegenteil – sein Versagen würde sogar den Ruf nach einem neuen großen Feldherrn als nächsten Kaiser unüberhörbar machen.

Konnte Arminius alles, was jetzt geschah, so gewollt haben? Oder Tiberius, seine Mutter Drusilla oder gar Augustus selbst? Nein, das war unmöglich – vollkommen absurd! Eine derartige Katastrophe für mehr als drei Legionen konnte niemand in Rom oder im Beraterstab von Tiberius geplant haben oder nur vorausahnen …

»Aus dem Ruder gelaufen«, murmelte Varus.

Er richtete sich auf und starrte in eine Ecke des Zeltes. Unablässig rann ein dünner Faden Regenwasser aus einer Mulde im Zeltdach bis auf die säuberlich übereinandergestapelten goldenen Teller und Schalen, die von verängstigten Sklaven für sein Frühstück vorbereitet worden waren. Das Wasser war kaum zu hören, während es auftraf und nach allen Seiten spritzte.

»Wenn das so ist…«, stöhnte Varus und begriff plötzlich das ganze Ausmaß der Katastrophe. »Wenn das wirklich so ist, dann haben Intrige und Verrat das Imperium Romanum um die Provinz *Germania magna* gebracht. Denn meine Niederlage wird verhindern, dass die Rheingrenze bis an die Elbe vorgeschoben wird. Vielleicht sogar für immer und ewig!«

Er räusperte sich, dann stand er auf und ließ sich seine Uniform anlegen. Als er inmitten seiner verbliebenen Offiziere endlich aufbrach, schmerzte ihn, was er vom Zustand seiner Legionen sah. Sie hatten nicht im ordentlichen Kampf verloren, sondern waren zerfetzt worden wie eine endlose Reihe von Schafen. Wie hatte das geschehen können?

Keiner der Barbarenhaufen hätte auch nur eine Kohorte kampfbereiter Legionäre schlagen können. Selbst im Kampf Mann gegen Mann auf freiem Feld wären die Germanen vor den gerüsteten Fußkriegern Roms schneller gefallen als nackte, unbewaffnete Gladiatoren im *circus*.

Varus erkannte, dass er im Grunde nur einen einzigen, tödlichen Fehler gemacht hatte: Er war vom Imperium Romanum so überzeugt gewesen, dass er nicht einen Augenblick auf den Gedanken gekommen war, dass ein zum Bürger Roms erhobener, geadelter Germane aus seinem eigenen Stab sich barbarisch häuten und zum alten Feind zurückverwandeln konnte. Nichts schmerzte Varus mehr als der Zusammenbruch seines Vertrauens in Arminius.

Zu spät, denn längst marschierten keine geordneten Legionen mehr durch die Wälder von *Germania magna*. Es waren nur noch einzelne, verzweifelt umherirrende Haufen. In allen Köpfen gab es nur noch einen Gedanken: »An den Rhein, bei allen Göttern, so schnell wie möglich an den Rhein!«

Um die Germanen abzuschütteln und sicheres Gebiet zu erreichen, stolperten die Römer und der verbliebene Teil der Hilfstruppen den gesamten Tag und die darauffolgende Nacht hindurch gen Westen.

Schritt für Schritt wankte die Angst mit. Hinter jedem Baum, jedem herabhängenden Ast konnte ein helles Auge als Zeichen des nahen Todes aufblitzen. Obwohl Varus und seine Stabsoffiziere inzwischen wussten, dass sie nicht nur gegen Barbaren, sondern auch gegen ehemalige Waffengefährten kämpften, konnte niemand ihre nächsten Fallstricke voraussehen.

Mal brüllten sie wie wilde Tiere im Buschwerk, dann wieder fielen sie völlig ohne Geschrei von den Ästen der Bäume herab. Mehrmals wieder ließen sie den unheimlichen Chor ihres Baritons über Hohlwege dröhnen, blieben unsichtbar und griffen nicht an. Sie verhöhnten die Legionäre, trieben sie wie strauchelnde Rudel von Jagdwild weiter und weiter durch die Wälder. Schließlich fürchteten die Römer die Pausen der Stille zwischen peitschenden Regenschauern mehr als den gewohnten Schlachtenlärm. Es war, als taumelten sie durch ihre eigenen Albträume und zugleich durch alle Schrecken der Unterwelt.

Das römische Heer schleppte sich weiter durch Angst und Morast. Der düstere Wald war die stärkste Waffe der Angreifer. Wieder und wieder brachen kleine Gruppen halbnackter Germanen mit wüstem Geschrei aus dem Dickicht hervor, bleckten die Zähne und schlugen blutige Lücken in die Reihen der Legionäre. Sie kamen schnell wie Schlange und Wolf und verschwanden, noch ehe die Angegriffenen sich ordnen und wehren konnten.

Dumpfe Verzweiflung lähmte die Glieder der Männer und zerfraß ihren Mut. Niemand konnte noch an Sieg und Eroberung denken. Sogar die härtesten Legionäre ließen die Waffen fallen, um schneller durch Sträucher und Buschwerk zu fliehen. Kleine Gruppen, die keine Anführer mehr hatten, versuchten, sich zu ergeben. Sie fielen vor den Germanen auf die Knie und umschlangen die schlammigen, oft ebenfalls blutigen Füße.

»Ich habe drei unmündige Kinder«, schrie einer, ehe ein langes Messer ihm blutig den Hals vom Kopf trennte.

»Ihr habt mein Haus dreimal verbrannt«, war die Antwort.

»Ich bitte … mein schwangeres Weib«, flehte ein anderer einem Axthieb entgegen, ehe sein Gedärm herausplatzte. Der breitschultrige Germane vor ihm grölte vor Freude: »Ihr sollt nur noch Amboss sein, und wir Thors Schmiedehämmer!«

Wieder ließ er die Axt kreisen und traf erneut.

»Grüßt meinen alten Vater in Rom«, röchelte der Letzte der Unglücklichen. Doch niemand lebte noch, der ihn hören konnte.

Die Bructerer und Cherusker, die Marser und Reste der Sugambrer kannten weder Schonung noch Gefangene in ihrer Wut und ihrem Siegesrausch. Es war ein grauenhaftes Gemetzel.

Umgeben von Zerstörung, Blut und Tod, erkannte Varus, dass die Lage aussichtslos geworden war. Er gab seine Offiziere frei:

»Lauft! Reitet! Rettet euch!«

»Und du? Was wird aus dir?«

Vennemar stieß sein blutiges Schwert in einen Baumstamm am Boden. Varus riss es wieder heraus.

»Was erwartest du? Soll ich wie mein Vater und mein Großvater aus dem Leben fliehen? Nein bis zum letzten Atemzug! Und immer wieder nein!«

»Du ziehst die Rache auf dich … für alles, was Rom hier seit Drusus, Augustus und Tiberius zerstört hat.«

»Erobert! Besiegt! Mit der *Pax Romana* beschenkt!«

Der Reiterpräfekt Ceionius trat vor Varus. »Ich bleibe ebenfalls mit meinen Männern und kapituliere mit dir.«

»Habt ihr mich nicht verstanden?«, stieß Varus hervor. Er richtete sich auf. Sein linker Fuß zitterte heftig. »Ich werde hier nicht aufgeben, sondern als Statthalter von Augustus vor die Germanen treten. Ich werde sie und den Präfekten Arminius daran erinnern, dass sie Verbündete von Rom sind. Und fordern, dass Verträge zu erfüllen sind!«

»Nach all den Toten?«, stöhnte Präfekt Lucius Eggius. »Das kann ich nicht ... ich breche aus ... kämpfe mich zum Rhein durch.«

Varus presste die Lippen zusammen. Dann nickte er und hob die Hand. »Ja, reite zum Rhein und bis nach Rom. Bring Augustus die Nachricht und meinem Weib Claudia Pulchra.«

»Du hältst das nicht für feige Flucht?«

»Flieh oder stirb!«

Präfekt Eggius stürzte davon. Mit ein paar verzweifelten Reitern entkam er in die Büsche – mehr durch die Panik ihrer Pferde als durch eigenes Verdienst. Nur wenig später klangen seine Todesschreie wie ein fernes Echo durch den Wald.

Nicht einmal eine halbe Stunde später brachen von drei Seiten gleichzeitig Germanen aus dem Dickicht. Sie rannten ungehindert bis zum Feldherrenzelt des letzten Lagerplatzes. Am Abend war alles niedergemetzelt, Mann und Ross, ja selbst Maultier und Esel mit ihren Lasten. Das nördliche Korps der römischen Rheinarmee existierte nicht mehr. Nur auf der Kuppe eines Hügels mitten im Wald gab es noch Lebenszeichen, verschanzt hinter einem notdürftig errichteten Rechteck aus Wällen, Palisaden, Wagen und schiefen Mauern aus erdgefüllten Amphoren.

Einer der jüngeren Centurionen mit abgerissenem Wangenschutz schaffte es ohne Pferd bis unter ein Dach aus blutigen Holzschilden. Ihm folgte taumelnd ein Haufen Freigelassener, Handwerker und Sklaven, die sich zum eigenen Schutz mit aufgeklaubten Harnischen, zerbeulten Helmen und irgendwelchen Schilden behängt hatten. Nur zehn von ihnen waren echte Legionäre.

»Wir kommen von der Siebzehnten«, berichtete der Centurio mit letzter Kraft. »Die Legion wurde völlig aufgerieben ... nur knapp drei Meilen westlich.«

»Warum seid ihr umgekehrt?«, fragte Varus sofort.

»Befehl von Legat Numonius Vala. Er hat uns freigestellt, mit ihm und seinen Berittenen zu fliehen oder zu dir zu laufen.«

»Warum seid ihr ihm nicht gefolgt?«

Der Centurio zögerte. Für einen Augenblick schien es, als würde er erst jetzt nach einer Antwort suchen. Doch dann sah er die verbissenen Gesichter der Freigelassenen und Handwerker. »Die Wahrheit ist ... in Wahrheit haben es Legat Vala und die Stabsoffiziere der Siebzehnten nicht einmal bis zur nächsten Hügelkuppe geschafft. Alle, die mit ihm fliehen wollten, wurden an einer Engstelle zwischen Hang und Moor gnadenlos niedergemacht.«

Varus, der Statthalter der Provinz Germanien, nickte. Er deutete auf die letzten Weinamphoren, die bis hierher gerettet werden konnten.

»Seht zu, ob da noch Wein ist, und folgt mir auf den Hügel dort!«

Ohne zu warten, ging er zu einem Erdhügel am Rand der Lichtung. Als er den Aussichtspunkt erreichte, rissen die Wolken auf. Kaltes, schmerzhaft grelles Mondlicht erhellte die grausige Szenerie. Aus den Schatten schallten die Schmerzensschreie der sterbenden Opfer beider Seiten. Dazwischen heulten die Wölfe immer lauter in die Nacht.

Zwei Dutzend Männer unter Tribun Flavus, Präfekt Ceionius und dem Centurio erster Klasse Vennemar wollten mit dem Oberkommandierenden aushalten, bis alles zu Ende war. Ihre Uniformen glänzten vor Blut. Jetzt kämpften sie nicht mehr. Sie warteten.

Plötzlich galoppierte ein Reiter auf die völlig verwüstete Lichtung. Es war Arminius. Er zügelte sein Pferd, verharrte kurz und erkannte, dass er den Statthalter nach all dem Morden noch lebend antraf.

Varus schien es, als würde der Cherusker wie ein *gladiator* vor großem Publikum im *circus* lospreschen. Er kam nicht direkt auf ihn zu, sondern ritt scharf unterhalb der Hügelkuppe entlang – so nah, dass sie sich ins Gesicht sehen konnten.

Arminius wendete am oberen Waldrand, dann kam er im Galopp zurück. Diesmal wich er nicht zur Seite aus. Der Anführer des germanischen Aufstandes trug noch immer den glänzen Brustpanzer eines römischen Präfekten, hatte aber weder einen Helm noch seine Auszeichnungen angelegt. Von seinen in den gnadenlosen Kämpfen der

Legionen erworbenen Ordensbuckeln hingen lediglich die angerissenen ledernen Halteschlaufen über dem zerbeulten, blutverschmierten Metall seiner Rüstung.

Flavus und der Sugambrer wollten sich gegen ihn werfen, doch Varus hielt sie mit einer knappen Handbewegung zurück. Beherrscht hob er sein Schwert. Er traf, aber auch Arminius' Waffe verfehlte ihr Ziel nicht. Die Schwerter dröhnten wie Glockenschläge auf den Rüstungen. Flavus sah, wie Varus taumelte. Es war das Pferd seines Bruders und nicht sein Schwert, das den Statthalter schließlich zu Fall brachte.

Von der anderen Seite zischten die Pfeile der Bogenschützen von Trachon und trafen das Pferd des Cheruskers. Vennemar schnalzte mit der Zunge. Das war es nicht, was Varus wünschte. Zu spät. Arminius' Pferd strauchelte. Der ließ die Zügel los, drehte sich noch im Sprung und kam mit Schwert und Schild neben dem Pferd am Boden auf. Er schnaubte verächtlich, als der Sugambrer sich gegen ihn stellen wollte. Mit einem einzigen Schwerthieb zerteilte er Vennemars Brust.

Der *primus pilum* schaffte es nicht, den Legionsadler der Neunzehnten zu halten. Unendlich langsam neigte sich die heilige Standarte zur Seite. Vergeblich versuchte der Sugambrer noch einmal ein letztes Schnalzen. Die Bogenschützen von Trachon schienen darauf zu warten. Als sie jedoch nichts mehr hörten, hüllten sich die Krieger aus Arabiens Bergen in ihre langen Mäntel, drehten sich um und verließen geradewegs den Hügel. Niemand hielt sie auf.

Varus lag schwer getroffen auf dem Boden. Zornig, doch ohne Furcht wollte er sich noch einmal aufrichten. Er hob den Arm, ganz so, als wolle er die Hand des Mannes greifen, der lange sein Vertrauter war. Aber da erwies sich, dass Arminius doch kein Ritter Roms geworden war. Mit einer grausamen Gebärde stieß er den bereits besiegten Statthalter zurück. Er wartete, bis die ersten seiner Mitstreiter herangelaufen kamen, dann setzte er den Fuß auf den zerfetzten Brustschutz des besiegten Statthalters. Dickes Blut quoll aus der einst goldenen Rüstung hervor.

Auch Arminius war verletzt. Doch jetzt blickte er sich nach allen Seiten um. Fast schien es, als wollte er, wie im Circus, Applaus entgegennehmen. Seine Mitstreiter hoben noch einmal die Schwerter, ehe sich treu ergebenes und Verräterblut mischte.

Dann rief Arminius: »Germaniens Einigkeit ist meine Stärke – meine Stärke wird Germaniens Macht.«

Niemand bemerkte, dass Publius Quinctilius Varus sterbend den Siegesruf des Cheruskers noch vernahm. Nach diesem letzten Aufflackern hatte der große Augustus in Rom nicht nur den Statthalter von Großgermanien, sondern dazu noch den Legaten Numonius Vala, viele hervorragende Offiziere und Unteroffiziere, mehr als zwanzigtausend Legionäre aus drei Legionen und sechs Kohorten verloren.

Ungezählt all die anderen, die unschuldigen Handwerker und Maultiertreiber, die Freigelassenen und Sklaven, die Frauen, Kinder und Bettler im riesigen Tross. Und selbst bei den Siegern und Helden des großen Gemetzels schrieb niemand auf, wie viele Leben in den Familien und Sippen, Stämmen und Völkern in diesen schrecklichen Tagen und Nächten im *saltus teuto burgensis* ausgelöscht wurden.

X.
EPILOG

Die Legionen XVII, XVIII und XVIIII existierten nicht mehr. Aber es gab noch immer Männer, die mit diesen Legionen Roms gekämpft und gesiegt hatten.

Die Todesschreie und das heiser werdende Gebrüll ungezählter Opfer dieses Blutbads hallten noch lange durch den Wald. Es regnete und regnete, als wollten die Götter Leid und Schmerz aus dem blutgetränkten Boden fortwaschen. Ein schwerer, süßlicher Geruch nach Tod und Verrat wallte langsam über die Bühne der allerletzten Schlacht. Wer noch atmete, kauerte irgendwo zwischen all dem blutigen Grauen und konnte nicht fassen, dass er noch lebte.

Alle hatten schreckliche Verletzungen durch Schwerthiebe und geschleuderte Wurfspieße erlitten. Mit blutigen Lappen, Laub und Grasplacken verbunden, boten sie ein Bild, das nicht weniger grausam war als das der grauenhaft verstümmelten Leiber ihrer Kameraden.

Vorn lagerten die schwerverletzten Anführer des tagelangen Massakers, die noch vor Einbruch der Dunkelheit in die ewige Nacht übergehen würden. Weinende Mädchen suchten zwischen den Toten und Verletzten ihre Väter. Andere schrien, wieder andere waren vor Entsetzen verstummt, als sie begriffen, dass ihre Männer nicht mehr zum Stamm zurückkehren würden. Einige bissen vor Schmerzen auf Eibenholz, andere nahmen dankbar Methörner mit berauschenden Kräutern an.

Über Meilen verstreut lagen unzählige Tote und Verletzte in den Büschen, unter Bäumen, in Wasserlöchern oder im Sumpf, oft entkleidet und wie von wütenden Waldvögeln, die ihre Nester verteidigten, beraubt. Bald würden die Raben auch ihr Fleisch stehlen.

Es war wie ein Rausch – wie ein betäubender, fiebriger Sturm war das alles über sie gekommen. Und niemand wusste, wie das Unfassbare geschehen konnte...

Die Sieger umarmten zitternd und frierend ihre Beute. Manche hatten den ganzen Arm voller Wurfspeere eingesammelt, andere zwei Helme, wieder andere hockten auf den rechteckigen Schilden der toten Römer wie auf kleinen Booten im Schlamm.

Es regnete noch immer, als Arminius seine schwer gewordenen Arme hob. Das mühsame, heisere Gejohle vieler tausend Männer glich eher dem schweren Stöhnen Betrunkener als dem Jubel von Siegern.

»*Ger-Mannen!*«, rief Arminius und seine Stimme klang wie ein letzter, verzweifelter Aufschrei an das vielsprachige, wild zusammengewürfelte Germanenvolk. Doch diesen Aufruf des Cheruskers, der kein Römer, kein Ritter, kein Eroberer mehr sein wollte, verstanden alle.

»Wir ... haben ... gesiegt!«

Er wartete, bis nach Freude, schmerzhaftem Wehklagen und müden Trommeln auf die Schilde wieder Ruhe einkehrte.

»Wir haben sie aus unseren Wäldern getrieben ... und keiner soll wiederkommen ... die Besten von euch sollen belohnt werden ... jeder Fürst eines Stammes, der noch gehen kann, soll zu mir kommen ... ich rufe die Fürsten der Völker zu mir...«

»Die Fürsten der Völker und Stämme ... zu Arminius!«, wiederholten Hunderte von Männerkehlen die Aufforderung.

»Die Fürsten ... die Besten...«

Es waren wenige, aber sie kamen, einige nur noch mühsam und von ihren eigenen Getreuen gestützt. Nach und nach sammelten sich die übriggebliebenen Anführer bei Arminius und seinen Mitstreitern. Fürst Sigimer, sein Vater, war nicht mehr dabei. Ihm hatte bereits am ersten Tag ein verirrter Wurfspeer die Stirn gespalten. Auch dessen Bruder Segestes, der stets vor Rebellen in seinem eigenen Volk und vor Varus gewarnt hatte, war nicht zur Siegesversammlung erschienen. Er hatte seinen Priestersohn Segemundus und seine Tochter

Thusnelda mitgenommen und war, wie es hieß, heimlich in seine Fluchtburg im Weserbergland zurückgekehrt.

Es dauerte Stunden, ehe bei strömendem Regen so viele Fürsten bei Arminius waren, dass er beenden konnte, womit dieser Tag begonnen hatte.

»Diese Schlacht hat eine Flamme entzündet!«, rief Arminius über die Köpfe hinweg. »Eine Fackel des Widerstandes gegen die römischen Besatzer. Doch lasst euch nicht vom Licht der Freiheit blenden, Männer! Nur wir haben gesiegt … nur die Stämme, die sich schon gegen Drusus und Tiberius verbündet hatten. Und ein paar andere, die verräterisch mit Rom Verträge schlossen … so wie ich, der ich römischer Bürger und Ritter geworden war …«

Plötzlich wurde es still auf dem weiten Hain. Erst jetzt schienen die Germanen zu begreifen, wer sie gegen die Legionen unter dem römischen Statthalter Publius Quinctilius Varus geführt hatte.

»Seht diese Uniform, die ich noch immer trage!«, rief er ihnen zu. Dann riss er sich ein Stück nach dem anderen ab und schleuderte es zu Boden. »Und nun seht, wer ich wirklich bin … einer von euch, Männer, der nackt vor euch steht. Noch sind wir wenige, nicht einmal zwanzig Stämme. Noch fehlen die Friesen, die Bataver, die Chauken an der Küste … erst wenn wir alle unter einem Dach vereint sind wie die Völker der illyrischen Erhebung an den Flüssen Donau, Drau und Save, können wir verhindern, dass unser freies Land der Väter zu einer kriecherischen römischen Provinz wie Gallien wird.«

Die müden Männer verstanden kein Wort von dem, was Arminius sagte. Viele von ihnen hatten bisher weder den Rhein noch die Elbe gesehen. Und wo die Donau oder die Save war, konnten sie sich nicht vorstellen.

Doch sie verstanden, was sie gesehen und erlebt hatten. Sie waren die Sieger. Das allein war die Opferung der letzten Tribunen und Centurionen wert: Zuvor machtvoll, jetzt aber jämmerliche Gestalten neben wie betäubt wirkenden Kämpfern, die seit vielen Jahren auf Straßen des Imperiums marschiert waren und dabei Sieg um Sieg errungen hatten. Neben den Männern, die nun ihre Waffen gegen sie gerichtet hatten.

Sie alle mussten nach freiem Brauch und alter Art auf dem Altar des Sieges geopfert werden.

Die Flammen der ersten Feuer wurden mit Birkenteer und sprühendem Tannenharz angefacht. Obwohl das Holz von außen nass war, brannte es unerwartet schnell. Dicker, stechender Qualm wälzte sich schwer über die abfallende Lichtung, bevor er über die Baumwipfel aufstieg.

Segemundus trat neben Arminius. Kaum jemand hatte ihn während der letzten Tage und Stunden gesehen. Jetzt aber trug er nicht mehr das Gewand eines römischen Pontifex, sondern den weitgeschnittenen Umhang, wie ihn die Druiden der Kelten in Gallien bevorzugten. Niemand nahm Anstoß daran. Die Männer verstanden, dass Segemundus nicht einer bestimmten Gottheit danken und opfern wollte, sondern allen Göttern – auch wenn sie von Volk und von Stamm zu Stamm unterschiedliche Namen und Eigenschaften besaßen.

Als die Opferfeuer hoch aufloderten und den letzten römischen Offizieren die Kehlen durchgeschnitten wurden, bäumten sich die in vielen Kämpfen erfahrenen Centurionen mit einem verzweifelten Zorn über die Barbaren auf. Die Germanen hatten ihnen zum Spott von den Gefallenen Helme mit zerfransten Büschen besorgt. Um die Verhöhnung auf die Spitze zu treiben, wurden die gefangenen Offiziere mit fremden Ordensscheiben dekoriert. Zum Schluss bekamen sie sogar noch goldene Essteller aus der Bagage des Statthalters umgehängt. Manchen der Wilden war dieser kindische Triumph wertvoller als das Edelmetall selbst.

Segemundus quälte die unter Schmerzen leidenden Männer nicht lange. Es dunkelte bereits, als der erste junge Tribun von sechs Männern so in die Luft geworfen wurde, dass er im glutstiebenden Feuer des Opferaltars einschlug.

Ein vielstimmiger Siegesschrei begleitete die heilige Handlung.

Und plötzlich hörte der Regen auf. Mit jedem zusätzlich geopferten Tribun und jedem neuen Funkenregen machten die dunklen Wolken mehr Platz am Himmel, damit die Götter und Sterne sehen konnten, was in den Wäldern Germaniens geschehen war.

Direkt neben dem Opferaltar war eilig ein Podest aus dünnen Baumstämmen errichtet worden. Auf ihm steckten Dutzende der verhassten römischen Feldzeichen der Centurien und Kohorten mit ihren glänzenden, übereinander angebrachten Metallscheiben und vergoldeten Kränzen um Vögel und andere Tierfiguren an den Spitzen. Die Erkennungszeichen der vielen nicht mehr existierenden römischen Einheiten wurden überragt durch die drei vergoldeten Adler der drei Legionen. Sie waren die letzten Überreste einer zuvor mächtigen und unbesiegbar erscheinenden Streitmacht. Und die Männer, denen die Adler als Heiligtümer gegolten hatten, lagen zu Tausenden in den Wäldern ...

Weil auch die Sieger kaum noch Kraft besaßen, gelang es fast zwanzig Centurionen zu fliehen. Sie wanden sich aus den blutigen Händen der Germanen und griffen sich die nächstbesten Waffen. Ihr jahrelanges Training ließ sie zur bewährten Kampfformation zusammenrücken ... ohne die schützenden rechteckigen Schilde der Schildkröte zwar, aber nach allen Seiten austeilend, sodass sie sich eine Schneise bis zum Waldrand schlagen konnten.

Einer nach dem anderen stürzte. Zum Schluss rissen sie sich gegenseitig um oder blieben mit den Resten ihrer Fesseln, den sinnlos behängten Ordensriemen oder den Schnallen ihrer Brustwehr und der Beinschienen im Gestrüpp hängen. Trotzdem gelang es einer kleinen Gruppe von älteren Centurionen, die großen Buchenbäume zu erreichen. Von hier führte ein von Wasserströmen überspülter Pfad neben einem kleinen Bach nach Westen hin.

Halbnackt, zerschlagen und geprügelt, taumelten die letzten Überlebenden am Bach bergabwärts durch den Wald. Irgendwann gaben die Verfolger in der zunehmenden Dunkelheit auf.

Nur weiter oben rangen die beiden letzten Gegner des furchtbaren Gemetzels weiter. Sie hatten beide ihre Pferde verloren, weggestochen und gestrauchelt, noch während sie ihre Schwerter gegeneinander hoben. Arminius und Flavus fielen taumelnd übereinander her und stürzten. Schwer keuchend kamen sie wieder auf die Beine.

»Du bist mein Bruder, aber nach dem Gesetz der Ahnen muss ich dich als Verräter töten«, presste Arminius hervor. Mit blutigen Fingern krallte sich Flavus um den Hals des Bruders.

»Sagt das verfluchte Gesetz der Barbaren auch, wie doppelte Verräter bestraft werden müssen?«

»Wir hatten beide keine Wahl, als unser Vater über unser Leben entschied«, keuchte Arminius. Mit schweren Armen umschlang er Flavus. »Doch Segestes hätte sich wie unser Vater den alten Stammesgesetzen unterwerfen müssen!«

»Das hätte für uns beide wie für viele andere den Tod oder die Sklaverei bedeutet. Segestes wollte, dass wir leben und lernen, im Imperium Romanum aufzusteigen. Er wollte, dass wir beide unserem Volk und anderen Stämmen zeigen, wie aus Asyl und Recht Freiheit für alle werden kann. Das hast du ebenso bewiesen wie ich selbst.«

»Du bist so blind geworden, Flavus!«, stieß Arminius angewidert hervor. »Blind vom Glanz des Lorbeers und der Ordensscheiben eines unbarmherzigen Imperiums. Siehst du denn nicht, wie die Legionen Roms alle Besiegten wie ein unersättliches Monstrum auffressen? Wie sie Blut speien und Zerstörung säen und dabei zuallererst die Geschlagenen in ihren Diensten opfern? Unser Vater hat die Knebelverträge mit Rom längst verflucht.«

»Du hast dich selbst jahrelang nach vorn gedrängt. Du wolltest zuerst dir und dann Tiberius beweisen, dass du der bessere Reiter, der klügere Präfekt und der fähigere Anführer unserer Krieger bist.«

Flavus lachte mühsam, dann stieß er scharf hervor, was andere nicht einmal zu denken gewagt hätten: »Aber du bist kein Held, kein Vorbild für uns alle! Du hast nur aufgepasst und wie die Made im Speck an deinem eigenen Fortkommen gearbeitet. Du hast gesehen, wie Tiberius' Karren doch nur in den Spurrillen eines viel größeren gefahren ist. Du hast beobachtet, wie sich Marbod zum König aller Markomannen aufschwang. Und du hast nur darauf gewartet, dass Varus genug Vertrauen in dich gewinnt.«

»Danke den Göttern, dass du mein Bruder bist«, rief Arminius und ließ die Arme sinken. Auch Flavus ließ los. »Noch besser, dass du Rom über die Stimme deines Blutes und der Freiheit stellst. Denn du sollst haben, was du wünschst!«

Er lachte böse, dann richtete er sich ganz auf und wankte einige Schritte zur Seite. Vor einem Haufen übereinander gefallener Leichname blieb er stehen. Er ging um sie herum. Plötzlich bückte er sich.

»Varus!«, schrie er trunken vor Begeisterung. »Das ist Varus! Des göttlichen Augustus' Statthalter für die Provinz Großgermanien! Tot! Tot! Tot!«

Er bückte sich, riss den Kopf den toten Statthalters mit einem schnellen Ruck hoch, griff nach dem kurzen Schwert an seinem Gürtel und hob es wie ein Rächer auf der Walstatt hoch.

Sein Gesicht wurde zur hassverzerrten Fratze, fast noch grausamer entstellt als das des toten Varus. Mit fast übermenschlicher Kraft hielt Arminius Kopf und Körper des verratenen und besiegten Feindes am ausgestreckten Arm von sich weg. Mit einem grauenhaften, schrecklichen Schrei trennte er den Kopf des Statthalters vom herabfallenden Körper.

»Publius Quinctilius Varus!«, schrie er Flavus an. »Hier hast du seinen Kopf! Bring ihn doch selbst zu Marbod! Sag ihm, dass hier ein anderer Bürger Roms und Ritter aufgestanden ist! Sag ihm, dass ich mich niemals auf Friedensverträge mit Augustus oder gar Tiberius einlassen werde! Und wenn er selbst zu feige ist, mit mir zusammen gegen das Imperium aufzustehen … dann soll er doch den Kopf von Varus weiter an den göttlichen Augustus schicken.«

Flavus zeigte keine Furcht. »Warum nicht gleich an Tiberius, den du zuerst verraten hast?«

»Hast du noch immer nichts verstanden?«, schrie Arminius. »Es war Tiberius, der mir befohlen und zugleich erlaubt hat, Germaniens Stämme gegen diesen Mann zu führen – gegen einen verkappten Anhänger der Republik …«

»Du betrügst dich!«, stieß Flavus hervor. »Ein mieser Vorwand für ganz andere Absichten! Vorbereitete Rechtfertigung, mehr nicht! Du bist nur neidisch, dass ich es war, der dem Nachfolger des großen Augustus das Leben gerettet hat. Ich werde bei Tiberius die Nummer eins sein und nicht du! Bist du deshalb zum Verräter geworden? Dann gib doch zu, dass du der König der Germanen sein willst! Ja, gib es zu, weil Roms *corona civica* als höchste Auszeichnung bereits mir gehört.«

Arminius lachte abfällig. »Du schwafelst doch, Einäugiger. Du bist auch auf dem verbliebenen Auge längst blind für die Verbrechen Roms geworden. Die Götter wollten, dass ich Quinctilius Varus richtete. Ja, du hast recht! Es war ganz anders vorbereitet. Jetzt aber haben unsere alten Götter eingegriffen und entschieden. Ich will daher kein Römer, Ritter und Präfekt mehr sein … sondern geborener Germane und neuer Fürst meiner Cherusker!«

Er warf seinem Bruder Varus' Kopf zu. Für einen kurzen Augenblick zögerte der. Er hätte ausweichen können, dann aber entschied er sich, den Kopf des toten Statthalters aufzufangen.

»Das wird Fortuna freuen«, rief Arminius mit grausamem Lachen. »Als Legionär und Römer hätte ich dich töten müssen, so aber kann ich sicher sein, dass du als Bote meines Sieges bis zu den Markomannen und, so die Nornen und Walküren wollen, sogar bis nach Rom kommst!«

Flavus verschwand im Dunkel, während von allen Seiten die Überlebenden herankamen. Bructerer, Marser, Cherusker und wie sie alle hießen taumelten johlend durcheinander. Nur Römer waren nicht dabei. Arminius hob sein blutbeschmiertes Schwert und ließ sich von den grölenden Männern als Held und Sieger über Varus und die verlorenen Legionen des Imperium Romanum feiern.

SAMSTAG

19. September 2009

Thomas Vesting wachte auf und kam sich vor wie in einem Albtraum. Unter schrägen Holzbalken wie im Osnabrücker Hotel Walhalla stand eine geschnitzte Holzwand mit eigenartigen Figuren. Zuerst dachte er, die Schnitzereien würden Volkskunst zeigen. Dann aber erkannte er Schlachtszenen, wie sie auf den Säulen des Imperium Romanum üblich waren.

Irgendetwas stimmte hier nicht. Er wollte sich mit einem Ruck aufrichten, fiel aber sofort mit einem schmerzhaften Aufstöhnen zurück.

»Ganz ruhig, Thomas! Du musst deinen Dichterschädel noch ein wenig schonen.«

Er schloss die Augen und stöhnte nochmals, doch diesmal bereits leiser. »Was ist passiert? Und wo bin ich hier?«

»Im kleinen Zimmerlein deiner Geliebten. Dort drüben steht mein irdener Waschkrug und gleich daneben auch mein Spinnrad.«

»Nimm mich nicht auf, sondern lieber in den Arm.«

»Na endlich«, sagte sie und warf sich in einem riesigen, knarrenden Himmelbett ziemlich stürmisch auf ihn. »Du bist im extra für mich eingerichteten Gästezimmer im Lippischen Landesmuseum.«

»Du hast tatsächlich in diesem Bauernmuseum gewohnt?«

»Etwas anderes gibt es hier nicht. Und ein Hotel konnte ich mir nicht leisten. Wir sind im dritten Stock vom Kornhaus. Mitten in Detmold und mit einem höchst romantischen Blick auf das Fürstenschloss.«

»Traum meiner freudlosen Jugend«, stöhnte er. »Und wie lange?«

»Ein Vierteljahr, so lange dauerte eigentlich mein Praktikum.«

»Hoffentlich nicht für eine Sonderausstellung über Häkelmode bei Germanenfrauen.«

»Meinst du, dass irgendwer Eintritt für etwas anderes bezahlen würde?«

Er grinste. »Kommt darauf an, was wir zeigen.«

»Du bist unmöglich, aber offensichtlich wieder gut beisammen.«

»Was ist passiert?«

Sie nahm ein feuchtes Tuch von einem alten Bauernnachttisch und legte es auf seine Stirn. »Ich kann dir auch nicht sagen, was schiefgegangen ist gestern Abend. Aber es scheint so, als wäre unser Ausflug nach Waldecksruh auch noch von anderen verfolgt worden. Auf jeden Fall brachen plötzlich Vermummte in Bikerkluft aus dem Gebüsch und packten zu.«

»Wieso ausgerechnet mich?«, stöhnte Vesting. »Ich weiß doch überhaupt nichts.«

»Du hast wohl nur im Weg gestanden«, antwortete Claudia. »Da waren auch noch andere an der Mauer. Es ging ganz schnell. Es sah fast so aus wie diese Einsätze von speziellen Polizeieinheiten im Fernsehen. GSG 8 oder so ähnlich.«

»GSG 9. Die G8 sind Politiker und müssen selbst bewacht werden. Ja und? Wurde Waldeck verhaftet? Er hatte eine Waffe, und hier gelten andere Gesetze als in Texas.«

»Es war tatsächlich irgendeine Sonder-Polizei, ein paar sahen auch aus wie die Biker, die wir immer wieder gesehen haben. Ich habe keine Ahnung, was sie wollten und woher sie kamen. Einer hat mir einen Ausweis mit dem deutschen Bundesadler gezeigt und etwas von Gefahrenabwehr und verdeckten Ermittlungen geredet. Aber sie waren weder hinter uns noch hinter den beiden *Sons of Hermann* her.«

»Hinter wem denn dann, verdammt nochmal? War denn noch jemand auf dem Grundstück?«

»Ich fürchte, ja.«

»Du fürchtest oder weißt es?«

»Ich fürchte, dass ich weiß, wer wirklich hinter dem Varus-Schatz her ist … wer Hopmann umgebracht hat und wer Waldeck inzwischen bis zur Weißglut reizt.«

Er starrte sie an. Die kleine Falte zwischen ihren Brauen war tiefer als bisher.

»Und sag jetzt bloß nicht *Lammers* ... «

Er blickte auf sein Handgelenk. Der Sekundenzeiger seiner Armbanduhr bewegte sich nicht.

Claudia sah es. »Wahrscheinlich ist die Uhr kaputtgegangen, als du mit diesen Carabinieri zusammengestoßen bist.«

»Ich habe nie zuvor in meinem Leben einen Filmriss gehabt. Alles weg. Ich kann mich nur noch an den Wald und irgendeinen Schlag erinnern und dann an gar nichts mehr.«

»Da ging ziemlich viel durcheinander«, sagte sie. »Jemand hat dich verarztet und ein Taxi für uns bestellt. Als wir abfuhren, liefen die anderen wieder über die Brücke in den Wald zurück. Ich habe nur noch mitbekommen, dass gleich darauf die Stützmauer oben abgeleuchtet wurde.«

»Und was weiter?«

»Nichts. Du bist der einzige Schatz, denn ich hierhergebracht habe. Allerdings etwas ramponiert. Du ahnst ja nicht, wie schwer es ist, einen Kerl wie dich die Treppen hoch und dann unter die Dusche zu bekommen.«

»Hat denn niemand ein Protokoll oder irgendetwas Amtliches von dir oder mir gewollt? Meinen Ausweis ... hast du meinen Presseausweis gezeigt?«

Sie schüttelte den Kopf und strich ihm über die Stirn. Erst jetzt bemerkte er, dass er bis auf ein dickes Pflaster an seiner rechten Schläfe kaum etwas anhatte.

»Wie spät ist es?«

»Schon früher Nachmittag.«

Er ließ sich schwer zurückfallen. »Dann bin ich ja beruhigt. Ich dachte schon, ich hätte das Finale am Hermannsdenkmal verpasst.«

»Nein, aber du hast genug geschlafen. Wir könnten auf einem alten Schleichpfad nach oben gehen. Denn auf den Straßen wird dann mit Sicherheit kein Durchkommen mehr sein. Halb Deutschland will zum Hermannsdenkmal.«

»Und die andere Hälfte nach Kalkriese«, knurrte er. »Weißt du eigentlich, dass ihr mir eine ganze Menge zumutet? Du und dein Varus-Schatz ... «

»Schreib doch in deiner Zeitung, dass du ihn nicht mehr suchst.«

»Gute Idee«, sagte er. »Ich kann den siebenten und letzten Artikel ja schon mal formulieren und im Handy abspeichern. Aber ich schicke ihn erst ab, sobald du verrätst, was du wirklich hier suchst.«

Das Landesmuseum am Rand der Detmolder Innenstadt lag direkt am breiten Wassergraben um die ehemals fürstliche Schlossresidenz. Hinter beschaulichen Giebeldächern der Fußgängerzone befand sich der Marktplatz mit Cafés, doch Vesting und Claudia gingen ohne Frühstück ein Stück durch die Altstadt und dann anderthalb Kilometer am Knochenbach entlang. Die Straße auf der anderen Seite in Richtung Hiddesen und Hermannsdenkmal war derartig verstopft, dass selbst Taxis und Polizei nicht weiterkamen.

»Ich fürchte, wir müssen unseren Wagen auf dem Parkplatz der Oberen Mühle stehen lassen.«

»Dann möchte ich doch gern sehen, was sich gestern Abend im Wald deiner Ahnen abgespielt hat.«

Sie zögerte, doch dann ging sie über die Brücke voran. Der Weg zum Hang war abgesperrt. Die abgeknickten Zweige und der aufgewühlte Boden verrieten, dass viele Menschen dort gewesen sein mussten.

»Sieht ganz so aus, als hätten hier die Wildschweine gegraben«, meinte Thomas Vesting, als sie die haushohe Stützmauer am Hang erreicht hatten.

»Schon möglich, aber das dort bei der Wand sieht eher nach einer planmäßigen Spurensuche der Polizei aus.« Claudia deutete auf die abgerissenen Efeuranken an der Mauer. Selbst in den Wandnischen war alles ausgeräumt.

»Und wie fühlst du dich?«

»Gut, warum fragst du?«

»Weil ich wissen möchte, ob ich dir einen Trampelpfad durch die Felder und den Wald zum Hermann hinauf zumuten kann.«

»Bist du den Weg schon einmal gegangen?«

»Mehrmals … an meinen früheren einsamen Wochenenden.«

Er sah sie von der Seite her an. »Und was hat dich dort oben interessiert?«

Sie lachte. »Der Varus-Schatz natürlich! Wer hätte dichter an ihm sein können als Arminius …«

»Vor zwei Jahrtausenden.«

»Oder rund zwei Jahrhunderten, wenn du Bandel und die *Sons of Hermann* einbeziehst. Ich glaube längst, dass die allesamt verdammt dicht davor waren, das Geheimnis aufzudecken. Ebenso wie mein eigener Vater vor einem Vierteljahrhundert.«

Er sah sie prüfend an. Zu gern hätte er jetzt endlich gewusst, was dieses phantastische und attraktive Weib wirklich hier im Norden Deutschlands wollte. Und dann noch von ihm! Ihr Vater – sie hatte ihn mehrmals erwähnt und doch alles im Dunkel gelassen. Konnte es sein, dass bei ihm der Schlüssel für ihr rätselhaftes Verhalten lag?

»Komm«, sagte sie und nahm seine Hand. Sie schlidderten und rutschten in der Abendsonne den feuchten Waldhang hinab. Nach einem kurzen Stück an der lauten Straße überquerten sie die Abzweigung nach Hiddesen und gingen an einem Bauernhof vorbei. Das erste Stück des Hermannsweges war noch bequem, doch dann begann ein Waldpfad, den sich Thomas Vesting wesentlich angenehmer vorgestellt hatte. Ihm fehlte jede Übung, als er mal vor und dann wieder hinter der zielstrebigen Römerin den Berg hinaufkeuchte. Es dauerte fast eine Stunde, bis sie sich oben in das Gedränge von Besuchern vor dem eigentlichen Denkmal mischen konnten.

»Das ist ja Wahnsinn!«, stöhnte er, als sie sich schließlich wie in einem Karnevalszug inmitten der Menschenmenge hinter den gesperrten Parkplätzen Schritt für Schritt voranschoben. Da das Denkmal noch nicht zu sehen war, fotografierten die meisten Schaulustigen eine andere Reliquie aus der deutschen Vergangenheit. Der hellblaue Trabant neben dem Eingangsrestaurant war zu einem Verkaufsstand für heiße Würstchen umgebaut worden.

Vom erhofften Sonnenuntergang waren nur noch ein paar Strahlen wie bei Caspar David Friedrich über den dunklen Bergrücken zu sehen. Stattdessen kam die hochgetürmte Wolkenwand eines Sommergewitters von Westen her schnell näher. Die Menschenmenge drängte sich an Andenkenläden, Kletterseilen zwischen den Bäumen und gläsernen Restaurants entlang.

»Wo ist die Kanzlerin?«, rief irgendjemand. Ein paar andere grölten. »Wir wollen Angie auf dem Hermann sehen!«

»Hoffentlich gibt sie am Denkmal Freibier aus«, rief einer, der schon davon genug hatte. »Bier formte diesen unbesiegbaren Germanenkörper«, stand auf seinem T-Shirt. Die sogenannte Bandelhütte, in der der Erbauer jahrelang gehaust hatte, blieb rechts am breit ansteigenden Plateau zurück. Es war, als würden sich Tausende von Menschen wie im Zauberbann einem steinernen Altar über den Baumwipfeln des Teutoburger Waldes nähern. Oder zumindest einer Audienz mit Autogrammstunde des ersten Helden der germanischen Vergangenheit.

»Die können doch nicht alle bis nach oben wollen!«, rief eine junge Frau mit einem Kleinkind auf dem Rücken.

»Den Kölner Dom, den Südturm … den haben wir schon fünfzehnmal gemacht«, entgegnete eine stämmige Mittfünfzigerin.

»Da ist die Wendeltreppe auch breit genug für dich«, meinte ein anderer, und alle ringsum lachten.

»Ich will bis auf die Galerie«, verlangte ein Mädchen und verkleckerte ihr Eis. Claudia lachte.

»Komm mal zur Seite«, sagte sie zu Vesting und kämpfte sich zum Rand des Zugangsweges vor. »Die Kuppel des Sockels ist nicht geschlossen, sondern endet oben mit einem gemauerten Steinring. Auf diesem Ring liegt in rund siebenundzwanzig Metern Höhe ein gewölbter Eisendeckel, auf dem Germaniens Held seit hundertvierunddreißig Jahren eisern steht.«

»Ich denke kupfern«, rief Vesting durch den Lärm.

»Nur von außen. Innen sieht es eher aus wie in einer Geisterbahn mit Hohlröhren, Stufen, Leitern und Verstrebungen.«

»Trotzdem muss der grüne Riese ziemlich schwer sein. Eigentlich erstaunlich, dass er bisher nicht umgekippt ist.«

»Die gesamte Konstruktion ist mit Stahlstangen tief in den Sockel hinunter verankert und verschraubt.«

Sie blickten hinauf. Ungerührt erhob *Hermann the German* sein sieben Meter langes Schwert hoch über der aufgekratzten Menge.

Claudia blickte zu Vesting. »Was denkst du gerade?«

»*Deutschlands Einigkeit meine Stärke – meine Stärke Deutschlands Macht*«, sinnierte er. »Das steht da oben auf dem Schwert, denke ich. Bei Google stünde das ganz vorn, wenn man zweimal *Stärke*, zweimal *Deutschland* und dazu noch *Macht* in einem einzigen Satz unterbringen soll.«

»Wie meinst du das?«

»Ich denke an Kollegen, die bei uns immer irgendetwas noch nicht Vergangenheitsbewältigtes vermuten.«

»Sei nicht so sensibel!«

»Das hat mir mein Chefredakteur ebenfalls vorgeworfen. Aber ein Gespür für gewisse Stimmungen im Volk und bei den Lesern gehört nun mal in meinem Job dazu.«

Sie lachte spöttisch. »Sieh dir den Hermann lieber mal genau an.«

Er hob die Brauen und sah sie fragend an. »Etwas Bestimmtes?«

Sie formte mit den Lippen einen Kuss. Viel war von der Rückseite der riesigen Figur nicht zu erkennen, nur die nackten Beine des Arminius, der Oberkörper mit einem Stück Tunika unter dem wallenden Umhang und der beinahe brusthohe Langschild, der neben seinen Füßen stand. Der Sieger über Varus und seine römischen Legionen reckte sein Schwert in der hocherhobenen Hand und blickte starr nach Westen.

Fanfarenstöße schmetterten über die Köpfe der Schaulustigen hinweg. Dann Paukenschläge und großer Chor. Wie die »*Carmina burana*«, gecovert durch »Die Ärzte«. Blutrote Lichtkegel stachen von beiden Seiten des Teutberges in den Himmel, vereinten sich zu einer Domkuppel. Jetzt fehlten nur noch die Götterdämmerung und das Erscheinen von Odin persönlich.

Vollkommen unerwartet schien der Held mit einem grellen Heiligenschein zu explodieren. Farbige Lichtfetzen peitschten über die grüne Patina seines Kupferkörpers. Rauchwolken schossen von der Galerie des Sockels hoch, dann waberten Laserstrahlen wie Lichtschwerter kreuz und quer über den Arminius. Zitate von Tacitus und Dio, Paterculus und Floros erschienen als riesige Projektionen in Nebel und Rauch um den halb römisch und halb germanisch aufragenden Cherusker. Augustus tauchte auf, dann Tiberius, die junge Claudia Pulchra mit Kleinkind, gefolgt von Thusnelda, und dann schnelle Szenen mit endlosen Reihen von Legionären, Waffen und Schatztruhen.

Jubel und Begeisterung der Menge steigerte sich zu einem andächtigen Aufstöhnen. Das war viel mehr als das von allen erwartete Feuerwerk.

»Für die Lichtspektakel hatten sie zuerst nur die Kunsthochschulen aus Lemgo eingespannt«, rief Claudia Vesting zu. »Bis dann das große Geld vom Himmel regnete.«

Vesting knurrte, dann rief er: »Texasdollars! So feiern die Söhne Hermanns also ein Massaker und den Tod von zigtausend Menschen.«

»Befreiung von brutalen Söldnern einer Besatzungsarmee«, antwortete die Römerin durch das Getöse. Direkt vor dem Denkmal stockte der Menschenstrom an der Engstelle.

Claudia blieb stehen und zog Vesting an den Waldrand. »Das Wichtigste sieht man von hier aus nicht«, rief sie ihm zu. Zugleich brach auf der anderen Seite des Denkmals-Hügels ein musikalischer Weltuntergang los.

»Was soll das sein?«, rief Vesting durch den Lärm. »Seine Adlernase? Sein Bart des Propheten?

»Nein«, antwortete sie und hielt sich die Ohren zu. »Mit seinem linken Fuß zertritt er einen römischen Adler … und das verhasste Pfeilbündel der Liktoren.«

»Das will ich sehen!«, rief er und hob die rechte Hand zur Faust. Für einen kurzen Augenblick glaubte er, mitten im Gewühl seinen eigenen Chefredakteur zu erkennen. Doch das war Unsinn – die »Jungfrau« hasste nichts mehr als Menschenansammlungen …

Erst kurz vor Mitternacht hatten sich die Besucher so weit verlaufen, dass Claudia und Vesting unauffällig zum Denkmal vorrücken konnten. Obwohl es mittlerweile in Strömen regnete und Blitze über den Kamm des Teutoburger Waldes zuckten, war der Eingang noch geöffnet. Vesting und Claudia liefen mit dünnen Plastikjacken über den Köpfen zur Doppeltreppe vor dem Denkmalsockel. Obwohl sie es für typisch deutsch hielt, hatte Vesting am Automaten zwei Eintrittskarten geholt. Claudia musste mit dem kodierten Karton etwas stochern, ehe sich die Stange der Sperre bewegen ließ und die Automatik den Weg in den Denkmalsockel freigab.

Das ehemalige Kartenhäuschen neben der steinernen Spindeltreppe im Inneren war leer. Vesting ließ den gebündelten Strahl der kleinen LED-Lampe an Claudias Schweizer Taschenmesser im engen Treppenschacht aufwärts wandern. Dann beugte er sich zu ihr und knabberte an ihrem Ohr.

»Siehst du, was ich sehe?«, flüsterte er.

»Ja«, gab sie ebenso leise zurück und deutete auf feuchte Fußspuren. »Noch ganz frisch. Jemand muss vor uns hochgegangen sein.«

Er ließ die Lampe verlöschen. Schritt für Schritt tasteten sie sich höher. Gut zu wissen, dass in allen Burgen und Festungen die Wendeltreppen im Uhrzeigersinn aufwärts führten. Auf diese Weise bog die Mittelachse dem oben stehenden Verteidiger Deckung und ließ ihm Raum für den rechten Arm mit Schwert oder Dolch.

In diesen Augenblicken hätte sich Thomas Vesting am liebsten eins der Stahlschilde aus Kalkriese gewünscht. Sie stiegen Stufe um Stufe höher. Für eine Weile wagten sie kaum zu atmen. Dann sahen sie die Mauernischen, in denen die Ankerstäbe der Figur begannen. Nur langsam wurden die Gewittergeräusche von draußen wieder lauter. Ein feuchter Windstoß fegte über sie hinweg. Noch fünf, sechs Stufen, und die Nacht über den Wäldern hatte sie wieder.

»Die Galerie?«, fragte er Claudia. »Du linksherum und ich rechts?«

Ein mächtiger Blitz schoss direkt über ihnen am kupfernen Standbild vorbei.

»Dann los!«, zischte sie. Ein gehauchter Kuss, dann drehte sie sich um und trat geduckt durch die Maueröffnung ins Freie. Bis auf die Blitze und das Wetterleuchten war kaum etwas zu erkennen. Nur an der steinernen Brüstung konnten sie sich orientierten. Bereits nach wenigen Schritten trafen sie auf der anderen Seite wieder zusammen. Nichts! Gemeinsam liefen sie zur Mauertür zurück.

»Was nun?«, fragte Claudia, während sie sich im Windschatten des Mauerwerks umschlungen hielten.

»Wenn schon, denn schon!«, sagte er entschlossen und deutete auf die zerbrechliche hölzerne Tür, die den weiteren Aufstieg für Unbefugte verhindern sollte.

Thomas Vesting hielt sich für befugt. Das schwache Türschloss gab sofort nach.

»Wenn das rauskommt, fordert das Lippische Landesmuseum den Schein über mein Praktikum wieder zurück.«

»Vergiss es«, sagte er lachend. »Bleib lieber mit mir im Team und für den CENT auf Schatzsuche.«

»Für wie lange?«

»Zweitausend Jahre. Mindestens. Aber nur, wenn wir weiter aufsteigen und endlich das Knöpfchen finden, auf das wir drücken müssen.«

Er hielt die Hand über Claudias Taschenmesserlampe und ließ einen schwachen Lichtschein über die Stufen wandern. Auch hier wieder feuchte Fußspuren. Ihr Vorgänger musste ebenso wie sie auf der regennassen Plattform gewesen sein. Er schaltete die Lampe aus und richtete sich auf.

»Hoffentlich halten die Stufen«, flüsterte er ihr zu.

»Die steinernen schon, aber bei den Metallsprossen der Leitern weiter oben sollten wir höllisch aufpassen.«

Die Wendeltreppe ging in einen schmiedeeisernen Zylinder über. Die Steinstufen hörten auf. Jetzt ging es nur noch über Eisenleitern weiter. Ohne zu zögern, kletterten Vesting und Claudia Bandel auf die nächste Plattform. Sie lag wie ein gewölbter runder Metallschild über dem Sockelbau aus Steinen. Gleichzeitig bildete sie eine Art hohle Bodenplatte für die riesige Figur.

»Was ist das denn?«, fragte er in einen plötzlichen Luftzug hinein. »Sieht aus wie eine Tür nach draußen.«

Sie hielten sich aneinander fest. Dann konnten sie nach draußen sehen. Regen prasselte gegen eine quietschend hin- und herschlagende Tür – eher schon eine eiserne Luke zwischen den hohlen Beinen von Arminius. Claudia ließ den Lichtstrahl ihres Schweizer Messers über die Schmiedearbeiten vor und unter dem linken Stiefel wandern.

Stürmischer Regen platschte auf die metallenen Halbstiefel und den liegenden Adler, der noch das große Signumschild der XVIII. Legion in den Klauen hielt. Die mächtigen nackten Zehen von Hermanns linkem Fuß ragten in die Nacht hinaus. Es blitzte direkt vor ihnen. Ein scharf krachender Donnerschlag warf sie durch die eiserne Lukentür zurück.

»Wir sind ja wahnsinnig!«, rief Thomas Claudia zu. Sie folgte dem Licht aus ihrem Taschenmesser und stieg höher. Von hier an befanden sie sich nicht mehr im Sockel des Denkmals, sondern bereits im Inneren der Hermanns-Figur.

Zwar kannten sie die eigenartig zusammengesetzte Konstruktion von den Zeichnungen und dem Modell im Landesmuseum. Für das Jubiläum war sogar eine neue Innenbeleuchtung installiert worden. Dennoch warteten sie lieber, bis für Bruchteile von Sekunden grelles Licht wie von Dutzenden von Stroboskopscheinwerfern durch das hohle Standbild zuckte. Die Innenkonstruktion mit dem Gittergerüst war unheimlich und verwirrend zugleich. Auch die großen, vor anderthalb Jahrhunderten geformten Kupferplatten der Außenhaut wirkten eher wie der Bauch eines Lastkahns als das Innere eines Denkmals.

»Unmöglich, da hindurchzufinden«, stieß Claudia hervor.

»Das alles erinnert an diesen Roboter aus Ofenrohren im Zauberer von Oz«, stöhnte Vesting sarkastisch. Sie hielten sich aneinander fest, während draußen das Gewitter rumste und krachte. Über ihnen pfiff der Wind wie durch Orgelpfeifen. Irgendwo klapperte und kratzte es.

»Vielleicht ein loses Teil«, sagte Vesting und holte tief Luft. Wenn ihn nicht alles täuschte, konnte die zweite Plattform innerhalb der Figur nur über einen hohlen, fast drei Stockwerke hohen Kegelstumpf erreicht werden, der nach außen hin durch das rechte Bein des Hermann und sein metallenes Gewand verkleidet war.

Die Eisenleiter im Inneren schwankte. Sprosse um Sprosse arbeiteten sie sich höher. Die scharfkantige Ausstiegsöffnung zur zweiten Ebene war so schmal, dass Vesting mit seiner Jacke hängen blieb. Es wurde zum Glückspiel, in Lärm und von Blitzen durchbrochener Dunkelheit die jeweils passenden Tritteisen in der Röhrenwand zu finden, die im schwachem Widerschein durch die Ritzen der unheimlichen Konstruktion zu erkennen waren.

Vesting verlor jedes Zeitgefühl, während sie sich von der Hüfthöhe der Figur bis zur Brust hocharbeiteten. An einer Stelle war ein Loch, und der Regen platzte ins Innere. Als sie die Brustplattform endlich erreicht hatten, waren sie beide völlig durchnässt. Vestings Beine zitterten vor Anstrengung. Claudia ging es etwas besser. Sie klammerten sich aneinander.

»Hast du noch Kraft und Mut?«, fragte er leise. Ein mehrfacher Blitz verschluckte ihre Antwort mit knallendem Donner. Sie drückte seinen Arm.

»Also gut, welcher von den beiden Röhrenabschnitten?«

»Der größere müsste zur Nase führen.«

Er grinste, als ihm wieder einfiel, dass sie schon einmal etwas über einen Sturz aus der Hermannsnase erzählt hatte.

»Wir müssten jetzt rund fünfzig Meter hoch sein«, sagte sie. Vesting antwortete nicht. Er beugte sich weit nach vorn. Mit der winzigen Lampe untersuchte er den schmutzigen Metallboden der obersten Innenplattform.

»Das verstehe, wer will!«, fluchte er leise. »Keinerlei Fußspuren, keine Wasserflecken. Unser Phantom kann sich doch nicht in Luft aufgelöst haben.«

Im selben Augenblick dröhnte des gesamte Denkmal wie unter gewaltigen Hammerschlägen. Ohne zu sagen, was er vorhatte, zwängte sich Thomas Vesting mühsam in die letzte Röhre nach oben. Er hatte keine Ahnung, ob sich in Kopf und Nase jemand verstecken konnte. Rost und Schmutz auf den letzten Eisenklammern sprachen dagegen.

Im Kopf des Denkmals zeigte der Lichtstrahl nur eigenartig geformte Metallplatten und Gestänge. Hier konnte es zu keiner Zeit ein Sofa gegeben haben, selbst in Hermanns ansehnlicher Nasenhöhlung nicht. Wenigstens dieser Mythos war kein Schnupftuch wert. Noch einmal blitzte es hinter der Augenhöhlung. Dann herrschte plötzlich Ruhe. Nur von oben tröpfelte es lautlos auf Vestings Kopf. Nicht einmal die Flamme einer Kerze würde flackern, so unbewegt und still war die Finsternis im Inneren der riesigen Metallfigur.

»Thomas?«

Er hörte ihre Stimme leise wie durch einen langen Schacht.

»Hier ist nichts«, gab er ebenso leise zurück.

»Komm zurück!«, hörte er ihre Stimme. Er nickte und stieg vorsichtig wieder nach unten. Als sie sich trafen, umschlangen sie sich erleichtert. Es war noch immer unnatürlich still.

»Was jetzt?«, flüsterte sie ihm ins Ohr.

»Ich könnte schwören, dass noch irgendjemand hier drin ist«, flüsterte er ebenso leise. »Aber nicht hier oben, sondern vielleicht weiter unten.«

»Dann lass uns zurückgehen.«

Sie tasteten sich langsam zum Einstieg in die Röhre zur mittleren Plattform. »Ich zuerst«, sagte er.

Thomas Vesting erreichte die mittlere Plattform im Inneren des Hermannsdenkmals in dem Augenblick, in dem der Strom wieder eingeschaltet wurde. Überall leuchteten plötzlich Lampen auf. Jetzt entdeckte Vesting auch frische Fußspuren neben der Röhre, durch die sie selbst nach oben gekommen waren. Und dann verstand er, warum er bis hinauf in die Nase Hermanns nichts gefunden hatte.

Die Antwort war ebenso seltsam wie einleuchtend: Arminius stand auf zwei Beinen, doch in das linke mit dem zertretenen Adler unter dem Stiefel gab es nur von oben einen Zugang.

»Von der mittleren Plattform aus wieder abwärts«, stieß Vesting aus. »Wir haben es gewusst! Wir haben es die ganze Zeit gewusst, aber nicht darauf geachtet.«

»Was haben wir gewusst?«, fragte Claudia und trat neben ihn. Er deutete auf das zweite dunkle Einstiegsloch neben dem Hauptschacht im rechten Bein. Vorsichtig näherte er sich der engen Abstiegsröhre.

»Ich habe gelesen, dass es hier nur eine Holzleiter geben soll«, sagte Claudia. »Und du meinst, dass jemand …«

Er deutete auf die Fußspuren. Wie magisch angezogen, gingen sie nebeneinander zum schmaleren Beinschacht.

»… zuerst wie wir durch die Luke draußen war und dann hier abgestiegen ist?«

451

Von der Leiter war nur ein abgebrochener Rest zu sehen.

»Nicht abgestiegen!«, hallte im selben Augenblick eine Stimme irgendwo in der Hohlfigur. Vesting fuhr herum. Claudia duckte sich hinter den Aufstiegsschacht.

»Kopfüber abgestürzt«, dröhnte die Stimme fort. Vesting erkannte sie. Claudia ebenfalls. Und dann trat der Texaner ins Licht. Er deutete mit seiner *Parabellum* auf das Einstiegsloch ins linke Bein des Denkmals. »Bis in den hohlen Fuß gefallen. Vielleicht Genick gebrochen, vielleicht ertrunken. Ja, eine Schande … Hermann hat Wasser in den Beinen …«

»Sehr witzig!«, stieß Thomas Vesting hervor. Er machte einen Schritt auf den Abstieg zu. »Wollen Sie sagen, dass dort unten ein Mensch liegt, schwer verletzt vielleicht …«

»Er war nicht nett, Thomas«, entgegnete Gary H. Waldeck, »auch nicht zu Ihnen gestern Abend. Nicht einmal mit seiner eigenen Tochter oder Hopmann wollte er sein Geheimnis teilen. Ein Opfer seiner Verblendung und Raffgier. Doch niemand zerstört den zweitausend Jahre alten Tatenruhm von *Hermann the German*, so wahr auch ich Hermann heiße.«

Gary H. Waldeck trat zwei Schritte zur Seite, ohne jedoch Vesting und Claudia aus den Augen zu lassen. Mit einer kurzen Stablampe leuchtete er in die Beinröhre. »Die wahren *Sons of Hermann* aus Texas lassen keine neue Legende zu. Keinen Goldrausch um einen Schatz und erst recht keine Sabotage und kein Attentat.«

Thomas Vesting erinnerte sich plötzlich an etwas, das ihm Claudia am Vorabend erzählt hatte. War da nicht von Polizisten einer Sondereinheit die Rede gewesen?

»Noch mal im Klartext!«, forderte Vesting. »Wer ist da unten?«

»Kann ihm denn niemand helfen?«, rief Claudia. Der Texaner spuckte aus. Er bückte sich, schob einen Wischlappen zur Seite und stellte einen Fuß auf einen graugespritzten Holzkasten mit hellen Griffseilen an den Schmalseiten und großen, weiß aufgedruckten Versorgungsnummern.

»Ich dachte, das sei Sprengstoff«, sagte er. »Aber der Kasten enthält nur Knetmasse. Und fast hätte er es geschafft.«

»Wer hätte was geschafft?«, blaffte Vesting wütend. Ihm reichte das Theater.

»Sich einen Abdruck vom Inselplan zwischen Hermanns linkem Fuß und dem zerbrochenen Legionsadler zu holen ...«

Vesting begriff: »Ein Inselplan ... für den Varus-Schatz!«

»Das ist doch Unsinn!«, protestierte Claudia schwach. »Wenn da am Fuß etwas Geheimnisvolles ausgeformt ist, hätte man das längst sehen und fotografieren können ...«

Waldeck lachte mitleidig. »Auch ein fast unsichtbares Relief von Ruinenresten auf einer Insel? Nur mit weich ins Kupfer getriebenen Vertiefungen ohne irgendwelche Schatten oder Kanten? Nein, das war schon genial von Dusberg, von Meister Bandels letzter Botschaft einen Abdruck zu versuchen ...«

Thomas Vesting und Claudia Bandel starrten den Texaner an. Sie sahen beide wie vor den Kopf geschlagen aus.

»Dusberg?«, fragte Vesting kopfschüttelnd. »Was hat Dusberg mit dem Varus-Schatz zu tun?«

Auch Claudia protestierte: »Ebi Hopmann hat doch nur einen Stein in der Mauernische von Waldecksruh gefunden. Er war ganz einfach neugierig. Und was hat ein Ölbild meiner Ururgrossmutter mit den Schmiedearbeiten Ernst von Bandels am linken Hermannsfuß zu tun?«

Sie warf Thomas einen suchenden Blick zu, doch der hob nur die Schultern. Im selben Augenblick flammten weitere Lampen auf. Ein großgewachsener Mann betrat die Plattform.

»Es tut mir leid um Ihren Vater, Signorina Bandel«, sagte Oberst Kraume.

»Moment mal!«, mischte sich Thomas ein. »Was machen Sie denn hier? Und was heißt hier *Vater*? Ich denke, Dusberg ... Und warum starb Hopmann? Reichen zwei unverständliche Worte auf einem Kiesel aus dem Knochenbach für Mord?«

Der Oberst hob die Schultern. »Wir wissen nicht, ob die beiden Todesfälle im Museum Kalkriese und hier im Hermannsdenkmal Mord oder Unfall waren. Das werden die Gerichte feststellen.«

Vesting sah, wie Waldeck mit dem Fuß versuchte, den alten Lappen wieder über die Holzkiste zu ziehen.

453

»Tatsache ist, dass Hopmann nach den Vorbesitzern von Waldecks-ruh bei der Oberen Mühle geforscht hat«, stellte Oberst Kraume fest. »Dabei ist er auf die Italienaufenthalte Ernst von Bandels gestoßen und seine eigenartigen Querverbindungen zu Oberst Cohausen und dem Hildesheimer Silberschatz.« Er drehte sich zur Seite. »Natürlich auch auf Mr. Waldeck bei den texanischen *Sons of Hermann*, der seine Waffe lieber wegstecken sollte. Das ist hier in Germanien nämlich nicht erlaubt.«

Waldeck zögerte misstrauisch. Doch Kraume tat, als würde er nichts merken. »Doch dann muss Hopmann dummerweise auch beim anderen Hermannsdenkmal in Neu Ulm nach Querverbindungen zu den Namen Waldeck und Bandel recherchiert haben. Das hat den Mann aus seiner Deckung gelockt, der schon ein Vierteljahrhundert hinter dem Varus-Schatz her war.«

»Dein Vater!«, rief Vesting Claudia zu. »Dann war Dusberg dein Vater, Roman Bandel!«

Es war plötzlich sehr still im Inneren des über hundert Jahre alten Standbildes. Genau das war die Antwort, die plötzlich niemand mehr geben musste.

»Ich habe es die ganze Zeit geahnt«, sagte Claudia leise.

»Und nichts davon gesagt«, knurrte Thomas Vesting.

»Wir wussten es«, bestätigte auch Waldeck.

Auch Kraume nickte.

»Wir in Berlin hatten ebenso unsere Vermutungen.«

Es knackte unter ihnen. Dann tauchte auch noch der Kopf von Lammers an der Hauptröhre auf.

»Und wo ist der Skandal?«, schnaubte er. »Die goldene Sensation, hinter der wir alle her sind?«

»Am linken Fuß von Hermann«, sagte Claudia gefasst. »Oder am Stiefel, besser gesagt...«

Vesting legte seinen Arm um sie und drückte sie an sich.

»Ja, Ihrem Vater ist die Sache mit dem Varus-Schatz wohl entglitten«, sagte Kraume. »Wie auch schon anderen vor zwei Jahrtausenden.«

»Was haben Sie eigentlich damit zu tun?«, fauchte Lammers.

»Sie müssen nicht gleich aggressiv werden«, wehrte Kraume ab. »Ich habe in den letzten Wochen verdeckt in Kalkriese gearbeitet und gehöre nach wie vor zum Büro der Bundeskanzlerin. Wir hatten Hinweise aus unserem Referat 622. Das ist für Frühwarnmeldungen aus den Bereichen Extremismus und internationale organisierte Kriminalität zuständig … und für Infos über drohende Terroranschläge.«

Kraume schob sich langsam neben Waldeck. »Und da die Bundeskanzlerin schon vor zwei Jahren ihre Schirmherrschaft für die Veranstaltungen zugesagt hatte, haben wir uns auch die spendablen Freunde des Hermannsdenkmals in den USA etwas genauer angesehen.«

»… und sind dabei auf Professor Dusberg, alias Roman Bandel gestoßen«, stellte Claudia fest. »Meinen Vater.« Sie wirkte ernst und betroffen, aber sie weinte nicht. »Meinen ach so verträumten und verbohrten Vater. Schade, im Nachhinein hätte ich ihm doch gern ein paar Fragen gestellt.«

»Wusste denn Hopmann mehr als Major Tony Clunn selbst?«, wollte Vesting wissen.

»Das kann ich vielleicht klären«, sagte Lammers. »Es gibt da eine Aufnahme auf der DVD, zu der Hopmann behauptete, dass der entscheidende Hinweis auf den Varus-Schatz beim linken Fuß des Hermannsdenkmals zu finden sei.«

»Wissen wir auch, aber da war nichts zu erkennen, nichts!«, beschwerte sich Waldeck. »Wir haben uns das alles mehrmals angesehen. Bis auf diese Tafel mit der römischen Zahl achtzehn.«

»Das zerbrochene Pfeilbündel der Liktoren«, stieß Claudia hervor, »der heilige Adler der achtzehnten Legion …«

»Wir wussten ja, dass Ernst von Bandel genau diese Kupferplatten für Stiefel und Fuß eigenhändig geschmiedet hat. Es hätte also tatsächlich diesen geheimen Hinweis auf den Varus-Schatz geben können.«

»Durch den Stiefel des Germanen und römischen Offiziers im Generalstab von Varus zertreten!«, stellte Kraume fest. »Wir haben uns natürlich ebenfalls mit dem Thema und dem Verrat von Arminius befasst.«

»Kein Verrat!«, fauchte Waldeck. »Es war eine Befreiungstat!«

Claudia wandte sich direkt an den Texaner. »Na klar – so hätten es Historiker, Besucher und die *Sons of Hermann* gern. Aber nicht der Fuß von Hermann dem Cherusker zerstört die heiligen Symbole von Varus und der Macht Roms, sondern …«

Sie brach ab, warf einen Blick zu Vesting.

»Sondern? Nun sag schon!«, drängte der.

»Es ist der Stiefel! Italiens Stiefel hat Varus zertreten. Arminius und sein Fuß … die wurden nur benutzt …«

»Sie sind ja wahnsinnig!«, schrie Waldeck auf. »Sie beschmutzen Ehre und *memory*…«

Oberst Kraume nutzte die Gelegenheit und streckte schnell die Hand nach Waldecks Waffe aus. »Schluss damit!«

»Mein Geld!«, schrie der Texaner. »*Give me my money back!* Oder den Varus-Schatz! Ich bin der größte Sponsor, aber ich brauche Sicherheiten für meine Investition!«

Erst jetzt sprangen mehrere bisher versteckte Männer hinter der Röhrenkonstruktion hervor. Wieder trugen sie Biker-Kleidung.

»Die Waffe!«, befahl Oberst Kraume. »Und: Thank you for the party, Mister Waldeck. Die ist vorbei für Sie und alle *Sons of Hermann,* die guten wie die bösen.«

»Die große Sonntags-Veranstaltung findet ohne Festrede der Bundeskanzlerin statt«, sagte Claudia, während sie einige Stunden später über die Autobahn nach Westen fuhren. Sie schmiegte sich an Thomas, der leise vor sich hin pfiff.

»Und ohne uns«, fügte er grinsend hinzu. »Das ist mir jetzt viel wichtiger.«

Oberst Kraume hatte sie noch mitten in der Nacht zum Hotel Römerhof bringen lassen und dafür gesorgt, dass ihr Leihwagen von der Oberen Mühle abgeholt wurde. Anschließend hatten sie ein paar Stunden geschlafen und im Varus-Restaurant spät und gut gefrühstückt. Mit Dattel-Brioss und Parmaschinken auf duftender Honigmelone. Dann hatte Thomas Vesting Lara angerufen und sie damit aus ihrem Sonntagsdusel geweckt. Ungerührt hatte er ihr seine Anweisungen gegeben. Das war vor anderthalb Stunden gewesen.

Sie hatten Bielefeld schon lange hinter sich und näherten sich dem Kamener Kreuz, als es ganz langsam wieder aufklarte. Die Nachmittagssonne kam schon fast von vorn. Ein wunderschönes, farbiges Wolkenband schien weit im Westen über dem Rhein zu hängen.

»Am besten nehmen wir auch deinen Wagen gleich aus Haltern mit«, schlug Claudia vor. Thomas hob die Brauen.

»Den hatte ich ganz vergessen«, sagte er. »Aber du hast recht. Ordnung muss sein. Außerdem muss es in der Redaktion weitergehen. Ich habe Lara in die Redaktion gehetzt, damit Lammers nicht doch noch auf die Pauke haut.«

»Hast du sie etwa informiert?«

»Ich bin sowieso raus«, gab er mit einem theatralischen Aufstöhnen zu. »Es ist etwas schiefgegangen gestern Abend. Mein siebenter Artikel der Serie … er ist im Handy hängen geblieben. Irgendwie falsche Taste bei der SMS getippt. Ich habe es erst gemerkt, als ich vorhin Lara anrufen wollte.«

»Aber wann? Wann hast du etwas geschrieben? Wir waren doch bis nach Mitternacht im Hermannsdenkmal.«

Vesting grinste zufrieden. »Waren wir das? Ich kann mich nicht erinnern …«

»Du wolltest deinen Bericht schon vorher durchgeben? Frei erfunden und noch ehe wir im Denkmal waren?«

Vesting grinste noch breiter. »Geht manchmal nicht anders. Aber was willst du? Nichts passiert und nichts gedruckt im CENT. Kein explodierender Arminius als finaler Knaller der großen Multimedia-Show. Ich habe Oberst Kraume in die Hand versprochen, dass wir über den Tod deines Vaters und die Festnahme von Waldeck den Mund halten. Er wird es ebenfalls tun. Nicht einmal die Bundeskanzlerin wird irgendetwas vom Showdown in der Jubiläumsnacht der Varus-Schlacht erfahren.«

»Und dafür muss der CENT nun auf einen fähigen, aber leider von Gott Amor abgeschossenen Chefreporter verzichten.«

»Ich habe vorhin, als du dich verabschiedet hast, über Lara zwei Flüge nach Rom gebucht. Wenigstens das ist mir Lammers als Abfindung schuldig. Ich hoffe, du als Römerin hast nichts gegen *Germanwings* …«

Sie lachte befreit. »Mehr bin ich dir nicht wert? Wann?«

»In dreieinhalb Stunden. Wir könnten morgen nach Neapel weiter.«

»Dann würde ich vom Hafen Fiumicino lieber gleich ein Boot nehmen. Das geht schneller, als wenn wir über den Tiber zum Hafen von Ostia oder zuerst nach Rom fahren. Mit der Fähre wären wir bereits morgen früh in Ventotene.«

»Pandatera«, korrigierte er. »Wenn überhaupt, dann geht der Wettlauf nach dem Schatz in den Ruinen von Julias Palast auf Pandatera weiter.«

»Meinst du nicht, die *Sons of Hermann*, Lammers und auch Oberst Kraume machen jetzt erst mal Pause?«

Er lachte grimmig. »Schatz ist Schatz. Nur wenn wir schnell genug sind, haben wir eine kleine Chance gegen Fanatiker, Geheimdienste oder Heerscharen von Hobby-Schatzgräbern.«

»Es ist schon seltsam«, sagte Vesting, als sie in Richtung Haltern von der A2 abbogen. »Die meisten Menschen sehen das Arminiusschwert als das Siegessymbol des Standbilds an. Wir haben etwas ganz anderes gesucht und sogar gefunden.«

»Das passiert uns Archäologen ständig«, sagte sie lächelnd. »Wir finden, was wir suchen, und alles andere sieht man nicht. Deshalb hat sich auch nie jemand für die geheime Symbolik am linken Fuß des Hermannsdenkmals interessiert, von Ernst von Bandel selbst entworfen und geschmiedet. Der Erbauer hat lange genug in Rom gelebt, um etwas von der uralten Intrige von Tiberius und über die Varus-Legende zu hören. Genug auch, um jahrzehntelang an dem Denkmal zu bauen. Und er wusste, welche besondere Bedeutung eine Insel mit dem Wort für Wind im Namen hat.«

»*ISOLA VENTO.*«

»Hopmann und mein Vater waren Römerfreunde. Als Fanatiker haben sie dennoch verloren. Und ich war blind, obwohl ja auf dem Stein und dem Gemälde meiner Urgroßmutter nur vier Buchstaben fehlen. *ISOLA VENTOTENE* muss es vollständig heißen. Mein Vater hat nach einem Schatz auf einer Insel des Windes gesucht. Erst durch das Steinfoto und Hopmanns Angebot von sehr viel Geld bin ich darauf gekommen, dass Ventotene gemeint sein könnte – genau die Insel Ventotene, die zur Zeit von Varus Pandatera hieß. Die Insel, die das geheimnisvolles Luxusgefängnis für Julia, die Tochter von Augustus, war.«

Sie fuhren schweigend bis zur Autobahnabfahrt von Haltern.

»Ich nehme an, das Römische Museum ist bereits geschlossen«, sagte er, als sie direkt zum Standbild des Besiegten fuhren. Die skelettartige Bronzefigur des geschlagenen Feldherrn mit seinen goldenen Armringen leuchtete in der Abendsonne. Jemand hatte Quinctilius Varus den abgesägten Kopf wieder aufgesetzt und mit gelbem Bauschaum fixiert. Der schmerzverzerrte Mund des bronzenen Feldherrn sah jetzt so aus, als würde er über den Verrat an ihm schreien wollen.

»Da fällt mir ein: Es gibt sogar ein Schiffswrack im alten Hafen vor der Villa Julia«, sagte Claudia. Sie stiegen beide aus. »Und Unterwasser-Archäologen sind sich einig, dass mit diesem Schiff kostbare Wertsachen transportiert wurden.«

»Gebracht oder geholt?«

Claudia hob die Schultern und sah ihn mit einem eigenartigen Glanz in den Augen an. »Lass uns das klären, wenn wir auf Julias Insel sind.«

Claudia Bandel streckte den Arm aus. Für einen Augenblick sah es so aus, als wolle sie über das leidend schreiende Bronzegesicht des verratenen Statthalters streicheln. Dann aber schüttelte sie den Kopf und wandte sich dem lebenden Mann neben sich zu.

»Ich werde niemals sagen, dass ich bereits einen Schatz gefunden habe, *tesoro*!«

»Das wäre auch zu einfach«, meinte er. »Wir brauchen doch die Träume und Legenden.«

NACHWORT

Arminius wurde kein König der Germanen. Auch nicht, als er Thusnelda aus der Burg ihres Vaters Segestes raubte, sie heiratete und mit wechselnden Verbündeten immer weiter gegen die Legionen des Imperium Romanum kämpfte.

Erst zwei Jahre nach dem Untergang der Legionen zwischen Weser und Rhein wagten Tiberius und sein auf Augustus' Befehl adoptierter Neffe Germanicus einen erneuten Vorstoß.

Der Kopf von Publius Quinctilius Varus kehrte tatsächlich nach Rom zurück. Marbod war klug genug, die Trophäe des Cheruskers so schnell wie möglich loszuwerden. Die Rivalen bekriegten sich, und nach seiner Niederlage in offener Feldschlacht gegen Arminius zog sich Marbod, der Ritter Roms und König der Markomannen, in ein geduldetes Refugium in Italien zurück.

Einen Monat vor der fünften Wiederkehr der *clades variana* starb Augustus, und Tiberius trat wie vielfach befürchtet seine Nachfolge an. Und dann geschah, was Varus stets vorausgesehen hatte: In Pannonien und Germanien meuterten die Legionen. Sie glaubten nicht, dass der neue Caesar genug Geld für ihren Sold und ihre Verpflegung besaß. Die Legionäre wollten nicht Tiberius, sondern Germanicus, den Sohn des großen Drusus, zum Princeps und Imperator haben. Tiberius allein hätte den Aufstand der Legionen nicht beenden können.

Mit weitreichenden Versprechungen und um sie abzulenken, befahl Germanicus einen Überfall auf die ahnungslosen Marser. Mit vier Legionen, 26 Kohorten und 8 Reiterschwadronen überquerte er den Rhein und rückte zwischen Ruhr und Lippe vor. Im Umkreis von rund fünfzig Meilen wurden alle Bewohner ohne Rücksicht auf Alter und Geschlecht getötet, sämtliche heiligen Stätten und Versammlungsorte zerstört. Doch erst durch Folter und Verrat bekam Germanicus einen der verschwundenen Legionsadler aus der Varus-Niederlage zurück. Tacitus berichtet, dass ganze Berge von Knochen aus den vorangegangenen Kämpfen geborgen und bestattet worden seien.

Bructerer, Usipeter und andere Stämme verbündeten sich erneut gegen die Eroberer. Gleichzeitig brachen von Mainz vier Legionen mit 10 000 Mann Hilfstruppen gegen die Chatten auf.

Im Frühjahr 16 n. Chr. marschierte Germanicus wieder mit sechs Legionen gegen die Chatten, die Aliso belagerten. Dann aber, nach einigen Siegen, aber auch schweren Niederlagen, rief Tiberius die Legionen östlich des Rheins endgültig zurück.

Thusnelda, Gattin von Arminius, und ihr in Gefangenschaft geborener Sohn Thumelicus wurden bei Germanicus' Triumphzug in Ketten durch Rom geführt. Ihr römerhöriger Vater Segestes klatschte Beifall dazu.

Zehn Jahre nach dem Sieg im *saltus teuto burgensis* wurde Arminius von seiner Familie vergiftet, möglicherweise unter Mitwirkung vom Schwiegervater seines Bruders Flavus. Arminius hatte zu machthungrig nach der Königskrone über alle Germanen gegriffen. Im selben Jahr vertrieb Kaiser Tiberius die Juden zu Tausenden aus Rom.

Weitere sieben Jahre später wurden Claudia Pulchra und ihr Sohn Varus wegen Hochverrats angeklagt und verurteilt. In seinem Zorn ließ der Kaiser die Villa *Quintiliolum* in Tibur erneut als Staatsbesitz einziehen. Er zog sich nach Capri zurück und überließ die Regierungsgeschäfte Seianus, der inzwischen auch Präfekt der Prätorianer war. Obwohl nicht ihm, sondern eigentlich nur dem Kaiser dieses Recht zustand, ernannte Seianus einen gewissen Pontius Pilatus zum neuen Statthalter für Judäa, Samaria und Idumäa.

Pilatus ließ die Feldzeichen mit den kaiserlichen Emblemen, die seine Vorgänger aus Rücksicht auf die Glaubensvorschriften der Judäer zumeist in Caesarea am Mittelmeer gelassen hatten, von Legionären nach Jerusalem tragen. Daraufhin protestierten die empörten Bewohner. Als Pilatus sie von seinen Soldaten mit gezogenen Schwertern umzingeln ließ, wollten sie lieber sterben, als die Gesetze ihres Glaubens zu verraten.

Im Jahr nach dem Amtsantritt von Pontius Pilatus begannen merkwürdige Dinge in Palästina. Statt durch Überfälle, Sabotage und Waffengewalt verkündete ein gewisser Jochanan die nahe Ankunft des Messias und taufte seine Anhänger am Jordan. Jeshua, einer der Getauften, veränderte die Welt mehr als alle anderen Könige Israels, obwohl er wenig später nur eine Dornenkrone erhielt.

Nach dessen Tod am Kreuz unterdrückte der Statthalter Pilatus einen neuen Aufstand gegen das Imperium Romanum so brutal, dass Rom ihn abberief und zum Selbstmord verurteilte.

Das nach dem Tod von König Herodes nach Rom gelangte Opfergewand des Hohen Priesters gaben Tiberius und die Statthalter immer nur kurzfristig an die Judäer zurück, bevor es wieder versiegelt und verschlossen wurde.

Wenige Jahre später eroberte Gabinius Secundus als Oberbefehlshaber am Grenzfluss Rhein den letzten in der Varusschlacht verlorenen Legionsadler zurück. Die Germanen östlich des Rheins wurden nie mehr Vasallen oder Verbündete der Römer.

Nicht einmal eine Generation später, in den Jahren 66–70 n. Chr. kam es zum offenen Krieg der Judäer gegen das Imperium. Statthalter Florus ließ sogar Judäer ans Kreuz schlagen, die zuvor als römische Ritter ausgezeichnet worden waren. Der große Tempel in Jerusalem wurde bis auf die heutige Klagemauer zerstört, der restliche Tempelschatz als Beute öffentlich durch Rom getragen. Auf dem Titusbogen ist noch heute eine Darstellung dieses Schatzraubes zu sehen. Es heißt, dass dieser Teil des Schatzes im August 410 n. Chr. von Alarich, dem König der germanischen Westgoten, aus Rom mitgenommen wurde.

Wer nach Tibur, heute Tivoli, fährt, findet noch die Reste des Varus-Anwesens. Die Insel Pandatera aber – oder auch Ventotene –, auf der noch immer Ruinen von Julias Palast zu sehen sind, gehört inzwischen zu den interessantesten Tauchgebieten nördlich von Capri und Ischia. Trotzdem unterliegen bestimmte Meeresstellen der Pontinischen Inseln einer sogenannten »absoluten Schonung«.

Wie unsicher und zugleich faszinierend der »Stammbaum der Varus-Legende« ist, mag eine kleine Chronologie der literarischen Quellen verdeutlichen:

Das Wissen über die Gegenden und Völkerstämme im Norden beginnt mit Gaius Julius Caesar (100 – 44 v. Chr.), der zehn Jahre lang Statthalter und Befehlshaber der römischen Legionen in Gallien bis zur Rheingrenze war. Er beschreibt in seinem Erfahrungsbericht »De bello Gallico« auch die Partisanentechniken in den Wäldern, das kalte, nasse Klima und weitere Gefahren in Germanien.

Velleius Paterculus (20 v. Chr. – 31 n. Chr.), dient ab 4 n. Chr. als Reiterpräfekt unter Tiberius in Germanien und Pannonien und verfasst die »Römische Geschichte«, in der er Arminius, den Vernichter von drei römischen Legionen, für seinen Durchblick lobt.

Flavius Josephus (37 – 100 n. Chr.), geboren als Pharisäer in Jerusalem und Kommandeur im judäischen Aufstand gegen die Römer, berichtet später als Berater römischer Kaiser in zwanzig Büchern über die jüdische Geschichte von der Weltschöpfung bis zum Jahr 66 n. Chr. mit vielen Details zur Zeit von König Herodes und Varus.

Publius Cornelius Tacitus (55 – 120 n. Chr.), »der Schweigsame« absolviert die typische Karriere eines römischen Senators bis zum Prokonsul der Provinz Asia. Er beschreibt die Germanen in seinen Werken »Germania« und »Annalen«.

120 n. Chr. erzählt der römischer Historiker Lucius Annaeus Florus mit sehr viel Phantasie die Geschichte von der Gründung Roms bis zum Tod von Augustus.

Cassius Dio Cocceianus (164 – 235 n. Chr.), Prokonsul von Africa, Statthalter von Pannonien und Dalmatien, veröffentlicht eine Römische Geschichte in achtzig Büchern. Seltsamerweise fehlen nur im 55. Buch lange Passagen. Sie handeln von der Varus-Schlacht.

Nach dem Ende Roms regt sich erst zur Renaissance und Reformation wieder das Interesse an der Varus-Legende.

1425 findet ein Agent des italienischen Humanisten und Papstsekretärs Poggio Bracciolini (1380 – 1459) im Kloster Hersfeld die einzige Ausgabe (oder Fälschung) von Tacitus' »Germania«. Sechs Jahre später bringt Niccoló Niccoli die »Germania« nach Rom, wo sie mehrmals abgeschrieben wird. 1470 wird die »Germania« erstmals in Venedig gedruckt. Im selben Jahr taucht das Manuskript der »Militärgeschichte« von Florus mit einer allgemeinen Darstellung der Varus-Schlacht in Paris auf.

1505 wird eine Abschrift von Tacitus' »Annalen« aus dem 9. Jahrhundert. im Kloster Corvey an der Weser gefunden, nach Rom gebracht und sechs Jahre später gedruckt. Nur dieses Werk nennt einen »saltus teuto burgensis« als Ort der Varus-Schlacht, ohne zu sagen, wo genau das war. Wie zur Untermauerung der Heldenverehrung von Arminius und der Missachtung und Geringschätzung von Varus findet Beatus Rhenanus 1515 ein Manuskript der »Römischen Geschichte« von Velleius Paterculus in der Benediktiner-Abtei von Murbach im Elsass.

Die antirömische Haltung erreicht 1529 ihren Höhepunkt durch Ulrich von Huttens Arminius-Dialog, in dem Martin Luther als Widerstandskämpfer gegen Rom und als »neuer Arminius« dargestellt wird.

Anderthalb Jahrhunderte später 1684 schreibt Daniel Caspers von Lohenstein (1635 – 1683) mit seinem Arminius-Roman eines der bedeutendsten und zugleich komplexesten Werke deutscher Literatur in 18 Büchern mit mehr als 3000 Seiten. Er dramatisiert die Verbindung Thusnelda, Marbod und Arminius und vermutet in Tiberius einen zweiten Nebenbuhler um Thusnelda. 1808 vollendet Heinrich von Kleist (1777 – 1811) sein pathetisches Drama um die Hermannsschlacht. 1837 kommt es zur Erstaufführung der »Hermannsschlacht« des Detmolder Dramatikers Christian Dietrich Grabbe (1801 – 1836).

1844 schreibt Heinrich Heine (1797 – 1856) im Caput XI von »Deutschland, ein Wintermärchen«:

Das ist der Teutoburger Wald,
Den Tacitus beschrieben,
Das ist der klassische Morast,
Wo Varus steckengeblieben.

Hier schlug ihn der Cheruskerfürst,
Der Hermann, der edle Recke
Die deutsche Nationalität,
Die siegte in diesem Drecke.

Am 16. August 1875 weiht Kaiser Wilhelm I. das durch Ernst von Bandel (1800 – 1876) geplante und errichtete Hermannsdenkmal bei Detmold-Hiddesen feierlich ein. Zehn Jahre später vertritt der Nobelpreisträger Theodor Mommsen die Ansicht, dass die im Gut Baraue (Kalkriese) gesammelten römischen Münzen mit der Varus-Schlacht in Verbindung stehen könnten. Genau ein Jahrhundert danach trägt der britische Major und Hobby-Archäologe Tony Clunn diese Ansicht dem Osnabrücker Kreisarchäologen Wolfgang Schlüter vor und beginnt mit dessen Einverständnis, in der Gegend von Kalkriese nach weiteren römischen Münzen zu suchen. Tatsächlich findet er mehrere tausend – seltsamerweise aber nicht viel mehr.

Vom 15. Mai bis 25. Oktober 2009 beleuchtet das Ausstellungsprojekt »IMPERIUM KONFLIKT MYTHOS – 2000 Jahre Varus-Schlacht an den Originalschauplätzen« in Haltern am See, Kalkriese und Detmold die unterschiedlichen Facetten dieses bis heute rätselhaften Geschehens.

Ein historischer Roman ist kein Geschichtsbuch, sondern erzählt Geschichte aus einem ganz bestimmten, an belegten Daten und Personen orientierten Blickwinkel. Selbstverständlich gibt es auch andere Sichtweisen und vielleicht auch Fakten über Personen, Abläufe und die Begründung ihres Handelns. So ist zum Beispiel der im Roman erwähnte Seianus nach anderen Quellen kein fürsorglicher Stadtpräfekt, sondern ein intriganter Kommandant der Prätorianergarde und brutaler Antisemit gewesen, der bei Tiberius' Rückzug nach Capri selbst Kaiser werden wollte.

Aber eines gibt es nicht: die ganze Wahrheit. Denn die werden wir niemals aus den angeblich gesicherten, weil irgendwann einmal aufgeschrieben Quellen herausfinden.

Selbst bei der Überfülle von Informationen in der heutigen Mediengesellschaft kann der Einzelne nie wissen, was wirklich »wahr« und »richtig« dargestellt wird. Auch unsere ganz persönlichen Ansichten und Überzeugungen sind nicht sicher, sondern angelesen, zufällig gehört und bestenfalls Licht einer Taschenlampe, im kleinen Gärtchen unseres Wissen und im endlos dunklen Wald vergessener Geschichte entdeckt. Wie können dann Tacitus, Dio, Florus und Dutzende von späteren Autoren und/oder Wissenschaftlern »historische Wahrheit« für sich beanspruchen? Zur Varus-Schlacht gibt es mit Velleius Paterculus nur einen einzigen Zeitzeugen – und der war nachweislich voreingenommen.

Zu den Protagonisten Varus und Arminius ebenso wie für den Ort oder den tatsächlichen Verlauf der Varus-Schlacht ist kaum etwas bewiesen oder verlässlich. »Nichts Genaues weiß man nicht«, sagt der Volksmund im Lipperland. Nur eines scheint sicher: So schwarz-weiß gemalt, wie Arminius-Hermann als Befreier Germaniens und der unfähige Statthalter Varus zumeist dargestellt werden, waren sie wohl beide nicht. Es kommt sehr selten vor und ist deshalb erstaunlich, dass ein zweitausend Jahre altes Ereignis mit dem Namen des Verlierers und nicht dem des Gewinner in die Geschichte eingeht. Oder war genau dies die Absicht der damaligen Politik? Sollte kein Sieger glorifiziert, sondern ein »nützlicher Verlierer« als Sündenbock verdammt werden?

Die »Varus-Legende« will deshalb keine Verehrung römischer Besatzer oder Geringschätzung der Germanen sein, sondern ein Zeichen von historischem Respekt und menschlichem Interesse für den Mann, dessen unerklärlicher Untergang der »Varus-Schlacht« ihren Namen gegeben hat. Und zwar mit der gleichen dichterischen Freiheit erzählt wie zuvor von Tacitus, Florus, Cassius Dio, Grabbe, Kleist und all den anderen, die ebenfalls nicht dabei gewesen sind. Niedergeschrieben von einem, der im Schatten des Hermannsdenkmals geboren wurde – auch das in einem mittlerweile ebenfalls vergangenen Jahrtausend.

Detmold/Berlin, im Jahr vor 2009
Thomas R. P. Mielke

PERSONEN UND BEGRIFFE

A – Personen im Jubiläumsjahr 2009

CLAUDIA BANDEL	Archäologin aus Rom
DUSBERG	Professor in New Ulm, Minnesota, Delegierter der *Sons of Hermann* vom amerikanischen Hermannsdenkmal
EBI HOPMANN	Hobbyforscher
GARY H. WALDECK	PR-Manager, *Vice President* der *Sons of Hermann* in Texas
GERHARD KRAUME	Oberst, Museumsführer in Kalkriese
JEAN LAMMERS	Chefredakteur des Kölner Boulevard-blattes CENT
LARA	Redaktions-Assistentin
THOMAS VESTING	Chefreporter vom CENT

B – Personen der historischen Handlung

ARCHELAOS	Sohn von Herodes und Salome, Ethnarch von Judäa, Samaria und Idumäa, in Rom erzogen
ARMINIUS	(18 v. Chr. – 19 n. Chr.) Hermann der Cherusker, römischer Ritter, Stabsoffizier von Statthalter Varus
AUGUSTUS	(siehe Octavian)
C. NUMONIUS VALA	*tribunus laticlavius*, 2. Offizier der XVII. Legion, Legat von Varus
CEIONIUS	Präfekt der Reiter, dritthöchster Offizier einer Legion

CLAUDIA PULCHRA	Dritte Ehefrau von Varus, Großnichte von Augustus
FLAVUS	Cherusker, der Hell(rot)blonde, jüngerer Bruder von Arminius, römischer Ritter, ausgezeichnet mit der *corona civica,* einem der höchsten römischen Orden
JESHUA	(6 v. Chr. – 33 n. Chr.) Judäer aus Nazareth, auszubildender Baumeister
JOCHANAN	(6 v. Chr. – 35 n. Chr.) Judäer aus Kerem, auszubildender Baumeister
JOSEPH	Judäer aus Bethlehem, Tekton
LUCIUS EGGIUS	Römer, Reiterpräfekt, dann Lagerkommandant
LUCIUS NONIUS ASPRENAS	d. J., Legat, Neffe von Varus, Kommandeur in Main
MARCUS CAELIUS	Centurio erster Ordnung, Legio XVII Augusta
OCTAVIAN	(23. September 63 v. Chr. – 19. August 14 n. Chr.) Großneffe, Adoptivsohn und Haupterbe von Gaius Julius Caesar, wird 27 v. Chr. zum »Augustus« ernannt
PAULLUS AELIUS BASSUS	Standortkommandant in Antiochia
PUBLIUS OVIDIUS NASO	(43 v.Chr. – 17 n. Chr,) genannt »Ovid«, Schriftsteller
PUBLIUS QUINCTILIUS VARUS	(46 v. Chr. – 9 n. Chr.) Als Konsul zusammen mit dem späteren Kaiser Tiberius höchster Staatsbeamter, nacheinander Statthalter der Provinzen Africa, Asia, Syria und Gallia (mit dem Oberkommando für Germania). Zweimal verheiratet mit einer Großnichte von Augustus, einmal als »Stiefenkel«

PUBLIUS SULPICIUS QUIRINIUS	(45 v. Chr. – 21 n. Chr.) war als Mentor von Augustus' Enkel im Orient, 6 n. Chr. Statthalter von Syrien, kann auch bereits vor Herodes' Tod dort gewesen sein
RUFUS CEIONIUS COMMODUS	*tribunus laticlavius*, zweithöchster Offizier der Legion mit senatorischem Rang
SEGEMUNDUS	Cherusker, Priester am Roma-Altar in Köln
SEGESTES	Cherusker-Fürst, den Römern treu ergeben, Vater von Thusnelda und Segemundus, Onkel von Arminius und Flavus
SEIANUS	Stadtkommandant von Rom (historisch verändert)
SEXTUS AEMILUS REGULLUS	Kommandant der Trireme *IUSTITIA*
SIGIMER	Cherusker-Fürst, Vater von Arminius und Flavus, Onkel von Thusnelda
THUSNELDA	Cheruskerin
VENNEMAR	Sugambrer, *primus pilus,* reaktivierter Veteran

C – wichtige, nicht selbst auftretende Personen

NERO CLAUDIUS DRUSUS	(38 v. Chr. – 9 n. Chr.), Sohn von Livia Drusilla, fünf Jahre jüngerer Bruder von Tiberius, zieht mehrfach durch Germanien bis zur Elbe
HERODES DER GROSSE	(73 v. Chr. – 4 n. Chr.), von Rom als König in Jerusalem eingesetzt
JULIA D. Ä.	* 39 v. Chr., Tochter von Augustus, von ihm zur Ehe mit Tiberius gezwungen, dann auf eine Insel verbannt

Livia Drusilla	(58 v. Chr. – 29 n. Chr.) heiratet als Mutter von Tiberius und Drusus in zweiter Ehe Augustus
Marbod	(ca. 30 v. Chr. – 27 n. Chr.), Markomanne, kehrt nach Drusus' Sieg über sein Volk als römischer Besatzungsoffizier zurück und wird König
Marcus Vipsanius Agrippa	(63 v. Chr. – 12 v. Chr.) römischer Feldherr, Schwiegersohn von Augustus, besiegt 31 v. Chr. Marcus Antonius und Kleopatra in der Seeschlacht von Actium, siedelt die germanischen Ubier ins spätere Köln um, Vater von Varus' zweiter Ehefrau Vipsania Marcella
Sabinus	Finanzverwalter und Stellvertreter von Varus in der Provinz Syria
Tiberius Caesar Augustus	(42 v. Chr. – 37 n. Chr.) Sohn aus erster Ehe von Augustus' Frau Livia Drusilla, Nachfolger von Drusus, mehrfach in Germanien, von Augustus adoptiert, ab 14 n. Chr. dessen Nachfolger

D – Glossar

acta diurnia	Tägliche neue Wandzeitung in Rom
ala quingenaria	Reitereinheit aus 512 Nichtrömern, mit Standartenträger und Präfekt als Befehlshaber
argrimensores	Landvermesser
ara	Altar
as	1/4 Sesterze, 1/16 Denar (11 g Kupfer)
caldarium	Warmwasserbad in den Thermen
castellum	befestigtes Lager
cena	Abendessen
clades Lolliana	Lollius-Niederlage 16 v. Chr.

clades Variana	Varus-Niederlage 9 n. Chr.
classis Germanica	Die römische Flotte in Germanien
classis Romana	Die römische Flotte
cline	Liege, besonders zu Mahlzeiten
consuln	Die jeweils zwei höchsten römischen Beamten in Rom zur Zeit der Republik
cumpane	Kameraden, mit denen man »das Brot bricht«
cursus honorum	Laufbahn, Ämterkarriere
decurio	Unteroffizier für einen Trupp von zehn Reitern
denar	Kleine römische Silbermünze, ca. 4 g
duplicarius	Unteroffizier mit doppeltem Gehalt
gens	Familie, Sippe, im Rom der zweite Name
gladius	Kurzschwert der Legionäre, ca. 50 cm lang mit parallelen Schneiden
haruspex	Opfer- und Eingeweidebeschauer
hippagus	Transportschiff für Pferde
homines novi	Die neuen (politisch unbelasteten) Männer
horrea	Verpflegungsmagazine, Kornspeicher
immunis	Fußsoldat mit besonderen Aufgaben
ius gentium	Das Recht für Ausländer, Nichtrömer
legio	Legion
miles	Fußsoldat, unterster Dienstgrad in der Legion
nauarchus	Kapitän (auf einem Flaggschiff)
optio	Principal, stellvertretender Centurio
phalanx	dicht geschlossene Schlachtreihen
pilum	Wurfspieß, 60 cm Eisen mit Holzschaft
pontifex maximus	Oberster Wächter der römischen Götterkulte, eigentlich Beamter, kein Priester
praefectus castrorum	dritthöchster Legionsoffizier, Standortkommandant und Chef der gesamten Verwaltung
praefectus urbi	Oberbürgermeister und Stadtkommandant von Rom
praetorium	Haus/Unterkunft des Befehlshabers einer Legion

Princeps	der Erste, Anführer, Kaiser
Sesterze	Römische Münze, ¼ Denar, 4 Asse
Sol invictus	Fest des unbesiegten Sonnengottes am 25. Dezember
subura	Untere Innenstadt Roms
Tekton	Baumeister
tepidarium	Raum in den Thermen mit milder Wärme
toga virilis	Reinweiße Männertoga als Zeichen der Volljährigkeit
torques	Armringe als ursprünglich keltische Herrschaftszeichen, von den Römern als militärische Auszeichnung übernommen
Tribun	Militärtribun, sechs in jeder Legion, einer davon als Stellvertreter des Legaten
tribunal	Erhöhte Bühne des Feldherrn für Ansprachen
tribunus laticlavius	Ranghöchster der sechs Militärtribunen einer Legion, Stellvertreter des Legaten
turma	Schwadron, Zug, 30 Reiter und drei Anführer
vexillum	Fahne, Flagge, Standarte

E – Geographische Begriffe

Ad ripam	Anreppen, »am hohen Ufer«
Aenaria	Ischia
Albis	Elbe
Alisio	(unsicher, zwischen Lippe und Ems)
Amisia	Ems
Aquis grana	Aachen
Araris	Saône
Castra Lupia	denkbarer Name für Haltern
Castra vetera	Lager bei Xanten
Confluentes	Koblenz
Danubius	Donau
Lugdunum	Lyon
Lupia	Lippe

Mare Germanicum	Nordsee
Mare nostrum	Mittelmeer
Moguntiacum	Mainz
Mosella	Mosel
Oppidum Ubiorum	Köln
Porta Visurgis	Weserpforte, Porta Westfalica
Rhenus	Rhein
Rhodanus	Rhône
saltus teuto burgensis	Bei Tacitus einziger Verweis auf die Gegend der Varus-Niederlage – ohne Ortsangabe
Tibur	Tivoli vor den Sabiner Bergen
Visurgis	Weser

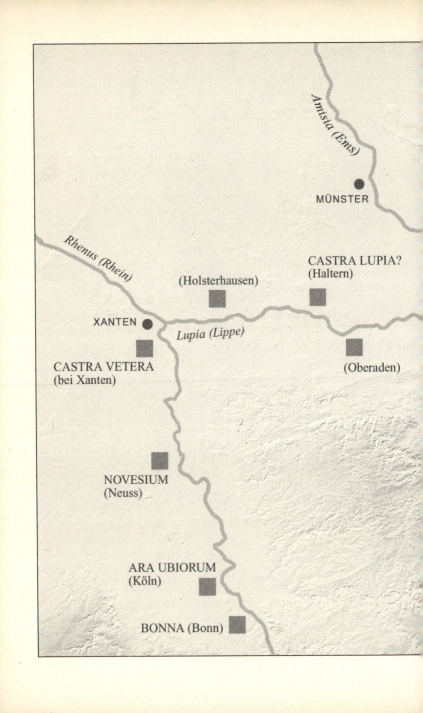

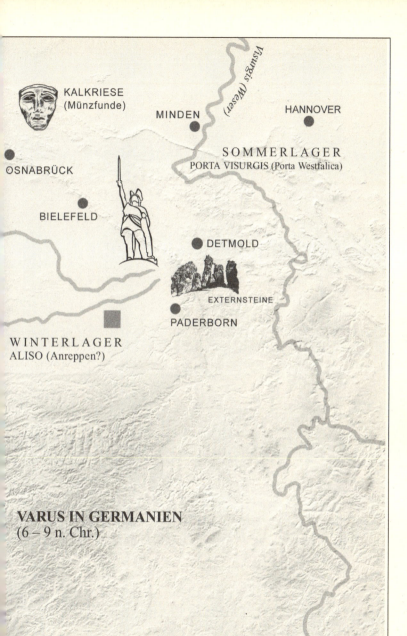

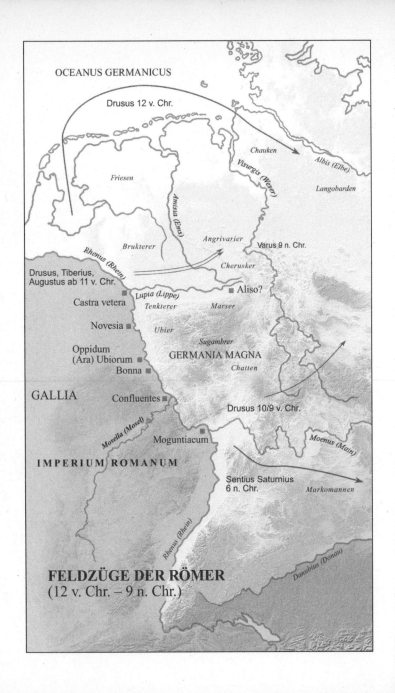